Kaputte Seelen in düsteren Nächten

Sandra Wartwald

Sandra Wartwald

Kaputte Seelen in düsteren Nächten

Thriller

Impressum

Bibliografische Information der Deutschen
Nationalbibliothek:
Die Deutsche Nationalbibliothek verzeichnet diese
Publikation in der Deutschen Nationalbibliografie;
detaillierte bibliografische Daten sind im Internet über
http://dnb.dnb.de abrufbar.

© 2024 Sandra Wartwald

Korrektorat: BoD – Books on Demand, Norderstedt
Coverdesign und Umschlagsgestaltung: Andrea Kauf-Klauser, eigen.art

Herstellung und Verlag: BoD – Books on Demand,
Norderstedt

ISBN: 978-3-7583-7459-3

für Mami – danke!

Die gesamte Handlung und sämtliche Sachverhalte sind vollumfänglich erfunden und aus den Fingern gesogen.
Alle im Buch erwähnten Personen sind frei erfunden. Jegliche Ähnlichkeit mit lebenden oder realen Personen wäre reiner Zufall.

Vor zehn Jahren, im Sommer

Es regnete in Strömen. Die grossen, schweren Tropfen peitschten beinahe horizontal in sein Gesicht. Er war auf seinem Heimweg, ohne Schirm oder Regenjacke, doch er ging nicht schneller als sonst – vielleicht sogar langsamer. Normalerweise wäre er bei einem solchen Wetter nach Hause gerannt, hätte seine Arbeitsbluse über den Kopf gezogen und über den Regen geflucht.

Heute war alles anders. Heute war er ein anderer Mensch – und er würde nie mehr der sein, der er bis vor Kurzem war. Was sich ausserhalb seines Geistes in der physischen Welt abspielte, berührte ihn nicht mehr. Es hätte bei minus zehn Grad schneien oder mit plus vierzig Grad auf ihn herunterbrennen können, er hätte es nicht mehr gespürt. Er spürte nur noch das, was im Inneren seiner Seele sass und ihn auffrass. Den Schmerz und die Hilflosigkeit, die zum Greifen dicht den kleinen, engen, dunklen Raum mit den stahlharten kalten Wänden ausfüllten, der seine Seele nun war.

Als vor einem halben Jahr seine Frau starb, brach sein Herz und ein Teil davon begann, in seinem Inneren zu verrotten. Er hatte versucht, seine Gefühle zuzulassen und offen mit seiner Trauer umzugehen. Für seine Tochter, damit sie wusste, dass es okay war, unendlich traurig zu sein, zu weinen, vor Wut zu schreien und manchmal einfach die ganze Welt zu hassen. Es war ihm wichtig, dass weder seine Tochter noch er selbst sich verstellen und jemandem vorspielen mussten, stark, hart und diszipliniert zu sein. Und er war der Meinung gewesen, dass Herunterfressen ungesund war und den Verarbeitungsprozess erschwerte.

Am Anfang war sein Umfeld sehr verständnisvoll. Sein Chef meldete sich, entrichtete sein herzlichstes Beileid und bot ihm an, sich so viel Zeit zu nehmen, wie er brauchte. Sogar vom Personalbüro erhielt er ein Beileidskärtchen, das ihm und seiner Tochter viel Kraft für diese schwere Zeit wünschte. Die Anteilnahme berührte ihn und gab ihm das Gefühl, dass er und seine Tochter nicht völlig alleine waren, dass viele Menschen in Gedanken neben ihnen standen und sie stützten. Zu diesem Zeitpunkt nahm er an, dass er sich auf dem Höhepunkt seiner Trauer befand und dass Schmerz, Wut und Hilflosigkeit von nun an jeden Tag etwas schrumpfen und – wie in all den Beileidskarten gewünscht und behauptet – den schönen Erinnerungen weichen würden.

Wie sehr er sich geirrt hatte! Die Monate danach gestalteten sich alles andere als linear. Die Trauer verhielt sich so volatil und unberechenbar, dass er allmählich die Kontrolle über seinen Alltag zu verlieren begann. Es gab Tage, an denen ihm die Erinnerung an seine Frau ein Schmunzeln zu entlocken vermochte und ihm sogar ein bisschen Mut machte. Doch dieses Gefühl konnte am nächsten Tag bereits wieder in weite Ferne rücken und einer endlos tiefen Verzweiflung und Hoffnungslosigkeit Platz machen.

An diesen Tagen kam es immer öfter vor, dass er sich regelrecht körperlich am Ende fühlte. Dann konnte er sich jeweils kaum noch auf den Beinen halten und es war, als ob sämtliche Kraft über Nacht aus seinem Körper gesogen worden wäre. Dazu kamen immer häufiger Kopfschmerzen und ein beängstigender Schwindel. In den vergangenen vier Monaten war es deswegen bereits dreimal vorgekommen, dass er sich für ein, zwei Tage krankmelden musste. Er, der in seinen vierundzwanzig Jahren bei der Firma erst ein einziges Mal ausgefallen war – damals in seinem fünften Dienstjahr, als ihn dieser fürchterliche Magen-Darm-Virus befiel. Und nun hatte er dreimal in vier Monaten gefehlt.

Deswegen hatte er heute auch zu diesem Gespräch antraben müssen. «Standortgespräch» nannten sie es. Er sei mittlerweile zu oft krank und die Firma wolle mit ihm zusammen die Situation analysieren und versuchen, eine Lösung zu finden. Man wolle ihm die Unterstützung geben, die er brauche, um seine gesundheitliche Situation wieder in die richtige Bahn zu lenken. So die Einleitung der Personalbetreuerin zu Beginn des Gesprächs. Dass er nicht lachte!

Als ihm sein Chef am Morgen mitgeteilt hatte, er habe während der letzten Stunde seiner Schicht ein Gespräch in der Personalabteilung, hatte er bereits ein unangenehmes Gefühl im Magen gespürt. Doch die ruhige und freundliche Stimme seines Vorgesetzten, der ihm kumpelhaft auf die Schulter klopfte und versprach, dass dieser Termin überhaupt keine grosse Sache sei, dass es doch lediglich darum ginge, sich einmal einen Überblick über seine Situation zu verschaffen, und dass er als Teamleiter ihn ja schliesslich auch noch unterstützen würde, gab ihm ein Gefühl der Sicherheit – einer falschen Sicherheit, wie sich noch zeigen sollte.

Keiner der Anwesenden hatte auch nur das geringste ehrliche Interesse an seinem Wohlbefinden gezeigt. Sein Chef sass die ganze Zeit mit dem Blick zum Boden ruhig und unauffällig auf seinem Stuhl. Hätte dieser Feigling gekonnt, hätte er sich aus dem Staub gezaubert. Die Personalbetreuerin hatte freie Bahn, ihn zu demütigen, ihn mit absurden Falschinterpretationen seiner Worte in Verstrickungen zu lotsen, ihm Aussagen in den Mund zu legen, welche aus dem Kontext gerissen eine völlig andere Bedeutung bekamen.

Er fühlte sich elend und klein und hilflos. Vor seinem geistigen Auge sah er sich in einem dunklen Verhörraum, in dem zwei rabiate Krimibullen einen Tatverdächtigen so lange auf grenzwertige Art und Weise in die Mangel nehmen, bis dieser schliesslich zusammenbricht und einen Mord gesteht, den er nicht begangen hat, nur um endlich in Ruhe gelassen zu werden.

Die Frage, ob er denn Alkohol konsumiere, schleuderte ihn wieder in das gepflegte, im sogenannt «nordischen Stil» eingerichtete Sitzungszimmer zurück, in dem er mit seinem passiven Chef, der externen psychologischen Beraterin und der Personalbetreuerin sass. Er wusste schon nicht mehr, zum wievielten Mal nun diese oder eine sehr ähnliche Frage nach Alkohol bereits kam. Er antwortete einmal mehr, dass er Alkohol im normalen Rahmen trank. Ab und zu ein Bier oder ein Glas Wein zum Essen. Die Personalbetreuerin – sie konnte keine zehn Jahre älter sein als seine Tochter und hatte sich bestimmt im Leben noch nicht die Finger bei einer ehrlichen Arbeit schmutzig gemacht – seufzte, notierte etwas in ihr teures Markennotizbuch und holte zur nächsten Runde aus.

Es sei nun doch schon eine gewisse Zeit vergangen seit dem Todesfall in seiner Familie und da dürfte eigentlich die Verarbeitung langsam abgeschlossen sein. Sie spräche da auch aus eigener Erfahrung, schliesslich hätte sie bereits alle Grosseltern verloren. Irgendwann müsse man halt abschliessen und es akzeptieren. Jedenfalls sei es der Firma nicht dienlich, wenn Mitarbeiter derart oft fehlten. Das Unternehmen sei ja in solchen Situationen sehr grosszügig und verständnisvoll, doch irgendwann müsse auch mal wieder der

Alltag einkehren. Vielleicht brauche es eben einfach mal ein stärkeres Medikament oder einen anderen Psychiater.

Versteinert, wie ein Reh im Scheinwerferlicht, sass er da und hörte ihre Sätze. Hätte er gekonnt, wäre er aufgestanden, hätte diese verdammte Bitch mit beiden Händen am Hals gepackt und ihr die Kehle zugedrückt, bis sie ihr letztes klägliches Japsen von sich gegeben hätte und allmählich in seinen Händen verreckt wäre. Er schloss die Augen.

Sie referierte noch eine Weile weiter, stellte seine Arbeitseinstellung, seine Loyalität und seine Arztwahl in Frage. Die externe psychologische Beraterin, die bis dahin vor allem mit ihrem Handy beschäftigt gewesen war, fühlte sich zum Schluss noch berufen, sein ihr gänzlich unbekanntes Ess- und Fitnessverhalten zu attackieren.

Irgendwann hatte der Behälter in seinem Inneren keine Kapazität mehr. Seine Augen füllten sich mit Tränen, seine Lippen begannen zu zittern. Hätte er den Mund geöffnet, wäre das Weinen aus ihm herausgebrochen. Doch er sagte nichts mehr. Sass nur mit tränengefüllten Augen und starrem Blick da und wartete, bis die Stimmen verklungen waren und es still wurde im Raum.

Das Dokument – irgendeine Vereinbarung zwischen ihm und der Firma – hatte er unterschrieben, ohne es zu lesen. Es spielte keine Rolle mehr.

Eine Stunde zuvor hatte er noch Hoffnung gehabt, dass es ihm irgendwann wieder besser gehen würde, dass er wieder Kraft schöpfen konnte, auch wenn es bei ihm ein steiniger Weg zu sein schien. Doch jetzt, nach diesem Marathon an Demütigung und Machtdemonstration, fühlte er sich so unendlich weit von dieser Hoffnung entfernt, dass sie für ihn nicht mehr existierte.

Er hatte dieser Firma seine Loyalität und viele seiner Samstagvormittage gegeben, hatte gearbeitet, als ob es sein eigenes Unternehmen wäre, hatte sich geschätzt und als Teil des Erfolgs gefühlt. All dies konnte dieses unerfahrene, arrogante Stück Dreck, das sich Personalbetreuerin nannte, binnen einer Stunde zerstören. Seine Vernunft verstand, wie absurd dies alles war, verstand, dass er sich hätte wehren können, dass er sich nichts vorzuwerfen hatte. Doch er konnte nicht mehr. Wollte nicht mehr. Es war nun einfach genug. Einfach genug.

Als er zu Hause ankam, war er nass bis auf die Knochen, doch er hatte kein Bedürfnis nach trockenen Kleidern oder einem heissen Tee. Er ging die Treppe hinauf zur Haustür. Normalerweise nahm er beim Reingehen immer gleich die Post aus dem Briefkasten – heute nicht.

Er schloss die Tür auf und ging, ohne die durchgetränkten Schuhe auszuziehen, direkt in den Keller. Es war, als bewege sich sein Körper automatisch, ohne von seinem Willen gesteuert zu werden. Seine Augen sahen nur den langen, schwarzen Tunnel, an dessen Ende seine Seele lag. Kalt und brach.

Seine Hände griffen nach einem alten Obsterntekorb, der ganz hinten auf einem der Gestelle lag. Am Korb war ein Strick angebracht, der beim Ernten um die Hüfte gebunden wurde, damit man beide Hände zum Pflücken frei hatte. Seine gefühllosen nassen Finger lösten den Strick aus den Korbhenkeln. Den Korb liess er am Boden liegen und ging zum Bastelraum.

In diesem Raum hatte er früher jede freie Minute verbracht. Als seine Tochter ein Baby war, hatte er einen Hängekorb für sie gekauft und in der Mitte des Raumes mittels eines Hakens an der Decke montiert. Stundenlang schlief, weinte, lachte und babbelte die Kleine darin, während er an einem seiner Projekte arbeitete und die Zeit vergass, bis er durch den Ruf seiner heimkommenden Frau aus der tiefen Konzentration geholt wurde.

Diese Zeiten waren längst vorbei und verblasst. Nun stand er in diesem Bastelraum, der plötzlich kühl und bedrückend wirkte. Mit langsamen, mechanischen Bewegungen stellte er seinen Dreitritt unter den Haken und stieg auf den obersten Tritt. Seine Hände knüpften eine Schlinge in den Strick und brachten das andere Ende am Haken an.

Vielleicht hätte dieser Moment einer der emotionalsten und intensivsten in seinem Leben sein müssen, doch er fühlte nichts. Fühlte keine Angst, keine Trauer, keine Schuld, als er die Schlinge über seinen Kopf stülpte und um den Hals legte. Er schloss die Augen. Einen Moment lang stand er regungslos da – es hätte eine Sekunde oder eine Stunde sein können, es war alles das Gleiche.

Er spürte, wie seine zittrigen Beine allmählich selbstständig und wie in Zeitlupe den Dreitritt unter sich zu Fall brachten, wie sich der Strick mit einem atemabstellenden Schlag in die Wirbelsäule spannte und seine raue Oberfläche in die Haut seines Halses grub. In dem Moment, als er realisierte, dass er keine Luft mehr bekam, war er plötzlich hellwach. Wacher und bewusster, als er es je war. Er sah Ereignisse seines Lebens wie auf einem Film vor seinen Augen vorbeirattern. Dinge, die ihm wohlbekannt waren, aber auch solche, an die er sich teilweise gar nicht mehr erinnert hatte.

Er sah seine Eltern, Geschwister, seine Frau, seine Tochter. Seine Tochter! Er griff nach dem Strick, der bereits eine tiefe Furche in seinen Hals gepresst hatte, versuchte wieder und wieder verzweifelt seine Finger irgendwie zwischen Hals und Strick zu bekommen, rutschte jedoch immer wieder ab.

Bald wurden die Bewegungen unkoordinierter und sein Körper schwerer. Watte legte sich über seine Sinne und es wurde dunkel um ihn herum. Dann wurde es strahlend hell und wohlig warm.

Montag, 27. Juni, im Werk der Hieronymus Säger Erben AG in Kirchberg

Gjon legte seinen Badge auf die Kartenhalterung des Getränkeautomaten, stellte maximale Zuckerzugabe und maximale Kaffeestärke ein und drückte auf das Symbol des doppelten Espressos. Der Automat begann zu schnurren und die schwarze Flüssigkeit tropfte dampfend in den kleinen, neuerdings speziell umweltfreundlichen Einwegbecher. Der Duft, der während dieses Vorgangs in seine Nase stieg, gab ihm ein wohliges Gefühl und ein paar Sekunden inneren Friedens. Er nahm den Becher aus der Halterung und ging mit zügigen Schritten durch die Produktionshalle zurück zum Messraum.

Die grosse Uhr über der Tür zeigte kurz vor Mitternacht. Gjon liess sich in den bequemen Bürostuhl des Gemeinschaftsarbeitsplatzes plumpsen, lehnte sich zurück und nahm den ersten Schluck seines doppelten Automatenespressos. Dabei schloss er die Augen und gab ein genüssliches Stöhnen von sich. Momente wie dieser schenkten seinem Arbeitsalltag, der mitunter – vor allem seit seine Chefin ausgefallen war – recht mühsam sein konnte, ein Portiönchen Gemütlichkeit und ein paar Minuten zum Durchatmen. Dass der Kaffee gar nicht so besonders gut schmeckte, tangierte die Wichtigkeit dieses Rituals, das sich im Laufe eines Arbeitstages vier- bis fünfmal wiederholte, kaum. Gjon schaute durch das kleine Fenster neben dem Büroplatz in die Dunkelheit hinaus und leerte den Becher.

Als Leiter des kleinen Teams, das sich vorwiegend um Erstbemusterungen und Wareneingangsprüfungen kümmerte, arbeitete er eigentlich im Normalarbeitszeitmodell. Morgens begann er um sieben und fuhr abends zwischen vier und sechs wieder nach Hause. Diese Woche arbeitete er allerdings in der Nachtschicht, was daran lag, dass der ausschliesslich nachts arbeitende Teamkollege an der neuen Koordinatenmessmaschine eingearbeitet werden musste.

Er selbst hatte die letzten zwei Wochen mit externen Programmier- und Anwenderschulungen sowie nächtelangem Selbststudium der Wartungsanleitungen verbracht. Irgendwie fühlte er sich persönlich für diese Maschine verantwortlich. Sie war sein Baby, für dessen Anschaffung er seit seinem Wechsel in diese Abteilung vor fünf Jahren gekämpft hatte. Nach unendlich langem Hickhack hatten sie zum Ende des vergangenen Jahres endlich die Unterschrift des Geschäftsführers erhalten und konnten die Bestellung auslösen.

Seiner Ansicht nach wäre diese Investition schon längst fällig gewesen. Bei den Bauteilen, die mittlerweile bei ihnen durch die Eingangsprüfung gingen, konnte man mit Messschrauben und Grenzlehrdornen einfach nicht mehr viel ausrichten. Seine ehemaligen Vorgesetzten verstanden diese Tatsache zwar, hatten aber bereits nach der ersten grimmigen Rückfrage des Geschäftsführers, ob das denn tatsächlich nicht mehr anders ginge, den Schwanz eingezogen. Die Obrigkeit nicht mit Forderungen zu stören, war offenbar wichtiger als Qualität und Effizienz.

Erst als Helen vor drei Jahren als neue Leiterin der Qualitätssicherung in die Firma eintrat, kam Bewegung in die Angelegenheit.

Sie hörte zu, verstand das Problem und entschied, es zu lösen. So begannen Helen und Gjon Zahlen, Daten und Fakten zusammenzutragen, um mit stichhaltigen, sachlichen Argumenten den etwas konservativen und zeitweise absurd launischen Zippelmeier von der Notwendigkeit einer solchen Maschine zu überzeugen. Nach einem fast zweijährigen Seilziehen, bei dem er und seine Vorgesetzte des Öfteren

Zippelmeiers Launen über sich hatten ergehen lassen müssen, stand sie nun in ihrem temperierten Raum und Gjon konnte beginnen, Messprogramme zu erstellen, Messsystemanalysen durchzuführen und sein Team einzuweisen.

Die sich schwungvoll öffnende Tür riss ihn aus seinen Gedanken. Der Kollege brachte eine Kunststoffkiste herein und stellte sie auf die Ablage im Messraum. Sie enthielt die Frästeile, die als Nächstes ausgemessen werden mussten. Gjon ging zu ihm. «Denkst du, dass du alleine klarkommst, oder soll ich beim Aufspannen nochmals zuschauen?» Zwar war er davor bei einer anderen Charge mit Teilen gleicher Artikelnummer die ganze Zeit dabei gewesen, hatte auf wichtige Sachverhalte hingewiesen und manchmal gewarnt und gemahnt, doch er war lieber etwas übervorsichtig – auch auf das Risiko hin, sich unbeliebt zu machen.

«Nein, Mann! Ich habe das schon kapiert und ich bin ja nicht blöd. Du kannst dich ruhig um deinen Teamleiterkram kümmern. Ich hab' das hier schon im Griff!», kam es prompt vom jungen Kollegen zurück und der vierunddreissigjährige Gjon fühlte sich für einen kurzen Moment wie der Vater eines genervten Teenagers. «Gut, in Ordnung. Dann gehe ich mich jetzt um die Dokumente für morgen kümmern und du meldest dich, falls du Hilfe brauchst. Bis später!» Statt einer Antwort bekam er einen Blick aus zwei kunstvoll verdrehten Augen zurück.

Gjon begab sich einen Stock höher und begann, Protokolle für zwei morgen anstehende Bemusterungen vorzubereiten. Es war bald ein Uhr. Noch fünf Stunden, doch er war jetzt schon hundemüde. Er war definitiv nicht für die Nachtschicht gebaut. Hoffentlich blieb es heute ruhig.

Als zehn Minuten später der nicht mehr ganz so selbstsichere junge Mann vor ihm stand und Gjon den übel zugerichteten Messtaster in dessen Hand betrachtete, wusste er, dass mit Ruhe erst mal nicht zu rechnen war. Er schloss die Augen, biss sich auf die Lippen und spürte seinen Blutdruck ansteigen. «Mein Gott! Was bist du eigentlich für ein dummer, unfähiger Trottel?! Erst deine arrogante grosse Klappe aufreissen und dann vor lauter Desinteresse und Unkonzentriertheit den Taster zur Sau fahren, sobald man dich alleine lässt?! Hast du keinen verdammten Berufsstolz oder irgendetwas in die Richtung?! Ich würde dich am liebsten auf die Strasse stellen!»

Gjon war sich schon während seines Ausbruchs bewusst, dass er sich nicht gemäss dem Verhaltenskodex der Firma Säger verhielt. Doch wenn er ehrlich war, interessierte ihn das langsam nicht mehr. Er hatte das Gefühl, als sei er nur noch von Idioten umgeben. Im Moment kotzte ihn sein Leben so dermassen an. Und als ob die Situation bei der Arbeit nicht schon reichen würde, machte ihm derzeit auch seine Frau, die er über alles liebte und sogar als eine Art Seelenverwandte sah, das Leben schwer. Wenn das so weiterging, war er bald der nächste Kandidat für einen Burn-out.

Er wischte sich den Schweiss von der Stirn. In etwas ruhigerem Tonfall wandte er sich nochmals an den jungen Kollegen, der bereits begonnen hatte, langsam rückwärts aus dem Raum zu schleichen. «Ich muss schauen, ob wir einen Ersatztaster haben. Falls ich einen finde, machen wir nachher weiter. Ähm ... und ich entschuldige mich für meinen Wutanfall. Es tut mir leid.» Die zwei Augen im bleichen Gesicht sahen ihn überrascht an, und bevor der junge Mann etwas von sich geben konnte, marschierte Gjon bereits an ihm vorbei und ging mit drei Stufen je Schritt die Treppe hinunter.

Der kleine, beinahe enge Raum der Prüfmittelverwaltung lag im Untergeschoss in einer ruhigen, etwas abgeschiedenen Ecke. Dies machte durchaus Sinn, denn die Arbeiten, die dort drin durchgeführt wurden, erforderten ein gewisses Mass an Konzentration und Ruhe.

Falls die diversen Ersatztaster, die er vor zwei Wochen bestellt hatte, bereits eingetroffen waren, mussten sie dort liegen und auf die Prüfung und das Einbuchen durch den Prüfmittelverwalter warten. Er öffnete die Tür, hinter der die Treppe zum Untergeschoss lag, und stieg hinab.

Tagsüber war hier unten ein reger Verkehr. Stapler fuhren mit ihren Ladungen den breiten Gang entlang, Führungspersonen und Projektteams benutzten ihn als Abkürzung, wenn sie zu ihren Sitzungen am anderen Ende des Firmengeländes eilten, und oft sah man externe Handwerker, die hier unten Wartungen oder Reparaturen durchführten. Jetzt – sein Firmenhandy zeigte ein Uhr zweiunddreissig – fühlte es sich an wie ein fremder Ort.

Die Energien, die Gjon nun spürte, lösten bei ihm ein kribbelndes Gefühl angenehmer Spannung aus. Am Tag ein langweiliger Keller, regte dieser bei Nacht eine beinahe kindliche Fantasie an. Gjon spürte, wie sich auf seinem Rücken Hühnerhaut bildete, als er sich vorstellte, er befände sich in einem Grabkammersystem.

Als er die mit «Prüfmittelverwaltung» beschriftete Tür vor sich sah, verblassten die Abenteuerfantasien so schnell, wie sie aufgetaucht waren. Gjon öffnete die Tür mit seinem Badge. Der einzige Grund, warum er überhaupt die Zutrittsberechtigung für diesen Raum besass, war seine Rolle als Betriebssanitäter. Menschen konnten so ziemlich überall kollabieren, also musste er jeden Raum betreten können.

Er zündete das Licht an und schaute sich um. Auf der Ablage in der Raummitte lagen einige ungeöffnete Pakete. Er liess seinen Blick über die Ansammlung aus Kartonschachteln, Kunststoffkisten und gepolsterten Couverts gleiten, als er am Rande seines Gesichtsfeldes eine in den Farben des Messmaschinenherstellers gehaltene Schachtel registrierte. Sie lag auf dem kleinen Stehtisch zwischen Tastatur und Bildschirm und war bereits geöffnet worden. Die Lieferpapiere lagen neben der Schachtel auf dem Tisch.

Gjon hatte Glück, denn neben einigen Spezialspannvorrichtungen beinhaltete die Lieferung auch sämtliche bestellten Ersatztaster. Vorsichtig nahm er das Schächtelchen mit dem benötigten Taster heraus und steckte es in die Brusttasche seines Poloshirts. Ein solches Vorgehen war eigentlich absolut unkorrekt und er, der generell eine sehr prozesstreue Linie fuhr, tat es nicht gerne. Doch die momentane Arbeitsauslastung erlaubte ihm einfach nicht, die ganze Nacht zugunsten der Prozesskonformität zu verschwenden.

Er löste einen Post-it vom Stapel, klebte ihn gut sichtbar vor die Tastatur, zog seinen Kugelschreiber aus der Tasche und schrieb eine kurze Nachricht darauf: «Guten Morgen, Peter, da die Messmaschine sonst die ganze Nacht gestanden hätte und wir extrem ausgelastet sind, habe ich mir erlaubt, einen Ersatztaster aus der Schachtel zu nehmen. Danke für dein Verständnis. Gjon Bunjaku.»

Ein gewisses Mass an Anstand und Respekt war ihm sehr wichtig. Im Arbeitsalltag waren sie ja alle mit Stress und Mühsamkeiten konfrontiert, da war ein konstruktiver Umgang miteinander hilfreich. Hoffentlich würde sich der Prüfmittelverwalter nicht allzu sehr aufregen, wenn er morgen die Nachricht sah.

Gjon löschte das Licht und es wurde vollkommen finster, da mittlerweile auch das Licht draussen im Gang ausgegangen war. Mit dem Bildschirmlicht seines Firmenhandys fand er die Türklinke. Er öffnete die Tür und war gerade im Begriff, in den Gang hinauszutreten, als ein hallendes Klacken ihn innehalten liess. Zwischen Tür und Angel stehend lauschte er dem Geräusch, das er schliesslich als Schritte identifizierte. Allerdings war es nicht die Art von Schrittgeräusch, welches durch Arbeitsschuhe entstand. Es war lauter und härter. Das Klacken näherte sich und Gjons Bauch krampfte sich zusammen.

Dieses Gefühl, welches ihm einen Kälteschauer über den Rücken gleiten liess, irritierte ihn. Irgendetwas bewegte ihn dazu, einen Schritt rückwärts zu gehen, die Türe lautlos wieder zu schliessen und still hinter deren Rahmen stehen zu bleiben.

Nun mussten die Schritte relativ nahe sein. Gjon versuchte, durch das kleine, runde Fenster im oberen Teil der Tür etwas zu erkennen.

Der dünne, intensive Strahl, der aus dem Nichts um die Ecke kam, erschreckte ihn dermassen, dass sein sowieso schon hoher Puls auf gefühlte zweihundert Schläge pro Minute schnellte. Er traute sich nicht einmal mehr zu atmen oder mit den Augen zu blinzeln. Die Tatsache, dass sich jemand einer Taschenlampe bediente, statt auf einen der zahlreichen durch ihre roten Lämpchen gut erkennbaren Lichtschalter zu drücken, verstärkte das seltsame Bauchgefühl zusätzlich. Nun hörte es sich an, als seien die Schritte direkt auf der anderen Seite der Tür. Da realisierte Gjon endlich, warum ihn dieses Klacken so irritierte: Stöckelschuhe! Stöckelschuhe um zwei Uhr nachts im Untergeschoss einer Firma der Metallindustrie.

Allmählich nahm die Lautstärke der Schritte wieder ab. Gjon wartete noch, bis er gar nichts mehr hörte, und öffnete dann vorsichtig die Tür. Der Gang lag wieder in stiller Dunkelheit da. Er entschied sich – entgegen der Kapazitätssituation, die das dringende Ersetzen des Messtasters erfordert hätte – den Gang hinunterzugehen – in die Richtung, in welche die Stöckelschuhe verschwunden waren.

Er stellte sein Telefon stumm und bemühte sich, möglichst geräuschlos vorwärtszukommen. Am Ende des Ganges befand sich ein grosses Rolltor, welches nach draussen führte. Wäre dieses geöffnet worden, hätte er es hören müssen. Die Person musste durch die Tür auf der linken Seite des Gangendes gegangen sein. Dieser Durchgang war aber eigentlich immer zugesperrt, da man nicht wollte, dass der Vorraum des Chemikalienlagers als Abkürzungsweg benutzt wurde. Nur wer dort wirklich etwas zu tun hatte, sollte reingehen – und zwar durch das dafür bestimmte Tor.

Gjon stellte sich dicht vor die Tür und lauschte. Es war nichts zu hören auf der anderen Seite. Langsam drückte er die Klinke herunter und war überrascht, ja verwirrt, als sich die Tür tatsächlich öffnete. Wer vorhin den Gang entlanggegangen war, musste sie aufgeschlossen haben – da war er sich sicher.

Entweder es gab eine vernünftige Erklärung, die er nicht kannte, oder etwas war hier krumm. Vorsichtig ging er durch die Tür und schloss sie wieder leise hinter sich. Es war stockdunkel und beim ersten Schritt stiess er sich das Knie so elendig an etwas Spitzem, dass er hätte schreien können. Er atmete hastig ein und aus und spürte, wie ihm die Tränen kamen. «Scheisse, verdammte … autsch … fuck!», presste er flüsternd hervor, holte das Handy aus der Hosentasche und beleuchtete kurz den Bereich vor sich.

Sein Knie hatte ein Werkzeugwägelchen gerammt, das an der Wand neben der Tür stand. Generell schien der Raum aber relativ minimalistisch eingerichtet zu sein.

Gjon merkte sich, wo er in etwa durchgehen konnte, und bewegte sich dann – mit tastenden Händen voraus – langsam zur gegenüberliegenden Seite des Raumes. Er zuckte zusammen, als er erneut Schritte hörte. Diesmal klangen sie nicht nach Stöckelschuhen, aber auch nicht wirklich nach Sicherheitsschuhen, wie sie im Unternehmen für alle – vom Hauswart bis zur Geschäftsführung – vorgeschrieben waren. Es klang etwas härter, irgendwie nach gutem Herrenschuh.

Gjons Bauch begann sich wieder zusammenzuziehen. Hier war mehr als eine Person unterwegs, die nicht zu Uhrzeit und Ort passte. Er tastete sich wieder etwas zurück, bis er beim Arbeitstisch in der Mitte des Vorraums angelangt war.

An diesem Arbeitsplatz wurden die Ein- und Ausgänge des Chemikalienlagers durch die Logistik registriert. Er ging hinter dem Schubladenblock in die Hocke und hielt sich mit der linken Hand an der Tischplatte fest, während seine Rechte das Diensttelefon hervorkramte.

Gjon traute sich kaum zu atmen, als er ein zweites Paar Schritte hörte. Es waren wieder die Stöckelschuhe. Mit seiner nassen und zittrigen Hand aktivierte er das Diktiergerät und sperrte den Bildschirm sofort wieder. Danach legte er das Handy vorsichtig auf die Tischplatte und schob es zwischen einen Stapel Papiere und den fetten Ordner links davon.

«Die Bezahlung wurde durchgeführt», hörte Gjon eine Frauenstimme flüstern. «Meiner Ansicht nach hätte man da noch mehr rausholen können, doch ich respektiere ein Stück weit auch deine Erfahrung und dein Fachwissen. Wir werden uns beim nächsten Auftrag etwas nach oben tasten.»

«Die Diskussion müssen wir doch nicht hier und jetzt führen. Und ich muss dich wirklich warnen! Gewisse Dinge darf man nicht überreizen. Gier kann einem ziemlich schnell das Genick brechen. Merk dir das! Und nenn es nicht ‹Fachwissen›! Du hast überhaupt keine Vorstellung! Überhaupt keine!», entgegnete eine gehetzte Männerstimme.

«Ja, ja, ich sehe schon. Verschieben wir das Thema lieber auf einen Tag, an dem du besser gelaunt bist ... vielleicht auf den nächsten Vollmond oder so. Also, du den Stapler, ich den Wagen. Bezüglich des nächsten Auftrags melde ich mich.»

Die Schritte waren wieder zu hören. Es schien, als bewegten sich die beiden Personen in unterschiedliche Richtungen. Er konnte deutlich ausmachen, dass die Stöckelschuhe in die Richtung der normalerweise abgeschlossenen Tür gingen. Der andere verliess den Raum scheinbar durch den Hauptausgang.

Als es ruhig wurde und die Anspannung etwas nachzulassen begann, wurde ihm speiübel und sein Kopf fühlte sich leicht schwindelig an. Die beiden Personen hatten zwar geflüstert, doch es herrschte eine gewisse tonverstärkende Gereiztheit zwischen ihnen, und obschon er sie im Moment nicht zuordnen konnte, glaubte er, die gereiztere der beiden Stimmen – die des Mannes – schon oft irgendwo gehört zu haben. Gjon spürte die Magensäure nach oben steigen. Mit zittriger Hand griff er nach dem Telefon. Es zeigte zwei Uhr dreiundvierzig.

Er war gerade im Begriff, sich aufzurichten und aus dem Staub zu machen, als er am Haupteingang des Raumes das Tor aufgehen hörte. Schnell ging er wieder hinter dem Tisch in die Hocke. Im Dunkeln erkannte er die Lichter des Gabelstaplers, der langsam vom Eingang her durch den Vorraum fuhr und dann nach links in den kurzen Gang abschwenkte, der zu den verschiedenen Lagerräumen führte. Seltsamerweise schien der Stapler aber erst beim letzten Lagerraum, der schon seit Jahren leer stand und bezüglich dessen zukünftiger Verwendung immer wieder diskutiert wurde, anzuhalten.

Der Fahrer stieg ab, ging zur Schiebetür und es war zu hören, wie ein Schloss geöffnet und die Tür aufgeschoben wurde. Der Stapler verschwand im Lagerraum, die Gabeln wurden angehoben und keine zehn Sekunden später fuhr er beladen rückwärts heraus. Gjon glaubte, auf den Gabeln eine Europalette mit Doppelrahmen und Deckel zu erkennen.

Nachdem der Fahrer nochmals kurz abgestiegen war, um die Tür zu schliessen, fuhr er – im puren Gegenteil zu allen Gjon bekannten Staplerfahrern im Werk – langsam und vorsichtig – beinahe unsicher – durch den Vorraum und hinaus auf den breiten Hauptgang.

Das Tor schloss sich und gleichzeitig hörte Gjon draussen am Gangende das grössere Tor hochrollen. Irrte er sich, oder lief draussen ein Motor? Er war verwirrt, konnte nicht klar denken. Angesichts der Absurdität dieser Szene war er kurz davor zu glauben, dass bald der Wecker losgehen würde und er seiner Frau von einem der realsten und unangenehmsten Träume erzählen könnte, der ihn seit Langem heimgesucht hatte.

Das Telefon vibrierte. Es war der Kollege, der seit bald einer Stunde darauf wartete, an den Wareneingangsmessungen weitermachen zu können. Gjon drückte den Anruf weg.

Er hörte, dass der Stapler sich entfernte, bevor sich das Tor schloss und draussen – da war er sich nun sicher – die Rampe hinauf ein Fahrzeug vom Kellertor wegfuhr. Er fragte sich, was für eine Art von Ladung jemand mitten in der Nacht aus der Firma schleusen musste. Was er allerdings ohne Frage wusste, war, dass er gerade ein Geschehen mitbekommen hatte, hinter dem kaum eine unschuldige Erklärung stecken konnte.

Als er sich sicher fühlte, richtete er sich auf und schlich zur normalerweise geschlossenen Tür. Er begab sich auf den Gang und ging geräuschlos und zügig – ohne das Licht anzumachen – in die Richtung zurück, aus der er gekommen war. Während Gjon über die Kellertreppe wieder nach oben ging, spürte er plötzlich die pochenden Schmerzen in seinem Kopf. Er brauchte dringend eine Kopfwehtablette in Kombination mit einem starken Kaffee.

Dienstag, 28. Juni, in einer Wohnung in St. Gallen

Barbara machte sich bereit für den Spätdienst im Kantonsspital, wo sie seit über fünf Jahren arbeitete. Sie mochte zwar ihren Job und auch über das Team konnte sie sich nicht beschweren, allerdings war Schichtdienst nicht immer fördernd für Beziehung und Familienleben. Doch momentan war sie beinahe froh, Gjon aus dem Weg gehen zu können.

Seit er ihr letzte Woche offenbart hatte, dass er nicht weiter versuchen wolle, ein zweites Kind zu bekommen, konnte sie ihn kaum ertragen. Er habe keine Energie mehr für die ständigen Behandlungen. Für die Hoffnungen, Enttäuschungen und die immerwährende Angst. Sie derart leiden zu sehen, ohne etwas tun zu können, schmerze ihn zu sehr, hatte er gemeint.

Was er wohl glaubte, wie sehr sie es schmerzte, dass er einfach für sich entschied, ihren grössten Wunsch nicht mehr mit ihr teilen zu wollen, sie im Stich zu lassen? Er war es ja nicht, der die ganzen unangenehmen Untersuchungen,

Behandlungen, Schwangerschaften und Fehlgeburten über sich ergehen lassen musste. Er sollte nur an ihrer Seite sein und mit ihr zusammen an den Erfolg glauben. Irgendwann würde es klappen, wie es ja schon einmal geklappt hatte. Aber sogar dafür war er zu schwach. Wenigstens hätte er an die Kleine denken können. Sollte sie als Einzelkind durch das Leben gehen? Diese Option war für sie inakzeptabel und das letzte Wort war noch nicht gesprochen.

Barbara ging ins Wohnzimmer, wo Gjon seit dem Streit schlief. «Aufstehen! Ich bin dann weg. Die Kleine schläft noch aber geh bitte am Nachmittag mal nach draussen mit ihr.»

«Mmh ... was? Barbara, Schatz, Morgen ...» Die Wohnungstür fiel schwungvoll ins Schloss und Gjon realisierte, dass seine Frau ihn noch immer derart mied, dass es ihr nicht einmal möglich war, ihn beim Verabschieden anzusehen. Seine Augen füllten sich mit Tränen und sein Brustkorb mit Wut. Er hatte die Nase so gestrichen voll von diesem Leben, dass er sich einfach nur noch in die endlose Ewigkeit eines Schwarzen Loches fallen lassen wollte.

Mit der stärksten Kaffeekapsel, die er im Küchenschrank finden konnte, brühte er sich einen Espresso, trank diesen auf ex und legte noch eine Kapsel in die Maschine. Er fühlte sich völlig neben den Schuhen – und dies nicht nur wegen Barbara. Die surreale Szene von gestern Nacht geisterte in seinem Kopf umher.

In einer Stunde würde er seine Tochter aus dem Mittagsschläfchen aufwecken und mit ihr draussen spielen gehen. Er hatte etwas Ablenkung bitter nötig.

Gjon nahm das grosse Stück Wähe, das Barbara ihm vom Mittagessen übrig gelassen hatte, aus dem Kühlschrank, tischte Teller und Besteck auf und schenkte sich ein grosses

Glas kaltes Wasser ein. Während er appetitlos und geistesabwesend vor sich hin kaute, kam ihm ein Gedanke. Vielleicht wäre es besser, er würde seine Chefin – obschon sie erst nächste Woche zurückkam – über die Sache informieren.

Angesichts der Tatsache, dass Helen sechs Monate lang mit einem Burn-out ausgefallen war, wusste er nicht, wie konstruktiv es war, eine solche Nachricht auf ihr Privathandy zu senden oder sie gar anzurufen. Andererseits war sie eine der wenigen in der Firma, denen Gjon voll und ganz vertraute, und wenn die Sache so stank, wie sein Bauchgefühl ihm zu verstehen gab, dann brauchte er Unterstützung.

Nach einigem Überlegen entschied er sich für den Mittelweg. Er holte sein Diensthandy aus der Jackentasche, begab sich zum Sofa und begann auf der für seine Wurstfinger viel zu kleinen Tastatur eine E-Mail an Helens Firmenadresse zu verfassen:

«Liebe Helen, ich hoffe, es geht dir wieder gut. Wir vermissen dich und freuen uns, dass wir dich nächste Woche wieder zurückbekommen. Es tut mir leid, dass ich dich mit einer etwas seltsamen Angelegenheit behellige, aber ich weiss im Moment nicht richtig, wen ich sonst einbeziehen kann. Im Anhang findest du eine Aufnahme (letzte Nacht, Untergeschoss). Können wir darüber sprechen, wenn wir uns sehen? Ausser dir informiere ich vorerst niemanden. Vielen Dank. Gjon.»

Nachdem er die MP3-Datei angehängt und in den Betreff «STRENG VERTRAULICH» geschrieben hatte, schickte er die E-Mail ab. Insgeheim hoffte er, dass Helen vielleicht bereits wieder Geschäftsmails lesen und sich bald schon bei ihm melden würde.

Dienstag, 28. Juni, am Empfang der Firma Säger in Kirchberg

Als Cécile am Dienstagmorgen nach ihrem verlängerten Wochenende wieder in die Firma kam, war sie zugegebenermassen noch nicht wirklich in Geschäftslaune. Nicht dass sie ihren Job oder die Firma nicht mochte. Das Unternehmen war völlig in Ordnung und ihre Tätigkeit machte ihr meistens sogar richtig Spass. Sie hätte einfach lieber noch die ganze Woche mit Robert in diesem wunderschönen Ferienhaus mit Blick auf den Walensee verbracht und sich von Liebe und gutem Wein ernährt.

Es waren vier unvergessliche, wunderbare Tage gewesen, die eigentlich ohne grosse Erwartungen und Pläne begonnen hatten. Sie und Robert, mit dem sie nun seit über zwei Jahren zusammen war, wollten einfach wieder einmal in ruhiger Abgeschiedenheit etwas Zeit miteinander verbringen – fernab von den Ablenkungen und Banalitäten des Alltags. Weder sie noch er hatten geahnt, dass sie beide sich an diesem Wochenende verloben würden.

Nach einer Wanderung am Samstag auf den Leistkamm waren sie auf dem Weg zurück ins Tal an einem süssen kleinen Häuschen vorbeigekommen. Während sie eine kurze Pause einlegten, Wasser tranken und noch die letzten Ovo-Riegel zur Stärkung aufassen, genossen beide den Anblick dieses alten, liebevoll renovierten Ferienchalets inmitten der Berglandschaft.

«Wenn wir pensioniert sind können wir doch den Sommer durch auch hier oben wohnen!», rief Robert ihr – in einem Ton völliger Selbstverständlichkeit – zu. Cécile schaute eine Weile regungslos auf den See hinunter und fragte dann aus dem Bauch hinaus, ungeplant und unüberlegt: «Möchtest du mit mir zusammen pensioniert und alt und runzlig werden?»

Er schaute ihr einige unendliche Sekunden lang tief und ernst in die Augen, um dann mit einem spitzbübischen Grinsen zu antworten: «Klar möchte ich das, du doch hoffentlich auch, oder?» Sie fielen sich in die Arme, lachten, küssten sich innig, verloren das Zeitgefühl und liessen einander erst wieder los, als ein plötzlich einsetzender Starkregen sie dazu zwang.

Die schrille Rezeptionsglocke riss Cécile aus ihren angenehmen Erinnerungen. Sie schaute erschrocken auf, musste sich erst einmal darüber orientieren, wo sie überhaupt war, bevor sie eine leicht irritierte Frau um die dreissig erblickte, die im Begriff war, ein zweites Mal mit der Handinnenfläche auf die Glocke zu hauen. Ihr Gesichtsausdruck liess vermuten, dass sie soeben einen etwas unseriösen ersten Eindruck der Hieronymus Säger Erben AG erhalten hatte.

Cécile befürchtete, dass die Frau schon eine Weile vor ihr am Empfangstresen gestanden hatte, während sie selbst ihr romantisches Wochenende Revue passieren liess.

«Hallo? Bin ich hier richtig? Ich soll mich zum Probearbeiten melden. In der Dreherei. Mein Name ist Sennhauser.» «Ah, ja, Frau Sennhauser, entschuldigen Sie bitte vielmals meine Unachtsamkeit», stammelte es aus Cécile heraus, «ich melde Sie unverzüglich bei der Abteilung an und Sie dürfen in der Zwischenzeit gerne noch dort auf dem Sofa Platz nehmen. An der Frischbohnenmaschine hier vorne können Sie sich mit Kaffee bedienen.» Dann rief sie den betreffenden Teamleiter an und teilte ihm mit, dass Frau Sennhauser abgeholt werden konnte.

Dieser Fauxpas war ihr peinlich. Sie war eigentlich als Personalbetreuerin bei der Firma tätig und hatte die

Angewohnheit, die Aufgaben des Empfangspersonals als langweilig und wenig anspruchsvoll zu kategorisieren.

Diese Woche sass sie allerdings vormittags als Vertretung am Empfang und nahm sich nach diesem uneleganten Einstieg vor, sich zusammenzureissen und in dieser vielleicht doch nicht so simplen Disziplin eine gute Gattung zu machen. Sie holte sich einen Cappuccino, um vollständig wach zu werden.

Das Empfangstelefon klingelte, auf dem Bildschirm erschien eine vierstellige interne Nummer.

«Empfang, Käufeler, guten Morgen.» «Äh, ist die Melanie nicht da? Die muss nämlich sofort dem Bunjaku seine Berechtigung für meinen Raum sperren! Das geht doch nicht, dass der da einfach in meinen Raum reingeht! Das hätte man früher nicht gemacht! Aber heutzutage ist Anstand ja ein Fremdwort! Und die vom Balkan meinen sowieso, sie können ...» «So, jetzt ist aber mal Schluss!», grätschte Cécile dem Mann, der sich nicht die Mühe gemacht hatte, sich mit seinem Namen anzumelden, dazwischen, «Sie beruhigen sich jetzt, sagen mir Ihren Namen, bleiben sachlich und erzählen mir dann in Ruhe und ohne rassistische Ausbrüche, was genau das Problem ist. In Ordnung?»

Eine Weile blieb es still am anderen Ende. «Sind Sie noch da?» «Äh, ja, Meyer ... mit Ypsilon ... ja, a-also, Gjon Bunjaku war in meinem Raum. Ich bin der Prüfmittelverantwortliche und der Bunjaku hat mir auf einen Zettel geschrieben, dass er einen Taster mitgenommen hat. Und so was ist eben sehr unkorrekt. Es gibt eine Prozessanweisung und da steht genau geschrieben, wie der Ablauf ist, wenn eine Lieferung reinkommt. Und der Ablauf ist eben nicht so, dass jemand einfach ohne meine Erlaubnis in meinen Raum kommen und etwas mitnehmen kann, das noch nicht von mir kontrolliert und eingebucht worden ist. Und deshalb müssen Sie ihm, also dem Bunjaku, den Zutritt sperren. Bitte.»

«In Ordnung, Herr Meyer, ich schaue mir das Thema an. Falls ich noch Fragen haben sollte, melde ich mich. Und jetzt wünsche ich Ihnen noch einen erfolgreichen Tag.» Cécile legte auf, bevor ihr Gesprächspartner noch etwas sagen konnte.

Zwar erkannte sie ihn anfangs nicht, doch sein Name – Meyer mit Ypsilon – liess bei ihr ein paar Glocken läuten. Sie hatte mit diesem Mann einmal in ihrer Funktion als Personalbetreuerin das zweifelhafte Vergnügen gehabt. Er hatte damals ein Disziplinargespräch, weil er eine Arbeitskollegin sowohl wegen ihres Geschlechts als auch aufgrund ihres Körperbaus beleidigt hatte.

Der einzige Grund, warum diese Wurst noch hier arbeitete, war Memmelmann. Während sie selbst sowie die Leiterin der Qualitätssicherung, Helen Berger, eine fristlose Kündigung hatten aussprechen wollen, hatte sich Matthäus Memmelmann, Helens Vorgesetzter, von Meyers Showeinlage rumkriegen lassen. Dieser hatte damals geweint und begonnen, von seiner schlechten Kindheit mit der bösen Mutter und dem versoffenen Vater zu erzählen. Als er dann noch eine konservative Version von Gott ins Spiel brachte, erweichte Memmelmann – sein jüngerer Bruder war Pfarrer – endgültig und setzte durch, dass dem armen Mann eine zweite Chance gegeben wurde, da ja jeder manchmal Fehler begehe, die er dann bereue. Dass er Helen und sie nicht noch zum Werfen irgendwelcher Steine aufgefordert hatte, erstaunte Cécile richtiggehend.

Leider schien es, als wäre Herr Meyer mit Ypsilon noch immer mit einer kräftigen Portion Bigotterie gesegnet.

Cécile suchte im Verwaltungssystem nach dem genannten Namen: Bunjaku, Gjon. Sie befasste sich normalerweise nicht mit Zutrittsberechtigungen und musste sich erst wieder etwas mit dieser Oberfläche vertraut machen, um sich zu erinnern, wo sie den Zutrittslog finden konnte.

Als sie diesen endlich geöffnet hatte, stellte sie fest, dass Herr Bunjaku tatsächlich heute um 01:22:46 mit seinem Badge die Tür zum Raum mit der Nummer UG-037-01 geöffnet hatte.

Sie schloss die Liste wieder und schaute sich das Profil des Mannes genauer an, wobei sie feststellte, dass er Betriebssanitäter war und aus diesem Grund in eine spezielle Berechtigungskategorie eingeteilt sein musste. Das war ein Fall für Karolina, die neben ihrer Rolle als Personalchefin auch die alleinige Verantwortung über die Betriebssanität trug.

Das Telefon läutete. Wenn man vom Teufel sprach. Karolina Zieger.

«Empfang, Cécile Käufeler, guten Morgen.» «Aha, Cécile! Jetzt hatte ich ganz vergessen, dass du den Empfang betreust», rief Karolina lachend. «Kein Problem, kann ich etwas für dich tun?» «Na ja, es geht um eine Todesanzeige für einen unserer Mitarbeiter, der im letzten Sommer pensioniert wurde und gestern verstorben ist. Krebs. Jahrgang 1956. Wirklich traurig. Jedenfalls müsste eine Todesanzeige verfasst werden, was die Melanie jeweils ganz gut hinkriegt. Kannst du das übernehmen? Ich müsste die Anzeige bis fünfzehn Uhr dreissig an die Zeitung schicken, damit sie in der morgigen Ausgabe erscheint.»

Cécile hatte absolut keine Lust, eine Todesanzeige zu verfassen. Schon gar nicht für jemanden, der den gleichen Jahrgang hatte wie ihr Vater. Das würde bei ihr wieder Emotionen ausgraben, die sie lieber tief unter der Oberfläche ruhen liess. «Ähm ... ja, klar mache ich das. Schick mir einfach seinen Namen und die Personalnummer und dann schaue ich mir mal seinen Werdegang an und schreibe einen Entwurf. Bis zum Mittag hast du ihn in deinem Posteingang», antwortete sie, während sie sich gleichzeitig ohrfeigen wollte. Warum konnte sie nie Nein sagen?

Dann kam ihr noch das Thema von vorhin in den Sinn. «Du, Karolina, wenn ich dich gerade am Draht habe: Da gab es eine Beschwerde von einem Prüfmittelverwalter. Scheinbar hat ein anderer Mitarbeiter seine speziellen Zutrittsberechtigungen, die er als Betriebssanitäter hat, ausgenutzt. Ich bin mir da aber nicht ganz sicher, der Beschwerende ist ein notorischer Sexist, Rassist und wer weiss was sonst noch alles. Kann ich dir den Fall überlassen?» «Ja, wenn es um einen Sanitäter geht, kümmere ich mich darum. Schick mir bitte die Angaben per E-Mail.» Dann bedankten und verabschiedeten sie sich.

Cécile brauchte einen weiteren, möglichst starken Kaffee, bevor sie sich daran machte, im Personalsystem nach der Akte des verstorbenen Pensionärs zu suchen. In dem System, in dessen Tiefen irgendwo auch die Akte ihres Vaters begraben war. Obwohl es sie bei jedem Einloggen unter den Fingern brannte, hatte sie sich noch nie getraut, seinen Namen ins Suchfeld einzugeben.

Freitag, 1. Juli, im Qualitätssicherungsbüro der Firma Säger

«Thank God it's Friday», schrieb Gjon auf die Wandtafel des Gemeinschaftsarbeitsplatzes vor dem Messraum. Dazu malte er einen grossen Smiley. Es war fünf Uhr am Freitagmorgen. In einer Stunde war diese Arbeitswoche für ihn vorbei, wofür er sehr dankbar war.

Nach anfänglichen Schwierigkeiten hatte sich der junge Kollege im Umgang mit der neuen Koordinatenmessmaschine mit jedem Tag besser angestellt. Nachdem er in der ersten Nacht einen teuren Messtaster auf peinliche Weise demoliert hatte, begann er sich zusammenzureissen und sich weniger mit seinem privaten Telefon und seiner schönen Frisur zu beschäftigen und mehr mit den Aufspannvorrichtungen und -anweisungen. Mit der Zeit machte ihm die Arbeit an der Messmaschine – soweit Gjon dies beurteilen konnte – sogar richtig Freude. Gjon hatte jedenfalls ein gutes Gefühl, den Kollegen von jetzt an alleine in der Nachtschicht arbeiten zu lassen.

Um zehn vor sechs erschienen wie jeden Morgen die Teammitglieder, die diese Woche in der Frühschicht eingeteilt waren. Gjon gab allen Kaffee aus und nach ein paar kollegialen Blödeleien wurden die fachlichen Themen und Probleme besprochen, welche heute auf der Pendenzenliste der Qualitätsprüfer standen.

Um Punkt sechs holte Gjon seinen Rucksack aus dem Spind, klemmte die Regenjacke unter den Arm und verabschiedete sich: «Tschüss, Jungs! Einen erfolgreichen Tag und danach ein schönes Wochenende! Wir sehen uns am Montag!»

Hundemüde, aber erleichtert über die bevorstehenden zwei stressfreien Tage begab er sich zum Ausgang, stempelte aus und ging zügigen Schrittes Richtung Parkhaus. Auf den gut hundert Metern dorthin kamen ihm einige Säger-Angestellte entgegen. Einerseits Frühschichtmitarbeiter, die zeitlich knapp dran waren, aber auch einige früh aufstehende Führungskräfte.

So beispielsweise Karolina Zieger, die Personalchefin und Gesundheitsverantwortliche der Firma, mit welcher er ab und zu im Rahmen von Ersthelferkursen zu tun hatte. Sie stand vor dem Kantineneingang und war bereits in eine scheinbar hochwichtige Diskussion mit dem Produktionsleiter vertieft. Gjon winkte Karolina freundlich zu und erhielt ein Nicken zurück, wobei sich ihr genervter Gesichtsausdruck kurz zu einem Lächeln zwang.

Als Gjon sein Auto erreichte, schmiss er Jacke und Rucksack auf den Hintersitz, stieg ein und zündete sich zuerst eine Zigarette an. Danach startete er den Motor und fuhr mit quietschenden Reifen vom dritten Stock zum Ausgang hinunter. Die Barriere öffnete sich und er spürte, wie sich sein Blutdruck in den gesunden Bereich absenkte und eine wohlige Ruhe in ihm einkehrte, sobald er vom Firmenareal in die Hauptstrasse abbog.

Nachdem er in Wil auf die Autobahn nach St. Gallen aufgefahren war, zündete er sich eine weitere Zigarette an und liess Instrumentalmusik mit spanischer Gitarre laufen. Er liess Wil hinter sich, fuhr mit hundertdreissig Stundenkilometern an Uzwil vorbei und jagte dann seinen alten Corolla den Bürerstich hinauf, wobei er auf die rechte Fahrbahn wechselte und auf hundert Stundenkilometer verlangsamte. Ab und zu tätigten seine Augen einen automatisierten Blick in den Rückspiegel.

Der BMW, der noch immer hinter ihm fuhr, hätte doch problemlos überholen und auf diesem ungewöhnlich steilen Autobahnabschnitt an seiner alten Karre vorbeiziehen können. Jedenfalls hätte Gjon dies so gemacht, wäre er am Steuer eines solchen Autos gesessen.

Es war wirklich ein schönes Modell, ein X6, wenn er sich nicht irrte. Mit BÜS-Kennzeichen. BÜS? Das sagte ihm irgendwie gar nichts und er konnte sich nicht erinnern, dass er diese Abkürzung schon mal irgendwo gesehen hatte. Aber er kannte sich ja mit deutschen Nummernschildern auch nicht sonderlich aus. Vermutlich war das auch einer der vielen Grenzgänger, die in der Ostschweiz arbeiteten.

Irgendwann auf Höhe Gossau hatte er das Gefühl, dass der Abstand zwischen dem dunklen BMW und ihm zu schrumpfen begann. Auch Beschleunigen half nicht, den Abstand zu vergrössern, denn der BMW beschleunigte sofort auch und fuhr nun sogar noch näher auf – gefährlich nahe.

Gjon konnte solche Fahrer nicht ausstehen, verstand nicht, was solcher Leute Problem war. Er versuchte im Rückspiegel zu erkennen, mit welcher Kategorie Strassenverkehrsquerulant er es hier zu tun hatte.

Zu seiner irritierenden Überraschung war ausser einer tief ins Gesicht gezogenen Baseballkappe und der für die Jahreszeit recht dick erscheinenden Jacke nicht viel zu erkennen. Magensäure stieg seine Speiseröhre empor und einen kurzen Moment lang glaubte Gjon, sich übergeben zu müssen.

In jeder anderen Woche seines bisherigen Lebens hätte er sich nicht mehr dabei gedacht, als dass es sich bei diesem Baseballkappenträger einfach um einen von vielen spätpubertären, verantwortungslosen Idioten handelte, die man im Laufe des Lebens im Strassenverkehr so antraf. Doch heute konnte er die Szene nicht so einfach als Zufall abhaken. Zwar war er sich keineswegs sicher, ob er nach seinem Erlebnis in der Nacht auf Dienstag nicht einfach paranoid geworden war, doch irgendwie riet ihm sein Bauch zur Vorsicht.

Mit schwitzenden Händen klaubte er eine dritte Zigarette aus der Schachtel. Er spürte seinen Herzschlag bis in den Hals hinauf und seine Beine fühlten sich weich und schwach an. Als er die Ausfahrt Nummer achtzig nach St. Gallen-Winkeln ansteuerte, ging auch beim BMW hinter ihm der rechte Blinker an. Gjon merkte, wie sich sein Puls beschleunigte und sich sein Blickfeld verengte.

Als der schmächtige Baseballkappenträger hinter ihm in die Zürcherstrasse einbog, begriff Gjon, dass er jetzt auf keinen Fall einfach nach Hause fahren durfte. Entweder er hängte den Verfolger ab, oder er stellte und konfrontierte ihn.

Klar denken war in dieser Situation nur noch äusserst begrenzt möglich. Der Schweiss lief ihm mittlerweile die Stirn hinunter und sein Herzschlag überschlug sich immer häufiger.

Kurz vor der Fürstenlandbrücke traf seine Intuition für ihn die Entscheidung und Gjon lenkte – wie von Geisterhand gesteuert – seinen Corolla auf eine kleine Ausweichstelle auf der linken Strassenseite. Dort hielt er an, drückte auf den Zentralverriegelungsknopf und starrte in den Rückspiegel.

Der deutsche BMW fuhr ohne die minimste Geschwindigkeitsveränderung an der Ausweichstelle vorbei auf die Brücke und verschwand hinter den Büschen. Gjon begann zitternd zu schluchzen. Er war wirklich total paranoid. Nächste Woche würde er in der Hausarztpraxis anrufen, um einen Termin zu vereinbaren, und am Montag konnte er endlich mit Helen reden. Aber jetzt wollte er nur noch nach Hause und seine Tochter umarmen. Und vielleicht auch seine Frau.

Montag, 4. Juli, in einer Einzimmerwohnung in Kirchberg

Helen Berger stand vor dem Badezimmerspiegel und schaute sich in die Augen. Es war sechs Uhr am Morgen des ersten Montags seit fast sechs Monaten, an dem sie sich wieder zur Arbeit bereitmachte. Sie fühlte sich zwar mittlerweile wieder zu fünfundneunzig Prozent gesund, der Schwindel war weg, das Gleichgewicht wiederhergestellt und sie spürte nur noch ab und an dieses Gefühl in den Beinen, welches sie ansatzweise an den totalen Erschöpfungszustand erinnerte, in dem sie während der ersten Monate des Burn-outs gefangen gewesen war.

Es war eine äusserst schwierige und beängstigende Zeit gewesen, und doch war Helen unendlich dankbar, dass die zahllosen Untersuchungen, denen sie sich am Anfang ihres Ausfalls hatte unterziehen müssen, Krankheiten wie Multiple Sklerose oder Polyneuropathie ausschliessen konnten und ihren starken Gleichgewichtsstörungen und den stechenden Kopfschmerzen auch kein Tumor zugrunde lag.

Als der Arzt ihr dann nach zwei Monaten der Ungewissheit erklärte, sie hätte einen stressbedingten Zusammenbruch erlitten, passte diese Diagnose derart schlecht in Helens Bild, dass sie sich nicht traute, ihm zu glauben. In der darauffolgenden Sprechstunde hatte sie den Arzt regelrecht in den Schwitzkasten genommen und eine lange Liste möglicher und unmöglicher Krankheiten aufgezählt, von denen sie gehört oder auf die sie im Internet gestossen war. Erst als er jede einzeln verneint und – wenn auch leicht irritiert – auf Helens Aufforderung hoch und heilig bei seiner Ehre als Arzt garantiert hatte, dass ihren Symptomen eine psychische Ursache zugrunde lag, liess sie von ihm ab und zwang sich, seine Diagnose zu akzeptieren.

Diese beruhigte sie auf der einen Seite, war andererseits aber ein todernster Warnschuss. Sie musste sich und ihren Umgang mit all den mühsamen Situationen und Menschen, denen sie im Alltag begegnete, drastisch ändern. Noch immer ging sie wöchentlich in eine Coachingsitzung, im Rahmen derer sie sich auch intensiv auf die heutige Wiederaufnahme ihrer Arbeit vorbereitet hatte. Auch hoffte sie, die in ihrer morgendlichen Meditation trainierte Einstellung im Alltag kultivieren zu können. Alles in allem fühlte sich Helen bereit, sich ihrer Aufgabe – mit neuer Herangehensweise – wieder zu stellen.

Nachdem sie die Zähne geputzt und die Haare gekämmt hatte, zog sie Jeans und ein schwarzes Poloshirt mit dem Emblem der Hieronymus Säger Erben AG auf der Brust an. In der Küche hatte das Kaffeewasser bereits gekocht und die Spiegeleier brutzelten ölspritzend in der Gusspfanne vor sich hin. Helen rührte sich einen besonders starken Red Cup mit einer gesunden Portion Halbrahm an und ging damit auf den Balkon.

Ihre Katze hatte bereits gefrühstückt und die Wohnung über ihre Leiter verlassen, um ihrer Berufung als Jägerin nachzugehen und ihre Mitbewohnerin mit der einen oder anderen Beute zu erfreuen. Helen zog genüsslich den Duft ihres frischen kulturlosen Fertigkaffees durch die Nase ein und liess die friedliche Morgenstimmung auf sich wirken.

Sie würde das packen. Und sie würde sich eine gesunde Work-Life-Balance schaffen, sodass sie ihre anspruchsvolle Aufgabe noch lange – und in gesunder Weise – erfüllen konnte. Nicht für die Teppichetage – aber für ihre Mitarbeitenden.

Nachdem sie ihre Spiegeleier aufgegessen hatte und sich sicher war, alles, was sie heute brauchte, in ihren Arbeitsrucksack gepackt zu haben, zog Helen ihre Sicherheitsschuhe an, schloss die Wohnungstür hinter sich und nahm den Lift zur Tiefgarage.

Auf der siebenminütigen Fahrt ans andere Ende des Dorfes spürte Helen eine unterschwellige Nervosität in sich aufkommen. Es war nicht unbedingt ein negatives, sondern viel eher leicht mulmiges Gefühl von Neuanfang und Herausforderung. Doch welche Art des Neuanfangs tatsächlich auf sie wartete, sollte sie erst noch erfahren.

Helen parkierte ihren etwas älteren Fiat Panda im ersten Stock des Firmenparkhauses. Der Ort war ihr seit Jahren vertraut, und doch fühlte sich alles so unwirklich an. Sie nahm die vierundzwanzig Wochen ihrer Abwesenheit als undefinierte Zeitspanne wahr. Ihre Sinne waren nicht in der Lage zu erfassen, ob es sich um sechs Tage oder sechs Monate gehandelt hatte. Die Rückkehr hatte etwas Surreales an sich und Helen musste sich – bevor sie aus dem Auto aussteigen konnte – noch einmal mit positiven klaren Worten davon überzeugen, dass es richtig war, in diese Firma zurückzukehren, und sie es schaffen würde.

Dann stieg sie aus ihrem Auto und ging aufrechten Schrittes zum Werkseingang.

Nachdem sie als Antwort auf den Versuch, mit ihrem Badge die Tür zu öffnen, mehrmals nur ein schrilles Piepsen in Kombination mit rotem Blinklicht erhalten hatte, kramte Helen ihr Handy aus der linken Hosentasche und wählte die Nummer ihres direkten Vorgesetzten, Matthäus Memmelmann. Als dieser nicht ans Telefon ging – was bei ihm am Morgen um viertel vor sieben auch nicht ernsthaft zu erwarten war –, ging Helen zum Haupteingang fünfzig Meter weiter vorne und trat durch die schicke Glastür in den Empfangsbereich ein. Hinter der Theke sass Melanie, die sich gerade in einem Telefonat befand.

Als sie Helen erblickte, schien es, als wäre ihr dies unangenehm. Helen und Melanie hatten zwar nicht sonderlich viel miteinander zu tun, die wenigen Interaktionen waren jedoch stets sehr freundlich, ja sogar locker und humorvoll gewesen.

Helen trat an die Empfangstheke heran und wartete, bis Melanie ihr Gespräch beendet hatte. «Morgen, Melanie! Du, sag mal, kannst du meinen Badge entsperren? Ich glaube, der wurde durch meine lange Abwesenheit automatisch deaktiviert oder so.»

Melanies Kopf schwenkte in Helens Richtung, ihre Augen versuchten aber scheinbar mit aller Gewalt, nicht denen Helens zu begegnen. Diese begann langsam den kleinen Knoten zu spüren, der sich in ihrem Magen bildete.

«Äh ... guten Morgen, Helen. Also, es ist so, also ... äh ... ich kann – oder, na ja, darf – dir deinen Badge nicht entsperren, weil, also ... wie soll ich sagen ... äh ... du müsstest bitte auf den Herrn Memmelmann warten. Er sagte mir eigentlich, er würde hier auf dich warten, aber, äh...» «Melanie, was ist denn los, verdammt, gibt's irgendein Problem oder was soll das Theater?! Ich brauche doch keine Begleitung von Memmelmann, um in meine Abteilung zu gelangen! Und rausschmeissen werden die mich ja jetzt wohl auch nicht gerade, oder?!»

«Ach, Helen, ich kann doch nichts dafür, ich mache ja nur meinen Job. Ich finde es ja auch ziemlich beschissen, ehrlich gesagt, aber ...» «Moment, was?! Verarsch mich nicht, Melanie, schmeissen die mich raus?! Sag mir bitte, dass ich gerade etwas falsch verstehe!» Doch Melanies von Erbarmen geschwängerter Hundeblick machte ihre Antwort unnötig.

Helen konnte und wollte es nicht glauben. Man entliess sie, nachdem sie sich für die Firma krankgearbeitet hatte!

Es war eben doch so, schlussendlich war sie bloss eine Nummer, hinter der ein Frankenbetrag stand. Ihre Verdienste, ihr Einsatz und alles, was sie ausmachte, waren nichts mehr wert – waren vielleicht für diese Lackaffen in den oberen Rängen nie etwas wert gewesen. Für diese Firma, die sie den letzten Nerv gekostet hatte, war sie nicht mehr Helen Berger, Abteilungsleiterin der Qualitätssicherung. Sie war nur Personalnummer K-2083. Sie war ersetzbar. Ersetzbar mit jemandem, dessen Nerven noch nicht gerissen waren.

Helen spürte, wie ihre Beine und Hände zittrig wurden und eine ohnmächtige Wut ihren Hals emporschoss. Mit einer mechanischen Bewegung löste sie ihren Badgehalter von der Gurtschlaufe ihrer Jeans, schaute sich nochmals die Karte an, die ihr während der drei Jahre bei der Firma Tür und Tor geöffnet und sie mit künstlichem Kaffee versorgt hatte.

Das stolze Foto der Person, die fünf Minuten vorher ihren Vertrag bei diesem ehrwürdigen Unternehmen unterschrieben hatte, schien ihr nur noch lächerlich.

Helen legte den Badge mit dem Foto nach unten auf die Empfangstheke. «Mach's gut, Melanie, und bleib gesund. Und meinem Chef kannst du einen schönen Gruss und recht herzlichen Dank ausrichten!»

Bevor ihr die Tränen der Enttäuschung in die Augen schossen, drehte sich Helen um und steuerte erhobenen Hauptes auf die schicke Glastüre zu. Melanie kam hinter ihrer Theke hervor und folgte ihr zum Ausgang. «Helen, warte doch bitte kurz. Wenn der Memmelmann kommt, soll er es dir erklären. Er wollte das sicher auch nicht, weisst du, der hat doch Druck von oben, du kennst das ja!»

Helen zitterte und kochte innerlich. Es war, als sei die Welt um sie herum verstummt. Sie hörte nur noch ihren eigenen Herzschlag und das Knirschen der Kieselsteine unter ihren Sohlen, das nun plötzlich um Faktor zehn lauter war als sonst.

Als sie gerade die Treppe zur ersten Etage des Parkhauses hochstürmen wollte, hörte sie hinter sich die altbekannte

Stimme eines ausser Atem geratenen Memmelmanns: «Helen! So bleib doch stehen! Ich kann's dir erklären!» Eine halbe Sekunde lang zögerte Helen, dann nahmen ihre Beine zwei Stufen auf einmal.

Bei ihrem Auto angekommen stieg sie ein, knallte die Tür so kraftvoll wie möglich zu, liess den Motor an und fuhr zum Ausgang. Den rot angelaufenen Memmelmann mit seinen wild herumfuchtelnden Patschhändchen würdigte sie keines Blickes mehr. Was für ein Arsch.

Montag, 4. Juli, im Werk der Hieronymus Säger Erben AG

Als Gjon an diesem Montagmorgen um sieben Uhr zehn in die Firma kam, rannte er schnurstracks zu seinem kleinen Teamleiterbüro und schloss die Tür hinter sich ab. Das tat er sonst nie, aber jetzt brauchte er Raum und Ruhe, um nachzudenken.

Als er am Freitagmorgen nach Hause gekommen war, hatte er bemerkt, dass sein Privathandy nicht im Rucksack war, obwohl er sich nicht vorstellen konnte, wo er es sonst hingelegt haben könnte. Er war sich sicher, dass das Telefon in der Aussentasche seines Rucksacks gelegen hatte und dieser die ganze Nacht in seinem Spind eingeschlossen war. Ausser dem Personalbüro hatte jedoch seines Wissens niemand einen Ersatzschlüssel, was wiederum zur Alternativerklärung passen würde, dass er völlig paranoid war und psychologische Hilfe benötigte.

Das ganze Wochenende über hatte Gjon versucht, sich zu beruhigen. Immer und immer wieder hatte er sich gut zugeredet, sich versichert, dass er einfach nur durcheinander war. Dass es eine einfache Erklärung für das seltsame Treffen im Keller gab. Dass der BMW hinter ihm wirklich nur reiner Zufall gewesen war. Dass er sein Handy eben doch irgendwo an seinem Arbeitsplatz hatte liegen lassen. Er hatte sich eingeredet, dass alles in Ordnung war und er einfach nur seinen Stress in den Griff bekommen musste.

Doch dieses fragile Sandschloss aus unschuldigen Erklärungen fiel in dem Moment in sich zusammen, als er heute Morgen ins Parkhaus der Firma hineinfuhr. Gerade als sich die Barriere öffnete, um ihm die Einfahrt zu gewähren, erkannte er im Seitenspiegel das Heck eines dunklen BMWs, der aus dem Kundenparkplatz heraus auf die Strasse fuhr. Das Kennzeichen lautete BÜS-B256.

Von diesem Moment an war es ihm schlicht unmöglich, sich weiter einzureden, er habe es hier mit eigenartigen Zufällen zu tun. Jemand war hinter ihm her, beobachtete ihn, verfolgte ihn. Jemand hatte sein Privathandy aus dem abgeschlossenen Spind entwendet. Allerdings war darauf nichts Brauchbares zu finden. Die Tonaufnahme war auf seinem Firmentelefon gespeichert und dieses hatte er seit dem Ereignis im Keller – entgegen seiner Gewohnheit – immer bei sich. Er holte das Gerät aus der Hosentasche, um sich zu vergewissern, dass die Tonaufnahme noch existierte – und das tat sie.

Wenn er doch nur endlich darauf käme, woher ihm die flüsternde Stimme des gereizten Mannes so bekannt vorkam. Er konnte sie einfach nicht zuordnen.

Gjon schloss die Bürotür wieder auf und machte sich auf den Weg zur lang ersehnten Morgenbesprechung mit Helen. Danach konnte er endlich mit ihr unter vier Augen reden. Sie nahm sich für die wichtigen Angelegenheiten ihrer Mitarbeitenden immer Zeit – selbst, wenn sie keine hatte.

Auf dem Weg nach unten machte er einen Abstecher zum Kaffeeautomaten, um sich einen überzuckerten doppelten

Espresso zu genehmigen. Das Summen der Maschine reichte bereits aus, um die Spannungsschmerzen in seinem Kopf etwas zu lindern.

Als Gjon in den kleinen Besprechungsraum trat, in dem die Teamleiter und Helen – während ihrer Abwesenheit war Memmelmann eingesprungen – sich jeweils morgens um acht Uhr trafen, herrschte eine nervöse Atmosphäre. Helen war noch nicht da, dafür stand Matthäus Memmelmann mit hochrotem Gesicht und babykopfgrossen Schweissflecken unter den Achseln in der Raummitte und versuchte, sein legeres Lächeln aufrechtzuerhalten.

«Ach du Scheisse», rutschte es Gjon halblaut heraus, als ihm dämmerte, dass dieses Bild kaum etwas Gutes bedeuten konnte.

«Matthäus, wo ist Helen? Sie kommt doch heute, oder?», kam es von Muhamed, einem lockeren, zuweilen bis zum Anecken direkten Typen, der in dieser Firma schon so manchen hatte kommen und gehen sehen.

Memmelmann, der selbst das pure Gegenteil von direkt war und – so kam es seinen Mitarbeitern zumindest vor – immerzu versuchte, beim Sprechen nichts zu sagen, aber trotzdem gut zu klingen, schaute genervt in Muhameds Richtung. «Ja, also, jetzt möchte ich euch erst mal begrüssen heute Morgen an diesem schönen Montag. Ich hoffe, ihr alle habt ein erholsames Wochenende hinter euch. Ja … nun, wie auch ihr bestimmt wisst, ist es ja als Bereichsleiter von Sicherheit und Qualität bei der Hieronymus Säger Erben AG manchmal leider auch meine Aufgabe, nicht ganz so schöne Dinge zu …» «Matthäus! Spar dir das Blabla und sag uns einfach, was los ist! Warum bist du hier und nicht Helen? Ist sie noch krank? Ist sie tot? Oder habt ihr Krawattenträger sie rausgeschmissen, wie es hier im Umgang mit ausgebrannten Mitarbeitern bereits Tradition ist?!»

Memmelmann wurde noch eine Nuance röter und nässer. «Muhamed, ich muss doch sehr bitten. Das ist nicht die Gesprächskultur, die wir bei der Hieronymus ...», bevor er seinen Satz beenden konnte, wurde er von einem umfallenden Stuhl unterbrochen. Muhameds Geduldfaden war gerissen. Er ging von Flüchen begleitet aus dem Raum und knallte die Tür derart hinter sich zu, dass das an deren Rahmen angebrachte Schild mit der Aufschrift EG-105-01 auf den Boden schepperte und in zwei Hälften zersprang.

Die verbleibenden drei Teamleiter schwenkten ihre Köpfe wieder zu Memmelmann. «Matthäus, kommt Helen wieder?», fragte Gjon. Memmelmann wischte sich mit einem weissen, mit seinen Initialen bestickten Stofftaschentuch den Schweiss aus der Stirn. Dann antwortete er mit angespanntem Kiefer und Blick auf seine Schuhe: «Abteilungsleiter sind halt zu teuer, wenn sie so lange ausfallen und ...» Er brach den Satz ab und eine Weile war es unangenehm still im Raum.

«Weisst du, Matthäus, von unserem Personalbüro erwarten wir ja nicht allzu viel, aber dass du nicht siehst, wie Helen den Laden in den letzten Jahren zum Laufen gebracht hat, ist einfach nur bedenklich», sagte Gjon mit brüchiger Stimme. Dann stand auch er auf und verliess den Raum.

Gjon Bunjaku zitterte und spürte den Puls bis zum Hals. Auf wackeligen Beinen lief er zur Toilette und schloss sich in einer der Kabinen ein. Er setzte sich auf den geschlossenen Deckel und stützte seinen Kopf auf die Hände. Um wieder klar denken und die richtigen Entscheidungen treffen zu können, musste er zuerst seine Herzfrequenz herunterkriegen und seine Nerven beruhigen. Er streckte den Rücken durch, stellte seine Füsse gleichmässig und flach auf dem Boden, legte die

Hände mit dem Handrücken nach unten auf die Oberschenkel und schloss die Augen.

Er versuchte, regelmässig und tief zu atmen. Ein und aus. Ein und aus. Das vibrierende Diensthandy in der Hosentasche versuchte er dabei zu ignorieren. Ruhig sass er da und konzentrierte sich für fast fünf Minuten auf seinen Atem, bis sich sein Herzschlag nicht mehr bedrohlich anfühlte.

Er musste mit Helen reden. In der letzten Woche war zu viel Abnormales geschehen, um es zu verdrängen und zur allgemeinen Tagesordnung überzugehen. Irgendetwas Unsauberes lief hinter der glänzenden Fassade dieser Firma ab.

Er hatte keine Ahnung, wie er in der Nacht im Untergeschoss erkannt worden war. Eigentlich war er sich recht sicher, unbemerkt geblieben zu sein, und es war ja nicht so, dass er dort unten einen Mord oder sonst eine schlimme Straftat beobachtet hatte. Die Szene war zwar äusserst seltsam und irgendwie verdächtig, doch die Tatsache, dass er bis in seinen Wohnort verfolgt wurde und man ihm offensichtlich das Handy aus dem abgeschlossenen Spind entwendet hatte, deutete darauf hin, dass er etwas mitgekriegt hatte, das mit allen Mitteln geheim gehalten werden musste.

Er wusste nicht, zu wem der BMW gehörte. In dieser Firma arbeiteten so viele Grenzgänger, dass auch das deutsche Kennzeichen die Möglichkeiten nur begrenzt einschränkte. Zumindest würde es viel Zeit in Anspruch nehmen, den Besitzer ausfindig zu machen – und die hatte er gerade nicht. Auch wusste Gjon momentan nicht, wem er in dieser Angelegenheit vertrauen konnte. Memmelmann? Der war zwar manchmal durchaus nett und man konnte auch mal mit ihm ein Bier trinken gehen und über Babynahrung und vollgeschissene Windeln reden, jedoch war er nicht dafür bekannt, standfeste Prinzipien zu leben. Er war mehr der

Opportunist, der die tiefhängenden Früchte erntete, während er sich seinen Weg des geringsten Widerstandes durch sein Karrierelabyrinth bahnte. Nein, mit Memmelmann sprach er besser nicht darüber.

Helens Privatnummer war auf seinem gestohlenen Handy gespeichert und auf ihrem Diensttelefon war sie nicht mehr zu erreichen. Vermutlich hatte sie auch seine E-Mail mit der Tonaufnahme nie geöffnet. Wenn er wenigstens ihre Wohnadresse kennen würde. Doch ausser dass sie am anderen Ende von Kirchberg wohnte, war ihm weder das Quartier noch die Himmelsrichtung bekannt.

Doch er musste sie irgendwie erreichen, Helen musste diese Tonaufnahmen erhalten. Vielleicht würde sie die Stimmen erkennen, schliesslich hatte sie als Abteilungsleiterin mit viel mehr feinen Damen und Herren aus den oberen Rängen zu schaffen. Und dass die beiden Personen aus dem Keller irgendwo aus den oberen Etagen der Hieronymus Säger Erben AG kamen, stand für Gjon mittlerweile ausser Frage. Doch das Wichtigste war, dass – sollte ihm etwas zustossen – jemand wusste, in welcher Richtung zu suchen war. Und dass ihm etwas zustossen würde, hielt er inzwischen nur noch für eine Frage der Zeit und des Ausmasses. Bei diesen Gedanken lief es ihm kalt den Rücken hinunter. Er dachte an seine kleine Tochter.

Seine feuchten Augen wanderten in der kahlen Toilettenkabine umher und blieben schliesslich an der Papierrolle kleben. Papier. Gjon zerrte ein Blatt von der Rolle ab und legte es auf seinen rechten Oberschenkel. Mit seinem teuren Kugelschreiber, den er zu seinem zehnjährigen Firmenjubiläum geschenkt bekommen hatte, begann er, das Stück Toilettenpapier zu beschreiben:

«H. B.: WICHTIG! Kontaktiere mich gjonbun1987@bluviin.ch! Im Notfall: Tonaufnahme vom 28. Juni auf Diensthandy. Code: 19061989. Parkhaus, 3. Stock, Strasse, links. Was ist im unbenutzten Lagerraum? 1. Juli: wurde nach Nachtschicht verfolgt: BMW X6 schwarz BÜS-B256 (Säger-Kader?). G. B.»

Dann rollte er das Stück Toilettenpapier vorsichtig zusammen, sodass es wie ein dünner, weicher Joint aussah. Nachdem er seinen Kugelschreiber wieder eingesteckt hatte, zog er den dicken, blauen Edding aus der Gesässtasche und schraubte ihn auf. Nach einigem Schütteln fiel die Mine aus dem Aluminiumkörper auf den Boden. Gjon steckte das Röllchen vorsichtig in das leere Gehäuse und schraubte den Stift wieder zu. Die Mine warf er in die Kloschüssel und betätigte die Spülung.

Danach machte er sich auf den Weg zu Helens Büro. Dieses lag in einem abgeschiedenen Flügel des Gebäudes im zweiten Stock.

Als er die vier steilen Treppenabschnitte erklommen hatte, öffnete er die Tür zum Vorraum der Büros von Helen und zwei weiteren Abteilungsleitern. Das Licht war noch aus und es schien, als sei heute noch niemand hier gewesen. Auf möglichst leisen Sohlen ging er zu Helens Bürotür und drückte die Klinke herunter. Die Tür öffnete sich und Gjon huschte hinein.

Da seine Chefin einen äusserst minimalistischen Stil pflegte, keine Ordner, Mappen oder anderen Papierkram an ihrem Arbeitsplatz aufbewahrte und ihr Büro so kahl eingerichtet hatte, dass sie auf Schränke und Schubladenstöcke komplett verzichtete, war ihre Tür immer unverschlossen. Manchmal wunderten sich ihre Mitarbeiter, ob ihr Zuhause auch so aussah.

Auf dem sehr kurzen höhenverstellbaren Bürotisch stand ein Bildschirm mit Tastatur und Maus – natürlich kabellos. Ihr Rechner war das Diensthandy, welches sie bei Bedarf an den Bildschirm andockte.

Auf der rechten oberen Tischecke lag eine kleine Kunststoffkiste. Darin befanden sich ein paar wenige private Utensilien. Ein Vergrösserungsglas, ein Stahlmassstäbchen, ein Satz Innensechskantschlüssel und eine Kunststoffpipette. Vor der Kiste standen zwei Stahlbüchsen. Die eine enthielt Jasmin-Weisstee, die andere Fertigkaffeepulver.

Er war sich sicher, dass Memmelmann Helen all das Zeug nach Hause bringen und sich dafür irgendeinen Wisch unterschreiben lassen musste. Bürokratie hatte einen hohen Stellenwert in diesem Unternehmen.

Gjon legte seinen Edding in die kleine Kiste, bevor er den Raum verliess und ungesehen wieder die Treppe hinunterging.

Wieder an seinem eigenen Arbeitsplatz angekommen, wählte er Memmelmanns Nummer. «Ja. Memmelmann.» «Matthäus, Gjon hier. Du, ich habe plötzlich fürchterliche Kopfschmerzen und mein Magen rebelliert. Ich glaube, ich gehe besser nach Hause, bevor ich mich hier noch ...» «Ja, Herrgott noch mal, ist das jetzt wieder eine eurer Trotzreaktionen wegen der Helen, oder was?! Also, weisst du, ihr habt euch jetzt schon noch an die Regeln zu halten. Man kann doch jetzt nicht einfach ...» «Matthäus, bitte. Mir geht's einfach nicht gut, okay? Vermutlich Migräne. Ich melde mich hiermit krank und gehe jetzt heim. Und bezüglich meiner Vorgesetzten habe ich dir nichts mehr zu sagen, das ist deine Entscheidung.»

Gjon legte auf und packte seinen Rucksack. Auf dem Weg zum Ausgang holte er noch einen zweiten doppelten Espresso. Er musste wachsam bleiben.

Es war jetzt zehn Uhr fünfzehn. Weder im Parkhaus noch auf der Strasse war zu dieser Zeit viel los und seine Heimfahrt wurde kaum erwartet – der beste Moment, um sich sicher aus dem Staub zu machen. Sobald er zu Hause ankam, würde er seiner Frau alles erzählen und hoffen, dass sie nicht von ihm verlangte, damit zur Polizei zu gehen. Denn wenn er ohne etwas wirklich Stichhaltiges die Polizei einschaltete, würde er die Gefahr für sich und seine Familie höchstens noch verschärfen. Es war ja allgemein bekannt, dass die Freunde und Helfer erst etwas unternahmen, nachdem die Katastrophe bereits eingetreten war.

Er konnte sich noch gut an die Nachbarin erinnern, die sich in Todesangst vor ihrem Mann an die Polizei gewandt hatte, welche ihr aber nicht helfen konnte – durfte – wollte. Erst nachdem sie von dem Tyrannen zu Tode geprügelt worden war, hatten die Ordnungshüter reagiert – leider ein bisschen zu spät für das Opfer.

Nein, er musste unbedingt mit Helen sprechen.

Bevor Gjon zu seinem Auto ging, rannte er die Treppe hoch in den dritten Stock des Parkhauses. In der linken Ecke zur Strassenseite hin blieb er stehen und schaute sich um. Es standen ein paar Autos da, aber es befand sich niemand hier, der ihn hätte sehen können. Er entsperrte sein Diensthandy und öffnete das E-Mail-Programm, wo er eine neue Nachricht an seine private E-Mail-Adresse verfasste. Sie enthielt keinen Betreff und keinen Text – nur die MP3-Datei.

Nachdem er die E-Mail gesendet hatte, schaltete er das Handy aus und stieg auf die hüfthohe Betonmauer. Dann stellte er sich auf die Zehenspitzen und streckte sich, um das Gerät vorsichtig auf einer Querstrebe hinter den Stahlpfeiler zu schieben, wo es nicht sichtbar war – ausser man suchte danach.

Als Gjon mit seinem alten Toyota auf der Hauptstrasse von Kirchberg nach Wil fuhr, suchte er andauernd den Rückspiegel nach potenziellen Verfolgern ab und war beruhigt, weit und breit keinen solchen entdecken zu können. Auch als er bereits auf die Autobahn nach St. Gallen aufgefahren war, suchten seine Augen ständig nach Auffälligkeiten, stellten aber nichts fest. Die Autobahn war zu dieser Tageszeit mager befahren. Ein paar Lastwagen, ein paar Rentner und ab und an ein Auto, das offensichtlich in die Ferien fuhr oder von dort zurückkam. Gjon fuhr unauffällig und mit genau hundertzwanzig Stundenkilometern auf der linken Spur.

Als er auf Höhe Gossau war, bemerkte er plötzlich ein blaues Flackern hinter sich auftauchen und er konnte im Rückspiegel den orangen Leuchtstreifen ausmachen. Obwohl er noch nie mit dem Gesetz in Konflikt gekommen war, wurde er jedes Mal nervös, wenn im Strassenverkehr ein Polizeiauto in seiner Nähe auftauchte.

Er wechselte auf die rechte Spur, um dem Polizeifahrzeug das Überholen zu ermöglichen – doch das tat es nicht. Stattdessen reihte es sich direkt hinter seinem Corolla in die rechte Spur ein, was Gjon sehr unangenehm fand. Er spürte seinen Puls ansteigen und prüfte nochmals seinen Tacho. Hundertfünfzehn Kilometer pro Stunde.

Erst vor zwei Wochen hatte er die letzte Motorfahrzeugkontrolle bestanden, an seinem Auto gab es also nichts auszusetzen. Er hatte keinen Grund zur Sorge.

Die Leuchtschrift schreckte ihn aus seinen Überlegungen. «ANHALTEN POLIZEI». Was sollte das? War vielleicht etwas mit seinem Rücklicht? So ein Birnchen konnte ja mal aussteigen. Bestimmt war es das. Aber deswegen jemanden von der Autobahn herunterzuordern, schien ihm leicht übertrieben. Oder nicht? Er hatte keine Ahnung. Er fragte sich nur, warum in der letzten Zeit alles so verdammt mühsam sein musste in seinem Leben.

Andererseits war eine Polizeikontrolle immer noch besser, als von diesem dunklen deutschen BMW verfolgt zu werden. Etwas widerwillig betätigte er den rechten Blinker und fuhr auf die Raststätte Wildhus Süd, wo er auf einem der leeren Parkfelder anhielt. Dann liess er seine Scheibe herunter und stellte den Motor ab. Der weisse VW-Bus der Polizei hielt quer hinter ihm an, als ob sie befürchteten, er könnte zu flüchten versuchen.

Die mussten ihn mit jemandem verwechseln, das war die einzig logische Erklärung. Im Rückspiegel sah er einen Polizisten und eine Polizistin aussteigen. Der Fahrer, der ihm für einen Bullen etwas ungepflegt schien, blieb indes am Steuer sitzen.

Während der Polizist mit ernster Miene die rechte Seite des Fahrzeugs inspizierte, näherte sich die Polizistin der Fahrertür. Sie trug einen unnatürlich blonden Pferdeschwanz und ziemlich viel Make-up. Obwohl er sich sicher war, dass er noch nie etwas mit ihr zu tun gehabt hatte, kam sie ihm auf so seltsame Weise bekannt vor. Der Gang, die Augen, ihre Handbewegungen. Ihr Gesichtsausdruck wirkte professionell, aber einigermassen freundlich. Gjon entspannte sich etwas.

Als die Polizistin vor seinem offenen Fenster stehen blieb, formten sich ihre Lippen zu einem Lächeln. «Führerschein und

Fahrzeugpapiere, bitte.» Sie hatte den Satz kaum beendet, als die Ströme in Gjons Hirn auf Zeitlupe schalteten.

Die Polizistin sprach Hochdeutsch und verlangte Führerschein und Fahrzeugpapiere? Nicht etwa Führer- und Fahrzeugausweis. Was für eine Polizistin war das? Sein Auge streifte noch einmal den Rückspiegel und da realisierte er endlich, was er die ganze Zeit vor Nervosität übersehen hatte: Der weisse VW-Bus mit St. Galler Kennzeichen hatte keine Beschriftungen, kein Kantonswappen, kein permanent montiertes Blaulicht. Das war einfach ein weisser Wagen mit einem quer über die Motorhaube angebrachten orangen Leuchtstreifen. Das einzelne Blaulicht war magnetisch auf dem Dach befestigt.

Er schwenkte seinen Kopf wieder zur Frau an der Fahrertür. Ihre Polizeiuniform war ein dunkelblauer Arbeitsoverall und eine passende Baseballkappe. Keine Beschriftungen, keine Kantonswappen, kein Funkgerät, nichts. Scheisse. Schei... Dann erstarben seine Gedanken. Es wurde dunkel und sein Kopf füllte sich mit weicher, luftiger Watte.

Die Frau zog die Spritze wieder aus Gjons Hals, als der Kollege bereits neben ihr stand, um beim Umladen zu helfen. Gjon spürte nicht mehr, wie sein schlaffer Körper auf die kalte, harte Ladefläche des Busses geworfen wurde.

Nachdem das Blaulicht weggepackt und der orange Leuchtstreifen entfernt war, fuhr der weisse Wagen auf die Autobahn und reihte sich in den unauffälligen Strom durchschnittlicher Fahrzeuge ein. Gjons alter Corolla blieb mit offenem Fenster auf der Raststätte zurück.

Montag, 4. Juli, in Helens ehemaligem Büro

Matthäus Memmelmann stand in Helen Bergers Büro und sah sich um. Viel gab es hier ja nicht, was er ihr nach Hause bringen musste. Wäre er nicht verpflichtet gewesen, das Diensttelefon, in dessen Besitz sie noch immer war, persönlich einzuziehen und ihr ihren Privatbesitz gegen Quittung abzuliefern, hätte er sich den Besuch wohl lieber erspart.

Man musste sich das Leben ja nicht noch erschweren, sondern es sich so einfach wie möglich einrichten. Das hatte er schon sehr früh in seiner Karriere gelernt. In einer Position wie seiner waren Prinzipien und zu viel Ehrlichkeit manchmal nicht nur destruktiv für das berufliche Weiterkommen, sondern auch für die Gesundheit.

Zwar mochte er Helen als Mensch, aber sie gehörte zu denen, die diese Tatsache nicht begriffen – vielleicht nicht begreifen wollten. Sie konnte fünf nicht gerade sein lassen. Auch dann nicht, wenn es von oben gefordert wurde – oder dann erst recht nicht.

Wie ein dummer, naiver Möchtegernheld stellte sie sich Zippelmeier entgegen, wenn sie ein Vorgehen nicht mit ihrem Berufsethos vereinbaren konnte. Manchmal hätte man glauben können, die Firma Säger baue Flugzeuge und Helen müsse sich als Qualitätschefin der geldgierigen Geschäftsleitung in den Weg werfen, um Menschenleben zu retten. Sie nahm ihren Job einfach viel zu ernst. Kein Wunder, dass sie daran kaputtgegangen war.

Matthäus seufzte und schüttelte den Kopf. Jetzt hatte er wieder den ganzen Aufwand mit dem Finden eines geeigneten Nachfolgers. Die Tatsache, dass Berger bei ihren Mitarbeitenden äusserst beliebt war und diese nun scheinbar gegen ihn auf die Barrikaden gingen, machte diese Aufgabe nicht angenehmer.

Er selbst hätte Helen eigentlich nicht entlassen wollen, denn sie war kompetent und hatte ihre Abteilung tatsächlich seit ihrem Eintritt vor drei Jahren spürbar in Schwung gebracht. Doch ihr ausgeprägter Sinn für Korrektheit und Gerechtigkeit, kombiniert mit ihrer oft saloppen, ja beinahe vulgären Ausdrucksweise brachten ihr keine Sympathien in der Geschäftsleitung ein. Und für seinen eigenen Hals war es eben das Gesündeste, nach dem Willen von Zippelmeier zu handeln. Auch das hatte er schon früh gelernt und bis jetzt fuhr er damit recht gut.

Er faltete die mitgebrachte Papiertasche auseinander und begann, Helens Privatbesitz einzupacken.

Nachdem er sich versichert hatte, wirklich nichts übersehen zu haben, machte er sich auf den Weg zum Parkhaus. Dort angekommen, setzte er sich in seinen nagelneuen VW Touareg und tippte Helens Adresse ins Navigationssystem.

«Sie haben Ihr Ziel erreicht», sagte das Navigationssystem und Memmelmann stellte sein Auto auf dem Besucherparkplatz des Quartiers ab. Er überlegte sich nochmals, ob es nicht doch einen gültigen Grund gab, diesen Besuch zu streichen. Leider fiel ihm noch immer nichts Akzeptables ein und so begann er, sich gemütlichen Schrittes in Richtung des Blocks zu bewegen, in welchem Helen zu Hause sein musste.

Im gepflegten Mehrfamilienhaus wohnten zwölf Mietparteien und er musste nicht lange nach dem Klingelknopf suchen, neben welchem ein mit «H. Berger» graviertes Schild angebracht war. Memmelmanns weicher Bürofinger drückte auf den Knopf.

Als nach fünf Sekunden noch keine Reaktion zu vernehmen war, atmete er beruhigt durch. Vielleicht hatte er Glück und sie war noch nicht zu Hause. Hätte man ihm selbst auf so undankbare Weise gekündigt, wäre er vermutlich auch nicht auf direktem Weg heimgefahren, sondern hätte sich erst mal in ein Wirtshaus begeben, um sich bei dem einen oder anderen Bier etwas abzuregen.

Doch gerade als er sich abwenden wollte, surrte der Türöffner. Nach einem kurzen Zögern widerstand er der Versuchung zu verschwinden und ging hinein.

Als er die erste Etage erreicht hatte, sah er eine offene Wohnungstür, die laut Klingelschild Helens sein musste.

«Komm nur rein! Bin grad so weit!», rief Helen von irgendwoher in der Wohnung. «Ähm, Helen? Hallo?», antwortete Memmelmann und wartete vor der Tür.

Dann kam Helen zum Vorschein. Sie hatte offensichtlich einen anderen Besuch erwartet und ihr Gesichtsausdruck zeigte sehr deutlich, dass er hier nicht sonderlich willkommen war. «Ach, du? Ich habe dir und der heiligen Obrigkeit eigentlich nichts mehr zu sagen.»

Ihre saloppe Art irritierte ihn noch immer. Der Geschäftsführer hatte nun mal die Zügel in der Hand und man musste lernen, sich unterzuordnen, auch wenn gewisse Dinge gegen die eigene Auffassung von Richtigkeit gingen. Er konnte sich noch sehr frisch daran erinnern, wie Helen nach einer Sitzung, in der sie sich sehr über Zippelmeier aufgeregt hatte, zu diesem hinging und meinte, er solle doch gleich seinen eigenen «Gesslerhut» aufstellen und erlassen, dass man sich regelmässig davor in den Staub werfe. Beim Gedanken an diese Szene musste Matthäus bei allem Unverständnis auch etwas schmunzeln.

«Ähm, Helen, darf ich kurz reinkommen?», bat er, ohne darauf eine Antwort zu bekommen. Helen griff in ihre Hosentasche und zog das Diensttelefon hervor. Sie drückte es in Memmelmanns Hand. «Hier, Matthäus, das ist alles, was ich euch noch schulde. Das dazugehörige Ladekabel steckt noch in der Steckdose in meinem Büro.»

Memmelmann nahm das Gerät entgegen und hielt Helen die Papiertasche hin. «Dies sind deine persönlichen Sachen aus deinem Büro. Falls noch etwas fehlt ... melde dich bitte. Und was ich noch sagen wollte ...» «Matthäus, vergiss es einfach. Es ist bestimmt zu meinem Besten. Und ich hoffe, dass ihr jemanden findet, der zu euch passt. Jemand, der nicht für die Sache arbeitet, sondern zur Befriedigung von Zippelmeiers Launen.» «Helen, sieh das doch bitte nicht so dermassen ...» «Ist das alles? Dann wären wir nämlich hier fertig», sagte Helen und machte Anstalten, die Tür schliessen zu wollen.

«Moment, Helen, du müsstest das hier bitte noch unterschreiben. Damit bestätigst du, dass du der Firma alles zurückgegeben hast und dass du dein internes Wissen vertraulich behandelst. Äh ... und das hier bitte auch, zur Bestätigung, dass du dein privates ... Zeugs zurückerhalten hast.» Er hielt ihr zwei beidseitig bedruckte Blätter und seinen Kugelschreiber hin.

Helen presste die Papiere an die sich neben dem Eingang befindende Toilettentür und setzte eine schluderige Version ihrer Paraphe – ohne den Text zu lesen – mit Memmelmanns fünfhundert Franken teurem Montblanc auf die leere Linie. «Hier hast du deinen Wisch. Und nun wünsche ich dir herzlichst alles Gute.» Dann schloss sie ihre Wohnungstür, bevor Memmelmann noch irgendetwas antworten konnte.

Eigentlich hatte Helen nicht Memmelmann, sondern ihre Nachbarin, Estrella Villiger, an der Tür erwartet. Als sie diese heute Morgen nach ihrer Rückkehr vom geplatzten Wiedereinstieg bei Säger im Treppenhaus getroffen hatte, war Estrella sofort aufgefallen, dass bei Helen nicht alles im grünen

Bereich war, worauf diese ihr unter Tränen unermesslicher Wut die Geschichte ihres Abgangs erzählt hatte.

Estrella musste sich danach auf den Weg zu einer Kundin aufmachen – sie war selbstständige Treuhänderin –, doch sie hatten abgemacht, zusammen zu Mittag zu essen. Estrella würde auf dem Rückweg beim Kebabladen einen Döner für Helen und einen Dürüm für sich kaufen, während Helen einen frischen Salat vorbereiten wollte.

Zehn Minuten, nachdem Memmelmann die Tür direkt vor der Nase geschlossen bekommen hatte, klingelte es ein weiteres Mal und zu Helens Beruhigung kam diesmal tatsächlich ihre Nachbarin mit dem Mittagessen.

«Komm rein, Esti! Wir essen auf dem Balkon, wenn's für dich in Ordnung ist. Möchtest du sauren Most oder Wasser?»

«Nach diesem nervtötenden Kundenbesuch nehme ich gerne einen Most», antwortete Estrella, während sie Döner und Dürüm auf das kniehohe selbstgezimmerte Balkontischchen legte und sich dann in einen der zwei weissen Kunststoffsessel plumpsen liess.

Helen brachte eine grosse Schüssel mit frischem Salat aus Gurken, Tomaten, Zwiebeln, Oliven und Fetakäse an Olivenöl und frischem Zitronensaft nach draussen und stellte zwei Teller mit Besteck auf den Tisch.

Sie genossen die einfache, aber geschmacklich exzellente Sommermahlzeit, während sie sich gegenseitig den Frust abluden.

Estrella erzählte von der neusten Entwicklung in ihrem Scheidungsprozess, wonach Rolf, ihr zukünftiger Ex-Mann, sich entschieden hatte, das Sorgerecht für Estrellas Hund Cäsar – eine sechs Jahre alte Französische Bulldogge – erstreiten zu wollen. Die Tatsache, dass er den Hund noch nie gemocht hatte und dieser ihn auch nicht, spielte dabei scheinbar keine Rolle. Es ging ums Prinzip. Wenn schon einen Scheidungsprozess, dann so richtig.

Helen ihrerseits berichtete, wie sie am Morgen in der Firma angekommen war und feststellen musste, dass man sie nach dem Burn-out nicht mehr dabeihaben wollte, und wie sehr sie dies verletzte und enttäuschte.

Auch wenn die Nachbarin an der Situation nichts ändern konnte, tat es trotzdem gut, mit jemandem darüber reden zu können. Estrella riet ihr, sich in aller Ruhe zu überlegen, worauf sie wirklich Lust hatte, und sich bei der Neuorientierung Zeit zu geben.

Zwar befand sich Helen noch in einem Zustand massiver Wut und Enttäuschung, doch sie war sich auch bewusst, dass diese Gefühle ihr langfristig nicht helfen konnten, und musste der Nachbarin recht geben.

Als sie fertig gegessen hatten und der Most ausgetrunken war, vereinbarten sie, sich am kommenden Samstagabend zum Grillieren an ihrer Lieblingsgrillstelle im Wald zu treffen. Sie beide brauchten etwas positive Ablenkung, und was gab es Besseres als einen lauen Sommerabend mit Feuer, Fleisch und kühlem Getränk?

Nachdem Estrella gegangen war, setzte sich Helen wieder auf den Balkon und breitete den Inhalt aus Memmelmanns Papiertasche auf dem Holztischchen aus.

Sie öffnete die Büchse mit dem Weisstee und roch daran. Herrlich! Davon würde sie sich jetzt eine grosse Tasse zubereiten. Gerade als sie aufstehen wollte, um in der Küche den Wasserkocher anzuschalten, blieb ihr Blick an einem wasserfesten Filzstift hängen.

Ihrer war das nicht. Seit sie eine Kaderfunktion innehatte und nicht mehr in der Werkstatt Teile oder Beutel beschriften musste, benutzte sie nur noch ganz selten solche Eddings. Dann fiel ihr die Schramme in der Mitte des Stiftkörpers auf und da erkannte sie ihn. Er gehörte Gjon.

Wie der wohl in ihren Sachen gelandet war? Und wie es Gjon wohl ging? Sie hatte ein ungutes Gefühl, wenn sie daran dachte, wie gestresst er oftmals war. Sie hatte zwar immer versucht, den Druck nicht an ihre Leute weiterzugeben, doch Gjon war derart engagiert und nahm seine Arbeit so persönlich, dass es manchmal zwangsläufig zu Situationen kam, die bei ihm eine ungesunde Art von Druck verursachten.

Helen nahm ihr Handy von Fenstersims und machte ein Foto des Eddings. Dieses sandte sie mit dem Kommentar «Gjon, ich habe deinen Stift. Komm mal auf einen Kaffee vorbei, dann bekommst du ihn zurück!» in Begleitung eines grinsenden Emojis an Gjon Bunjaku, den besten Mitarbeiter, den sie je hatte.

Dienstag, 5. Juli, bei Helen Berger zu Hause

In der ersten Nacht nach der Kündigung hatte Helen tief und lang geschlafen. Sie konnte sich nicht erinnern, wann sie das letzte Mal derart lebendig und real geträumt hatte. Auch hatte sie seit fast drei Jahren das erste Mal wieder komplett durchgeschlafen und fühlte sich wunderbar regeneriert.

Sie öffnete sich immer mehr der Idee, dass diese Situation eine wichtige Chance sein konnte, ihr Leben umzugestalten und es auf eine erfüllende Weise zu führen, die nicht nur vier Wochen im Jahr glücklich machte. Eine Chance, sich ihren Lebensunterhalt zukünftig mit einer konstruktiven Tätigkeit zu verdienen, die nicht zum Grossteil aus Intrigen, Politik und Schlammschlachten mit krawattentragenden Lackaffen bestand. Sie musste einfach die Augen öffnen und in sich hineinhören.

Helen nahm sich fest vor, es erst mal langsam angehen zu lassen und bei jeglichen Entscheidungen auf ihr Bauchgefühl zu hören.

Nachdem sie ihre Katze gefüttert und gefrühstückt hatte, setzte sie sich mit einer Tasse starkem Fertigkaffee auf den Balkon ihrer gemütlichen Einzimmerwohnung. Während sie Zwirbeli den Nacken kraulte, scrollte sie auf der Kontaktliste ihres Handys zum Namen ihrer ehemaligen Arbeitskollegin Gabriela Stahl.

Sie kannten sich bereits seit dem Studium, und als Helen vor sieben Jahren bei der Wolf+Reinegger AG ihre Stelle angetreten hatte, staunte sie nicht schlecht, als sie an ihrem zweiten Arbeitstag Gabriela auf dem Parkplatz antraf.

Vier Jahre lang arbeiteten sie dort zusammen. Sie lösten manches knifflige Problem, führten spannende Projekte durch und genossen auch einige mit viel Gelächter und infantilen Blödeleien gefüllte Stunden bei dieser Firma. Im Nachhinein gesehen waren es wohl die beruflich besten Jahre in Helens bisherigem Leben.

Sie drückte die Anruftaste und hoffte, dass sie Gabriela nicht gerade beim Frühstück oder Kinderanziehen störte.

«Helen! Das ist ja ein Zufall! Gerade gestern habe ich zu Enrico gesagt, dass ich dich demnächst mal wieder einladen möchte.» «Hallo, Gabi! Tja, ich glaube, das nennt man Telepathie. Aber das trifft sich gut. Ehrlich gesagt rufe ich an, weil ich mich bei euch einladen wollte. Ihr seid natürlich auch bei mir willkommen, aber ich würde wirklich gerne mal euren neuen Garten und die Kaninchen sehen.» «Ja klar! Wir würden uns freuen! Passt es dir am kommenden Samstag? So um elf Uhr bei uns?»

Im Hintergrund war der Wutanfall eines kleinen Kindes zu hören. «Passt perfekt. Ich freue mich! Vielen Dank und einen Gruss an die Familie! Wir sehen uns!» Das Kind schrie nun wie am Spiess und schien irgendetwas zu Boden geschleudert zu haben. «Mache ich! Bis Samstag, Helen, wir freuen uns!»

Sie verabschiedeten sich und Helen trank ihren lauwarmen Kaffee aus.

Von Gjon hatte sie noch nichts gehört und die Nachricht schien nicht einmal gelesen worden zu sein. Sie war sich auch nicht sicher, ob er diese Woche überhaupt arbeitete oder schon in den Ferien weilte. Sie würde ihm Letzteres gönnen, denn er hatte eine strenge Zeit hinter sich und mit ihrem Ausscheiden würde sich dies auch nicht so bald ändern.

Samstag, 9. Juli, 6 Uhr, in Kirchberg

Am Samstagmorgen wachte Helen nach einer traumlosen Nacht früh auf. Sie fühlte sich wach und klar und war froh, dass ihr die vier Gläser Weisswein vom gestrigen Familienabendessen keinen Kater beschert hatten. Die gemeinsame Mahlzeit, auf die sie sich normalerweise die ganze Woche freute, war diesmal weit weniger gemütlich verlaufen als sonst.

Wie jeden Freitag hatte man sich bei ihrer Mutter getroffen – um Punkt neunzehn Uhr. Ausser Helens Schwester Sylvie und deren Lebensgefährten Walter war diesmal auch Tante Susann zu Besuch.

Seit dem Tod von Helens Vater war sie recht oft bei ihrer Schwester zu Gast, um diese emotional zu unterstützen. Doch obwohl Susann eine äusserst gebildete Person war – sie hatte eine glänzende Karriere als HNO-Ärztin hinter sich –, hatte sie bisher offenbar nicht hinterfragt, ob ihre Lieblingsgesprächsthemen – Todesfälle und schwere Krankheiten – im Zusammenhang mit ihrer frisch verwitweten Schwester die optimalen Konversationsinhalte waren.

Nachdem Susann verkündet hatte, dass das Rindfleisch beinahe so zart und die Sauce fast so aromatisch war, wie wenn sie selbst gekocht hätte, ging ihre Aufmerksamkeit zu Helen.

«Du bist ja heute so ruhig. Erzähl doch mal. Wie war deine erste Woche zurück in der Firma? Die haben dich bestimmt vermisst! Ach, ich bin ja so froh, dass du wieder gesund und fit bist. Das war ja wirklich besorgniserregend!»

Dies war genau die Frage, auf die Helen hätte verzichten können. Sie hatte es nämlich während der ganzen Woche noch nicht übers Herz gebracht, ihrer Mutter von der Kündigung zu erzählen. Mit dem Blick auf die weisse Wand hinter ihrer Tante antwortete sie: «Ja, du, Susann, meine Woche war in Ordnung.»

«Helen, du bist doch sonst so gesprächig. Erzähl doch. Wie war der Wiedereinstieg? War das nicht ein seltsames Gefühl? Haben sich deine Mitarbeiter gefreut, dass sie dich zurückbekommen haben? Dein Chef ist sicher auch erleichtert, dass …?» An diesem Punkt konnte Helen den Dampf nicht mehr länger im Kessel halten. Sie schenkte sich ein zweites Glas Wein ein, nahm einen zünftigen Schluck und schloss die Augen. «Mama, mir wurde gekündigt.»

Ab diesem Moment war es definitiv vorbei mit gemütlicher Familienmahlzeit. Der Rest des Abends war geprägt von gut gemeinten Ratschlägen, offenen und unterschwelligen Vorwürfen und ein paar giftigen Kommentaren von Sylvie.

Spätestens, als dann auch noch Walter, der selbst kaum mehr arbeitete, als für die Finanzierung seiner Hobbys – Zigarettenkonsum und Reptilienhaltung – nötig war, Helen die Gründe für ihr Scheitern zu erklären begann, war sie definitiv nicht mehr in der Stimmung gewesen, sich die Zerfetzung anzuhören, und hatte sich lediglich noch auf den Inhalt ihres Glases konzentriert, bis Sylvie ihr nach dem vierten Mal Nachschenken die Flasche aus den Händen gerissen hatte – begleitet vom Kommentar: «Wir wollen ja jetzt nicht auch noch Alkoholikerin werden ...»

Eine lieb gemeinte und doch etwas schmerzhafte Massage mittels fünf scharfer Krallen auf ihrer Wange riss Helen aus den Gedanken an den gestrigen Abend. «Autsch! Schätzchen! Nicht mit den Krallen! Du bekommst schon dein Frühstück, mein Liebling.»

Sie stieg aus ihrem gemütlichen Bett, rieb sich gähnend die Augen, bevor sie ihrer Katze in die Küche folgte und ihr einen Massbecher voll Trockenfutter in den Napf gab.

Während die Katze an ihrem teuren Gesundheitsfutter knabberte, schmierte sich Helen zwei grosse Butter-Honig-Brote und bereitete Kaffee zu. Dabei hatte sie ein Lächeln auf dem Gesicht und pfiff vor sich hin. Sie nahm heute Morgen eine beinahe vergessene Empfindung war: Vorfreude und Sorgenfreiheit.

Als am Donnerstag Pirkko angerufen und nachgefragt hatte, wann sie denn endlich wieder einmal zu Besuch käme, hatte Helen realisiert, wie lange – für ihre Verhältnisse – sie schon nicht mehr in Finnland gewesen war – einem Land, das sie normalerweise ein- bis zweimal jährlich besuchte.

Als sie Pirkko – eine ihrer besten und ältesten Freundinnen – das letzte Mal besucht hatte, war diese noch verheiratet, Corona war lediglich ein Bier und Helens Vater kannte Krebs nur vom Hörensagen. Vor drei Jahren war ihre Welt noch ein bisschen heiler und sie selbst noch um ein paar Erfahrungen ärmer.

Keine Stunde nach Pirkkos Anruf hatte ihr Helen in einer Textnachricht verkündet, dass sie einen Flug gebucht hatte und am Samstagabend um dreiundzwanzig Uhr dreissig in Kittilä landen würde, worauf drei Daumen-hoch-Emojis zurückgekommen waren.

Nach einem gemütlichen Frühstück auf dem Balkon begann Helen ihren Rucksack zu packen. Viel würde sie nicht brauchen für diese zwei Wochen – Handgepäck reichte völlig.

Sie würde gleich nach ihrem Besuch bei Gabriela nach Zürich fahren, ihr Auto bei Tante Susann stehen lassen und dann das Tram Nummer dreizehn zum Flughafen nehmen.

Sie atmete tief durch und schloss die Augen. Am Ende war die unschöne Kündigung vielleicht tatsächlich ein Segen, der ihr ermöglichte, ihre Lebensqualität zurückzugewinnen.

Um zehn Uhr fünfunddreissig lud Helen ihren Rucksack in den Kofferraum und begab sich auf den Weg nach Eschlikon, wo Gabriela mit ihrer Familie wohnte. Sie war erleichtert, dass ihre Mutter sich bereit erklärt hatte, während ihrer Abwesenheit für Zwirbeli zu sorgen.

Edits Enttäuschung war bereits etwas abgeflacht, doch Helen musste ihr, als sie sich bei einer Tasse Espresso verabschiedet hatten, versprechen, ihr solche Dinge zukünftig nicht mehr vorzuenthalten.

Sie verstand die Gefühle ihrer Mutter, doch seit dem Tod ihres Vaters tat es ihr weh, sie mehr zu belasten, als notwendig war.

Samstag, 9. Juli, in Eschlikon

Als Helen kurz vor elf Uhr vor Gabrielas Haus parkierte, sah sie bereits den Rauch vom Cheminée im Garten aufsteigen. Sie stieg aus und holte die grosse Schwarzwälder Torte, welche sie unterwegs gekauft hatte, aus dem Kofferraum, als sie auch schon die wohlbekannte Stimme hinter sich hörte.

«Helen! Hallo! Herzlich willkommen! So schön, dich zu sehen!», rief Gabriela, während sie Helen die Gartentür öffnete.

Nachdem Helen die Torte auf dem Gartentisch abgestellt hatte, umarmten sie sich zur Begrüssung. Auch Gabrielas Mann Enrico kam kurz aus der Küche, um Hallo zu sagen.

Während er im Haus weiter das Mittagessen vorbereitete und die dreijährige Emma sich im Sandkasten zu beschäftigen wusste, setzten sich Gabriela und Helen mit einem Krug eiskaltem Zitronenwasser an den unter einem massiven Kastanienbaum platzierten Holztisch.

«Helen», begann Gabriela mit einem Gesichtsausdruck, welcher am ehesten als Kombination aus Misstrauen und Neugierde bezeichnet werden konnte, «du weisst ja, dass ich ein gewisses Mass an – nennen wir es mal – kriminalistischem Talent habe, und irgendetwas sagt mir, dass bei dir etwas nicht stimmt.»

Helen musste grinsen. Aus dem Studium und den Jahren bei Wolf+Reinegger wusste sie nur zu gut, dass es kaum jemanden gab, der Gabriela Stahl etwas vormachen konnte.

Diese besass eine solche Intuition, dass es manchmal beinahe unheimlich war. Kombiniert mit ihrer Fähigkeit, verknüpft zu denken, und einem ausgeprägten Wissensdurst machte sie dies zu einer Schnüffelnase, vor der kein Geheimnis sicher war.

«Richtig erkannt, Gabi», antwortete Helen und nahm einen grossen Schluck des erfrischenden Wassers, bevor sie Gabriela ausführlich und detailliert erzählte, wie es ihr am Montag bei ihrem vermeintlichen Wiedereinstieg bei Säger ergangen war. Gabriela, die sehr ähnliche Geschichten schon aus ihrem familiären Umfeld kannte, schüttelte immer wieder leicht den Kopf oder schnaubte verächtlich.

Als Helen fertig erzählt hatte, meinte Gabriela: «Weisst du, nach drei Jahren als gefrustete Vollzeithausfrau spüre ich wirklich den Drang, bald wieder einer bezahlten interessanten Arbeit nachzugehen. Doch je mehr ich mich damit beschäftige, desto unsicherer bin ich mir, ob ich wirklich wieder in die Industrie zurückkehren möchte. Wenn ich Geschichten wie diese höre, dreht sich mein Magen ob der ganzen Falschheit. Ich meine, hast du mal eine Firmenwebsite gesehen, auf der nicht behauptet wird, die Mitarbeiter wären das wichtigste Kapital? Es ist doch immer das gleiche unehrliche Gelaber, oder?»

Helen lachte zynisch. «Ja, stimmt, das kommt auch im Internetauftritt der Hieronymus Säger Erben AG vor. Na ja, so viel kann ich denen ja wohl nicht wert gewesen sein. Aber weisst du was, an diese Lackaffen sollte ich keinen einzigen Gedanken mehr verschwenden. Zumindest versuche ich das.»

Gabriela nickte zustimmend. «Du hast recht, Helen. Die sind es nicht wert. Halt einfach deine Augen offen für das nächste Türchen. Da wird sich etwas Besseres ergeben, da bin ich sicher. Den Burn-out hattest du nicht umsonst und an einen

Ort, der einen dermassen zugrunde richten kann, sollte eigentlich keine vernünftige Person zurückkehren», sagte sie und klopfte Helen auf die Schulter.

Diese verdrehte lächelnd die Augen. Gabi hatte ja recht. Sie hob ihr Wasserglas und prostete Gabriela zu. «Auf die Gesundheit und die menschliche Vernunft!»

Enrico kam mit einem Aufbewahrungsbehälter voller marinierter Pouletschenkel aus der Küche und bat seine Frau, sich des Grills anzunehmen. Während Gabriela das Fleisch auf dem Rost verteilte, bestaunte Helen die wunderschöne Glut und das selbstgebaute Cheminée.

Während die Schenkel fein duftend geröstet wurden, zeigte Gabriela – jetzt von ihrer Tochter Emma begleitet – Helen die Kaninchen, welche erst vor zwei Monaten zur Familie gestossen waren.

Helen, die selbst als Kind Kaninchen gehalten hatte und Tiere im Allgemeinen liebte, war begeistert von den drei süssen Loh-Weibchen. Sie half Emma, ein paar frische Haselzweige ins Gehege zu legen, und genoss den Anblick der sich auf diese Delikatesse stürzenden Häschen.

Um zwölf Uhr dreissig sassen sie alle am angenehm schattigen Gartentisch und bedienten sich an Enricos vorzüglichen Salaten. Gabriela verteilte in grosszügiger Manier das Fleisch und ihr achtzehnjähriger Sohn Elias, den überhaupt erst der Grillduft aus seinem düsteren Teenagerzimmer hatte locken können, war für das Füllen der Gläser verantwortlich, worauf er sichtlich keinen Bock hatte.

Die Mahlzeit war die wunderbare Kombination aus feinem Essen und der Gesellschaft guter Menschen – was wollte man mehr? Helen fühlte sich richtiggehend zufrieden mit sich und der Welt. Der Sommer konnte doch noch gut werden. Sehr gut sogar.

Nach dem lang gedehnten Mittagessen, das mit der mastigen Schwarzwälder Torte seinen Abschluss fand, machte sich Elias wieder so kommentarlos aus dem Staub, wie er aufgetaucht war, und Emma wurde von der Mutter ihrer Spielgruppenkameradin auf einen Zoobesuch abgeholt.

Gabriela, Enrico und Helen sassen mit ihren Kaffeetassen und vollen Bäuchen in die bequemen Stühle zurückgelehnt da und genossen die Ruhe.

Enrico las nebenbei in der Zeitung, als sich plötzlich seine Stirn in Falten legte. «Ha! Ist ja krass ...», gab er – halb in Gedanken versunken – von sich. «Was ist krass, Liebling?», fragte Gabriela und wandte sich ihm zu. Enrico hielt die Zeitung nach aussen gedreht vor sich hin, sodass ein Artikel über einen Vermisstenfall zu sehen war.

«‹Die Familie des vierzigjährigen Markus Zielony aus Rapperswil kann sich sein plötzliches Verschwinden nicht erklären und hofft verzweifelt auf die Hilfe der Öffentlichkeit›, steht da ...»

«Ist das jetzt ein neuer Fall oder geht es um den, der seit Mai verschwunden ist?», fragte Helen interessiert. Enrico überflog nochmals die Einleitung. «Da steht, dass er am vierundzwanzigsten Juni das letzte Mal gesehen wurde und seither vermisst wird.»

Gabriela streckte ihrem Mann die fordernde Hand entgegen. «Lass mich mal lesen, bitte, Schatz.» Er drückte ihr die Zeitung in die Hand und stand auf, um in der Küche aufzuräumen.

Sie legte die Zeitung so hin, dass auch Helen mitlesen konnte. Beide studierten den halbseitigen Artikel konzentriert.

Gabriela lehnte sich nach dem Lesen wieder zurück und nahm einen Schluck Kaffee. «Im Mai gab es doch tatsächlich schon einmal eine ähnliche Geschichte. Ein Familienvater um die vierzig verschwand plötzlich, ohne irgendwelche Anzeichen, dass etwas nicht in Ordnung gewesen wäre. Das war im Thurgau. Konrad ... irgendwas. Und jetzt schon wieder ein Vermisster in der Ostschweiz? Meine Güte, man könnte ja meinen, wir wären hier irgendwo in den USA.»

Helen kaute an ihrem Daumennagel und schaute das Foto des Mannes in der Blattmitte eine Weile intensiv an. Dann sah sie stirnrunzelnd auf. «Beide sehen wie Models aus!»

«Models? Wie meinst du?», fragte Gabriela leicht überrascht und betrachtete das Bild nun auch noch einmal näher.

«Was ich meine, ist, dass sowohl der Typ vom Mai als auch dieser hier so ziemlich dem gängigen Schönheitsideal für Männer entsprechen.»

Gabrielas Augen begannen zu glänzen. «Ich werde mich da mal einlesen», sagte sie mit einer Begeisterung, die Helen daran erinnerte, dass Gabriela, wäre sie damals nicht ungeplant mit Elias schwanger geworden, wahrscheinlich Polizistin geworden wäre. Sie hatte damals bereits das Aufnahmeverfahren bestanden, die Ausbildung dann aber nicht begonnen, was eine schwierige Entscheidung gewesen sein musste.

«Sag mal, Gabi, ist die Privatdetektivausbildung, von der du mir mal erzählt hast, eigentlich gar kein Thema mehr für dich?»

Gabriela seufzte auf diese Frage. «Ach, Helen, weisst du, wenn ich ehrlich bin, denke ich ziemlich oft daran. Denn wie gesagt überlege ich mir ernsthaft Alternativen zu meinem bisherigen Tätigkeitsgebiet und du kennst ja meine Faszination fürs Investigative. Doch andererseits habe ich jahrelang für das Ingenieurstudium geschuftet. Kurz gesagt, ich habe zurzeit keine Ahnung, wohin mein Weg geht, und das frustriert mich.»

Helen sah in die grüne Blättermasse des grossen Kastanienbaumes über ihr und seufzte. «Ja, das Ingenieurstudium. Das haben wir wohl alle als Tor zu einem unglaublich interessanten Berufsleben gesehen. Als zukünftige Helden der Medizinaltechnik und im Bereich der erneuerbaren Energien haben wir uns damals gefühlt. Oh, Mann. Und jetzt sitzen wir hier mit Frust und Burn-out. Juhu! Eigentlich bräuchte ich jetzt gerade einen Schnaps, aber ich muss nachher noch fahren.»

Gabriela musste lachen. «Den holen wir nach, versprochen!» «Einladung angenommen!», rief Helen und prostete ihrer Kollegin mit der beinahe leeren Kaffeetasse zu.

Als Enrico mit dem Abwasch fertig war, unternahmen sie zu dritt einen gemütlichen Spaziergang durch das gepflegte Quartier, in dem Gabriela und Enrico vor drei Jahren ihr Haus gekauft hatten.

Helen genoss es und fragte sich einmal mehr, wie sie die drei Jahre bei der Firma Säger überhaupt ausgehalten hatte. In dieser Zeit hatte sie nur immerzu gehofft, es irgendwie bis zum nächsten Wochenende zu schaffen, um dann am Freitagabend so erschöpft und frustriert heimzukommen, dass sie über das Wochenende keine Energie für Besuche und andere soziale Interaktionen mehr hatte. Gott sei Dank hatte ihr das Leben den Riegel vorgeschoben. Sie liess ihre Hand über das Schilf eines am Quartierweg liegenden kleinen Teiches gleiten und sog die warme, lieblich nach Sommer duftende Luft tief in ihre Lungen ein.

Der Nachmittag war wie im Flug vergangen. Es war siebzehn Uhr dreissig und Helen sass im Zürcher Tram Nummer dreizehn zum Flughafen.

Nun war es Zeit, alle Sorgen und Ärgernisse der vergangenen Wochen und Monate hinter sich zu lassen und einfach nur dankbar zu sein, dass sie nun wieder in der Lage war, an diesen wunderschönen Ort in Lappland zu reisen und Zeit mit Leuten zu verbringen, die ihr nicht nur wichtig waren, sondern ihr auch mental guttaten.

Samstag, 9. Juli, in Kittilä, Lappland, Finnland

Als das Flugzeug kurz vor dreiundzwanzig Uhr auf dem kleinen Flughafen landete, fühlte sich Helen bereits wie ein energetisch anderer Mensch. Schon alleine die Tatsache, dass es während des ganzen Fluges nicht mehr dunkel geworden war und es auch durchaus hätte Mittag sein können, veränderte ihre Lebensgeister.

Sie schwang ihren Rucksack auf die rechte Schulter und begab sich durch die Ausgangshalle nach draussen. Sie überquerte den Vorplatz zu den mehrheitlich leeren Parkfeldern, da sah sie auch bereits den alten, leicht verbeulten VW Golf von Pirkkos zweiundzwanzigjähriger Tochter Kaisa auf sich zurollen. Helens Gesicht erhellte sich, sie blieb stehen und winkte dem Auto zu.

Nach einer begeisterten Begrüssung nahmen Kaisa und Helen die rund hundertdreissig Kilometer nach Vuontisjärvi in Angriff, wo Pirkko seit der Trennung mit ihren zwei Töchtern und einem süssen Cockerspaniel lebte. Bei mitternächtlichem Sonnenschein ging es durch die Wald-und-

Tundra-Landschaft des Nordens, die trotz Kaisas jugendlichem Fahrstil eine derart beruhigende Wirkung auf Helen hatte, dass diese irgendwann einschlief und erst wieder erwachte, als Pirkkos Hund mit seiner warmen, feuchten Zunge ihr Gesicht zu lecken begann.

Helen konnte sich nicht erinnern, dass sie in den letzten drei Jahren einmal so sorgenfrei und entspannt gewesen wäre, und genoss jede Minute ihrer Ferien.

Vuontisjärvi war von Nationalpark- und Naturschutzgebiet umgeben und sie liebte es, hier zu wandern. Doch sie war sich bewusst, dass ihr Körper seine Ausdauer erst noch vollständig zurücktrainieren musste, und steckte sich ein Ziel: Im Herbst würde sie wieder hierherkommen und von Jerisjärvi nach Hetta durch den Pallas-Yllästunturi-Nationalpark wandern – zum sechsten Mal.

Jetzt genoss Helen einfach die gute, positive Gesellschaft ihrer Freunde, die täglichen Spaziergänge und kurzen Wanderungen durch die Natur und die abendlichen Saunagänge, denen jeweils nahrhafte aber gesunde Abendessen mit selbstgeräuchertem Fisch und Gemüse aus dem eigenen Garten folgten.

Ihr Telefon lag den grössten Teil der Zeit im Rucksack. Nach dem Aufstehen und vor dem Einschlafen schaute sie jeweils kurz die Textnachrichten an. Ausser ein paar Schöne-Ferien-Wünschen und einem Foto ihrer zufrieden fressenden Katze, welches ihr ihre Mutter gesandt hatte, schien es nichts Besonderes zu geben, und das war gut so.

Am Montag erschien ein verpasster Anruf einer unbekannten Schweizer Handynummer auf ihrer Anrufliste, doch das konnte wohl kaum etwas Wichtiges gewesen sein und Helen dachte nicht weiter daran.

Am Dienstag gingen Pirkko, ihre jüngere Tochter Seija und Helen zum nahe gelegenen See, der den gleichen Namen wie die Ortschaft trug, um dort zu wandern, Mittagessen auf dem Feuer zu kochen und die ruhige Natur zu geniessen. Am Nachmittag sollte auch Pirkkos neuer Freund, den Helen noch nicht kannte, zu ihnen stossen. Er wohnte direkt am Ufer und besass ein Motor- und zwei Ruderboote.

Als sie nach zwei Stunden Fussmarsch an einem wunderschönen Plätzchen anlangten, das sich für ein Feuer bestens eignete, stellten sie ihre Rucksäcke ab, und während Pirkko – eine unverbesserliche Workaholikerin – noch ein scheinbar dringliches E-Mail bezüglich eines ihrer vielen Projekte versenden musste, machten sich Helen und Seija ans Brennholzsammeln.

Als Helen ihr Feuerzeug aus der einen Seitentasche ihres Rucksacks holte, spürte sie in der gegenüberliegenden Aussentasche das Vibrieren ihres Handys. Sie zog das Gerät hervor, um festzustellen, dass es sich wieder um dieselbe unbekannte Nummer handelte wie am Vortag.

Sie drückte den Anruf weg. Ihrer Familie, ihrer Katze und ihrer Wohnung ging es gut. Also konnte sie davon ausgehen, dass ein Rückruf auch bis nach ihren Ferien warten konnte – wenn es nicht sowieso wieder so ein Callcenter war. Jetzt wollte sie einfach ihre Ruhe und – zumindest für diese zwei Wochen – die Welt der Telefonanrufe und E-Mails so weit aus ihrem Leben sperren, wie es im digitalen Zeitalter noch möglich war – auch auf die Gefahr hin, jemandem damit auf die Nerven zu gehen.

Das Feuer loderte und brachte nach einer Weile eine schöne Glut hervor. Die mitgebrachten Steaks wurden ausgepackt und auf dem kleinen Rost, den Pirkko mitgetragen hatte, knapp darüber platziert. Ein feiner Duft erfüllte die Umgebung.

Irgendwann legte ein Motorboot am etwa fünfzig Meter von der Feuerstelle entfernten Ufer an und ein Mann um die fünfzig mit Bierbäuchlein und gutmütigem Gesicht kam an Land. Er hatte von Pirkko die Koordinaten erhalten und erschien pünktlich zum Mittagessen, welches ausser saftigem Rindfleisch noch Grillkartoffeln, Essiggurken und Nussschokolade zum Dessert beinhaltete.

Dieser neue Freund – Juha – schien freundlich, authentisch und erfrischend anders als Pirkkos selbstzentrierter, egoistischer Ex-Mann. Helen freute sich, denn wenn jemand einen guten Partner verdient hatte, dann Pirkko.

Als sie am Abend zufrieden und müde heimkamen, schaute Helen nochmals kurz auf ihr Telefon und wunderte sich ein wenig, dass Gjon ihre Nachricht scheinbar noch immer nicht gelesen hatte.

Nicht dass ihre Textnachricht wahnsinnig wichtig gewesen wäre. Lediglich die Tatsache, dass diese nun seit über einer Woche ungelesen blieb, schien ihr etwas ungewöhnlich. Helen hoffte, dass bei ihrem ehemaligen Mitarbeiter alles in Ordnung war, und nahm sich vor, sich nach ihrer Rückkehr in die Schweiz bei ihm zu melden, sollte sie weiterhin nichts von ihm hören.

Nachdem der Dienstagabend noch sehr lang und feuchtfröhlich wurde, war der Mittwoch als Faulenztag geplant. Während Kaisa und Seija mit Ohrstöpseln im kühlen Gras lagen und lediglich ab und zu eine Zehe im Takt wippen liessen, sassen Helen und Pirkko mit genügend Kaffee ausgestattet auf den hölzernen Gartensesseln vor dem hellblauen Holzhaus und unterhielten sich, während sich der verspielte Spaniel an Helens Zehen zu schaffen machte.

Helen erzählte, wie es ihr bei der Firma Säger ergangen war, wie der Zusammenbruch und die Zeit danach sie verändert hatten und wie sie nach dieser Erfahrung über das Leben dachte. Sie sprachen über die heutige Arbeitswelt und den Umgang mit Arbeitnehmenden in ihren jeweiligen Ländern und darüber, wie Firmenkultur und -werte von der Führung beeinflusst werden und sich mit der Zeit verändern können.

Pirkko erzählte, dass sie – trotz der anfänglichen Schwierigkeiten – den Schritt in die Selbstständigkeit wieder machen würde. Obwohl ihr Umfeld damals nicht verstanden hatte, warum sie eine sichere Festanstellung an der Universität aufgab, um in ein kleines Kaff in Lappland zu ziehen und ihren Lebensunterhalt fortan als Übersetzerin, Privatlehrerin für Schwedisch und mit dem Onlinehandel mit Duftkerzen und Räucherwaren zu verdienen.

Helen gab zu, dass auch sie sich in den letzten Tagen mit der Frage beschäftigt hatte, wie sie für sich einen Weg finden konnte, ihre eigene Chefin zu werden. Sie zählten mögliche Vor- und Nachteile und wichtige Unterschiede zum Angestelltendasein auf und kamen zum Schluss, dass es mindestens eine ernst zu nehmende Option war, die es näher zu betrachten galt.

Helen nahm sich vor, sich eine Scheibe von Pirkkos Mut abzuschneiden und sich eine berufliche Zukunft aufzubauen, in der sie echte Erfüllung fand. Ja, das würde sie. Ein zufriedenes Lächeln zog über ihr Gesicht.

Nach einem leichten Mittagessen aus Salaten, Fisch und Brot machte sich Helen zu einem Spaziergang auf, um sich ein ruhiges Plätzchen zum Meditieren im nahe gelegenen Wald zu suchen. Sie entfernte sich vom Haus und begab sich immer tiefer in den kühlen, ruhigen Birkenwald hinein, über Wurzeln, Moos und Steine.

Als sie gerade das ideale Plätzchen gefunden zu haben glaubte, begann ihr linker Oberschenkel zu vibrieren. Helen drückte den Anruf weg und sah sich auf dem mit grossen, geschmeidigen Steinen besetzten Hügel um. Sie setzte sich auf den flachsten der Steine und streckte ihren Rücken durch. Wie wunderschön und friedlich es hier doch war.

Bevor sie die Audiodatei der geführten Meditation aufrief, überprüfte sie aus reiner Gewohnheit noch kurz ihre Nachrichten-App, was sie gleich auf den ersten Blick bereute.

Die nervende unbekannte Nummer hatte ihr eine Nachricht gesandt. Begleitet von einem unangenehmen Rumpeln im Magen öffnete sie diese.

«Liebe Frau Berger, es tut mir leid, dass ich Sie störe. Ich bin die Frau von Gjon Bunjaku. Ich weiss nicht, was ich tun soll, und mache mir Sorgen. Können wir sprechen? Ich weiss nicht mehr, an wen ich mich sonst wenden soll. Gjon hatte mir Ihre Privatnummer einmal für den Notfall aufgeschrieben. Ich fürchte, dies könnte einer sein. Vielen Dank. Barbara Bunjaku.»

Helens Kiefer hing herunter und ihre Finger verkrampften sich. «Scheisse ...»

Die Meditation im ruhigen Wald war für heute definitiv gelaufen. Sie startete einen Internetanruf an die nun nicht mehr unbekannte Nummer. Nach nur zweimaligem Klingeln meldete sich eine Stimme, die einen groben Kloss im Hals haben musste.

Die Frau stellte sich als Gjons Ehefrau Barbara vor und erklärte, dass Gjon ihr einmal gesagt hatte, dass – sollte ihm bei der Arbeit etwas zustossen – sie nur mit seiner direkten

Vorgesetzten sprechen sollte und nicht mit Memmelmann oder dem Personalbüro. Helen konnte sich vorstellen, warum.

«Ich verstehe. Nur, ich bin nicht mehr Gjons Chefin. Ich wurde entlassen, als ich am Montag letzter Woche meine Arbeit wieder aufnehmen wollte. Wie du vielleicht weisst, war ich davor ein paar Monate abwesend. Aber was ist denn nun mit Gjon?»

Am anderen Ende war nun ein Schluchzen zu vernehmen.

Nachdem sich Barbara wieder einigermassen gefasst und ihre Nase geschnäuzt hatte, begann sie hastig und atemlos zu erzählen. «Wir hatten einen heftigen Streit und deswegen habe ich kaum mit ihm gesprochen in letzter Zeit und dann kam er nicht nach Hause am Montag und es war mir scheissegal und dann ... äh ... dann kam die Textnachricht und ich dachte ‹du Arsch, ich lass mich scheiden› und dann ... dann habe ich irgendwann doch das Gefühl bekommen, dass das Ganze nicht zu ihm passt, einfach abzuhauen und ... äh ... und ich hab' nochmals die Nachricht gelesen und dann habe ich gemerkt ...» Wieder begann Barbara zu schluchzen.

Helen hatte aus der nervösen und unkoordinierten Erzählung nicht den Hauch eines Bildes der Geschehnisse bekommen können. «Barbara, ganz ruhig. Atme ein paarmal tief durch, okay?»

«O-okay, ja, okay.» Es war zu hören, wie Barbara mehrere Male hintereinander tief ein- und ausatmete. «Also, Barbara, Gjon ist seit Montag letzter Woche nicht mehr nach Hause gekommen?», fragte Helen beinahe etwas ungläubig.

«Ja, genau, er ging am Morgen zur Arbeit, kam aber am Abend nicht mehr nach Hause.» Barbaras Stimme klang nun etwas gefasster und ruhiger. «Und, Barbara, wann hast du von ihm eine Nachricht erhalten?» «Am Abend – Montagabend, nachdem er nicht nach Hause gekommen war, um genau ...

neunzehn Uhr vier. Ich habe mich fürchterlich darüber aufgeregt. Er schrieb, er brauche Abstand und Zeit zum Nachdenken. Das hat mich so wütend gemacht, dass mir nicht aufgefallen ...» Wieder brach Barbaras Stimme.

«Was ist dir nicht aufgefallen?», hakte Helen nach und versuchte, ihre Ungeduld zu verbergen.

«Also, na ja, die Nachricht wurde schon von ihm geschrieben, da bin ich mir sicher. Er hat ‹ie› in ‹ei› umgedreht, ein typischer Fehler, den er oft macht ...» Helen musste schmunzeln. Dieser Schreibfehler von Gjon war auch ihr bestens bekannt. Doch sie sagte nichts und hörte konzentriert zu. «... aber irgendwann nach ein paar Tagen begann ich mich plötzlich zu fragen, ob ich überhaupt schon einmal eine in Hochdeutsch verfasste Nachricht von ihm erhalten hatte. Ich habe lange überlegt und bin mir nun ziemlich sicher, dass er das noch nie gemacht hat, nicht einmal, wenn er wütend war. Wir schreiben uns immer im Dialekt, doch die Polizei ...»

«Du warst bei der Polizei? Wann?», fragte Helen leicht überrascht. «Am Donnerstag. Nachdem ich bei Säger angerufen hatte, wusste ich, dass ich die Polizei einschalten muss. Doch die haben mich für eine hysterische Zicke gehalten und nicht wirklich ernst genommen.»

Barbara erzählte, wie sie zum Polizeiposten gegangen war, um ihren Mann als vermisst zu melden. Nachdem der Beamte einige Fragen gestellt hatte, die Barbara so gut wie möglich zu beantworten versuchte, bekam er Gjons letzte Textnachricht zu sehen. Von diesem Moment an war für den sowieso nicht übermotiviert erscheinenden Polizisten klar, dass Barbaras Problem eher ein Fall für Ehetherapeuten oder Scheidungsanwälte war. Ob die Nachricht nun auf Hochdeutsch oder Dialekt geschrieben war, hielt er für ein irrelevantes und vernachlässigbar unwichtiges Detail.

Zum Schluss hatte er halbherzig versprochen, die Polizei würde sich bei Barbara melden und sie solle bitte sofort den Posten anrufen, sobald ihr Mann zu Hause sei, damit kein unnötiger Aufwand betrieben würde.

Helen hörte, wie sich Barbaras Stimme mit Wut und Ohnmacht füllte. «Er war also auch nicht bei der Arbeit?», fragte sie nach. «Nein, aber das Seltsame war, dass Herr Memmelmann meinte, Gjon sei krank und ab dem vierten Tag müsste er dann gefälligst ein Arztzeugnis ans Personalbüro senden. Ich verstehe das einfach nicht. Ich weiss nicht mehr, was ich denken soll!»

Auch Helen wusste nicht, was sie denken sollte. Sie erwähnte Barbara gegenüber nichts von ihrer seit über einer Woche ungelesenen Nachricht an Gjon. Doch diese Tatsache, zusammen mit allem, was Barbara ihr nun erzählt hatte, gab Helen ein ungutes Gefühl. Irgendetwas war hier ernsthaft nicht in Ordnung. Sie bat Barbara, ihr etwas Zeit zum Überlegen zu geben, und versprach, sich am Abend nochmals zu melden.

Nachdem sie sich verabschiedet hatten, sass Helen noch eine ganze Weile regungslos da und starrte die Birkenstämme an. Sie fühlte sich überfordert, verstand nicht, was los war, und noch viel weniger, was ihre Rolle darin war oder nicht war.

Sie war gefeuert worden, war nicht mehr die Vorgesetzte, die sich zu allem anderen auch noch den privaten Schwierigkeiten ihrer Mitarbeitenden annehmen musste. Sie hatte sich jetzt um sich selber – ihre Gesundheit und berufliche Zukunft – zu kümmern. Doch tief drin wusste sie, dass sie die Ausfahrt bereits verpasst hatte.

Freitag, 15. Juli, in einem teuer ausgestatteten Büro

Beinahe zärtlich strich er mit den Fingerspitzen der linken Hand über die teure Seidenkrawatte, die ihm seine Ehefrau zum diesjährigen Hochzeitstag geschenkt hatte. Es war bereits der neununddreissigste.

Er kannte seine Frau seit der Schule und sie hatten schon immer gut zusammengepasst – das sagten alle und die Familie war mehr als zufrieden gewesen mit seiner Brautwahl. Er hatte drei Kinder – zwei Söhne und eine Tochter. Seine Frau war nach der Heirat zu Hause geblieben und hatte sich um Haushalt und Kindererziehung gekümmert, wie es sich in einer anständigen Familie gehörte. Für den hohen Lebensstandard und die guten Privatschulen sorgte er. Er, der es schon früh zu einem wichtigen Posten gebracht hatte, der schon Anfang dreissig zu einem Mann mit Ansehen geworden war.

Von seinen Mitarbeitern gefürchtet, von Geschäftspartnern respektiert und von seiner Familie verehrt. Er gab das Bild eines erfolgreichen, gutbürgerlichen Mannes ab, dem es an nichts zu fehlen schien.

Wäre das doch nur die ganze Wahrheit. Wäre da nicht dieser Schatten, der – seit er elf Jahre alt war und es zum ersten Mal bemerkte – über ihm hing und ihn verführte.

Es hatte Zeiten in seinem Leben gegeben, da hatte er sich einigermassen ablenken können. Wie damals, als er frisch geheiratet hatte, oder nach der Geburt seiner Kinder. Diese Ereignisse erfüllten ihn mit Stolz und gaben ihm wenigstens für eine gewisse Zeit das Gefühl, ein normaler Mensch zu sein. Ein verheirateter Familienvater mit einer soliden, angesehenen Berufskarriere.

Und dann war der Schatten wieder da – mit jedem Mal noch dunkler und kälter als davor.

Er liess seine Krawatte auf die Knopfleiste fallen und zog seinen Kugelschreiber aus der Brusttasche seines weissen Hemdes. Sein Vater – Gott hab' ihn selig – hatte ihm diesen vor bald vierzig Jahren zum Abschluss seines Studiums geschenkt. Die edle Schatulle hatte eine kleine Grusskarte enthalten, auf welcher der Vater in krakeliger Sütterlinschrift den Stolz über seinen Ältesten ausdrückte und ihm Erfolg auf seinem weiteren Lebensweg wünschte. Der Gedanke an seinen Vater beschämte ihn.

Seine Augen glitten längs über den goldbeschichteten Stift. Mit seiner linken Hand begann er, die kühle, harte Oberfläche des Schreibgeräts zu streicheln. Dabei war er derart konzentriert und fokussiert, dass seine Kiefer leicht zitterten.

In seiner Fantasie begann der Kugelschreiber, eine neue Form anzunehmen, bis sich seine Oberfläche in seinen Fingern anfühlte, wie warmes, pulsierendes, hartes Fleisch.

Er schloss seine Augen und näherte sich dem Stift mit seinen Lippen. In dem Moment, als sein Mund den Schaft berührte, änderte sich sein Atem zu einem erregten Schnauben. Während er mit der Rechten sein feines Schreibinstrument durch Mund und Rachen manövrierte, begann die linke Hand, seinen steif gewordenen Penis kräftig – beinahe gewaltvoll – zu massieren. Der Kugelschreiber wurde in seiner Fantasie, die in diesem Moment die Realität auszuschalten vermochte, zum wohlgeformten harten Glied eines schönen jungen Mannes, mit dem er verschmelzen, eins werden wollte.

Seine Zähne begannen, den Druck auf dem harten Fleisch aufzubauen, bis seine Kiefer gegen einen echten Widerstand ankämpfen mussten. Sein Gebiss zitterte. Nun befand er sich in einer derart intensiven Trance, dass er sich wünschte, daran zu sterben.

Das Klacken von Schritten auf dem Gang vor seinem Büro riss ihn jäh aus seiner Parallelwelt. Er zog seine Hand aus der Hose und den Kugelschreiber aus dem Mund. Gerade als die Sekretärin zweimal pro forma an die Tür geklopft hatte und, ohne eine Antwort abzuwarten, die Klinke herunterdrückte, schmiss er seinen Oberkörper über den Schreibtisch und griff mit seiner klebrigen Hand nach dem obersten Dokument auf dem Stapel vor sich. Ohne es anzuschauen, setzte er mit dem glitschig feuchten Schreibgerät seinen werten Namen darunter. Seine Zähne schmerzten.

Freitag, 15. Juli, auf der Strasse zwischen Muonio und Kittilä

Helen sass schlecht gelaunt und nervös im Bus zum übersichtlichen Provinzflughafen. Nach dem Gespräch mit Barbara Bunjaku hatte sie ihren Rückflug auf den nächstmöglichen Termin vorverschoben.

Ihr war nicht klar, wie sie helfen konnte, Gjon aufzuspüren. Die Tatsache, dass die Polizei sein Verschwinden scheinbar nicht ernst nahm, erschwerte die Situation zusätzlich. Sie wusste jedoch mit Sicherheit, dass sie seit dem Telefonat keine Minute ihrer Ferien an diesem schönen Ort mehr hätte geniessen können.

Während sie die Birken am Busfenster vorbeiziehen sah, versprach sie sich, im Herbst hierher zurückzukommen – trainiert genug, um den Nationalpark zu durchwandern. Dann packte sie das Käsesandwich aus, welches ihr Pirkko mit auf den Weg gegeben hatte. Während sie kaute und in die

Landschaft starrte, wanderten ihre Gedanken wieder zu Gjon, den sie seit dem Tag vor dem Burn-out nicht mehr gesehen hatte.

Sie hatte beruflich mit so vielen Menschen zu tun gehabt. Jede und jeder von ihnen war auf die eigene Weise speziell. Mit den einen war der Kontakt angenehmer als mit den anderen. Doch keiner stach so heraus – durch sein Engagement, seine Hilfsbereitschaft und Professionalität – wie Gjon. Helen konnte sich beim besten Willen nicht vorstellen, dass jemand wie er sich bei der Arbeit krankmeldet und gleichentags seiner Frau in einer seltsamen Textnachricht sein Bedürfnis nach einer Beziehungspause mitteilt.

Es passte einfach nicht. Ihr Magen zog sich zusammen und einen Moment lang glaubte sie, sich übergeben zu müssen.

Als sie zwei Stunden später im Flughafen Kittilä auf das Boarding ihres Fluges wartete, zog Helen ihre kleine Taschenagenda aus dem Rucksack und schlug eine der leeren Notizseiten im hinteren Teil auf. Mit Kugelschreiber schrieb sie «Gjon» auf die Mitte des Blattes und zeichnete einen rechteckigen Rahmen darum. In einen zweiten Rahmen, welchen sie mit dem ersten durch einen Strich verband, kam das Wort «Säger».

Mithilfe des Mindmaps wollte sie versuchen, Wissen und Fragen bezüglich dieser seltsamen Situation in einer Struktur zu vernetzen. Allerdings musste sie dabei feststellen, dass sie Gjon zwar seit drei Jahren kannte und viel Berufsbezogenes mit ihm besprochen hatte, jedoch kaum etwas Privates über ihn wusste.

Hatte er Hobbys? Hatte er Feinde? Wie war sein Verhältnis zu den Eltern und Geschwistern? Zwei weitere Rahmen mit den Begriffen «Familie» und «Freizeit» kamen dazu.

Genervt stellte Helen nach einer Weile fest, dass sie so nicht weiterkam. Sie entsperrte ihr Telefon und schrieb eine kurze Nachricht an ihren ehemaligen Mitarbeiter. «Gjon! Bitte melde dich! Dringend!»

Gemäss Sendestatussymbol konnte die Nachricht zurzeit nicht übermittelt werden. Sein Gerät war also mindestens ohne Internetverbindung, wenn nicht gar ausgeschaltet oder zerstört. Ihre letzte Nachricht war zwar nicht gelesen, jedoch noch übermittelt worden.

Als Helen über vier Stunden später mit mehr Fragen als Ideen im verregneten Zürich-Kloten das Flugzeug verliess, fühlte sie sich frustriert. Vielleicht würde sie heute nochmals Barbara anrufen, doch jetzt brauchte sie zuerst ein grosses Laugensandwich, einen starken Kaffee und ein Tram in die Stadt, wo ihr Fiat parkiert war.

Das Tram war nur spärlich besetzt, und während die Agglomerationslandschaft vorbeizog, rief Helen zum ersten Mal seit einer Woche ihre E-Mails ab. Nur drei Nachrichten befanden sich im Posteingang. Die oberen zwei waren Newsletter, welche sie, ohne zu lesen, löschte. Als sie den Absender der untersten E-Mail sah, stutzte sie erst einmal. Dr. Alfons Schnegg-Öhri, ihr früherer Chef, Geschäftsführer der Wolf+Reinegger AG. Sie öffnete die E-Mail.

«Liebe Frau Berger. Als ich letzthin eine Unterhaltung mit Herrn Ramadani hatte, erfuhr ich, dass Sie kürzlich einen Burn-out erlitten hatten. Es tat mir sehr leid, dies zu hören, und ich hoffe sehr, dass es Ihnen mittlerweile wieder besser geht. Ich hatte Ihren Weggang damals sehr bedauert und würde Sie sehr gerne einmal zu einem Gespräch einladen, wenn Sie

mögen. Ich freue mich auf Ihre Antwort. Herzliche Grüsse.
Alfons Schnegg-Öhri.»

Helen musste die Nachricht gleich zweimal lesen, um zu glauben, dass der vielbeschäftigte Geschäftsführer ihres früheren Arbeitgebers sich tatsächlich für das Wohlbefinden einer ehemaligen Mitarbeiterin interessierte und sich die Zeit nahm, um sie zu kontaktieren. Dies erinnerte sie daran, dass eben doch nicht alle hohen Tiere solche Arschlöcher waren wie Zippelmeier – dass es auch CEOs gab, die noch nicht vergessen hatten, dass auch sie schlussendlich Menschen waren.

Die drei Jahre unter Zippelmeier hatten ihr Bild von hohen Führungspersonen derart negativ beeinflusst, dass Schnegg-Öhris E-Mail eine wunderbare Erfrischung darstellte, die Helen viel bedeutete. Sie bemerkte, wie sie über das ganze Gesicht strahlte.

Endlich zu Hause in Kirchberg angekommen, war es bereits sechzehn Uhr. Nachdem sie ihre Katze, von welcher sie offensichtlich während ihrer Abwesenheit vermisst worden war, gefüttert und lange gestreichelt hatte, setzte sich Helen in ihren bequemen Polstersessel und wählte Dr. Alfons Schnegg-Öhris Nummer.

Nach wenigen Malen Klingeln meldete sich die ruhige Stimme des CEOs, und als Helen ihren Namen nannte, zeigte er sich ehrlich erfreut über ihren Anruf.

Sie sprachen etwa zwanzig Minuten miteinander. Helen erzählte in der Kurzfassung, wie ihr Leben seit dem Verlassen der Firma verlaufen war. Wie ihr Vater kurz nach ihrem Einstieg bei Säger erfahren hatte, dass er mit Krebs im Endstadium befallen war, wie er dennoch verschiedene Behandlungen ausprobiert hatte, um die Hoffnung noch ein kleines bisschen aufrechterhalten zu können, wie sie ihn während seiner letzten Monate, Wochen und Tage begleitet hatte und wie unwirklich sich alles beinahe ein Jahr später noch anfühlte.

Sie erzählte von ihren Erlebnissen bei der Hieronymus Säger Erben AG und dem Zusammenbruch – eine Erfahrung, so einschneidend, dass es ihre Sicht auf das Leben von Grund auf verändert hatte.

Schnegg-Öhri hörte aufmerksam zu und erzählte seinerseits, was in seiner Firma in den letzten drei Jahren gelaufen war. Welche Prozesse dazukamen, wie sich die Projekte aus Helens Zeit entwickelt und der Maschinenpark verändert hatte. Offenherzig, wie er war, erzählte er auch ein paar Dinge, die wohl eher für interne Ohren bestimmt gewesen wären. Doch nach der von Misstrauen geprägten Firmenkultur der Hieronymus Säger Erben AG war diese gutmütige, unbeholfen menschliche Art des «zerstreuten Professors» Dr. Schnegg-Öhri etwas, das Helen auf spezielle Weise schätzen konnte.

Vorsichtig fragte er, ob sie schon wisse, in welche Richtung es in Zukunft gehen solle, worauf sie erzählte, dass sie erst einmal eine Auszeit nehmen würde, um sich körperlich und seelisch noch komplett zu ihrer Normalform zurück zu trainieren und dass ihre berufliche Zukunft noch weitgehend in den Sternen stand. Unter anderem berichtete Helen von ihrem neuen Hobby, welches sie sich zu Ablenkungs- und Selbsttherapiezwecken angeschafft hatte – dem 3-D-Druck.

Ihr ehemaliger Chef war begeistert und erwähnte, dass er vor zwei Jahren ein paar solcher Drucker zum Zwecke der Prototypenherstellung gekauft und sogar eine neue Stelle nur dafür geschaffen hatte.

Sie fachsimpelten gerade über die Verarbeitungsprobleme von Helens neustem PETG-Filament, als Alfons Schnegg-Öhri zu seinem nächsten Termin – dem Wocheneinkauf mit seiner

Frau – aufbrechen musste. Bevor das Gespräch beendet wurde, lud er Helen ein, ihn am kommenden Montag zum Mittagessen zu besuchen.

Samstag, 16. Juli, in der Stadt Wil

Es war kurz nach halb neun am Samstagmorgen und Helen stand neben ihrem Auto auf dem Parkplatz eines Cafés.

Als sie gestern Abend nochmals mit Barbara telefoniert hatte, entschieden sie, sich baldmöglichst zu treffen. Barbara hatte einen hilflosen und äusserst nervösen Eindruck gemacht, da nicht nur die Polizei, sondern auch ihre Familie davon ausging, dass Gjon sich aus Feigheit und Konfliktscheue irgendwohin verzogen hatte. So hatte ihr Vater bereits mit allerlei unschönen Konsequenzen gedroht, die Gjon nach seiner Rückkehr zu spüren bekommen würde, was die Nerven der Frau zusätzlich strapazierte.

Nach wenigen Minuten sah Helen einen kleinen roten Toyota Yaris auf den Parkplatz einbiegen. Er kam auf dem Parkfeld direkt neben Helen zu stehen und eine grosse, elegant gekleidete Frau mit geröteten Augen stieg aus. Sie begrüssten sich und begaben sich dann in den Innenraum des Cafés.

Sie setzten sich an einen gemütlichen Ecktisch. Barbara bestellte einen doppelten Espresso und Helen einen Café crème mit doppelter Creme, dazu liessen sie sich noch ein Körbchen mit Buttergipfeln bringen, da noch keine von ihnen gefrühstückt hatte.

Helen – zu deren Stärken Small Talk nicht gehörte – kam gleich zur Sache und zog den Edding aus der Brusttasche ihres

Poloshirts. «Der gehört Gjon. Das weiss ich wegen der Schramme hier, ich war dabei, als sie gemacht wurde.»

Barbaras Stirn runzelte sich. Helen fuhr weiter: «Der Stift war in der Tasche mit meinen privaten Arbeitsutensilien, die mir Memmelmann nach Hause gebracht hat, nachdem ich freigestellt worden war. Das war am Montag vor … zwölf Tagen. Ich weiss nicht, wie der Stift zu meinen Sachen kommt, vielleicht hat Gjon mein Büro benutzt und ihn liegen lassen. Jedenfalls habe ich ihm darauf eine Nachricht geschrieben», sie hielt Barbara ihr Handy hin, «und wie du siehst, ist diese zwar angekommen, jedoch nie geöffnet worden. Das ist ungewöhnlich für Gjon. Und ich bin nicht seine Ehefrau, mit der er vielleicht gerade Streit hatte …»

Barbaras Gesicht wurde noch eine Spur blasser und sie begann, sich mit beiden Händen die Stirne zu massieren. Nach einer Weile zeigte sie auf Helens letzte Nachricht an Gjon. «Weisst du, Helen, Gjon schaltet nicht einmal das Internet aus, während sein Telefon nachts neben unserem Bett liegt, und sobald die Akkuladung unter dreissig Prozent sinkt, muss das Ding an den Strom. Wenn mein Mann wegen einem Streit mit mir abhauen wollte – abgesehen davon, dass das nicht sein Stil ist –, dann würde er an irgendeinen Badestrand in der Türkei oder in Ägypten fliegen, dort in ein günstiges, aber gutes Hotel mit Vollpension einchecken und dann eine Woche lang zwischen Wellnessbereich, Strand und Restaurant umherpendeln – das Handy immer dabei. Der ist kein Outdoortyp, der sich in die Abgeschiedenheit der Bergwelt oder in ein Jurtendorf zurückzieht und mal für ein paar Tage das Telefon ausmacht, um in Ruhe zu meditieren! Verdammt noch mal, ich kenne doch meinen Ehemann!»

Die Kellnerin brachte die Bestellung an den Tisch. Barbara leerte ihren Espresso in einem Zug und bestellte gleich einen weiteren nach. Helen trank einen grossen Schluck ihres heissen Kaffees und sagte dann: «Ich denke, wir sind uns einig, dass irgendetwas nicht stimmt. Gestern auf der Heimreise habe ich versucht, in einem Mindmap Gjons Lebensumstände darzustellen. Doch ich muss zugeben, dass ich ausser Beruflichem nicht viel über ihn weiss.»

Barbara lächelte leicht zynisch. «Na, dann weisst du ja das Wichtigste. Gjon ist ein totaler Workaholiker, was für mich manchmal sehr frustrierend sein kann. Ich versuche immer, das Spital zu vergessen, wenn ich zu Hause bei meiner Familie bin, doch Gjon kann seine Gedanken einfach nie von diesem Hieronymus Säger losreissen. Es kommt nicht selten vor, dass wir uns deswegen heftig streiten.»

Helen trank ihren Kaffee aus und bestellte nochmals den gleichen. «Barbara, ich habe überlegt, ob es jemanden gibt, der allenfalls etwas weiss. Und ich habe mich auch gefragt, ob dein Mann – na ja, wie soll ich sagen – mit jemandem Probleme hatte.» Mit ungläubiger Miene schaute Barbara sie an. «Wie, du meinst, ob jemand ihm etwas …», weiter kam sie nicht, bevor ihr grosse Tränen über die Wangen kullerten und eine nach der anderen auf die hellgrüne Tischdecke fiel.

Helen wusste nicht, was sie in dieser Situation antworten oder tun sollte. Sie selbst hasste es, wenn Leute «das kommt schon gut» oder dergleichen sagten, ohne tatsächlich den Ausgang zu kennen. Wie diese superempathischen Kommissare in Kriminalfilmen, die dem kleinen Kind der vermissten Mutter versprechen, dass sie Mama wiederfinden und retten würden, ohne überhaupt einen Anhaltspunkt zu haben, wo und in welchem Zustand diese Mama gerade war. Sie wusste nicht, was mit Gjon los war. Sie wusste nicht, ob es gutkommen würde.

Als Helen die Kellnerin mit ihrem zweiten Kaffee daherkommen sah, fragte sie: «Barbara, darf ich dir noch etwas bestellen? Espresso? Wasser?» «J-ja, gerne, beides, da-danke.»

Helen nahm ihren Kaffee entgegen und bestellte für Barbara Espresso, Wasser und einen Stapel Servietten.

Als sich diese wieder etwas gefasst hatte, meinte sie: «Sein Cousin ist der Einzige, von dem ich weiss, dass er Gjon nicht ausstehen kann. Der stand damals total auf mich, aber ich nicht auf ihn. Als ich dann mit Gjon zusammenkam, gab's ein riesengrosses Eifersuchtsdrama. Aber ehrlich gesagt ist in den letzten Jahren viel Gras darüber gewachsen. Er hat jetzt eine tolle Frau und einen kleinen Sohn.»

Helen nickte. «Und hat er einen guten Freund, dem er erzählen würde, falls er Probleme hätte?» Barbara starrte nachdenklich an die Wand hinter Helen. «Am ehesten vielleicht Ervin. Aber seit sie nicht mehr zusammen arbeiten, sehen sie sich weniger oft.» «Du meinst den Ervin, der bis letzten Sommer mein Mitarbeiter war?», fragte Helen überrascht. Sie hatte nicht gedacht, dass Gjons Freundeskreis so klein war.

«Ja, genau den. Ich sollte ihn anrufen ... ach, aber ich habe vermutlich nicht einmal seine Nummer ...» Nervös begann Barbara in ihrer Handtasche zu wühlen. «Ach, das scheiss Handy liegt auch noch im Auto.»

Helen machte eine beschwichtigende Handgeste. «Kein Problem, Barbara, ich habe seine Nummer, ich schreibe sie dir auf.» Sie griff nach dem vor Barbara auf dem Tisch liegenden Edding und nahm eine der Servietten, welche die Kellnerin soeben mit Barbaras Bestellung gebracht hatte. Sie öffnete die Kontaktliste ihres Telefons, zog den Deckel vom Stift und begann, Ervins Telefonnummer auf das weiche Papier zu schreiben. 079 917 – dann verblasste der Strich.

Sie versuchte es nochmals erfolglos auf ihrer Handfläche, bevor sie das Gehäuse aufschraubte. Manchmal reichte es, das Filzreservoir ein bisschen zusammenzudrücken und die Farbe nach vorne zu streichen, um noch ein paar Striche rausholen zu können. Doch als sie durch die Öffnung ins grossräumige Aluminiumgehäuse spähte, war dort kein Farbreservoir.

Helen runzelte die Stirn und kniff die Augen zusammen. Im Gehäuse des Eddings steckte etwas, das aussah wie zusammengerolltes Toiletten- oder Haushaltspapier.

«Nur einen Moment, ich habe einen Kugelschreiber in meiner Handtasche», verkündete Barbara und begann in ihrer grossen Kunstkrokodilledertasche zu wühlen. «Hast du dadrin auch eine Pinzette oder kriegst du das mit den Fingernägeln raus?», fragte Helen und legte das Gehäuse vor Barbara auf den Tisch.

Als Barbara das Röllchen mithilfe eines Zeckenentfernungstools, welches sie am Grund ihrer Tasche gefunden hatte, aus dem Aluminiumrohr gezogen und vor sich auf dem Tisch ausgebreitet hatte, glaubte Helen, nun definitiv im falschen Film gelandet zu sein. Das hier war ihr eine Nummer zu skurril.

Barbara war nicht in der Lage, den Text zu lesen. Durch ihren Röhrenblick sah sie lediglich seine Handschrift. Die klobige, unförmige, beinahe kindliche Handschrift ihres Mannes. Ihr wurde schwindlig und sie spürte plötzlich einen tonnenschweren Betonklotz auf ihrer Brust.

Vorsichtig zog Helen das Stück Toilettenpapier zu sich herüber und las.

«H. B.: WICHTIG! Kontaktiere mich gjonbun1987@bluviin.ch! Im Notfall: Tonaufnahme vom 28. Juni auf Diensthandy. Code: 19061989. Parkhaus, 3. Stock, Strasse, links. Was ist im unbenutzten Lagerraum? 1. Juli:

wurde nach Nachtschicht verfolgt: BMW X6 schwarz BÜS-B256 (Säger-Kader?). G. B.»

«Verdammt, ich glaube das nicht!», fluchte Helen leise vor sich hin und öffnete die Kamera-App ihres Handys. Sie machte ein Foto des Texts und signalisierte dann der Kellnerin, dass sie zahlen wollten. «Ich schlage vor, dass wir jetzt gleich zur Polizei gehen», sagte sie an Barbara gewandt, die sich schwer atmend an der Tischplatte festhielt.

Samstag, 16. Juli, auf dem Polizeiposten in Kirchberg

Wachtmeister Jeremias Wurster sass mit einer Bruchwarenpackung Schokowaffeln vor dem Bildschirm. Die liegengebliebenen Arbeiten waren seiner Meinung nach Nebensächlichkeiten, die ruhig noch zwei Wochen bis nach seinen Ferien hätten warten können. Er war sich ganz sicher, dass ihn dieses Weibsstück, das man ihm kürzlich vor die Nase gesetzt hatte, nur schikanieren wollte. Die waren doch alle gleich.

Alles dumme Schlampen, wie seine Mutter, die ihm seinen Vater vorenthalten und ihn eines starken männlichen Vorbilds beraubt hatte. Vor hundert Jahren hätte er nicht unfreiwillig ledig bleiben und fürs Ficken bezahlen müssen. Da wären die noch froh und dankbar gewesen, wenn sie einen Polizisten abgekriegt hätten. Hätten keinen Bogen um ihn gemacht, weil ihnen seine inneren oder äusseren oder beide Werte nicht gut genug waren.

Obwohl er Ausländisches generell verabscheute, wünschte er sich manchmal, in einem dieser Länder zu leben, wo sich jeder Mann eine rechtlose, unterwürfige Ehefrau – oder gar mehrere – nach seinem Gusto zum Eigentum nehmen und nach Belieben über sie verfügen konnte. In Afghanistan war das anscheinend so. Jedenfalls hatte das der Köbi letztens beim Feierabendbier erzählt, und der hatte Ahnung. Der kam ja viel herum als Vertreter für Weidezaunzubehör. Vielleicht nicht bis Afghanistan, aber bestimmt weiter als er selbst.

Er war nämlich erst einmal im Ausland gewesen – am Oktoberfest in München. Doch er wäre gerne mal nach Thailand gereist. Was man über Bangkok so hörte, gefiel ihm. Vielleicht im nächsten Winter.

Jedenfalls hatte er sich vorgenommen, kein besonderes Engagement zu zeigen, solange diese blöde Gans den Posten leitete. Auch die Kollegen, von denen keiner mit ihm den heutigen Dienst tauschen wollte, konnten ihn mal kreuzweise.

Frustriert griff er nach einer weiteren Waffel und steckte sie sich mit seinen blassen, rundlichen Fingern in den Mund.

Während die Krümel auf die Tastatur rieselten, hackten seine beiden Zeigefinger den letzten Bericht in den Computer.

Helen drückte auf die Klingel neben der Tür des Polizeipostens. Erst nach dem zweiten Mal meldete sich die Stimme eines genervten Mannes. Nachdem sie ihm erklärt hatte, dass sie eine Nachricht einer vermissten Person abzugeben hatte, wurde ihnen schliesslich die Tür geöffnet.

Barbara und Helen traten ein und warteten dann ein paar Minuten, bevor sich ein Polizist um die fünfunddreissig mit Bierbauch, mehliger Haut und einer Statur, die Helen am ehesten als «mollig» bezeichnet hätte, sich alle Zeit der Welt lassend zum Schalter begab.

Helen hatte eigentlich keine Erfahrung mit der Polizei, doch unter einem Freund und Helfer stellte sie sich irgendwie etwas anderes vor. Dieses Exemplar strahlte eine Widrigkeit aus, die sie eher von einem Verwaltungsbürokraten als von einem Ordnungshüter erwartet hätte.

«Guten Morgen», sagte Helen so freundlich wie möglich, «wir haben hier etwas, das wir Ihnen abgeben müssen.» Sie legte das Stück Toilettenpapier und den leeren Edding auf die Schaltertheke.

«Guten Tag ... die Damen», erwiderte der Polizist, an dessen Brust der Name «Wurster» prangte, in einem seltsamen, beinahe abschätzigen Tonfall, den Helen nicht so recht einordnen konnte. Er schaute verständnislos auf die Gegenstände und verzog seine Miene. «Und was soll die Polizei damit?»

Helen trat noch etwas näher heran und ergriff das Wort. «Also, das war wie folgt ... wollen Sie meine Aussage aufnehmen oder sich Notizen machen? Ich muss etwas ausholen.» «Nein, gute Frau, das ist nicht nötig. Einfach nur erzählen. Kurz und bündig. Okay?» Helen unterdrückte die aufsteigende Genervtheit und begann, die Situation aus ihrer Perspektive widerzugeben.

Sie erzählte, dass sie während der vergangenen drei Jahre Gjons Vorgesetzte gewesen war und ihn immer als sehr korrekt und pflichtbewusst wahrgenommen hatte. Dass ihr gekündigt wurde und der Edding mit der Nachricht bei ihren Sachen war, die ihr ihr Chef nach Hause gebracht hatte. Dass sie sich sicher war, dass sowohl Stift als auch Handschrift zu Gjon gehörten. Dass ihre Textnachricht an Gjon seit bald zwei Wochen ungelesen blieb und dass sie aufgrund all dieser Fakten davon ausgehen musste, dass ihrem ehemaligen Mitarbeiter etwas zugestossen sein könnte.

Als Helen ihre Berichterstattung beendet hatte, schaute der Polizist sie mit abschätzigem Desinteresse an, nachdem seine

Augen zuvor grösstenteils auf Barbaras sonnengebräuntes Dekolleté gerichtet gewesen waren. «Dann haben Sie den Mann also eine ganze Weile nicht gesehen, haben keine Arbeit und trotzdem glauben Sie, ganz genau zu wissen, was los ist. Ja, ja, die haben wir gerne», sagte der Beamte, worauf Helen Lust verspürte, ihm ihre Faust mit voller Wucht in sein weiches Gesicht zu schmettern.

«Nein, das ist keine korrekte Zusammenfassung meiner Aussage. Ich kann sie aber gerne nochmals schriftlich abgeben», antwortete sie stattdessen.

Doch des Dorfpolizisten Aufmerksamkeit hatte sich bereits wieder zu Barbara begeben. «So, und Sie sind also die Gattin. Ja, wie ist denn so Ihr Eheleben? Vielleicht hat der gute Mann ja mal eine Pause gebraucht? Wäre das möglich?»

Helen sah, wie Barbaras Gesicht immer röter wurde. «Ja, ich bin die Frau und ich war am dreissigsten Juni bereits bei der Polizei in St. Gallen. Dort hatte ich allerdings nicht das Gefühl, sonderlich ernst genommen zu werden. Man hielt es für das normale Resultat eines Ehestreits. Doch abgesehen von der Tatsache, dass so ein Verhalten nicht meinem Mann entspricht, zeigt diese seltsame Nachricht an seine Chefin doch, dass etwas passiert ist. Ich will, dass jetzt endlich nach ihm gesucht wird! Wozu zahlen wir eigentlich Steuern?!» Dann versagte ihre Stimme und sie begann fürchterlich zu weinen. Der Polizeibeamte grinste unappetitlich und starrte auf ihre Brüste.

«Wir beantragen die sofortige Ausweitung der Suche nach Gjon Bunjaku. Auch in Richtung seines Arbeitgebers. Wie können wir Ihnen behilflich sein?», meldete sich Helen zu Wort. «Also von Ihnen brauche ich mal gar keine Hilfe, danke, das regle ich schon mit der werten Frau Gemahlin», antwortete der Polizist und sah Barbara an, als begänne er gleich zu sabbern.

Während Helen auf einem schmuddelig beigen Kunststoffstuhl sitzend wartete, beantwortete Barbara während weiterer zehn Minuten die Fragen Wachtmeister Jeremias Wursters.

Als Helen wieder zu Hause angekommen war, setzte sie sich auf den Balkon und schaute ein paar Minuten in den blauen, leicht bewölkten Himmel hinauf. Was für ein Arschloch von einem Bullen! Das Verhalten dieses Dorftrottels im Polizeidienst hatte ihr Vertrauen in diese Organisation gerade massiv erschüttert.

Es war eigentlich ihre erste Interaktion mit der Polizei seit den jährlichen Klassenbesuchen von Polizist Pfister während ihrer Schulzeit. Damals war die Welt noch simpel. Die guten Polizisten jagten die bösen Verbrecher und beschützten die anständigen Leute. Von ekligen, unter Minderwertigkeitskomplexen leidenden INCELs in Uniform wusste sie damals noch nichts. Und ohne von Herrn Wurster auf den Rest der Zunft schliessen zu wollen, fragte sie sich nun, ob es reichte, die Sache komplett in deren Hände zu legen und deren Kompetenz zu vertrauen.

Wachtmeister Jeremias Wurster fuhr den Rechner herunter. Sein Dienst war in einer halben Stunde zu Ende und dann würde er diesen Laden hier für ganze zwei Wochen nicht sehen müssen. Er wäre ja blöd, hier jetzt wegen so was noch ein riesiges Fass aufzumachen – ein internationales Fass. Die Autonummer auf dem Toilettenpapier war schliesslich eine deutsche. Er hatte sich immerhin die Mühe gemacht, diesen Sachverhalt zu googeln, doch nun war Schluss mit diesem Blödsinn. Zudem hatte er wirklich keinen Bock, sich bei seiner Ablösung dafür rechtfertigen zu müssen, dass er vorhin kein ordentliches Protokoll aufgenommen hatte.

Diese Ehefrau war doch nur eine hysterische Kuh und der Typ brauchte wohl einfach mal Ruhe oder war bei einer anderen.

So zu denken wie er galt natürlich als unkorrekt – doch es war eben die Wahrheit. Da war er sich ziemlich sicher. Und wenn nicht, würden diese mühsamen Weiber bestimmt nochmals auf dem Posten bei seinen Kollegen auftauchen. Vor allem dieses burschikose Miststück mit dem selbstsicheren Gang und dem fordernden Blick.

Am liebsten hätte er ihr seine Faust mitten ins Gesicht geschlagen. Frauen, die ihm nicht den nötigen Respekt erwiesen, hatten es in seinen Augen nicht anders verdient.

Er ging zum Schreibtisch seiner Chefin und legte das Stück Toilettenpapier und den leeren Edding in die schmale Spalte zwischen Rechner und dem Papierstapel daneben. Falls sie das Zeug brauchte, hatte sie es. Dann verliess er das Chefbüro und schletzte die Tür hinter sich zu.

Er war so froh, hatte er endlich eine Weile Ruhe von diesem Scheissjob. Wie ein kleines Kind freute er sich auf die Ferien im Wallis in dieser Hütte im Turtmanntal. Zum ersten Mal, seit er im Forum mitschrieb, traf er die Männer persönlich. Gleichgesinnte, die ihn von A bis Z verstanden und seine Ansichten zu hundert Prozent teilten. In ihrer Gesellschaft konnte er sich selbst sein.

Samstag, 16. Juli, im Haus der Familie Stahl in Eschlikon

Gabriela Stahl speicherte die Exceldatei und klappte ihren Laptop zu. Seit dem Besuch ihrer Kollegin war sie mit Recherchen zu den Vermisstenfällen beschäftigt, welche sich diesen Sommer in der Ostschweiz ereignet hatten.

In diesem Rahmen erstellte sie eine ausführliche Liste aller ungelösten Vermisstenfälle der Schweiz, die sie mithilfe des Internets zusammentragen konnte.

Die Liste enthielt unter anderem Spalten zu Fragen wie «Selbstmord wahrscheinlich?», «Kinder», «Sexualität» oder «Erscheinungsbild».

Während sie immer deutlicher erkannte, dass sie ihre wahre Faszination nicht länger unterdrücken konnte und sich endlich für die entsprechende Richtung in ihrem weiteren Berufsleben entscheiden musste, kristallisierte sich auch auf ihrer Excelliste etwas heraus, das – so schien ihr – näher unter die Lupe genommen werden sollte.

Sie fühlte sich derart in ihrem Element, dass es eine Weile dauerte, bis sie Enricos zum Abendessen rufende Stimme wahrnahm. Bevor sie jedoch die Treppe hinunter ins Esszimmer ging, tippte sie noch eine Nachricht an Helen: «Würde mich gerne bei dir einladen. Muss dir etwas zeigen. Bringe Pizza mit. Passt morgen Abend?»

Noch bevor sie das Erdgeschoss erreicht hatte, kam die Antwort. Ein Daumen-hoch-Emoji, gefolgt von: «Für mich gerne eine Tonno mit viel Kapern! Danke!»

Sonntag, 17. Juli, am Morgen, in Kirchberg

Nach einer unruhigen Nacht mit absurden Träumen erwachte Helen vom Klingeln ihres Telefons. Es war ihre Mutter, die sie zu Kaffee und Gipfeli einlud. Helen nahm dankend an und versprach, in fünfzehn Minuten da zu sein.

Edit Berger-Knollenberger war nach dem Tod ihres Mannes in eine Wohnung in Helens Quartier gezogen. Am

Wochenende kam es deshalb oft vor, dass sie sich spontan zum Frühstück trafen. Als Helen nach dem Zusammenbruch zu Beginn kaum mehr selber stehen oder gehen konnte, war sie unendlich dankbar für diese Wohnkonstellation. Sie konnte sich nicht vorstellen, wie sie diese Zeit ohne die Hilfe ihrer Mutter überstanden hätte.

Während Helen und Edit auf dem morgenfrischen Balkon knusprige Silsergipfel assen und am starken Kapselkaffee nippten, erzählte Helen, warum sie ihren Besuch in Finnland so abrupt abgebrochen hatte, vom Telefonat mit Schnegg-Öhri, vom Treffen mit Barbara Bunjaku, von der seltsamen Toilettenpapierrolle in Gjons Filzstift und vom anschliessenden Besuch auf dem Polizeiposten.

«Weisst du, Mama, auf den ersten Blick ist das doch ein Kinderstreich. Ich meine – eine von Hand auf Toilettenpapier geschriebene und in einem Filzstift versteckte Nachricht? Wirklich?!»

Edit Berger schüttelte verständnislos ihren Kopf. «Helen, du hast dich gerade erst von einem ziemlich schlimmen Burn-out erholt, welchen du dir dank dem infantilen Sauhaufen in dieser Firma geholt hast. Wäre es nicht endlich Zeit, dich da herauszuhalten? Du bist nicht mehr für diese Leute verantwortlich! Wenn es dir schlecht geht, eilt dir von denen nämlich auch niemand zu Hilfe.»

Helen seufzte. «Du hast schon recht, Mama. Und ganz ehrlich, ginge es um einen anderen, würde ich mich vermutlich raushalten und auf das Gute hoffen. Doch bei Bunjaku ist es nicht das Gleiche. Weisst du, er denkt – im Unterschied zu den meisten anderen, die sich bei der Arbeit oft wie kleine Kinder verhalten – immer mit und engagiert sich. Ohne ihn wäre der Burn-out womöglich schon viel früher gekommen. Und die Tatsache, dass er ausgerechnet mir diese seltsame Nachricht hat zukommen lassen, kann ich auch nicht ignorieren. Er wollte sicherstellen, dass ich an irgendeine Sprachaufnahme komme.» Als sie dies sagte, wurde ihr klar, dass sie möglichst bald ins Parkhaus der Firma Säger gehen und dieses Diensthandy finden musste. Doch dies erwähnte sie ihrer Mutter gegenüber nicht.

«Mama, möchtest du noch einen Espresso? Ich hol' uns noch einen.»

Sonntag, 17. Juli, 18 Uhr 05, in Helen Bergers Wohnung

Als Gabriela bei Helen läutete, war diese gerade dabei, eine dünnwandige Vase aus weissem PETG vorsichtig vom Druckbett ihres neuen 3-D-Druckers zu lösen. Kaum hatte Estrella Villiger vom neuen Hobby ihrer Nachbarin erfahren, hatte sie gleich begonnen, sich Dekorationsutensilien für ihre Wohnung, welche sie nach dem Auszug ihres Mannes komplett neu einrichtete, zu bestellen.

Gabriela trat mit beladenen Händen in die Wohnung ein und Helen fragte sich, was wohl der Laptop, auf dem die zwei Pizzakartons lagen, zu bedeuten hatte.

Sie tischte Tomaten-Mozzarella-Salat auf und schenkte zwei Gläser Rotwein ein. Die beiden Pizzaschachteln wurden geöffnet und ein wunderbarer Duft erfüllte die kleine Wohnung. Während sie ihre ersten Stücke zu Munde führten, erzählte Helen von ihrem bevorstehenden Besuch bei Dr. Alfons Schnegg-Öhri, von dem sich Gabriela damals – im Unterschied zu Helen – in einem unschönen Streit getrennt hatte. Dementsprechend verdrehten sich deren Augen ob dieser Neuigkeit ein wenig.

«Nun ja, du weisst ja, dass ich ihn seit meinem letzten Projekt für ein Arschloch halte. Doch vielleicht ergibt sich ja etwas für dich. Könntest du dir überhaupt vorstellen, zurück zu Wolf+Reinegger zu gehen?»

Helen pustete durch die Backen. «Sagen wir mal, ich könnte mir auf jeden Fall vorstellen, mit Schnegg-Öhri zu arbeiten. Aber nach Säger graust mir ehrlich gesagt vor der Vorstellung, wieder ein reguläres Angestelltenverhältnis einzugehen. Allerdings habe ich keinen Grund zu glauben, dass Schnegg mir einen Job anbieten will.» Gabriela zog mahnend ihre Brauen hoch. «Ich meine ja nur. Pass einfach auf, dass du nicht wieder in alte Muster verfällst. Ein Burn-out sollte reichen.» Helen grinste und schöpfte sich etwas Salat. «Vergiss es, gegen meine alten Muster bin ich so was von geimpft!»

Gabriela sass still kauend mit einem subtilen Lächeln auf den Lippen da und schwieg. Helen kannte ihre langjährige Kollegin gut genug, um zu wissen, was dies zu bedeuten hatte. Gabi war dabei zu überlegen, wie sie das nächste Thema anschneiden sollte.

Helen nahm einen gesunden Schluck des portugiesischen Weins, welcher sich als ausgezeichnete Wahl herausstellte, obwohl sie ihn nur aufgrund seines interessanten Flaschenetiketts gekauft hatte.

«Helen, du wolltest ursprünglich doch eigentlich zwei Wochen in Finnland verbringen, nicht wahr?», fragte Gabriela vorsichtig. Kaum wurde Helen an diese Tatsache erinnert, stürzte ihre Laune um einige Stockwerke ab. Sie kaute ihr drittes Pizzastück zu Ende und nahm einen weiteren Schluck, bevor sie Gabi die ganze seltsame Geschichte erzählte.

Sie liess kein Detail aus – nicht einmal die niederträchtige Wurst von Polizeibeamten, mit dem sie am Tag zuvor das zweifelhafte Vergnügen gehabt hatte.

Gabriela betrachtete nachdenklich die kleinen, extrem salzigen Sardellenfilets auf ihrer Pizza. «Wie sieht dieser Gjon eigentlich aus?», fragte sie, während sie sich mit verschränkten Armen auf ihrem Stuhl nach hinten lehnte. «Wie er aussieht? Was meinst du?» «Nun ja, würdest du sagen, dass er dem Mainstreamschönheitsideal für Männer in seinem Alter entspricht?»

Helen musste ob der unerwarteten Frage beinahe lachen. «Ja, in etwa so wie ich, würde ich sagen!» «Also eher nicht?», grinste Gabriela. «Nein, eher nicht. Ich meine, er ist menschlich einwandfrei. Ein Typ mit gutem Charakter, für den ich meine Hand ins Feuer lege. Aber wenn du ein Model suchst ... warum fragst du so was?»

Gabriela schob ihren Pizzakarton, in dem nur noch zwei Achtel lagen, etwas zur Seite und öffnete mit ihren leicht öligen Fingern den Laptop, dessen Anwesenheitsgrund Helen noch nicht ganz klar war. Sie klickte auf eine auf dem Desktop gespeicherte Exceldatei und zum Vorschein kam eine einigermassen lange und vor allem breite Liste, in deren ersten Spalte – A – Namen in alphabetischer Reihenfolge aufgeführt waren, welche Helen allesamt nichts sagten.

«Wow! Was ist denn das?», fragte Helen mit gerunzelter Stirn. Gabrielas Augen begannen zu leuchten und ihre mit Stolz angereicherte Begeisterung war unübersehbar. «Ja, Helen, ich sagte doch, dass ich dir etwas Interessantes zeigen muss.» Sie erklärte ihrer Gastgeberin ausführlich die Liste und ihr Vorgehen bei deren Erstellung. Helen war beeindruckt. Gabi hatte während der vergangenen zwei Wochen Polizeiwebseiten und Zeitungsarchive nach Vermisstenfällen der ganzen Schweiz durchforscht und versucht, irgendwelche Muster – sollten sie denn existieren – zu finden.

«Weisst du», erklärte Gabriela, «bezüglich der zwei Männer, die kurze Zeit nacheinander in der Ostschweiz verschwunden sind, kann ich beim besten Willen nicht an einen Zufall glauben. Nicht hier bei uns. Und das, was du bei deinem Besuch bei uns über deren Aussehen gesagt hast, dass sie beide dem allgemeinen Schönheitsideal entsprächen ... da ist etwas dran, Helen. Jedenfalls habe ich das Aussehen in meine Filterkriterien einbezogen.» Helen staunte beim Betrachten der unzähligen Spaltenüberschriften und durchdachten Auswahlmöglichkeiten. Gabi hatte wirklich keine Mühe gescheut.

«Ich habe vorhin nach dem Aussehen deines Mitarbeiters gefragt, weil ich tatsächlich das Gefühl habe, hier etwas Interessantes zu sehen.» Nun begann sie, verschiedene Spalten nach gewissen Kriterien zu filtern. Am Schluss blieben noch fünf Namen übrig. Gabriela atmete tief durch und vergrösserte die Liste etwas, um das Lesen zu erleichtern.

«Also, sieh mal, Helen, diese fünf stechen für mich aus verschiedenen Gründen heraus. Ich möchte nicht behaupten, dass meine Mutmassungen korrekt sind, ich habe ja nur begrenzten Zugang zu Informationen ... doch speziell ist es auf jeden Fall.» Gabriela lehnte sich hervor und zeigte auf den Bildschirm. «Diese Männer waren zum Zeitpunkt ihres Verschwindens alle zwischen dreissig und vierzig Jahre alt. Sie lebten alle im Raum Ostschweiz. Soweit ich in Erfahrung bringen konnte, litt keiner von ihnen an einem medizinischen Problem, welches in irgendeiner Weise das Verschwinden hätte erklären können. Auch konnte ich bei keinem einen Hinweis auf psychische Probleme finden. Sie alle schienen mit beiden Beinen im Leben gestanden zu sein. Verheiratete Väter oder im Falle von diesem hier», Gabriela zeigte auf den Namen «Wäldler Julien», «frisch in einer eingetragenen Partnerschaft. Und alle hatten technische Berufe im Bereich Maschinenbau. Ingenieure, Werkzeugmacher, Techniker. Bei den dreien, die ab 2014 verschwunden sind, konnte ich sogar LinkedIn-Profile finden und es schien mir, dass sie dort sehr aktiv waren – sich möglicherweise nach etwas Neuem umsahen. Von diesem hier ...», Gabrielas Finger berührte nun die Zeile mit dem Namen «Zürcher Angelo Matias», der seit 2005 nicht mehr gesehen wurde, «... weiss man, dass er zwar einen guten Ingenieursjob hatte, jedoch nach einer neuen Herausforderung suchte. Er hatte bereits gekündigt.»

«Meine Güte, Gabriela, wie bist du an all diese Informationen gekommen?» «Nun ... vorwiegend durch Internetrecherche. Und ein paar Telefonate. Manchmal auch nicht als Gabriela Stahl ...» Gabriela grinste stolz. «Wie du siehst, habe ich unter anderem versucht herauszufinden, in welcher beruflichen Situation sich die vermissten Personen befunden hatten. Bei diesen fünf Männern weiss ich – oder gehe stark davon aus –, dass sie aktiv auf Jobsuche waren oder sich zumindest für einen Wechsel interessiert hatten. Zusätzlich haben alle fünf eine auffällig ähnliche Statur und Grösse. Und ...», Gabriela scrollte seitwärts an das Listenende, wo sich jeweils ein oder mehrere Fotos der Vermissten befanden, «findest du nicht, dass diese Männer ausserordentlich gut aussehend sind? Jeder einzelne von denen könnte wohl als Model durchgehen. Diesbezüglich hatte ich zuerst übrigens noch einen sechsten herausgefiltert. Doch das war ein lediger Landwirt aus dem Jura, seit 1995 vermisst. Der passt nicht wirklich in diese Gruppe – allerdings auch in keine andere.» Helen staunte. Gabriela hatte ihre wahre Berufung tatsächlich verpasst.

Helen spürte plötzlich eine unangenehme Müdigkeit in ihren Kopf steigen und einen Frust in sich hochkommen. Zwar war sie sehr beeindruckt von Gabrielas Arbeit und unter anderen Umständen hätte es ihr sogar Spass gemacht, stundenlang über mögliche oder unmögliche

Zusammenhänge zwischen den Personen auf dieser gefilterten Liste zu diskutieren. Doch mit dem Hintergrund, dass Gjon seit beinahe zwei Wochen vermisst wurde und seine Unauffindbarkeit selbst von der Polizei scheinbar noch immer für die Flucht eines genervten Ehemannes vor seiner zickigen Frau gehalten wurde, bedrückte sie zu sehr.

«Gabriela, ich bewundere deine Fähigkeiten und ich hoffe, du wirst irgendwann tatsächlich noch zur Privatdetektivin. Doch ich mache mir ernsthafte Sorgen um Bunjaku. Ich wünschte, wir könnten über sein Verschwinden etwas Nützliches herausfinden. Im Moment kümmert sich kaum jemand ernsthaft um die Sache.»

«Ich verstehe, Helen», sagte Gabriela und klappte ihren Laptop zu, «entschuldige bitte, ich verspüre einfach eine solche Begeisterung für diese Art von Investigationsarbeit, dass ich mich kaum ruhig halten kann. Enrico geht es bereits auf die Nerven. Aber du hast recht, früher oder später werde ich mich für diesen Lehrgang anmelden. Das hätte ich schon lange tun sollen. Und nun zeig mir mal die Nachricht auf diesem Toilettenpapier.» «Heisst das, du hilfst mir?», fragte Helen – rein rhetorisch, denn die Antwort war bereits auf Gabis Gesicht geschrieben.

Sie öffnete das Foto in der Galerie ihres Telefons und legte das Gerät vor Gabriela auf die hölzerne Tischplatte. Ihre Kollegin zoomte das Bild und schob es umher. Dann schüttelte sie – begleitet von einem ungläubigen Gesichtsausdruck – ihren Kopf. «Also, sofern dieser Gjon kein Handschriftenthusiast mit Flair fürs Geheimnisvolle ist ... muss es einen besseren Grund geben, warum er diese Aufnahme nicht einfach auf digitalem Weg gesendet hat.»

Helen nickte. «Ja, es ist seltsam. Wir haben doch heute so viele digitale Kommunikationswege, dass es einen manchmal

beinahe überfordert. Diensthandys, Privathandys, E-Mail ...»
Gabriela unterbrach Helen mit einer stoppenden Handgeste.
«Moment mal, Helen, hast du gegen Ende deiner Abwesenheit von der Firma mal deine geschäftlichen E-Mails gelesen?»

Helen schüttelte den Kopf. «Nein, absolut nicht. Zwar hatte ich das Firmenhandy zu Hause, aber angemacht hatte ich es nicht. Dies war eines der Dinge, die ich in meinem Leben ändern musste. Geschäftshandy nur noch während der Arbeitszeit.»

«Hm ... sofern das Ganze also kein geschmackloser Witz ist, muss er während der Arbeit etwas Pikantes auf seinem Diensthandy aufgenommen haben. Vielleicht hat er das Aufgenommene dann sogar an dich gesandt – das wissen wir nicht. Jedenfalls wäre es naheliegend.» «Dann muss er jedoch erfahren haben, dass ich gefeuert wurde, und aus einem Grund, den wir nicht kennen, wollte er mich trotzdem einbeziehen. Rein beruflicher Natur kann diese Aufnahme also nicht sein.»

Gabriela biss sich auf die Unterlippe und schüttelte einmal mehr den Kopf. «Er hätte die Datei doch an sein eigenes Handy senden können – beispielsweise per E-Mail –, um sie dann in einer Nachricht an dich privat weiterzuleiten. Es sei denn ...» «... er konnte sein Privathandy nicht benutzen. Das würde auch die ungelesenen und nicht übermittelten Nachrichten erklären», beendete Helen den Gedanken.

Auch Gabriela war der Meinung, dass dies vermutlich der einzige Grund gewesen sein konnte, zu dieser seltsamen Methode zu greifen. «Ab irgendeinem Punkt vor seinem Verschwinden muss er es plötzlich eilig gehabt haben. Ich meine ... WC-Papier?»

Helen sah auf die Digitaluhr ihres Backofens. Es war bereits nach zwanzig Uhr und ihr war klar, dass sie sich noch heute

Nacht auf die Suche nach Gjons Diensttelefon machen musste. Um zweiundzwanzig Uhr würde bei Säger die Nachtschicht beginnen. Kurz davor fuhren jeweils eine grosse Anzahl Autos, Mofas und Velos ins Firmenparkhaus ein. Dann würde ihre unerlaubte Anwesenheit am wenigsten auffallen.

Als sie Gabriela über das nächtliche Vorhaben unterrichtete, erklärte diese, dass sie selbstverständlich mitkommen werde, und gab in einem knappen Telefonat ihrem Mann Bescheid, dass es möglicherweise etwas später werden konnte, was Helen – sollte sie ehrlich sein – ein grosses Stück weit beruhigte. Gabriela hatte eher die Nerven und den Magen für gewisse Situationen, in denen Helen nicht mehr einwandfrei funktionierte. Unweigerlich musste sie an damals denken, als Gabi während der Arbeit Wehen bekam und ins Spital gebracht werden musste. Vor lauter Schreck hatte Helen eine Panikattacke gekriegt und dazu noch ihr eigenes Auto vollgekotzt, während ihre Kollegin unverständlich ruhig geblieben war und lediglich ab und zu ob der Höllenschmerzen zusammengezuckt war und einen grösstenteils unterdrückten Minischrei von sich gegeben hatte.

Als Helen und Gabriela um einundzwanzig Uhr fünfzig die Strasse entlanggingen – Helen mit Baseballkappe und Gabriela mit Kapuzenpulli –, wünschten sie sich, es wäre noch etwas dunkler. Zahlreiche Autos von Nachtschichtmitarbeitern der Hieronymus Säger Erben AG schwirrten – teilweise mit stark überhöhter Geschwindigkeit – an ihnen vorbei. Manche von ihnen kannte Helen und strengte sich an, einen für sie äusserst unnatürlichen Gang beizubehalten, in der Hoffnung, unerkannt zu bleiben.

Als sie sich eine Minute vor Schichtwechselzeit der Abzweigung zur Einfahrt näherten, hatte der Fahrzeugstrom bereits massiv abgenommen und die Halterinnen und Halter der jetzt noch ankommenden Fahrzeuge würden wohl verspätet zu ihrer Schicht antreten – ein in der Firma ganz und gar ungern gesehenes, aber lange geduldetes Verhalten.

Helen las den Text auf dem Stück Toilettenpapier nochmals flüsternd von ihrem Handy ab. Nun galt es ernst und sie spürte, wie Magensäure ihren Hals hochstieg.

Ohne Zögern und aufs Nichtauffallen konzentriert schlugen sie die Abzweigung zum Parkhaus ein, gingen an der Autobarriere vorbei und betraten das Erdgeschoss des dunklen Betongebäudes durch die schmale Fahrradrampe, über welcher eine von zahlreichen Überwachungskameras angebracht war. Am gegenüberliegenden Ende der Halle standen zwei angeregt diskutierende Arbeiter, von denen Helen einen kannte. Zügig gingen sie die Rampe zum ersten Obergeschoss hinauf, wo sie sich erst einige Minuten zwischen zwei Geländewagen verstecken mussten, bis ein deutlich zu später Nachtschichtmitarbeiter seinen Joint fertig geraucht hatte.

Als sie um zweiundzwanzig Uhr zwanzig endlich auf dem dritten Stock ankamen, war es dort totenstill. Nur sechs Parkfelder waren besetzt. Helen fühlte einen unangenehmen Druck im Magen. Während sich Gabriela neben das am nächsten zur Auffahrtsrampe parkierte Auto stellte und die Umgebung mit Sperberaugen beobachtete, machte sich Helen zur linken Ecke der Wand zur Strassenseite auf.

Dort waren auf den ersten Blick keine guten Versteckmöglichkeiten zu erkennen. Sie stieg auf das etwa achtzig Zentimeter hohe Mäuerchen und spähte die Wand entlang, sodass ihre Wangen den kühlenden Stahl berührten.

Der einzige Ort, an dem ein Handy hätte versteckt werden können, war auf der Querstrebe hinter einem der Stahlpfeiler.

Allerdings konnte sie nichts erkennen, was auch das Abtasten mit der Hand bestätigte.

Sie versuchten es anschliessend noch im zweiten Obergeschoss, da – wie Gabriela bemerkte – nicht wenige Leute das Erdgeschoss für den ersten Stock hielten. Doch auch da hatten sie nicht mehr Erfolg.

Mit einem Gefühl zwischen Frust und Unbehagen machten sich die beiden Kolleginnen auf dem gleichen Weg aus dem Staub, auf dem sie hergekommen waren. Hatten sie trotz Anleitung Gjon Bunjakus Geschäftstelefon übersehen? War das Ganze am Ende doch ein schlechter Scherz oder war ihnen jemand zuvorgekommen?

Als sie um zweiundzwanzig Uhr fünfzig zu Fuss in Helens Quartierstrasse einbogen und sich beim Besucherparkplatz verabschiedeten, vereinbarten sie, am nächsten Tag zu telefonieren.

Helen hatte keine Ahnung, in welche Richtung sie schauen musste, um Gjons Verschwinden auch nur ansatzweise zu verstehen. Als sie wieder zurück in ihrer Wohnung im ersten Stock war, fühlte sie sich noch zu nervös und aufgeladen, um schlafen zu gehen, und setzte sich stattdessen auf ihren Balkon. Von der Dunkelheit der warmen Sommernacht umgeben, sass sie dort noch eine ganze Stunde und starrte in den Sternenhimmel. Was war im unbenutzten Lagerraum der Firma Säger?

Montag, 18. Juli, in Kirchberg

Das zarte Pfötchen streichelte über Helens Kinn. Liebevoll und sanft, wie es nur eine Katzenpfote konnte, wurde sie aus ihrem Tiefschlaf geholt. Gähnend hob sie ihre Hand und streichelte das Köpfchen ihrer pelzigen Weggefährtin. Es ging kein Tag vorbei, an dem sie nicht daran dachte, wie dankbar sie doch war, Zwirbeli damals adoptiert zu haben.

Sobald Helen aufsass, sprang der schwarze Fellknäuel vom Bett und rannte zum Futternapf in der Küche.

Nachdem ihr Liebling mit Frühstück versorgt war, bereitete Helen für sich selbst eine Instanthafergrütze zu, welche sie – zusammen mit einem starken Kaffee Red Cup – auf ihrem bequemen Balkonsessel genoss.

Eigentlich wollte sie wirklich nichts mehr mit Memmelmann zu schaffen haben, wollte sein weiches Gesicht nicht mehr sehen und sein unentschlossenes Gebrabbel nicht mehr hören. Doch es schien ihr immer mehr, dass sie sich in dieser Hinsicht noch einmal würde überwinden müssen. Sie musste wissen, wie der Edding zu ihren Sachen gekommen war.

Zwar würde Memmelmann – der generell am liebsten aus allem ein Geheimnis machte – vermutlich nicht gerne Auskunft geben, doch im Moment hatte sie keine bessere Idee.

Das Handy zeigte acht Uhr fünfzehn. Während sie die Nummer ihres Ex-Chefs wählte, spürte sie, wie sich ihr Puls erhöhte, und hoffte unbewusst, er würde den Anruf nicht annehmen. Doch das tat er.

«Hieronymus Säger Erben AG, Memmelmann.» «Morgen, Matthäus, Helen hier. Hast du fünf Minuten?» Es dauerte lange drei Sekunden, bis er antwortete. «Ähm, ja, doch, also, natürlich, ähm, ich sag' ja immer ...» «..., dass Reden wichtig ist. Ja, Matthäus, da hast du recht. Ich habe eine Frage zur Tasche mit meinen Sachen, die du mir nach Hause gebracht hast.»

Das unterdrückte Schnauben am anderen Ende liess Helen vermuten, dass er eine Reklamation bezüglich eines fehlenden oder defekten Utensils oder dergleichen erwartete.

«Matthäus, was war mit Gjon los, bevor er verschwand?» Memmelmann stöhnte genervt. «Also, ich weiss nicht, was mit diesem Gjon los ist oder wo zum Teufel er sich aufhält. Aber wenn da nicht bald ein Arztzeugnis kommt, dann wird das Konsequenzen ...» «Matthäus, ich war bei der Polizei, weil wir davon ausgehen müssen, dass ihm etwas zugestossen ist. Und deswegen rufe ich dich an. Was weisst du über den wasserdichten Filzstift, den du mir gebracht hast?» «Also, liebe Helen, ich muss ... muss nun doch einmal, ähm, klarstellen, dass ich als Bereichsleiter nicht mit, ähm ... freigestellten Mitarbeitenden – was du nun leider bist – über personelle Interna sprechen werde, und, ähm ...»

Helen spürte, wie ihr Inneres zu kochen begann. «Spar dir den Scheiss, Matthäus! Ich habe mich für meine Abteilung und die Firma kaputtgearbeitet und du weisst besser als jeder andere, dass ich mir nie etwas habe zuschulden kommen lassen. Es steht dir nicht zu, deine nicht freigestellten Mitarbeiter – was Gjon noch immer ist – mit deiner falschen Datenschutzkonformität zu gefährden! Von wo hast du den Edding?»

Als sie keine Antwort erhielt, glaubte Helen, er hätte aufgelegt, doch dann hörte sie die Kaffeemaschine im Hintergrund surren. «Matthäus?»

Mit müder, abgelöschter Stimme sagte Memmelmann schliesslich: «Ach, Scheisse, ich mache doch auch nur meinen Job und jetzt rastet mir hier die ganze Bande aus. Ich kann doch nichts dafür. Und von was für einem Filzstift redest du überhaupt? Ich habe dir alles, was ich in deinem Minimalistenbüro finden konnte, mitgebracht, sogar den Tee.» «Gjon hat dir den Edding also nicht gegeben? Er lag bereits in meinem Büro?», fragte Helen nochmals rhetorisch nach.

Nervös und ungeduldig bestätigte Memmelmann: «Nein, absolut nicht, den Gjon habe ich nicht mehr gesehen seit dieser mühsamen Morgenbesprechung an dem Montag, an dem du ... äh, nun ja ...» «... an dem ich gefeuert wurde. Also am vierten Juli. Ist da etwas Besonderes vorgefallen, bei der Besprechung?»

Matthäus Memmelmann stiess einen hohen, nervösaggressiven Lacher aus. «Nun, das war ja wohl keine einfache Besprechung für mich. Und kaum war sie zu Ende, hat der sich krankgemeldet. Hat angerufen und gesagt, er müsste nach Hause, es ginge ihm nicht gut ... was ich ihm ehrlich gesagt nicht abgenommen habe. Aber ich habe nicht vor, solche Trotzreaktionen hinzunehmen. Ich meine, also, ich bin noch immer der Vorgesetzte hier, das muss ich einfach nochmals klarstellen und Helen, du bist freigestellt und ich kann – äh – kann mit dir nicht mehr über diese Dinge ...» «Schon gut, Matthäus, ich belästige dich nicht länger. Herzlichen Dank», antwortete Helen mit einer Prise Sarkasmus.

Sie wollte bereits auflegen, als Memmelmann vorschlug: «Nun, also, ähm, wenn du mal ein Bier trinken möchtest ... ich meine, man muss sich ja nicht gleich ... nun ... hassen.» «Weisst du, Matthäus, ich bin nicht so der Biertrinker. Aber ich wünsche dir alles Gute», sagte Helen und legte auf.

Die Kaffeemaschine im Pausenraum der Personalabteilung surrte und erfüllte den Raum mit dem wunderbaren Duft frischen Kaffees. Matthäus Memmelmann schloss die Augen und massierte seine Schläfen.

«Herr Memmelmann, hätten Sie auch gerne einen Kaffee? Der Bewerber ist soeben eingetroffen. Wir könnten dann beginnen.» Memmelmann nahm dankend an. Heute hasste er seinen Job noch etwas mehr als sonst. Wer war er eigentlich? Stand er auf der richtigen Seite? Stand er überhaupt jemals auf irgendeiner Seite?

Montag, 18. Juli, auf der Autobahn A1

Nach dem Telefongespräch mit Memmelmann am Morgen, welches sie nicht im Geringsten weitergebracht hatte, war Helen froh über den anstehenden Szenenwechsel. Als sie um elf Uhr fünfundvierzig an der Raststätte Forrenberg vorbeibretterte, fühlte sie sich in ihre Zeit bei Wolf+Reinegger zurückversetzt. Im Nachhinein wünschte sie sich manchmal, nie von jener Firma weggegangen zu sein. Doch wer wusste, wozu ihr Exkurs zu Säger gut war.

Sie freute sich jedenfalls auf das Wiedersehen mit Dr. Alfons Schnegg-Öhri und war neugierig, was für Neuigkeiten ihr ehemaliger Chef sonst noch zu erzählen wusste. Im Hinterkopf schwirrte – obschon sie es zu unterdrücken versuchte – auch die Frage bezüglich einer möglichen Zusammenarbeit mit ihrem ehemaligen Arbeitgeber umher.

Als Helen um zwölf Uhr auf den Parkplatz der Wolf+Reinegger AG auffuhr, stand der Chef bereits vor dem Haupteingang – mit dem Handy am Ohr. Sein Gesichtsausdruck erhellte sich, als er Helen erblickte. Lächelnd winkte er ihr zu und beendete sein Telefonat.

«Hallo, Herr Schnegg-Öhri!», rief Helen ihrem ehemaligen Chef zu, während sie ausstieg und ihr Auto abschloss. «Frau

Berger, wie schön, Sie wiederzusehen! Willkommen!» Sie begrüssten sich mit einem kräftigen Handschlag. Dann hielt er ihr die Tür seines etwas älteren VW-Passats auf.

Schnegg-Öhri, der in keiner Weise das Bedürfnis hatte, mit seinem akademischen Grad angesprochen zu werden, dafür umso mehr Wert auf seinen Doppelnamen legte, hatte einen Tisch in einem gutbürgerlichen Landgasthof in einem Nachbardorf reserviert.

Als sie die gemütliche holzgetäfelte Gaststube betraten, kamen bei Helen lebendige Erinnerungen an Mittagspausen mit Auditoren und Kunden sowie Teamessen nach Abschluss einiger nervenzermürbender Projekte auf. «Ich schätze Ihre Einladung sehr, Herr Schnegg-Öhri», sagte Helen – bereits zum zweiten Mal.

«Das Vergnügen ist ganz meinerseits, Frau Berger. Ich wollte Sie damals nicht gehen lassen», meinte der CEO, nachdem sie sich an den für sie reservierten Tisch gesetzt hatten.

Er bestellte stilles Mineralwasser und Geschnetzeltes, Helen ein Halbliterglas Süssmost und ein Rindshohrückensteak mit Grillgemüse und Pommes. Während sie auf das Essen warteten, erzählte Schnegg-Öhri vom gestrigen Besuch eines japanischen Kunden, welcher sehr vielversprechend verlaufen war und möglicherweise zu einem interessanten neuen Projekt führen konnte. Helen fand es beinahe berührend, wie offen er ihr über interne Entwicklungen in seiner Firma erzählte. Es war, als gehöre sie noch immer dazu.

Das Essen schmeckte vorzüglich, noch besser, als es Helen in Erinnerung hatte. «Frau Berger, der junge Herr, den wir fürs Rapid Prototyping von Betriebsmitteln und Produktkomponenten eingestellt hatten ...»

«Ja? was ist mit ihm?» Schnegg-Öhri strich mit dem Finger über den Rand seines Wasserglases und liess sich ein paar Sekunden Zeit, bevor er antwortete. «Nun, er hat etwas mehr Herzblut für seine Musik als für seinen Job bei uns. Er hatte sein Pensum bereits vor einer Weile von fünfzig auf dreissig Prozent reduziert, was aber beim besten Willen nicht mehr reicht. Und nächsten Monat verlässt er uns, um sich voll und ganz seiner Band zu widmen.»

Helen lächelte. «Ich denke, es ist schön, wenn jemand mit Anfang zwanzig bereits begriffen hat, dass man Dinge, die einem am Herzen liegen, nicht aufschieben sollte. Nicht so wie ich ...» «Nun ... ich nehme es ihm ja überhaupt nicht übel. Ich wünschte, meine eigenen Kinder hätten solch klare Ziele und zeigten für irgendetwas Herzblut. Wissen Sie ... als wir letzte Woche telefonierten und Sie über Ihren neuen 3-D-Drucker erzählten, da hatte ich das Gefühl, selten so viel Begeisterung in Ihrer Stimme gehört zu haben.»

Helen antwortete nicht, doch ihr Ausdruck zeigte, dass er recht hatte. «Mir kam da so ein Gedanke», fuhr der Geschäftsführer fort, «und ich wollte Sie fragen, ob Sie sich vorstellen könnten, unser Rapid Prototyping zu übernehmen.»

Ihre Erlebnisse der letzten Monate ermahnten Helen zur Vorsicht. «Herr Schnegg-Öhri ... ich fühle mich sehr geehrt von diesem Angebot. Doch nach dem Zusammenbruch und der Firma Säger kann ich mir im Moment irgendwie noch nicht vorstellen, ein Angestelltenverhältnis einzugehen – nicht einmal mit einer Firma, die ich kenne und mit der ich mich noch immer in gewisser Weise identifiziere.»

Er strich sich über das glatte Kinn. «Nun, es gäbe da auch andere Optionen. Könnten Sie sich beispielsweise vorstellen, in selbstständiger Erwerbstätigkeit Outsourcingaufträge von uns anzunehmen? Sie hätten Ihre Freiheit und könnten beginnen, sich auf diesem Gebiet, das Sie offensichtlich begeistert, etwas aufzubauen. Und wir wüssten diese Aufgabe in den Händen einer seriösen Person, die wir gut kennen und der wir vertrauen. Was meinen Sie? Ich würde mich freuen, wenn Sie es sich überlegen.»

Helen schnitt sich ein grosses Stück ihres saftigen Steaks ab und kaute es genüsslich und ausführlich. Ihr Verstand war überfordert, doch ihr Bauchgefühl war angenehm und ruhig. Sie schnitt ein weiteres Fleischstück ab und kaute und kaute.

«Ich arbeite bei mir zu Hause und komme bei Bedarf in die Firma. Wer ist mein Ansprechpartner?» Schnegg-Öhris Gesicht erstrahlte in breitem Lächeln. «Herr Bernasconi wird sich bei Ihnen melden. Ich freue mich sehr auf unsere Zusammenarbeit», sagte der CEO und streckte Helen seine Hand entgegen.

Dienstag, 19. Juli, in der Nähe von Humlikon

Als Helen am Dienstagmorgen kurz nach acht die Treppe zum Haupteingang der Wolf+Reinegger AG hinaufstieg, wurde die Tür von innen aufgestossen, noch bevor Helen zum Läuten kam. Vor ihr stand ein Mann in ihrem Alter, der zu ihrer Zeit noch nicht bei der Firma gearbeitet hatte. Er stellte sich als Dario Bernasconi vor und erwähnte bereits im zweiten Satz, schon sehr viel von Helen gehört zu haben, bevor er ihr einen Kaffee anbot, den sie dankend annahm.

Während sie den schmackhaften Kaffee aus der teuren Maschine der Konstruktionsabteilung genossen, referierte Dario über die Firma, als wäre sein Gast eine potenzielle Kundin, die es zu überzeugen galt. Helen musste teilweise ob der übertrieben positiven Darstellung etwas in sich hineingrinsen.

Als sie im Untergeschoss ankamen, um einen Arbeitsplatz zu begutachten, der mit Montagehilfen ausgestattet werden sollte, wurde Helen von einigen bekannten Gesichtern begrüsst, die sich echt und ehrlich über das Wiedersehen zu freuen schienen. Sie fühlte sich wohl, war aber dennoch dankbar, eine Alternative zu einer Anstellung als Mitarbeiterin gefunden zu haben.

Sie liess sich von Dario ein paar Ideen und die damit verbundenen Herausforderung erläutern und machte sich dazu einige Notizen und Skizzen auf eine leere Seite im hinteren Teil ihrer Agenda. Nachdem sie besprochen hatten, welche Prototypen in welcher Reihenfolge hergestellt werden sollten und worauf in Bezug auf die Druckparameter wie beispielsweise Füllgrad oder Wandstärke zu achten war, notierte sich Dario Helens E-Mail-Adresse. Er versprach, die Dateien noch vor dem Mittag zu senden, zusammen mit der Bestellung.

Dario, der seit zwei Jahren als Projektkonstrukteur bei der Firma arbeitete, hatte um neun seine nächste Sitzung und so verabschiedeten sie sich und Helen begab sich selbstständig zum Hinterausgang der Montagehalle, welcher sich gleich neben dem Parkplatz befand. Sie war gerade im Begriff, die Klinke herunterzudrücken, als die Tür von aussen geöffnet wurde und sie um ein Haar mit einem Arbeiter zusammengestossen wäre.

«Helen!? Helen Berger!», rief er überrascht. Nachdem sie ihn im ersten Moment nicht erkannt hatte, verriet ihn nun sein australischer Akzent. «Brian! Das bist ja du! Ich hätte dich beinahe nicht mehr erkannt ohne deine Haarpracht!» «Ja, das geht vielen so!», antwortete er lachend. «Aber ich brauchte mal eine Veränderung. Und kurze Haare sind im Sommer sowieso angenehmer. Aber was machst denn du hier? Arbeitest du wieder bei uns?»

Helen erklärte lächelnd, dass sie lediglich den 3-D-Druck übernahm und deshalb nun ab und zu in die Firma kommen würde. «Das ist schön zu hören», fand Brian, zu dem Helen immer ein angenehmes Verhältnis gehabt hatte, «wir haben dich vermisst.»

Sie schlug vor, bei der nächsten Gelegenheit zusammen mit ihm und ein paar weiteren Kolleginnen und Kollegen zu Mittag zu essen, was Brian für eine tolle Idee hielt.

Dann musste er wieder einstempeln und so verabschiedeten sie sich und Helen ging zu ihrem Auto.

Als sie vor dem Abfahren nochmals ihr Handy öffnete, wartete eine neue Nachricht von Barbara Bunjaku auf sie. «Hallo, Helen, habe mich heute Morgen in Gjons E-Mail-Account eingeloggt. Er hatte eine Audiodatei von seiner Geschäfts- an seine Privatadresse gesandt. Am vierten Juli.» An der Nachricht war eine Audiodatei angehängt, auf die Helen sofort klickte.

Zu ihrer Überraschung war auf der einundzwanzig Sekunden langen Audiodatei lediglich ein Rauschen zu hören. Nach mehrfachem Nachhören kam sie zur Erkenntnis, dass es sich hierbei am ehesten um eine versehentlich gemachte Aufnahme handelte. Ansonsten verstand sie wirklich nicht, was sie überhört hatte. Die Datei war am ersten Juli erstellt, um vier Uhr fünfzig.

Helen wählte Barbara Bunjakus Nummer. Nach zweimal Läuten ging diese bereits ran. «Hallo, Helen? Hast du meine Nachricht gesehen?» «Ja, Barbara, hallo, deswegen rufe ich an. Stand sonst irgendetwas in der E-Mail?»

Gjons Frau seufzte laut. «Nein, eben nicht. Nicht einmal ein Betreff. Und ich verstehe diese verdammte Aufnahme nicht. Aber es muss doch etwas Wichtiges sein. Warum sollte er sie sonst so eilig an seine Privatadresse senden? Und es war eilig, denn er hasst E-Mails ohne Betreff. Du weisst, wie ordentlich er ist.»

Helen atmete hörbar aus. «Ja ... du, sag mal, liest Gjon seine privaten E-Mails auch auf dem Handy oder benutzt er dafür eher den Computer?» «Eigentlich fast nur am Handy. Wir beide machen das so, deshalb bin ich erst gar nicht auf die Idee gekommen, mal seine E-Mails anzuschauen. Abgesehen davon, dass das normalerweise auch nicht meine Art ist ...», antwortete Barbara.

«Ich verstehe», sagte Helen, nachdem sie einen Moment lang schweigend nachgedacht hatte. «Ich überlege mir schon die ganze Zeit, warum er mir diese umständliche Nachricht in diesem Filzstift hat zukommen lassen. Es schien mir zu absurd. Denn wenn er eine Datei vom Firmenhandy an seine Privatadresse schicken konnte, wäre das Einfachste gewesen, mir diese Datei in einer Textnachricht an meine private Telefonnummer weiterzuleiten. Es sei denn ...» «... es sei denn, er konnte sein Privattelefon gar nicht mehr benutzen», beendete Barbara den Satz.

Eine Weile blieb es still. Für Helen gab es keinen Zweifel, dass Gjon geahnt hatte, dass er in Gefahr war, dass jemand hinter ihm her war. Und der Grund dafür musste im Zusammenhang mit der Beobachtung stehen, die er in jener Nacht im Untergeschoss der Firma Säger gemacht hatte.

«Weiss die Polizei bereits von der E-Mail?», fragte Helen schliesslich. Kaum hatte sie diese Frage beendet, begann Barbara fürchterlich zu schluchzen. «Nein. Wiss-wissen sie ni-nicht ... aber ges-gestern habe ich bei de-der Stadtpolizei angerufen und ... und von denen kriege i-ich immer nur die gleiche Scheissantwort!»

Als sich Barbara etwas beruhigt hatte, erzählte sie Helen ausführlich über ihr Telefonat mit der Polizei am Vortag. Der Beamte hatte ihr erklärt, es sei bereits in alle Richtungen gesucht worden. Man hätte weder eine Spur von Gjon noch von seinem Auto finden können. Sehr bald kam auch wieder die Frage, ob Barbaras Mann denn nicht einfach mal seine Ruhe brauchte oder vielleicht sogar zu Verwandten im Balkan gefahren war. Auf Barbaras gereizte Frage hin, ob denn die neuen Informationen aus Kirchberg auch in die Suche miteinbezogen wurden, antwortete der Beamte der Stadtpolizei selbstsicher, dass man absolut allen Hinweisen nachging und sie sich keine Sorgen zu machen brauchte.

Man konnte der Polizei zwar nicht vorwerfen, nichts zu tun, doch besonders ernst schien Gjons Verschwinden auch nicht genommen zu werden. So war zumindest das vorherrschende Gefühl bei Barbara. Helen teilte diesen Eindruck, und obschon sie bisher eher keine als schlechte Erfahrungen mit der Polizei gemacht hatte, begann das Vorgehen der Freunde und Helfer in diesem Fall die Vorurteile der Bevölkerung gegenüber den Ordnungshütern zu untermauern.

Andererseits musste sie zugeben, dass sie – würde sie Gjon und seine Charakterzüge nicht kennen – die Sache wohl auch nicht auf die gleiche Weise beurteilt hätte. «Barbara, ich würde die E-Mail der Polizei weiterleiten. Doch ich bin mir nun fast sicher, dass es in irgendeiner Weise um die Firma geht. Ich glaube, wir müssen die Frage auf dem Stück Toilettenpapier anschauen. Was befindet sich im leer stehenden Lagerraum? ...»

Zwei Wochen zuvor, im Nordwesten der Schweiz

Edi liess das Fenster bis zur Hälfte hinunter und schmiss seinen Zigarettenstummel auf die Kuhweide neben dem schmalen Feldweg, über den er seinen alten Mercedes 280 SE lenkte. Er kannte diese Gegend gut, denn er war hier aufgewachsen.

Als Bauernsohn war er schon im Kindesalter ans Arbeiten gewohnt. Als Kind und Jugendlicher hatte er diese Wiesen gemäht, hatte Heu gewendet und geladen, hatte die Weiden umzäunt, das Vieh zur Weide und wieder zurückgetrieben. Jeden Herbst hatte er bei der Obsternte geholfen.

Eigentlich – wenn er ehrlich zu sich selber sein sollte – war seine Jugend die einzige Zeit in seinem Leben, in der er einer befriedigenden und ehrlichen Arbeit nachgegangen war. Doch damals hatte er den Beruf des Landwirts nicht zu schätzen gewusst, hatte auf ihn hinuntergeschaut und in seiner jugendlichen Arroganz geglaubt, zu Höherem und Prestigeträchtigerem bestimmt zu sein.

Und nun fuhr er auf diesem alten Feldweg in den Wald hinein, der heute schon lange nicht mehr im Besitz seiner Familie war, um den blutüberströmten Körper eines jungen Familienvaters zu entsorgen, der eigentlich nur zur falschen Zeit am falschen Ort gewesen war.

Als er zum ersten Mal ein derartiges Problem aus dem Weg schaffen musste, zitterte sein ganzer Körper und danach hatten ihn noch viele Monate verstörende Albträume heimgesucht. Heute war er derart abgestumpft, dass er sich dabei nicht mehr Gedanken machte als ein Bäcker beim Teigkneten oder ein Koch, wenn er auf einem rohen Schnitzel herumhämmerte. Er spürte nichts Besonderes mehr, es war lediglich ein notwendiges Übel – wie Toilettenputzen oder die Buchhaltung.

Einen Kilometer nach Eingang in den Wald kam Edi zu einer Weggabelung und wählte die linke Richtung. Das Gefälle des holprigen Waldweges wurde bald so steil, dass er in den ersten Gang schalten und immer wieder auf die Bremse treten musste. Normalerweise fuhren hier nur Traktoren hinunter – und auch dies eher selten.

Am Ende des Weges befand sich ein kleiner Wendeplatz. Edi hielt an und schaltete den Motor aus. Bevor er ausstieg, zündete er sich eine neue Zigarette an.

Nachdem er sich versichert hatte, dass er hier wirklich mutterseelenallein war, öffnete er – die Hände durch Arbeitshandschuhe geschützt – den Kofferraumdeckel.

«Arme Sau», sagte er zu sich selbst. Dann packte er den grün und blau geprügelten Kerl auf seine Schultern. Der Typ hatte etwas zu viel auf den Rippen, wog bestimmt über hundert Kilo. Jedenfalls fiel es Edi unglaublich schwer, mit dieser Ladung auch nur einige wenige Schritte zu gehen. Bevor seine Knie einknickten, liess er den Körper auf den kühlen Waldboden sacken, um ihn an den Armen das Tobel hinunterzuschleifen.

Nach etwa zweihundert Metern kam er zum steilen Abhang, unter welchem ein zurzeit zu einem schmalen Rinnsal ausgetrockneter Bach durchfloss. Hier unten trieb sich niemand herum. Kein halbwegs vernünftiger Jäger oder Pilzsammler riskierte seine Wirbelsäule in diesem Loch. Hier konnte der Typ in Ruhe verrotten.

Mit so viel Schwung, wie es bei dem Gewicht möglich war, warf Edi den schlaffen Körper den Abhang hinunter und schaute zu, wie der leblose Klumpen in die tiefe Schlucht rollte, bis er im üppigen Gestrüpp zum Halten kam. Von hier oben war kaum mehr etwas zu sehen. Wer nicht danach suchte, würde auch nichts finden. Er nahm den fertig gerauchten Stummel aus seinem Mund und warf ihn dem

Typen nach. «Ruhe in Frieden», sagte Edi mit seinem Zahnlückengrinsen und hob kurz seine schmutzige Baseballkappe zum Gruss eines Gentlemans an.

Nachdem er Ederswiler in östlicher Richtung verlassen und in einem Waldstück zwischen zwei Weilern seine Nummernschilder gewechselt hatte, genoss er seine Fahrt durch das Baselbiet, den Solothurn und den Aargau zurück nach Winterthur, das seit siebenunddreissig Jahren sein urbanes Zuhause war.

Dienstag, 19. Juli, in Kirchberg

Helen stand in ihrem Werkraum im Untergeschoss des Wohnblocks. Nachdem sie vom Treffen mit dem Projektkonstrukteur bei Wolf+Reinegger zurückgekehrt war, bestellte sie zwei weitere Drucker, welche Ende der Woche geliefert werden sollten. Ihre bereits eingefahrene Maschine hatte sie von ihrer Wohnung in den kleinen Raum hinuntergebracht, in dem sie bis anhin vor allem Stichsäge und Bohrmaschine eingesetzt hatte. Sägemehl und Schleifpapierreste wichen einem fein säuberlich staubgesaugten Raum, an dessen Wand eine Werkbank stand, die für drei bis vier 3-D-Drucker Platz bot.

Momentan stand zwar erst der eine Drucker darauf, dieser surrte allerdings seit drei Stunden fleissig vor sich hin und addierte Schicht um Schicht zu einer Haltevorrichtung. Während Helen dieses befriedigende Geräusch genoss, bereitete sie die Druckprogramme für die restlichen Objekte vor.

Gerade als sie bemerkte, wie sich ihr Magen langsam nach einem Abendessen sehnte, begann ihr Telefon zu vibrieren.

«Hallo, Gabi! Wie geht es dir?!», rief Helen gut gelaunt in ihr Handy. «Hey, Helen! Gut, danke! Entschuldige, dass ich mich gestern nicht mehr gemeldet habe, aber wir mussten mit einem unserer Kaninchen zum Tierarzt fahren, und als wir nach Hause kamen, hat Elias noch an meinen Nerven gesägt. Hoffentlich wächst er bald aus dieser bescheuerten Phase raus.»

«Alles gut, Gabi», antwortete Helen, während sie die Werkraumtür schloss, «gestern hätte ich dir auch nicht von viel mehr berichten können als vom Mittagessen mit Schnegg-Öhri, aber ich glaube nicht, dass dich das interessiert hätte. Er hat mir übrigens einen Auftrag verschafft, der für mich eine interessante Chance darstellt.» «Das freut mich, Helen. Was ist das denn für ein Auftrag?»

Helen erzählte von den personellen Änderungen bei Wolf+Reinegger, von ihrem Treffen mit Dario Bernasconi und der Tatsache, dass sie per sofort den Grossteil der 3-D-Druckarbeiten der Firma übernahm. «Und Gabi, ich habe heute Vormittag mit Gjons Frau telefoniert. Ich sage dir ... ich muss irgendwie in die Firma Säger gelangen und mich im Untergeschoss umsehen. Gjon muss dort etwas mitgekriegt haben, das ihm zum Verhängnis wurde. Die Frage ist nur, wie ich dort reinkommen soll.»

Eine Weile blieb es still an Gabrielas Ende. «Hm ... nun, also ... einbrechen kannst du wohl nicht und den Schlüssel hast du auch nicht mehr, oder?» «Nein, den Badge habe ich als Erstes zurückgegeben ... aber ich muss dieses Chemikalienlager sehen.» Helen seufzte frustriert.

«Wir bräuchten einen internen Kontakt oder etwas in der Art», meinte Gabriela nachdenklich. Helen antwortete nicht – sie vertraute in diesem Unternehmen niemandem mehr.

Sie beschlossen, sich am nächsten Vormittag zum Kaffee zu treffen und sich bis dahin Gedanken zu möglichen Lösungsansätzen zu machen.

Nachdem sie das Telefonat beendet hatten, widmete sich Helen wieder ihrer neuen Erwerbstätigkeit, wobei sie zufrieden feststellte, dass das erste Stück bereits fertig gedruckt war. Sie löste das Teil vom Druckbett und griff zur Schieblehre. Dieser erste Schritt in ihre potenzielle berufliche Zukunft gab ihr eine Art von Zufriedenheit, die sie schon lange nicht mehr gefühlt hatte.

Als Helen später in ihrem gemütlichen Balkonsessel sass und den zankenden Elstern zusah, schwenkten ihre Gedanken wieder zur Frage, wie sie sich Zugang zum Keller der Hieronymus Säger Erben AG verschaffen konnte. Einen legalen Weg schien es in diesem Fall wohl kaum zu geben. Wie kam sie an eine Badgekarte? Oder konnte sie jemanden dazu bringen, sie ins Gebäude zu lassen? Nur schon jemandem eine solche Frage zu stellen, konnte ihr ernsthafte Probleme bescheren. Andererseits sollte sie vielleicht auch nicht unbedingt ins Untergeschoss dieser Firma eindringen wollen, wenn sie Angst vor rechtlichen Konsequenzen hatte.

Ihre Gedanken tauchten in Erinnerungen an die Zeit bei Säger ab. Helen konnte von sich sagen, stets einen sehr – möglicherweise zu – empathischen Führungsstil gepflegt zu haben. Sie dachte an jenen Wintermorgen, als sie Oliver Kopp tief schlafend unter seinem Bürotisch gefunden hatte, wo er am Abend zuvor nach dem Konsum von hanflastigem Weihnachtsgebäck eingeschlafen war. Statt eine fristlose Kündigung auszusprechen und ihn vom Sicherheitsdienst vor die Tür stellen zu lassen – wie es das Reglement vorgesehen hätte –, schuf sie ihn in ihr Auto, brachte ihn nach Hause, meldete ihn im Personalbüro krank und schob die Sache unter einen dicken, schweren Teppich.

Der Gedanke daran, Kopps damaliges Vergehen nun auszunutzen, schien ihr eklig und beschämend. Und doch: nicht beschämend genug, um nicht bei der Suche nach Gjon eingesetzt werden zu können.

Sie sah auf die Uhr ihres Telefons. Es war bereits sechzehn Uhr fünfundvierzig. Kopp war einer, der morgens eher etwas später zur Arbeit erschien und dafür abends nicht selten bis neunzehn Uhr in der Firma blieb.

Helen schob den Gedanken kopfschüttelnd wieder zu Seite, ging in die Küche und bereitete sich ein Gurken-Käse-Sandwich zu. Dazu öffnete sie eine Dose Most und kehrte damit auf den Balkon zurück. Doch nach wenigen Bissen, und ohne die Dose überhaupt angesetzt zu haben, stand sie wieder auf und stellte ihr Abendessen in den Kühlschrank. Bevor sie ihren Feierabend geniessen konnte, hatte sie etwas anderes zu erledigen.

Der Himmel war von einem schwefligen Gelbton gefärbt, welcher ein abendliches Gewitter ankündigte. Helen war zu Fuss auf dem Weg ans gegenüberliegende Ende des Dorfes. Sie wusste, dass Kopp oft mit den öffentlichen Verkehrsmitteln zur Arbeit ging, und in der Hoffnung, dass dies auch heute der Fall war, begab sie sich zur zwischen zwei hohen Hecken hindurchführenden Abkürzung, über welche man am zügigsten vom Firmenareal der Hieronymus Säger Erben AG zur nächsten Bushaltestelle gelangte.

Der schattige Pfad blieb selbst bei grösster Sommerhitze feucht und kühl. Sie setzte sich auf die aus einem längs halbierten Baumstamm gefertigte Bank. Das Handy zeigte siebzehn Uhr zehn und Helen zwang sich, nicht daran zu denken, was ihr Vorhaben genau bedeutete. Tief in ihrem Inneren wusste sie, dass die Situation Aktionen erforderte, welche sich mit ihren bisherigen Verhaltensgrundsätzen nicht vertrugen. Doch sie wusste auch, dass sie das alles nun nicht beachten und nicht an mögliche Konsequenzen denken durfte.

Schritte auf den Kieselsteinen schreckten sie aus ihren Gedanken. Es war Oliver Kopp. Als er Helen sah, lächelte er erfreut und kam zügigen Ganges auf sie zu. Helen stand auf und stellte sich in die Mitte des schmalen Fusspfades.

«Hallo, Oliver, schön, dich wiederzusehen», sagte sie und streckte ihm ihre Hand entgegen. Oliver Kopp schüttelte diese erfreut. «Helen, wir hatten ja nicht mal die Gelegenheit, uns richtig von dir zu verabschieden! Schön, dass ich dich hier treffe.»

«Nun ja, Oliver, man hat mich lieber gleich am Eingang gestoppt. Das bringt manchmal vielleicht weniger Unannehmlichkeiten mit sich. Aber Oliver, ich bin nicht zufällig hier, sondern ich hatte gehofft, dich zu treffen. Ich muss dich um einen sehr wichtigen Gefallen bitten.»

Kopps Augen signalisierten eine erhöhte Neugier. «Ja, wie kann ich dir behilflich sein, Helen?» «Nun, hast du mitgekriegt, dass Gjon vermisst wird?», fragte Helen vorsichtig. «Was? Ähm, nein, also ... was heisst ‹vermisst›? Ich meine, ich weiss, dass er krank ist – laut Memmelmann etwas Längeres –, aber was genau los ist ... keine Ahnung. Ich habe ja nicht sehr viel mit ihm zu tun so im Alltag.»

Oliver nahm sein Handy aus der Laptoptasche, öffnete die Unterhaltung zwischen ihm und Gjon Bunjaku und begann zu tippen: «Hey Alter, was läuft? Wie geht's? Wo bist du?» Helen klopfte Oliver auf die linke Schulter. «Oliver, das Problem ist bereits etwas ernster ... und deshalb brauche ich heute Nacht deinen Badge.»

Nun verwandelte sich Olivers Neugier in Skepsis. Er biss sich auf die Lippen und sperrte seine Augen weit auf. «Aber Helen ... ähm ... ich meine, ich kann doch nicht – das ist doch ... verboten und ...» Helen machte einen Schritt auf Oliver zu und stand nun unangenehm nah vor ihrem ehemaligen Mitarbeiter. «Oliver, mir ist das Ganze auch nicht angenehm, doch die Tatsache, dass ich es trotzdem tue, zeigt dir, dass es ernst genug ist. Zum Spass tue ich das hier jedenfalls nicht. Also, mein Vorschlag: Du verlierst jetzt deine Karte – oder sie wird dir gestohlen – und du bemerkst es nicht. Morgen früh vor dem Werkseingang glaubst du, du hättest die Karte zu Hause liegen gelassen. Du füllst die entsprechenden Formulare zum Nachtragen der Stempelzeiten aus und nach Feierabend suchst du zu Hause deine Karte. Du findest sie leider nicht und so meldest du am nächsten Morgen den Verlust. Dann macht dir Melanie eine neue und ich habe bis dahin Zeit. Und wenn das klappt, könnte es sogar sein, dass ich deine Eskapaden mit dem speziellen Weihnachtsgebäck für immer vergessen werde.»

«Weihnachts... – ah ...», Kopp verstummte. Mit zusammengepressten Lippen löste er seine Säger-Karte von der Gürtelschlaufe und drückte sie Helen in die Hand. «Danke, Oliver. Und alles Gute», sagte diese, bevor sie sich in entgegengesetzte Richtung trennten.

Helen steckte Kopps Badge in ihre Hosentasche und unternahm einen kurzen Spaziergang durch den Wald am Dorfrand, bevor sie in ihr Quartier zurückkehrte.

Wieder in ihrer Wohnung angekommen, legte sie die Karte auf den Esstisch, nahm ihr Abendessen aus dem Kühlschrank und setzte sich auf den Balkon. Während sie ihr schmackhaftes Sandwich genoss, versuchte Helen, an die positiven Dinge ihres jetzigen Lebens zu denken. Nicht zuletzt an die Tatsache, dass in ihrem Werkraum ein Drucker lief und dabei war, die ersten Franken ihres selbstständig erworbenen Einkommens zu generieren. Ihre Mundwinkel wanderten nach oben. Die Abendsonne wärmte ihr Gesicht. Nach kurzem Zögern wählte sie Gabrielas Nummer.

Diese war überrascht, bereits wieder von Helen zu hören, und noch überraschter, als sie vernahm, dass ihre sonst beinahe krankhaft korrekte Kollegin einem ihrer ehemaligen Mitarbeiter auf moralisch bedenkliche Weise den Badge abgeluchst hatte. «Ich bin ja fast ein wenig stolz auf dich, Helen», meinte sie lachend, «und was ist jetzt unser nächster Schritt?» «Bist du sicher, dass du dich da hineinziehen lassen möchtest?», fragte Helen besorgt. «Ach, du kennst mich doch! Ich könnte die Finger nicht davon lassen, wenn ich noch wollte!», antwortete Gabriela.

Also schlug Helen vor, sich am Abend nach Einbruch der Dunkelheit das Untergeschoss der Firma Säger anzusehen. Gabriela versprach, nach Kirchberg zu kommen, sobald die kleine Emma im Bett war. Sie beendeten das Gespräch und Helen stellte die angefangene Dose Apfelmost zurück in den Kühlschrank. Alkohol war definitiv nicht die richtige Vorbereitung für heute Abend.

Um einundzwanzig Uhr fünfzehn läutete es an der Tür. Gabriela kam mit zwei Cremeschnitten bewaffnet die Treppe hoch. Helen bedankte sich und bereitete zwei Tassen Kaffee zu. Dann setzten sie sich auf den Balkon, um in der angenehmen Abendwärme die Stärkung aus Koffein und Zucker zu sich zu nehmen. Helens Knie zitterten vor Nervosität.

Nachdem das Dessert aufgegessen war, gingen sie den Plan für die nächtliche Operation durch. Helen würde sich mit

Kopps Karte Zugang zum Säger-Areal verschaffen und über einen Seiteneingang direkt ins Untergeschoss eindringen. Es gab verschiedene Zugänge, die nachts nur sehr spärlich benutzt wurden. Dank ihrer guten Kenntnisse des Werks würde sie vor Ort den besten und sichersten Weg wählen können.

Gabriela sollte währenddessen auf einer Sitzbank am Fussweg warten, welcher etwa fünfzig Meter entfernt hinter dem Firmenareal durchführte, die Umgebung beobachten und wenn nötig ihre einbrechende Kollegin warnen.

Helen wollte im Inneren des Gebäudes bis zum unbenutzten Lagerraum gelangen und versuchen, Gjons Frage zu beantworten.

Dieser Plan musste reichen, wie unausgegoren auch immer er sein mochte. Helen gab ihrer Katze einen Kuss aufs warme Köpfchen, dann machten sie sich zu Fuss auf den Weg zur Hieronymus Säger Erben AG.

Dienstag, 19. Juli, an einem unbekannten Ort

Vor einer Weile war er wieder aufgewacht und wusste nicht, wie lange er diesmal weg gewesen war. Wusste nicht, wo er sich befand und welche Tageszeit es war. Sein Kopf dröhnte und drehte sich in schwindliger Dunkelheit. Manchmal war er sich nicht mehr sicher, ob er überhaupt noch sehen konnte oder ob er das Augenlicht verloren hatte. Er verstand noch immer nicht, warum er hier war und wer ihm dies antat. Das Einzige, was in ihm den Wunsch, sterben zu wollen, noch zurückzudrängen vermochte, war die Liebe für seine Frau und seine Kinder. Ob sie wussten, dass er gefangen gehalten wurde?

Wäre er reich oder in irgendeiner Spitzenposition, hätte er vermutet, es ginge um Lösegeld oder Informationen. Doch er war ein Qualitätsingenieur in gekündigter Stellung, der nie Geld auf die Seite gelegt hatte, da ihm – wie auch seiner Frau – Reisen und Abenteuer schon immer wichtiger waren als die Anhäufung von Vermögen. Er liebte sein Leben und sie hatten alles, was sie brauchten, doch zu holen war bei ihm nicht viel.

Er war sich nicht sicher, ob er dies beruhigend oder beängstigend finden sollte. Denn er wusste nicht, ob es eine bessere Alternative gab.

Wäre er eine Frau gewesen, hätte er sofort befürchtet, in den Fängen eines perversen Sexualstraftäters gelandet zu sein. Doch bei ihm? Er schob diese absurde Option wieder weg.

Seine Gedanken streiften auch die Frage, ob es in seinem Leben irgendjemanden gab, der ihn hasste, jemanden, den er – vielleicht sogar unbewusst – so tief verletzt hatte, dass er dafür zahlen musste. Doch es kam ihm einfach niemand in den Sinn.

Allerdings schränkten Schwindel, Angst und Dunkelheit seine Konzentrations- und Denkfähigkeit auch massgebend ein. Er begann zu weinen.

Als er sich vom emotionalen Spannungsabfall schwach zu fühlen begann, tastete seine Linke die Ecke seines Verlieses ab. Wieder lag dort eine Packung Salzcracker und eine Halbliterflasche Wasser. Gierig riss er die Packung auf und begann zu essen. Wer wusste, wann es wieder Nachschub gab?

Nachdem er auch die Flasche leer getrunken hatte, legte er sich auf den Rücken und fuhr mit den Fingerkuppen über den Holzdeckel über ihm. In dem Moment, als er – in der Hoffnung einzuschlafen – seine Augen schloss, glaubte er, ein leises Schiebegeräusch gehört zu haben. Als ob irgendwo ein Tor geöffnet worden wäre. Er riss seine Augen auf und starrte in die Dunkelheit.

Da! Da war es wieder! Würde er nun die nächste Spritze in den Hals bekommen? Er wartete auf das Geräusch des Schlüssels, der die Tür zum Raum öffnete, in dem er gefangen gehalten wurde. Doch es schien auszubleiben. «Hallo!? Ist da draussen jemand!? Ich brauche Hilfe! Helfen Sie mir! Bitte helfen Sie mir!», rief er, so laut er konnte, und betete, dass sich da draussen jemand aufhielt, der nicht zu diesen Leuten – wer auch immer sie waren – gehörte. Gleichzeitig spürte er die fürchterliche Angst vor weiteren Konsequenzen. Doch seine Verzweiflung war nun zu gross, um noch etwas unversucht zu lassen.

Er lauschte, meinte, ein Rascheln hören zu können, das er nicht einordnen konnte. Oder bildete er sich das alles nur ein, weil er es so sehr wollte? Schon als er das letzte Mal wach war, hatte er dieses seltsame Gefühl, als ob in der Nähe noch jemand war. Er hatte gerufen, gefragt, doch es war nur totenstill geblieben. Wahrscheinlich wurde er einfach langsam wahnsinnig.

Niemand kam. Nicht, um ihn zu retten, und nicht, um ihm wehzutun. Mit beiden Fäusten schlug er auf die raue Holzwand seiner Kiste, bis er spürte, wie sich die Haut löste. Dann konnte er nur noch bitter schluchzen. Er wollte sterben, einfach sterben.

Dienstag, 19. Juli, 22 Uhr 30, in der Hieronymus Säger Erben AG

Es war ein surreales Gefühl, wieder in diesem Gebäude zu sein. Was die Sache diesmal so unwirklich machte, war der

Fakt, dass sie absolut nicht hier sein durfte. Noch dazu war es Nacht.

Nachdem sie die hintere, etwas kleinere Rampe hinuntergegangen war und mit Kopps Karte das Tor geöffnet hatte, schlich sie durch den dunklen Gang – ohne auf den Lichtschalter neben dem Eingang zu drücken. Als sie zum Tor des Chemikalienlagervorraums kam, blieb sie einige Sekunden lang reglos stehen. Im Gegensatz zum Aussenbereich gab es im Gebäude keine Überwachungskameras. Sie wusste allerdings, dass ein Mitarbeiter des Sicherheitsdienstes in regelmässigen Abständen seine Rundgänge durch das gesamte Werk unternahm.

Im Moment schien allerdings niemand in der Nähe zu sein und Helen öffnete das Tor, wobei dieses ein leicht ratterndes Schleifgeräusch von sich gab. Nun stand sie im grosszügigen Raum, in dessen Mitte sich ein Computerarbeitsplatz der Logistikabteilung befand.

Glücklicherweise war diese Abteilung eine der wenigen, die keine Nachtschicht unterhielten. Vorsichtig ging Helen bis zur gegenüberliegenden Wand des Vorraumes. Die dunkle Stille hier unten fühlte sich gespenstisch an und trieb ihr ein aufregendes Kribbeln in den Magen.

Zu ihrer Linken lag der Gang, auf dessen linker Seite sich wiederum vier Schiebetüren in einer Reihe befanden, hinter denen Chemikalien lagerten, welche für verschiedene Herstellungs- und Reinigungsprozesse eingesetzt wurden.

Ausser im hinteren Raum. Dieser war nach Helens Wissen schon jahrelang nicht mehr im Gebrauch und es hatte im Laufe der Zeit schon verschiedene Ideen und Diskussionen zu seiner weiteren Nutzung gegeben. Bis zu Helens Zusammenbruch zu Beginn dieses Jahres hatte sich diesbezüglich noch nichts geändert, und wenn sie Gjons Nachricht richtig interpretiert hatte, war diesem Raum bis heute keine neue Aufgabe zugewiesen worden. Jedenfalls nicht offiziell.

Langsam schlich sie die ersten drei Lagerraumtüren entlang. Soweit sie mithilfe ihres beleuchteten Telefonbildschirms ausmachen konnte, sah hier alles aus wie immer. Allerdings hätte sie sich nicht getraut, die Taschenlampe anzumachen. Denn seit sie an diese Seite des Raumes gelangt war, meinte sie, immer wieder undefinierbare Geräusche wahrnehmen zu können. Es konnte reine Einbildung sein – ja, höchstwahrscheinlich war es das. Trotzdem musste sie vorsichtig sein. Schliesslich konnte jede Sekunde ein Sicherheitsmitarbeiter den Raum betreten.

Einmal mehr blieb sie stehen und lauschte. Irgendwo war das hohe Piepsen einer Maus zu hören, dessen Lautstärke durch die Stille im hohen Raum ungewöhnlich verstärkt wurde. Dann wurde es wieder ruhig. Helen berührte das massive Vorhängeschloss an der Türe des hintersten Lagerraumes mit den Fingern ihrer linken Hand, während die rechte das Handy hielt. Warum war ihr dieses Schloss noch nie aufgefallen? Zwar hatte sie sich eher selten hier unten aufgehalten, trotzdem schien ihr, ein derartiges Schloss an einer Schiebetür, die ansonsten exakt wie die drei anderen aussah und mit demselben Schliessmechanismus ausgestattet war, hätte ihr auffallen müssen.

Da war es wieder, dieses seltsame Geräusch. Es klang wie leises Stöhnen. War das ein Tier? Oder ein Mensch? Und woher kam es? Helen hielt ihren Kopf schräg, sodass ihr linkes Ohr das lackierte Holz der massiven Tür berührte.

Nach einer kurzen Weile glaubte sie, wieder etwas zu hören. Allerdings war es diesmal noch leiser, noch schwächer. Irgendwie schleifend, glucksend. Oder doch einfach nur Einbildung, Fantasie, Paranoia?

Just in dem Moment, als Helen auf den Boden herunterknien und die Taschenlampe einschalten wollte, um zu versuchen, durch den Spalt etwas auszumachen, ging im Gang draussen das Licht an. Ihr Puls schnellte in einem Sekundenbruchteil in die Höhe und ihre Beine begannen vor lauter Adrenalin so stark zu zittern, dass sie Angst hatte, einzuknicken. So schnell und leise wie möglich lief sie in den noch immer dunklen Vorraum zurück und steuerte direkt auf den Tisch zu, hinter dem sie sich zu Boden warf – einen knappen Augenblick, bevor sich das Eingangstor ratternd öffnete und das Licht angemacht wurde.

Ein schlimmer Raucherhusten erklang, dann begann eine ungesunde Männerstimme leise «Dreams» von den Cranberries vor sich hin zu summen. Helen atmete kaum und spürte nicht einmal den Schmerz, den die auf dem Boden liegende Schraube, auf welche ihr Körpergewicht das rechte Knie presste, verursachte.

Der Sicherheitsmann ging am Tisch vorbei durch den Raum. Plötzlich blieb er stehen und drehte sich um. Helen hörte, wie sich seine Schritte wieder dem Bürotisch näherten. Vor dem massiven Stahlkehrichtkübel, hinter welchem Helen kauerte, blieb er stehen und liess seine Melodie verstummen. Ein paar ewige Sekunden blieb es still. Helen schloss die Augen.

Der Sicherheitsmann schaute um sich, griff nach dem Sparschwein mit dem Kaffeegeld, welches in der vorderen rechten Ecke der Tischplatte stand. Dann zog er den Gummizapfen aus dem Schweinebauch und schüttelte ein paar Münzen heraus. Helen konnte hören, wie er etwas umständlich zwei Franken vierzig abzählte, den Rest zurück ins Schwein warf und die Bauchöffnung wieder schloss. Die widersprüchliche Pseudokorrektheit des Diebes verwirrte und berührte sie gleichermassen.

Als der Mann sich endlich wieder vom Tisch wegbewegte, holte sie tief Luft. Sie sah, wie er gemütlich in den Gang vor den Lagerräumen einbog und bis zu dessen Ende ging, ohne seine Umgebung besonders genau zu beobachten, sich dann auf dem Absatz drehte und wieder in den Vorraum kam. Er ging stracks zum Haupteingangstor des Lagers, auf dessen linker Seite ein Panoramaspiegel an der Decke angebracht war, der den Staplerverkehr sicherer machen sollte. Der etwa fünfzigjährige Mann blieb darunter stehen und schien sich darin zu betrachten. Plötzlich machte er kehrt und kam pfeilgerade auf den Computertisch zu. Helen sah sich bereits in Handschellen auf einem Polizeiposten. Schweiss tropfte von ihrer Stirn und sie begann, sich schwach und zittrig zu fühlen, wie es bei ihr in Paniksituationen häufig vorkam.

Seine Schuhe blieben keine zehn Zentimeter von ihren Knien entfernt stehen. Er kramte die zwei Franken vierzig aus seiner Gesässtasche und warf sie durch den Schlitz am Sparschweinrücken in die Kaffeekasse zurück. «Das bin ich nicht. Es tut mir leid. Das bin ich wirklich nicht», flüsterte er dem Porzellanschweinchen zu, bevor er auf schnellen Sohlen wieder zum Tor ging und das Chemikalienlager verliess.

Helen atmete ein paarmal tief durch, als sie plötzlich einen stechenden Schmerz im rechten Knie zu spüren begann. Regungslos wartete sie, bis sich sämtliche Lampen wieder automatisch ausschalteten.

Als sie sich wieder in schützender Dunkelheit sah, kroch sie hinter dem grossen Kehrichtkübel aus Stahlblech unter dem Tisch hervor und stand vorsichtig auf. Ihre Beine fühlten sich wie Wackelpudding an. Sie musste hier nur noch raus.

Gabriela kontrollierte zum gefühlt fünfzigsten Mal ihr Handy. Noch immer kein Zeichen von Helen, die nun schon beinahe eine halbe Stunde im Gebäude verweilte. Sie fragte sich, ob dadrin alles in Ordnung war oder ob sie eingreifen musste. Sie entschied sich abzuwarten – nicht zuletzt auch deshalb, weil sie eigentlich keine Vorstellung hatte, was «eingreifen» in diesem Fall genau bedeutete.

Meist war es am besten, beim Plan zu bleiben, um unnötige Komplikationen und Missverständnisse zu vermeiden. Sie würde erst etwas unternehmen, sollte es deutliche Gründe dafür geben. Sie schloss den Bildschirm und blieb auf ihrer Bank sitzen.

Seit dem letzten Vollmond war bereits etwa eine Woche vergangen, doch zusammen mit dem Licht, das von den Fenstern der Produktionshallen im Erd- und Obergeschoss der Fabrik abgegeben wurde, sah Gabriela genug, um Bewegungen erkennen zu können. Sie wartete, wartete und wartete.

Ein weiteres Mal sah sie auf die Uhr. Dreiundzwanzig Uhr zehn. Noch einmal schaute sie in ihre Nachrichten-App. Noch immer nichts. Nun erhob sie sich in einem Ruck von der bequemen Bank und ging ein paar wenige Schritte den Weg entlang, ihren Blick permanent auf den Hinterhof mit der schmalen Rampe gerichtet.

Ein wenig erschrak sie, als aus dem Nichts ein – soweit sie erkennen konnte – dunkler SUV um die Ecke kam und mit seinen Scheinwerfern die Wand des Gebäudes erhellte. Das Fahrzeug fuhr langsam an der Rampe vorbei und hielt zehn Meter danach zwischen einem Stickstofftank und einem Stapel Palettenrahmen an. Auszusteigen schien niemand. Gabriela spürte, wie sich ihr Magen mit adrenalingeschwängerten Schmetterlingen füllte und sie begann, ohne die Augen von der seltsamen Szene zu nehmen, sich über die frisch gemähte

Heuwiese dem Areal zu nähern. Neben dem Stamm eines Apfelbaums blieb sie stehen.

Es schienen zwei Personen im Auto zu sitzen. Gabriela befand sich nur noch etwa fünfundzwanzig Meter vom Sicherheitszaun entfernt und konnte einigermassen erkennen, dass der Beifahrer einen Kurzhaarschnitt hatte und der Fahrer eine schwarze Baseballkappe trug. Viel mehr sah sie nicht, nur dass der Beifahrer ein Handy mit erleuchtetem Bildschirm in der Hand hielt und wild gestikulierte, während der Fahrer ruhig dasass und sich im bequemen Sitz zurücklehnte.

Plötzlich schien die Diskussion beendet. Der Beifahrer erstarrte für einige wenige Sekunden, bevor sich beide Vordertüren öffneten und zwei dunkel gekleidete Gestalten aussteigen liessen. «Scheisse ... wo ist denn Helen?», sagte Gabriela zu sich selbst, um im gleichen Moment festzustellen, dass ihre Kollegin die Rampe hoch hastete und gerade nach rechts abbiegen wollte, als auch sie das seltsame Paar in ihre Richtung kommen sah und darauf erschrocken die linke Alternative nahm. Gabriela meinte zu erkennen, wie sich Helen zwischen zwei Recyclingmulden warf – nur einen Augenblick, bevor die Personen um die gegenüberliegende Ecke kamen. Das war knapp.

Die Typen verschwanden die Rampe hinab und Gabriela konnte hören, wie das Tor aufging. Einige Minuten lang versuchte sie auszumachen, wo genau sich Helen versteckt hielt, konnte jedoch nichts erkennen, bis sich zwischen den beiden grossen Stahlbehältern endlich eine Gestalt erhob und zügig zur nächstgelegenen Drehtür schlich. Gabriela sah, wie Helen das Drehkreuz mittels des grossen, grünen Knopfes betätigte, sich noch einmal in alle Himmelsrichtungen umsah und dann das Gelände dieser altbekannten Fabrik in die Richtung der in Dunkelheit gelegenen Sitzbank am Wegrand verliess.

Bei der leeren Bank angekommen, schaute Helen um sich und sah Gabriela vom Baum her über die Wiese laufen.

«Verdammt, ich habe schon geglaubt, ich würde dadrin einen Herzkasper kriegen!», fluchte sie flüsternd und liess sich auf die bereits etwas von der Sommernacht kühlfeuchte Holzbank plumpsen. Gabriela setzte sich neben sie und sagte: «Das war ja gerade ziemlich knapp, doch ich glaube nicht, dass sie dich gesehen haben. Hast du eine Ahnung, wer das eben war?» Helen schüttelte langsam den Kopf. «Nein, ich habe die Umrisse gesehen und dann hat mein Hirn sofort in den Notfallmodus umgeschaltet. Ich weiss nicht, wer das war.»

Gabriela zeigte auf den kaum von hier aus erkennbaren dunklen SUV. «Die kamen mit dem Auto dort. Lass uns wieder zurück zum Baum gehen und sehen, ob wir noch etwas mehr erkennen können. Mit rechten Dingen geht's bei denen jedenfalls nicht zu. Entweder sind das auch Einbrecher – was ich mir irgendwie nicht vorstellen kann – oder – und darauf wette ich – die haben etwas mit Gjons Beobachtung zu tun», sagte sie. Helen teilte Gabrielas Einschätzung und einmal mehr wünschte sie sich sehnlichst nach Lappland zurück.

Sie waren bereits eine Weile neben dem Baum gestanden, als eine Person – der etwas schmächtigere Baseballkappenträger – die Rampe hochkam und die Mauer entlang zum Auto schlich. Da begann Gabi ohne Vorwarnung mit hoher, etwas dümmlich verstellter Stimme, zu rufen: «Balu! Komm zu Mama! Wo bist du, Balu! Komm bei Fuss! Balu!»

Wie ein aufgeschrecktes Huhn hüpfte sie über die Wiese immer näher an den Sicherheitszaun heran, bis sie dem schlanken Kappenträger auffiel, der offensichtlich nicht auf eine Interaktion vorbereitet war und sich sofort den Schirm noch etwas tiefer ins Gesicht zog. «Äh, sorry! 'tschuldigung! Hallo, Sie!? Haben Sie vielleicht vorhin grad' 'nen Hund hier vorbeirennen sehen?! So ein kniehoher weisser mit etwas Braun am Rücken?!», quietschte sie der Gestalt zu. Diese schüttelte irritiert den Kopf und gab lediglich ein zerdrücktes «ne, sorry» von sich und ging ohne weiteren Blickkontakt zum Auto. Gabi rief noch ein paarmal verzweifelt nach dem nicht existenten Balu, bis sie den Baumstamm wieder über eine grosszügige Runde durch das wohlriechende halb trockene Heu erreicht hatte.

«Hast du einen Kugelschreiber, Helen? Ich habe die Autonummer.» Helen zog ihren Stift aus der Gesässtasche und reichte ihn Gabriela, die damit ein sechsstelliges Autokennzeichen aus dem Kanton Thurgau auf ihre Handinnenfläche kritzelte. Helen zog in Gedanken den Hut vor ihrer Kollegin.

«Ach, Gabi, wir hätten mit dem Auto herfahren sollen, dann könnten wir denen folgen», bemerkte Helen, etwas vom Schmerz genervt, den sie wieder im Knie spürte. «Hätte, hätte …», antwortete Gabi, «wir haben wenigstens die Nummer, das ist ein guter Anfang. Und nun erzähl mir mal, was du dadrinnen überhaupt gesehen hast.»

Helen pustete Luft aus, und während sie beide neben dem Apfelbaum standen und zusahen, wie der SUV langsam die Rampe hinuntergesteuert wurde, berichtete sie über ihren seltsamen und doch nichtssagenden Eindruck dieses Chemikalienlagers. «Weisst du, Gabi, mein Bauchgefühl sowie Gjons Notiz und die mitternächtliche Aktion der zwei Typen da sagen mir, dass da unten etwas sein muss. Ich habe allerdings nichts Konkretes entdeckt. Die schwachen Geräusche konnte ich weder einordnen noch bin ich mir überhaupt sicher, ob ich sie tatsächlich gehört habe. Und dieses Schloss – so ein massives, neu aussehendes Vorhängeschloss – muss an sich noch nichts zu bedeuten haben. Doch ich hatte ein so seltsames Gefühl bei diesem leer stehenden Lagerraum, ich bin mir einfach sicher, dass da etwas versteckt wird.»

«Eigentlich wäre es interessant gewesen, wenn du sie beim Ein- oder Ausladen hättest beobachten können. Es muss schliesslich das eine oder das andere davon sein. Dieser Lagerraum ist ein Umschlagsplatz im Rahmen irgendeines kriminellen Geschäfts, so viel ist klar», meinte Gabriela.

Helen seufzte. «Ja, das wäre bestimmt interessant gewesen. Gefährlich interessant. Doch nachdem mich der Sicherheitsmann nur mit viel Glück nicht gesehen hatte, bekam ich das dringende Bedürfnis, sofort von da unten zu verschwinden. Und das habe ich ja gerade noch im richtigen Moment getan. Ein paar Minuten später ... ach, Scheisse, daran möchte ich gar nicht denken.»

Es waren kaum zehn Minuten vergangen, da sahen sie den dunklen SUV wieder die Rampe hochfahren. Sie schauten ihm hinterher, bis er nach dem Abbiegen in Richtung Dorfzentrum aus ihrem Blickfeld verschwand.

Es war bereits Mitternacht, als sie sich auf dem Besucherparkplatz ihres Quartiers verabschiedeten, und Helen war so hundemüde, dass sie an Ort und Stelle hätte abliegen und einschlafen können. Gabriela hingegen war energiegeladener als zuvor und schwelgte enthusiastisch in ihren Ausführungen über das weitere Vorgehen.

Sie selbst würde am nächsten Morgen als Allererstes der Autonummer nachgehen. Allerdings machte sie sich keine allzu grossen Hoffnungen, diesen Autohalter im Autoindex des Kantons Thurgau zu finden. Soweit ihr bekannt war, konnten die öffentlichen Einträge nämlich vom Halter abgelehnt werden – was sie bestimmt in Anspruch nähme, wäre sie in unsaubere Aktivitäten verwickelt.

Helen sollte sich derweil bei Gjons Frau melden, um herauszufinden, ob es seitens der Polizei neue Erkenntnisse gab. Viel mehr schienen sie vorerst nicht tun zu können.

Helen war sich mittlerweile irgendwie nicht mehr sicher, ob es wirklich sinnvoll war, selbst nach Gjon zu suchen. Diese Idee schien ihr auf einmal so dermassen absurd. Doch sie behielt den Gedanken für sich. Heute Nacht sollte sie nicht mehr denken, nicht mehr diskutieren oder entscheiden. Nur noch schlafen. Tief und lang.

Mittwoch, 20. Juli, Nacht, zu Hause bei Helen Berger

Aus dem Tiefschlaf wurde erst einmal nichts. Um zwei Uhr dreissig wurde Helen von Stimmen und lautem Geläuf im Treppenhaus aus ihrem Schlummern gerissen. Erst vermutete sie, dass die Familie neben ihr, welche über eine überdurchschnittliche Menge sozialer Kontakte verfügte und mit Leichtigkeit immerzu Gründe zum Feiern fand, irgendeine Party veranstaltete. Doch dann hörte sie Estrellas aufgeregte Stimme und das gestresste Kläffen ihres Hundes, der sonst eigentlich so gut wie nie bellte – woraufhin seine Meisterin sehr stolz war.

Irgendetwas schien vorgefallen zu sein. Trotz Müdigkeit und Frust stand Helen auf, zog leichte Shorts und ein T-Shirt an, steckte ihr Handy in die Hosentasche und begab sich ins Treppenhaus. Als sie den Polizeibeamten mit dem Aluköfferchen in der Hand die Treppe hochkommen sah, machte ihr Herz einen Zwischenschlag. Sie erstarrte einen

Moment lang und fühlte sich ausserhalb ihres Körpers. Der Polizist grüsste mit einem Nicken und hastete an ihr vorbei. Als sie wieder Boden unter ihren Füssen spüren konnte, schloss sie die Wohnungstür hinter sich ab und ging langsam die Treppe hoch.

Estrella Villiger stand – noch in Strassenkleidung und mit Aktentasche in der Hand – vor ihrer eigenen Wohnungstür und war gerade dabei, einer Polizistin zu schildern, wie sie und ihr Hund von einer Sitzung des Turnvereins heimgekommen waren, um die Wohnung in offensichtlich durchsuchtem Zustand vorzufinden. Als sie dann auf den zweiten Blick auch noch das faustgrosse kreisrunde Loch neben dem Griff des Balkonfensters entdeckt hatte, war sie unverzüglich wieder ins Treppenhaus hinaus geflüchtet, um die 117 zu wählen.

Helen ging wieder ein Stockwerk tiefer und setzte sich auf die erste Treppenstufe neben ihrer Wohnungstür.

Eine Viertelstunde später kamen drei Polizeibeamte und hinter ihnen Estrella die Treppe herunter. Am Haupteingang bedankte sich die Nachbarin herzlich bei den Polizisten, welche ihr versprachen, sich im Laufe des Tages wieder zu melden. Nachdem sie sich noch ein weiteres Mal bedankt hatte, verabschiedete sich die Polizei. Estrella kam die Treppe hoch und setzte sich neben Helen, welche damit beschäftigt war, Cäsar zwischen den Ohren zu kraulen.

«Was für eine unglaubliche Scheisse!», begann die sonst sehr auf ihre Wortwahl bedachte Nachbarin, «ich lebe seit über zwanzig Jahren in diesem Haus und das Gesetzloseste, womit wir sonst hier konfrontiert werden, sind Nachbarn, die beim Waschen zu viel Weichspüler einsetzen oder auf dem Besucherparkplatz parkieren. Und nun wird bei mir eingebrochen?! Ich kriege mich fast nicht mehr ein!»

«Wie kam der denn rein? Und was wurde gestohlen?», fragte Helen, welche die Idee eines Einbruchs in ihrem Quartier – ja in ihrem Dorf – auch ziemlich schwer vorstellbar fand.

«Nun, das ist ja auch so seltsam!», erklärte Estrella händeverwerfend. «Zwar habe ich erst einen kurzen Übersichtsrundgang mit den Polizisten durchgeführt, konnte aber nicht feststellen, dass tatsächlich etwas fehlt. Ich meine, ich habe eine Dose mit der Aufschrift ‹Haushaltsgeld› mit mehreren hundert Franken drin in einem offenen Küchengestell. Davon fehlt kein Rappen. Dasselbe mit Rolfs teurer Uhr, die noch immer im Badezimmer liegt und endlich mal abgeholt werden möchte. Die müssen etwas Bestimmtes gesucht haben, wenn du mich fragst, und die Polizei sieht das auch so. Falls es mit meinem Beruf zusammenhängt, haben die Idioten jedenfalls am falschen Ort eingebrochen.»

Helen seufzte und schlug vor, bei ihr in der Wohnung einen Kaffee zu trinken, was Estrella gerne annahm. Da Zwirbeli sich noch draussen herumtrieb, durfte auch Cäsar – der Arme schien von der ganzen Angelegenheit ziemlich nervös geworden zu sein – mit hereinkommen.

Estrella Villiger setzte sich an den Esstisch und nahm ihr Hündchen auf den Schoss. Helen brachte zwei Tassen starken Fertigkaffee mit Rahm und fragte: «Weiss man denn, dass es mehrere Einbrecher waren?» Nach einem zünftigen Schluck Kaffee lachte die Nachbarin mit einem beinahe zynischen Unterton auf. «Ach du, nicht nur das! Die Polizeibeamten eben haben gemeint, dass es noch dazu solche gewesen sein mussten, die das öfters mal machen und ‹professionell› vorgehen. Was für ein Wort! Professionell!»

Helen seufzte lautstark. «In letzter Zeit passieren um mich herum Dinge, die nicht in mein unauffälliges Leben passen, und ich sage dir, Esti, das überfordert mich emotional gerade etwas. Ich meine ... ein Einbruch? In unserem Block? Das ist doch irgendwie surreal.»

Sie nippte lustlos an ihrem Kaffee. «Übrigens ... ich war heute Nacht unbefugt im Keller der Firma Säger. Ich bin da ... nun ja ... eingebrochen. Und während ich da war, wird bei dir die Wohnung durchsucht? Hoffentlich wachen wir aus diesem Scheisstraum bald auf.»

Estrella starrte Helen mit grossen Augen an. «Eingebrochen? Du? Bist du wahnsinnig?», fragte sie schockiert. Helen versicherte ihrer langjährigen Nachbarin, dass – wäre sie an ihrer Stelle gewesen – sie es ihr gleichgetan hätte. Dass es harte Gründe gab, die eine solche Aktion verlangten.

Estrella lehnte sich nach hinten und strich ihrem Cäsar liebevoll über den Kopf. «Helen, ich glaube dir, schliesslich kenne ich dich – relativ gut, möchte ich sogar behaupten. Wenn du mit mir also darüber reden möchtest – ich bin hier. Und es bleibt unter uns.»

Helen stützte ihren müden Kopf auf beiden Händen ab und atmete hörbar aus. Dann schaute sie in ihren dunklen Balkon hinaus. «Danke, ich weiss, dass ich dir vertrauen kann ... aber ich denke, dass ich dich lieber nicht zur Mitwisserin mache – ich glaube nicht, dass ich dich in diese Scheisse mit reinziehen darf. Vielleicht liegt es an meiner paranoiden Einstellung ... aber ich habe einfach gerade ein sehr ungutes Bauchgefühl.»

«Nun, falls du es dir anders überlegst – du weisst, wo du mich findest», sagte Estrella Villiger und leerte ihre Tasse.

Nachdem die Nachbarin wieder in ihre eigene Wohnung zurückgekehrt war, um endlich zu schlafen und sich von den Ereignissen wenigstens etwas zu erholen, ging auch Helen wieder ins Bett. Zwirbeli war mittlerweile von der Jagd zurückgekehrt und hüpfte auf die Matratze, wo sie es sich neben Helen gemütlich machte und ihr menschliches Familienmitglied sanft in einen friedlichen und tiefen Schlaf schnurrte.

Mittwoch, 20. Juli, 9 Uhr 20, in Helen Bergers Wohnung

Zwirbeli hatte Hunger. Sie bevorzugte es, beizeiten zu frühstücken und dann gleich zu ihrem ersten Streifzug des Tages durch Wiesen und Wälder aufzubrechen. Es kam ihr nicht in die Tüte, sich ohne ihre morgendliche Portion des teuren Spezialtrockenfutters im Bäuchlein auf den Weg zu machen. Sie setzte sich so nahe an Helens Gesicht, dass sie deren Atem an ihren Bauchhaaren spüren konnte. Vorsichtig hob sie ihre rechte Vorderpfote und berührte sanft die Menschennase. Scheinbar schlief ihre Helen sehr tief, denn gewöhnlich wachte sie von dieser Berührung auf. Als auch das Streicheln des halb offenen Mundes nichts brachte, streckte sie ihr Mäulchen nach Helens Stirn aus und begann, die salzige Haut zu lecken, bis Helen gähnend erwachte und sich erst einmal die Augen rieb.

«Guten Morgen, mein Herzchen. Ja, ja, du kriegst gleich dein Frühstück.»

Eine halbe Stunde später ging Helen – frisch geduscht und mit genügend Frühstück im Magen – die Treppe hinunter in den Werkraum, wo auf dem Druckbett der untere Teil einer weiteren Montagehilfe klebte, der über Nacht fertiggestellt worden war. Sie löste das Teil aus weissem PETG von der Platte und betrachtete es erfreut. Auf den ersten Blick schien es schon einmal makellos.

Sie hatte gerade das nächste Programm gestartet und begonnen, das neuste Teil zu verputzen, da klopfte es an die Tür. «Herein!» Herein kam eine unausgeschlafen dreinschauende Estrella Villiger mit je einer Tasse in beiden Händen. «Magst du einen Kaffee, Helen?», fragte sie – rein rhetorisch – und hielt ihrer Nachbarin die grössere der beiden Tassen hin.

«Gerne, danke. Konntest du dich einigermassen erholen?», fragte Helen, während sie das heisse Getränk entgegennahm. Estrella schüttelte gefrustet den Kopf. «Kaum, ehrlich gesagt. Das ist alles so dermassen absurd, ich sag' es dir. Weisst du, was das Einzige ist, das entwendet wurde? Ein paar bescheuerte Filzstifte und ein USB-Stick, auf dem die Fotos vom siebzigsten Geburtstag meiner Mutter gespeichert sind. Ich meine ... ich bin doch im falschen Film, zum Teufel noch mal!»

Helen verschluckte sich so heftig an ihrem Kaffee, dass es eine Weile dauerte, bis sich ihr Schluckmechanismus wieder beruhigt hatte. «Was ... was haben die gestohlen?», fragte sie ungläubig. Die Nachbarin machte eine wegwerfende Handbewegung. «Einen scheissbilligen USB-Stick mit ...» «Nein. Davor. Was für Filzstifte wurden gestohlen?», unterbrach sie Helen mitten im Satz.

Estrella schüttelte verständnislos ihren Kopf und verwarf die Hände. «Na, so ein paar dieser fetten wasserfesten ... Eddings – oder wie die heissen – aus der obersten Schublade in der Küche. Ich benutze die zwar selten, aber ich weiss, dass die immer dort drin waren. Nun sind sie weg. Was wollen professionelle Einbrecher mit meinen Filzstiften?»

Helens Mund stand offen und ihre sonst eher schlitzhaften Augen schienen nun unnatürlich gross. «Äh ... Filzstifte? Bist du dir da ganz, ganz sicher?» «Klar bin ich sicher, Helen. Ich weiss, es macht keinen Sinn, weshalb ich es dieser Polizistin auch nicht übelnehme, dass sie glaubt, ich hätte mich bezüglich der Stifte geirrt. Aber du kennst meinen Ordnungssinn», stellte Estrella Villiger klar und lud Helen ein, nach dem Mittag zu Kaffee und Kuchen in ihr Treuhandbüro zu kommen. Dann machte sie sich auf zu einem Kundenmeeting und Helen blieb verdattert in ihrem Arbeitsraum zurück.

Sie musste eine Überwachungskamera auf ihrem Balkon installieren. So schnell wie möglich! Mit zittrigen Händen griff sie nach ihrem Telefon und tippte auf «Gabriela Stahl». Niemand antwortete.

Mittwoch, 20. Juli, in einer gepflegten Quartierstrasse im Thurgau

Gabriela Stahl ging gemütlich den mittlerweile eigentlich völlig unnötigen Kinderwagen mit Emma vor sich herschiebend die Quartierstrasse entlang. Als Mutti mit süssem Kind wurde man kaum des spionierenden Herumlungerns verdächtigt.

Sie war erfreulich überrascht, dass die Autonummer des dunklen Geländewagens tatsächlich im Autoindex einsehbar war. Dass ein solcher Typ gerade in diesem Quartier zu Hause sein sollte, erinnerte sie einmal mehr daran, dass ein gepflegtes Häuschen mit netten Blümchen im schönen Gärtchen mit dem frisch gestrichenen Zäunchen eben noch nicht die Echtheit der heilen Welt garantierte.

Emma schmiss ihren Teddybären auf die Strasse und begann zu giggeln. Gabriela bückte sich, gab ihrer Kleinen das Bärchen zurück und streichelte ihr über den Kopf. Dann gingen sie gemächlich weiter.

Da war es. Vor ihr stand das Haus mit der Nummer vier. Hier wohnte also dieser Roni Wespenmoser, auf den die Nummer registriert war. Sein Haus passte wunderbar in das Quartier. Die Geranien an den Fenstern waren farblich mit dem Storenstoff abgestimmt und der Rasen schien frisch gemäht. Der Platz vor den zwei hellblauen Garagentoren sah neu aus. Gabriela schlenderte so langsam wie ohne aufzufallen möglich auf das spiessige Einfamilienhaus zu. Sie erschrak beinahe ein wenig, als plötzlich das eine Garagentor hochzufahren begann.

Abrupt blieb sie stehen und zog ihr Telefon hervor, um das Bild einer auf der Strasse stehenden und auf ein fremdes Haus starrenden Person in ein Bild einer ganz gewöhnlichen Telefonierenden, die zum Schutze ihres Kindes verantwortungsbewusst stehen blieb, statt abgelenkt auf der Strasse herumzuwatscheln, zu verwandeln. Während sie bei gesperrtem Bildschirm ein Selbstgespräch führte, hielt sie ihren konzentrierten Blick auf die offene Garage gerichtet.

Sie konnte sehen, wie eine Frau um die vierzig in einen langweilig beigen Renault Espace stieg und diesen aus der Garage auf den sauberen Vorplatz fuhr. Dann stieg die Frau wieder aus und ging die kurze, von weissbärtigen Zwergen bereicherte Treppe zum Gartentor hinauf, vor dem ein halb leerer Sack Blumenerde stand, den sie aufhob und in den Kofferraum des Familienwagens lud.

Erst als sie wieder eingestiegen war und anfuhr, realisierte es Gabriela. Die Nummer, welche noch immer die Innenseite ihrer Hand zierte, gehörte zu diesem Renault! Sie liess das Handy sinken und schloss für einen Moment ihre Augen. «Was zum Teufel ...»

Mittwoch, 20. Juli, gegen Mittag, in Helens Werkraum

Sie wählte ein weiteres Mal Gabrielas Telefonnummer. Diesmal meldete sich nach ein paarmal Klingeln eine Stimme, die den Frust und die Desillusion nicht verbergen konnte. «Hallo, Helen ... sorry, dass ich vorhin nicht rangegangen bin. Ich war gerade ... beschäftigt. Allerdings hätte ich mir das auch sparen können. Diese Autonummer von gestern, nun ... die gehört zum Renault Espace eines Familienpapas, dessen Frau ich heute beobachtet habe, wie sie aus der Garage ihres gepflegten Einfamilienhauses fuhr und eine Stunde später mit Kleinkind im Kindersitz wiederkam. Um es abzukürzen: Es war keine Wechselnummer und ich glaube nicht, dass dieser Herr Wespenmoser sein Nummernschild gefälscht hat.»

Helens Puls stieg ob dieser Nachricht noch etwas an. Sie versuchte tief durchzuatmen und fragte dann vorsichtig: «Wie gross ist die Chance, dass du dich in einer Ziffer geirrt hast?» «Na, unmöglich ist es nicht, doch die Chance ist klein. Die ersten vier Ziffern sind das Geburtsjahr meines Vaters und die letzten zwei waren Nullen. Ich bin mir wirklich ziemlich sicher, dass ich die Nummer korrekt abgelesen habe. Ich kann mir eher vorstellen, dass diese Typen gestern ein falsches Nummernschild hatten. Übrigens keine schlechte Idee, wenn man kriminelle Transporte unternimmt.» «Ach, Scheisse ...», stöhnte Helen, «und da ist noch etwas, Gabi, etwas von vielleicht noch grösserem Kaliber ...»

Sie erzählte ihrer Kollegin vom Einbruch bei ihrer Nachbarin und dass sie das sehr starke Gefühl hatte, selbst das eigentliche Ziel gewesen zu sein. «Heute Morgen erzählte mir Estrella – also meine Nachbarin –, dass ein USB-Stick und mehrere Edding-Filzstifte verschwunden sind und sonst nichts. Ich glaube, die sind in die falsche Wohnung eingestiegen. Ich habe darüber nachgedacht. Je nachdem, wann und wie die Einbrecher unser Haus ausgekundschaftet haben, wäre es möglich, dass meine Mutter in meiner Wohnung war. Im Gegensatz zu ihr sieht mir die Nachbarin – mindestens von Weitem – ein klein wenig ähnlich und sie könnten ihre Wohnung für meine gehalten haben. Bleibt dann allerdings immer noch die Frage, wer wusste, dass ich von Gjon Bunjaku eine heikle Information im Körper eines Filzstiftes erhalten habe ... aber du musst doch zugeben, das kann kein Zufall sein.»

Gabriela blieb ein paar Sekunden still. Dann fragte sie: «Wer ausser Gjon, der Polizei und uns weiss denn überhaupt noch davon?» Helen überlegte. «Nun ja ... eigentlich wirklich nur die Polizei und ... ach! Memmelmann. Nun, er kennt keine Einzelheiten, aber ich hatte ihn ja angerufen und wollte von ihm wissen, ähm ... wie war das noch mal ... ich glaube, ich habe ihn nur gefragt, woher er den Filzstift hatte, der in der Papiertasche mit meinen Sachen lag. Er wusste nicht, wovon ich sprach, und meinte, er habe einfach alles zusammengekramt, was er in meinem ‹Minimalistenbüro› – wie er es nannte – finden konnte. Für mich klang er glaubwürdig. Seine Stimme ist ganz anders, wenn er lügt.»

«Hm», kam es von einer nachdenkenden Gabriela, «weisst du, ob er allein war, als er mit dir gesprochen hat?» «Ich kann es nicht sagen. Ich hatte immer das Gefühl, dass er es vorzieht, wenn niemand seine Gespräche mithört – selbst noch so banale. Ich kann nur mit Sicherheit sagen, dass er nicht in seinem Büro war während unserem Telefonat, da im Hintergrund eine Kaffeemaschine lief.» «Tja, Kaffeemaschinen gibt es in der Firma bestimmt mehr als eine. Wir haben also keinen Anhaltspunkt, ob und von wem er während des Gesprächs umgeben war», gab Gabriela zu bedenken.

Helen dachte nach. «Na ja, es war jedenfalls keine dieser Automaten, sondern eher irgendeine Kapselmaschine – oder vielleicht sogar etwas Teureres. Solche Maschinen wären eigentlich bei Säger nicht erlaubt ... irgendwie aufgrund der Verträge mit der Kaffeeautomatenfirma. Tatsache ist jedoch, dass Automatenkaffee nur dem gemeinen Fussvolk zugemutet wird und die feinen Herrschaften aus der Teppichetage eigene Maschinen benutzen. Der Geschäftsführer und die Personalabteilung haben sogar Vollautomaten installiert, während sich die schlecht verdienenden Produktionsarbeiter ungesunde Gülle für achtzig Rappen pro Plastikbecher reinkippen müssen. Ist ein unglaublich emotionales Thema dort, sage ich dir.»

«Nun, Helen, die Polizei hat bestimmt nicht bei deiner Nachbarin eingebrochen. Wenn du also recht hast und sie ihre Filzstifte nicht selbst verlegt hat und der Einbruch tatsächlich dir gegolten hat, dann ...» «... Dann muss sonst noch jemand erfahren haben, dass mir Gjon Informationen übermittelt hat und auf welchem Weg ... Scheisse, was, wenn mein ehemaliger Chef selbst seine Finger im Spiel hat?»

Gabriela Stahls Zunge schnalzte. «Helen, es ist jetzt an der Zeit, dass wir diese Fabrik während der Nacht im Auge behalten. Heute Abend beginnen wir.»

Mittwoch, 20. Juli, in einem alten Haus an unbekanntem Ort

Als er diesmal aufwachte, war ihm sofort klar, dass er sich an einem anderen Ort befinden musste. Zuerst war da dieser Geruch, der ihn an den Keller seines Elternhauses erinnerte. Erdig, beinahe etwas modrig. Die angenehme Kühle war vermutlich ideal, um Kartoffeln und Wurzelgemüse zu lagern.

Als er dann langsam die Augen zu öffnen versuchte, erschrak er so sehr, dass er beinahe zu hyperventilieren begann. Er konnte sehen! Endlich konnte er wieder sehen! Doch obwohl er sich dieses lange ersehnten Gefühls erfreute, war er sich auf den zweiten Blick nicht sicher, wie er das, was er sah, einschätzen sollte.

Er befand sich tatsächlich in einem alten Keller mit Erdboden und Steinmauern. Allerdings war der Raum leer und kahl – keine Kartoffeln, keine alten Kisten, Körbe oder Flaschen, kaum Staub. Über sich sah er eine Holzdecke aus massiven, rauen, stark verzogenen Brettern, zwischen denen zentimeterbreite Spalten frisches Tageslicht in das dunkle Loch strömen liessen und eine einigermassen gute Sicht ermöglichten.

Der Raum war höchstens acht bis neun Quadratmeter gross. Und in der dunkelsten Ecke davon sass er. Seine Hände lagen in Handschellen und die Füsse wurden durch Kabelbinder in ihrer Freiheit eingeschränkt. Auf sein Zeitgefühl war zwar kein Verlass, doch fiel ihm bald auf, dass man ihn dieses Mal nicht gleich wieder einschläferte.

Er schätzte, dass er nun schon bestimmt zwei, drei Stunden wach war. Langsam begann er sich wieder einigermassen kräftig zu fühlen. Der Schwindel verzog sich allmählich und er konnte wieder etwas klarer denken.

Irgendwann bemerkte er, wie das Licht zwischen den Brettritzen seinen Farbton veränderte, von Weiss über Gelb zu Orange überging und schliesslich dahinschwand. Und da hörte er die Schritte. Sie schienen eine Treppe herunterzukommen.

Als der Schlüssel ins Schloss gesteckt wurde, drohte seine Brust zu platzen. Die schwere Tür öffnete sich und im Schein dreier Kerzen erschienen die frisch rasierten

Vollmondgesichter dreier Männer in weissen Anzügen. In der Luft, die sie mitgebracht hatten, roch er herbes Herrenparfüm und Zigarrenrauch. Der kleine Dicke grinste unangenehm, während sich seine Hose zu beulen begann.

Was waren das für Typen und was zum Teufel wollten sie von ihm? Was, wenn er die ganze Zeit in völlig falsche Richtungen überlegt hatte? Er wollte seine Frau sehen, seine Kinder. Er musste hier raus, weit weg von diesen widerlichen alten Säcken, deren lüsterne Blicke ihm langsam, aber sicher die Gründe für seine Entführung offenbarten.

Der am jüngsten Aussehende – er schätzte ihn auf etwa fünfzig – reichte seine Kerze dem kleinen Dicken und machte einen Schritt nach vorne. Er lächelte und seine weissen Zähne blitzten unnatürlich in der Dunkelheit auf.

«Bienvenue», sagte der Mann mit stark berndeutschem Akzent und kam mit langsamen Schritten – er schien jeden einzelnen davon zu geniessen – auf ihn zu, bis er so nahe vor ihm stand, dass es sich widerlich intim anfühlte.

Der gepflegte Herr, den man sich gut als Bankier oder Versicherungsvertreter hätte vorstellen können, streckte seine überraschend trainierten Arme zu ihm herunter und griff nach seinen Oberarmen. Dann wurde er in einem kräftigen Ruck hochgezogen. Als ihm der Typ seine Lippen auf den Mund drückte, war er erst derart perplex, dass er so reaktionsunfähig wie ein Reh im Scheinwerferlicht wurde.

Kaum liess der grinsende Mann wieder von ihm ab, schlug er diesem jedoch – von einem Urinstinkt gesteuert – seine gefesselten Fäuste so hart mitten ins Gesicht, dass er zu Boden ging. Eine Sekunde später stürzte ein Glatzkopf in Lederjacke zur Kellertür herein, der ihn am Hals packte und mit voller Wucht in die Ecke zurückschleuderte. Sein Hinterkopf schlug derart hart an der Steinwand auf, dass er glaubte, der Schädel würde brechen.

Der nach Zigarettenrauch stinkende Lederjackenträger beugte sich über ihn und hob ihn auf wie ein Leichtgewicht. Dann wurde er aus dem Keller getragen. Die knarrende Treppe hoch, einen alt riechenden Hausgang entlang, bis der Kerl vor einer Tür stehen blieb, die er mit dem Fuss aufstiess, und in einen Saal, in dessen Mitte ein massiver Eichentisch stand, eintrat.

Sein Kopf dröhnte und er zitterte am ganzen Körper. Er sah die drei weiss gewandeten Herren hinter dem Gorilla in den Saal eintreten. Während er vom Muskelprotz rücklings auf die Eichentafel gedrückt wurde, legten die weiss gekleideten Herren seine Hand- und Fussgelenke in auf den Tisch geschraubte Holzschäkel, die aussahen, als seien sie speziell für diese verstörende Anwendung gefertigt worden. Er merkte, wie sein Blickfeld sich mehr und mehr verengte und schliesslich zur Röhre wurde. Gleichzeitig begannen seine Ohren alles in doppelter Lautstärke zu hören.

Als feuchtwarme Hände begannen, seine Kleider mit einer Schere aufzuschneiden und von seinem Körper zu entfernen, realisierte er, dass er hier zum Opfer einer Art von Verbrechen werden würde, die er in seiner Ignoranz nie als Gefahr für sich gesehen hatte.

Dann kamen die Wurstfinger des kleinen Dicken, die mit einem flauschigen Waschlappen seinen Körper wuschen. Der Widerling ging langsam und gründlich vor, wobei sein Genitalbereich von besonderer Wichtigkeit zu sein schien. Doch auch am Rücken, zwischen den Zehen und hinter den Ohren wurde er mit grösster Exaktheit gereinigt.

Der Dritte im Bunde betrachtete ihn mit einem sexuellen Grinsen, bevor er ihn mit einem weichen, nach sanftem Weichspüler duftenden Frottiertuch trocken rubbelte.

Als er fertig geputzt war, wurden die Waschutensilien weggebracht, der Muskelprotz, der die ganze Zeit an der Wand gestanden und auf den Boden gestarrt hatte, ging mit einem knappen Nicken aus dem Raum und schloss die Tür hinter sich. Dann ging das Licht aus. Der Saal wurde nun nur noch vom warmen Schein Hunderter Kerzen erleuchtet.

Die drei Herren standen um das Kopfende des Eichentischs herum, jeder eine Kerze in seinen Händen und ein Engelslächeln auf dem Gesicht.

«Schöpfer!», sprach der Mann in der Mitte mit künstlich tiefer Stimme, «wir danken dir für diesen Abend, an dem wir diese heiligste aller Erfahrungen machen und mit diesem wunderbaren, wunderschönen, reinen, deine makellose Schöpfung verkörpernden Wesen verschmelzen und eins werden dürfen. Lass seine Jugend, seine Manneskraft und Energie in uns weiterlodern.»

Der grosse Hagere, welcher der älteste der Gruppe zu sein schien – vielleicht etwas über sechzig –, griff zu einer grünen Flasche ohne Etikett und füllte vier Schnapsgläser mit der transparenten Flüssigkeit. Jeder der drei nahm ein Gläschen in die Hand. «Auf unsere aufregende Reise! Auf unser Abenteuer! Auf wahre, für immer vereinende Liebe!», sagte er feierlich, bevor er das vierte Gläschen hob und lächelte.

Grosser Gott, wohin war er nur geraten? Seine Ohren begannen zu summen und sein Brustkasten schien unter einer schweren Steinplatte zu liegen. Während der Alte das Gläschen mit seinen vor Aufregung zitternden Spinnenfingern in Richtung seines Mundes manövrierte, begann sich jeder Muskel in ihm vor Ekel zu verkrampfen.

Als der scharfe, ausserordentlich hochprozentige Kirsch seinen Rachen hinuntergezwungen wurde, füllten sich seine Augen mit salzigen Tränen. Wie Bäche liefen sie über seine Wangen, bevor sie auf die alte Tischplatte tropften. Sie versiegten erst, als er vor Terror erstarrte, als er seinen Penis im nassen Maul des kleinen Dicken spürte.

Einer nach dem anderen begann, ihn überall am Körper zu berühren, zu küssen, zu massieren und sogar zu beissen. Er zitterte, dachte an seine Familie, sein Zuhause, sein Städtchen, an den See, an sein Leben, das bis vor ein paar Tagen eigentlich so wunderbar perfekt war, auch wenn er es da noch nicht so bezeichnet hätte.

Warum schätzte man das Gute erst, wenn man es verloren hatte? Er begann zu beten, obschon er noch nie an eine höhere Macht geglaubt hatte. Doch jetzt sah er keine andere Chance mehr.

Nachdem ein weiteres Glas seinen Rachen hinuntergeschüttet worden war, setzte sich der jüngere Typ – der mit den kräftigen Armen – auf ihn. Während er von diesem sportlich braun gebrannten reichen Sack vergewaltigt wurde, tropfte ihm der Schweiss des Peinigers auf das Gesicht herunter. Er wollte nur noch sterben. Nie wieder wollte er seine Augen öffnen, nie wieder etwas fühlen müssen.

«Lass mich sterben, bitte lass mich sterben», flüsterte es in seiner Seele. An seinem Ohr hörte er die lüsterne Stimme des kleinen Dicken: «Geniess es, schöner Mann, du darfst die Ehre empfangen, in uns weiterzuleben.» Dann spürte er einen widerlich feuchten Kuss auf seiner Schläfe.

Stunden wurde er noch weiter geschändet. Auch als er längst bewusstlos geworden war, wechselten sie sich ab, um den letzten Hauch seiner Würde zu ersticken.

Als sie sich um Mitternacht um den Tisch herumstellten und ihm bei Kerzenschein die Kehle durchtrennten, spürte er bereits seit Langem nichts mehr.

Als sie in andächtiger Stille seinen Körper ausweideten, zerteilten und weiterverarbeiteten, erhob sich seine Frau zu Hause in Rapperswil aus ihrem Balkonsessel, um die Kerze wieder anzuzünden, die eben vom Wind ausgeblasen worden war. Obwohl – so windig war es doch eigentlich gar nicht.

Donnerstag, 21. Juli, 9 Uhr, in Kirchberg

Als Helen am Donnerstagvormittag erwachte, fühlte sie sich müde und spürte einen unangenehmen Schmerz hinter den Augen. Zusammen mit Gabriela hatte sie während der gesamten vergangenen Nacht in ihrem alten Fiat gesessen, den sie auf einem Parkfeld an der Strasse gegenüber der Säger-Fabrik abgestellt hatte.

Abwechslungsweise versuchten sie, etwas zu schlafen, während die andere den Hinterhof der Firma beobachtete. Ausser rauchenden Nachtschichtarbeitern, Reinigungspersonal und Sicherheitsleuten konnten sie niemanden sehen. Auch verdächtige Fahrzeuge tauchten diesmal keine auf. Ab und zu ging die Barriere auf, um einen der roten Lieferwagen der Hieronymus Säger Erben AG aus dem Areal hinaus auf die Strasse fahren zu lassen.

Bis die Sonne wieder aufzugehen begann, war nichts Interessantes passiert, und nachdem der letzte Tropfen Kaffee aus der Thermoskanne geflossen war, entschieden sie sich, ihre Observierung zu beenden.

Zu Hause war Helen zuerst kurz in ihren Arbeitsraum im Untergeschoss gegangen. Obwohl ihre Augen es kaum zustande gebracht hatten, sich offen zu halten, war es ihr wichtig gewesen, vor dem Schlafengehen noch einen neuen Druck zu starten.

Es war ein unruhiger Schlaf geworden. Sie konnte sich im Nachhinein nicht mehr genau erinnern, was sie geträumt hatte, doch die Fetzen, die noch in ihrem Kopf hingen, deuteten auf einen Wirrwarr aus Albträumen verschiedenster Themengebiete hin. Helen versuchte, die davon ausgelösten Ängste, Gedanken und Sorgen – nicht zuletzt um Gjon – zu unterdrücken und sich für ein paar Stunden ausschliesslich auf ihre neue Arbeit zu konzentrieren.

Nachdem sie Zwirbeli gefüttert und für sich selbst drei Spiegeleier gebraten hatte, setzte sie sich an den Tisch, um zu essen. Dazu schaute sie ihre eingegangenen Textnachrichten an.

Pirkko hatte nach ihrem Befinden gefragt und Joni, der vor sieben Jahren Helens Heiratsantrag abgelehnt und sich seit mindestens halb so lange nicht mehr gemeldet hatte, fragte, ob sie Zeit zum Reden hätte. Die jüngste und letzte Nachricht kam von Barbara Bunjaku.

«Liebe Helen, hatte gestern ein Gespräch mit dem Polizeibeamten in St. Gallen, der für die Suche nach Gjon verantwortlich ist. Nach der Befragung des Arbeitgebers geht er nun von einem selbstständigen, freiwilligen Untertauchen aufgrund psychischer Probleme aus. Er meinte, dass Suizid nicht ausgeschlossen werden könne. Ich bin noch immer sicher, dass er das nicht tun würde. Ich wäre froh, wenn du mich anrufen könntest. Danke. Barbara.»

Helen schloss die Augen und seufzte. «Was für verdammte Idioten.» Dann sperrte sie den Bildschirm ihres Telefons und leerte die Hälfte ihrer Kaffeetasse. Das Koffein entlockte ihr ein angenehmes Stöhnen, als es in ihr System strömte.

Nach dem Frühstück begab sie sich ins Untergeschoss und begann, sämtliche bis jetzt gefertigten Teile zu verpacken. Für dreizehn Uhr hatte sie sich bei Dario Bernasconi angekündigt, um die ersten Montagehilfen zu montieren und zu testen. Doch bis dahin hatte sie noch genügend Zeit, um etwas an ihren eigenen Ideen und Entwicklungen weiterzuarbeiten, während sie das Druckprogramm eines weiteren Teils für Wolf+Reinegger laufen liess.

Sie öffnete die CAD-Software und nahm einige Änderungen vor, welche sie sich während der letzten Wochen notiert hatte. Als sie etwa zehn Minuten vor einer geöffneten Datei gesessen war und sich beim besten Willen nicht konzentrieren konnte, klappte sie den Laptop wieder zu und stand genervt auf. Dann ging Helen in ihre Wohnung hoch und bereitete sich eine weitere Tasse starken Fertigkaffee zu, dem sie einen grosszügigen Schluck Vollrahm zugab.

Das zusätzliche Koffein verbesserte ihre Konzentration wenigstens so weit, dass sie es schaffte, bis um zwölf durchzuarbeiten, ohne sich von anderen Gedanken ablenken zu lassen. Als es schliesslich Zeit wurde, sich auf den Weg ins Zürcher Weinland zu machen, lud Helen eine Kunststoffkiste mit den fertigen Teilen in ihren Kofferraum, vergewisserte sich, alles dabei zu haben, und wünschte sich selbst viel Erfolg.

Dank einer staufreien Fahrt brauchte sie nur eine halbe Stunde und entschied sich, vor dem Treffen einen Abstecher nach Andelfingen zu machen und dort einen Döner zum Mittagessen zu kaufen, wie sie es während ihrer Zeit bei Wolf+Reinegger sehr oft getan hatte.

Kaum war sie in den Dönerladen eingetreten und hatte sich hinten an die Warteschlange angestellt, hörte Helen eine bekannte Stimme, die sie jedoch im ersten Moment nicht zuordnen konnte, ihren Namen rufen. «Helen Berger! Willkommen zurück!»

Helen drehte sich auf die Seite, von welcher der Ruf kam, und erkannte das lächelnde Gesicht Anitas, die bei ihrem ehemaligen Arbeitgeber in der Verpackungsabteilung arbeitete. Anita stand auf, kam auf Helen zu und umarmte sie herzlich. «Ich habe gehört, dass du jetzt wieder für die Firma arbeitest ..., dass du dieses Plastikzeugs für uns herstellst, weil der Huber geht. Ich habe mich gefreut, wir haben dich nämlich vermisst, weisst du? Der Brian hat gemeint, wir gehen bald mal alle zusammen essen. Wie früher!», berichtete Anita und klopfte Helen auf die Schulter.

Helen bestellte einen «Döner mit allem und scharf» und setzte sich dann zu ihrer früheren Arbeitskollegin an den Tisch.

Während sie das Mittagessen genossen, erzählten sie einander ein wenig aus den vergangenen drei Jahren ihrer Leben.

Helen fühlte sich in eine Zeit zurückversetzt, in welcher ihr der Arbeitsplatz ein Gefühl von Familie und Geborgenheit verschafft hatte, ganz gleich, wie mühsam und lange die Arbeitstage oft waren. Sie biss genüsslich in ihren Kebab und erwähnte, dass sie beim letzten Besuch auch kurz mit Brian geredet hatte, und lachte über die Tatsache, ihn beinahe nicht erkannt zu haben.

«Ja, das hat er erzählt», lachte Anita, wurde dann jedoch von einem Moment auf den anderen nachdenklich. «Ich hoffe, der Brian brockt sich nicht gerade eine Dummheit ein, jetzt, wo er so nahe dran ist ...» Helens Stirn runzelte sich. «Was meinst du?» «Ach, eigentlich sollte ich es für mich behalten ... aber dir kann ich es ja erzählen. Nun, du weisst ja, dass ihn seine Arbeit hier nicht so richtig ... erfüllt.» Helen nickte. «Ja, das war schon vor drei Jahren so, weshalb ich etwas überrascht war, dass er noch immer bei euch arbeitet.»

«Genau», bestätigte Anita mit halb vollem Mund und nickte, «irgendwie dachte ich immer, er redet nur und unternimmt dann doch nichts, um die Situation zu ändern. Doch vor einer Weile hat er sich auf eine Stelle beworben, die ihn sehr interessierte. Liegt allerdings nicht ganz am Weg – Richtung St. Gallen irgendwo –, aber scheinbar eine wahnsinnig tolle Firma, wie er meinte.»

Helen verstand nicht, worüber sich Anita Sorgen machte. «Aber das klingt doch positiv, oder?» «Ja, doch, schon», antwortete Anita, «es sieht sogar aus, als hätte er die Stelle bekommen. Aber wenn er jetzt hier blaumacht und seine Kündigungsfrist nicht einhält, dann kann er sich sein Arbeitszeugnis vermiesen und im schlimmsten Fall noch mit rechtlichen Konsequenzen konfrontiert werden.»

Helen nahm einen grossen Schluck der kalten Apfelschorle, bevor sie antwortete. «Ehrlich gesagt, Anita, ich hielt ihn immer für sehr seriös. Und vor allem nicht dumm. Wie kommst du darauf, dass er nun einfach blaumachen könnte?» «Na, weil er es seit gestern tut! Vorgestern konnte er kurzfristig zu diesem Vorstellungsgespräch gehen – obwohl er eigentlich bereits eine Absage erhalten hatte – und war natürlich total aus dem Häuschen deswegen. Dann ging er dorthin und am nächsten Tag kam er nicht mehr zur Arbeit. Krankgemeldet hat er sich auch nicht. Du kannst dir vorstellen, wie sauer der Chef ist.»

«Weisst du, was das für eine Firma ist?», fragte Helen. Anita verneinte, konnte sich allerdings erinnern, dass es bei dem Job um Arbeitssicherheit oder etwas in der Art ging.

Helen bemerkte, dass es bereits zwölf Uhr fünfzig war. «So, Anita, ich muss jetzt zu meinem Treffen mit Bernasconi. Bist du mit dem Auto hier oder kann ich dich mitnehmen?»

Anita lehnte dankend ab. Sie war mit dem E-Bike unterwegs und hatte am Nachmittag frei. Sie tauschten ihre Nummern und verabschiedeten sich. «Bis zum nächsten Mal!», rief Helen ihr beim Hinausgehen zu und machte sich auf zu Wolf+Reinegger.

Als Helen auf den Parkplatz ihres ehemaligen Arbeitsplatzes fuhr, sah sie im Rückspiegel den robusten Jeep des Personalleiters. Sie parkierte auf dem nächsten freien Parkfeld – Personalleiter Hengartner stellte seinen militärgrünen Panzer neben ihrem Fiat ab. Helen stieg aus und nahm die Kunststoffkiste aus dem Auto.

Als sie den Kofferraumdeckel schloss, sah sie Hengartner aussteigen und grüsste ihn freundlich, was dieser allerdings kaum erwiderte. Stattdessen hetzte er rotköpfig an Helen – die er drei Jahre nicht gesehen hatte – vorbei. Er hatte generell die Tendenz, schnell nervös und daraus aggressiv zu werden, doch in diesem Moment schien es gerade besonders schlimm um ihn zu stehen.

Helen ging direkt zum Hintereingang und liess sich von einem rauchenden Mitarbeiter die Tür aufschliessen. Bei Wolf+Reinegger nahm man es noch immer nicht besonders genau mit den Zutrittsberechtigungen für Externe. Sie bahnte sich den wohlbekannten Weg durch die Montagehalle und stellte ihre Kiste auf die Werkbank, an welcher bereits Bernasconi auf sie wartete.

Sie hatten gerade begonnen, die Druckteile auszupacken, als das Hallentor aufging und ein nun noch röterer Hengartner in Begleitung einer uniformierten Polizistin hereinstürmte. Die an ihren Montageplätzen beschäftigten Mitarbeiter hoben und drehten ihre Köpfe, was den Personalchef an den Rand seiner Geduld zu bringen schien. Helen sah, wie er auf direktem Weg zum Büro des Abteilungsleiters zusteuerte und die Tür, ohne anzuklopfen, aufriss. Ein paar knappe Worte wurden gewechselt, dann ging der Chef gefolgt von Hengartner und der Polizistin zu der Hallenwand, an welcher die privaten Spinde der Mitarbeiter aufgestellt waren, und zeigte auf einen der Kästen in der obersten Reihe. Der Personalleiter suchte sich darauf mit zitternden Fingern einen kleinen Schlüssel an seinem übergrossen Schlüsselbund heraus und öffnete damit den Spind. Die Polizistin zog weisse Latexhandschuhe an und begann, den Inhalt des Kastens zu durchsuchen.

Helen und Dario erwischten sich beide selbst beim Starren und kamen ruckartig zu ihrer eigentlichen Tätigkeit zurück. Einige der anderen Arbeiter im Raum konnten ihre Blicke nicht von der interessanten Situation lösen, was ihnen umgehend zum Verhängnis wurde, als Hengartner es schliesslich bemerkte.

Vor Zorn schäumend eilte er in den Arbeitsbereich zurück und steuerte den Monteur an, der gleich hinter Bernasconi an seiner Werkbank lehnte und den Rücken der Polizistin anstarrte, statt seine Arbeit zu erledigen. Mit heiserem, in sich selbst erstickendem Geschrei machte Hengartner dem armen Teufel klar, dass sein Verhalten inakzeptabel war, und befahl ihm, sein Zeug zu packen und zu verschwinden.

Dass die Zündschnur des Personalleiters aussergewöhnlich kurz war und seine Ausbrüche zuweilen etwas irrational sein konnten, wusste Helen – auch sie war schon einmal aufgrund eines falschen Blickes im falschen Moment fristlos aus dieser Firma gejagt und eine Stunde später in einem eigenartigen Telefonanruf wieder um Entschuldigung gebeten worden. Vermutlich entsprach die hartnäckige Legende, nach der

Hengartner seinen langjährigen Job aus anderen Gründen als wegen seines zwischenmenschlichen Talents innehatte, der Wahrheit.

Der perplexe Mitarbeiter packte seine Wasserflasche ein und verliess die Halle. Der Personalleiter lief zur Spindwand zurück, wo die Polizistin dabei war, den Inhalt des geöffneten Kästchens in eine Tüte zu füllen, bevor sie sich bei den beiden Männern bedankte, Hengartner einen bemitleidenden Blick zuwarf und sich dann verabschiedete.

Helen schlug Dario vor, die mitgebrachten Teile alleine zu montieren und sich dann bei ihm zu melden, damit sie zusammen die Funktionstests durchführen konnten. Dario nahm dies gerne an, denn er war froh um jede Minute, in der er sich um sein neues Projekt kümmern konnte.

Während sie ihre Druckteile einbaute, konnte sie ihre Gedanken nicht von der skurrilen Szene von vorhin abwenden. Sie schaute sich um. Die Monteure schienen nach Hengartners Ausbruch ungewöhnlich intensiv in ihre Tätigkeiten vertieft zu sein. Helen legte den Ringgabelschlüssel auf die Werkbank und ging – möglichst unauffällig – zum Wasserspender.

Der Weg dorthin führte an den Spinden vorbei. In der Mitte der nun leeren Spindtür klebte das Kunststoffschild mit der Nummer dreiundzwanzig. Darunter hielt ein Rähmchen mit transparentem Fenster ein Namensschildchen, das Helen beim Vorbeigehen nicht zu lesen vermochte. Sie ging vorüber und versorgte sich mit einem Becher frischem Wasser.

Dann schlenderte sie langsam zurück in Richtung der Werkbank. Als sie sich auf Höhe der Spinde befand, schaute sie um sich, um sicherzustellen, dass niemand in ihre Richtung sah, und ging dann in einem grosszügigen Bogen so nahe vor dem Kasten durch, dass sie den Namen auf dem kleinen

Papierschildchen entziffern konnte. Mit blauem Kugelschreiber geschrieben stand darauf «B. Burkhalter». Helen wurde so unangenehm schwindlig, dass sie glaubte, den Boden unter den Füssen zu verlieren. Sie lief zum Wasserspender zurück und füllte den Plastikbecher wieder und wieder.

Mit zittrigen Händen und wattigem Kopf führte sie die Montage der von ihr hergestellten Komponenten zu Ende und rief dann Dario Bernasconi an, um mit ihm die Vorrichtungen zu prüfen.
Im Grossen und Ganzen waren sie zufrieden. Ein paar wenige Änderungswünsche wurden von Helen in ihrer Agenda notiert, bevor sie Bernasconis Neukonstruktionen durchgingen und das weitere Vorgehen besprachen.
Sie bedankte sich für den neuen Auftrag, bevor sie sich verabschiedete und durch den Hinterausgang zum Auto ging.

Während sie auf der Autobahn A1 in Richtung Osten fuhr, fiel es ihr schwer, sich auf den Verkehr zu konzentrieren. Warum leerte eine Polizistin Brian Burkhalters Spind? Wo war Brian? Hatte sie sich in ihm getäuscht? Oder war ihm etwas zugestossen?
Eigentlich hatte sie auf direktem Weg nach Hause fahren und sich vor ihrer nächsten Nachtschicht noch etwas ausruhen wollen. Doch als sie sich kurz vor der Ausfahrt Münchwilen befand, wurde sie von ihrer Intuition angewiesen, die Autobahn zu verlassen, nach Eschlikon zu fahren und Gabriela zu besuchen, von der sie den ganzen Tag über nichts gehört hatte. Und so betätigte ihre linke Hand – ohne dass es geplant oder überlegt war – den Blinker.

Gabrielas Auto stand mit offenem Kofferraumdeckel vor ihrem Haus, als Helen ankam. Elias war dabei, widerwillig und genervt die Einkaufstaschen ins Haus zu tragen. Als seine Mutter aus der Haustür trat – offenbar, um nachzuschauen, wo ihr Älterer so lange steckte –, staunte sie nicht schlecht, Helens Auto neben ihrem stehen zu sehen.

«Sorry, dass ich so reinplatze!», rief Helen, als sie ausstieg und die Autotür hinter sich zuknallte. Gabriela kam auf sie zu und antwortete in ihrer gelassenen Art: «Ist doch kein Ding, Helen, allerdings hatte ich noch überhaupt keine Zeit, mir Gedanken über unseren ... äh ... Fall zu machen. Ich bin noch nicht lange wach, um ehrlich zu sein.»

Sie lachten beide. «Unser Fall», wiederholte Helen, «das klingt, als führten wir eine Detektei. Nein, aber im Ernst, ich habe da gerade etwas Seltsames mitgekriegt, als ich bei Wolf+Reinegger war. Hat aber nichts mit unserem ‹Fall› zu tun.»

Gabriela verdrehte leicht die Augen. «Oh, Mann, ist dort nicht so ziemlich alles irgendwie seltsam?» «Da hast du auch wieder recht ... doch heute war die Polizei dort.»

Gabriela hob interessiert den Kopf. «Aha? Gab es mal wieder eine Schlägerei? Oder etwas Schlimmeres?» Helen seufzte. «Nein, keine Schlägerei. Ich kenne den Grund für den Besuch dieser Polizistin nicht genau, aber es ging wohl irgendwie um Brian.» Gabriela riss ihre Augen auf. «Brian? Burkhalter?! Ich kann mir kaum vorstellen, dass der etwas mit der Polizei zu tun hat ... ehrlich gesagt.»

«Ja, nun, ich weiss ja nicht, in welchem Zusammenhang die sich für ihn interessieren. Er ist anscheinend seit gestern nicht mehr zur Arbeit gekommen», gab Helen zu bedenken und berichtete von ihrer Unterhaltung mit Anita im Kebabladen und vom gestressten Hengartner, der Brians Spind öffnen musste, damit die Polizistin dessen Inhalt ansehen und schliesslich mitnehmen konnte.

Sie standen noch immer vor Gabrielas Haus – und Elias war noch immer nicht fertig mit dem Hineintragen der Einkäufe. «Komm doch rein, Helen, wir machen uns einen Kaffee und es hat glaube ich noch Zitronenkuchen.»

Sie sassen im Wohnzimmer. Auf dem niederen Salontischchen standen eine Kanne Holundersirup und ein halber Zitronenkuchen. Der Kaffee war stark und schwarz und Helen trank die Tasse in einem Zug aus. Gabriela lehnte sich ins Sofa und schlug ihre Beine übereinander.

«Weisst du, das klingt tatsächlich etwas besorgniserregend. Vielleicht sollte ich mal Steffi anrufen – also, seine Frau … du weisst ja, dass ich sie von früher kenne. Aus der Schule.»

Helen biss in das aromatische, feuchte Stück Kuchen und schaute aus dem Fenster. Draussen schien sich ein Unwetter zusammenzubrauen. Sie bestaunte die anrollenden dunkelgrauen Wolken, die aussahen, als ob sie das Ende der Welt mit sich brächten. Die ersten Tropfen schlugen gegen das Fenster. «Sag mal, Gabi, wie oft passiert es, dass man auf eine Bewerbung eine Absage erhält, später dann aber doch noch zu einem Gespräch eingeladen wird? Ich meine, ich kann es nicht beurteilen, vielleicht kommt das ja öfters vor, als ich mir vorstellen kann. Wer weiss? Aber wie hoch ist die Chance, dass du dieses – nennen wir es mal – Glück hast, dir aber dann am nächsten Tag etwas zustösst?»

«Seltsam, da stimme ich dir zu. Allerdings … falls ihm etwas zugestossen ist, ein Unfall oder so … hätte dann jemand seinen Spind anschauen wollen? Das passt irgendwie nicht. Hoffentlich hat er sich nichts angetan. Man sieht den Leuten manchmal nicht an, wie es in ihrem Inneren aussieht, und ich weiss, dass er immer wieder mit depressiven Verstimmungen zu kämpfen hat, seit er in der Schweiz lebt. Ich rufe nach dem Abendessen Steffi an.»

Gabriela sass alleine in ihrem Sitzsack auf dem Dachboden ihres Hauses. Elias war mit dem Abwasch beauftragt und Enrico half Emma mit einem LEGO-Bauprojekt. Seit sie das letzte Mal mit Steffi gesprochen hatte, waren bestimmt schon zwei Jahre vergangen. Während die Hagelkörner auf das Dach prasselten und gegen das Fenster peitschten, was ein sonderbares Gefühl von Gemütlichkeit bei ihr auslöste, suchte sie in ihrem Handy nach Steffis Nummer und tippte auf das grüne Telefonsymbol. Als auf dem Handy niemand zu erreichen war, versuchte sie es über die Festnetznummer.

«Burkhalter», sagte eine müde Stimme. «Steffi, hallo, hier ist Gabriela. Stahl.» «Oh, hallo, Gabriela. Ähm, du, ich bin gerade etwas angespannt, ehrlich gesagt ...» «Ja, das ... wie soll ich sagen ... das habe ich irgendwie befürchtet. Deswegen rufe ich an», sagte Gabriela in direktem, aber mitfühlendem Ton. Am anderen Ende schien Steffi etwas perplex. «Äh, was? Wie meinst du?»

Gabriela erklärte ihrer früheren Schulkameradin, wie sie erfahren hatte, dass die Polizei bei Wolf+Reinegger war und Brians Sachen mitgenommen hatte. Während sie erzählte, merkte sie, wie ihr Gegenüber mit den Tränen zu kämpfen begann.

«Ich habe ihn gestern als vermisst gemeldet. Wir haben keine Ahnung, was mit ihm ist. Vorgestern kam er nicht nach Hause, gestern erschien er nicht zur Arbeit und erreichen kann ihn auch niemand. Ich habe eine Scheissangst, er könnte eine dumme Idee gehabt haben. In der letzten Zeit hatte er solche Stimmungsschwankungen. Von aussen machte er den Eindruck, als sei alles supertoll in seinem Leben, doch zu Hause war er oft angespannt und aggressiv vor lauter Frust.

Scheisse. Ich fühle mich so verdammt hilflos!», erzählte Steffi unter Tränen.

«Laut einer Arbeitskollegin von ihm hatte er scheinbar vorgestern noch ein Vorstellungsgespräch für eine Stelle, die ihn sehr interessiert haben soll. Denkst du, dass er da vielleicht ... nun ja ... etwas Frustrierendes erlebt haben könnte und jetzt erst einmal seine Ruhe braucht?», gab Gabriela vorsichtig zu bedenken. Es wurde ihr umgehend klar, dass Brians Frau weder von der Bewerbung noch von einem Vorstellungsgespräch Kenntnis hatte. Sie bat Gabriela darum, ein andermal weiterzureden, und meinte, sie werde diese Information an die Polizei weiterleiten. Dann bedankte sie sich und beendete das Gespräch.

Donnerstag, 21. Juli, in einem von dunklen Hölzern und Leder dominierten Heimbüro

Vermutlich war er ein schlechter Mensch. Einer, der nie hätte existieren dürfen. Warum tat er es dann doch? Warum wurden solche abartigen Schweine wie er überhaupt erschaffen, wenn es einen Schöpfer gab, der so unendlich gut und perfekt war? Und falls es ihn nicht gab und alles auf immer gleichen Gesetzen der Natur beruhte, warum passierten dann solche Missgeschicke? Er durfte nicht weiter über diese immer wiederkehrende Frage nachdenken, sonst würde er noch durchdrehen.

Er nahm sich eine Kopfschmerztablette und spülte sie mit einem Schluck Portwein aus der untersten Schublade seines Schreibtisches herunter. Er konnte sich an jedes noch so kleine Detail des Tages erinnern, an dem er es zum ersten Mal getan hatte – zum ersten Mal tun musste ...

Es war im Mai 1995. Er war sechsunddreissig Jahre alt. Einige Monate zuvor war er mit seiner Familie aus Deutschland in die Schweiz gezogen, um diesen wichtigen Posten in Schweizer Werk seines langjährigen Arbeitgebers anzutreten. Alles war noch neu für ihn, interessant und irgendwie hoffnungsvoll. Seiner Frau gefiel das neue Haus mit dem Seerosenteich und auch seine Kinder schienen sich gut im neuen Umfeld einzuleben. Er bemühte sich um das Aneignen von Wissen über Land, Leute und Kultur, las ab und zu ein Buch zu einem geschichtlichen Thema seines neuen Wohnlandes und unternahm – manchmal mit der Familie, oft auch alleine – Zugreisen durchs Land, um die verschiedenen Gegenden kennenzulernen.

Irgendwie schaffte er es immer einigermassen, sich von den Gedanken und dem in ihm schlummernden Drang abzulenken.

Doch dann kam jenes schöne Frühsommerwochenende. Seine Frau blieb mit den Kindern zu Hause in Rorschach und er war auf dem Weg in den Nordwesten der Schweiz, um sich den Jura anzuschauen. Ein Mann seiner Position brauchte schliesslich manchmal etwas Zeit für sich alleine, ohne ständig die streitenden, quengelnden Kinder um sich zu haben.

So reiste er mit der Eisenbahn nach Westen. Den Dreiteiler hatte er gegen bequeme, praktische Wanderkleidung getauscht und statt der Aktentasche trug er einen beigen Rucksack mit sich. Auf der langen Fahrt studierte er eine Landkarte und das Französischwörterbuch. Er freute sich auf interessante und wissenserweiternde Tage in dieser für ihn exotischen Ecke dieses zuweilen noch recht fremd erscheinenden Landes.

Doch auf dieser Reise würde er – ohne es auf irgendeine Weise geplant oder beabsichtigt zu haben – das tun, was für immer das Tor zu seinem persönlichen Höllenfeuer öffnete. Ein Tor, das nie wieder geschlossen werden konnte.

Als er am Abend – es war gerade am Eindunkeln – zu Fuss vom Étang de la Gruyère nach Les Emibois marschieren wollte und auf einer Bank am Waldrand diesen Mann traf, mit ihm in ein freundliches, lachendes, auf unübliche Weise anziehendes Gespräch kam und irgendwie an einen Punkt gelangte, an dem es kein Umkehren mehr gab, da geriet sein Leben auf eine Spiralbahn, deren Schienen zum Bersten verurteilt waren.

Als er mit dem schönen jungen Jurassier nach Hause auf dessen abgelegenen Hof mitging, hatte er die kribbelnde Ahnung, eine sexuelle Interaktion vor sich zu haben. Er war aufgeregt und sein Puls raste. Obschon er bereits als Elfjähriger den Wunsch verspürt hatte, seinen Schniedel in andere Jungs reinzustecken, und das Bedürfnis nach Sex mit Männern im Erwachsenenalter noch stärker geworden war, hatte er es noch nie getan.

Er hatte sich mit Arbeit abgelenkt und Freundschaften mit möglichst chauvinistischen Typen gepflegt, die ihre Ehefrauen mit sehr jungen Mädels betrogen und gleichzeitig das konservative Familienbild mit Mütterchen am Herd predigten. Hatte über deren frauenverachtenden oder homophoben oder rassistischen Witze gelacht und gebetet, irgendwann nicht nur in seiner Fassade so zu werden wie seine Freunde. Er hasste sich und tat alles, um dem Männerbild zu entsprechen, das er von seinem Vater vorgelebt bekommen hatte. Er unterdrückte seinen wahren Trieb und er tat es erfolgreich.

Doch als er mit dem jungen Bauern – er war vermutlich noch keine dreissig – alleine an diesem abgelegenen Ort in diesem alten, dunklen Bauernhaus zu Abend ass und dessen anziehenden Ausdünstungen roch und die warmen

Spannungen zwischen ihnen spürte, da konnte er seine Lust nicht mehr abtöten, seine Natur nicht mehr bändigen.

Irgendwann zwischen Aufschnitt, Speck und Alpkäse fielen sie übereinander her. Zuerst in der Küche, dann wurde er vom testosterongeladenen Jungbauern ins Schlafzimmer gezerrt.

Erst schien ihre nonverbale Kommunikation auf der gleichen Frequenz zu verlaufen. Auch beim Bauern schien sich einiges aufgestaut zu haben und dementsprechend energisch war der Sex. Doch als seine Affäre langsam müde wurde und den Anschein machte, zum Kuscheln übergehen zu wollen, wurde er selbst auf eigenartige Weise laufend aggressiver.

Die ganzen Eindrücke und Empfindungen überforderten ihn dermassen, dass sein Hirn sie zu fassen und zu verarbeiten nicht in der Lage war. Stattdessen fühlte es sich leer und taub an. Er wollte etwas spüren. Er musste fester, tiefer und schneller zustossen. Er wollte diesen Mann für immer und ewig zu seinem Eigen machen, niemals die Herrschaft über ihn verlieren.

In gebrochenem, aber klar verständlichem Deutsch bat ihn der schöne Mann, aufzuhören und loszulassen. Doch er packte fester zu, verstärkte den Griff, sodass seine Fingerknöchel weiss wurden. Der Bauer schrie etwas Unverständliches auf Französisch und versuchte sich zu befreien, was ihm auch beinahe gelungen wäre. Doch im letzten Moment packte er mit seinen weissen, dünnen Bürofingern den braun gebrannten Hals unter ihm und drückte mit seiner ganzen adrenalingeschwängerten Kraft zu. Irgendwann versiegten die französischen Schreie und die Zuckungen erstarben.

Er wusste nicht, wie lange er danach noch mit seinen Händen um den Hals dieses wunderschönen jungen Mannes auf dessen totem Körper lag. Als er begriff, was er getan hatte, sass er eine Weile nackt auf der Bettkante, bevor er sich anzog, in die Küche zurückging und die kalte Platte bis zum letzten Krümel aufass.

Dann wusch er das Geschirr ab und räumte den Tisch auf. Den Weisswein stellte er zurück in den Kühlschrank. Und dann wurde ihm bewusst, dass im Zimmer nebenan ein toter Mensch lag, den er erwürgt hatte – während seines allerersten homosexuellen Geschlechtsverkehrs, den sich sein Unterbewusstsein schon so lange gewünscht hatte.

Er konnte nicht gerade denken, doch er wusste, dass der Tote verschwinden musste.

Als er aus der Haustür auf den einsam daliegenden Hofplatz hinaustrat, hörte er in der Ferne das Geräusch eines Dieselmotors. Er erschrak und befürchtete erst, der Traktor könnte auf dem Weg zu diesem Hof sein, doch dann sah er die Scheinwerfer eines massiven Fahrzeuges und stellte fest, dass ein Traktor mit Jauchefass zu einem etwa einen Kilometer entfernten Hof abbog, den er zuvor nicht wahrgenommen hatte. Da wusste er, wie er sein Missgeschick beseitigen würde.

Zwischen Wohnhaus und Scheune lag eine in den Grund eingelassene Jauchegrube, die an Rührwerk und Pumpe erkennbar war. Nervös hühnerte er auf dem etwa sechs mal elf Meter grossen Betonplatz herum, bis er schliesslich den Deckel fand, den er nur mit Mühe anzuheben vermochte und gleich wieder fallen liess, als der fürchterliche Gestank in sein Geschäftsmannsnäschen stach.

Nachdem er den schlaffen Körper zum Gülleloch hinübergeschleift hatte, legte er ihn rücklings auf den kühlen Betonboden. Diese Szene war so surreal, dass er nicht sicher war, ob sie wirklich stattfand.

Als er auf dem harten, rauen Beton kniete und im Sternenschein auf die Würgemale am braun gebrannten Hals starrte, wurde ihm plötzlich bewusst, dass sie sich einander nie mit dem Namen vorgestellt hatten. Er begann so bitter zu weinen, dass sein ganzer Körper zitterte. Während seine Tränen auf das tote Gesicht des Bauern tropften, streichelte er sanft dessen rechtes Ohr. Bald ging er dazu über, dieses zärtlich zu küssen, wobei ihn ein Drang überkam, der ihn beängstigte und zugleich unter Strom setzte.

Mit seiner Zunge berührte er ein Ohrläppchen – es schmeckte salzig. Dann klemmte er das Stück Fleisch zwischen seine Zähne und schloss seine Augen. Er erhöhte den Druck, kerbte seine Schneidezähne immer tiefer ins noch etwas warme Läppchen. Er hörte nicht auf, als er die Haut brechen und den Eisengeschmack in den Mund strömen spürte, biss weiter, bis sich das Stück Fleisch vom Ohr gelöst hatte. Er kaute es. Erst zaghaft und unsicher, dann mit einer verstörenden Art von Genuss.

Erst als irgendwo auf der Weide ein Pferd laut wieherte, wurde er aus seiner Ekstase gerissen. Hastig begann er, den Deckel der Jauchegrube wegzuheben, was ihm vor Zittern kaum gelingen wollte. Bevor er seinen Toten durch die Öffnung in die höllisch stinkende Gülle hinabfallen liess, gab er ihm einen Kuss auf die Stirn.

Nachdem er den schweren Deckel zurück auf die Öffnung geschleift hatte, rannte er zurück ins Haus und packte seine Sachen. Unterhose, Hose, Arbeitsschuhe und eine schweissgetränkte Werbebaseballmütze seines Opfers packte er ebenfalls in seinen Rucksack. Dann machte er das Bett, bevor er das Haus hinter sich abschloss und den Schlüssel in seine Hosentasche steckte.

Die Nachtluft war angenehm warm. Warm genug, um draussen zu übernachten, und nach dem, was gerade geschehen war, war ein Deutscher, der um zwei Uhr nachts im ländlichen Jura ein Hotelzimmer suchte, etwas zu auffällig.

Zu Fuss ging er denselben Weg zurück, den sie gekommen waren. Auf der Bank am Waldrand, auf der er den Mann ohne Namen kennengelernt hatte, legte er sich auf den Rücken und schlief vor Erschöpfung sofort ein.

Nach einem traumlosen Schlaf erwachte er mit den Sonnenstrahlen eines neuen, frischen Tages. An diesem Sonntag war sein Kopf komplett mit weicher Watte gefüllt und er spürte nichts. Nichts Gutes und nichts Schlechtes. Aber den Schweizer Jura hatte er gesehen.

Es war noch nicht Mittag, als er bereits wieder die Felder des Aargaus am Zugfenster vorbeiziehen sah.

Als er zu Hause ankam, waren Frau und Kinder nicht daheim, wofür er dankbar war. Er verstaute den Hausschlüssel und die Arbeitsschuhe des Bauern in der hintersten Ecke seines Dachbodens, bevor er in den Garten ging, um in der Feuerstelle ein grosses Holzfeuer zu machen – was gab es Normaleres, als am Sonntagabend mit der Familie zu grillieren?

Nachdem er Unterhose, Hose und Mütze in das lodernde Buchenfeuer geworfen hatte, sah er zu, wie sie sich in Rauch auflösten – beinahe so, als wären sie nie in seinem Besitz gewesen.

Als seine Ehefrau mit den lärmenden Kindern um sechzehn Uhr dreissig das Haus betrat, hatten sich die fressenden Flammen bereits in eine wunderschöne Glut verwandelt. Während er in ihr leuchtendes Rot starrte, tauchte er ab in sein Inneres. Dort drin wohnte ein Monster – und dieses würde irgendwann wieder rausmüssen. Dies wusste er.

... die Erinnerung an damals war so lebendig wie surreal. Im Laufe der Jahre war es immer wieder dazu gekommen, dass er die Grenzen zum Abgrund überschritten hatte. So oft wie notwendig und so selten wie möglich.

Er hatte das Monster immer erst herausgelassen, wenn es nicht mehr anders ging. Und es hätte immer so weitergehen können, wenn diese verfluchte Bitch ihn nicht durchschaut hätte – diese gierige, dreiste Schlampe, die ihn benutzte, statt ihm zu danken.

In den vergangenen siebenundzwanzig Jahren war er nie betrunken gewesen. Er besass die eiserne Disziplin eines wichtigen Mannes in wichtiger Position, der dreihundertfünfundsechzig Tage im Jahr in der Lage sein musste, grosse Entscheidungen zu treffen. Diesem Bild wollte er entsprechen und so trat er auf. Als seriöser Familienvater und Geschäftsführer eines grossen Werkes. Immer gut angezogen und ausgestattet. Ass, trank und trieb Sport im exakt gesunden Mass. Sagte immer das Richtige, tat immer das Passende. Und dann ... ein einziges, verfluchtes Mal hatte er die heiligen Grenzen seiner eigenen Regeln überschritten.

Es war am letzten Firmenweihnachtsessen. Spät am Abend, als die meisten Mitarbeitenden bereits weitergezogen waren und nur noch ein kleiner Kreis von Leuten dasass, die entweder tatsächlich das Beisammensein mit ihren Arbeitskollegen genossen oder im Glauben, ihrer Karriere einen Schub zu geben, im Laufe des Abends immer näher zum Cheftisch gerutscht waren.

Normalerweise hätte er sich von diesem Verhalten nicht irritieren lassen. Doch da war dieser neue Leiter der Dreherei, der diese jugendliche Energie ausstrahlte, intelligent sprach und wunderschön lächelte, ohne den Eindruck zu erwecken, sich einschleimen zu wollen. Von ihm fühlte er sich angezogen und geschmeichelt.

Sie diskutierten, lachten, genossen den Abend und ein Glas Weisswein folgte dem anderen. Und still und unauffällig hatte sie in ihrer Tischecke gesessen und ihn beobachtet, die Energien analysiert, sein verändertes Wesen erkannt, seine Blicke registriert und entschieden, sich ihn zu krallen, seine Geheimnisse und seine Schwächen aus ihm auszuwringen.

Und nun machte sie seine kaputte, abnormale Natur zu ihrem Goldesel. Sie war nichts als eine dreckige, gierige Schlampe, vor der er schon zu lange kuschte. Er würde sich befreien – er würde ihr das züngelnde Maul stopfen. Für immer.

Freitag, 22. Juli, in Kirchberg

Als Helen am frühen Morgen nach einer weiteren Nacht im Auto an der Strasse gegenüber des Säger-Werkes in ihren Werkraum eintrat, um vor dem Schlafengehen wenigstens noch ein neues Programm laufen zu lassen, spürte sie einen dumpfen Schmerz in der Stirngegend. Eigentlich hätte sie einen sehr starken Kaffee gebraucht, doch ein solcher hätte ihr das Einschlafen noch schwerer gemacht. Sie nahm die Brille ab und rieb sich die Augen.

Was veranstalteten sie hier eigentlich? Wie gross war die Chance, dass ihre nächtliche Warterei in irgendeinem Erfolg enden würde, der Gjon heil zu seiner Familie zurückbrachte? Die vergangene Nacht war nicht nur frustrierend, weil sie wieder sieben Stunden lang in Gabis verkrümeltem Peugeot gesessen hatten, sich mit lauwarmem Kaffee wachzuhalten versuchten und ein paar mittelmässige Ziegerkrapfen den grössten Lichtblick darstellten.

Gabriela hatte von ihrem kurzen Telefonat mit Brians Frau berichtet, die das Gefühl hatte, Brians Verschwinden hinge mit seiner psychischen Verfassung zusammen, welche scheinbar nicht immer so positiv und sonnig war, wie man es ob seiner witzigen und lockeren Art hätte glauben können. Helen hoffte, dass dieser Verdacht nicht stimmte, und wollte nicht daran denken, was ein solches Szenario für eine Familie bedeutete.

Als auf dem Treppenhaus das Kindergeschrei vor dem Weg zu Schule und Kindergarten losging, war Helen längst eingeschlafen und träumte ein wirres Durcheinander aus Polyethylenterephthalat, Ziegerkrapfen und einer Sitzung mit Memmelmann.

Ihr Magen knurrte, als sie um elf aufwachte. Dafür waren die Kopfschmerzen weg. Sie gönnte sich eine lange, heisse Dusche, bevor sie sich mit einem Kaffee auf ihren sonnigen Balkon setzte, um ihre Tagespendenzen durchzugehen. Als sie ihr Handy öffnete, sah sie eine Textnachricht von Anita.

«Helen, gestern Abend kam mir noch etwas in den Sinn. Ich glaube, die Firma, bei der sich Brian beworben hat, ist in Kirchberg. Du wohnst doch auch dort, oder?»

«Interessant», murmelte Helen und runzelte die Stirn. Doch nach dem, was Gabriela gestern von Steffi erfahren hatte, war es wohl kaum relevant, bei welcher Firma sich Brian beworben hatte.

Sie bereitete sich einen Salat aus Gurken, Tomaten und Zwiebeln zu, schmiss ein paar Oliven in die Schüssel und schnitt sich dazu eine Scheibe des bereits trockenen Brotes ab.

Nach dem Essen ging Helen zum Briefkasten. Dieser war zwar leer, allerdings standen unter ihm zwei grosse Kartonschachteln mit dem Schriftzug der Firma, von der sie die zwei zusätzlichen Drucker bestellt hatte. Ihre Miene erhellte sich. Wenigstens etwas schien geklappt zu haben.

Helen schleppte die Pakete in ihren Arbeitsraum, und während auf dem einen Drucker ein weiteres Stück für Wolf+Reinegger Schicht um Schicht aufgebaut wurde, montierte sie die neuen Geräte und platzierte sie nebeneinander auf der Werkbank.

Sobald die beiden neuen Drucker einsatzbereit waren, wählte sie bei beiden ein Testprogramm an und ging dann – nachdem sie zugeschaut hatte, wie die erste Schicht makellos auf die Bettoberfläche gedruckt wurde – in ihre Wohnung zurück, um sich den Druckprogrammen für Bernasconis neuste Objekte zu widmen. Es tat gut, etwas zu tun, was Freude machte und gleichzeitig ein ganz anständiges Nebeneinkommen einbrachte. Zwar war dieses «Nebeneinkommen» zurzeit ihr einziges Einkommen – aber das konnte sich noch ändern. Alles zu seiner Zeit.

Während sie ein Programm nach dem anderen erstellte, geisterte Anitas Nachricht weiter in ihrem Kopf herum. Immer wieder versuchte sie, die störenden Gedanken beiseitezuschieben, und als der Timer ihres Handys klingelte, begab sie sich wieder ins Untergeschoss – wo sie von einer ärgerlichen Überraschung empfangen wurde.

Während die beiden neuen Maschinen noch mitten in ihren Testprogrammen waren, hatte sich das Teil auf dem anderen Drucker nach etwa sechs Zentimeter Höhe vom Druckbett gelöst und war seither von der heissen Düse umgedreht und zermanscht worden. Helen brach den Druck ab und begann, die Sauerei von der Unterlage zu lösen.

Als sie mit dem Finger an die Düse griff, um den stinkenden Kunststoffklumpen zu entfernen, war das Messingteil noch so heiss, dass sie ihre Hand fluchend zurückkriss. «Verdammt!

Autsch! Ich Idiot!» Warum passierte ihr dies immer wieder? Man sollte meinen, dass jemand, der jahrelang im Job so pedantisch die Sicherheitsvorgaben durchsetzen musste – und es auch tat – wie sie, auch zu Hause etwas vorsichtiger hätte sein müssen.

Sie befeuchtete den Finger mit Spucke und blies auf die verbrannte Stelle, um sie zu kühlen. Und in diesem Moment wurde ihr bewusst, warum ihr Anitas Nachricht die ganze Zeit im Kopf herumgeisterte.

Es war nicht die Nachricht alleine. Es war die Kombination mit dem, was ihre ehemalige Kollegin am Tag zuvor beim Mittagessen gesagt hatte: «Arbeitssicherheit oder etwas Ähnliches.» Brian hatte sich für eine Stelle im Bereich Arbeitssicherheit beworben!

Natürlich gab es genügend Firmen in ihrem Wohnort, die möglicherweise gerade eine solche Stelle zu besetzen hatten. Hieronymus Säger war zwar ein wichtiger Arbeitgeber im Dorf, doch bei Weitem nicht der einzige und nicht einmal mehr der grösste. Allerdings erinnerte sie sich gut, dass Arbeitssicherheit – genauer gesagt die dafür zuständige Stelle im Unternehmen – im vergangenen Jahr ein Dauerproblemthema war.

Der langjährige Arbeitssicherheitsverantwortliche hatte nach einem heftigen Streit mit Memmelmann den Bettel hingeschmissen. Man hatte dann zwar recht zügig einen Nachfolger finden können und während der ersten paar Wochen schien auch alles gut zu klappen. Doch kurz vor Ende seiner dreimonatigen Probezeit kündigte auch dieser seine Stelle, nachdem er sich während einer Sitzung mit Zippelmeier entschieden hatte, sich dessen launische Ausbrüche nicht bieten lassen zu wollen.

Kurz vor ihrem Zusammenbruch wurde dann die Stelle wieder mit einer Nachfolgerin besetzt, die Helen allerdings nicht mehr kennengelernt hatte. Wäre es möglich, dass auch die Neue bereits wieder das Weite gesucht hatte? Wundern würde es wohl niemanden.

Helen reinigte die Düse und startete das Programm von Neuem. Dann holte sie ihr Telefon aus der Hosentasche und tippte die Adresse des bekanntesten Schweizer Stellenportals in den Browser.

«Hieronymus Säger» schrieb sie ins Suchfeld und schon reihte sich eine offene Stelle an die nächste – vierundzwanzig an der Zahl. Die Fluktuationsrate war in den letzten zehn Jahren massiv gestiegen, was jeder wusste, aber niemanden zu kümmern schien. Sie musste nicht weit nach unten scrollen, bis es ihr in die Augen sprang. «Spezialist für Arbeitssicherheit (m/w/d)».

«Nein, bitte nicht, verdammt ...», flüsterte sie zu sich selbst, navigierte zum Suchfeld zurück und gab den Begriff «Arbeitssicherheit» ein. Nachdem sie nach der Ortschaft Kirchberg gefiltert hatte, erschien ausser demjenigen der Firma Säger lediglich noch ein weiteres Stelleninserat. Hatte Brian Burkhalter etwa tatsächlich ein Vorstellungsgespräch bei der Firma Säger gehabt? Hatte er dabei einen derartigen Dämpfer erlitten, dass er sich auf dem Heimweg etwas angetan hatte?

Sie hatte selbst bei dieser Firma genügend solcher Gespräche miterlebt. Zieger, die Personalchefin, hatte durchaus das Talent, Menschen emotional zur Sau zu machen. Und wenn dann auch noch Zippelmeier zugegen war, mussten sich manche Bewerber das dicke Fell anziehen.

Allerdings konnte sich Helen kaum vorstellen, dass das sägersche Personalbüro einem Bewerber, der bereits eine Absage erhalten hatte, im Nachhinein doch noch ein Gespräch anbot. Sie selbst hatte dies einmal versucht und war an der internen – massgeblich von Zieger mitgestalteten – Personalbürokratie gescheitert.

Nein, sie sah hier Zusammenhänge, die ziemlich an den Haaren herbeigezogen wirkten und vermutlich – höchstwahrscheinlich – nicht existierten. Anita hatte mal wieder aus der kreativen und zuweilen hartnäckigen Gerüchteküche der Montageabteilung von Wolf+Reinegger erzählt. Und die Legenden, die dort teilweise erzeugt wurden, hatten auch Helen selbst schon zur Studienabbrecherin, zur Schwangeren, zur Obdachlosen und zu Schnegg-Öhris unehelicher Tochter gemacht.

Sie sollte sich jetzt um ihre Arbeit kümmern und weiter überlegen, wie sie Gjon helfen konnte.

Sie hatte sich noch immer nicht bei Barbara gemeldet. Was hatte sie ihr denn zu sagen? Sie hatte einen ihrer ehemaligen Mitarbeiter um seinen Badge erpresst, damit einen Einbruch begangen, sass nächtelang gegenüber der Firma im Auto und beobachtete das Geschehen. Und wozu?

Helen ging aus dem Raum und schloss die Tür hinter sich ab. Es war nun dreizehn Uhr dreissig. Sie wählte Estrellas Nummer. «Hallo, Helen, ich wollte dich gerade auch anrufen. Lust auf einen Waldspaziergang? Ich brauche gerade einen, um mich von meiner Sitzung von heute Vormittag abzuregen!», rief die Nachbarin nach dem zweiten Klingelzeichen in den Hörer. Sie vereinbarten, sich in zehn Minuten beim Parkplatz zu treffen.

Nach einem knappen Kilometer führte der Feldweg in den dichten, dunklen Wald hinein. «Ach, wie gut diese kühlende Luft hier drin tut», stöhnte Estrella mit geschlossenen Augen und ausgebreiteten Armen. Helen stimmte ihr zu. Der Wald tat einfach gut und hatte zu jeder Jahreszeit seine spezielle Aufgabe. Man fühlte sich in ihm beschützt, beruhigt, geerdet.

«Du, Esti, hat die Polizei eigentlich schon etwas herausgefunden bezüglich des Einbruchs bei dir?» Estrella schnaubte verächtlich und machte eine entsprechende Handbewegung. «Ach, Helen, ich befürchte, dass da nicht wahnsinnig viel herausgefunden werden wird. Ich beantworte alle Fragen, die sie mir stellen, ich versichere ihnen immer wieder, dass wirklich nur dieser dumme USB-Stick gestohlen wurde, aber von deren Seite kommt nichts – na ja, ausser dem Versprechen, sich bald wieder bei mir zu melden, und der wiederkehrenden Frage, ob ich nicht vielleicht doch einen Feind hätte. Ach, so eine Scheisse, als ob der Scheidungszirkus alleine nicht schon mühsam genug wäre.»

Helen blieb abrupt stehen. «Was ist mit den Edding-Stiften?», fragte sie. «Jaja, die auch. Das macht noch weniger Sinn als der USB-Stick. Ich meine ... wozu brechen solche Einbruchprofis bei mir ein und nehmen dann nicht einmal etwas Brauchbares mit?», enervierte sich Estrella.

«Ausser ... ausser sie glaubten, sie hätten etwas für sie Brauchbares mitgenommen ...»

Estrella schaute ihre Nachbarin mit verdrehtem Gesichtsausdruck an und schüttelte skeptisch den Kopf. «Ich sage dir, ich habe wirklich nicht die leiseste Ahnung, wer irgendwas von mir würde stehlen wollen. Nicht beruflich und schon gar nicht privat. Es macht wirklich keinen Sinn. Man könnte fast meinen, die hätten sich im Haus geirrt.»

Helen antwortete nicht. «Vielleicht nicht im Haus, aber möglicherweise in der Wohnung», dachte sie, ohne es auszusprechen.

Sie gingen eine Weile wortlos den Waldweg entlang, sogen die Sommerluft ein und genossen die vom Insektensummen begleitete Stille des Waldes.

Als sie zuoberst auf dem Hügel angekommen waren, blieben sie stehen und schauten über die sommergrüne Hügellandschaft im Südwesten. «Du, sag mal», begann Helen zögerlich, «wenn du in einer Sache ein sehr bestimmtes Bauchgefühl hast, diesem zu glauben jedoch seitens deiner Vernunft als verrückt, ja gar paranoid eingestuft wird ... wie gehst du dann an so etwas heran? Wie beurteilst du eine solche Situation?»

Helen stellte die Frage auf eine für sie untypische Art, als versuchte sie zu verstecken, dass es sich offensichtlich um ihr eigenes Problem handelte. Estrella kniff die Augen zusammen und schaute Helen fragend an. «Ähm ... du hast doch mittlerweile gelernt, dass du dich auf dein Gefühl verlassen solltest, oder nicht?»

Helen lächelte, nickte und ging schweigend weiter. Ihre Nachbarin hatte schon recht. Sie hatte in den letzten Monaten auf unangenehme Weise lernen müssen, dass sie künftig ihrer Intuition folgen und nicht mehr nur krampfhaft auf die vermeintliche Vernunft vertrauen durfte. Und sie bereute, dies nicht schon viel früher erkannt zu haben.

Die beiden Nachbarinnen machten noch einen Abstecher über das nahe gelegene Riet, bevor sie durchs Dorfzentrum zurück zu ihrem im Grünen gelegenen Wohnquartier marschierten.

Nachdem sie in Estrellas Büro noch einen Kaffee getrunken und ein Wasserglace gegessen hatten, kehrte Helen in ihren Arbeitsraum zurück. Dort räusperte sie sich ein paarmal kräftig und begann, den Aargauerdialekt ihrer Grossmutter zu üben. Ihre Stimmlage versuchte sie dabei leicht anzuheben.

Freitag, 22. Juli, in der Personalabteilung der Firma Säger

Cécile Käufeler sass wieder in ihrem Büro. Heute hatte sie sich eine aussergewöhnlich lange Mittagspause gegönnt. In der letzten Zeit war sie einfach nicht sie selbst. Gestern hatte sie seit Jahren zum ersten Mal wieder eine Sitzung bei ihrer Therapeutin in Anspruch genommen.

Während sie in der schlicht und beruhigend eingerichteten Praxis in die Luft starrend auf dem weichen Sofa gesessen hatte, hatte sie der Psychologin von dem Vormittag vor gut drei Wochen erzählt, an dem sie eine Todesanzeige verfassen musste. Hatte beschrieben, wie sie dafür die Akte des pensionierten Verstorbenen suchte. Wie ihre Finger dann ihren eigenen Familiennamen ins Suchfeld eintippten. Was sie dann erfahren musste.

Sie hatte ihrer langjährigen Psychologin von ihrem Arbeitsalltag in der Firma erzählt, von ihrer Chefin, der Zieger, und vom Team. Hatte ihr den reissenden Strudel beschrieben, mit dem ihr Kopf seither gefüllt war.

Die Therapeutin hatte immer wieder Fragen gestellt. «Was ändert diese Information an deiner Situation?» «Was bedeuten die entstandenen Gefühle für dein Alltagsleben oder deine Zukunft?» «Ändert dieses Wissen irgendetwas am bereits Geschehenen?»

Nachdem Cécile diese Fragen für sich beantwortet hatte, wusste sie, dass Loslassen das einzig Richtige war. Loslassen, statt sich zu quälen, statt Hass zu fühlen, ihn in sich wachsen zu lassen und destruktive Gedanken zu wälzen. Es würde sie bloss auffressen und ihre Entwicklung der vergangenen Jahre zunichtemachen. Nein, sie musste loslassen, ihr Leben leben und mit der Vergangenheit Frieden schliessen. Sie musste den Fokus auf ihre Zukunft richten – ihre Zukunft mit Robert …

Sie schreckte aus ihren Gedanken hoch, als es viermal scharf an den Türrahmen ihrer offen stehenden Bürotür hämmerte. Ihre Vorgesetzte stand mit souveränem Blick und makellosem Businessoutfit da und stemmte ihre Hände in die Hüften.

«Na, Cécile, hast du einen guten Mittag gehabt?» «Äh, doch, ja, danke. Kann ich etwas für dich tun, Karolina?», antwortete sie in gezwungen freundlich-professionellem Ton. Karolina Zieger kam auf sie zu und blieb einen halben Meter vor dem Bürotisch stehen. «Die Blockzeiten bei der Hieronymus Säger Erben AG gehen – wie dir hoffentlich in deiner Position bekannt ist – von acht bis elf Uhr fünfundvierzig und von dreizehn bis sechzehn Uhr. Ich habe dich eben um dreizehn Uhr fünfzehn hereinkommen sehen und weise dich hiermit darauf hin, dass ich dies in meiner Abteilung nicht toleriere – dass ich es im gesamten Unternehmen nicht toleriere. Einfach hereinspazieren, wenn es dir gütigerweise gerade passt ... das läuft hier nicht.»

Die Personalchefin drehte sich auf ihrem Absatz um und verliess energischen Schrittes den Raum. Cécile sass mit halb offenem Mund auf ihrem Stuhl und schaute perplex auf den Gang hinaus. Es dauerte ein paar Minuten, bis sie erfasst hatte, was gerade passiert war.

Es reichte. Nicht mit ihr. Nie wieder mit ihr! Sie stand auf, verliess ihr Büro und ging in den Pausenraum, wo sie sich einen dreifachen Espresso zubereitete. Während sie den cremigen Kaffeestrahl bewunderte, massierte sie ihren Hals. Sie versuchte tief durchzuatmen, die Wut loszulassen, doch es wollte ihr nicht so richtig gelingen.

Der frische Kaffeeduft half ihr, wenigstens einen kurzen Moment dieses Tages zu geniessen. Mit der heissen Tasse ging sie zurück in ihr Büro. Sie hatte sich noch nicht einmal hingesetzt, als schon wieder das Telefon klingelte – zum gefühlt fünfzigsten Mal an diesem Tag.

«Hieronymus Säger Erben, Human Resources, mein Name ist Käufeler. ... Guten Tag, Frau Burkhalter. ... Um Ihren Mann? ... Oh, das tut mir sehr leid zu hören. Allerdings – nun, ich bin mir jetzt nicht sicher, ob – einen Moment, bitte, Frau Burkhalter.» Cécile schüttelte den Kopf, öffnete das Personalmanagementsystem und darin die Liste aller Bewerber für die offene Stelle in Memmelmanns Bereich.

«Sind Sie noch da, Frau Burkhalter? ... Also, da muss Ihr Mann etwas missverstanden haben. Er hatte eigentlich bereits eine Absage auf seine Bewerbung erhalten. Am vierzehnten Juli. Per E-Mail. ... Nachträglich? Nein, leider nicht, tut mir leid. ... Kein Problem, Frau Burkhalter, ich wünsche Ihrem Mann gute Besserung und alles Gute. Adieu, Frau Burkhalter.»

Cécile beendete den Anruf und fragte sich, wie es wohl in einem Menschen aussah, der seiner Frau Bewerbungsgespräche vorlog, die es nicht gab. Armer Kerl, und dann auch noch ein Mountainbikeunfall. Sie wünschte diesem Mann, dessen Qualifikationen sie für absolut unpassend gehalten hatte, wirklich alles Gute. Sie schüttete ihren lauwarmen Dreifachespresso in einem Zug hinunter und liess sich in die Lehne ihres ergonomischen Bürostuhls zurückfallen.

Freitag, 22. Juli, vis-à-vis dem Säger-Areal

«Kühle Cola oder Kaffee?», fragte Gabriela und öffnete den Rucksack, der zwischen ihren Beinen auf der Beifahrerfussmatte abgestellt war. «Cola, danke, Gabi», antwortete Helen. Es war zweiundzwanzig Uhr dreissig. Davor hatte sie, wie jeden Freitag, bei ihrer Mutter zu Abend gegessen. Es tat gut, wenigstens diese eine Routine im Leben zu haben.

Sylvie und Walter waren auch da gewesen und hatten ihre dreckige Wäsche am Esstisch gewaschen – wie sie es immer taten. Helen fühlte sich zu Hause. Doch wie früher würde es nie wieder sein. Die Energien waren einfach irgendwie aus der Balance, seit einer fehlte.

Als sie um zweiundzwanzig Uhr plötzlich die angeregte Diskussion über den Nutzen oder Nichtnutzen homöopathischer Medizin verlassen musste und damit misstrauische Fragen der Familie auslöste, hatte sie erklärt – hauptsächlich zur Beruhigung ihrer Mutter –, dass sie sich mit einer ehemaligen Arbeitskollegin auf ein Bier traf.

Sie nahm einen langen Schluck aus der Coladose und lehnte sich nach hinten in den abgewetzten Sitz ihres Fiats. Gabriela nahm sich die andere Dose aus dem Rucksack und machte es sich auf dem Beifahrersitz bequem, indem sie diesen maximal nach hinten gleiten liess. «Auf eine erkenntnisreiche Nachtschicht!», prostete sie Helen zu.

«Ja ... ähm, hör mal», begann Helen, «ich kann im Moment ehrlich gesagt gerade nicht so klar denken. Ich meine, wir sind tiefer in dieser Geschichte drin, als wir es dürften, und heute Morgen hatte ich auf einmal das Gefühl, dass wir uns hier in etwas verrennen, von dem wir besser unsere Finger liessen, und wollte eigentlich mit diesem Schnüffeln aufhören.» Nun wurde sie von Gabriela mit grossen, fragenden Augen fixiert. «Doch dann ...», fuhr Helen fort, «... dann habe ich mit Cécile telefoniert und jetzt ...» «Moment mal, was? Ich kann dir gerade überhaupt nicht folgen, Helen. Nochmals langsam und von vorne», intervenierte Gabriela.

Helen atmete tief durch, bevor sie ihre Hände auf die Oberschenkel legte und zu erzählen begann – langsam, strukturiert und von vorne.

Sie berichtete vom Stelleninserat der Firma Säger und wie sie mit verstelltem Dialekt im Personalbüro angerufen hatte, wo Cécile Käufeler, die als Personalbetreuerin für Memmelmanns Bereich zuständig war, das Telefon entgegengenommen hatte. Sie beschrieb deren Reaktion, als sie als Brians Frau diesen aufgrund eines Fahrradunfalls von seinem demnächst anstehenden Vorstellungsgespräch abgemeldet hatte.

«Ach du Scheisse!», rief Gabriela mit beinahe begeisterter Stimme, «solche Methoden hätte ich dir ja bis vor Kurzem gar nicht zugetraut! Dann hatte Brian also entweder gar keine Gesprächseinladung erhalten und die Behauptung entstand – wie so viele davor – in der Gerüchteküche von Wolf+Reinegger ... oder aber bei diesem Säger laufen irgendwelche Parallelvorgänge, von denen diese Frau Käufeler nichts weiss – oder nichts wissen will. Meine Vernunft müsste eigentlich von Ersterem ausgehen.»

Helen nickte. «Ja. Die Vernunft. Allerdings glaube ich auch nicht so richtig an Zufälle. Und momentan taucht mir die Firma Säger etwas zu oft auf und meine Vernunft kommt damit nicht ganz klar, wenn du verstehst, was ich meine. Andererseits sehe ich auch nicht, warum jemand Brian aus dem Weg würde schaffen wollen. Der kann ja nicht – wie Gjon – irgendwelche Informationen haben, die er nicht ...»

«Stopp! Moment!», unterbrach Gabriela ihre Kollegin mit einer etwas zu dramatisch wirkenden Geste mit der flachen Hand. «Wir gehen davon aus, dass Gjon verschwunden ist, weil er etwas herausgefunden hat, das jemanden in Schwierigkeiten bringen könnte. Darauf weist auch die Toilettenpapiernotiz hin. Und seltsamerweise deutet nun auch etwas darauf hin, dass Brian in irgendeiner Weise mit Säger in Kontakt stand. Dass er sich beworben hatte, wurde von dieser HR-Person ja sogar bestätigt. Wenn jetzt – mal angenommen – Brian nicht aufgrund seiner Depression verschwunden ist, sondern aus uns noch unbekannten Gründen, die mit dieser Firma zusammenhängen ... wäre es dann denkbar ..., dass Gjon etwas über diese unbekannten Gründe wusste und deswegen ... ach, ich weiss nicht ...» Gabriela verstummte und sah durch die Frontscheibe zum dunkelblauen, sternenreichen Nachthimmel hinauf.

«Gabi, vielleicht sollten wir einfach alles, was wir wissen, mal fein säuberlich festhalten und uns damit nochmals bei der Polizei melden. Denn die hätten die technischen und rechtlichen Möglichkeiten, um diesen Fragen gründlich nachzugehen ...» Gabriela drehte ihren Kopf nach links und hob ihre Augenbrauen an. «Ach ja? Um dann wieder von diesem INCEL-Dorfpolizisten wie ein dummes Kind abgespeist zu werden? Schon vergessen, wie du dich aufgeregt hast? Helen, der hat dich nicht für voll genommen, als du ihm Gjons Notiz gegeben hast! Und willst du dann auch unseren Einbruch protokollieren? Wie du selbst sagst, sind wir hier schon zu tief drin, um uns zurückzuziehen ... und die Polizei war ja sogar bei Säger – zum Kaffeekränzchen mit deinem Memmelmann, der offenbar problemlos den Fokus auf Gjons eigene Probleme lenken konnte. Aber wenn du aussteigen möchtest, dann verstehe ich es. Doch ich kann jetzt nicht aufhören.»

Helen seufzte und schüttelte den Kopf. «Ich möchte auch nicht einfach aufhören. Ich würde ja trotzdem die ganze Zeit daran denken. Doch ich zweifle gerade ...» «Helen, der denkende Mensch zweifelt ab und zu! Simple Leute, die in einer ganz kleinen Welt leben, zweifeln nicht. Der Dorfpolizist, der eure Aussagen nicht protokolliert hat, der zweifelt vermutlich kaum an seinem Tun. Irgendwie interessant, nicht?»

Helen trank die Dose aus und knüllte sie einhändig zusammen. «Du hast recht, Gabi. Ich mache mir wieder zu viele Sorgen. Na ja, so ein Burn-out kommt auch nicht von ungefähr. Die Zahnrädchen anzuhalten ist für mich noch immer schwie..., eine Herausforderung.»

Sie holte ihr Handy aus der Ablage unter dem Radio und öffnete Barbaras Nachricht. «Morgen muss ich sie wirklich mal anrufen. Sie tut mir so leid, aber etwas Beruhigendes zu sagen habe ich ihr ja auch nicht. Ist schon ironisch, dass die Bullen der Aussage eines Memmelmanns mehr Gewicht schenken als der der eigenen Ehefrau ...» Gabi seufzte. «Überraschen tut es mich nicht – leider.»

«Memmelmann ist an sich kein böser Mensch, weisst du», begann Helen zu erklären, «sein Problem ist nur, dass er – na ja – keinen Arsch in der Hose hat und sich deswegen immer dort durchschlängeln muss, wo ihn am wenigsten Widerstand erwartet. Er scheint immerzu zu berechnen, wie er vorzugehen hat, um ja nicht in Schwierigkeiten oder Konfrontationen zu geraten. Und wenn's dann doch einmal kracht ... dann wälzt er die Verantwortung auf andere ab.»

«Das klingt auf eine bemitleidenswerte Art unsympathisch, wenn ich das über deinen ehemaligen Chef so sagen darf», meinte Gabriela mit leicht gerümpfter Nase, während sie konzentriert das Firmenareal auf der gegenüberliegenden Strassenseite beobachtete. «Das hast du schön gesa... – Gabi! Schau, da! Der schwarze BMW! Ist das nicht der von ...», weiter kam Helen nicht, bevor Gabriela in einem Ruck nach vorne sprang, der den Fiat regelrecht zum Beben brachte. «Das Auto mit dem falschen Nummernschild! Ja, das ist er!» Beide starrten sie gebannt auf den dunklen Wagen – enttäuscht und überrascht zugleich, als sie realisierten, dass er mit unverminderter Geschwindigkeit an ihnen und dem Säger-Werk vorbeirauschte und in der Dunkelheit verschwand.

Helen griff in ihre Gesässtasche, in der neben einem Kugelschreiber auch ein kleines Notizheft steckte. Sie zog es hervor und öffnete die letzte beschriebene Seite, auf der fett umrahmt die Autonummer geschrieben stand, welche sich Gabriela vor ein paar Tagen auf die Hand gekritzelt hatte. «Das war er, Gabi, hundertprozentig», bestätigte Helen noch einmal, während sie dem Offroader über ihre Schultern nachschaute. Gabriela nickte und konzentrierte sich auf den Seitenspiegel.

Sie diskutierten kurz die Frage, ob es Sinn machte, dem Auto zu folgen, entschieden sich dann aber dagegen und blieben an Ort und Stelle, wo sie die Fabrik nun noch etwas aufmerksamer beobachteten.

Ab und zu fuhr ein Firmenauto oder ein Fahrzeug des Reinigungsunternehmens in die Einfahrt, das Lichtsignal schaltete auf Grün und die Schranke öffnete sich.

Mittlerweile war es bereits nach Mitternacht und der Verkehr an der Einfahrtsschranke hatte sich noch einmal stark reduziert. Gabriela versuchte bei nach hinten geneigter Sitzlehne etwas zu schlafen, was ihr auch ziemlich gut zu gelingen schien. Währenddessen sass Helen um neunzig Grad nach rechts gedreht auf dem Fahrersitz, sodass sie maximale Sichtbreite auf ihren ehemaligen Arbeitsort hatte.

Als sie zwei einsame Frontlichter die Strasse entlangkommen sah, ertappte sie sich dabei, wie sie auch dieses Fahrzeug vor ihrem inneren Auge bereits an sich vorbeidriften sah. Doch das tat es nicht. Nachdem es seine Geschwindigkeit reduziert hatte, wurde der rechte Blinker betätigt, bevor der Wagen in die Einfahrt der Firma Säger einbog. Die Barriere schaltete auf Grün und öffnete den

Durchgang. Dann bahnte sich der dunkle Wagen, den Helen nun als BMW erkannte, seinen Weg an der Fassade des Fabrikgebäudes entlang zum Hinterhof, wo er schliesslich die Rampe hinunter verschwand.

Sie reckte ihren Hals und hob sich mit beiden Armen aus ihrem Sitz. «Da bist du ja wieder, du Bastard ...», flüsterte sie. Gabriela erwachte aus ihrem Powernap und rieb sich fragend die Augen. «Was ist los?» Helen zeigte zum Hinterhof. «Er ist zurückgekommen – der BMW – und die Rampe hinuntergefahren. Also, wenn das noch ein harmloser Zufall sein soll ...»

Sie warteten knappe zwanzig Minuten, die sich allerdings eher wie eine Stunde anfühlten, bis der SUV wieder vor der Fassade auftauchte. Helens Herz stolperte und ihre Hände schwitzten – es war das gleiche Gefühl wie jenes, welches sie in der Schule und während der Ausbildung regelmässig an Prüfungen überkommen hatte. «Helen, du machst einen nervösen Eindruck. Hast du eine Panikattacke? Kannst du fahren oder soll ich?»

Helen versuchte sich durch tiefe Atemzüge aus dem adrenalinüberproduzierenden Zustand zu holen. «Fahren? Ja, das geht schon, kein Problem, warum ... ach so ... wir fahren denen jetzt nach ...» «Klar fahren wir denen nach, das ist unsere beste und einzige Chance!», sagte Gabriela mit einer Prise Begeisterung in der Stimme, während sie ihre Sitzlehne wieder in die aufrechte Position zurückstellte und sich angurtete.

Helen liess den Motor an. Die Einfahrtsschranke ging hoch, der BMW mit dem sechsstelligen Thurgauer Kennzeichen fuhr auf die Strasse und bog nach rechts ab. Dann verliess auch der kleine Fiat sein Parkfeld am Strassenrand und nahm die Verfolgung auf.

Helen versuchte das richtige Verhältnis zwischen «auffällig nahe dran» und «zum Aus-den-Augen-Verlieren weit dahinter» zu halten. In dieser sehr ländlichen Gegend war der Strassenverkehr um diese Uhrzeit recht spärlich und Helen fragte sich, ob und wann der Fahrer vor ihr wohl bemerken würde, dass sich jemand für ihn interessierte.

Als der Geländewagen im nächsten Dorf in eine enge Strasse mit der knappen Breite eines Kleinwagens einschlug, die steil den Hügel hinaufführte, äusserte Gabriela die Idee, dass die Typen im SUV sie möglicherweise bemerkt hatten und nun versuchten, sie in abgelegenes Gebiet zu locken, was Helens noch immer nervöse Atmung nicht unbedingt beruhigte. Bei der nächsten Gelegenheit bogen sie deshalb in eine Hofzufahrt ab, wendeten auf dem Platz vor der Scheune und folgten dann – in grösserem Abstand – wieder dem Offroader.

«Entweder er kennt sich hier aus, oder sein Navigationssystem führt ihn eine ineffiziente Route entlang», bemerkte Helen, als sie kurz vor Fischingen die steile Strasse durch den Wald hinunterfuhren. «Nun ja, ich würde auch nicht die Autobahn nehmen, wenn ich eine Leiche geladen hätte», frotzelte Gabriela. «Ach, halt die Klappe, Gabi!», rief Helen, die sich momentan nicht für diese Art von Humor begeistern konnte.

Nach Fischingen schlug der BMW den Weg in Richtung Turbental ein – eine Gegend, die Helen immer als kühl und dunkel empfunden hatte. «Helen, kannst du den Abstand vergrössern?», bat Gabriela ihre Kollegin, worauf diese die Geschwindigkeit noch einmal drosselte und dann meinte: «Ich habe ein seltsames Gefühl. Was wollen die denn in diesem verdammten Tal? Wenn hier nur nicht wirklich einer etwas zu entsorgen hat.»

Sie erwartete eine lockere, sarkastisch angehauchte Antwort – doch diese blieb aus. Gabriela war angespannt, konzentrierte sich auf die Umgebung, auf die Strasse vor ihnen und auf den Rückspiegel.

Spätestens nachdem sie auch das Dorf Zell hinter sich gelassen hatten, warteten sie darauf, dass der Wagen vor ihnen nun jede Sekunde auf irgendeinen Feldweg abbiegen und in ein einsames Waldstück verschwinden würde. Doch nichts dergleichen geschah.

«Vielleicht fährt er ja in die Stadt», schlug Gabriela vor – selbst nicht sicher, für wie plausibel sie diese Möglichkeit hielt. «Nach Winterthur?», fragte Helen ungläubig. «Nun, vielleicht haben die ja eine wertvollere Lieferung als eine Leiche bei sich ... Drogen, Waffen, was weiss ich?», gab Gabriela zu bedenken.

Helen bekam beim Gedanken, einen professionellen Drogenhändler durchs Tösstal zu verfolgen, ganz weiche Knie. Und wenn sie daran dachte, dass ihre scheinbar furchtlose Beifahrerin auch noch zwei Kinder und einen Mann zu Hause hatte, lief es ihr kalt den Rücken hinunter.

Nach einer Weile signalisierte ihnen eine blaue Ortstafel, dass sie tatsächlich die Stadt erreicht hatten und sich in Winterthur-Seen befanden.

Die nächtlichen Strassen waren fast leer. Sie fuhren noch einige Minuten hinter dem BMW her, bevor dieser in eine enge, dunkle Einbahnstrasse abbog und Gabriela die Anweisung gab, vorbeizufahren. Sie war in dieser Stadt aufgewachsen und hatte die ersten fünfunddreissig Jahre ihres Lebens hier verbracht. Wenn sich jemand auskannte, dann sie.

Helen stellte ihr Auto etwa fünfzig Meter nach der Abzweigung an den Strassenrand. Gabriela hatte bereits die Kartenapplikation auf ihrem Handy geöffnet.

«In der Strasse gab es früher zwei Barlokale. Jetzt anscheinend nur noch eins. ‹Zum silbernen Stiefel›.» Sie gab den Namen in die Suchmaschine ein, scrollte dann ein wenig herunter und wieder herauf und schüttelte schliesslich leicht den Kopf. «Im Internet steht nichts über das Lokal. Ich war auch noch nie da – glaube ich zumindest.» Sie wechselte wieder auf die Karten-App. «Ja ... ansonsten ist in der Strasse nicht viel los ... vor allem Wohnungen. Ach, und ein Malatelier gibt es da auch noch.»

Helen seufzte. «Die Vorstellung, dass irgendein hohes Tier von Säger seine Existenz mit Drogen- oder Waffenhandel aufbessern muss, scheint mir irgendwie absurd. Andererseits ... dürfte mich eigentlich nicht mehr viel überraschen.»

Gabrielas Nachrichtenapplikation gab ein Brummen von sich. «Oh ... Steffi Burkhalter hat mir ein Plakat mit einem Suchaufruf für Brian geschickt. Mit der Bitte, es auf meinen sozialen Medien zu veröffentlichen», sagte Gabriela und hielt Helen das Bild hin.

«Moment mal», murmelte sie plötzlich und zog ihr Telefon wieder zurück, um das Bild genauer zu betrachten. «Der sieht ja – wow – also, mit dieser neuen Frisur ...» «Ja, mal etwas Neues», bestätigte Helen. Gabriela nickte langsam und zog die Brauen hoch. «Und wie! Der sieht aus wie frisch aus dem Katalog. Wie ein ... oh, mein Gott ...» Ihre Stimme veränderte sich auf eine Art, die Helen nicht kannte, und ihre Hände begannen leicht zu zittern.

Dann drehte sich Gabriela auf ihrem Sitz um und klaubte ihre Tasche, in der sie ihren Laptop verstaut hatte, vom Rücksitz. «Moment mal», sagte Helen und sah auf den Laptop, dann in Gabrielas Augen, «du meinst aber nicht etwa ... denkst du ... also, ich meine ...» «Ja, genau das denke ich, Helen. Die beiden seit diesem Sommer vermissten Männer,

Brian, möglicherweise noch andere Typen auf meiner Liste ... Mann, wenn das stimmt ...»

Helen rieb sich die Stirn und meinte nachdenklich: «Wenn ich nicht wüsste, dass sich Brian bei Säger beworben hatte, und wir nicht eben diesen suspekten Offroader von der Fabrik bis hierher verfolgt hätten, dann würde ich dich für eine hochgradig gelangweilte Krimileserin halten.» Gabriela lehnte sich nach hinten. «Was für eine Scheisse ...»

«Magst du auf dem Rückweg das Fahren übernehmen und mir dafür in der Zeit deinen Laptop überlassen?», fragte Helen, deren Miene sich plötzlich leicht erhellt hatte. «Meinen Laptop?» «Nun, mir ist gerade eine Idee gekommen.» Dann tauschten sie die Seiten und verliessen die Stadt. Doch diesmal nahmen sie die Autobahn.

Es war zwei Uhr vierzig, als sie auf dem Besucherparkplatz von Helens Quartier parkierten. Während der gesamten Fahrt wurde kaum ein Wort gewechselt. Helen hatte auf der Tastatur herumgehämmert, sich ab und zu am Kopf gekratzt oder irgendeine Jahreszahl berechnet. Gabriela hatte nicht nachgefragt. Sie dachte auf der Autobahn ein paarmal an Emma und fragte sich, ob sie ein schlechtes Gewissen haben müsste, schob diesen Gedanken dann aber schnell wieder beiseite.

«Hier, was hältst du davon?», fragte Helen und gab Gabriela den offenen Laptop zurück. Diese nahm das Gerät entgegen und begann mit fragendem Blick zu lesen. «Das Foto fehlt noch, aber ich habe schon eine Idee, wessen Bild ich da reinmache», warf Helen informativ ein. «Eine Bewerbung? Hast du dir das jetzt eben aus den Fingern gesogen? Nicht schlecht ... aber was genau ...?» «Die schicken wir natürlich Säger. Ein modelmässig aussehender Typ bewirbt sich auf die gleiche Stelle wie Brian. Sie ist ja noch immer ausgeschrieben.

Und dann schauen wir, was passiert. Da er absolut unpassend für die Stelle ist, kriegt er natürlich erst mal eine offizielle Absage», erklärte Helen.

Gabriela grinste. «Das ist gar keine dumme Idee. Gar nicht dumm. Und vielleicht bekommt dann der schöne Bewerber nachträglich doch noch ein spontanes Vorstellungsgespräch ...»

Helen lächelte bestätigend. «Ich schreibe das noch fertig und sende es noch dieses Wochenende, in Ordnung?», schlug sie vor und suchte im Handschuhfach nach ihrem USB-Stick.

Eine halbe Stunde später lag Helen in ihrem Bett. Zwirbeli sass schnurrend auf ihrem Bauch und sah mit aufmerksamen Katzenaugen auf ihre Dienerin herunter. Diese entsperrte noch einmal ihr Handy. Nachdem sie eine weitere Gesprächsanfrage Jonis gelöscht hatte, öffnete sie die Unterhaltung mit Gjon.

«Melde dich verdammt noch mal bei irgendjemandem! Wir haben Angst um dein Leben. Falls du freiwillig abgehauen sein solltest, dann denk wenigstens an deine Tochter!» Nachdem sie auf «Senden» getippt hatte, knallte sie das Telefon auf das Nachttischchen und schlief dann todmüde ein.

Samstag, 23. Juli, 10 Uhr 45

Es war bereits später Vormittag, als sie vom Lärm der Nachbarskinder erwachte. Nachdem Helen ihre ungeduldig wartende Katze gefüttert und selbst ein Joghurt gelöffelt hatte, nahm sie eine lange, heisse Dusche. Und eine solche war bitter nötig, denn jeder Muskel ihres Körpers war unangenehm verspannt. Während die Tropfen heilend auf ihren Rücken prasselten, schloss sie die Augen, und während ein paar kurzer Minuten gelang es ihr, an einfach absolut nichts zu denken – ein seltener und unbezahlbarer Zustand.

Draussen regnete es fein und sommerlich. Helen setzte sich mit frischen Kleidern und nassen Haaren auf den Balkon. Ohne zu wissen, was sie ihr sagen sollte, überwand sie sich schliesslich und wählte Barbaras Nummer.

Diese hörte sich verzweifelter und hoffnungsloser an denn je und Helen hütete sich davor, Gjons Frau etwas über ihre gestrige Erkenntnis zu erzählen. «Barbara, ich weiss wirklich nicht, wie wir Gjon auf eigene Faust aufspüren können. Mein einziger Anhaltspunkt ist die Firma Säger. Vielleicht kannst du nochmals Druck machen bei diesem zuständigen Polizisten ... die sollen sich diese verfluchte Firma genauer anschauen. Die müssen doch mit mehr Leuten als nur mit Memmelmann sprechen. Zum Beispiel mit Kollegen und Mitarbeitern.»

Barbara musste zugeben, bis jetzt möglicherweise etwas zu naiv und zurückhaltend im Umgang mit der Polizei gewesen zu sein. «Es ist doch irgendwie bedenklich, wenn die Angehörigen Druck auf die Polizei ausüben müssen, damit die den Fall ernst nimmt. Ich hatte eher gedacht, es wäre kontraproduktiv, wenn ich dauernd anrufe und nachfrage ...» Dann machte sie eine Denkpause und sagte bedrückt: «Gestern kam Gjons Bruder vorbei. Wir haben darüber geredet, dass wir uns im schlimmsten Fall auf ein Leben ohne ...» Barbaras Worte versiegten und wurden zu einem Fluss aus bitteren Tränen.

Helen wusste nicht, was sie darauf antworten konnte, ohne es schlimmer zu machen. Wie lange konnten sie diese traurigste Option verdrängen? «Was ist eigentlich mit dem Auto? Dem Toyota?», fragte sie stattdessen mit zurückhaltender Stimme.

Laut Barbara wurde zwar danach gesucht, jedoch schien das Fahrzeug – wie sein Halter – vom Erdboden verschluckt zu sein. «Hm ... interessant», sagte Helen aus Mangel an einer besseren Reaktion. Doch ihr fehlten die intelligenten Worte – sofern es sie hier gab – gänzlich.

Barbara bedankte sich schliesslich für den Anruf, Helen wünschte ihr einmal mehr alles Gute, dann legten sie auf. Mit einer grossen Tasse Kaffee neben sich auf dem Tisch schaltete Helen ihren Laptop ein und öffnete die gestern erstellte Datei auf ihrem USB-Stick.

Die Bewerbung war beinahe sendebereit. Sie korrigierte die letzten Rechtschreibe- und Grammatikfehler und schrieb noch drei tolle Persönlichkeitszüge unter die Überschrift «Das zeichnet mich aus». Nun fehlte nur noch das Bewerbungsfoto.

In einigen Ländern ein absolutes Tabu, gehörte ein solches in der Schweiz unbedingt in den Lebenslauf und war in diesem Fall das zentrale Werkzeug zur Zweckerfüllung.

Helen öffnete einen Ordner, der ihre Fotos aus den letzten Jahren enthielt. In der Familie Berger-Knollenberger wurde aus nicht bekannten Gründen unterdurchschnittlich wenig fotografiert und sie selbst stach diesbezüglich nicht aus der Art. Dementsprechend schnell fand sie das gesuchte Bild. Es war auf einer Wanderung geschossen, welche sie vor acht Jahren mit Joni und seinem jüngeren Bruder unternommen hatte. Und dieser Bruder war es, der nun als Dummy herhalten musste. Soweit sie wusste, war er heute Zahnarzt und hatte bereits eine Glatze, doch auf diesem Foto entsprach er dem gesellschaftlichen Idealbild eines gut aussehenden Mannes Mitte zwanzig.

Sie vergrösserte, schnitt, kopierte und setzte ein. «So, und jetzt schauen wir mal, wie dein Lebenslauf bei Hieronymus Säger ankommt.»

«Danke für Ihr Interesse an unserem Unternehmen. Wir werden Sie in Kürze kontaktieren», verkündete die automatische Antwort, die soeben auf dem neu erstellten E-Mail-Konto eingetroffen war. Helen klappte den Laptop zu und versprach sich, an diesem Tag das Gerät nicht noch einmal anzurühren.

Samstag, 23. Juli, bei Familie Stahl

Kurz vor neun wurde Gabriela von einem lauten Klirren und dem darauffolgenden Wutschrei Enricos aus dem Tiefschlaf gerissen. Eine Minute später watschelte die heulende Emma ins Schlafzimmer. Obwohl sie sich so gerne noch einmal umgedreht und die Augen geschlossen hätte, überkamen sie ihre mütterlichen Schuld- und Pflichtgefühle und sie schloss ihre kleine Tochter tröstend in die Arme.

«Teller ... kaputt. Papi ist böse.» «Nein, Herzchen, Papi ist nicht böse, er hat dich ganz fest lieb. Er ist nur ein wenig ... gestresst.» Als kurz darauf Enrico mit hochrotem Kopf ins Zimmer kam – worauf Emma mit beleidigtem Blick das Weite suchte –, wurde Gabriela klar, dass nicht ein zerbrochener Teller das eigentliche Problem war.

Ihr Mann hatte diesen Gesichtsausdruck, der sagte: «Ich mache bereits eine Weile die Faust im Sack, statt über meine Anliegen zu sprechen, aber jetzt stehe ich kurz vor der Explosion und schreie alle an, die mir über den Weg laufen.» Gabriela stand auf und machte das Bett. Enrico schloss die Tür.

«Kannst du mir verdammt noch mal sagen, was das soll? Ich meine, du wirst nicht jede Nacht mit Helen Pizza essen bis zum Sonnenaufgang, oder? Für wie blöd hältst du mich eigentlich? Und was bitte soll ich den Kindern sagen? Die fragen nämlich, warum du immer weg bist!»

Gabriela verdrehte ihre Augen und atmete tief durch. «Ich habe jedenfalls keine Affäre, falls du das meinst ...» Enricos Kiefer spannte sich an und seine Ohren wurden noch röter. «Was denn sonst, verdammt?!»

«Sag mal, sind wir jetzt schon so weit, dass ich Rechenschaft ablegen muss?», entgegnete Gabriela genervt. Enrico raufte sich die Haare. «Darum geht's doch gar nicht! Du weisst genau, wie ich das meine! Soll ich mir etwa keine Gedanken machen, wenn meine Frau nächtelang nicht nach Hause kommt und mir nichts erzählt?! Ich mache mir Sorgen! Aber für Madame Stahl ist das ja anscheinend schon zu klammernd ...»

Im Gegensatz zu ihrem Mann blieb Gabriela noch immer ziemlich gelassen. Sie fühlte sich auch noch viel zu schläfrig, um sich aufzuregen. «Enrico. Ich habe keine Affäre oder sonst etwas, das dir oder unserer Familie schadet. Ich habe einfach ein ... Projekt, an dem ich arbeiten muss. Mit Helen. Vertrau mir einfach, okay?»

Nun war es Enrico, der seine Augen nach oben rollen liess. «Ein Projekt mit Helen? Nachts? Weisst du was?! Mir ist das hier im Moment gerade zu blöd! Ich gehe mit Emma auf einen Waldspaziergang. Frühstück steht noch auf dem Tisch. Tschüss.» Er marschierte zur Zimmertür, riss diese auf und war im Begriff, sie von aussen wieder zuzuschlagen, als Gabriela mit ruhiger Stimme sagte: «Ich arbeite mit Helen an einem Fall.» Enrico hielt kurz inne, sah sie an, schloss dann die Augen für einen Moment und schüttelte den Kopf. Dann knallte er die Tür mit solch wutentladender Wucht zu, dass das Hochzeitsbild an der Wand zu Boden fiel.

Gabriela ging in die Küche hinunter, wo sie sich als Erstes einen Kaffee machte und neben der Maschine stehend ein Gipfeli ass. Waren sie gestern tatsächlich einem Offroader mit höchstwahrscheinlich gefälschtem Nummernschild nach Winterthur gefolgt oder gehörte dies zu ihrem wirren Traum, der sich seltsam echt angefühlt hatte?

Als sie daraufhin alleine am Küchentisch sass und sich ihren zweiten Kaffee und den dritten Buttergipfel zu Gemüte führte, begannen die Rädchen in ihrem Kopf langsam wieder anzulaufen. Sie starrte an die weisse Kühlschranktür, die vor lauter Magneten, Schulstundenplänen und Elterngesprächseinladungen kaum zur Geltung kam.

Die Männer, Helens ehemaliger Mitarbeiter, Brian ... konnte ihr Verschwinden tatsächlich miteinander zusammenhängen? Und wenn ja, wodurch waren sie verbunden? Und welcher Natur waren diese Fälle eigentlich? Waren es überhaupt Fälle oder verrannten sie sich hier in etwas?

Nein, das taten sie nicht. Sie war beim Erstellen ihrer Liste systematisch und exakt vorgegangen und vertraute sowohl auf ihre Arbeitsweise als auch auf ihren Instinkt.

Ihr Kopf konnte sich noch nicht richtig konzentrieren und sie liess ihren Blick über die schönen, aber belanglosen Touristenmagnete schweifen, bis ihr Blick an einem kleinen Foto hängen blieb, welches Emma als Zweijährige in einem rosa Badekleidchen im aufblasbaren Planschbecken zeigte, die winkend in die Kamera lachte. «Ein kleines Mädchen ..., wenn es kleine Mädchen wären ... dann wäre mein Blickwinkel anders. Der Blickwinkel ...», murmelte Gabriela dem Kühlschrank zu.

Sie überlegte. Wären es keine erwachsenen Männer, würde sich wohl den meisten Menschen ziemlich bald der grausige Gedanke an eine Sexualstraftat aufdrängen. Doch während solch grausame Verbrechen zum allergrössten Teil durch männliche Erwachsene verübt wurden, durfte man nicht vergessen, dass dies umgekehrt nicht bedeutete, dass Personen aus dieser Bevölkerungsgruppe nicht auch Opfer ebensolcher Taten sein konnten. Sie musste ihren Horizont öffnen!

Gabriela ging mit dem dritten Kaffee ins Wohnzimmer. Draussen regnete es intensiv, der perfekte Sonntagmorgen, um auf dem Sofa zu sitzen und sich in eine synthetische Flauschdecke eingekuschelt irgendeine spannende Dokumentation über alte ungelöste Kriminalfälle reinzuziehen.

Als sie sich nach ein paar Minuten so richtig angenehm entspannt fühlte, stand sie nochmals auf und holte sich ein Glas Orangensaft aus der Küche. Auf dem Rückweg zum Sofa machte sie einen Abstecher in den Eingangsbereich und holte ihren Laptop aus der Tasche.

Während sie ihr Vitamin C genoss und mit dem einen Auge das Interview mit einem Vater, der seit fünfunddreissig Jahren den Mörder seiner Tochter suchte, verfolgte, begutachtete ihr anderes Auge die Excelliste auf ihren Knien.

Selbst wenn Brian hier dazugehören sollte, waren es weniger Opfer, als sie es im Zusammenhang mit organisiertem Menschenhandel erwartet hätte. Gab es noch mehr? Im Ausland? Wer sagte denn, dass die – wer auch immer dahintersteckte – nur in der Schweiz aktiv waren? Gabriela schüttelte den Kopf und machte den Fernseher aus. Sie musste sich konzentrieren.

Auffallend war, dass diesen Sommer bereits zwei – mit Brian drei – einige Ähnlichkeiten aufweisende Männer in der Ostschweiz vermisst wurden. Und dazu noch dieser Gjon, dessen Wissen vermutlich jemanden gefährdete.

Davor betrugen die Abstände jeweils Jahre. «2005, 2014, 2019 ... die Abstände verringern sich zwar schon, aber ...», stellte Gabriela murmelnd fest. Sie nahm einen weiteren Schluck des kalten Safts. Selbst wenn die Täter auch in anderen Ländern operierten – wovon sie noch nicht unbedingt überzeugt war –, passte da etwas nicht. «Irgendwas hat sich in diesem Jahr geändert ...», flüsterte Gabriela, während sie ihre Schläfen massierte. Sie liess ihren Hinterkopf aufs Sofa fallen und schloss für ein paar Sekunden die Augen.

Bis zu diesem Jahr sah es nach einem Täter aus, der alle paar Jahre seine perversen Neigungen befriedigte. Doch dann? Der fette schwarze Geländewagen, das Nummernschild, das Untergeschoss der Hieronymus Säger Erben AG, das Vorstellungsgespräch. Nun schien sich etwas verändert zu haben. Von persönlich zu geschäftlich?

Und auch diese Winterthurer Bar «Zum silbernen Stiefel» hatte ihre Aufgabe in diesem Geschäft. Helens Bewerbung war ein guter Zug. Doch sie kamen nicht um die Bar herum. Gabriela klappte ihren Laptop zu und schaltete den Fernseher wieder an.

Montag, 25. Juli, in der Personalabteilung der Firma Säger

Und wieder war es Montagmorgen. Bis vor Kurzem, als diese Firma für sie noch eine andere Bedeutung hatte, gab es manchmal Wochenenden, an denen sie den Montag richtiggehend herbeisehnte.

Seit sie mit Robert zusammen war, genoss sie zwar ihre Freizeit in vollen Zügen, doch im Grossen und Ganzen gehörte sie nicht zu den Menschen, denen der Anfang einer neuen

Arbeitswoche ein Graus war. Sie hatte die Firma als Teil ihres Lebens – ja gar ihrer Familie – gesehen.

Der Gedanke, dass solche Montage, an denen sie frisch motiviert in ihr Büro eintrat und enthusiastisch das Blatt der vergangenen Woche vom Wandkalender riss, für sie bald gezählt sein würden, trieb ihr Wasser in die Augen. Doch gleichzeitig fühlte sich ihr Vorhaben befreiend und richtig an. Eine Firma war die Summe der Menschen, die in ihr arbeiteten. Und hier hatte sie Leute um sich, von denen sie unendlich enttäuscht war. Um diese Enttäuschung, diese Wut loszulassen ... musste sie gehen, dieses Umfeld verlassen. Es war Zeit. Gestern hatte sie zwei Bewerbungen verschickt. Lächelnd drückte sie sich selbst die Daumen.

Cécile führte ihre Lieblingstasse an die Lippen und genoss einen langen Schluck des wunderbar duftenden starken Kaffees. Dann schob sie ihre persönlichen Sorgen zur Seite. Ihre erste Pendenz an diesem Morgen beinhaltete die Durchsicht der neu eingegangenen Bewerbungen für die offenen Stellen in ihrem Zuständigkeitsbereich.

Diese Tätigkeit war durchaus interessant, manchmal auch beinahe etwas traurig. Man durfte sich weder durch Angeberei noch Mitleiderregung beeinflussen lassen. Nach einem weiteren Schluck Kaffee öffnete sie die entsprechende Seite des Personalverwaltungssystems, filterte die Liste nach «neue» und öffnete die oberste Datei.

«Ach, du armes Ding, du würdest es auch besser als Model versuchen. Dir ist wohl nicht klar, was ein Spezialist für Arbeitssicherheit ist. Du meine Güte ...», murmelte Cécile und schlug sich die Hand vor den Mund. Dieser Bewerber war wirklich etwas bemitleidenswert. Die Tatsache, dass die Bewerbung ernst gemeint zu sein schien und er viel Mühe in sein Motivationsschreiben gesteckt haben musste, machte es nicht besser.

«Leider nein», sagte sie zum sympathischen Foto des motivierten, aber absolut unpassenden jungen Herrn. Dann verschob sie dessen Bewerbung in die Kategorie «Absage» und nahm sich das nächste Dossier vor.

Montag, 25. Juli, in Helen Bergers Mehrfamilienhaus

Helen war heute bereits um fünf Uhr dreissig aufgestanden. Sie war froh, dass die nächtlichen Beobachtungseinsätze – zumindest vorerst – ein Ende gefunden hatten.

Es war erst Mittag, doch der Tag verlief bisher so effizient, dass sie bereits mehr als das Geplante erreicht hatte. Alle drei Drucker arbeiteten fleissig, bauten neue Teile – Schicht um Schicht; generierten Einkommen – Rappen um Rappen.

Als sie die Leere in ihrem Magen zu spüren begann, kam ihr die Idee, Estrella zu einem Döner einzuladen. Bevor sie ihre Nachbarin anrief, öffnete sie noch ihr E-Mail-Postfach. Eine Terminbestätigung von Bernasconi war die einzige Neuigkeit. Danach loggte sie sich in ihr am Samstag erstelltes Fake-E-Mail-Konto ein. Ihre Gesichtszüge erhellten sich.

Marvin Kevin Tobler – so hiess ihr Dummy – hatte bereits eine automatisch generierte Nachricht der Firma Säger erhalten. «... Es tut uns leid, Ihnen keinen besseren Bescheid geben zu können», las sie laut. Cécile Käufeler hatte ihren Job richtig gemacht. Und zügig. Jedenfalls ging sie davon aus, dass die Absage von Cécile ausgelöst wurde. Diese war alleine für Memmelmanns Bereich zuständig und im Gegensatz zu manchen ihrer Kolleginnen und Kollegen schien sie es in

Ziegers Abteilung recht gut auszuhalten und sich nicht von deren arroganter Art irritieren zu lassen.

Beruflich konnte man Karolina Zieger gewiss nichts vorwerfen. Sie hatte die Wand voller Diplome, kannte jede Ecke des Arbeitsrechts und hatte eine äusserst harte, aber ebenso gerade Linie. Nur – die menschliche Komponente eines Menschen konnte eben nicht mit Diplomen und Titeln aufgebessert werden.

Tiefes Misstrauen gegenüber jedem und allem war offenbar der beste Freund der Personalchefin. Helen schloss ihre Augen und schüttelte den Kopf, ewig dankbar, nie mehr eine Sitzung mit Zieger, Memmelmann und den anderen Lackaffen der sägerschen Teppichetage bestreiten zu müssen. «Danke. Danke, danke», sagte Helen in die Kellerluft hinaus, bevor sie sich nach draussen begab und auf der kühlen Steintreppe sitzend Estrellas Nummer wählte.

Estrella und Helen sassen auf einer Bank unter einer der grossen schattenspendenden Eichen, die so zahlreich in ihrem Quartier standen. Der Döner schmeckte würzig, die scharfe Sauce trieb den Schweiss durch die Poren.

Auf dem Heimweg vom Kebabladen hatte Helen zwei kühle Flaschen Eistee gekauft, welche nun ihre dankbaren Kehlen erfrischten. Cäsar, die dickliche Französische Bulldogge, lag unter der Sitzbank und schlief. Nur das gelegentliche Grunzen verriet seine Anwesenheit.

Estrella berichtete von den neusten Wendungen in ihrem Scheidungsprozess. Rolf hatte seine Sorgerechtsforderungen für Cäsar wieder zurückgezogen, nachdem sie ihm die letzte Tierarztrechnung weitergeleitet hatte. «Was für ein Trottel ... warum hast du den nochmals geheiratet?», fragte Helen, unsicher, ob sich ihre Nachbarin schon genug losgelöst hatte, um die Frage nicht als verletzend zu empfinden.

«Ja, das frage ich mich ab und zu auch. Ich glaube, ich hatte ihn für viel interessanter, abenteuerlicher und nicht zuletzt fähiger gehalten, als er wirklich ist. Wir passen einfach nicht zusammen, kommunizieren auf verschiedenen Frequenzen. Ich hoffe, er findet seinen Platz.»

«Sag mal», wechselte Helen das Thema, «gibt es bezüglich des Einbruchs eigentlich neue Erkenntnisse?» Estrella biss wortlos in ihren Döner und kaute ausführlich, bevor sie schliesslich antwortete: «Ach, weisst du, es ist in etwa so, wie ich es schon befürchtet hatte. Die Polizei kam noch kein bisschen weiter. Gerade eben habe ich nochmals angerufen und man sagte mir, dass es sich möglicherweise um eine osteuropäische Einbrecherbande handeln könnte. Es gebe zwar einige Punkte, die etwas untypisch dafür seien, doch dies sei zurzeit der einzige Verdacht. Ich sage dir, Helen, ich gehe nicht davon aus, dass die Polizei die Täter findet – wo auch immer diese herkamen ...»

Nach dem Essen drehte Estrella noch eine kurze Pinkelrunde mit ihrem Cäsar und Helen schloss sich ihnen an. Auf halbem Weg begann ihr Handy zu klingeln. Die Nummer war unterdrückt. Solche Anrufe nahm sie prinzipiell nicht an und so drückte sie auch diesen weg. «Scheiss Callcenter.» Estrella stimmte ihr zu.

Auf dem Rückweg durch das Dorfzentrum kaufte Estrella im Volg zwei grosse Becher Eiskaffee, während Helen mit Cäsar draussen wartete.

Nachdem sie schlürfend zu ihrer Strasse zurückspaziert waren, ging jede von ihnen wieder ihrer Arbeit nach. Estrella verzog sich in ihr Büro und Helen ging in ihre Wohnung zurück und setzte sich mit dem Laptop auf den Balkon, um die Druckparameter in einigen ihrer neuen Programme anzupassen.

Kaum hatte sie es sich auf ihrem Sessel bequem gemacht, begann ihr auf dem Küchentisch liegendes Handy zu klingeln. Sie stand auf und ging zum Tisch, um festzustellen, dass es wieder die unterdrückte Nummer war. Gerade wollte sie auf die rote Taste drücken, doch kurz bevor ihre Fingerkuppe die Oberfläche berührte, hielt sie inne.

«Oh, nein, wie blöd kann man sein?!» Helen langte sich an die Stirn. Erst jetzt realisierte sie, dass es statt irgendeines Callcenters auch jemand sein konnte, der den nicht existenten Herrn Marvin Kevin Tobler erreichen wollte. Und warum hatte sie nicht früher daran gedacht, dass sie bei diesem Wortwechsel als achtunddreissigjähriger Mann durchgehen musste? Klar, manche Männer hatten hohe Stimmen und manche Frauen tiefe. Sie selbst befand sich auch eher auf der unteren Seite der Skala. Doch würde sie tief genug kommen, um kein Misstrauen zu erzeugen? Helen räusperte sich ein paarmal kräftig, wobei sie versuchte, ihren Rachen mit Schleim zu füllen. Dann nahm sie das Handy vom Tisch auf und zog den grünen Button zur Seite.

«Ja, hallo», sagte eine einigermassen zufriedenstellend tiefe Version ihrer Stimme. «Guten Tag, spreche ich mit Herrn Tobler?», fragte die Anruferin. «Ja. Tobler, Marvin.» Helen musste kurz husten.

«Herr Tobler, mein Name ist Dietrich von der Hieronymus Säger Erben AG. Ich rufe an bezüglich Ihrer Bewerbung um die Stelle als Spezialist für Arbeitssicherheit», erklärte die freundliche, doch seltsam matt klingende Frauenstimme. «Ähm, nun ja, ich habe gerade Ihre Absage gesehen ...» «Ja, richtig», erklärte Frau Dietrich, «doch im Laufe des Vormittags hat sich die Situation diesbezüglich nochmals etwas geändert und wir würden Sie sehr gerne kennenlernen. Das heisst ... falls Sie noch interessiert sind.»

Einmal mehr räusperte sich Helen, bevor sie antwortete: «Ah, ja, doch, ich hätte schon noch Interesse im Prinzip ...»
«Das freut uns, Herr Tobler», fuhr Frau Dietrich – deren Name Helen in der Firma Säger noch nie gehört hatte – fort, «ich kann Sie morgen Abend noch reinquetschen. Um neunzehn Uhr. Früher geht leider nicht, der Bereichsleiter ist sehr vielbeschäftigt zurzeit, das verstehen Sie bestimmt.»

Dass Helen nicht lachte. Wenn diese Frau wüsste, wie gut sie Memmelmann kannte. «Ja, nein, das ist gar kein Problem. Ich komme gerne. Vielen Dank.» Frau Dietrich schluckte kurz leer und sagte dann: «Da wäre noch etwas. Kommen Sie bitte direkt zum Eingang C. Dieser liegt auf der Hinterseite des Werks. Unser Besprechungszimmer befindet sich gleich daneben. Ich werde Sie um punkt neunzehn Uhr dort abholen, Herr Tobler.» «Ich werde da sein. Vielen Dank ... Frau Dietrich.» Dann wurde der Anruf beendet.

«Verdammt, ist das gerade tatsächlich passiert oder träume ich diesen absurden Scheiss?», murmelte Helen und klatschte das Telefon auf den Küchentisch, bevor sie sich haareraufend auf den Balkon zurückbegab.

Um neunzehn Uhr am Eingang C. Dieser wirkte selbst zu Schichtwechselzeiten verlassen. Um diese Zeit war da weit und breit niemand. Eine Weile sass sie reglos an die Fassade des Nachbarhauses starrend da und versuchte, die tanzenden Gedanken in ihrem Hirn zu ordnen.

Montag, 25. Juli, in einem hellen, modern eingerichteten Büro

Sie kramte den neuen, teuren Lippenstift aus der Handtasche und zog damit ihre vollen Lippen nach. «Passionate Red» stand auf dem Deckel. Sie hätte sich nicht als besonders leidenschaftlich im romantischen Sinne bezeichnet. Dafür war sie es umso mehr, wenn es um Geschäfte ging – um ihre Geschäfte. Es gab kaum etwas, wofür sie mehr Zeit und Energie aufzuwenden bereit war, worum ihre Gedanken mehr kreisten.

Klar, sie brauchte ihren Ehemann und auch ihre Tochter war ein wichtiger Teil ihres Lebens, der einfach dazugehörte, normal war, sie normal machte. Sie hätte nicht alleine wohnen, das Leben als Single verbringen und sich gelegentlich mit lockeren Sexfreundschaften ablenken wollen. Sie brauchte eine solide Basis, ein stabiles Zuhause, einen Partner, der ihr den Rücken freihielt, sodass sie voll und ganz aufgehen konnte in dem, was ihr Herz wirklich zum Pumpen brachte.

Bereits als Kind hatte sie sich in jeder Situation und in allem, was sie sah und kennenlernte, gefragt, wie sie – sie und nicht andere – daraus Profit schlagen konnte.

Monetärer Gewinn faszinierte sie. Er bewies Schlauheit, Überlegenheit, Intelligenz und führte zu Möglichkeiten und Macht. Skrupel war dabei nur eine Bremse, eine Spielverderberin, die Vorhaben zum Scheitern verurteilte.

Sie hob das Papier vom Tisch auf und hielt es vor sich in die Höhe. «Nicht schlecht ... gar nicht schlecht», beurteilte sie lächelnd. Man durfte sich von Angst und Scham nicht zu unnötiger Bescheidenheit drängen lassen. Es überraschte sie, dass sich ihr Geschäftspartner in dieser Sache derart zierte, schliesslich war er sonst auch nicht so. Ganz im Gegenteil. In seinem Alltagsjob konnte er ein richtiges Arschloch sein. Dies hatte ihr am Anfang des Projekts ein prickelndes Gefühl der Herausforderung gegeben. Doch nun war sie etwas enttäuscht.

«CHF 1'500'000» schrieb sie in ihrer fetten, prägnanten Handschrift auf den oberen Rand des DIN-A4-Blattes. Dabei lächelte sie und wiederholte einmal mehr ihren täglichen Affirmationsspruch:

«Ich bin unantastbar und stark. Ich werde jeden Tag erfolgreicher. Niemand kreuzt meine Vorhaben. Mein Wille setzt sich immer durch. Ich bin unantastbar.»

Nachdem sie ein paar Minuten mit geschlossenen Augen dagesessen hatte, faltete sie das Blatt zweimal zusammen und steckte es in die Innentasche ihres Blazers – neben ihren 5000-fränkigen japanischen Füllfederhalter, den sie von ihrem ersten Privatkunden eines früheren Geschäftszweiges geschenkt bekommen hatte.

Montag, 25. Juli, 20 Uhr 30, in Kirchberg

Es klingelte an der Tür. Die Läuten in ihrem Mehrfamilienhaus waren derart laut eingestellt, dass Helen manchmal selbst dann erschrak, wenn sie jemanden erwartete, was an diesem Abend nicht der Fall war. Im Gegenteil, sie wollte früh schlafen gehen.

«Wer ist da?!», rief sie grundlos laut in die Gegensprechanlage. Die Stimme, die ihr antwortete, klang so heiser und verheult, dass Helen sie erst kaum erkannte.

Als sie einen Moment später auf dem Balkon sassen, berichtete Gabriela, die in ihrem Umfeld für ihre steinerne Ruhe und Souveränität bekannt war, unter Tränen von ihrer seit dem Vortag andauernden Ehekrise. «Gott sei Dank bin ich Dauersingle!», dachte Helen, sagte dann aber: «Ach, Scheisse, das tut mir leid. Kann ich irgendwie helfen?»

Gabriela stützte ihre Stirn auf den Handflächen ab. «Nein, uns ist nicht zu helfen. Enrico reagiert in letzter Zeit total übertrieben auf jede noch so banale Kleinigkeit. Und statt in Ruhe darüber zu sprechen, rastet er völlig aus, schreit alle an und kriegt regelrechte Heulkrämpfe. Manchmal habe ich Angst, er könnte sich sogar in Richtung eines Burn-outs bewegen.»

Helen konnte sich noch sehr gut daran erinnern, wie sie in den zwei oder drei letzten Monaten vor dem Zusammenbruch immer weniger ertragen konnte. Ihre Zündschnur war nur noch ein kurzer Stummel gewesen und manchmal hatte sie eine derartige Aggression und ebenso massive Erschöpfung in sich gespürt, dass es im Nachhinein betrachtet reines Glück war, dass ihre schlimmsten verbalen und handgreiflichen Ausbrüche nur von der Tür der Damentoilette bezeugt werden konnten. Das eine Fingergelenk schmerzte noch immer.

«Oh, Mensch, ich hatte ja keine Ahnung. Enrico scheint mir immer so unbeschwert. Aber im Ernst, es ist wichtig, dass er früh genug die Reissleine zieht ... bevor das Fass überläuft.» Gabriela nickte wortlos. «Allerdings ...», fuhr Helen fort, «dass er Angst um dich hat, kann ich schon nachvollziehen. Würdest du dir nicht auch Sorgen machen, wenn er nächtelang potenziell gefährliche Dinge täte, deren Details du nicht kennst?»

«Ach, das ist es ja nicht, was mich derart wütend macht. Ich ertrage es nicht, wenn er das Gefühl hat, ich müsse ihm Rechenschaft ablegen», erklärte Gabriela. Sie erzählte Helen von Enricos Überzeugung, sie hätte eine Affäre, von den hässlich emotionalen und beleidigenden Schreidialogen zwischen ihnen und von ihren Zweifeln darüber, ob sie und ihr Mann mit ihrer Beziehung momentan überhaupt noch auf einem gesunden Weg waren oder ob es nur eine Frage der Zeit war, bis ihre Ehe das gleiche Schicksal ereilen würde wie so viele andere.

Gabriela liess sich im Sessel nach hinten fallen und sah zum Himmel, der nun bereits die ersten Sterne zum Vorschein kommen liess. «Vertrauen ist doch die Basis einer Beziehung, oder?! Alles andere kriegt man dann schon irgendwie hin ...», sagte sie in die warme Abendluft hinaus.

Helen kaute am Nagel ihres rechten Daumens. Sonderlich wohl fühlte sie sich nicht in dieser Konversation. Sie war wohl die Allerletzte, die bei Ehekrisen etwas Nützliches zu sagen hatte. Gerade einmal eine einzige vielversprechende Beziehung hatte sie in ihrem Leben gehabt. Und auch aus der war damals – ausser unendlicher Enttäuschung und dem sicheren Wissen, dass sie sich nie wieder auf jemanden einlassen würde – nichts geworden. Das war nun sieben Jahre her.

«Ich verstehe dich, Gabi, aber hast du ihm denn erklärt, was wir gemacht haben in den Nächten?», fragte Helen, die, wenn sie ehrlich sein sollte, verstehen konnte, dass sich Enrico Sorgen machte, und wie absurd das Ganze für ihn klingen musste. Gabi berichtete daraufhin, wie sie ihm von den bisherigen Ereignissen erzählt hatte, wie er mit jeder Wendung angespannter und röter im Gesicht wurde und schliesslich – als sie beim gefälschten Nummernschild angekommen war – mit seiner Faust auf den Wohnzimmertisch geschlagen und schreiend und den Tränen nahe verkündet hatte, mit Emma zu seinen Eltern zu gehen.

«Ach, Helen, manchmal beneide ich dich ums Alleinsein. Du bist vernünftig ...» «Nicht wirklich, Gabi», kam es von Helen, für die nun die Zeit für einen Themenwechsel gekommen war, «ich hatte nämlich heute ein Telefongespräch mit einer unterdrückten Rufnummer. Und zwar als Herr Tobler. Und sie schien es mir abgekauft zu haben. Mit Vernunft hat das alles nicht viel zu tun, oder?» Eine Weile sagten sie beide nichts.

Nachdem Helen detailliert das Telefongespräch mit Frau Dietrich wiedergegeben hatte, besprachen sie das Vorgehen für den nächsten Tag. Sie hatten keinen Lockvogel, den sie ans Eingangstor schicken konnten, und der Gedanke an einen solchen war selbst Gabriela eine Nummer zu riskant. Um möglichst viel sehen zu können, wollten sie in unterschiedlichen Richtungen gelegene Posten einnehmen, um den Eingang C des Werkareals zu beobachten.

Gabriela würde sich mit ihrer professionellen Kamera, die ein Vermögen gekostet hatte, jedoch viel zu selten benutzt wurde, in ihrem Auto verschanzen, während Helen den Treffpunkt vom hinter der Fabrik durchführenden Feldweg aus observieren sollte. Dabei war es wichtig, auch den Fenstern auf jener Seite des Gebäudes genügend Aufmerksamkeit zu schenken. Obschon sich Helen nicht allzu viel versprach, verursachte ihr der Gedanke an diese Aktion ein unangenehmes Kribbeln. Lebte Gjon überhaupt noch? Und Brian? Sie spürte, wie sich hinter den Augen ein Druck in ihrem Schädel aufbaute.

Als es vom im Dorfkern stehenden Kirchturm her dreiundzwanzig Uhr schlug, erinnerte sich Helen, wie müde sie doch eigentlich war, und bot ihrer Kollegin an, für sie eine Matratze aus dem Keller zu holen. Gabriela nahm das Angebot dankend – und entgegen Helens Erwartung – an. Sie schien tatsächlich Abstand von ihrem Alltag zu brauchen.

«Du, Helen, wer ist eigentlich Joni?», fragte Gabriela, als sie auf der dünnen Gästematratze am Boden vor dem offenen Balkonfenster einzuschlafen versuchte. Helen seufzte müde.

«Niemand. Joni ist niemand.»

Dienstag, 26. Juli, hinter dem Areal der Firma Säger

Der Himmel hatte einen gelblichen Farbton angenommen und vom Westen her näherten sich mehr und mehr dunkle Wolken. Die Luft fühlte sich aufgeladen an. Helens Haut kribbelte, als sie sich auf die Bank am Feldweg setzte. Sie platzierte den Rucksack, in welchem sich neben einer Halbliterflasche Wasser auch ihr teures Monokular befand, auf ihren Oberschenkeln und öffnete den Reissverschluss.

Angespannt richtete sie ihren Blick auf den Hinterhof der Firma Säger, der durch einen hohen Gitterzaun von der Aussenwelt abgetrennt war. An der westlichsten Stelle des Zauns befand sich – unter zwei alten Linden, die schon lange vor der Fabrik hier gestanden hatten – der Eingang C.

Helen versuchte, hinter den Fenstern etwas zu erkennen. Sie wusste mit Sicherheit, dass es auf dieser Seite des Gebäudes kein einziges Besprechungszimmer gab. Es befanden sich lediglich die Büros einiger Teamleiter der Instandhaltung und der Verkaufslogistik in diesem Teil der Fabrik. Angestellte der Personalabteilung hatten ihre Arbeitsplätze viel weiter vorne im Werk – mit Aussicht auf die Churfirsten. Doch dass ihr – oder besser gesagt Herrn Tobler – dies bekannt war, wusste Frau Dietrich natürlich nicht.

Wer war sie überhaupt – diese Frau Dietrich, die bestimmt so nicht hiess? Diese Frage hatte sie sich noch gar nicht bewusst gestellt. Kam sie von ausserhalb oder innerhalb der Firma? Helen konnte sich Ersteres nur noch schlecht vorstellen. Andererseits konnte sie wirklich nicht behaupten, die Stimme dieser Frau zu kennen. Sie hatte hochdeutsch gesprochen und nicht den Hauch eines Hinweises auf einen Dialekt hinterlassen. Dazu kam eine Tonlage, die Helen seltsam matt vorkam. Und irgendwie war sie während des

Telefonats sowieso zu nervös gewesen, um klar denken zu können.

Bereits seit zehn Minuten sass sie nun hier. Das Handy mit der geöffneten Nachrichtenapplikation neben sich auf der Bank liegend. Noch hatte keine von ihnen etwas Auffälliges erkennen können. Es war kurz vor neunzehn Uhr und die Spätschicht hatte bereits ihre Pause beendet. Niemand schlich mehr rauchend oder telefonierend durch abgelegene Ecken des Firmenareals. Alle waren frisch genährt und nikotinbefriedigt zurück am Arbeitsplatz. Frau Dietrich musste sich auskennen.

Gerade als sich Helen ein weiteres Mal zu überlegen begann, ob sie Dietrichs Stimme nicht doch schon einmal irgendwo gehört hatte, fuhr ein silbergrauer VW Sharan neben dem Sicherheitszaum aufs Trottoir. Sie presste ihr Fernrohr ans Auge und justierte den Fokus, bis sie das Gesicht einer älteren Frau am Steuer des Fahrzeugs erkennen konnte. Diese sass alleine im Auto und ihre Gesichtszüge sahen leicht angespannt aus.

Die Grauhaarige lehnte sich nach rechts und schien in einer Tasche auf dem Beifahrersitz zu wühlen. Als sie ihr Handy schliesslich gefunden hatte, beobachtete Helen, wie der Anruf erleichtert entgegengenommen wurde und sich der Gesichtsausdruck im Laufe des etwa zweiminütigen Gesprächs wieder entspannte. Nachdem die Dame ihr Telefon in die Tasche zurückbefördert hatte, blinkte sie und fuhr wieder auf die Strasse, wo sie ihren Weg fortsetzte.

Gerade als sie das Monokular auf ihren Schoss sinken liess, erkannte sie im äussersten linken Bereich ihres Gesichtsfeldes einen dünnen, dunklen Strich, welcher sich beim Hinschauen als etwa hundert Meter entfernter, in ihre Richtung kommender Spaziergänger entpuppte. «Fuck! Ausgerechnet jetzt», fluchte sie leise vor sich hin und steckte das auffällige Fernsichtinstrument wieder in den kleinen Sportrucksack. Dann lehnte sie sich nach hinten und tat, als ob sie gemütlich die Aussicht auf die Industrie sowie die anrückenden grauen Wolken, die bereits erste feine Tröpfchen fallen liessen, genösse.

Der Spaziergänger, welcher ausgetretene Cowboystiefel und – trotz Sommertemperaturen – eine abgewetzte Lederjacke trug, hatte sich schon so weit genähert, dass Helen ihre Hand bereits wieder langsam in den Rucksack gleiten liess, um das Monokular herauszuziehen, sobald sie den Typ von hinten sah. Doch dieser hatte andere Pläne.

Statt vorbeizugehen und hinter dem nächsten Hügel zu verschwinden, setzte sich der nach kaltem Rauch stinkende Mann neben Helen auf die Bank, wobei er kurz nickte und ein Lächeln hervorzauberte, welches seinen fehlenden Zahn wunderbar zur Geltung kommen liess. Helen zwang sich, freundlich zurückzunicken, und zog statt des Monokulars ihre Wasserflasche hervor.

Der Eingang C lag ruhig da. Helen sah auf ihr Handy. Nun war es neunzehn Uhr. Sie schaute zu den Fenstern der hinteren Fabrikfassade. Zu erkennen war nichts, weder Menschen noch deren Bewegungen. Warum musste sich dieser stinkige Typ gerade auf diese Bank setzen?

Noch regnete es nicht richtig, doch die Tropfen begannen sich nach und nach zu mehren. Der etwa sechzigjährige Pferdeschwanzträger zog eine beinahe leere Zigarettenpackung aus der Jackentasche. Er roch daran, steckte dann die Schachtel zurück und zog eine Zellophantüte mit Rahmtäfelchen aus einer anderen Tasche der Jacke. Nachdem er sich eines der Bonbons in den Mund gesteckt hatte, schaute er auf seine Uhr, welche aus einem höheren

Preisniveau zu stammen schien als der Rest seiner Ausstattung. Dann rutschte er nach hinten und begann mit seinem linken Fuss zu wippen. Helen sah zu den Fenstern, hinter denen kein Licht mehr brannte.

Gerade als sie der Unauffälligkeit zuliebe zu den mittlerweile dunkelgrau daherkommenden Wolken hinaufsehen wollte, kam mit hastigen Schritten eine Person über den Hinterhof und steuerte die Stahltür an. Aus ihren fünfzig Metern Entfernung brauchte Helen erst eine Minute, bis sie sie an ihrem Gang erkannte. Es was Cécile Käufeler, die Personalbetreuerin.

Cécile riss die schwere Gittertür auf, um sie unsanft wieder hinter sich ins Schloss fallen zu lassen. Dann lehnte sie sich zu Helens Verwirrung mit dem Rücken an eine der Linden, bevor sie deren Stamm entlang zu Boden rutschte.

Dort sass sie. Das Zucken ihrer Schultern liess vermuten, dass sie weinte – heftig schluchzte. Auch der stinkige Typ, der ein Täfelchen nach dem anderen verschlang, schien sich für die weinende Frau zu interessieren. Jedenfalls beobachtete er die Szene nicht weniger angestrengt als Helen selbst.

In regelmässigen Abständen sah er auf seine Uhr oder kontrollierte das Handy. Sein Zellophantütchen war mittlerweile leer und der schmuddelige Mensch verströmte nun einen beinahe angenehmen Duft süssen Karamells.

Im Falle eines gewöhnlichen Vorstellungsgesprächs würde Frau Dietrich Herrn Tobler nun anrufen, um nachzufragen, ob er Probleme beim Finden des Weges hatte. Doch die Idee dieses Treffens hatte wohl tatsächlich einen etwas anderen Charakter.

Und was war Céciles Part darin? Hatte sie einen? Zitterte sie gerade tatsächlich vor lauter Schluchzen? Oder war es in irgendeiner wirren Form Teil des Spiels? War Cécile nicht das fleissige Mädchen mit dem harten Einstieg ins Erwachsenenleben, das sich zu einer kompetenten und stets korrekten Berufsfrau hochgearbeitet hatte? Wer war sie?

Gabriela Stahl sass nun seit vierzig Minuten seitwärts auf dem Fahrersitz ihrer Familienkarosse und schoss Fotos von allem, was auch nur annähernd Wichtigkeitspotenzial besass. Viel war es bisher nicht. Mit einem Lockvogel hätten sie sich vermutlich mehr versprechen können, doch nebst der Tatsache, dass ein solcher nicht einfach mal schnell aufgetrieben werden konnte, war ihr auch nicht geheuer bei dem Gedanken. Seit sie den schwarzen SUV durchs Tösstal verfolgt hatten, war ihr klar, dass sie ihre Finger in etwas gesteckt hatten, das möglicherweise eine Nummer gefährlicher war als gedacht.

Die junge Frau – Gabriela schätzte sie auf höchstens Anfang dreissig –, die weinend aus dem Areal gestapft kam und sich zwischen den dicken Baumstämmen ins Moos warf, stellte zwar eine seltsame Auffälligkeit dar, machte jedoch eher den Eindruck eines Opfers ihres Arbeitstages als den einer Entführerin. «Hier nichts los. Aktion beenden?», tippte sie an Helen. Umgehend kam deren Antwort: «Noch zehn Minuten.»

Der ungepflegte Mann grübelte das letzte Rahmtäfelchen aus der kleinen Tüte und knüllte diese dann knisternd zusammen, bevor er sie so achtlos durch die Öffnung des bereits überfüllten Abfallkübels neben der Bank schmiss, dass sie gleich wieder auf das Gras fiel. Er bemerkte es offenbar nicht. Wieder schaute er auf seine Luxusuhr und Helen bekam beinahe das Gefühl, dass sie nicht die Einzige war, die ungeduldig auf etwas wartete.

Die Regentropfen wurden zahlreicher und schwerer. Der Mann hustete und spuckte eine Ladung seines gelblichen Schleims auf die andere Seite des Weges. Helen betrachtete die schwarze Wolke über ihr. Nun griff der Typ nach seinem Handy und tippte mit seinem rechten Mittelfinger, auf dem ein selbst gestochenes Totenkopftattoo prangte, umständlich darauf herum – er war wohl eher der Telefonierer. Dann stand er auf, nickte Helen zu und ging in die Richtung zurück, aus der er vor beinahe einer Stunde gekommen war. Sie sah ihm stirnrunzelnd nach.

Der Einschlag des Blitzes war so nah und heftig, dass sie vor Schreck zusammenzuckte, obwohl sie Gewitter eigentlich mochte – ja sogar liebte. Nun öffnete der Himmel all seine Schleusen und die schweren Tropfen verwandelten die Umgebung in eine weisse, harte Wand. Helen sprang von der Bank auf und hielt sich ihren Rucksack über den Kopf. Bevor sie auf dem schnellsten Weg zu Gabrielas Auto zurücklief, bückte sie sich vor dem Abfallkübel zum Boden hinunter, hob das Zellophansäckchen auf und steckte es so in die Öffnung des Behälters, dass es dort blieb, wo es hingehörte.

Wie ein nasser Hund sass Helen neben Gabriela, als sie zurück zu ihrem Wohnblock fuhren. Während Gabriela sich mit stoischer Ruhe den Weg durch die vom Flutregen kaum mehr erkennbaren Strassen bahnte, fluchte Helen vor sich hin, wohl wissend, dass sich davon nichts zum Besseren veränderte.

Gabriela grinste. «Wolltest du nicht ein bisschen lockerer werden?» Helen lehnte sich nach hinten, wobei sie Regenwasser aus ihrem T-Shirt ins Sitzpolster hineinpresste, und nickte wortlos.

Zurück in Helens Wohnung bereitete Gabriela als Erstes zwei Tassen mit heissem Schwarztee zu, während Helen ihre durchnässten Kleider in der Dusche aufhängte, mit einem flauschigen Frottiertuch ihre Haare trocken rubbelte und direkt das Pyjama anzog. «Was für eine Flut!», stellte sie in einem Ton zwischen Genervtheit und Faszination fest, als sie sich zu Gabriela an den Tisch setzte. Diese schlug vor, Pizzas zu bestellen und sich in der Zwischenzeit gemeinsam ihre Fotos anzusehen.

Während Helen bei der Pizzeria die Bestellung aufgab, erkundigte sich Gabriela bei Elias, ob zu Hause alles in Ordnung war. «Ja, voll kein Problem», war dessen Antwort, und nachdem sie ihren Sohn noch daran erinnert hatte, die Kaninchen zu füttern, was er mit «Ja, easy» bestätigte, legten sie auf. Danach rief sie Enrico an, der nicht ans Telefon ging, jedoch eine halbe Minute später eine sehr knapp gehaltene Nachricht sandte, in der er durchgab, dass alles im grünen Bereich war.

Gabriela sperrte das Handy und warf es in die Handtasche, bevor sie ihren Laptop daraus hervorholte und die Speicherkarte mit den Bildern darauf öffnete.

Am Küchentisch betrachteten sie ein Foto nach dem anderen. «Die Erwartung, jemanden hinter einer Fensterscheibe zu entdecken, der den Eingang beobachtet, war wohl etwas zu ideal», meinte Gabriela seufzend. «Na ja, ich konnte die meiste Zeit ja nicht mal das Monokular benutzen, weil sich dieser komische Typ unbedingt auf meine Bank setzen musste», antwortete Helen und erzählte ihrer Kollegin bis ins kleinste Detail, wie ihre knappe Stunde auf dem Feldweg hinter der Firma Säger abgelaufen war. Nicht einmal die Rahmtäfelchen liess sie aus.

«Das einzig Interessante fand ich die Frau, die weinend herausgerannt kam», sagte Gabriela und suchte das erste einer

Reihe von Bildern, auf welchen die am Boden sitzende Cécile zu sehen war. «Das ist die Käufeler ... Cécile. Personalbetreuerin. War für meine Abteilung zuständig ... na ja, ist sie natürlich noch immer», erklärte Helen und fuhr nach einem kurzen, leicht zynischen Lachen fort: «Sie ist eine der umgänglicheren Personen in dem Scheissladen. Korrekt, empathisch und sie weiss, wovon sie spricht. Ich hatte zwar nur beruflich mit ihr zu tun, doch soweit ich sie kennengelernt habe, schien sie mir ganz okay. Im positiven Sinne durchschnittlich irgendwie.»

Gabriela sah Helen fragend an. «Im positiven Sinne durchschnittlich?» Helen zuckte mit den Schultern. «Ja. Angenehm, unauffällig ... aber auch nicht zu sehr. Eine Person, mit der es sich angenehm zusammenarbeitet. Privat weiss ich so gut wie nichts über sie. Nur dass sie seit einer Weile einen festen Freund hat und in der Freizeit gerne reitet. Und ich glaube, ihre Eltern sind beide recht früh gestorben. Sie war wohl noch ein Teenager.»

Helen wurde nachdenklich und versuchte, die sich ankündigenden Tränen zurückzuhalten, was ihr nur teilweise gelingen mochte. «Ich weiss nicht, wie Jugendliche oder Kinder so etwas überstehen. Ich war fünfunddreissig, als mein Vater starb, wir hatten Zeit, uns zu verabschieden, und trotzdem habe ich komplett den Boden unter den Füssen verloren ...» Dann brachen die Dämme und grosse, salzige Tränen begannen in breiten Bächen Helens Wangen hinunterzuströmen. Sie schloss die Augen und sah in ihrem Geist dieses Bild, das sich in ihre Netzhaut gebrannt hatte. Das Bild eines abgemagerten, bleichen, kaum wiedererkennbaren Häufchens aus Haut und Knochen, das bewegungs- und sprachlos seinem Tod entgegenhungerte.

Es vergingen einige Minuten, bis die Tränen versiegten und sie fühlte, wie die Spannung in ihrem Körper abgefallen war und einem weichen Gefühl von Frieden Platz machte. «Sorry. Bin manchmal noch ziemlich dünnhäutig», sagte Helen und stand auf.

Auf der Küchenablage standen in der Ecke neben dem Kühlschrank ein paar Flaschen. Portugiesischer Rotwein, Schweizer Weisswein, zwei schottische Single-Malt-Whiskys und noch eine Literflasche mit Kirsch, welcher hauptsächlich Anwendung im Einreiben verspannter Muskeln fand.

Helen entschied sich für den Aberlour, den sie zu ihrem vorletzten Geburtstag geschenkt bekommen hatte, und stellte ihn zusammen mit zwei Gläsern auf den Tisch. «Ich brauche jetzt etwas fürs Gemüt. Möchtest du auch einen?» Gabriela lehnte sich zurück und nickte. «Ja, gerne, aber nur einen kleinen.»

Die seidige Flüssigkeit verströmte einen lieblichen, leicht blumigen Duft, der sich bis in die Stirnhöhlen ausbreitete und ein paar frische Tränen hervordrückte. Helen schwenkte ihr Glas, roch daran und seufzte. «Das Leben könnte so angenehm und friedlich sein ...» «Ja, das könnte es ... könnte ...», bestätigte Gabriela, bevor sie ihr Glas in einem Zug leerte.

Dann schob sie den Laptop ein wenig näher zu Helen und öffnete das Bild, auf dem der VW Sharan zu sehen war. Die beiden Frauen sahen sich an und schüttelten gleichzeitig ihre Köpfe. «Ich werde trotzdem noch die Autonummer prüfen», sagte Gabriela und klickte weiter durch die Fotos, bis sie wieder bei der schluchzenden Cécile ankamen.

«Du, Gabi, ehrlich gesagt glaube ich nicht, dass wir auf diesem Ausflug irgendetwas Brauchbares entdeckt haben. Aber c'est la vie, manchmal gerät man in Sackgassen. Leider.» Gabriela starrte schweigend auf das verweinte Gesicht Cécile Käufelers.

Endlich läutete es an der Tür und sie konnten ihre hungrig erwarteten Pizzas in deren warmen Kartons entgegennehmen. Helen stellte die halb volle Flasche Rotwein und einen Krug Wasser in die Mitte des Esstischs. Gabriela klappte ihren Laptop zu und schob ihn an den Rand der hölzernen Tischplatte. Für heute hatten sie beide genug von diesem Fall, der je länger je mehr Bauchschmerzen und Kopfzerbrechen auslöste.

Die Pizza schmeckte bei diesem Wetter noch besser als sonst. Der dunkelrote Wein enthielt vierzehn Volumenprozent Alkohol, doch es fühlte sich irgendwie nach noch mehr an. Helen hatte nach dem Zusammenbruch monatelang beängstigende Gleichgewichtsstörungen, doch der Schwindel, den ein Glas dieses Weines auslöste, gab ihr paradoxerweise ein Gefühl genussvoller Sorglosigkeit.

Gabriela schob ihr noch halb volles Glas von sich weg. «Oh, der ist stark. Ich muss den Rest leider stehen lassen, wenn ich noch heimfahren möchte.» «Ja, ist vielleicht gescheiter», meinte Helen grinsend, bevor sie ihr letztes Pizzastück, auf dem sich extra viel Gorgonzola befand, in den Mund schob. «Und ich hoffe wirklich, Enrico beruhigt sich bald wieder.»

Gabriela steckte ihren Laptop in die Tasche und atmete tief durch. «Ja, das hoffe ich auch. Zumindest sollten wir in der Lage sein, uns zivilisiert zu unterhalten, ohne dass er ausrastet, Heulkrämpfe kriegt und dann zu seinen Eltern flüchtet.»

Eigentlich wollten sie noch die nächsten Schritte besprechen, doch keine von ihnen befand sich auf der richtigen Frequenz, um sich noch weiter mit dem Thema zu befassen. Zu müde und chaotisch fühlten sich ihre Köpfe an diesem Abend an.

Mittwoch, 27. Juli, bei Gabriela zu Hause

Nach einem weiteren halbstündigen Streittelefongespräch mit ihrem Ehemann, welches keine Klärung, sondern noch mehr Vorwürfe und Zweifel brachte, packte Gabriela ihre Tasche, versicherte sich, dass sie auch den Pfefferspray dabeihatte, und setzte sich ins Auto. Helen und sie waren zum Schluss gekommen, dass die Bar in Winterthur ihre beste Chance war, um weiterzukommen, und so hatten sie vereinbart, sich um einundzwanzig Uhr auf dem Parkplatz des an der gleichen Strasse gelegenen Malateliers zu treffen.

Mit leicht überhöhter Geschwindigkeit fuhr sie über die Autobahn A1, auf welcher um diese Zeit angenehm wenig Verkehr herrschte. Nicht nur war der Feierabendverkehr bereits abgeklungen, auch die Sommerferien, die viele Arbeitnehmende von dieser Pendlerautobahn wegzogen, waren zu spüren. Ihre Finger begleiteten auf das Lenkrad trommelnd den ohrenbetäubenden, aggressionslösenden Heavy-Metal-Song.

Nach dem Gewitter vom Vorabend war es heute den ganzen Tag unangenehm schwülwarm. Als Gabriela mit offenen Fenstern durch Winterthur fuhr, tauchte sie unweigerlich in Erinnerungen an ihre Kindheit ab.

Sie liebte diese Stadt, die während der besten Zeiten ihres Lebens ihr Zuhause war. Vielleicht hätte sie noch immer hier gewohnt, hätte sie nicht Enrico geheiratet und sich mit ihm den Traum eines Hauses mit Garten und ordentlich getrimmtem Rasen erfüllt.

Als sie in die dunkle Strasse mit den leicht schmuddeligen Mehrfamilienhäusern auf beiden Seiten einbog, in der sich auch die Bar «Zum silbernen Stiefel» befand, sah sie Helens Panda bereits vor dem kleinen Atelier stehen.

Helen stand seit rund fünf Minuten auf einem blauen Parkfeld vor dem kleinen Atelier einer Malerin, deren Bilder sie nicht besonders zu begeistern vermochten. Sie fühlte sich erleichtert, als Gabrielas Peugeot im Rückspiegel auftauchte.

Nachdem sie anständig durchgeschlafen hatten und beide wieder klar denken konnten, hatten sie im Laufe des Tages am Telefon besprochen, wie sie beim Barbesuch an diesem Abend vorgehen wollten.

Aufgrund von Gabrielas Gefühl und der Tatsache, dass es bei den vermissten Männern auf ihrer Liste den auffallenden gemeinsamen Nenner konventioneller Schönheit gab, hatten sie sich entschieden, erst einmal in die Richtung sexuell motivierten Menschenhandels zu denken.

Gabriela hatte darauf bestanden, zuerst alleine die Gaststätte abzutasten – auf eine Weise, die sie Helen nicht zutraute – die Helen sich selbst nicht zutraute.

Ihr Handy klingelte. «Hallo, Gabi. Bist du bereit?» «Ja. Ich glaube, ich bin so bereit, wie ich es für so etwas sein kann.» Helen atmete schwer. «Bist du sicher, dass du es so machen möchtest? Soll ich nicht doch reinkommen? Getrennt von dir?» Gabriela schnalzte mit der Zunge. «Nein, nein, Helen, auf keinen Fall. Ich habe den Plan mehrfach durchgedacht und dies ist und bleibt die beste Version. Du bleibst in deinem Auto und beobachtest die Lage. Wenn ich in fünfundvierzig Minuten nicht wieder herausgekommen bin oder dir das Codewort geschickt habe, dann weisst du, was zu tun ist.»

Sie wiederholten noch einmal das Codewort, dann galt es ernst. «Mach's gut», wünschte Helen, dann legten sie auf.

Helen sah im Rückspiegel, wie sich die Fahrertür des Peugeots öffnete und sich ein eleganter High Heel auf den

Asphalt stellte. «Ach du Scheisse», rutschte es ihr heraus, als der Rest von Gabriela zum Vorschein kam.

Diese trug einen eleganten, Souveränität signalisierenden Hosenanzug, mit dem sie wunderbar in die obere Etage einer Anwaltskanzlei gepasst hätte. In ihrer linken Hand hielt sie eine zum Anzug passende Handtasche und ihre sonst glatten, zu einem Pferdeschwanz zusammengebundenen Haare hatten offensichtlich eine Dauerwellenbehandlung hinter sich. Die Brille mit dem stechend schwarzen Rahmen, die Gabriela mit ihren ausgezeichneten Augen absolut nicht benötigte, verlieh dem Gesamtbild den letzten Schliff. «Das muss gut gehen. Bitte lass es gut gehen», flüsterte Helen.

Gabriela warf ihre Haare nach hinten, reckte das Kinn und marschierte dann mit einem Schritt über die Strasse, der an Selbstsicherheit kaum zu überbieten war. Nach einem flüchtigen Blick zum kleinen Fiat stiess sie die schmuddelige schwere Holztür auf, über der der verwaschene Schriftzug «Zum silbernen Stiefel» auf dem weissen Putz zu lesen war.

Ein Schwall von abgestandener, nach warmem Bier und kaltem Rauch riechender Luft schoss ihr entgegen. Der Innenbereich war so dunkel, dass sich ihre Augen erst an die Umgebung gewöhnen mussten, bis sie wieder in der Lage war, etwas zu sehen. Trotz dem gewöhnungsbedürftigen Geruch machte der Ort einen einigermassen gepflegten Eindruck. Irgendwie fand sie es beinahe schade, diese Bar nicht schon während des Studiums entdeckt zu haben.

Auf der rechten Seite des Eingangsbereichs befand sich eine hölzerne Garderobe. An der Wand daneben war ein uraltes Wählscheibentelefon angebracht, auf welchem eine Familie von fingerhohen Gartenzwergen der Grösse nach aufgestellt war und Staub fing. Gabriela trat durch den offenen Eingang mit rundem Torbogen und schaute sich um.

Sie stand in einem länglichen schmalen Raum, auf dessen rechter Seite einige verschieden grosse Holztische standen. Zu ihrer Linken sah sie einen langen Tresen, der neuer aussah als die übrige Ausstattung. Der Raum schien nur zwei kleine Fenster zu haben. Durch das eine war eine rote Hauswand, durch das andere eine Hecke zu sehen.

In der hinteren rechten Ecke sass ein einziger Gast, der keine Reaktion auf ihr Eintreten zeigte. Auf seinem Tisch standen eine Flasche und ein halb volles Glas – vermutlich Weisswein. Der Pensionär war in ein abgegriffenes dickes Buch vertieft, dessen Seitenränder er mittels Füllfeder mit Notizen versah.

Gabriela setzte sich an den grössten Tisch im Raum, der direkt gegenüber dem Tresen stand. Sie legte ihr Handy auf die Tischplatte und stellte ihre teuer anmutende Handtasche auf den Stuhl neben ihrem. Gerade als sie sich nach hinten gelehnt und ihre Beine übereinandergeschlagen hatte, erschien hinter dem Tresen eine Frau.

Sie trug eine weinrote Jeansbluse und ihre hochgesteckten Haare erschienen unnatürlich silberblond. Die Wirtin setzte ein freundliches Lächeln auf und kam auf Gabrielas Tisch zu. Diese war bereit für ihr Spiel und reckte ihren Hals noch ein wenig weiter nach vorne.

«Guten Abend, die Dame, was möchten Sie trinken?», fragte die Frau, während sie ihren neuen Gast gründlich musterte. Gabriela schaute ihr tief in die meeresblauen Augen und kniff ihre eigenen leicht zusammen. «Was wäre denn besonders empfehlenswert in Ihrem Haus?» Während sie diese Frage stellte, lehnte sie sich noch etwas weiter nach hinten und strich mit der glatten Hand über die stark abgenutzte Oberfläche der Tischplatte, als wäre sie aus Samt oder Kaninchenfell.

Die Wirtin klaubte ein Feuerzeug aus der Brusttasche ihrer Bluse und zündete den kurzen Kerzenstummel an, der in der Mitte von Gabrielas Tisch in einem altmodischen Halter aus Messing steckte. «Mögen Sie Überraschungen?», fragte sie. Gabriela sah tief in die warme Flamme und antwortete, ohne ihren Blick abzuwenden: «Ich mag Überraschungen, wenn ich selbst den Auftrag dazu gebe.» «Sind es dann noch Überraschungen?»

«Beantworten Sie es mir. Überraschen Sie mich.» Gabriela fühlte sich trotz der Anspannung in ihrem Innern auf seltsame Weise frei und energiegeladen. Es war wie ein Schauspiel, in dem sie die Hauptrolle innehatte.

Sie schob den wirren Gedanken sogleich wieder nach hinten. Fokus und Konzentration waren nun zentral. Die Wirtin, deren verschrumpelte Tätowierung auf dem Dekolleté verkündete, dass sie einen «Edi» liebte oder zumindest einmal genügend geliebt hatte, um seinen Namen unter ihre Haut stechen zu lassen, nickte grinsend und verschwand hinter dem Tresen.

Der alte Herr schraubte den Deckel auf seinen Füllfederhalter und steckte diesen in die Brusttasche seines viel zu weiten hellblauen Hemdes. Seufzend klappte er sein Buch zu, und nachdem er sich ächzend vom Stuhl erhoben hatte, watschelte er langsam und wackelig der Tür entgegen. «Du schreibst es mir auf, Rosi, ja?!», krächzte er in Richtung des Tresens.

Es war nun einundzwanzig Uhr fünfzehn und Gabriela war neben der Wirtin die einzige Seele in diesem Lokal. Sie fragte sich, ob es an einem Freitag- oder Samstagabend überhaupt viel besser aussah in dieser Bar, die ihre besten Zeiten wohl schon lange hinter sich hatte.

Rosi – so hiess sie wohl – trug ein Tablett mit einem grossen, schlanken Glas an Gabrielas Tisch. «Bitte sehr, die Dame», lächelte sie, während sie die moosgrüne Flüssigkeit auf einem Bierdeckel abstellte, «ich hoffe, die Überraschung trifft Ihren Geschmack.»

Gabriela verschränkte ihre Arme über der Brust. Die Wirtin grinste und legte eine kleine Speisekarte in Form eines laserbeschrifteten Holzbrettchens neben das Glas. «Unsere Küche ist bodenständig. Fleisch aus der Region.» Gabriela ergriff das Brettchen mit ihren makellos manikürten Fingern, hob es hoch und ging die kurze Liste durch – bemüht, die richtige Mischung aus Arroganz und Interesse in ihrem Blick zu vereinen.

«Wenn Sie der Meinung sind, meinen Ansprüchen gerecht werden zu können, dürfen Sie mir gerne den ‹Büffelburger mit Pommes frites à la Roswitha› bringen», sagte sie in einem Tonfall, welcher sie kurz und unangenehm an ihre mobbende Dozentin für Steuer- und Regeltechnik an der Hochschule erinnerte. Dabei schob sie ihre Brille unter den Nasenhöcker und schaute die Wirtin über den Brillenrahmen hinweg an. In deren Gesicht sah sie statt der erwarteten Perplexität einen Ausdruck von Interessiertheit. «Sehr gerne, die Dame.»

Helen beobachtete die Strasse nun seit bald einer halben Stunde und es schien hier recht ruhig zu sein an diesem Mittwochabend. Vor einer Weile hatte ein alter Herr auf unsicheren Beinen das Lokal verlassen, seither war weder jemand hinein- noch hinausgegangen. Ihr Telefon vibrierte.

Gabriela hatte ihr eine Bilddatei geschickt. Auf dem Foto war ein etwas düsterer Raum mit acht Tischen zu sehen, die allesamt leer waren. Ein zweites Bild, das wenige Sekunden nach dem ersten eintraf, zeigte einen Tresen, auf dessen Wandgestellen eine sehr grosse Auswahl an Flaschen alkoholischen Inhalts gelagert war. Eine kräftige kleine Frau, die nur von der Seite zu sehen war, schien mit einem Messer eine Zwiebel zu schneiden.

Viel schien da drinnen nicht los zu sein und Helen fragte sich, ob sie hier bereits wieder an einer Mauer oder gar einem toten Ende angelangt waren. Sie griff zur kleinen Wasserflasche auf dem Beifahrersitz und trank einen guten Teil davon, ohne einmal abzusetzen, aus. Nachdem sie auch noch einen frischen Kaugummi eingeworfen hatte, seufzte sie und sah in den Rückspiegel, welcher einmal mehr kein interessanteres Bild lieferte als noch eine halbe Minute zuvor.

Gerade als sie ihren Blick vom einen zum anderen Seitenspiegel schwenkte, ging die verwitterte Holztür der Bar ein zweites Mal auf. Die magere Gestalt, die sich eine Zigarette anzündete und danach den Weg die Strasse hinunter einschlug, trug eine Lederjacke und einen ungepflegten Pferdeschwanz. Helen sah ihm eine kurze Weile nach und wollte gerade wieder ihren Blick von ihm lösen, als sie es begriff. «Oh, mein ... nein, das kann nicht sein ...»

Sie spürte, wie sich ihre Luftröhre verengte und ihre Handinnenflächen zu schwitzen begannen. «Der Typ von der Bank ... der sass neben mir ... oh, mein Gott ...» Sie spürte ihren Herzschlag im Gesicht, als sie dem Mann hinterherschaute und versuchte, einen einigermassen klaren Kopf zu bewahren. Nach etwa dreissig oder vierzig Metern bog er nach links auf einen von Büschen umgebenen kleinen Parkplatz ab, auf dem drei Fahrzeuge standen. Das mittlere war ein etwas älteres Modell eines Mercedes, dessen Fahrertür der Mann nun öffnete und einstieg. Helen war so angespannt, dass sie nicht mehr in der Lage war, die Situation ruhig zu analysieren und darauf basierend ihre Reaktion zu definieren. Als der Motor des Mercedes angelassen wurde, tat sie instinktiv das Gleiche.

Der Typ manövrierte sein Auto aus dem engen Abstellplatz und fuhr dann langsam die Strasse hinauf – Helen entgegen. Diese grübelte ihren Kugelschreiber aus der Hosentasche und kritzelte damit das fünfstellige Zürcher Kennzeichen ins auf dem Beifahrersitz liegende Notizheftchen, bevor sie ebenfalls ihr Parkfeld verliess und dem dunkelblauen Mercedes folgte.

Der Mann lenkte sein Auto auf direktem Weg in südlicher Richtung aus der Stadt hinaus und Helen sah sich im Geiste bereits wieder hinter einem höchstwahrscheinlichen Kriminellen durchs dunkle Tösstal fahren, als das Fahrzeug plötzlich blinkte und dann nach rechts in den Wald abbog. Die enge Asphaltstrasse, die einen dicht bewaldeten Hang hinaufführte, kam ihr bekannt vor, doch im ersten Moment wusste sie nicht, ob sie hier schon einmal durchgefahren war. Erst nach einer Weile realisierte sie, dass es sich bei diesem Hügel um den Eschenberg handeln musste, auf dem sich auch der Wildtierpark befand, den sie als Kind ab und zu mit ihren Eltern besucht hatte.

Es war bereits ziemlich dunkel und der Neumond liess das Licht im dichten Wald noch schneller schwinden. Gelegentlich kamen Autos oder Mountainbikes die Strasse herunter. Einige von ihnen hatten wohl einen Ausflug zu den Wildpferden, Luchsen und Wölfen hinter sich. Helen hoffte, dass ihr kleiner, überdurchschnittlich schmutziger, etwas landwirtschaftlich anmutender Fiat dabei half, vom Mercedesfahrer nicht als Bedrohung wahrgenommen zu werden. Ob hinter diesem Gedanken eine Logik steckte, konnte sie nicht sagen.

Sie versuchte den Abstand möglichst gross zu halten, ohne jedoch den gepflegten Oldtimer aus den Augen zu verlieren.

Als sie auf Höhe des Tierparks angelangt waren, sahen die Parkplätze bereits sehr leer aus. Nur noch vereinzelt waren einsam dastehende Autos und Zweiräder zu sehen. Einmal sah sie einen Spaziergänger mit seinem riesengrossen Hund aus einer Waldstrasse herauskommen, ansonsten waren kaum Menschen in Sicht. Der Ort, der an schönen Tagen regelrecht zur Massenpilgerstätte verkam, lag nun einsam und verlassen inmitten des düsteren Waldes.

Der Pferdeschwanzträger steuerte sein Auto am Wildtierpark vorbei und bald wurde die Umgebung noch dunkler, verlassener und unbekannter. Nach ein paar Hundert Metern löste grober Schotter den Asphalt ab und das Dickicht gab Helen das Gefühl, zwischen zwei schwarzen undurchdringlichen Mauern gefangen zu sein. Das Zeitgefühl hatte sie mittlerweile völlig verloren. Entsprechend erschrak sie, als plötzlich ihr Handy vibrierte und ihre hochkonzentrierte Anspannung durchstach.

Auf dem Bildschirm des Telefons, das mit einer Halterung am Lüftungsgitter angebracht war, erschien ein kleines Fenster, welches eine Nachricht von Gabriela anzeigte: «Kaninchenmist». Das Codewort bedeutete, dass alles in Ordnung war und sie sich in einer halben Stunde ein weiteres Mal melden oder zurück sein würde.

Erst jetzt wurde Helen bewusst, dass Gabriela ja noch nicht einmal wusste, dass sie nicht mehr in der Strasse vor der Bar stand, sondern diesem Typen durch ein abgelegenes Gebiet folgte, in dem sie sich überhaupt nicht auskannte.

«Verdammt, was bin ich für ein Trottel!?», fluchte Helen, bevor sie das Handy entsperrte und mit einer Hand und einem Auge versuchte, ihren Standort an Gabriela zu senden, während sie sich mit dem Rest ihrer Aufmerksamkeit auf die Waldstrasse und die Rücklichter des Mercedes konzentrierte. Kaum hatte sie es beim zweiten Anlauf geschafft, ihre Koordinaten zu senden, bemerkte sie, dass ihr Objekt der Verfolgung sein Tempo drosselte, bevor es schliesslich zum Stehen kam.

Kurz davor war er an einer Abzweigung vorbeigefahren. Helen überlegte sich einen Sekundenbruchteil lang, bei dieser nach rechts abzubiegen, entschied sich jedoch gleich wieder dagegen, als sie auf der nun geöffneten Karten-App erkannte, dass der Weg dort nach wenigen Metern in einer Sackgasse endete.

Sie begann zu spüren, wie ihre Knie weich wurden. Mit zittrigen Händen ertastete sie den Verriegelungsknopf auf dem Türgriff und drückte mehrmals aggressiv darauf. Sollte sie anhalten? Nach dem Weg fragen und irgendeine Geschichte erfinden? Nein. Wohin dachte sie nur? Das würde doch absolut keinen Sinn machen, schon gar nicht, wenn man bedachte, dass er sie möglicherweise wiedererkennen würde. Sie musste einfach an seinem Auto vorbeifahren und verschwinden. Instinktiv reduzierte sie ihre Geschwindigkeit auch ein wenig und rollte langsam auf den Wagen vor ihr zu.

Als sie noch etwa zwanzig Meter vom Mercedes entfernt war, gingen bei diesem die Lichter aus. Helen war sich nun nicht mehr so sicher, ob sie überhaupt am Oldtimer vorbeifahren konnte, denn der Waldweg war an dieser Stelle besonders schmal und der Mercedes versperrte den Durchgang beinahe vollständig. Sollte sie doch in die Sackgasse abbiegen? Was, wenn er genau dies wollte? Sie musste stark davon ausgehen, dass er sich hier oben auskannte, dass dieser Wald und seine dunklen Wege bekanntes Gebiet für ihn waren. Die Sekunden liefen ihr weg, ihr Bauch traf für sie die Entscheidung.

Helen hielt etwa drei Meter hinter ihm an und hoffte inständig, dass es die Dunkelheit gut mit ihr meinte. Sie liess ihre Scheibe ein wenig herunter – nur etwa drei Zentimeter. «Hallo? Sie? Entschuldigen Sie bitte, ich müsste mal vorbeifahren!», rief Helen mit der naivsten Version ihrer Stimme.

Einen Moment lang regte sich nichts im vorderen Fahrzeug, doch dann ging die Fahrertür auf, ohne dass im Innenraum das Licht anging, und die magere Gestalt stieg aus. Die Schottersteine knirschten unter seinen Cowboystiefeln, als der Mann auf sie zukam und schliesslich vor ihrer Tür stehen blieb.

«Dürfte ich vorbeifahren, bitte? Ich hab's ein bisschen pressant ... hätte bereits vor zwanzig Minuten beim Tierpark sein müssen. Wissen Sie, ob das noch weit ist?» Helen strengte sich an, einen ahnungslosen Eindruck abzugeben, und sah den Mann mit dümmlich weit offenem Mund an. Dieser schien im ersten Moment nicht zu wissen, was er denken sollte, und die Zahnrädchen in seinem Kopf schienen auf Hochtouren zu laufen.

Dann entspannten sich die Kiefermuskeln von einer Sekunde auf die nächste und sein Mund verzog sich zu einem Grinsen. «Ha! Wohin müssen Sie? Zum Wildtierpark?!» «Ja ... äh ... Bruderholz ...», sagte Helen, als ob sie es selbst glaubte. «Bruderhaus meinen Sie wohl. Haus. Ja, da sind Sie gerade vorbeigefahren, das war vor ein paar Hundert Metern», erklärte der nach Zigaretten stinkende Typ und zeigte mit seinem knochigen Finger in die Richtung, aus der sie soeben gekommen waren.

«Ach ja? Da vorne war das? Ach du meine Güte, der ganze Weg sah irgendwie total verlassen und dunkel aus. Also hier wäre ich nicht freiwillig hochgefahren um diese Zeit, wenn ich nicht jemanden abholen müsste. Total gruselig hier oben.» Helen lächelte augenrollend. Der Mann zeigte seine Zahnlücke. «Ja, gut, dass Sie nicht noch tiefer in den Wald hineingefahren sind. Da hätten Sie sich glatt noch verirrt ...»

Helen bedankte sich für die Auskunft und wünschte dem vermeintlich hilfsbereiten Herrn einen guten Abend. Er sagte nichts und Helen schien, dass er wieder am Nachdenken war. Ihre Hände fühlten sich wie betäubt an und ihr Gesicht brannte, als sie langsam die Kupplung herunterdrückte. «Gute Fahrt. Und achten Sie diesmal auf die Beschilderung!» Dann hob er seine Hand zum Gruss und kehrte Helen den Rücken.

«Uff ... danke. Danke», flüsterte sie, legte den Rückwärtsgang ein und gab so viel Gas, wie die Lichtverhältnisse es ihr erlaubten. Nachdem sie auf der Verzweigung gewendet hatte, konnte sie im Rückspiegel sehen, wie die Lichter des alten Mercedes angingen und dieser seinen Weg in den Wald hinein fortsetzte.

Der Schotter wurde wieder zu Asphalt und bald sah sie ein Parkschild, welches signalisierte, dass sie beim Tierpark angelangt war. Sie bog auf den Parkplatz ab und stellte ihr Auto hinter das einzige noch dastehende Fahrzeug. Dann stieg sie aus und schloss ihren Fiat ab, bevor sie sich auf die Strasse begab und sich umschaute.

Die Lichtung war in der schweren Dunkelheit des Waldes versunken. Nur die Sterne, die hier oben klarer und grösser schienen, sorgten für ein wenig Licht. Helen öffnete die Nachrichtenapplikation ihres Handys. Es war zweiundzwanzig Uhr fünf und sie schrieb Gabriela eine kurze Mitteilung. «Sende dir mein Codewort in dreissig Minuten. Mein Auto steht auf Parkplatz Bruderhaus. Siehe meinen Standort. Infos folgen.»

Sie stellte das Telefon auf lautlos, bevor sie es wieder in die Hosentasche steckte. Dann machte sie sich zu Fuss in die Richtung auf, aus der sie gerade gekommen war. Die Nachtluft war warm und windstill. Helen ging zügig, immer nach dem nächstbesten Versteck Ausschau haltend.

Als sie am Ende des asphaltierten Strassenstücks angelangt war, blieb sie abrupt stehen. Was war das eben für ein Knacken? Ihr Herz wurde schneller, stolperte etwas. Sie wartete auf weitere Geräusche. Es blieb still. Vielleicht nur ein Tier, ein fallender Ast. Helen ging, regelmässig vorsichtig um sich sehend, weiter den Weg entlang.

Nach ein paar wenigen Minuten glaubte sie, Schritte auf dem Schotter zu hören. Wie angewurzelt blieb sie stehen, aber das Einzige, was sie hören konnte, war ihr eigener Puls.

Doch dann wurde die Stille von einem Geräusch durchschnitten, das Helen für das Zuknallen einer Autotür hielt. Der Motor, der kurz darauf ansprang, bestätigte diese Vermutung. Sie befand sich noch etwa fünfzig Meter vor der Abzweigung, auf welcher sie davor ihr Auto gewendet hatte. Dort würde sie sich hinter eine der grösseren Buchen oder Tannen stellen.

Nun war das unverwechselbare Geräusch von Autoreifen auf Waldweg zu hören. Helen begann zu rennen. Als plötzlich ein Paar Scheinwerfer um die etwas weiter vorne gelegene Kurve strahlten und die dunkle Tannenwand erhellten, verstand sie, dass es bis zur Verzweigung nicht mehr reichen würde. Ihr Gehirn schaltete sich aus und die Instinkte setzten ein. Sie nahm einen grossen Satz über den Strassengraben zu ihrer Rechten. Als ihre Füsse im kniehohen Gras landeten, sah sie unweigerlich das Bild in Hosenbeine hineinkriechender Zeckenkolonien vor ihrem geistigen Auge.

Die Frontlichter eines breiten Fahrzeuges erschienen auf der Waldstrasse und nur einen Augenblick, bevor sie Helen erwischt hätten, zog sich diese am harzigen dünnen Stamm einer Jungtanne ins dichte Gestrüpp hinein.

Wie versteinert stand sie hinter zwei Tannen, und obwohl ihr Herz raste, traute sie sich kaum zu atmen. Die Scheinwerfer näherten sich, es wurde immer heller. Als das Auto langsam unter ihrem Versteck vorbeifuhr, konnte Helen erkennen, dass es sich um einen weissen VW-Bus handelte. Hinter seinen dunklen Fenstern war nichts zu erkennen. Auf dem Bus waren weder Beschriftungen noch Kleber angebracht und er machte einen sauberen, gut gepflegten Eindruck.

Sobald das Heck des Fahrzeugs zu sehen war, drehte Helen vorsichtig den Kopf und flüsterte die vier Ziffern des Kennzeichens, die sie nur mühsam ablesen konnte, vor sich hin. Während sie gebetsartig immer wieder die Nummer rezitierte, klaubte sie den Kugelschreiber aus der rechten Gesässtasche, um in völliger Dunkelheit ihren linken Arm damit zu bekritzeln. Danach blieb sie hinter den Tannen stehen in der Annahme, dass nächstens auch der alte Mercedes den Weg entlangkommen würde.

Sie wusste nicht genau, wie lange sie bewegungslos dagestanden hatte, als sie hinter sich ein Rascheln hörte, das ihre Nackenhaare zum Stehen brachte und ihre Herzfrequenz, die sich gerade erst wieder beruhigt hatte, erneut in die Höhe trieb. Was war das? Sie drehte ihr Gesichtsfeld in den Wald hinein, der noch immer aussah, wie eine dunkelschwarze Wand. Und wieder war das Rascheln zu hören – diesmal etwas näher. Eine Eule heulte in die Nacht hinein, ein paar Ästchen brachen und Schritte näherten sich knackend auf dem weichen Waldboden.

Helen machte einen blinden Schritt nach hinten, während ihre linke Hand sich um das raue Tannenstämmchen krampfte. Ihre rechte Faust hielt noch immer den Schreibstift umklammert, wobei sie so fest zudrückte, dass sie nicht mehr spürte, wo das Fleisch aufhörte und das Aluminium anfing. Ihr ganzer Körper zuckte zusammen, als die schwarze Stille plötzlich von einem stechend lauten Schrei durchbrochen wurde. Beinahe sackten ihre Knie ein, doch im letzten Moment konnte sie sich fangen. Dann brach ein Lachen der Erleichterung aus ihr heraus, welches ihr Tränen in die Augen zu treiben vermochte.

«Oh, mein Gott, jetzt hätte ich beinahe einen verdammten Herzschlag gekriegt wegen dir ...», flüsterte sie in die Richtung des Rehs, das nach ein paar starren Schrecksekunden im Laufschritt in die dichte Dunkelheit des Waldes zurückflüchtete.

Helen atmete ein paarmal tief durch, bevor sie mit ihrer eingeschlafenen Hand den Kugelschreiber in die Hosentasche zurücksteckte und dann das Telefon herauszog. Die Uhr zeigte zweiundzwanzig Uhr vierzig. Sie befreite sich aus dem Dickicht und stieg in den Strassengraben hinunter. Nachdem sie sich die Spinnwebe aus dem Auge gezogen hatte, marschierte sie vorsichtig zurück zum Parkplatz, auf dem ihr Auto stand. Dieser Abend fühlte sich so surreal an, dass sie sich eigentlich hätte kneifen müssen, um ihn nicht für einen wirren Traum zu halten.

Mittwoch, 27. Juli, 22 Uhr 03, in der Bar «Zum silbernen Stiefel»

Der Büffelburger schmeckte wirklich gut und die knusprigen Pommes waren frisch zubereitet. Würde sich der Laden ein bisschen um Werbung kümmern, sich vielleicht einen sympathischen Internetauftritt anschaffen, könnte er durchaus ein paar Gäste dazugewinnen.

Der grüne Drink, der sie an den Gifttrank aus irgendeinem Kindermärchen erinnerte und dessen Geschmack sie nicht richtig einordnen konnte, war erfrischend sauer, würzig und doch gleichzeitig natürlich süss.

Gabriela steckte sich genüsslich das letzte Stück des warmen Brotes in den Mund und wischte sich ihre eleganten Finger an der Papierserviette ab. Sie öffnete ihr Handy und tippte auf ihre Unterhaltung mit Helen, um ihr das Codewort zu senden, auf das sie sich vor Operationsbeginn geeinigt hatten. Draussen bei ihrer Kollegin schien alles ruhig zu sein – jedenfalls hatte diese sich bislang nicht gemeldet.

Noch immer war Gabriela die einzige Kundin. Zwischendurch war kurz ein älterer Mann hereingekommen, der ein Bier hinunterleerte und nach zehn Minuten wieder ging. Die Wirtin war abwechselnd mit kleinen Reinigungsarbeiten, ihrem Handy und Bürokram beschäftigt.

Gabriela lauschte der leisen Schlagermusik, die im Hintergrund lief und so gar nicht ihrem Musikgeschmack entsprach, während sie sich überlegte, wie die Wirtin wohl diesen Betrieb finanzierte. Als ob sie gespürt hätte, dass ihr Gast sie etwas zu intensiv betrachtete, hob diese den Kopf. Gabriela bemerkte ihre Ungeschicktheit und rettete die Situation mit einem Lächeln, bevor sie ihre Hand hob, um einen Wunsch zu signalisieren.

Rosi – Roswitha – lächelte zurück, klappte das dicke schwarze Kassabuch zu und kam zum Tisch. «Alles zu Ihrer Zufriedenheit? Haben Sie noch Lust auf etwas? Vielleicht noch eine Überraschung?» Gabriela lehnte sich zurück und trommelte mit ihren Fingernägeln auf die Tischplatte. «Ich muss sagen, Sie haben mich tatsächlich überrascht. Verraten Sie mir, was da drin war?» «Altes Familiengeheimnis», antwortete die Wirtin augenzwinkernd, während sie sich mit beiden Händen auf den Tisch stützte, sodass ihre Brüste aus der Jeansbluse quollen. Hätte Gabriela nicht gesehen, mit welch heissem Kuss sich Rosi vorhin von ihrem schmuddeligen Rockertypen verabschiedet hatte, hätte sie beinahe gefürchtet, diese Rosi versuche mit ihr zu flirten.

Jedenfalls schien es die Wirtin gut mit Gästen zu können. Umso interessanter war die Tatsache, dass keine da waren. «Originelles Lokal haben Sie hier. Mir gefällt ... der Charakter. Mal etwas anderes als die ganzen Mainstreamläden.»

Die Wirtin ging hinter den Tresen, wo sie zwei Gläser vom Gestell nahm, diese mit goldgelbem, schaumigem Bier befüllte und an den Tisch brachte. «Eine kühle Erfrischung aufs Haus», erklärte Rosi, während sie beide Gläser abstellte und sich dann ebenfalls – zu Gabrielas Verwunderung – an deren Tisch setzte.

Gabriela Stahl stützte ihre Ellbogen auf der hölzernen Oberfläche ab und presste die Handflächen aufeinander, während sie demonstrativ tief durchatmete – wie eine alte Gelehrte vor dem Erzählen einer lebensverändernden Weisheit. «Rosi – ich darf Sie doch Rosi nennen –, ich schätze ein kühles Bier. Ich schätze auch einen saftigen Büffelburger. Und Ihre Überraschung – nun ja –, Ihre Überraschung, die habe ich besonders geschätzt. Mein Leben führt mich viel zu selten an solch charmante Orte oder in gemütliche Gesellschaft. Ich bewege mich in einer etwas anderen Welt – eine des Geldes, des Scheins ... der Macht. Wissen Sie, Rosi, in meiner Welt ... da fehlt manchmal etwas. Etwas, das einem kein Drink, keine Droge – nicht mal ein geiler One-Night-Stand – geben kann.» Dabei zwinkerte sie Rosi zu, die bereits ihr halbes Glas ausgetrunken hatte. «Oh, ich sehe schon ... Bankerin?»

Gabriela lachte herzlich. «Nicht ganz so schlimm. Zumindest nicht auf den ersten Blick. Rüstungsindustrie.» Die Wirtin kratzte ihre Edi-Tätowierung und grinste. «Ich vermute, dass jemand wie Sie unsere bodenständige Bar nicht einfach durch Zufall findet.» «Nun, ich weiss nicht, wie Sie es halten, aber ich glaube nicht an Zufälle. Alles hat doch irgendwie einen Sinn, oder nicht?», sinnierte Gabriela, bevor sie ihr Bierglas hob und der Wirtin zuprostete.

Roswitha verschränkte ihre Arme. «Was wäre es denn? Was würde Ihnen das geben, was Ihnen Ihre Position – Ihre Welt – nicht geben kann?» Gabriela schlug wieder die Beine übereinander und verschränkte ihre Arme ebenfalls. «Nun ... hatten Sie jemals das Gefühl, dass es Ihnen nicht mehr reicht, mit einem Typen Sex zu haben und ihn danach wieder in seinen Alltag zurückkehren zu lassen? Dass Sie mehr brauchen – die vollständige, absolute Kontrolle? Dass Sie ihn besitzen wollen ... besitzen müssen? Hm ... manchmal stelle ich wohl Fragen, die man nicht stellen darf ...»

Rosis Solariumgesicht erstrahlte in einem frommen Engelslächeln. «Ach, gute Frau, solche Fragen sind für unsereins zu hoch. Ich bin ja nur eine einfache Wirtsfrau. Seit achtunddreissig Jahren glücklich verheiratet.» Gabriela stellte ihr Glas ab und schaute direkt in Rosis blaue Augen. «Und unsereins wünscht sich manchmal, alles mit Geld kaufen zu können ...»

Die Wirtin strich die Seite ihres Glases entlang – hinauf und hinunter –, bevor sie meinte: «Ja. Alles kann Geld nicht kaufen. Aber einiges schon ... ich wage sogar zu behaupten, es kann Ihnen Wünsche erfüllen, die bis jetzt eben nur das waren – Wünsche, Träume. Wie wäre es, wenn Sie Ihre Fantasien verwirklichen könnten?» Das Engelslächeln wurde zu einem geheimnisvollen, schwer zuordenbaren Grinsen. Blitzte da etwas in ihren Pupillen auf?

«Ich möchte nicht behaupten, in meiner Position nicht auch schon die Grenzen der Gesetzlichkeit gestreichelt zu haben, doch ein vertrauensvoller Geschäftspartner ist zentral für erfolgreiche Geschäfte dieser Art, wenn Sie wissen, was ich meine. Es ist bekanntlich immer ein Geben und ein Nehmen», erklärte Gabriela, ihre Worte vorsichtig wählend.

Die Wirtin stand, ohne zu antworten, auf und räumte das leere Geschirr ab. «Mögen Sie Kaffee? Wir hätten heute auch noch frischen Rhabarberkuchen.» «Bringen Sie mir bitte ein Stück. Und dazu einen Espresso. Einen doppelten», rief Gabriela mit ruhiger, selbstsicherer Stimme zum Tresen. Die Wirtin liess die Kaffeemaschine brummen und schnitt ein grosses Stück vom frischen, noch ganzen Kuchen ab.

«Et voilà. Guten Appetit.» Gabriela bedankte sich. Der Kuchen war frisch, feucht, perfekt. «Aber sagen Sie mal», fragte die Wirtin, während sie sich wieder hinter den Tresen begab, «was hat Sie denn heute Abend hierhergebracht, wenn ich fragen darf?»
Gabriela dachte demonstrativ nach. «Nun ... sagen wir mal ... es ist absolut nicht so, dass mir dieses Lokal von einem gewissen sehr auf seine Privatsphäre achtenden Bekannten empfohlen wurde. Ganz und gar nicht.» «Ja, ja ... das hatte ich mir schon gedacht.» Rosi lächelte.

Es war zweiundzwanzig Uhr fünfzehn, als Gabriela ihr Handy kontrollierte und Helens Mitteilungen sah. «Ich möchte gerne bezahlen!», rief sie Roswitha zu, ohne sich ihre Eile anmerken zu lassen.

«Das wäre dann sechsunddreissig Franken und zwanzig Rappen, wenn Sie so gut sein wollen», sagte die Wirtin, nachdem sie Gabrielas Konsumation auf einem kleinen schmuddeligen Blöckchen handschriftlich zusammengerechnet hatte.

Gabriela zog das fette, hässliche Portemonnaie einer Nobelmarke, das nutzlos in einem Schrank vor sich hingammelte, seit sie es von der Schwiegermutter zum letzten Geburtstag geschenkt bekommen hatte, aus der Handtasche und öffnete es langsam. Zuäusserst im Notenfach steckte gut sichtbar ein Tausender. Sie konnte sich nicht erinnern, in den letzten zehn Jahren je eine solche Note in den Händen gehalten zu haben. Doch sie glaubte, dass Bares dieser Grösse auch heute noch einen deutlichen Eindruck hinterliess.

Ihre Finger zählten sich durch das Geld und zogen schliesslich eine automatenfrische Zweihunderternote heraus, die sie mit einem souveränen Lächeln Roswitha hinhielt. «Passt so. Ich schätze einen vertrauensvollen Geschäftspartner.»

Als statt eines Ausdrucks der Verwirrung ein paar strahlende Zähne in Rosis Gesicht aufblitzten, wusste Gabriela, dass sie irgendeinen Fisch an der Angel hatte. Dies hier war nicht einfach eine Bar und Roswitha verdiente sich ihr Brot nicht mit Bier und Büffelburgern.

Rosi steckte die Note ein und bedankte sich. Dann griff sie zu einem auf dem Tresen stehenden Zellophansäckchen und stellte es vor ihrer Kundin auf den Tisch. «Ein kleines Präsent. Geniessen Sie es für sich alleine. Nicht weiterschenken.» Gabriela sah die Wirtin an und runzelte ihre Stirn. Rosi nickte nur freundlich und wünschte eine gute Nacht. Dann setzte sie sich wieder auf den ausgeleierten Hocker mit Kunstlederüberzug, zog den zerkauten Bleistift aus der Blusentasche und klappte das schwarze Buch auf.

Gabriela erhob sich, steckte Handy und Zellophansäckchen in die Handtasche und ging in langsamen, zugleich grossen Schritten dem Ausgang entgegen. Bevor sie die Klinke herunterdrückte, blieb sie noch einmal kurz stehen und sah über ihre Schulter. Rosi war in ihren Bürokram vertieft und würde es wohl für den Rest der Nacht bleiben. Alleine hinter dem Tresen ihrer leeren Bar.

Als die schwere Holztür hinter ihr zugefallen war, rannte Gabriela zum Auto und öffnete Helens Nachrichten. «Was zum Teufel!? Verdammt noch mal, was macht die dort oben?!»

Mittwoch, 27. Juli, 22 Uhr 40, auf dem Eschenberg

Während sie durch die mondlose Nacht schlich, sendete Helen eine Nachricht an Gabriela, in der sie ihr mitteilte, dass sie sich nun auf dem Weg zum Auto befand und gleich nach Winterthur zurückfahren würde. Doch einen Augenblick später sah sie, dass dies nicht mehr notwendig war. Die Scheinwerfer des breiten Familienautos gingen aus und eine grosse Gestalt knallte die Fahrertür von aussen zu. Gabriela.

Donnerstag, 28. Juli, 7 Uhr, in Helens Wohnung

Helens Hand suchte tastend auf ihrem Nachttischchen nach dem Handy, das einmal mehr die nervtötende Weckmelodie von sich gab. Als sie es endlich in den Händen hielt, schob sie den Balken zur Seite und der Wecker verstummte. Sie hätte gerne noch länger geschlafen, doch heute musste jede Minute ausgenutzt werden.

Für morgen war ein weiteres Treffen mit Bernasconi bei Wolf+Reinegger angesetzt und bis dahin sollten noch einige Teile gedruckt und verputzt werden.

Nach einer warmen Dusche wandelte Helen mit der Energie einer Greisin in die Küche und legte den Schalter des Wasserkochers um, bevor sie einen halben Becher Trockenfutter ins Näpfchen ihrer Katze gab. Für sich selbst bereitete sie drei in einer Übermenge Butter schwimmende Spiegeleier mit etwas zu viel Pfeffer zu. Die Katze knabberte, Helen schmatzte.

Mit einer grossen Tasse starkem Milchkaffee verliess sie die Wohnung und ging in ihren Arbeitsraum im Untergeschoss, wo die drei Drucker mit fertigen Teilen auf ihren Platten nebeneinanderstanden. Sie trank die Hälfte ihrer Koffeinbombe und begann zu arbeiten.

Gestern war es nach Mitternacht geworden, bis sie endlich nach Hause gekommen war. Gabriela und sie hatten sich gegenseitig auf dem dunklen Parkplatz des Tierparks die Kurzfassungen ihrer Erlebnisse erzählt, doch beide waren zu adrenalingeladen gewesen, um daraus ein übersichtliches Bild zeichnen zu können.

«Wenn man vom Teufel spricht!» Helen liess das Schleifpapier auf den Tisch fallen und griff zum klingelnden Handy, welches an der Wand angelehnt auf der Werkbank stand. Es war Gabriela, deren Stimme verschlafen und aufgewühlt zugleich klang.

Helen konnte ihr kaum folgen. Sie redete von irgendwelchen Rahmtäfelchen aus einem Säckchen, das ein Etikett hatte, und davon, dass sie jetzt den seltsamen Satz der Wirtin verstünde und dass sie sich auf den Weg zu Helen machte – jetzt gleich. Noch bevor diese antworten und sagen konnte, dass sie überhaupt nichts verstanden hatte, legte ihre Kollegin auf.

Helen packte die aus weissem PETG gefertigten Komponenten in die grosse Kartonschachtel und klebte diese zu. Während die Drucker Schicht um Schicht ihre Arbeit verrichteten, stand Helen wie angenagelt in der Mitte des Raumes, den Blick auf einen Punkt an der weissen Wand fixiert, das Hirn überfüllt und doch leer, und nippte an ihrem lauwarmen Kaffee, bis die Tasse leer war. Dann verliess sie den Arbeitsplatz, schloss die Tür hinter sich ab und ging aus dem Haus. Sie begab sich zum Quartierspielplatz, der um diese Zeit noch in kinderfreier Ruhe dalag, setzte sich ins noch leicht morgenfeuchte Gras neben der Schaukel und schloss die Augen.

Bald hatte sie die Zeit vergessen und war im Geiste in eine Welt abgetaucht, welche das Ideal ihres Lebens zeigte. Ein Leben, in dem sie sich die mühsamen, unrechten, schlechten Dinge nicht so sehr zu Herzen nahm, ihre Energien für Bedeutungsvolles und Erfüllendes einsetzte, statt im Sumpf irgendeines integritätslosen Unternehmens zu versinken oder gegen Windmühlen zu kämpfen. Ein neues Leben, in dem sie sich traute, sich von ihrem Herzen – und ihrem Bauch – lenken zu lassen, dem Universum zu vertrauen ... «Helen! Da bist du ja!» Die Stimme, die sie aus ihren warmen, hoffnungsvollen Gedanken riss, gehörte Gabriela.

Die beiden Kolleginnen setzten sich auf den Wiesenhang, unter welchem Gänge aus grossen Betonrohren für die Kinder hindurchführten. «Hier, das hat mir gestern die Wirtin gegeben», sagte Gabriela und hielt Helen ein transparentes Beutelchen vor die Nase. Helen nahm es und roch daran. Wunderbarer Karamellgeschmack. Der Typ, der sich als Roswithas Mann – Edi – herausgestellt hatte, hatte genau die gleichen gegessen auf der Bank hinter dem Säger-Areal.

Nach Gabrielas erlaubendem Nicken nahm sie eines der zwei verbleibenden Täfelchen heraus und steckte es genüsslich in ihren Mund. Wie selbst gemacht. «Mensch, die sind wirklich gut! Aber was ist denn nun eigentlich los? Ich habe am Telefon überhaupt nichts verstanden.» «Die Wirtin gab mir diese Rahmtäfelchen und meinte, ich solle sie für mich alleine geniessen und nicht weitergeben», erklärte Gabriela. Helen schüttelte den Kopf. «Okay ... ich verstehe noch immer nicht ...» «Ja, das tat ich auch nicht, bis heute Morgen, als ich das Zeug zum Frühstück gegessen habe. Nimm auch das Letzte.»

Helen tat wie ihr geheissen. Die Täfelchen erinnerten sie an ihre Kindheit, wenn ihre Mutter an kalten

Wintersamstagabenden manchmal das Backblech mit der Karamellmasse zum Abkühlen auf den schneebedeckten Gartentisch hinausstellte. Die Küche hatte jeweils tagelang nach rahmigem Karamell, nach Wärme, nach Zuhause geduftet. Gerade als sie das kleine Zellophansäckchen zusammenknüllen wollte, hielt sie inne. «Oh, ähm ... was ist denn das? Meinst du das hier?» Gabriela schnalzte zur Bestätigung mit der Zunge und nickte – ihre Augen leuchteten.

Helen begutachtete die Tüte von allen Seiten. Vorne klebte ein elegantes Etikett in schlichtem Design, welches darüber Auskunft gab, dass eine Bauernfamilie im Zürcher Weinland, die auch noch einen eigenen Hofladen betrieb, diese feine Süssigkeit aus biologischen Zutaten und viel Liebe herstellte. Am Boden war ein kleiner rechteckiger Kleber angebracht, auf welchem die Zutaten aufgeführt waren. Doch das Interessante war dessen klebende Hinterseite. Durch den Boden der leeren Tüte waren zwei lange, untereinandergeschriebene Zahlen zu sehen.

«47 Komma 471448. Sechs Nachkommastellen? Was ist das? Acht Komma ...» Gabrielas Mund öffnete sich und ihre Augen traten plötzlich etwas hervor. Dann schlug sie sich die Hand über Mund und Kinn. «Wo!», unterbrach sie, «wo ist das! Nicht was ist das! Wo!» Helens Nasenwurzel runzelte sich. «Koordinaten?! Du meinst, diese Wirtin hat dir Koordinaten mitgegeben?! Oh ... mein ... Gott.» Plötzlich fühlte sie sich wie frisch aufgeladen und öffnete die Kartenapplikation auf ihrem Handy, wo sie sorgfältig die Zahlen hineintippte.

Der Bildschirm glitt innerhalb eines Sekundenbruchteils zu einer roten Markierung in Form eines umgekehrten Bluttropfens auf grünem Hintergrund. Als Helen vorsichtig das Kartenbild mit zwei Fingern verkleinerte, lief ihr etwas Kühles durch die Wirbelsäule bis zum Steissbein hinunter. Die Zahlen waren tatsächlich Koordinaten. Sie beschrieben einen

Punkt im südlichen Teil des Waldgebiets, in welches sie gestern dem Mann der Wirtin gefolgt war.

«Gut, nun wissen wir, dass wir zweifellos auf dem richtigen Weg sind», stellte Helen fest, ihren Blick auf den Bildschirm fixiert. «Ach bitte, das wissen wir schon eine Weile, würde ich sagen. Aber das hier ... das hier ist ein Meilenstein, ein Fuss in der Tür.» Gabriela knüllte ihre Hand zu einer Faust zusammen, auf der sie ihr Kinn abstützte. «Wir müssen dorthin. Zeig mal her. Wo genau ist das?» Helen wechselte auf Satellitenansicht und hielt ihrer Kollegin das Telefon hin.

«Hinfahren kommt auf jeden Fall nicht in Frage, Gabi. Das liegt ziemlich abseits. Weit weg von Wegen, Waldrändern und dem Wildtierpark.» Gabriela nickte langsam und konzentriert. «Wann gehen wir?» Helen schloss die Augen und liess sich nach hinten ins Gras fallen.

Donnerstag, 28. Juli, in der Hieronymus Säger Erben AG

«Matthäus!» Memmelmann drehte sich um, als er seinen Namen hörte. Er war auch so schon zu spät dran und nun schien die Zieger auch noch etwas von ihm zu wollen. Er kratzte seinen Nacken, der in letzter Zeit wieder mehr juckte.

«Ähm, ja, guten Morgen ... Karolina ... äh, du, ich bin gerade etwas ... in Eile ...» Zieger erreichte ihn, blieb vor ihm stehen und legte ihm freundschaftlich ihre Hand auf die Schulter. «Guten Morgen, Matthäus, es dauert nur einen kleinen Moment. Komm doch bitte kurz mit in mein Büro.»

Memmelmann folgte ihr, ohne weiter nachzufragen. Was gab es denn jetzt schon wieder, womit man seine Routine stören musste? Hoffentlich nicht noch ein Besuch der Polizei.

Er hatte keine Zeit für diesen ganzen Aufwand. Er war schliesslich Bereichsleiter.

Sie durchquerten den Aufenthaltsraum, welcher um diese Zeit wunderbar nach frischem Kaffee duftete, und bogen danach auf den Gang ab, auf dem die Büros der Personalabteilung lagen. Zieger schien etwas angespannt zu sein. Sie öffnete die Tür zu ihrem stylisch eingerichteten Büro und bat Memmelmann, am Besprechungstisch Platz zu nehmen. Schwungvoll zog sie die Tür hinter sich ins Schloss, bevor sie sich setzte.

«Matthäus, bevor ich eine offizielle Information herausgebe, wollte ich dich über eine organisatorische Änderung informieren.» Memmelmanns schuppenreicher Nacken juckte nun unausstehlich. «Was ist denn wichtig genug, um mich schon beim Hereinkommen abzufangen?»

Nun neigte die Zieger ihren Kopf leicht zur Seite und schaute ihn mit dem erbarmenden Blick eines Golden Retrievers an. «Nun, lieber Matthäus, ich will dir ja nicht in deine Gewohnheiten eingreifen, doch ich bin nicht diejenige, die fast jeden Tag erst fünf Minuten nach Blockzeitbeginn hereingestolpert kommt, weil sie den Zug verpasst hat. Gut, bist du nicht mir unterstellt, Matthäus ...» Memmelmann schoss die Röte ins Gesicht. Sie lächelte.

«Nein, schau, Matthäus, es geht um Folgendes: Ich musste leider vorgestern Abend Cécile Käufeler die Kündigung aussprechen. Sie wurde per sofort freigestellt. Ich werde heute Vormittag über ihr Ausscheiden informieren.» Memmelmanns Augen weiteten sich. Er richtete seinen gekrümmten Rücken auf und sass mit offenem Mund da. «Äh, ja, aber wer ... also ... wer kümmert sich jetzt um meinen Bereich? Also, äh, du weisst doch, dass ich gerade wichtige Positionen zu besetzen habe. Wenn jetzt die Käufeler weg ist, wer von deinen Leuten ... äh ... selber mache ich das jedenfalls nicht, dafür habe ich keine Zeit. Ich bin sehr eingespannt, wie du weisst.» Die Finger seiner gefalteten Hände begannen, sich gegenseitig die Knöchel zu kratzen. Weisse Flöckchen schneiten auf die Tischplatte.

«Nun, Matthäus, wie du weisst, habe ich selbst zurzeit einen Personalengpass. Die Arbeitnehmenden haben heute leider kein Durchhaltevermögen mehr. Doch ich werde schauen, dass du für die dringenden Themen von meinem neuen Mitarbeiter betreut wirst – sobald er eingearbeitet ist. Doch natürlich wird es zwangsläufig zu Verzögerungen kommen.» «Nun ja, das ist jetzt schon etwas mühsam für mich, weisst du? Ich brauche wirklich dringend einen Arbeitssicherheitsspezialisten und dann ... dann den Ersatz für die Berger ... ach du meine Güte.»

«Natürlich habe ich absolut vollstes Verständnis für deinen Unmut. Ich hatte die Cécile immer für eine loyale Person gehalten. Das durfte ich ja auch erwarten, würde ich meinen – nach allem, was ich für das Mädel getan habe ... damals. Doch ich musste leider einfach durchgreifen. Sie hat ihre Grenzen überschritten. Und überhaupt war die schon eine Weile ziemlich neben den Schuhen. Ich mag ja interessierte Leute, aber Madame Käufeler hat angefangen, sich übermässig zu engagieren und ihre Kompetenzen zu überschreiten. Sehr schade, ich hatte wirklich viel von ihr gehalten. Aber wenn sich Mitarbeitende unerlaubt in dein Büro verirren ... na ja.»

Memmelmann hätte sich am liebsten gleich frühpensionieren lassen. Doch mit fünfundvierzig Jahren war das natürlich keine Option. Er spürte ein Kratzen im Hals. Vielleicht würde er krank werden. Er sollte besser wieder heimfahren – vorsichtshalber.

«Gut, das war's eigentlich auch schon. Jetzt bist du wenigstens mal auf dem neusten Stand. Hast du noch Fragen?» Memmelmann schwieg. «Gut, Matthäus, dann wünsche ich dir einen erfolgreichen Tag.» Karolina Zieger erhob sich und öffnete Memmelmann die Tür. Dieser stand auf, steckte sich das Hemd, das beim Sitzen immer hochrutschte, zurück in die Hose und wollte gehen. Doch da fiel ihm etwas ein.

«Äh, Karolina, hat man eigentlich noch etwas gehört bezüglich dem Herrn Bunjaku? Die Polizei war ja hier ... also, bei mir, aber jetzt weiss ich nicht, was da der Stand ist ...» «N-nö, da hat sich niemand mehr gemeldet. Ich denke, die Polizei ist da dran. Wir haben getan, was wir konnten. Du meintest ja, er wäre etwas schlecht drauf gewesen? Depressiv ...?»

Memmelmann atmete schwer aus. «Ja, eben, was ist, wenn der sich ... nun ..., wenn er nicht zurückkommt? Ich meine, dann müssten wir ihn auch noch ersetzen. Und ehrlich gesagt, ohne Berger und Bunjaku ... das geht einfach nicht. Kann man nicht jetzt schon etwas unternehmen?» Zieger lächelte und klopfte ihm auf die Schulter. «Weisst du was? Das ist eine gute Idee. Schick mir doch die Stellenanforderung und ich leite den Neubesetzungsprozess in die Wege. Vielleicht schaffe ich es noch heute. Und wenn er ... wiederkommt, dann finden wir ihm eine andere Stelle im Unternehmen. Er ist ja ein engagierter Kerl, oder? Ich hoffe wirklich, es kommt alles gut. Seine Frau tut mir so leid. So etwas möchte man sich gar nicht vorstellen, was?»

Memmelmann nickte, bedankte sich und ging dann endlich in sein Büro, welches sich auf der anderen Seite des Gebäudes befand. Manchmal war er sich nicht sicher, ob es richtig gewesen war, die Berger rauszuschmeissen. Jetzt, da auch noch Bunjaku fehlte, war die Situation wirklich sehr mühsam. Und er hatte wieder den ganzen Aufwand.

Andererseits ... Adalbert Zippelmeier hatte die Berger noch nie gemocht. Von daher war es bestimmt keine falsche Entscheidung gewesen. Für seinen Stand in dieser Firma war es schliesslich essenziell, sein gutes Verhältnis zum Chef zu pflegen und auszubauen. Er schloss seine Bürotür und setzte sich auf den teuren ergonomischen Stuhl. Sein Nacken juckte. Er kratzte und kratzte.

Donnerstag, 28. Juli, in einem hellen, modern eingerichteten Büro

Die allermeisten ihrer Entscheidungen traf sie aufgrund knallharter Fakten und kühler Zahlen. Doch der Mensch besass eben auch Intuition. Beim einen war sie weniger, beim anderen mehr entwickelt. Sie selbst hatte selten dieses Bauchgefühl, das ihr den Weg wies, doch wenn es auftrat, war es meist von grossem Wert.

Diese seltsame Trinkrunde um den Cheftisch – das war so ein Moment gewesen. Was als ein weiteres, traditionell ödes Weihnachtsessen begonnen hatte, verhalf ihr unverhofft zu machtspendendem Wissen und dadurch zu neuen Geschäftsmöglichkeiten und zusätzlichem Einkommen. Sie nippte an ihrem Selleriesmoothie und dachte an jenen Winterabend.

Es war ausserordentlich kalt gewesen und hatte grosse Flocken geschneit. Eigentlich war sie bereits müde gewesen von der ganzen Arschkriecherei und bereit, nach Hause zu fahren. Doch dann waren ihr seine Blicke aufgefallen und sie realisierte, dass sie ihn noch nie hatte trinken sehen. In all den Jahren war es das erste Mal, dass sie ihn in einem solchen Zustand sah. Die Energien der Lust, welche von ihm zu diesem jungen, attraktiven Typen hinüberströmten, interessierten – ja faszinierten sie. Besonders vor dem Hintergrund seines gutbürgerlichen, konservativen Weltbildes schien ihr, möglicherweise etwas entdeckt zu haben, was ihren Hebel verlängern konnte. Und der eigene Hebel konnte nie lang genug sein.

Sie grinste bei der Erinnerung daran, wie sie ihn in ihr Auto verfrachtete, nachdem er neben dem Parkplatz in den frischen Pulverschnee gekotzt hatte. Sie hatte an diesem Abend sein Image gerettet, seine Position. Dafür hatte sie etwas zugute.

Sie wusste, dass seine Frau nach Deutschland zu ihrer alten, kranken Mutter gereist war und er alleine hauste. Die Situation war ideal. Sie fuhr ihn nach Hause. Nachdem sie ihn in seinem spiessig-teuer eingerichteten Wohnzimmer auf dem Ledersofa zurechtgebettet und ihm Unmengen frisches Wasser eingeflösst hatte, verliess sie noch einmal das Haus und holte einen Keks aus dem Aufbewahrungsbehälter in ihrem Handschuhfach. Sie wusste nicht, wie dieser Mann darauf reagieren würde, doch sie wusste, dass sie eine einzigartige Gelegenheit vor sich hatte.

Hühnerhaut breitete sich auf ihrem ganzen Körper aus, als sie an all dieses wirre Zeug dachte, welches damals aus seiner von Alkohol und Hanf zermanschten Seele herausgesprudelt war. Von seinem strengen Herrn Papa, von Schulnoten und Ledergürteln. Von Teufeln und Satanen und Hochwürden Hintermaier. Vom Heiraten und der Hoffnung, normal zu werden. Vom Wollen und Nichtdürfen.

Als er plötzlich wie ein Schlosshund heulte, gab sie ihm Wasser, fragte nach, animierte ihn zum Herauslassen. Er wisperte von Jauchegruben, Erinnerungen und Dachböden. Von Verlangen und Schuld. Von Herrn Papa und seinem harten Ledergürtel.

Während sich der Mann, zu dessen Name ein dickes Bankkonto, ein grosses Haus und ein perfekter Lebenslauf gehörten, auf dem Sofa in den Schlaf geschluchzt hatte, war sie die Treppe hochgegangen, um den zwei Stockwerke höher gelegenen Dachboden zu inspizieren. Und sie war fündig geworden. Sie hatte die Machtverhältnisse neu ausgelegt, eine Geschäftsnische entdeckt.

Sie trank den Smoothie aus. Sein kaputtes Geheimnis hatte sie auf die Idee gebracht, doch das Ganze aufgezogen hatte sie – sie alleine. Und er wusste, dass er seinen Teil beizutragen hatte und dafür auch einen grosszügigen Anteil erhielt. Doch einen Ausstieg würde er nicht verkraften – auch das wusste er.

Sie zog sich den Lippenstift nach und schloss die Augen. «Ich bin unantastbar und stark. Ich werde jeden Tag erfolgreicher. Niemand kreuzt meine Vorhaben. Mein Wille setzt sich immer durch. Ich bin unantastbar.»

Freitag, 29. Juli, im Zürcher Weinland

Dr. Alfons Schnegg-Öhri kam gerade mit zwei Polizeibeamten die Eingangstreppe der Wolf+Reinegger AG herunter, als Helen ihr Auto auf einem der Kundenparkfelder abstellte. Ihre Gedanken schwenkten zu Brian Burkhalter. Wo er wohl war? Ob er noch lebte?

Schnegg-Öhri verabschiedete sich mit bedrückter Miene von den Beamten und bedankte sich. Als er sich umdrehte, sah er Helen und kam auf sie zu. «Frau Berger! Hallo! Ich habe mir von Herrn Bernasconi sagen lassen, dass Sie beide sehr gut vorankommen. Das ist grossartig.» Während er dies sagte, mochte sein Lächeln, das bei ihm normalerweise eine solch vorherrschende Eigenschaft war, nicht so richtig hinter der Trübheit hervorscheinen.

Helen ihrerseits erzählte ihrem ehemaligen Chef, dass ihr die Zusammenarbeit ebenfalls sehr viel Spass machte und es sich gut anfühlte, wieder einer sinnvollen Tätigkeit nachzugehen. Sie bedankte sich einmal mehr für den Auftrag und sein Vertrauen, bevor sie unauffällig versuchte, das Thema zu wechseln.

«Und ich hoffe, in der Firma ist alles in Ordnung ...?», sagte sie mit einem Ausdruck von Sorge im Gesicht und einem flüchtigen Seitenblick zum wegfahrenden schwarzen Zivilfahrzeug der beiden Beamten. Schnegg-Öhris Haut wurde noch etwas weisser und er gab ein müdes Seufzen von sich. «Leider nicht so richtig. Ein Mitarbeiter von uns wird zurzeit vermisst. Herr Burkhalter. Die Polizei war schon ein paarmal hier, um Befragungen durchzuführen, doch weit scheint sie das noch nicht gebracht zu haben. Wir machen uns mittlerweile ernsthafte Sorgen.»

Helen nickte. «Ich habe am Rande etwas mitbekommen, aber man geht ja normalerweise davon aus, dass der Spuk nach ein, zwei Tagen wieder vorbei ist und es eine harmlose Erklärung gibt, nicht wahr ...?» «Ja, doch ich kann Ihnen sagen, Frau Berger, wenn es dann aber trotzdem mal ernst ist, dann überlegt man sich auf einmal, ob man nichts hätte merken müssen, ob man seine Chefpflichten vernachlässigt hat, ob man einen Unterschied hätte machen können ...» Helen sah eine feuchte Träne in seinem Auge aufleuchten.

Er räusperte sich und zeigte auf Helens Kartonschachtel. «Aber zeigen Sie doch mal ...» Helen stellte die Schachtel auf die Treppe und zog das Klebeband ab. Zusammen standen sie über dem Karton und schauten sich die Kunststoffteile an. Schnegg-Öhri, der die Eigenschaft besass, sich schnell begeistern zu können, begutachtete die Komponenten, indem er sie in seinen Händen umherdrehte und mit einem Auge durch Löcher und Schlitze spähte. Erst als der griesgrämige Logistikleiter aus der Tür kam, Helen ganz knapp und widerwillig grüsste und seinen Vorgesetzten vorwurfsvoll fragte, ob er den äusserst wichtigen Termin mit ihm vergessen hätte, beendete der Geschäftsführer seine spontane Sichtprüfung.

«Wir sehen uns», sagte er an Helen gerichtet und ging mit einem leichten Lächeln hinter seinem verbittert unsicheren Untergebenen durch den Haupteingang. Helen schmunzelte, hob die Kartonschachtel auf und nahm den kürzeren Weg durch den Hintereingang, wo ein zigarettenrauchender Fabio Bernasconi sie an der Tür begrüsste.

Die Atmosphäre in der Montagehalle war anders, als es Helen gewohnt war. Die bedrückte Stimmung mischte sich mit seltsamen Blicken, welche die Mitarbeiter sich gegenseitig zuwarfen.

Während Bernasconi seinen Laptop aufstartete, um Helen einige Zeichnungen zu zeigen, begann diese, die Teile aus der Verpackung auf dem Tisch auszulegen und die zur Montage benötigten Normschrauben herauszusuchen. Im äussersten Bereich ihres Sehfeldes sah sie Anita stehen – die Anlaufstelle für denjenigen, der die neusten Gerüchte aus dem Untergeschoss dieser Firma kennen wollte. Helen drehte sich um und winkte ihr zu. Sie sollte nachher mit ihr sprechen.

Bernasconi präsentierte eine Excelliste, auf welcher er Zeichnungsnummern und Mengenangaben der als nächstes benötigten Teile sowie deren jeweilige Priorität aufgelistet hatte. «Bis wann, denkst du, kannst du das schaffen?», fragte er.

Helen studierte die Liste. Diese war lang und sie war dankbar dafür. «Ich gebe dir eine genauere Abschätzung, sobald ich die Programme erstellt habe. Doch ich denke, wir reden hier von mindestens zweieinhalb bis drei Wochen. Ich schlage vor, wir machen zwei bis drei Teillieferungen daraus.» Der Konstrukteur nickte, während er konzentriert seinen Bildschirm beäugte.

Bernasconi hatte sich verabschiedet, um an einer Projektbesprechung teilzunehmen, und Helen war mit dem Montieren der Komponenten beschäftigt, als Anita mit dem Gabelstapler eine Palette mit Doppelrahmen und Deckel zum Umschlagplatz brachte. Nachdem sie abgeladen und den Stapler auf sein gelb markiertes Parkfeld zurückgestellt hatte, schlenderte sie zu Helen.

«Komm, trink einen Kaffee mit mir!», rief Anita lächelnd. Ein Blick an die Wanduhr bestätigte Helens Gefühl, dass sie nun bereits über eine Stunde hier war und seit ihrem Frühstück schon ganze zwei Stunden vergangen waren.

«Ich glaube, das ist eine gute Idee», sagte sie, erhob sich vom Boden und wischte sich den Staub von den Knien, bevor sie Anita zum Heissgetränkeautomaten folgte. Sie warteten, bis die zwei Kollegen vor ihnen mit ihren dampfenden Getränken die Pausenecke verliessen.

Helen stellte zuckerlos ein und drückte auf «Latte». Wie bemerkenswert es doch war, dass Kaffee – ganz gleich wie scheusslich er schmecken mochte und woraus er bestand – beinahe immer eine kurzzeitig gemütlichere Atmosphäre zu schaffen vermochte. «Ist gerade etwas krass, die Sache mit Brian. Er gilt nun offiziell als vermisst und die Polizei sucht nach ihm. Es war sogar ein Bild von ihm in der Zeitung», berichtete Anita auf Helens Frage nach ihrem Befinden und wählte ihrerseits einen Cappuccino.

«Weiss man denn mittlerweile etwas Genaueres?» Helen liess den warmen Duft der chemischen Brühe in ihre Nase steigen und atmete sie genussvoll ein. Anita verzog ihr Gesicht, das heute irgendwie blass erschien, zu einer auf seltsame Weise geheimnisvollen Grimasse. Nach ein paar Sekunden des schweigenden Spannungsaufbaus berichtete sie: «Wir wurden alle befragt, weisst du ... war ein ungutes

Gefühl und drückt irgendwie auf die Stimmung hier drin. Ich habe denen natürlich alles erzählt, was ich wusste. Das mit seiner Bewerbung und dass er sich etwas Neues suchen wollte und so. Aber glaubst du, die hätten das ernst genommen? Im Gegenteil! Es heisst anscheinend sogar, er wäre depressiv. Ich weiss ja nicht, wer das den Bullen erzählt hat, aber der ist bestimmt nicht abgehauen und hat sich etwas angetan, weil er depressiv ist. Nun, also, ich meine, er ist ja schon lange unzufrieden mit seiner Situation, aber das bedeutet ja nicht gleich ... meine Güte! Brian hat in Australien seinen Traumberuf aufgegeben, um mit dieser ... dieser Steffi in die Schweiz zu kommen, und nun fühlt er sich nicht ganz so glücklich, wie er sich das damals erträumt hatte.»

Anitas Stimme hatte sich im Laufe des Erzählens auf seltsame Weise verändert. Die Fassade der Gerüchteverbreiterin bekam feine Risse, durch welche hindurch Helen so etwas wie Einfühlsamkeit und ehrliche Sorge zu hören glaubte. «Warum denkst du denn, die Polizei hätte die Sache mit der Bewerbung nicht ernst genommen?», fragte Helen Anita, die keine Vorstellung davon hatte, wie tief drin ihre Gesprächspartnerin bereits selbst in dieser Angelegenheit steckte.

Anita griff zum vollgefüllten Automatenbecher und zog ihn vorsichtig aus der Halterung. Nachdem sie einen kleinen, noch viel zu heissen Schluck genommen hatte, verdrehte sie frustriert ihre Augen und machte eine wegwischende Handbewegung der Resignation. «Ach ... als ich der Polizistin erzählt habe, dass sich Brian beworben hatte, reagierte sie kaum, schrieb es sich nicht einmal in ihr Blöckchen. Es war, als ob sie gleich für sich entschieden hätte, dass es bedeutungslos war. So kam es mir zumindest vor. Und vielleicht ist es ja bedeutungslos ... aber trotzdem seltsam, finde ich. Ich würde gerne wissen, wie dieses Vorstellungsgespräch abgelaufen ist.

Denn davor ging es ihm bestimmt nicht so schlecht, dass er sich einfach etwas angetan hätte ... das ... das weiss ich.»

«Wann wurdest du denn befragt?» Anita schaute Helen resigniert an und liess Luft zwischen ihre Lippen hindurch entweichen. «Ach, das ist auch so etwas. Erst vorgestern. Obwohl wir jeden Tag acht Stunden mit ihm arbeiten, hat man sich so lange Zeit gelassen. Und dafür bezahlen wir Steuern!» Anita schien ernsthaft bekümmert.

Helen kannte diese Frau nun seit sieben Jahren und konnte sich nicht erinnern, sie jemals so wahrgenommen zu haben. «Weisst du, wie es seiner Frau geht?», fragte sie und konnte spüren, wie sich Anitas Körper bei Steffis Erwähnung anspannte. War da mehr als das gewöhnliche Interesse am Wohlbefinden eines Arbeitskollegen? Glaubte Anita deshalb mit voller Sicherheit zu wissen, dass Brian Freuden im Leben hatte, die ihn davon abhielten, etwas Dummes zu tun? Hielt das Nichtkennen dieses Umstandes die Polizei noch zusätzlich davon ab, der Bewerbung und somit der Firma Säger die notwendige Wichtigkeit beizumessen?

Anita trank ihren Becher leer und beförderte ihn dann schwungvoll in den neben dem Automaten stehenden Sammelbehälter. «Pff ... seine Alte ist doch nur mit sich selbst beschäftigt, diese egoistische Bitch.»

Helen beeilte sich beim Montieren der restlichen Druckteile. Gabriela und sie waren ziemlich alleine auf dieser Spur, welche in die Firma Säger und von dort wieder hinausführte. Sie mussten weiterkommen. Und zwar schnellstens.

Als sie nach einer weiteren Stunde ihre Arbeit endlich beendet hatte, öffnete sie die E-Mail-Applikation ihres Handys. Bernasconi hatte ihr die Dateien bereits gesandt. Sie notierte sich noch ein paar wichtige Informationen, die sie mit dem Konstrukteur besprochen hatte, in ihrer Agenda, bevor sie die Firma durch den Hinterausgang verliess – inmitten einer Schar Mitarbeitenden, die sich gerade nach draussen zwängten, um beim Bäckerwagen ihre Pausenverpflegung zu kaufen.

Kaum hatte Helen den Motor ihres Autos angelassen, stellte sie ihn wieder ab und griff noch einmal zum Telefon.

«Esti, darf ich heute Nachmittag Cäsar auf einen Ausflug mitnehmen?», fragte die Nachricht, die sie verfasste, bevor sie endlich ihren Rückweg antrat.

Es war neun Uhr fünfzehn und die Autobahn begann sich zu lichten. Als sie das Radio anmachte, sang die sägende Stimme Piafs, dass sie nichts bereue. Nein, gar nichts. Helen sang laut und falsch mit.

Freitag, 29. Juli, auf der Autobahn A1

Seine runden, grossen Augen sprangen vor lauter Interesse beinahe aus ihren Höhlen. Er atmete hundertachtzig Züge in der Minute, während ein bis auf das Sitzpolster reichender Sabberfaden aus seinem Mund hing. «Ja, Cäsar, jetzt erkunden wir neues Gebiet. Und dieser Spaziergang ist sehr wichtig, merk dir das, Kleiner. Du bist heute Such-, Alibi- und Schutzhund in einem.»

Lächelnd sah Helen zum dicklichen Hund ihrer Nachbarin auf dem Beifahrersitz hinüber. Es war elf Uhr vierzig und Helen war mit zwei Dönern unterwegs nach Eschlikon, um mit Gabriela zu essen, bevor sie im Eschenbergwald zu einer Mission aufbrechen würden, die irgendwie eher in einen schlechten Film gepasst hätte.

Helen versuchte, ihren Atem unter Kontrolle zu behalten. «Lass das bitte gut gehen. Bitte», flüsterte sie. Mit grossen, fragenden Augen sah Cäsar sie an.

Freitag, 29. Juli, 13 Uhr 05, beim Tierpark Bruderhaus

Helen befestigte die Leine am Halsband und schloss die Autotür ab. Die Luft war angenehm warm, der Himmel bewölkt. Nur wenige Menschen schienen an diesem Freitagnachmittag hier unterwegs zu sein, denn der Parkplatz, auf dem sie ihr Fahrzeug abgestellt hatte, war beinahe leer.

Gabriela schnürte ihre Wanderschuhe und öffnete dann die Kartenapplikation, in der sie die Koordinaten vom Boden der Zellophantüte eingegeben hatte. Nachdem sie noch einmal ihre Ausrüstung – unter anderem bestehend aus Pfefferspray, Taschenlampe sowie einem aus Messing gedrehten Kugelschreiber mit Schädelbrecherpotenzial – überprüft hatte, richtete sie einen ernsten Blick auf ihre Kollegin. «Bist du bereit?», fragte sie mit einer für sie derart untypischen Anspannung in der Stimme, dass der Pingpongball in Helens Kehle zu einem Tennisball anwuchs.

Helen tastete ihre Hosentaschen ab, setzte ihre Baseballkappe auf und betrachtete ihren kleinen, faulen Leihhund. «Ja. Wir sind bereit. Komm, Cäsar, gehen wir.»

Wie sie am Vortag und dann noch einmal auf der Herfahrt besprochen hatten, ging Helen vor, um die Umgebung um den Koordinatenstandort als Spaziergängerin zu erkunden. Nichts eignete sich besser, um harmlos und abgelenkt zu wirken, als das Mitführen eines süssen kleinen Spazierhundes.

Sie marschierten ein paar Hundert Meter die schmale Asphaltstrasse entlang, bevor sie auf einen ausgewaschenen Schotterweg abbogen. Cäsar war aufgeregt und spurtete vor und zurück, wobei er die gesamten sechs Meter seiner Leine ausnutzte. Im Wald war es komplett windstill und Helen schien, als seien seine Sommerdüfte hier und heute besonders intensiv und voll.

Je tiefer sie in den Wald hineinkam, desto dichter, grüner und angenehmer wurde die Umgebung. Sie schaute regelmässig auf die digitale Karte und beobachtete ihre Umgebung mit höchster Konzentration. Vögel zwitscherten, Blätter raschelten, Insekten summten und in der Weite heulte die Autobahn. Laut freigegebenem Standort befand sich Gabriela noch immer in der Nähe des Parkplatzes. Erst wenn sich Helen einen Überblick verschafft hatte, würde sie folgen.

Cäsar lief nun schön neben seiner Hundesitterin her, ab und zu blieb er stehen und roch an einem Grasbüschel oder Baumstamm. Der Weg war mittlerweile zu einem von dicken Wurzeln durchzogenen Trampelpfad geworden. Helen blieb neben einer hohen Buche bemerkenswerten Umfangs stehen. Ein sanftes Lüftchen streifte ihr verschwitztes Gesicht. Es war ein wunderbares Fleckchen, das jedoch nicht viele Wanderer anzuziehen schien. Vielleicht ein guter Ort, um Dinge zu erledigen, die nicht unbedingt gesehen werden wollten.

Gemäss GPS war sie noch etwa hundert Meter vom roten auf dem Kopf stehenden Bluttropfen entfernt. Vorsichtig ging sie weiter. «Komm, Cäsar!» Nachdem er sein Bein gehoben und die Wurzel der majestätischen Buche bepinkelt hatte, trippelte er ihr hechelnd hinterher.

Je weiter sie sich der roten Markierung näherten, desto mehr lichtete sich der dichte Tannenwald und die Buchen nahmen überhand. Auf einmal blieb Cäsar abrupt stehen und sah sich nervös um. Seine Nase verzog sich, bevor er sie zum moosigen Waldboden hinabsenkte und interessiert an einem vermodernden Strunk zu schnüffeln begann.

Helen sah um sich. Es wäre der perfekte Platz für ein gemütliches Picknick oder eine Waldmeditation gewesen, doch sie fühlte sich auf eine sonderbare Weise unwohl, die sie nicht in Worte zu fassen vermochte. Es war keine Angst im eigentlichen Sinne und auch gewöhnliche Nervosität fühlte sich anders an. Eher war es ein Gefühl tiefer innerer Unruhe, die sich bis in die Knochen frass. Seinem Verhalten nach zu urteilen, fühlte sich auch Cäsar nervös, denn er wühlte mit seiner grenzwertig flachen Schnauze im schwarzen, lockeren Waldboden herum, wobei er einen Teil der aufgewirbelten Erde schmatzend frass.

«Stopp, Cäsar! Keine Erde fressen! Erde pfui!» Helen zog ihn an der Leine zu sich hin und marschierte weiter. Noch etwa dreissig Meter. Sie steckte ihr Telefon wieder in die linke Fronttasche ihrer Jeans und versuchte, die Umgebung nicht aus der Aufmerksamkeit zu verlieren.

Ihr Puls setzte aus, als eine Krähe mit wuchtigem Flügelschlag und schrillem Schreckensschrei aus der Krone einer hohen Tanne schoss. Sie schloss die Augen und atmete tief, während sie sich die linke Hand flach auf die Brust drückte.

Ein weiteres Mal kontrollierte sie ihr Handy – irgendwo hier musste es sein. Langsam ging sie mit leicht weichen Knien weiter den Pfad entlang. Hierhin wurde Gabriela bestellt? Hier war nichts. Der Trampelpfad hatte mittlerweile kaum noch diesen Namen verdient und nichts in ihrer Sichtweite machte den Eindruck, in irgendeiner Form als Treffpunkt zu dienen. Andererseits war vielleicht gerade dies der Sinn dahinter.

Sie sah sich in alle Himmelsrichtungen um. Waren hier etwa Kameras angebracht? Der Gedanke, beobachtet zu werden, trieb ihr eine schüttelnde Kälte zwischen die Schulterblätter. Sie löste die Leine von Cäsars Halsband, nachdem sie das Stück eines handgelenkdicken Astes aufgehoben hatte. Mit wenig Schwung warf sie das Stück Holz ein paar Meter von sich weg. Cäsar brauchte keine Anweisung, um sofort loszusprinten und Helen den Ast zurückzubringen – nachdem er mit seinen kräftigen Bulldoggenzähnchen daran herumgeknabbert hatte. Dieses Spiel wiederholten sie wieder und wieder, während sie die Richtung jedes Mal mit einer gewissen Systematik änderten, die es Helen ermöglichte, den Ort unauffällig abzuscannen.

Obwohl das seltsame Gefühl im Rücken sie nicht verlassen wollte, konnte sie hier keinerlei Spuren menschlicher Anwesenheit erkennen. Gerade hatte sie das Aststück zum ungefähr dreissigsten Mal auf den Waldboden geworfen, als Cäsar plötzlich stehen blieb. «Hol das Stöckchen, Cäsar!» Cäsar setzte sich auf seinen kleinen, dicken Hintern und sah Helen mit seinen unschuldigen Glubschaugen an. Sie sah seinem Blick nach, als er den Kopf auf die Seite drehte und einen Baumstamm anzustarren begann. «Komm her, Cäsar!», rief Helen und klopfte sich dabei mit der flachen Hand auf den Oberschenkel. Der Hund kam angerannt und setzte sich auf Kommando vor sie hin.

Sie leinte ihn wieder an, kramte dann ein Leckerli aus ihrer Gesässtasche und hielt es dem Hund zwischen Daumen und Zeigefinger geklemmt vor das Maul. Mit einer flinken Schnappbewegung beförderte er die Belohnung in seinen Rachen.

Helen ging in die Richtung des Baumstammes, den Cäsar vorhin so auffällig lange fixiert hatte. Dazu musste sie den nun beinahe unerkennbaren Pfad komplett verlassen. Jetzt war es besonders wichtig, eine authentische Hundehalterin abzugeben, was ihr – dieser Ansicht war zumindest sie selbst

– bis dahin ganz gut gelungen war. Das unangenehme Kribbeln zwischen den Schulterblättern wurde stärker, sie fühlte sich beobachtet, gesehen und doch so alleine.

«Oh, schau, Cäsar, wie schön es hier ist! Da haben wir aber einen tollen neuen Weg entdeckt, was?!», sagte sie in einer grosszügigen Lautstärke zu Estrellas Liebling. Dann sah sie hoch zu Tannenspitzen und Baumkronen und drehte sich dabei mit ausgebreiteten Armen langsam um ihre eigene Achse. Eine gutgläubige Spaziergängerin, die den Wald genoss und sich von der Schönheit der Natur begeistern liess.

Ihren Blick geradeaus gerichtet, passierte Helen den scheinbar interessanten Stamm. Es war eine kräftig grüne Eiche, auf deren einer Seite ein abgebrochener Ast mit dürren Blättern herunterhing. Vorsichtig drehte sie den Kopf nach links und liess ihre Augen von den knorrigen Wurzeln aus den Stamm entlang hochgleiten. Neben ihrem rechten Fuss rissen Cäsars Vorderpfoten den Waldboden auf – der Hund war sichtlich unruhig.

Helens Augen hatten die Höhe der Bruchstelle erreicht, als ihr ein Kälteschauer vom Hinterkopf über die Schultern bis zum Steissbein hinunterlief. Der Grund dafür – es schien nicht einmal einer zu sein – war lächerlich, sie hätte sich selbst ohrfeigen können, dass sie deswegen derart erschrak. Es war nur ein Brutkasten. Ein stinknormaler Brutkasten, wie sie zu Hunderten und Tausenden in den Wäldern anzutreffen waren.

«Cäsar, komm!» Warum war er dermassen unruhig? Warum hatte sie selbst ein Gefühl im Rücken, als ob hinter ihr gleich der Todesengel auftauchen und ihr eine Axt über den Schädel ziehen würde? Sie musste hier raus und zurück zum Auto. Plötzlich schien ihr die ganze Geschichte mit diesen Koordinaten nur noch totaler Schwachsinn. In ihrem Kopf begannen sich Häufchen aus Zweifel und Unsicherheit zu türmen. Wozu taten sie das hier? Wie kamen sie immer und immer wieder zur Überzeugung zurück, tatsächlich etwas ausrichten zu können? War diese nobel gemeinte Realitätsverleugnung nicht genau das, was sie vor nicht allzu langer Zeit in diesen elenden Burn-out hineingetrieben hatte?

Wenn all das, wovon sie mittlerweile ausgingen, stimmte, dann war es verantwortungslos zu glauben, Gjon und Brian auf eigene Faust finden zu können. Gleichzeitig war sie sich jedoch auch nicht mehr sicher, ob sie überhaupt noch auf der richtigen Fährte waren.

Sie stand am Standort der Koordinaten. Trotz der windlosen Sommerwärme froren ihre Arme. Doch hier war nichts – nichts, das auf einen Treffpunkt oder Übergabeort hingedeutet hätte. Oder vielleicht war sie auch einfach viel zu nervös zum Denken.

Falls hier Kameras angebracht waren, dann sehr gut getarnt. Was sollte Gabriela hier? Helen zog leicht an der Hundeleine und trat den Rückweg an. Cäsar schaute noch einmal zur Eiche und gab ein Knurren von sich, das rülpsend seinen Abschluss fand. Auch Helens Blick streifte noch einmal flüchtig den Eichenstamm, dann erhöhte sie ihr Tempo.

Bereits waren sie wieder etwa einen halben Kilometer von der Stelle entfernt, als der süsse, pummelige Cäsar wie eine verrückte Bestie zu knurren und bellen begann. Helens Aufmerksamkeit – sowie ihre Herzfrequenz – schnellte in die Höhe und ihre Hand krampfte sich um die angespannte Leine. Sie verlangsamte ihre Schritte, irgendwo in der Nähe knackten Äste, der Tannenwald war an dieser Stelle wieder dicht und undurchsichtig.

Bevor sie erkennen konnte, aus welcher Richtung das Geräusch kam, tauchte vor ihr ein Mann auf. Mit langen Schritten kam er den Pfad entlang, wobei sich seine massiven

Wanderschuhe trotz seiner mageren Statur kräftig in den Boden schlugen und ein Stampfen abgaben, das man einem Nashorn zugetraut hätte.

Er war recht gross gewachsen, vielleicht ein Meter neunzig oder mehr. Trotz der sommerlichen Wärme trug er tiefschwarze Jeans und ein dunkelgraues Poloshirt, welches bis zum obersten Knopf geschlossen war. Seine Arme waren leichenblass – ebenso seine Vollglatze. «Guten Tag», grüsste Helen ihn mit der freundlichen Stimme einer unauffälligen Hundehalterin. Lediglich ein knappes, beinahe erschrocken klingendes «Hallo» gab der etwa dreissigjährige Glatzkopf zurück, während er konzentriert den Augenkontakt vermied und durch sie hindurchschaute.

Er war die erste Person, die Helen heute in diesem Waldstück angetroffen hatte. Sie musste sich am Riemen reissen, um sich nicht noch einmal nach ihm umzudrehen, denn ein Gefühl in ihr liess sie vermuten, dass er dies tat.

Gabriela sperrte ihr Handy und stand vom Kiesboden auf, auf welchem sie – ans Hinterrad des Fiats angelehnt – die letzten fünfundvierzig Minuten verbracht hatte. Während sie Helens Standort auf dem Bildschirm nicht aus den Augen gelassen hatte, war sie doch auch ständig mit der Frage beschäftigt, was bei diesem Unterfangen noch auf sie zukommen würde und welche Risiken sie damit auf sich nahm. Generell war sie niemand, der sich mit Ängsten befassen wollte. Denn Ängste lähmten, frassen Kraft und liessen Vorhaben scheitern. Nein, sie schaute meist geradeaus und tat, was zu tun war.

Doch heute fühlte sie dieses eigenartig leere und doch so schwere Loch in ihrer Magengegend. Dieser Konflikt, welcher seit Tagen zwischen Enrico und ihr schwelte, begann an ihrer Energie zu zerren, ihre Kreativität und Verknüpfungsgabe zu behindern. Was war aus ihnen geworden? War ihre Beziehung – ihre Ehe – noch zu retten oder waren sie bereits zu weit voneinander entfernt, die Missverständnisse und das Misstrauen bereits zu gross? Und wie viel hatte sie selbst dazu beigetragen?

Ihre bedrückenden Gedanken wurden von schnellen Schritten auf dem staubigen Schotter hinter dem Auto unterbrochen. Sie drehte sich um. «Helen! Endlich. Hast du etwas gesehen?»

Helen liess Luft durch einen unsichtbaren Spalt zwischen ihren Lippen entweichen, riss – ohne zu antworten – den Kofferraumdeckel auf, stellte ein kleines Schälchen vor Cäsar auf den Boden und füllte es mit frischem Wasser aus einer PET-Flasche. Danach lehnte sie sich neben Gabriela ans Auto.

«Gabi, das mit diesen Koordinaten macht keinen Sinn, ehrlich gesagt ...» «Was hast du denn gesehen?», fragte Gabriela ungeduldig und sah ihrer Kollegin dabei erwartungsvoll in die Augen. Helen seufzte. «Eben nicht ... nicht wirklich ... ach, ich habe ein ungutes Gefühl ...»

Sie berichtete Gabriela detailgetreu von ihrem Rekognoszierungsgang. Vom immer schmaler werdenden Trampelpfad, vom Ort, dessen Koordinaten Gabriela von Rosi erhalten hatte, von dem seltsamen Gefühl im Rücken und der Hühnerhaut und vom Typen mit den neu aussehenden, kaum gebrauchten Markenbergschuhen, der ihr mitten im Wald völlig fehl am Platz schien. «Und Cäsar war auch die ganze Zeit irgendwie nervös. Einmal glaubte ich, er hätte etwas entdeckt, doch das war vermutlich nur der abgebrochene Ast, der ihn verängstigte. Weisst du, das Einzige, was ich mir vorstellen könnte, wäre, dass dieser Typ etwas mit der Sache zu tun hat. Doch auch das hätte eher Sinn gemacht, wenn du zu den Koordinaten noch eine Zeitangabe erhalten hättest. Hast du aber nicht. Ich kann mir jedenfalls nicht vorstellen, dass jemand von denen tagelang in der Nähe sitzt, Kamerabilder verfolgt – falls es die überhaupt gibt – und dann jedes Mal losläuft, sobald irgendein Wanderer ins Bild kommt … das ist doch Schwachsinn.»

Mit tiefen Falten in ihrer Stirn schüttelte Gabriela den Kopf. «Helen, ich bin mir ganz sicher, dass Rosi und ich kein Missverständnis hatten. Die zwischen den Zeilen gesprochene Sprache war … war sehr deutlich.»

Helen rieb ihren verkrampften Nacken so, dass es laut knackte, bevor sie den Rücken durchstreckte und tief einatmete. Sie sah in die Bäume hinauf, welche den kleinen Parkplatz umgaben, und wollte gerade vorschlagen, nach Hause zu fahren und nochmals über die Bücher zu gehen, als sie in ihrer Bewegung erstarrte. An der stämmigen Buche vor ihr war ein Brutkasten angebracht. Ein Brutkasten wie jener am Eichenstamm … mit einem kleinen Unterschied – der Helen beinahe entgangen wäre.

«Ähm, Gabriela, warte mal … das Vogelhäuschen … ich meine der Brutkasten …» Gabriela verzog verständnislos ihr Gesicht. «Hä? Was für ein Brutkasten? Der da oben?», fragte sie und zeigte zum Baumstamm, an dem Helens Blick noch immer festklebte. Diese schaute ihre Kollegin an und schüttelte den Kopf. Ihre Augen lebten plötzlich auf.

Sie erzählte vom Brutkasten am Eichenstamm. Davon, dass er eigentlich ganz gewöhnlich aussah – wäre da nicht seine seltsame Höhe. Denn die Höhe, auf welcher der hölzerne Vogelbrutkasten angebracht war, betrug kaum über zwei Meter. Gabriela hörte interessiert zu, während sie ihre Stirn, die mittlerweile etwas zu schmerzen begonnen hatte, massierte.

«Nun, ich achte zwar im Alltag nicht so sehr auf die Höhe von Brutkästen, doch ich meine auch, dass die normalerweise eher höher hängen», gab Gabriela zu bedenken und dachte nach. «Vielleicht ist dort eine Kamera versteckt ... und wer weiss, ob der Glatzkopf nicht tatsächlich gerade deswegen dorthin unterwegs war ...»

Helen packte schweigend Cäsars Trinkschüssel in ihren Kofferraum zurück und riss eine weitere Flasche aus der Verpackung. «Ich weiss nicht, Gabi», sagte sie, nachdem sie einen guten Viertel der Flasche in einem einzigen Zug getrunken hatte, «das Loch für die Vögel war offen, soweit ich sehen konnte ... doch es wäre natürlich möglich. Jedenfalls ist es momentan scheinbar unsere einzige Verbindung zu diesen beschissenen Koordinaten.» Gabriela nickte, tastete ihre Hosentaschen ab und band ihre Haare frisch zusammen.

«Gut ... ich mache mich jetzt auf den Weg. Du verfolgst meine Bewegungen, und sollten diese in irgendeiner Form ungewöhnlich werden, weisst du, was zu tun ist. Alle dreissig Minuten sende ich dir mein Codewort ... sagen wir ‹Brutkasten›.»

Helen musste kurz lächeln, gleichzeitig war ihr allerdings nicht ganz wohl. «Was, wenn dieser Typ noch dort ist und tatsächlich etwas mit der Sache zu tun hat? Soll ich nicht lieber hinterherkommen, um das Geschehen aus der Nähe zu beobachten?» Gabriela machte diesen Vorschlag sogleich mit einer scharfen Handbewegung zunichte. «Wenn er dort ist – prima. Die wollen mit mir – oder besser gesagt mit der sehr gut verdienenden Geschäftsfrau, die ich darzustellen versuche – ein Geschäft machen. Ich bin deren potenzielle Kundin, nicht ihr nächstes Opfer.» Helen nickte halbherzig und schaute auf die Uhr ihres Telefons.

Es war vierzehn Uhr zehn und die Luft fühlte sich nun noch wärmer und dicker an, während am Himmel erste graue Wolken aufzogen. Helen nahm ihre Brille ab und rieb sich die Augen. «Gut ... in Ordnung. Ach, Gabi, wieso sind wir hier nur hineingeraten ...?» «Ähm ... weil wir deinen Mitarbeiter finden wollen. Und sag mir nicht, du würdest es nicht wieder genauso tun», antwortete Gabriela trocken. Helens Gesichtsausdruck bestätigte die Richtigkeit ihrer Antwort.

«Bis später!», rief Gabriela und marschierte los. Helen schloss ihr Auto ab, bevor sie mit Cäsar auf die gegenüberliegende Seite des schattigen Parkplatzes ging, wo sie sich unter einer hohen, grünen Buche auf den dickeren von zwei liegenden Tannenstämmen setzte. «Wenn das nur gut geht.» Sie schloss ihre Augen und streichelte die samtige Stirn des Hundes. «Wenn das nur gut geht …»

Gabriela war gerade erst vor einigen Minuten auf den Schotterweg abgebogen. Es sah hier genau so aus, wie Helen es beschrieben hatte. Sie war nicht mehr so sportlich wie noch vor ein paar Jahren – vor allem seit Emmas Geburt hatte ihre Fitness in bedenklichem Mass abgenommen – und dementsprechend schnell kam sie ins Schwitzen. Ihr Herz hämmerte bis zum Kinn hinauf, als Gabriela stehen blieb, um kurz etwas durchzuatmen und sich den Schweiss aus den Augen zu wischen.

Gerade wollte sie weitergehen, als sie es im dunklen, undurchsichtigen Jungwald zu ihrer Rechten rascheln hörte – es war das Geräusch von schnellen Schritten. Ruhig blieb sie an Ort und Stelle stehen und versuchte, durch die vielen Schichten aneinandergereihter Tannenstämmchen etwas zu sehen. Einen Moment lang meinte sie, das bleiche Weiss eines geschorenen Hinterkopfes zwischen den Tannen ausmachen zu können. Doch so schnell das Bild aufgetaucht war, verschwand es auch wieder. Sie lauschte in den Wald hinein, bis die Schritte verstummt waren.

Ein Tier war es mit Sicherheit nicht gewesen. Sie tippte auf den Mann, welchem Helen auf ihrem Rückweg begegnet war. Also war er nicht hier, um sie zu treffen. Gabriela ging langsam und bedacht weiter den Weg entlang. Genau wie von Helen beschrieben, wichen die dichten Tannen irgendwann einem luftigen Mischwald und der Fussweg wurde mit jedem Meter mehr zu einem Tierpfad. Nach etwa zehn Minuten blieb sie ein weiteres Mal stehen, entsperrte ihr Handy, welches ihr zeigte, dass es nur noch knappe hundert Meter bis zur rot markierten Stelle waren.

Der Wald um sie herum lag ruhig da, nur das Tosen von Fluss und Autobahn war aus der Ferne zu hören. Gabriela ging, ja rannte beinahe die von Wurzeln durchwucherte Rinne entlang. Dann sah sie sie vor sich – die Eiche mit dem herunterhängenden Ast. Hierhin hatte die Wirtin sie also bestellt. Tatsächlich schien dieses Waldstück kein typisches Spaziergängergebiet zu sein – im Gegensatz zu anderen Teilen dieses weitläufigen Forsts, wo sich an manchen Tagen die Wanderer beinahe auf die Füsse traten.

Sie steckte ihr Telefon in die eine Hosentasche zurück und zog aus der anderen den massiven Kugelschreiber, welchen sie nicht aufgrund seiner Funktion als Schreibgerät dabeihatte, sondern seines griffigen gerändelten Messingkörpers wegen. Fest umschlossen hielt sie ihn in der rechten Hand und in ihrer linken Gesässtasche spürte sie die Pfefferspraydose.

Langsam schleichend näherte sie sich dem Eichenbaum. Der Ast mit seinen bereits dürren Blättern war auf einer Höhe abgebrochen, die sie mit ihren hundertachtzig Zentimetern problemlos erreichen konnte, wenn sie die Arme streckte. Auf der anderen Seite musste also dieser Brutkasten hängen.

Gabriela hatte den ganzen Weg nach Auffälligkeiten oder allfälligen Kameras Ausschau gehalten, konnte allerdings – wie bereits Helen – nichts dergleichen feststellen. Ausser der durch das Dickicht joggenden Gestalt war hier alles unauffällig und still. Sie ging um den Baum herum, den Blick auf den Stamm gerichtet.

Tatsächlich sah der Holzkasten, der nun in ihr Sehfeld trat, wie ein gewöhnlicher Brutkasten aus. Ruhig betrachtete sie ihn. Von einem Vogelpärchen zur Brut und Aufzucht ihrer Jungen benutzt worden schien der Kasten nicht zu sein. Denn dann hätten sie Spuren in Form weisser Fäkalien hinterlassen. Doch das Holz sowie der Waldboden darunter waren unverschmutzt und sauber.

Gabriela sah um sich. Die Luft war ruhig und warm, der Himmel über ihr gelblich grau, sie war mutterseelenalleine und hörte nur ihren eigenen Herzschlag. Auf den Zehenspitzen stehend tastete sie mit ihrer rechten Hand die Frontwand des Kastens ab, während sich die Linke am Stamm festhielt. Ihre Finger liessen sich in die runde Öffnung von etwa vier Zentimeter Durchmesser stecken, ohne dabei auf eine Kamera oder dergleichen zu stossen.

Im ersten Augenblick empfand sie einen Funken Enttäuschung. Doch die Frage danach, ob der Innenraum tatsächlich einfach nur leer war, beantwortete Gabriela, indem sie den oberen Teil der Frontwand nach hinten drückte, wobei sich die Hälfte unter den als Scharniere dienenden Holzschrauben nach aussen öffnete. Als sie den Innenraum so gut es ging mit den Fingern abtastete, musste sie feststellen, dass dieser frisch, unbenutzt und leer war. «Ach, verflucht, was soll ich denn hier?», flüsterte sie sich selbst zu und fragte sich nun ernsthaft, was ihre nächsten Schritte an diesem sonderbaren Ort sein sollten.

Gerade war sie dabei, sich mögliche Szenarien zu überlegen, als sie ein Gefühl überkam, welches sie stark an jenes erinnerte, das nicht bestandene Prüfungen bei ihr jeweils ausgelöst hatten. Dieses stechende Kotzgefühl in der Magengrube, gemischt mit dem Bedürfnis, sich selbst zu ohrfeigen. «Wir haben doch nicht etwa ...» Plötzlich hatte sie den Verdacht, beim Eintippen der Koordinate einen Fehler gemacht zu haben.

Gabriela zog das Telefon aus ihrer Hosentasche. Während sie mit einem halben Auge ihre Umgebung zu überwachen versuchte, verglich sie mit dem Rest ihrer Aufmerksamkeit das Foto, welches sie von der Etikettenrückseite aufgenommen hatte, mit den in die Kartenapplikation eingetippten Koordinaten. Als sich die Übereinstimmung bestätigte, fühlte sie sich zwar erleichtert, doch gleichzeitig auch irgendwie in einer Sackgasse gefangen. Sie seufzte. Entweder war sie am richtigen Ort und hatte noch Verständnisschwierigkeiten ... oder Helen lag mit ihrer pessimistischen Laune tatsächlich richtig und diese ganze Aktion war totaler Schwachsinn.

Sahen sie wirklich Zusammenhänge, wo keine waren, weil sie so krampfhaft danach suchten? Gabriela schaute in den Wald, liess ihren Blick über grünes Laub gleiten, spürte ihren Atem. Ihr Instinkt sagte ihr, dass Letzteres nicht sein konnte, dass sie genau deswegen hier war, weil Rosi sie als potenzielle Kundin herlocken wollte.

«Herrgott noch mal ...» Sie sah sich um, betrachtete die Bäume, die Umgebung, versuchte Ungereimtheiten auf dem Boden zu erkennen, hoffte auf einen Schachtdeckel unter den Dornen, untersuchte das Gebüsch auf noch so schwache Hinweise.

Mit den Fäusten in die Hüfte gestemmt, drehte sie sich schliesslich um ihre eigene Achse. Mit leichtem Kopfschütteln steckte sie den schweren Kugelschreiber in ihre Hosentasche. Dann ging sie zum Eichenstamm zurück, hielt sich mit beiden Händen an diesem fest und platzierte ihre Wanderschuhe mit den griffigen Sohlen auf dem Wurzelansatz des Baumes – so hoch oben, wie es ihr möglich war. Mit einer Hand hielt sie sich am Brutkasten fest und zog sich an dessen Unterboden um wenige Zentimeter weiter hoch, sodass ihre Augen in den unteren Bereich des Kastens hineinsehen konnten. Ihre untrainierten Muskeln zitterten und der salzige Schweiss lief ihr in Strömen von der Stirn über die Augen, bevor er auf den weichen Waldboden tropfte. Kurz bevor sie abrutschte, sahen ihre Augen, was die Finger beim ersten Versuch nicht ertastet hatten.

Die weisse, blanke Karte im DIN-A6-Format war an die Hinterwand des sauberen Brutkastens gelehnt und das Papier, aus dem sie bestand, sah nicht aus, als ob es schon lange hier drin gewartet hätte. Gabriela wischte ein weiteres Mal den Schweiss aus ihrem Gesicht und rieb sich ihre Hände an der Hose trocken, bevor sie sich noch einmal auf die Eichenwurzel stellte und mit der rechten Hand das Stück Papier aus dem Brutkasten zog.

«Du Mensch mit Lüsten und Verlangen, sag mir, was deine Wünsche sind. Und denk dran: Stille ist der Boden, auf dem wir beide stehen, Schweigen der Ast, auf dem wir zusammen sitzen.»

Gabrielas Mund verzog sich, als hätte sie eine ganze Zitrone ausgeschlürft, als sie die beschriebene Seite der Papierkarte las. Auf den ersten Blick hätte man meinen können, die krakeligen Buchstaben seien mit Blut geschrieben worden – von einem Erstklässler. Doch obwohl sie seit der Mittelstufe keine Füllfeder mehr in der Hand gehalten, geschweige denn mit einer solchen geschrieben hatte, erkannte sie schnell, dass es sich um weinrote Tinte handeln musste. Blut – so vermutete sie – war zu dick, um solche Farbverläufe zu hinterlassen.

Sie biss sich auf die Unterlippe. Das war keine Billigtinte, die es in Kunststoffpatronen abgefüllt in jeder Supermarktpapeterieabteilung zu kaufen gab. Umso irritierender war die Tatsache, dass das Schriftbild – falls es überhaupt so bezeichnet werden konnte – dem eines motorisch beeinträchtigten Unterstufenkindes entsprach. «Was ist das denn für ein Scheiss?», fragte sie sich etwas lauter als beabsichtigt.

Mit dem Papier in der Hand stand sie noch immer wie angewurzelt neben der hohen Eiche, so sehr mit der Frage beschäftigt, was sie als Nächstes tun sollte, dass sie die ersten Regentropfen, welche aus der mittlerweile schwarzgelben Wolkenakkumulation auf ihre Haut fielen, nicht spürte. Erst als ein Windstoss ihre erhitzte Stirn abkühlte, bemerkte sie, wie stark sich die Wetterlage in den letzten Minuten verändert hatte.

Als es hinter ihrem Rücken im Gebüsch raschelte, drehte sie sich instinktiv blitzschnell um, während sie gleichzeitig den massiven Messingkugelschreiber aus der Gesässtasche riss, bereit, ihn dem Typen in einem Akt der Selbstverteidigung in den Hals zu rammen. Das Reh, das etwa ähnlich erschrocken wirkte wie sie selbst, starrte eine Sekunde lang in Gabrielas Augen, bevor seine dünnen, filigranen Beine es ins düstere Gehölz zurücktrugen, aus dem es gekommen war.

Gabriela massierte sich die Stirn, die mittlerweile wirklich schmerzte. Die Regentropfen waren bereits wieder versiegt, möglicherweise würde dies ein trockenes Gewitter werden. Solche hatten etwas an sich, das die streng zahlen- und faktenorientierte Gabriela – wenn auch widerwillig – nur als «mystisch» bezeichnen konnte. Noch einmal las sie die Worte auf der Karte, dann drehte sie das Papier um, hielt es an den glatten Stamm einer wenige Meter neben der Eiche stehenden Buche und begann zu schreiben.

Die Mine ihres Verteidigungsinstrumentes war von minderwertiger Qualität, doch am Ende schaffte sie es, damit eine Wunschliste aufzusetzen, deren Perversität sie sich schmutzig fühlen liess.

«Ein sehr schönes Exemplar zwischen 30 und 35 Jahren wünsch' ich mir. Gross und muskulös mit vollem Haar. Mindestens 1.80 Meter gross. Gesund und lebendig will ich ihn geniessen und über seinen fettlosen Körper so verfügen, wie es mir gefällt. Kannst du mir diesen Wunsch erfüllen?»

Damit ging sie zum Eichenbaum zurück. Die Tatsache, dass sie nun – wie auch immer sie es wendete und drehte – in gewisser Weise Teil dieses gefährlichen Netzes wurde, brachte ihre Magensäure zum Brodeln. Sie schluckte ein paarmal leer und atmete mehrmals tief ein und aus.

Dann steckte Gabriela das nun beidseitig beschriebene Stück Papier auf den Zehen stehend zurück in den Brutkasten und schloss die Klappe.

Ein Blick auf das Handy verriet, dass es bereits vierzehn Uhr fünfzig war und sie vor zehn Minuten Helen ihre Unversehrtheit hätte bestätigen sollen. Irgendwie war gerade der Wurm drin bei ihr. Diese selbstsichere Souveränität, auf die sie sonst immer zählen konnte, fehlte ihr heute – und das konnte gefährlich werden. Sie musste sich fokussieren, zu ihrem Selbst zurückfinden. «Brutkasten. Bin auf Rückweg.» tippte sie ein und schickte die Nachricht an Helen, die ihr bereits vor ein paar Minuten drei Fragezeichen geschickt hatte. Sie steckte das Telefon ein und machte sich auf den Rückweg.

Helen stand vom bequemen Tannenstamm auf und verliess mit dem Hund an der Leine den Parkplatz. Ihr Auto stand mittlerweile ganz alleine da, was nicht überraschte, betrachtete man das, was sich dort oben gerade zusammenbraute. Eine Weile lang waren Regentropfen zu spüren gewesen, die sich dann allerdings schnell wieder zurückgezogen hatten. Dafür wurden die grauen Wolken immer dunkler und dunkler und der Gelbstich in der Atmosphäre immer intensiver. Die Luft fühlte sich regelrecht geladen an.

Gabriela hatte weder ihr Codewort gesendet noch auf Helens Nachfrage reagiert. Auch der Standort ihrer Kollegin – oder genauer gesagt deren Handys – hatte sich schon seit einer ganzen Weile nicht mehr bewegt. Was war da los? War ihre Tarnung als skrupellose Geschäftsführerin mit perversen Neigungen aufgeflogen? War sie in Gefahr? Die Zahnrädchen in Helens Kopf drehten sich immer schneller und heisser und es kostete sie einige Mühe, sie wieder zum Halten zu bringen, um sich auf das Hier und Jetzt konzentrieren zu können.

Sie musste nachschauen gehen und – so ungern sie dies getan hätte – im schlimmsten Fall die Polizei verständigen. Doch an ein solches Szenario wollte und konnte Helen noch nicht denken. In einem Tempo, welchem die kleine, pummelige Bulldogge neben ihr nicht mehr ganz gewachsen war, marschierte sie auf dem warmen Asphalt auf die Abzweigung zu.

Gerade wollte sie auf den Schotterweg abbiegen, als sie den etwas hochtourig laufenden Motor eines Autos hörte. Helen nahm Cäsar eng zu sich heran und ging – nun etwas langsamer – ihres Weges. Als sie das Fahrzeug hinter sich hörte, ging sie vor dem Hund in die Hocke und fummelte an seinem Halsband herum – den Kopf gesenkt.

Kaum war das Fahrzeug an der Abzweigung vorbeigefahren, wagte es Helen, ihren Kopf etwas zu drehen und ihren Blick zu heben. Bereits Marke und Farbe des weissen VW-Buses trieben ihr ein paar Schweisstropfen durch die Poren. Doch als sie das St. Galler Kennzeichen erkannte, begann es in ihrem rechten Ohr unangenehm zu pfeifen. Es war das Auto, welches sie vorletzte Nacht weiter nördlich von hier aus dem Wald hatte fahren sehen, nachdem es offensichtlich Edi – den Wirt – getroffen hatte.

«Der Typ. Das war der Typ von vorhin ...» Während sie mit sich selbst sprach, holte sie das Telefon hervor. In ihrem Geiste sah sie eine mit Klebeband gefesselte Gabriela auf der Ladefläche des Busses liegen. Aus einer tiefen Wunde an ihrer Schläfe quoll frisches Blut hervor und tropfte auf das kalte Riffelblech.

Umso erleichterter fühlte es sich an, den sich bewegenden Standort auf dem Bildschirm zu erblicken. «Oh, fuck, jetzt habe ich schon gedacht ...», sagte Helens zittrige Stimme in die warme Luft hinaus. Dann krachte der erste Blitz vom Himmel herab.

Sie setzte sich neben Cäsar auf den angenehm warmen Kiesweg, schloss die Augen und konzentrierte sich auf ihren Atem. Der müde Hund legte sich auf sein Bäuchlein und hechelte weiter.

Als nach ein paar sich viel länger anfühlenden Minuten Cäsar auf die Beine sprang und sich seine Leine zu spannen begann, öffnete Helen ihre Augen. Kurz darauf hörte sie Schritte auf dem Waldweg und wenige Augenblicke später stolperte eine tropfnass geschwitzte Gabriela aus dem Wald. «Komm, Helen, weg hier», sagte sie mit bestimmter, jedoch erschöpft klingender Stimme, ohne anzuhalten. Helen stand auf und ging schweigend neben Gabriela zum Auto zurück.

Dort angekommen trank Gabriela als Erstes Helens angebrochene Wasserflasche leer. Cäsar nahm auf der Rückbank Platz, wo er sich gleich hinlegte und die Augen schloss. «Alles okay, Gabi?», fragte Helen, nachdem sie eingestiegen waren und die Türen verriegelt hatten.

Gabriela gab ein unverständliches Nuscheln von sich, sie verliessen den Parkplatz. Es blitzte und donnerte am laufenden Band, während sie die dunkle, steile Waldstrasse hinunter in Richtung Winterthur fuhren. Der Wind blies nun stärker, doch kein Tröpfchen Regen wollte fallen.

«Ja, alles in Ordnung», antwortete Gabriela schliesslich, «aber das war gerade irgendwie verstörend, ich bin völlig geschafft.» In ihrer Stimme war ein leicht zittriger Unterton wahrzunehmen.

«Hast du jemanden getroffen? War der Glatzkopf da?», wollte Helen wissen. Gabriela schüttelte ihren Kopf. «Nein. Ich glaube zwar, diesen Typen durch den Wald rennen gesehen zu haben ... aber getroffen habe ich niemanden.» «Hm», bemerkte Helen, «du wirst es nicht glauben, aber ich habe eben gerade wieder den gleichen VW-Bus gesehen wie vorgestern. Ich bin mir ziemlich sicher, dass er das war ...»

«Interessant», antwortete Gabriela. «Und übrigens, sein vierstelliges Kennzeichen, das du dir notiert hast ... das habe ich heute Morgen noch geprüft ...» «Und?», fragte Helen mit einem erwartungsvollen Seitenblick. «Landwirt aus Pfäfers ... Emil irgendwas ... ich würde aber wetten, dass der nicht mit einem glänzend weissen VW-Bus durch die Winterthurer Wälder kurvt. Ist natürlich nur so ein Gefühl von mir.»

«Noch ein gefälschtes Kennzeichen also? Na ja, verwundern würde mich das nicht. Ähm, aber was war denn nun eigentlich los da im Wald?»

«Wenn wir bei mir zu Hause angekommen sind, musst du dir etwas ansehen, Helen.» Gabriela liess sich mit dem Gesicht zur Decke in den Sitz hineinfallen und schloss ihre Augen. Dann erzählte sie, was sie am Standort von Rosis Koordinaten entdeckt hatte. In ihrer Stimme lag ein Stückchen Triumph darüber, trotz Helens Pessimismus weiter ihrer Nase getraut und nicht aufgegeben zu haben, bis das nächste Puzzleteil gefunden war.

Helen lächelte und Gabriela berichtete weiter. Von der weissen Papierkarte mit ihrem grausig sonderbaren Text, von ihrer Antwort auf der Rückseite, welche sie nicht einmal hätte schreiben können, hätte sie nicht den massiven

Messingkugelschreiber als Selbstverteidigungsmittel ihrer Wahl bei sich getragen. Und sie erzählte auch vom Magenbrennen, welches ihr die Sache zunehmend machte.

Nachdem Gabriela ihren Bericht seufzend beendet hatte, blieb es eine Weile still. «Wir müssen uns überlegen, wie wir näher an diese Leute herankommen können. Mir kam vorhin der Gedanke, diesen VW-Bus zu tracken. Mit irgendeinem GPS-Anhänger für Katzen zum Beispiel, so etwas kann man problemlos kaufen.»

Gabriela starrte auf ihren Handybildschirm, den sie sperrte, als Helen fragend zu ihr hinübersah. «Ja, das ... das müssten wir hinkriegen, und zwar am besten bald.»

Helen fühlte sich wie in einer Art Vakuum, nicht wissend, in welche Richtung sie gehen sollte – oder überhaupt konnte. Auch war Gabriela schon die ganze Zeit so seltsam aufgelegt. Einmal mehr dachte Helen an die Polizei – und verwarf den Gedanken sogleich wieder. Heute Abend wollte sie früh schlafen gehen – gleich nach dem Abendessen bei ihrer Mutter. Das würde ihr vielleicht helfen, ihr Gehirn wieder etwas zu ordnen.

Als sie nach einer staureichen Fahrt durch den Freitagabendverkehr der Stadt Winterthur und der Autobahn A1 endlich in Gabrielas Quartierstrasse einbogen, war Elias gerade damit beschäftigt, kistenweise Bier und Hochprozentiges aus dem Auto seines Kumpels – eine hagere, grossflächig tätowierte Bohnenstange mit schwarz lackierten Fingernägeln – zu laden und ins Gartenhäuschen zu tragen.

«Ach, freue ich mich, bis der Bengel seine eigene Wohnung hat.» Gabriela war nach der mehrheitlich wortarmen Heimfahrt wieder ein wenig mehr die Alte und schlug vor, Pizza zu bestellen, was Helen jedoch ablehnte. «Ich esse nachher bei meiner Mutter. Und Cäsars Frauchen wartet auch schon auf ihn.» «Ah ja, klar», antwortete Gabriela, «aber schau dir vorher noch das hier an ... so sah die Karte aus.» Sie hielt Helen ihr Telefon hin, auf dessen Bildschirm das Foto des dunkelroten Gekrakels geöffnet war. Diese nahm das Gerät in ihre Hände und schaute auf das Bild. Ein Kälteschauer lief ihr über den Rücken, als sie die unförmigen blutroten Buchstaben betrachtete.

«Meine Güte, was ist ...?» «Nur Tinte, denke ich ...», warf Gabriela beruhigend ein. «Ach so ... aber zusammen mit dieser verkrüppelten Schrift sieht das irgendwie total gestört aus.» «Kinderschrift würde ich sagen. Meine Güte, wie krank muss man sein?!», meinte Gabriela angeekelt.

Helen schüttelte den Kopf. «Ähm, nicht unbedingt ...» Dann öffnete sie das Handschuhfach, in welchem ihre Agenda lag. Sie schlug eine leere Seite im hinteren Bereich des Büchleins auf und schrieb – mit dem Stift in ihrer linken Hand – zweimal den gleichen Satz. Einmal in Druckschrift, einmal zusammenhängend, wie sie es schon seit der sechsten Klasse nicht mehr getan hatte. Sie hielt die Agenda Gabriela hin, welche ihr nur einen ratlosen Blick zurückgab.

«Nun, ich denke, das hat ein Erwachsener mit seiner schwächeren Hand geschrieben. Diese zittrigen Buchstaben, die teilweise verschieden hoch und in unterschiedlichem Winkel stehen ... die sehen bei mir genauso aus.» «Warum überhaupt von Hand? Könnte ein Grafologe die Schrift nicht sowieso zuordnen?» «Ich habe keine Ahnung, Gabi. Ich würde so eine kranke Scheisse vielleicht auch nicht auf meinem Computer schreiben ... obwohl ... die Worte an sich sind ja eigentlich harmlos.»

Gabriela zog ratlos ihre Schultern an und steckte das Telefon ein. «Jedenfalls fand ich es gruselig. Irgendwie enthält es eine persönliche Note, die nicht zu meinem ersten Eindruck dieses Falls passt.» Helen nickte. «Ja, vor allem diese scheussliche rote Tinte. Ich meine, wer benutzt heute überhaupt noch Füllfedern? Und wie viele dieser seltenen Tintenenthusiasten würden mit dieser Farbe schreiben? Die wird doch bestimmt kaum verkauft.»

Nachdem sie sich ein gutes Wochenende gewünscht hatten, ging sich Gabriela um ihren partyplanenden Sohn kümmern und Helen fuhr müde nach Hause, wo Estrella bereits mit dem Abendessen auf ihren Cäsar wartete, der während der gesamten Fahrt schnarchend geschlafen hatte.

Samstag, 30. Juli, 6 Uhr 35, in Kirchberg

Gut ausgeschlafen stand Helen in ihrer Küche. Während sie immer genügend Katzenfutter im Haus hatte, war sie bezüglich ihrer eigenen Nahrung nicht immer so diszipliniert. Augenreibend betrachtete sie den Küchenschrank, wo neben ein paar Büchsen Thunfisch und einem Grossvorrat Schnellkaffee noch ein einzelner Beutel Heidelbeerhafergrütze lag. Im Kühlschrank sah es nicht weniger karg aus. Spiegeleier hätte sie sich braten können, doch sie hatte Lust auf Kohlenhydrate. Weiches, frisches Brot mit Butter und Honig.

Sie hatte sich vorgenommen, an diesem Samstag einmal so richtig auszuspannen und weder die Druckmaschinen laufen zu lassen noch an Gjon, Brian oder Hieronymus Säger zu denken. Ihr Verstand – und auch die Seele – brauchten eine Pause, um neue Energie zu schöpfen und wieder klar denken und fühlen zu können. Und zu einem erholsamen Wochenende gehörte als Erstes ein schmackhaftes Frühstück.

Durch die geöffnete Balkontür säuselte eine angenehme Brise in die kleine Wohnung hinein – heute würde ein warmer Tag werden. Helen zog die kurzen, stark abgenutzten Jeans und das verwaschene T-Shirt an, die an den hölzernen Kleiderhaken neben ihrem Bett hingen, bevor sie die Wohnung verliess und sich barfuss auf den kurzen Weg zum Dorfzentrum begab.

Sie genoss den Spaziergang durch die morgendliche Ruhe ihres Dorfes. Die Strasse war noch leicht feucht, scheinbar hatte es irgendwann während der Nacht doch noch geregnet.

Es war kurz nach sieben Uhr, als Helen bei der Bäckerei angelangt war, wo sich bereits eine Schlange bis auf die Strasse hinaus gebildet hatte. Gerade hatte sie sich hinten angestellt und die ihr nur vom Sehen her bekannten Leute vor ihr gegrüsst, als sie etwas entfernt eine Frau über den Platz in ihre Richtung kommen sah, welche sie bereits am Gang zu erkennen glaubte.

«Cécile?!», rief Helen der jungen Frau zu, die sich in Reitkleidung und entsprechendem Schuhwerk der Warteschlange näherte. Überrascht hob die Reiterin ihren Kopf, worauf ihre müden, gräulich schattierten Augen zum Vorschein kamen. Als sie Helen erblickte, schien sie erst etwas erschrocken, doch dann hellte sich ihr Gesicht auf.

«Morgen, Helen. Wie geht es dir?» «Doch, doch, danke. Körper und Seele haben sich glücklicherweise einigermassen erholt und von Säger wurde ich ja auch befreit ... und wie läuft es bei dir, Cécile?» Als Helen die Personalbetreuerin das letzte Mal gesehen hatte, sass diese schluchzend zwischen zwei Linden neben dem Hintereingang der Firma Säger.

Cécile Käufelers Miene versteinerte sich leicht. Sie senkte ihren Blick und starrte eine Weile auf den Randstein, an welchem sie ihre Schuhsohle hin und her rieb. «Also, na ja, bei mir ... hat sich auch einiges geändert ...» «Ah, ja?», fragte

Helen überrascht. Cécile fummelte nervös an ihrem Ring herum. «Ja, ich habe mich vor Kurzem verlobt. Mit Robert.»

«Oh, wie schön. Dann gratuliere ich euch herzlich», sagte Helen, die irgendetwas weniger Positives erwartet hatte. Die Personalbetreuerin bedankte sich mit einem Lächeln, das tief aus ihrem Innern heraus strahlte. Ihr bleiches Gesicht war mittlerweile tomatenrot angelaufen. «Doch dafür läuft es beruflich gerade nicht so optimal. Ich arbeite nicht mehr bei Säger ...»

Helens Augen weiteten sich und sie sah Cécile fragend an. Diese lächelte beschämt. «Tja, so schnell können sich die Dinge ändern.» «Ja, wem sagst du das ...», lachte Helen, bevor sie vorsichtig und mit ernster Stimme fragte: «Hast du etwas Besseres gefunden?» Cécile verzog ihre Lippen und nahm wieder den Randstein ins Visier. «Nein, ich habe noch nichts Neues. Ich ... ich habe nicht selbst gekündigt. Sie hat mich rausgeschmissen. Habe meine Kompetenzen überschritten. So hat sie es genannt. ‹Meine Kompetenzen überschritten›. Bitch.»

Das letzte Wort kam leise und schwach und mit Scham, doch alleine schon die Tatsache, es aus ihrem Mund zu hören, zeugte von einer gehörigen Portion Wut. «Ernsthaft? Das ist ja kaum zu glauben. Deine Chefin hat dir gekündigt?» Das hatte Helen nicht erwartet. «Ja, und ob. Sogar mit sofortiger Freistellung. Ich werde nie verstehen, was genau ihr verdammtes Problem war, aber ich werde diese blöde Kuh auch nicht vermissen.»

«Ich dachte immer, du wärst die Einzige, die es länger als zwei Jahre in dieser Personalabteilung aushält», gab Helen mit einer Spur Sarkasmus in ihrer Stimme zu.

Die Kolonne war geschrumpft, bald konnte sie den Laden betreten. Ihr Magen knurrte. «Bist du ihr irgendwie auf die Füsse getreten?» Cécile schüttelte entschieden den Kopf.

«Ganz und gar nicht. Ich hatte mich immer um einen professionellen Umgang bemüht. Auch dann, als sich mein Bild von ihr geändert hatte. Doch weisst du, Helen, es ist schon in Ordnung so. Ich hatte sowieso bereits angefangen, mich nach etwas anderem umzusehen. Soll die Zieger doch die ganze Arbeit selbst machen.»

Cécile sagte die Worte in legerem Ton, lächelte ab und zu. Doch das Zittern in ihrer Stimme und die Art, wie sie mit der rechten Hand ihr linkes Handgelenk rot kratzte, erweckte den Eindruck, dass sie eine mühsame Zeit mit Karolina Zieger hinter sich hatte und es in ihrem Innern brodelte, wenn sie daran erinnert wurde. Helen kannte dieses Gefühl nur zu gut. Manchmal lösten Gedanken an Zippelmeier oder Memmelmann bei ihr noch immer das Verlangen aus, zuzuschlagen.

Endlich war Helen an der Reihe. Sie kaufte einen mittelgrossen Butterzopf, vier grosse Laugengipfel und ein Kokosmakrönchen. Nachdem sie bezahlt hatte, ging sie mit den beiden Papiertüten in den Händen aus dem Laden und wartete auf Cécile, die eine Minute später mit einem grossen Dinkelzopf herauskam.

Sie wollte mehr wissen. «Sag mal, Cécile … ähm, also, ich möchte dich etwas fragen. Hoffentlich ist das jetzt nicht zu aufdringlich …» Cécile lächelte freundlich. «Um was geht es denn, Helen?» «Nun, du weisst ja, dass ich gleich entlassen wurde, als ich am Morgen meines ersten Arbeitstages nach dem Burn-out in der Firma ankam …» Cécile bestätigte mit einem mitleidigen Nicken, Helen fuhr fort. «Ich hatte nicht einmal die Gelegenheit, mich von meiner Abteilung – meinen Mitarbeitern – zu verabschieden. Und dann musste ich erfahren, dass Gjon Bunjaku vermisst wird. Das hat mich ziemlich mitgenommen, muss ich dir sagen. Und da ich nicht mehr in der Firma bin, kann ich mit niemandem meine Sorgen darüber teilen ... in solchen Situationen hilft es doch, wenn man im Team darüber sprechen kann – mit den Kollegen. Meinst du, wir könnten uns mal treffen? Einfach zum Reden? Mir würde das wirklich helfen, weisst du?»

Weder hatte Helen eine Ahnung, wie viel Cécile wusste, noch ob diese so unschuldig war, wie sie glaubte – schliesslich hatte sie Zugriff auf sämtliche bei der Firma Säger eingehenden Bewerbungen. Doch sie musste diese Quelle einfach anzapfen.

«Ja klar, das können wir sehr gerne machen. Ich verstehe, wie sich das anfühlen muss – du warst ja immer jemand, dem die Untergebenen wichtig waren», antwortete Cécile Käufeler in mitfühlendem Ton.

Sie vereinbarten, sich am kommenden Dienstagmorgen um acht Uhr zum Frühstück in Céciles Lieblingscafé in Bazenheid zu treffen. Nachdem sie ihre Telefonnummern getauscht hatten, verabschiedeten sie sich.

Mit dem befreienden Gefühl von Zufriedenheit ging Helen – den warmen Asphalt unter ihren Fusssohlen spürend – nach Hause. Cécile besass – dies war zumindest Helens Eindruck – eine Eigenschaft, welche zwar gut und nobel war, doch manchmal auch schwächend sein konnte: Empathie. Wenn sie ihr zu verstehen geben konnte, wie gross das, worum es hier mittlerweile ging, war, würde sie Cécile womöglich Wissen entlocken können, welches man im Innern der Hieronymus Säger Erben AG längst unter den Teppich gekehrt hatte.

Warum die Personalbetreuerin, die sich immer korrekt und unauffällig verhielt, wohl gefeuert worden war? «Helen, heute denkst du nicht mehr über diese Sache nach! Heute entspannst du dich einfach!», befahl sie sich selbst, bevor sie ihre Wohnungstür aufschloss.

In der Mitte des Eingangsbereiches lag – von verschmiertem Blut umgeben – ein Treuegeschenk ihrer Katze, die stolz erhobenen Kopfes danebensass.

Samstag, 20. Juli, 8 Uhr 10, in Eschlikon

Als Gabriela am gestrigen Abend das Haus betreten hatte, sass zu ihrer Überraschung Enrico mit einem Glas Bier auf dem Sitzplatz. Als sie zu ihrem Ehemann hinausgegangen war, hatte dieser ihr ein dickes C6-Couvert entgegengestreckt und sie dabei sogar angelächelt. Dann nippte er weiter an seinem Bier. Im Ofen stand eine Lasagne.

Nach dem Abendessen mit der ganzen Familie in einer angenehm freundlichen Atmosphäre und unter vorsichtiger Vermeidung jeglicher Themen mit Diskussionspotenzial – es schien, als wären sämtliche Familienmitglieder einfach nur dankbar für ein kleines bisschen Normalität – ging Enrico mit Emma in den Keller, wo sie zusammen einen Rattenkäfig für ihre als Nächstes geplanten Haustiere bauten, und Gabriela kümmerte sich um den Abwasch.

Als die Geschirrspülmaschine eingeräumt und die Auflaufform eingeweicht war, setzte sie sich mit einem kühlen, sehr hopfenlastigen Bier an den Gartentisch und öffnete Enricos Brief. Über ihr grollte der Donner am trockenen, graugelben Gewölbe.

Es waren acht je beidseitig beschriebene A5-Seiten. Seine ISO-Schrift, die der eines Maschinenbauzeichners zu Reissbrettzeiten in keiner Weise nachstand, las sich angenehm leicht. Trotz ihrer persönlichkeitslosen Eckigkeit hatte er mit ihr Worte und Sätze zu formulieren vermocht, die Gabriela tief berührten und sie daran erinnerten, warum sie sich damals in

Enrico verliebt hatte und warum sie ihn niemals kampflos gehen lassen sollte. Dicke, salzige Tränen waren über ihre Wangen gekullert und auf dem dünnen Papier in ihrer Hand aufgeschlagen.

Nun war es wieder Morgen und sie sass alleine am Küchentisch. Sie hatte gestern nicht mehr die Energie aufbringen können, mit Enrico zu sprechen, doch sie würde es tun – so bald wie möglich. Jetzt war er allerdings bereits aus dem Haus – auf einer Mountainbiketour mit seinem Kumpel. Gabriela stand auf, um sich einen zweiten Kaffee zu holen.

Während das duftende Schwarz schäumend in die weisse Tasse plätscherte, begutachtete sie die kleine Kamera, die sich Enrico zu Beginn des Sommers gekauft hatte und – wäre sie nicht hier liegen geblieben – bestimmt auch heute auf seinem Helm hätte befestigen wollen.

Wie lange wohl der Akku dieses praktischen kleinen Dings hielt? Zurück am Tisch griff sie zum Handy und öffnete die Suchmaschine, welche ihr innert Sekunden die Antwort auf ihre Frage lieferte. Gerade einmal zwei Stunden ging es, bis er wieder aufgeladen werden musste. Nichtsdestotrotz hatte die kleine Helmkamera sie auf eine Idee gebracht. Sie tippte neue Stichworte in die Suchmaschine: «Minikamera+lange+Akkulaufzeit».

Keine Stunde später sass Gabriela frisch geduscht im Auto. Bevor sie auf die Autobahn gefahren war, hatte sie sich in einem Elektronikgeschäft die kleine Überwachungskamera besorgt, auf die sie zuvor im Internet gestossen war. Anders als Enricos Helmkamera hielt dieses in die geschlossene Faust hineinpassende Gerät bis zu einem Monat im Standby durch und konnte laut Spezifikation während insgesamt zehn Stunden – durch einen Bewegungsmelder ausgelöst – filmen.

Nun musste sie nur noch hoffen, dass das kleine Atelier gegenüber dem silbernen Stiefel geöffnet hatte.

Und das hatte es. Sie parkierte ein paar Strassen entfernt und schlenderte dann gemächlich – die gesamte Umgebung aufmerksam abscannend – die etwas ungepflegte Gasse hinauf, an der auch Rosis Bar lag. Gabriela war erleichtert, als sie im Atelier auf der gegenüberliegenden Strassenseite Licht sah sowie zwei Frauen, die sich angeregt zu unterhalten schienen.

Die Bilder, die das kleine, helle Schaufenster zierten, zeigten allesamt Szenen, in denen farbenprächtige Wesen aus dicken geschwungenen Pinselstrichen auf irgendeine Weise miteinander Sex hatten oder anderweitige erotische Handlungen vollbrachten. Die Farben waren wirklich fröhlich, das musste sie den Bildern lassen.

Eine Frau um die fünfzig mit dicker Hornbrille und alternativ-stylischem Jutesackkostüm kam gut gelaunt mit einem Laptop unter dem Arm zur Tür hinaus, die sie freundlich lächelnd für Gabriela aufhielt. Diese bedankte sich und trat in den hellen Raum ein.

Das kleine Atelier im Erdgeschoss dieses schmuddelig grauen Reihenmehrfamilienhauses strahlte eine freundliche Atmosphäre aus. An den weissen Wänden hingen unzählige Exemplare im selben Stil gemalter Bilder. In der Raummitte stand ein schmales, hohes Tischchen mit zwei Barhockern. Eine Frau mit silberner Haarpracht in einer von Farbklecksen übersäten Jeanslatzhose stand vor dem Tisch und begrüsste Gabriela mit einem veganen Yogalächeln, welches zu verkünden schien, dass die Welt wunderbar war. «Einen guten, stimmigen Morgen wünsche ich Ihnen! Herzlich willkommen!»

Gabriela grüsste die Malerin und sah um sich. «Oh, welch eine Perle habe ich denn hier entdeckt? ... Sind Sie schon lange an dieser Adresse?» Die Malerin lächelte. «Etwas über zwanzig Jahre, doch dies hier ist natürlich nicht die Marktgasse. Sind Sie aus Winterthur?» Nachdem Gabriela ein paar weitere Sekunden lang so tat, als bestaune sie die Bilder, nickte sie. «Ja, den Grossteil meines Lebens habe ich in dieser Stadt verbracht, doch ich weiss gar nicht, ob ich in dieser Strasse hier schon einmal war.»

«Ach, unsere Strasse. Sie hat den Ruf von Schmuddel und grauer Ungepflegtheit ... doch sie ist ... authentisch, rau, echt, ehrlich. Verstehen Sie, was ich meine?», schwelgte die Frau mit solch leidenschaftlicher Inbrunst, dass Gabriela sich einen Moment lang nicht sicher war, ob die Lobeshymne über diese vernachlässigte Ecke tatsächlich ernst gemeint war.

«Ähm, ja, wirklich sehr ... authentisch. Und so ist Ihre Kunst. Authentisch. Offen. Vielschichtig.» Sie hatte selbst keine Ahnung, wovon sie sprach, doch die Malerin warf ihr einen herzlichen Blick zu und nahm eine Broschüre vom Stapel auf dem Bartischchen, die sie Gabriela in die Hand drückte. «Kommen Sie doch zu meiner Ausstellung. Ich zeige dort eine Selektion meiner intensivsten Werke.»

«Oh ... vielen ... Dank», sagte Gabriela, die sich eigentlich mehr für das Schaufenster und die von da aus gut sichtbare Fassade der Bar interessierte als für irgendeine Kunstausstellung, «darf ich mich hier noch etwas umsehen? Ihr Stil ... berührt mich irgendwie ... wühlt mich auf. Ach, diese wunderbaren Farbkombinationen!» Die Malerin, die sichtlich in der schlecht gespielten Begeisterung aufging, lud Gabriela ein, sich umzusehen, so lange sie mochte, und bot an, jederzeit für Fragen zur Verfügung zu stehen. Dann nahm sie ihr teures MacBook vom Barhocker und ging damit in einen Hinterraum.

Gabriela nutzte diese Gelegenheit für sich und machte ein paar lange, leise Schritte zum Schaufenster hin, wo sie in die Hocke ging.

An den breiten Seitenrahmen des Fensters hing je ein hohes Bild, welches in einem Abstand von etwa fünf Zentimetern zum Glas angebracht war – gerade genug Platz für die kleine Überwachungskamera. Nach einem schnellen Sicherheitsblick über ihre Schulter zog sie das Gerät aus ihrer Handtasche und schob es zwischen Bilderrahmen und Fensterglas. Kaum hatte sie sich wieder aufgerichtet und begonnen, das farbenfrohe Sexgepinsel an der Wand neben dem Schaufenster zu betrachten, drehte sich die Malerin um. «Möchten Sie auch eine Kachel frischen Grüntee?»

Gabriela lehnte dankend ab. «Ich muss eigentlich dringend weiter. Doch ich konnte hier einfach nicht vorbeigehen, ohne wenigstens kurz hereinzukommen und ein paar Minuten inmitten dieser inspirierenden Werke zu verweilen. Wirklich sehr ... tiefgründig. Und diese Energien. Ich muss unbedingt einmal herkommen, wenn ich so richtig Zeit habe. Diese Gemälde verdienen echte Aufmerksamkeit.»

Die Malerin zog bei geschlossenen Augen genüsslich tief Luft durch den Mund ein. «Sie sind herzlich willkommen.» Gabriela nickte lächelnd und bedankte sich, während sie sich bereits rückwärts zum Ausgang bewegte. Als sie sich schon zur Tür hin umgedreht hatte, blieb sie noch einmal kurz stehen und drehte ihren Kopf zur Malerin um. «Ist eigentlich die Bar da drüben noch in Betrieb?»

In den Augen der farbbekleckerten Frau blitzte – nur einen Sekundenbruchteil lang – etwas auf, das Gabriela nicht einordnen konnte. Nur dass es sich um ein negatives Gefühl handeln musste, war unumstritten. «Ähm ... da läuft glaube ich nicht mehr viel. Aber da bin ich eher nicht die Richtige für eine genauere Auskunft», sagte die Malerin unnatürlich neutral. Gabriela bedankte sich noch einmal und wünschte der Atelierbesitzerin ein angenehmes Wochenende.

Als sie draussen am Schaufenster vorbeiging, sah sie noch einmal unauffällig auf den rechten unteren Bereich des Fensters. Die Kamera zeichnete auf. Über die Frage, wie sie sie wieder zurückbekam, würde sie sich zu einem späteren Zeitpunkt Gedanken machen. Sie hoffte nur, dass das kleine Kästchen möglichst lange ungestört das Geschehen auf der Strasse vor Rosis Bar aufnehmen konnte.

Gabriela merkte, wie müde sie war. Den Rest des Tages wollte sie nur noch ausspannen und nicht mehr an diesen Fall denken. Manchmal kamen die besten Ideen genau dann, wenn man seine Gedanken in andere Richtungen lenkte, statt krampfhaft Antworten auf ein Problem zu suchen. Mit geöffnetem Fahrerfenster und lautem Rock, den sie mehr schlecht als recht mitsang, nahm sie den Nachhauseweg in Angriff.

Ihr Herz ging etwas schneller als gewöhnlich. Heute würde sie mit Enrico sprechen und offen und ehrlich ihre Karten auf den Tisch legen. Sie wollte ihren Mann nicht verlieren. Sie wollte sein Vertrauen und würde ihm zeigen, dass sie dieses verdient hatte. Sie lächelte. Hatte sie gerade einen Schwarm nervöser Schmetterlinge im Magen?

Samstag, 30. Juli, 10 Uhr 25, in einem grossen, gutbürgerlichen Einfamilienhaus

Es klopfte an die Tür seines Büros im ersten Obergeschoss des Hauses. Die Tür öffnete sich einen Spalt und seine Frau streckte ihren Kopf hindurch. «Denkst du dran, dass wir um elf losfahren müssen?» Er musste sich beherrschen, seine Fassade aufrechtzuerhalten und sie nicht anzuschreien. Er hatte so viel um die Ohren, so viele Gedanken und Sorgen, die in seinem Kopf herumtollten, dass er für dieses Heile-Welt-Theater mit seiner Alten einfach keine Energie mehr hatte. «Ja, ja, ich denke schon dran. Bin bald unten», antwortete er, leicht gereizter als beabsichtigt.

Nachdem die Ehefrau wieder die Treppe hinuntergegangen war, stand er ruckartig auf, ging zur Tür und drehte genervt den Schlüssel um. Als er wieder im ledergepolsterten Stuhl sass, bemerkte er, wie sehr seine Stirn schwitzte und sein Schädel pulsierte. Er faltete die Hände und schloss die Augen. Die imaginäre Betonplatte auf seiner Brust wurde allmählich zu schwer. Entweder er zerbrach und brachte unendliche Schande über sich, sein Andenken und seine gesamte Familie – oder er bäumte sich endlich auf und zerschmetterte die Last, die auf ihn gedrückt wurde, ein für alle Mal.

Er versuchte tief und langsam zu atmen, um den Herzschlag unter Kontrolle zu bekommen. Es war nicht das erste Mal, dass er diesen Gedanken hegte, doch jedes Mal hatte er ihn wieder zur Seite geschoben, sobald er darüber nachgedacht hatte, was die konkrete Umsetzung bedeutete.

Einmal mehr Blut an seinen Händen. Eine Kerbe mehr auf seinem Kerbholz. Doch im Gegensatz zu den anderen war diese gottverdammte Schlampe nicht einfach zur falschen Zeit am falschen Ort. Nein, das Dreckstück forderte ihr eigenes Unglück nun seit einem halben Jahr heraus. Sie missbrauchte seine kranke Natur, die ihm angeboren war, die er sich nicht ausgesucht hatte. Sie nutzte sein düsteres Geheimnis zu ihrer eigenen Bereicherung.

Er zog seine kleine, schwarze Agenda aus der Innentasche seines Kittels, der über der breiten Stuhllehne hing, und schlug sie auf. Er musste sie an einen Ort kriegen, wo sie alleine waren, was bei näherer Betrachtung gar nicht so einfach schien. Wie er das anstellen sollte, wollte gut überlegt sein. Auf keinen Fall durfte er durch überstürzte Unüberlegtheit sein eigenes Verderben riskieren.

Sein Blick verfing sich am weinroten Edeltintenfässchen in der rechten oberen Ecke der dunklen Tischplatte. Er griff danach und hielt den kleinen Glasbehälter vor sich ins Licht, welches das wunderschöne saftige Rot erst richtig zur Geltung kommen liess. Nachdem er vorsichtig den Verschluss abgeschraubt hatte, liess er die teure Flüssigkeit über den Inhalt seines kleinen Büropapierkorbs tropfen. Tröpfchen um Tröpfchen tauchte er mehr in seine Fantasiewelt hinab. Er genoss stöhnend die Bilder in seinem Kopf.

Dann war sein Glied stahlhart, das Tintenfässchen leer. Aggressiv beförderte er es in den versauten Papierkorb zu seinen Füssen, welcher übermorgen von der Putzfrau geleert werden würde.

Die alte Uhr an seinem Handgelenk zeigte an, dass es Zeit war, wieder einmal den gutbürgerlichen Ehegatten und erfolgreichen Geschäftsmann zu geben. Die Krawatte sass, er schwang den frisch gereinigten Kittel über seine Schulter und verliess das sichere Büro.

Dienstag, 2. August, in Kirchberg

Sie zog das Ladekabel aus dem Handy und steckte das Gerät in ihre Hosentasche. Nachdem sie Zwirbeli auf den Balkon hinausgelassen und die Schuhe geschnürt hatte, verliess Helen ihre Wohnung und machte sich zu Fuss auf nach Bazenheid. Es war sieben Uhr fünfzehn und die Luft war – vernachlässigte man die Rückstände des gestrigen

Feuerwerksgeballers zum Nationalfeiertag – angenehm frisch. Der Regen, der sich durch die gesamte Nacht gezogen hatte, tat gut – sowohl der Natur als auch Mensch und Tier.

Nun schien die Sonne sanft und freundlich auf die Landschaft hinunter und Helen ging zügig den Feldweg entlang. Sie war gespannt auf das Gespräch mit Cécile. Nachdem sie es über das Wochenende einigermassen zu vermeiden vermocht hatte, über die Sache nachzudenken, war sie gestern dafür umso mehr darin vertieft gewesen. Immer wieder war sie die Punkte durchgegangen, auf welche sie die Konversation lenken wollte.

Während der vergangenen drei Tage hatte sie nichts von Gabriela gehört und ging davon aus, dass diese mit ihrer momentan etwas angespannten Familiensituation beschäftigt war. Nach dem Frühstück mit Käufeler würde sie ihre Kollegin einmal anrufen, um über den neusten, hoffentlich hilfreichen Informationsstand zu berichten.

Helen war schon beinahe beim Café angekommen, als sie auf die Uhr ihres Telefons sah. Sie war ganze fünfundzwanzig Minuten zu früh, was nicht nur der Tatsache geschuldet war, dass sie zügig marschierte. Wie immer, wenn ein wichtiger Termin anstand, hatte sie auch diesmal das Doppelte der tatsächlich benötigten Zeit einberechnet.

Beim kleinen Dorfbahnhof hielt sie an und setzte sich auf eine der schmuddeligen Sitzbänke neben dem Fahrradständer, von wo aus sie das morgendliche Treiben von Pendlern beobachtete. Verschlafene, Energydrink in sich hineinflössende Lehrlinge und zeitungslesende Angestellte aus den verschiedensten Berufsrichtungen und Geschäftssparten stiegen in den Zug und aus dem Zug, um zu ihren Arbeitsplätzen und Lehrbetrieben zu kommen.

Gerade war Helen dabei, die uralte Ledermappe eines Mannes zu betrachten, der in Hawaiihemd, einer kaum die Pobacke verdeckenden Jeans und Birkenstocksandalen auf dem Perron hin und her tigerte, als sie ihren Namen hinter sich hörte.

Es war Cécile, deren Wohnung nicht weit vom Bahnhof entfernt lag. Sie begrüssten sich und gingen dann die kurze Strecke zum Café, ohne zu sprechen.

Als sie sich an einem gemütlichen Ecktischchen niedergelassen hatten, bestellten sie ihr Frühstück. Helen spürte einen Bärenhunger und orderte ein extra grosses Birchermüesli und einen Cafè Latte dazu. Cécile Käufeler hingegen begnügte sich mit einem kleinen Vollkorngipfeli und einem Espresso. Überhaupt schien sie etwas dünner, als Helen sie in Erinnerung hatte.

Die Kaffeetassen wurden an den Tisch gebracht und Helen gönnte sich sofort ein paar grosse Schlucke. «Wie hast du eigentlich von Bunjakus Verschwinden erfahren? Aus der Zeitung?», fragte Cécile, nachdem sie kurz an ihrem Tässchen genippt hatte, ohne einen Tropfen zu trinken. «Nun ... ich ... einer meiner ehemaligen Mitarbeiter hatte sich bei mir gemeldet, als er erfahren hatte, dass ich nicht zurückkomme. Da kam das mit Gjon zur Sprache. Und irgendwann sah ich dann natürlich den Suchaufruf in den Nachrichten. Das ist doch ein Albtraum. Vor allem für seine Familie, er hat ein kleines Kind ...»

Die ehemalige Personalbetreuerin starrte lustlos in ihren Espresso und seufzte. «Ja. Es gibt einem wirklich zu denken. Ein so positiver, herzlicher Typ ... und dann so etwas. Manchmal weiss man einfach nicht, was im Innern eines Menschen vorgeht. Man weiss es einfach nicht ...» Es schien, als würde Cécile in ihre eigene Innenwelt abtauchen.

Nachdenklich schaute sie durch das breite Fenster auf die Strasse hinaus.

Helen bedankte sich beim Kellner für die wunderbar reichhaltige Müeslischale und bat um einen zweiten Kaffee – diesmal einen doppelten Espresso. «Wie meinst du das ... wie es in seinem Innern aussieht? Das klingt ja beinahe, als ob ...» Cécile nickte bedrückt. «Für deine ehemaligen Mitarbeiter wäre es vermutlich besser, wenn du noch in der Firma wärst. Dann würde darüber gesprochen, statt alles totzuschweigen – oh, entschuldige, das war jetzt ein unpassender Ausdruck.»

Helen versuchte, überrascht zu wirken, und setzte eine ungläubige Miene auf, obwohl sie sich bewusst war, dass das Szenario, in welchem Gjon nicht mehr lebte, mit jedem vergehenden Tag wahrscheinlicher wurde. Doch wenn er tot war, dann nicht, weil er sich selbst gerichtet hatte. «Heisst das, er könnte ... tot sein, Cécile? Mein Gott.»

Cécile biss den Zipfel ihres Gipfels ab und legte den Rest des weichen, luftigen Gebäcks auf den Teller zurück, als schmeckte er nach Hundedreck. «Nun, du warst ja seine Chefin, du wusstest ja bestimmt ... nun ja ...» Nun war Helen gespannt. Sie wusste lediglich, dass Gjon ein absolut integrer Mitarbeiter war, dessen Pflichtbewusstsein ein Risiko für einen Nervenzusammenbruch oder Herzinfarkt darstellte.

«Was denn? Was wusste ich?» «Na ja, wie volatil und instabil er war ... psychisch. Das wird wohl auch der Grund sein, warum sie davon ausgehen, dass er sich ... etwas ... angetan hat. Doch solange er nicht gefunden wird, ist das natürlich noch viel schwieriger für die Familie. Da fragt man sich schon ...» Cécile sprach auf eine Weise, die vermuten liess, dass Selbstmord nichts gänzlich Unbekanntes in ihrem Leben war. Womöglich stimmte das Gerücht, wonach ihr Vater sich nach dem Tod ihrer Mutter das Leben genommen hatte.

«Cécile, Bunjaku war doch nicht volatil und instabil ... weder psychisch noch sonst irgendwie.» Nun kniff die Personalbetreuerin ihre Augen zu engen Schlitzen zusammen. «Also, Memmelmann war da wohl anderer Meinung. Vielleicht wurde es schlimmer, als du nicht mehr da warst. Jedenfalls hatte Matthäus ganz klar den Eindruck, dass mit Gjon etwas nicht stimmte ... und darüber hatte er auch die Polizei informiert, als sie ihn befragt hatten.»

Helen schüttelte resigniert den Kopf. Memmelmann war einer jener Menschen, die irgendwie auf einer Frequenz zu laufen schienen, die mit kaum jemandem kompatibel war. Völlig unbewusst und absolut ohne böse Absichten machte er so seinem Umfeld den Alltag mühsamer als nötig. Wenn einer keine Ahnung vom Befinden eines Mitarbeiters hatte, dann wohl Matthäus Memmelmann. «Ich kann mir schwer vorstellen, dass Gjon verschwinden und sich umbringen würde ...»

Cécile würgte den Rest ihres Gipfels herunter und drehte dann ihre noch immer volle, mittlerweile abgekühlte Espressotasse in den Fingern herum. «Weisst du, Helen, wenn sich jemand das Leben nimmt, kann das Umfeld dies oft nur schwer verstehen ... und manchmal wird man nie erfahren, was genau in der Person vorging, dass sie keinen anderen Weg mehr gesehen hat. Und manchmal versteht man es erst viel später. Was ich sagen möchte, ist, dass du vielleicht mit dem Gedanken Frieden schliessen musst, dass ein Mitarbeiter von dir Suizid begangen hat, so traurig es auch ist.» Helen meinte, etwas Feuchtigkeit in den Augen ihres Gegenübers zu erkennen. Sie musste einlenken, um das Gespräch etwas zu entspannen.

«Du hast vermutlich recht, Cécile. Ach, ich muss zugeben, dass ich mich innerlich weigere, dieses Szenario als Möglichkeit zu akzeptieren.» Cécile lächelte kaum sichtbar und schien sich leicht zu entspannen, was auch ihre sich senkenden Schultern zu erkennen gaben.

«Die Tatsache, dass ich so lange krank war, hat Gjons Situation bestimmt auch nicht einfacher gemacht», sagte Helen nachdenklich, wobei sie jedes Wort ernst meinte, auch wenn sie wusste, dass sich Gjon deswegen bestimmt nicht umgebracht hatte. Cécile schüttelte den Kopf und machte eine stoppende Handgeste. «Mach dir bloss keine solchen Gedanken, Helen, das schadet dir nur. Es gab ja auch einen Grund, warum du irgendwann zusammengebrochen bist, und jene Leute, welche deine Nerven am meisten strapaziert haben ...» Helen beendete zynisch grinsend den Satz: «... haben bestimmt keine Sekunde lang darüber nachgedacht. Ja, das wird wohl stimmen.»

Cécile nickte zustimmend. Dann leerte sie ihren kalten Espresso in einem Zug. Helen genoss ihr Müsli mit den vielen frischen, knackigen Fruchtstücken und der perfekten Balance zwischen rosinensüss und traubensauer. Die Personalfachfrau winkte den Kellner zu sich und bestellte einen Laugengipfel, einen Buttergipfel sowie einen Pfirsichlikör, wobei Letzteres beim jungen Mann, der wohl kaum über achtzehn Jahre alt sein konnte, einen leicht schockierten Blick auslöste.

«Sag mal», fragte Helen vorsichtig, «geht es dir gut? Ich meine mit der Kündigung und so?» Cécile gab ein Lächeln zum Besten, welches nur mit einem gewissen Mass an Anstrengung zustande zu kommen schien. «Bei mir ist alles in Ordnung. Doch, wirklich ... ich meine, ich wollte ja sowieso weg von Säger. Das war es irgendwie nicht mehr für mich.»

Die zusätzlichen Gipfeli und der intensiv duftende Likör wurden serviert und Cécile Käufeler, die scheinbar plötzlich ihren Appetit zurückgewonnen hatte, biss genüsslich ins Gebäck. «Wie war es eigentlich, unter Madame Zieger zu arbeiten? Die meisten ihrer Mitarbeitenden halten es ja nicht so lange aus wie du», fragte Helen leicht schmunzelnd.

Cécile kaute langsam und ausführlich zu Ende und trank dann die Hälfte ihres Likörs. «Ach, weisst du, es ging eigentlich ganz gut. Sie war immer etwas streng und kontrollierend. Wenn sie jemanden nicht mag, kann sie eine richtige Bitch sein, aber ich hatte sie trotzdem meistens als einigermassen fair und professionell empfunden. Und ehrlich gesagt war ich ihr irgendwie ... dankbar. Als ich frisch aus der Lehre kam und bei Säger einsteigen konnte, war das eine grosse Chance für mich. Und ich durfte nach kurzer Zeit bereits die ersten Weiterbildungen machen, wurde nach wenigen Jahren Personalbetreuerin, erhielt jeden Januar eine nette Lohnerhöhung und auch ein bisschen mehr Verantwortung. Ich habe viel gearbeitet, meine Pflichten ernst genommen und mein Fachwissen ausgebaut, wann immer sich die Gelegenheit ergab. Ich mochte meinen Job wirklich. Ich war voll ... voll drin irgendwie, weisst du?»

Wie sie ihr Verhältnis zur Arbeit bei Säger beschrieb, entsprach dem Eindruck, den Helen während der drei Jahre bei der Firma von Cécile gewonnen hatte. «Ich verstehe. Wir waren froh, dass du für unseren Bereich verantwortlich warst, das kann ich dir sagen.»

Eine Weile blieb es still. Das Gesicht der Personalbetreuerin war rot angelaufen und eine einzelne Träne nässte ihre Wange. Nachdem sie ihre Handtasche vergeblich nach einem Papiertaschentuch abgesucht hatte, schnäuzte sie in ihre Serviette.

«Mich hat die Zieger von Anfang an gehasst, stimmts?» Cécile wurde auf diesen Kommentar hin noch röter, musste jedoch ein wenig lächeln. Dass sich Karolina Zieger und Helen auf ziemlich verschiedenen Frequenzen bewegten, war kein Geheimnis in der Firma. «Äh, dazu kann ... ähm ... weiss ich nichts», murmelte sie, während sie tief in das halb volle Likörgläschen schaute. Helen lachte. «Schon okay, Cécile. Ich bin einfach froh, dass ich die Saubande los bin. Allerdings ... da gibt es noch etwas, das mich beschäftigt.»

Cécile biss in ihren Laugengipfel und sah Helen fragend an. Diese ass den letzten Löffel ihres vorzüglichen Frühstücks auf, dann begann sie zu erzählen: «Nun, bevor ich zu Säger wechselte, hatte ich vier Jahre lang für eine Firma im Kanton Zürich gearbeitet. Letztens hatte ich ... nun ja, ich war dort. Ich habe von der Firma einen kleinen Auftrag übernommen.» Cécile nickte – sich offensichtlich fragend, was dies mit ihr oder Säger zu tun hatte. Helen bemerkte es und zeigte mit einer Handbewegung, dass die unausgesprochene Frage gleich beantwortet würde.

«Jedenfalls ... einer meiner ehemaligen Arbeitskollegen, der noch immer dort angestellt ist, wird zurzeit vermisst. Scheinbar war er in letzter Zeit zunehmend deprimiert und unzufrieden mit seinem Leben. Seine Ehefrau – und scheinbar nun auch die Polizei – befürchten, er könnte sich etwas angetan haben.» Cécile Käufelers Gesichtsausdruck liess verlauten, dass sie erfolglos zu verstehen versuchte, wie sie hier weiterhelfen konnte.

«Das tut mir wirklich sehr leid zu hören, Helen. Eigentlich gibt es hier bei uns doch sehr selten Vermisstenfälle – zumindest dachte ich das – und du kennst nun gerade zwei Personen, die innerhalb kürzester Zeit ... das ist wirklich ... krass. Was soll man da sagen?» Helen trank den Kaffee aus, stellte die Tasse vor sich auf den Tisch und lehnte sich nach hinten. «Ja, das ist durchaus krass. Doch das ist nicht der Grund, warum ich es dir erzähle. Da ist noch etwas. Dieser ehemalige Kollege hatte sich vor Kurzem bei der Hieronymus Säger Erben AG beworben.»

Auf Käufelers Stirn hatten sich tiefe Runzeln gebildet und in ihren Augen flackerte mit Interesse gemischtes Misstrauen auf. «Okay ... und ...?» «Und ... du hast ihm eine Absage erteilt», erklärte Helen. «Hast du eine Ahnung, wie viele Absagen ich jeden Tag versendet habe? Das war mein Job! Allerdings habe ich die Bewerbungsdossiers immer mit höchster Sorgfalt bewertet und ...» «Das weiss ich, Cécile. Glaub mir, das weiss ich. Allerdings ... wie oft kommt es vor, dass ein Bewerber, der bereits eine Absage erhalten hat, später doch noch eine Einladung zu einem Vorstellungsgespräch bekommt?»

Cécile verzog ihre Lippen und lachte, als hätte sie noch nie etwas Dümmeres gehört. «Das kommt überhaupt nicht vor – schon gar nicht bei mir. Ich hielt mich immer an die Prozesse.» Helen ass das Schokoladenkügelchen, das mit dem Kaffee gekommen war, und sah direkt in die Augen der ehemaligen Personalbetreuerin. «Seltsam. Doch vielleicht kam es bei Frau Dietrich vor ...» Während einer lang gezogenen Sekunde starrte Käufeler Helen still an. Die Zahnrädchen in ihrem Kopf schienen heiss zu laufen. Dann öffnete sie langsam den Mund. «Wer?»

Die Sonne brannte mittlerweile stechend heiss und der Schweiss tropfte von Helens Stirn. Der Himmel strahlte in intensivem Blau und weit und breit waren keine Wolken zu sehen. Die Luft war nur noch ganz schwach vom schwefligen Geruch des Feuerwerks durchzogen, welches am Vortag – zu Ehren der Eidgenossenschaft und zum Grauen von Haus- und Wildtieren aller Art – in die Atmosphäre geknallt worden war.

Sie blieb auf dem steilen Feldweg stehen und betrachtete das klare Bergpanorama. An welch wunderschönem Ort sie doch lebte. Sie blieb eine Weile an derselben Stelle stehen. Ihre

Gedanken glitten wieder zu ihrem Frühstück mit Käufeler zurück.

Recht schnell war sie sich sicher gewesen, dass diese nichts mit den krummen Parallelgeschäften, in die ihr ehemaliger Arbeitgeber auf irgendeine Weise involviert sein musste, zu schaffen hatte. Zwar konnte sie nichts darüber herauskriegen, was zwischen Zieger und Cécile vorgefallen war, doch höchstwahrscheinlich hätte dies eher ihre persönliche Neugierde befriedigt als sie bei ihrem eigentlichen Problem weitergebracht.

Helen versuchte sich zu erinnern, wann genau Céciles Laune zum zweiten Mal umgeschlagen hatte. Das erste Mal hatte sich ihr Verhalten geändert, als sie über Suizid und die Notwendigkeit, einen solchen akzeptieren zu lernen, gesprochen hatte. Dieses Thema hatte scheinbar ein Bedürfnis nach Pfirsichlikör um acht Uhr ausgelöst. Doch ein wenig später war wieder etwas geschehen – nur auf viel subtilere Weise. Helen hatte es zunächst nicht einmal bemerkt, doch im Nachhinein schien ihr, dass die Farbe im Gesicht der ehemaligen Personalbetreuerin ungefähr in dem Moment von Wildlachs zu Farmlachs übergegangen war, als sie Brians Namen gehört hatte.

Zwar hatte sie in gleichmässig ruhiger Stimme behauptet, keine Ahnung zu haben, doch Helen war sich sicher, dass Käufeler sich an die Bewerbung des Wolf+Reinegger-Angestellten erinnerte. Nur schon ihr Anruf mit verstelltem Dialekt als Frau Burkhalter dürfte der Erinnerung an den falsch qualifizierten australischen Piloten nachgeholfen haben.

Helen ging weiter den Weg hinauf, den Blick auf den Schotter gerichtet. Sie wusste nicht genau, was sie aus diesem Treffen machen sollte, doch irgendetwas war da. Etwas, das sie noch nicht sehen konnte. Sie musste nachdenken.

Gerade als sie sich zu überlegen begann, ob sie direkt nach Hause gehen und sich um die Druckmaschinen kümmern oder zuerst eine Runde durch den kühlenden Wald drehen wollte, begann ihre Hosentasche zu vibrieren. Sie entschied sich für den Waldspaziergang und nahm den Anruf an.

Dienstag, 2. August, 19 Uhr 57, auf dem Eschenberg bei Winterthur

Der Nachmittag war ausserordentlich heiss und trocken gewesen, doch langsam wurde die abendliche Luft durchlässiger und angenehm lau. Nach dem Telefonat mit Gabriela am Vormittag auf ihrem Heimweg, den sie mit der Runde durch den sommerlichen Wald verlängert hatte, war sie direkt zum Treuhandbüro ihrer Nachbarin gegangen, um zu fragen, ob sie Cäsar noch einmal ausserkantonal spazieren führen durfte. Diese hatte mit einem lang gezogenen «Okay» geantwortet. Das nächste Mal würde Estrella wohl Fragen stellen, egal wie sehr sie ihrer Nachbarin vertraute.

Nun wartete Helen in ihrem Auto auf dem gleichen Waldparkplatz wie vor vier Tagen. Gabriela würde bestimmt jeden Moment auftauchen.

Als diese ihr erzählt hatte, wie sie am vergangenen Samstag eine Kamera im Schaufenster der Malerin installiert hatte, war Helen beeindruckt gewesen und hatte den Vorschlag gemacht, doch gleich noch ein solches Gerät zu kaufen, welches sie dann als Spaziergängerin im Bereich um die Brutkasteneiche anbringen würde.

Den Nachmittag hatte sie dann damit verbracht, auf einem ihrer 3-D-Drucker eine kleine Kunststoffhalterung herzustellen, mit welcher sie die Minikamera mehr oder weniger witterungsgeschützt an einem Baumstamm befestigen konnte. Die zwei Holzschrauben, deren Köpfe sie mit mattschwarzer Farbe besprüht hatte, piksten nun leicht in ihrer Gesässtasche. Helen drehte den Torx-Schraubenzieher in ihren Fingern umher und wartete. Der Hund auf dem Beifahrersitz schaute mit seinen glänzenden Knopfäuglein aus seinem Fenster.

Als Helen zehn Minuten später Gabrielas Auto in den Platz einbiegen sah, legte sie den Schraubenzieher zurück in Estrellas Leckerlibauchtasche, in der auch die Kamera lag, und zog den Reissverschluss zu.

«Sorry für die Verspätung! Emmas Knie mussten noch verarztet werden. Sie hat zum ersten Mal ihre Rollschuhe ausprobiert.» Helen lächelte. Sie konnte sich noch sehr lebendig daran erinnern, wie ihre Knie ausgesehen hatten, als sie als Kind das Rollschuhfahren geübt hatte.

«Da kauft man für teures Geld Helm und alle möglichen Schoner und dann geht der grosse Bruder, dieser gedankenlose Trottel, mit ihr raus und sie schürft sich mit Sommerkleidchen und ungeschützten Beinen dermassen die Knie auf. Und so ein Bengel darf bald Auto fahren ...»

«Waren wir eigentlich auch so als Teenager?», fragte Helen grinsend. Dann liess sie Cäsar aus dem Auto und befestigte die Leine an seinem Halsband. Gabriela und sie hatten besprochen, es wieder wie am Freitag anzugehen. Zuerst Helen mit dem Hund – dabei würde sie die Kamera anbringen –, danach Gabriela. Auf der seltsamen Papierkarte hatte es keinen Hinweis darauf gegeben, wie dieser perverse Handel ablaufen sollte, und so blieb ihnen nichts anderes, als nachzuschauen, ob bereits eine neue Mitteilung bereitlag. «Bist du parat, Gabi?»

Diese bejahte die Frage, nachdem sie ihre Hosentaschen abgetastet hatte. Helen holte die Minikamera, für die sie am

Mittag in zwei verschiedene Elektronikgeschäfte gefahren war, aus der nach Hundefutter duftenden Bauchtasche und hielt sie ihrer Kollegin hin. «Die App habe ich auf mein Handy geladen und mit dem Gerät verbunden. Muss ich sonst noch etwas beachten?» «Ich glaube nicht. Sieht gut aus mit dieser Halterung», meinte Gabriela. Sie schien irgendwie um Längen motivierter und energetischer als noch am Freitag.

Dann machten sich Cäsar und Helen ein weiteres Mal auf in den einsamen Wald, dessen Spiel mit Licht und Schatten zu dieser Abendzeit ganz besonders intensiv und ablenkend war.

Während Gabriela auf der Bank am Waldrand Helens Bewegungen verfolgte, ging diese durch den kühlen Abendwald, dessen Insektenschwärme mit der Summe ihres Summens die Luft zum Vibrieren brachten. Jedes Mal, wenn sie ein Geräusch hörte, blieb sie wie angewurzelt stehen und lauschte.

Als sie mit der kleinen Bulldogge an der Leine nach zwanzig Minuten in der Nähe der Eiche angekommen war, verliess sie den kaum existenten, von Buchenwurzeln durchwucherten Pfad und bahnte sich ihren Weg durch den teilweise von Dornen überwachsenen Waldboden zu ihrer Linken. Als sie wieder dieses unangenehme kalte Kribbeln im Rücken spürte, begann sie mit Cäsar zu plaudern. «Sieh mal, wie schön es hier ist, mein Süsser. Wir zwei sind ganz alleine, keine anderen Hunde, die dir Angst machen ...» Sie glaubte zwar nicht, dass sich jemand in ihrer Nähe befand, doch sie konnte nicht Hundehalterin genug sein, wenn sie in dieser Gegend herumschnüffelte.

Sie waren nur noch etwa dreissig, vielleicht auch vierzig Meter von der Eiche mit dem herunterhängenden Ast entfernt, als Helen vor einem knorrigen Haselstrauch stehen blieb. Die Unübersichtlichkeit dieses Gewächses bot eine ideale Tarnung für die kleine Kamera. Noch einmal sah sich Helen vorsichtig um und lauschte in alle Himmelsrichtungen. Um sie herum herrschte eine vakuumhafte Stille. Beinahe schien es ihr zu ruhig. Sie legte Cäsars Leine auf die Erde und stand mit dem linken Schuh darauf, bevor sie vorsichtig die altmodische Bauchtasche öffnete und die Kunststoffhalterung mit der eingesteckten Minikamera herauszog.

Nachdem sie die Halterung an verschiedene mögliche Befestigungspunkte am Haselstamm gehalten hatte, entschied sie sich für jenen, der ihr am schlechtesten sichtbar schien. Sie grübelte mit den schweissnassen Fingern die erste Schraube aus der Gesässtasche ihrer Hose und steckte sie durch das obere Loch der Halterung. Dann zog sie den Torx-Schraubenzieher aus der Futtertasche und trieb die Schraube ins Haselholz, während sie mit der vor Anspannung zitternden linken Hand das schwarze Kästchen gerade hielt.

Nachdem auch die zweite Schraube eingedreht war, steckte Helen das Werkzeug in ihre Hosentasche und griff wieder nach Cäsars Leine. Sie versicherte sich, dass das Gerät eingeschaltet war, ging im Laufschritt zum Trampelpfad zurück, wo sie den Hund von seiner Leine befreite und ein Stück eines armdicken Buchenasts in den Wald auf der anderen Seite des Pfades schleuderte.

«Hol das Stöckchen, Cäsar!» Der rundliche Hund rannte los, und während er sich ins Holz verbiss und es wie wild zu zermalmen begann, prüfte Helen die Übertragung des gespeicherten Bildmaterials von der Kamera auf die dazugehörige Applikation auf ihrem Handy. Es schien zu funktionieren – immer vorausgesetzt, sie stand nahe genug, um die Kamera mit dem Internethotspot ihres Telefons zu versorgen. Zufrieden ging sie Cäsar entgegen, packte das Holzstück, das er soeben hatte auf den Boden fallen lassen, und warf es weiter in den Wald hinein.

Immer weiter bewegten sich Hund und Helen so in nördliche Richtung durch den Wald – es war in etwa der gleiche Weg, den am Freitag der hagere Glatzkopf gerannt war. «Komm, Cäsar! Bei Fuss!», rief sie nach ungefähr hundert Metern stöckchenwerfender Fortbewegung und nahm den energiegeladenen Hund wieder an die Leine. Dann ging es in gemächlichem Tempo in nördliche Richtung weiter.

Nachdem sie eine gute Viertelstunde raschelnd und knackend durch das von Nadelbäumen dominierte Waldstück marschiert waren, blieb Helen abrupt stehen. Das Geräusch musste irgendwo ganz in der Nähe sein. Sie lauschte und kam zum Schluss, dass es sich um nichts anderes als die Räder eines schweren und schnellen Mountainbikes – möglicherweise elektrisch betrieben – handeln konnte. Dort oben musste ein Wander- oder Radweg durchführen, was ihr die Karte auf ihrem Handy kurz darauf bestätigte.

Sie gingen weiter und gelangten nach nicht einmal fünf Minuten an einen Wanderpfad. Als sie sich ihren Weg durch das hohe Gras auf dem Hang zwischen Randtannen und Schotter bahnte, verfluchte Helen innerlich bereits all die Zeckenviecher, welche in diesem Moment zweifellos versuchten, sich an ihr und Cäsar zu vergreifen. Heute Abend war wohl eine besonders gründliche Untersuchung aller möglicher und unmöglicher Körperstellen bei Mensch und Hund notwendig.

Noch einmal öffnete sie die digitale Landkarte. Von hier aus war es nur noch etwa einen Kilometer zurück zum Parkplatz. Helen ging weiter. «Komm, Kleiner! Gehen wir!» Der Hund rannte hechelnd vor Helen her.

Der Abend war nun richtig angenehm. Die Sonne senkte sich langsam auf den Horizont im Westen ab und liess den Waldweg im Schatten zurück. Nur einzelne dunkelgelbe

Strahlen blinzelten sanft und lieblich durch die Tannäste hindurch, um ein wohliges Gefühl auf Helens Gesicht zu hinterlassen. In diesem Moment fühlte sie tiefe Dankbarkeit für ihr Leben und die einfachen Dinge, die im Alltag viel zu oft nicht genug geschätzt wurden – wie ein solcher Sommerabend im Wald. Gott sei Dank hatte sie diesen Burn-out überstanden und war heute in der Lage, die Welt durch bewusstere Augen zu sehen.

Helen schreckte aus ihren Dankbarkeitsgedanken auf, als Cäsar begann, an der Leine zu reissen, was Estrellas wohlerzogener Liebling sonst nur sehr selten tat. Sie waren schon beinahe wieder beim Parkplatz, wo Gabriela noch immer wartete, und Helen wollte ohne Umschweife dorthin zurückkommen, sodass es ihre Kollegin noch bei Tageslicht zum Brutkasten und wieder zurück schaffen würde.

«Cäsar, nun komm! Vorwärts, gehen wir.» Sie musste den Hund, der mit irgendeinem Grasbüschel besessen zu sein schien, regelrecht mitzerren, wogegen dieser mit einem schaurigen Winseln protestierte.

Als der Parkplatz in Sichtweite kam, sah sie Gabriela ihr bereits entgegenkommen. Helen hob ihren Daumen. «Alles in Ordnung, Gabi, viel Glück.» Gabriela zwinkerte ihr zu. «Bis später.» Die beiden kreuzten sich, ohne stehen zu bleiben, und entfernten sich in entgegengesetzte Richtungen voneinander.

Zurück bei ihrem Fiat, füllte Helen Cäsars Trinkgeschirr mit Wasser und stellte es vor ihm auf den Boden, bevor sie sich selbst mit Wasser versorgte. Anschliessend erhielt der Hund ein Leckerli, welches er, ohne zu kauen, verschlang. Doch statt sich nach der Zwischenverpflegung faul auf den Bauch zu legen, wie er es sonst bei jeder Gelegenheit zu tun pflegte, setzte er sich auf sein Hinterteil und starrte winselnd in die Richtung, aus welcher sie eben gerade gekommen waren.

Lachend schüttelte Helen ihren Kopf und öffnete die Hintertür des Autos. «Möchtest du einsteigen, Cäsar? Dann kannst du dich schön bequem ausruhen.» Doch der Hund war alles andere als interessiert und würdigte sie keines Blickes. Er stand auf und begann an der Leine zu ziehen.

Leicht über das Verhalten des Vierbeiners verwundert ging Helen mit ihm an den Rand des kleinen Parkplatzes, wo sie auf einem der liegenden Stämme Platz nahm, mit dem Fuss die Hundeleine festhielt und die Karte mit Gabrielas GPS-Standort öffnete. Ihre Kollegin schien zügig unterwegs zu sein und hatte bereits einen knappen Drittel des Hinwegs zurückgelegt.

Cäsar verhielt sich wirklich äusserst nervig und Helens Bitten, damit aufzuhören und brav stillzusitzen, beantwortete er – analog einem trotzigen Kind – mit der Intensivierung seines unerwünschten Benehmens. «Was ist denn los mit dir? Vorhin warst du doch so schön ruhig. Komm her, wir schauen, ob du Zecken hast ...»

Vorsichtig begann sie, sein kurzes Fell nach den unerwünschten Seuchenträgern abzusuchen. Der Hund sah sie mit grossen Augen an, liess die Untersuchung wenige Minuten lang über sich ergehen, bevor er sich losriss und bellend an der Leine zerrte. Wollte dieser kleine, zuweilen recht faule Hund tatsächlich noch mehr Bewegung? Oder interessierte ihn irgendetwas anderes? Der Geruch eines Tieres vielleicht?

Helen war sich der Tatsache bewusst, dass im Umgang mit Hunden Disziplin angesagt war. Schon so oft hatte sie Estrellas Ausführungen darüber gehört, wie und warum man als Hundehalter selbst den Rudelführer darstellte und dies dem Tier klar aufzeigen musste. Helen grinste, während sie aufstand und Cäsar folgte. Gut, dass ihr Leben von einer Katze bereichert wurde, denn sie hätte eine ziemlich zweifelhafte Leitwölfin abgegeben.

In der einen Hand hielt sie das Telefon – ein Auge stets auf den blauen Punkt gerichtet –, während sie mit der straffen Leine in der anderen die schmale Strasse entlangging. Bald waren sie wieder beim Grasbüschel angelangt, der schon zuvor Cäsars Interesse geweckt und ihn richtiggehend nervös gemacht hatte. Helen betrachtete das grasige Gestrüpp, das bereits wieder die Hundenase in seinen Bann zog, von oben herab und streifte es mit ihrem Schuh etwas auseinander. Bestimmt hatte irgendein anderes Tier hier sein Revier markiert. «Komm da weg, wir gehen weiter.»

Doch der Hund wollte nicht und steckte seine Schnauze tief ins Gras. Er wühlte, als hätte er Trüffel gefunden. Helen wurde langsam etwas ungeduldig und entschied sich, zum Parkplatz zurückzugehen, ob der Hund wollte oder nicht.

Sie drehte sich um und zog Cäsar behutsam, aber bestimmt zu sich heran und zu ihrer Überraschung sprang er ohne Widerstand auf sie zu.

Zufrieden, dass sie sich schliesslich durchgesetzt hatte, wollte sie gerade den Rückweg antreten, als sie etwas Farbiges in der Hundeschnauze entdeckte. Sie ging in die Hocke und rief die kleine Bulldogge zu sich. Stolz liess Cäsar eine Ansammlung aus mehreren verschiedenfarbigen Holzperlen vor Helen auf den Waldweg fallen. «Ach so, das hast du gerochen ... hat bestimmt ein Kind verloren. Das lassen wir schön hier», erklärte Helen, hob das Ding – scheinbar ein selbst gebasteltes Armband – auf und ging damit zum nächsten vom Wegrand aus gut sichtbaren Busch, wo sie es an einen seiner Äste hängte. Falls es gesucht wurde, konnte es so besser gefunden werden. Auch sie war bereits einmal dankbar dafür gewesen, dass ein netter Spaziergänger ihren verlorenen

Schlüssel gut sichtbar in einen Strassenpfahl gesteckt hatte und ihr somit grössere Aufwände, Bürokratie und Kosten erspart geblieben waren.

Cäsar schien mit dieser Lösung einigermassen zufrieden und folgte Helen ohne weitere Proteste. Sie entschied sich – nachdem sie festgestellt hatte, dass sich Gabrielas blauer runder Platzhalter bereits wieder nach Norden bewegte –, auf der Abzweigung auf ihre Kollegin zu warten.

Cäsars Bauch lag faul und genüsslich auf dem lauwarmen Asphalt, während Helen still neben ihm stand und sich auf ihren Gehörsinn konzentrierte. Als Schritte auf dem kiesigen Waldweg knirschten, sprang der Hund auf und Helen steckte ihr Telefon in die Hosentasche zurück. Mittlerweile war die Sonne komplett verschwunden und im Westen des noch sternenlosen dunkelblauen Himmels war über dem Horizont nur noch ein glutroter Streifen übrig geblieben, der allmählich violett wurde, bevor er sich in Dunkelheit auflöste.

Obwohl Gabriela zügig marschiert war, erschien ihr Gesicht blass. Kommentarlos drückte sie Helen einen Druckverschlussbeutel in die Hand, in welchem eine weisse A6-Karte steckte. Helen zog die Augenbrauen hoch. Natürlich hatte Gabi Plastiktüten für Beweismaterialien mitgebracht. Warum überraschte sie das? An ihrer Kollegin war eine Kriminalpolizistin verloren gegangen. Sie hielt sich das eingepackte Papier so vor ihre Augen, dass sie das Geschriebene in der Dunkelheit gerade noch entziffern konnte.

«CHF 1'125'000 vor Lieferung. € 1'125'000 nach Lieferung. Weitere Anweisungen folgen nach Einverständniserklärung», stand da – in tiefschwarzer Farbe und einer Strichbreite von einem Millimeter – exakt zentriert auf dem dicken Papier. «Kein blutrotes Gekrakel?» «Nein. Sieht fast aus wie die Handschrift meines Mannes», bemerkte Gabriela. «Ja, eigentlich schlau, oder? Hinterlässt keine Spuren auf einem Computer und selbst der beste Grafologe wird wohl auch nicht viel damit anfangen können», stellte Helen fest und konnte sich ein Lächeln nicht verkneifen, als sie sich daran erinnerte, wie in der Unterstufe eine krankhaft perfektionistische Mitschülerin einmal einen ganzen Aufsatz mithilfe der Buchstabenschablonen ihres Massstabes geschrieben hatte.

Gabriela biss sich auf die Oberlippe und nickte kaum merklich. «Also, so wie es aussieht, soll ich denen – wer auch immer die sind – nun mitteilen, ob ich einverstanden bin, über 2'250'000 Franken – die Hälfte davon in Euro – für einen Menschen zu bezahlen ... verdammt, ich fühle mich etwas ...» Dann konnte sie gerade noch ihren Oberkörper zur Seite schwenken, bevor sich ihr Magen auf den Strassenrand entleerte. Mit gekrümmtem Rumpf und den Händen auf den Knien abgestützt stand sie da und würgte das letzte bisschen ihrer Galle heraus.

«Helen, ich bin mir zum ersten Mal, seit wir an diesem Fall arbeiten, nicht sicher, ob und wie ich hier weitermachen kann.» Helen sagte nichts. Sie selbst hatte solche Zweifel nicht zum ersten Mal. «Gabi, ich denke, jetzt ist der richtige Zeitpunkt, um zur Polizei zu gehen und denen alles, was wir bis jetzt herausgefunden haben, fein säuberlich aufzutischen. Na ja ... ausser der Sache mit meinem Einbruch natürlich – bitte.»

Sie öffnete die Hintertür und Cäsar sprang ohne Aufforderung auf die Rückbank. Sie setzten sich ins Auto und Helen drückte auf den Zentralverriegelungsknopf. Mittlerweile war es dunkle Nacht. Sterne und Mondsichel hüllten die Waldlandschaft in ein feines, beinahe magisch anmutendes Licht.

Gabriela seufzte. «Weisst du, wir sind sehr weit gekommen. Wir haben bereits tiefer gegraben und mehr erfahren, als die Polizeien dreier Kantone und wir könnten noch weiterkommen, mehr entdecken, wenn wir ...» «... wenn wir die Mittel und Möglichkeiten hätten. Doch die haben wir nun einmal nicht. Du siehst doch, dass die Sache viel zu gross ist. Und zu gefährlich», fiel ihr Helen ins Wort. Gabriela nickte. «Und die Zeit läuft auch davon. Wir sollten vermutlich wirklich zur Polizei gehen.»

Helen war erleichtert. «Ja, das meine ich auch. Aber ich glaube, wir sollten darüber schlafen ... einfach, um sicher zu sein.» Dann liess sie den Motor an, Gabriela stieg aus und Helen wartete, bis ihre Kollegin im eigenen Auto sass. Danach verliessen sie nacheinander den Kiesplatz und fuhren den waldigen Hang hinunter.

Während Gabriela den Weg über die Autobahn nahm, bahnte sich Helen ihren Rückweg durch das düstere Turbental. Irgendetwas drückte ihr auf den Magen und liess dessen Säure so weit die Speiseröhre hinaufsteigen, dass sie ein paarmal glaubte, sich übergeben zu müssen. Immer wieder fragte sie sich, ob das weit und breit einzige Fahrzeug hinter ihr wirklich nur zufällig den gleichen Weg hatte. Allerdings beruhigte sie der grosse Abstand genügend, um sich nicht bedroht zu fühlen.

Es war bereits dreiundzwanzig Uhr, als Helen in Kirchberg ankam. Estrella hatte sie in einer Textnachricht gebeten, ihr den Hund ins Büro zu bringen. Die Nachbarin mit der eigenen Treuhandfirma arbeitete zurzeit häufig bis spät in die Nacht hinein, da sie diese Zeit der Tageshitze vorzog.

Nachdem Helen Cäsar abgegeben, sich bedankt und entgegen ihrem besseren Wissen mit Estrella einen koffeinhaltigen Kaffee getrunken hatte, ging sie barfuss, mit den Schuhen in der Hand, zu ihrem Block zurück. Als sie ihre Wohnung betrat und das Licht anmachte, lag wieder eine tote Maus in der Mitte des Eingangsbereichs, welche Helen in ein Stück Haushaltspapier eingewickelt in den Kompostkübel beförderte, bevor sie in die Küche ging, ein Glas kaltes Wasser trank und danach das gleiche Glas bis zum Rand mit schwerem Rotwein füllte.

Der Betonboden des Balkons war noch angenehm warm unter ihren Füssen, als sie sich ans Geländer stellte und in den Nachthimmel hinaufsah. Sie betrachtete den Mond, dessen Sichel bereits wieder ein wenig Licht über die dunkle Landschaft zu werfen vermochte.

Sie setzte sich in einen der beiden Kunststoffsessel und trank etwas Wein. In Gedanken begann sie den morgigen Besuch bei der Polizei durchzugehen. Es war äusserst wichtig, ihre Erkenntnisse ordentlich und verständlich darzulegen. Noch einmal wollte – und durfte – sie nicht als Hysterikerin mit paranoider Fantasie abgespeist werden.

Die Erinnerung an Dorfpolizist Wurster liess ihr beinahe die Galle hochkommen. «Verdammtes Arschloch», sagte sie ins Glas hinein und setzte zum nächsten Schluck an. Bald schweiften ihre Gedanken weg vom Polizeibeamten und hin zu Gjon. Sie sollte sich bei Barbara melden, nach ihrem Befinden fragen. Rhetorisch natürlich, denn besonders gut konnte es der Frau wohl nicht gehen.

Während des Rückwegs hatte sie andauernd an die Firma Säger gedacht, an Bunjaku und die Frage, wem dieser im Untergeschoss auf die Schliche gekommen war. Nun schwirrten auch Erinnerungen an ihren Arbeitsalltag durch den Kopf. Ihren Alltag, bevor sie unter dem Druck und der Arbeitslast zusammengekracht war.

Gjon war einer, dem es wichtig war, in den Spiegel schauen zu können im Wissen, das Richtige getan zu haben. Diese

Einstellung hatte er immer und immer wieder bewiesen – selbst wenn es um Angelegenheiten ging, bei welchen andere schamlos weggeschaut hätten. Er war keiner, der sich kaufen liess, und es hätte sehr viel gebraucht, um ihn von seinen Prinzipien abzubringen.

Entweder er wurde festgehalten, oder war ... tot. Getötet. Ermordet. Helen trank den Rest des Weines aus und stellte das Glas auf den Boden.

Zwirbeli kam stolz miauend nach Hause, zwischen den scharfen Zähnchen eine fette Maus. Die Katze schmiss ihre Beute vor Helens Füssen auf den Boden und wollte anschliessend gestreichelt werden. «Komm her, mein Schätzchen», flüsterte Helen und klopfte sich mit den Fingerspitzen auf die Oberschenkel. Die fellige Jägerin sprang ihr auf den Schoss und kuschelte sich schnurrend an den Leib ihrer menschlichen Mitbewohnerin.

Helen rutschte immer tiefer und tiefer in den Sessel und mit dem Gefühl des warmen, flauschigen Fells unter ihren Händen wurde sie müder und müder. Irgendwann fielen ihre Augenlider und die Spannung löste sich aus ihrem Körper. Die Katze legte sich auf ihre Brust und schlief darauf ein. Das tote Wesen zu Helens Füssen blieb dort liegen. Am Morgen würde es kalt und steif geworden sein.

Dienstag, 2. August, zu unbekannter Zeit, an unbekanntem Ort

Er stopfte sich den letzten Salzcracker in den Mund und versuchte ihn zu geniessen. Jedes Mal, wenn er aufwachte, lagen diese Cracker und eine Halbliterflasche Wasser bereit. Jeweils gerade genug, um ihn am Leben zu halten. Warum er in dieser Kiste eingesperrt war, verstand er noch immer nicht. Niemand hatte bis jetzt mit ihm gesprochen und er hatte schon so lange kein Tageslicht mehr gesehen, dass er zu befürchten begann, erblindet zu sein. Er wusste weder, was passiert war, noch wie viel Zeit seit da vergangen war. Seine Erinnerungen bestanden aus einzelnen verschieden grossen Fetzen, zwischen denen dunkle Streifen aus Nichts lagen.

Die letzte einigermassen klare Erinnerung hatte er von jenem Tag, and dem er diesen erfreulichen Anruf erhalten hatte. Er hatte sich gefühlt, als hätte er im Lotto gewonnen. Er war es bereits gewohnt, dass er auf jede seiner Bewerbungen eine direkte Absage erhielt. Als er sein Dossier an die bekannte, traditionsreiche Hieronymus Säger Erben AG gesandt hatte, waren seine Hoffnungen zwar nicht allzu gross gewesen, doch als ihm schon beim nächsten Blick in den Posteingang eine Absage entgegensprang, war die Enttäuschung trotzdem heftig genug, um ihm diese hohle Empfindung der Hoffnungslosigkeit in die Magengrube zu pressen.

Umso grösser das Glücksgefühl, als ihn plötzlich diese Frau vom Personalbüro angerufen und ihm wider Erwarten doch noch ein kurzfristiges Bewerbungsgespräch angeboten hatte.

Und nun wusste er nicht einmal mehr, ob er überhaupt dort gewesen war. Er konnte sich lediglich noch erinnern, wie er seinem Chef mitgeteilt hatte, dass er ein wenig früher gehen musste. Und Anita war da auch noch – sie hatte ihn gefragt, warum er schon um fünfzehn Uhr abhaue. Darauf hatte er ihr stolz vom kurzfristigen Vorstellungsgespräch erzählt und dass er sich darauf noch etwas vorbereiten wollte.

Und dann musste er zur Firma Säger gefahren sein. Hatte er auf dem Weg einen Unfall? Lag er gerade in einem Koma und diese Kiste und die Crackers und die Nadeln in seinem Hals existierten nur in seinem Geiste? Wieder liefen salzige

Tränen über seine Wangen. Es würde nicht lange dauern, bis ihm wieder jemand eine Dosis dieses beschissenen Schlafmittels spritzte, das ihn für unbestimmte Zeit wegpustete. Einmal mehr versuchte er zu verstehen, wer ihm etwas hätte antun wollen.

Die einzige Möglichkeit – und auch diese schien ihm kaum realistisch – war, dass Anitas Mann hinter ihre Affäre gekommen war. Doch hätte ihn dieser nicht viel eher zusammengeschlagen oder in rasender Wut umgebracht? Das hier war doch absurd. «Fuck! Fuck, fuck, fuck …!» Er liess seinen Kopf auf den Holzboden seines Kerkers fallen und blieb still und reglos liegen. Nur sein Bauch hob und senkte sich mit den Atemzügen. Mit jedem Einatmen gelangte etwas dieser modrigen, mit dem Duft frischen Holzes durchzogenen Luft in seine Lungen. Irgendwie meinte er, bei seinem ersten Aufwachen einen etwas anderen Geruch in der Nase gehabt zu haben als jetzt. Einer, der ihn an seinen Arbeitsplatz in der Montagehalle von Wolf+Reinegger erinnerte.

Dienstag, 2. August, nach dem Eindunkeln auf der Autobahn A1

Er hatte am Telefon nicht sagen wollen, worum es genau ging, doch es klang sehr wichtig – und vor allem dringend. Nie hätte sie ihn für einen solch nervösen Weichling gehalten. Scheinbar brachte ihn die Tatsache, für einmal nicht alleine die Zügel in der Hand zu halten, total aus dem Konzept.

Sie konnte sich, wenn sie ehrlich sein sollte, nicht vorstellen, was für ein Problem jetzt da aufgetaucht sein sollte. Laut Edi war alles in Ordnung und die Transaktion war für morgen Abend angesetzt. Dass der Abnehmer etwas länger brauchte, um sein Bargeld aufzutreiben, musste sie nicht weiter beunruhigen. Es existierten nicht die geringsten nachweisbaren Spuren zu ihr und auch nicht zu ihm – ausser sie wollte es. Auch die Frage, ob Roswitha möglicherweise Schwierigkeiten machte, radierte sie gleich wieder weg. Auch die hatte kein Interesse aufzufliegen und Edi hatte seine Alte schon im Griff.

Sie beschleunigte bis zur Höchstgeschwindigkeit und lehnte sich in den Ledersitz. Mit der rechten Hand tastete sie die Brusttasche ihrer Seidenbluse ab. Alles da – für alle Fälle.

Als sie ihren frisch gereinigten Wagen die staubige Strasse hoch lenkte, war es bereits kurz vor Mitternacht. Morgen würde sie sich den Vormittag wohl freinehmen. Schliesslich wurde sie auch nicht jünger – nur erfolgreicher. Sie grinste.

In diesem Teil des Waldgebiets war sie bis anhin noch nie gewesen – normalerweise war es auch nicht notwendig. Auch er hatte hier draussen nicht wirklich eine Aufgabe. Sie hielt nichts von Mikromanagement. In Edi hatte sie den geeigneten Mann fürs Grobe, der wusste, wo seine Stärken lagen, was seine Aufgabe war und wovon er besser die Finger liess. Bei ihm musste sie keine Angst haben, dass er sie auszutricksen versuchte. Er war ein Parasit, der wusste, woher seine Nahrung kam. Wieder berührte sie kurz ihre Brusttasche.

Das Navigationssystem hatte sie zu einem kleinen, in den Wald hineingelassenen Spaziergängerparkplatz gelotst, auf dem sie ihren Wagen abstellte. Bevor sie ausstieg, schaute sie sich aus dem unbeleuchteten Auto um. In Gedanken ging sie noch einmal diese leicht absurde unerwünschte Eventualität durch, dann öffnete sie die Tür und stieg aus.

Der Mond spendete noch nicht viel Licht, doch der Handybildschirm lenkte zu sehr ihre Sinne ab und die Taschenlampe verriet sie zu leicht. Sie sperrte das Telefon und steckte es in ihre Handtasche. Irgendwo dort vorne wollte er auf sie warten. Wo hatte er parkiert? Auf den letzten paar Kilometern hatte sie keine Fahrzeuge angetroffen. Weder fahrende noch stehende. Zu Fuss ging sie die dunkle, beidseitig von Wald umgebene Strasse entlang. Ihre teuren Schuhe mit den hohen Absätzen waren definitiv nicht die beste Wahl gewesen.

Als sie zu einer Verzweigung kam, blieb sie stehen und lauschte ihrer Umgebung. Sie war eine durch und durch urban orientierte Person, der Wald und umso mehr dessen nächtliche Geräusche waren nicht ihr Ding. Irgendwo knackten Äste, kurz darauf raschelte es aus einer anderen Richtung. Ihre Intuition befahl ihr höchste Bereitschaft. Sie griff in ihre Brusttasche und ging dann langsam weiter.

Ein erneutes Rascheln, dann sah sie die Gestalt ein paar Meter vor sich. Seine grosse, schmale, elegante Statur. Er hob die Hand und winkte. «Hallo. Gut, dass du gleich kommen konntest!» Seine rote Krawatte glitzerte im feinen Mondesschein. Wie immer stand er in makellosem Geschäftsanzug und gewichsten Schuhen vor ihr.

«Wozu musste ich mitten in der Nacht in diese verdammte Wildnis hinausfahren?» Mit verschränkten Armen blieb sie einen Meter vor ihm stehen. Er lächelte sie entschuldigend an. «Bitte verzeih die Unannehmlichkeiten. Aber leider war es wirklich notwendig. Es gibt ein Problem. Komm, wir gehen zu meinem Wagen, dann wirst du verstehen, warum ich deinen Feierabend gestört habe. Die Kacke ist gerade wirklich am Dampfen.»

Ihr Körper spannte sich an, als sie mit aufeinandergepressten Lippen neben ihm herging. «Wo ist dein Auto?» Er zeigte mit dem Finger in Wegrichtung. «Da hinten, gleich sind wir dort. Ich habe mich nicht getraut, auf einem Parkplatz zu parkieren.»

Er griff in die rechte Tasche seines feinen neuen Anzugs und im ersten Moment sah es aus, als zöge er seinen Autoschlüssel hervor. Als sie schliesslich realisierte, was er da in seiner Hand hielt, spürte sie den Strick bereits an ihrem Hals. Sie begriff erst, was da gerade mit ihr passierte, als er schon so fest angezogen hatte, dass ein panisches Erstickungsgefühl ihren Körper erstarren liess.

Dann, als sie sich schon mit einem Bein auf der anderen Seite wähnte, schoss das Adrenalin in ihren Blutstrom. Ihre rechte Hand holte nach vorne aus und rammte dann die Spritze, die fest in ihren klammernden Fingern lag, in seinen Oberschenkel.

Ein spitzer Schrei zerstach die frische Waldluft, dann liess der Zug am Seil um ihren Hals langsam nach. Sein Körper klatschte dumpf auf den Schotter. Noch völlig unter Schock massierte sie sich den Hals, während sie auf den vor ihren Füssen liegenden Körper starrte. Tatsächlich. Er wollte sie töten. Beseitigen. Aus dem Weg räumen. Er war nicht nur verzweifelter, als sie dachte, sondern auch noch dümmer.

Sie hatte dafür vorgesorgt, dass er im Falle ihres Todes mit Fluch und Schande ins Verderben stürzen würde. So weit war es nun zwar nicht gekommen, aber es war knapp. Ihr Bauchgefühl hatte ihr auf der Fahrt zu verstehen gegeben, dass irgendetwas nicht stimmte. Und es hatte sie nicht getäuscht.

Sie hob den Strick vom Boden auf. Beide Enden des etwa vierzig Zentimeter langen Seiles mit einem Durchmesser von einem knappen Zentimeter waren mit primitiven Holzgriffen versehen. Ein einfaches, aber effektives Strangulationsinstrument.

Um ihn nicht nur für ein paar Stunden, sondern für immer und ewig auszuschalten, hätte sie ihm einfach noch die zweite Spritze verabreichen können. Doch die Vorstellung, ihm die Quittung für seinen Verrat mit seinem eigenen Werkzeug zu erteilen, fühlte sich zu verlockend an. Ihre Finger strichen über die raue Oberfläche des Stricks – ihre Augen schlossen sich dabei.

«Ich bin unantastbar und stark. Ich werde jeden Tag erfolgreicher. Niemand kreuzt meine Vorhaben. Mein Wille setzt sich immer durch. Ich bin unantastbar.»

Der Wald um sie herum war still und friedvoll. Zwischendurch waren ein Eulenschrei oder Schritte anderer Waldbewohner zu vernehmen. Sie kniete sich hinter seinem Kopf auf den Fussweg und legte ihrem Vorgesetzten, ihrem Komplizen und ihrem Beinahemörder dessen offensichtlich selbst gebasteltes Mordinstrument um den Hals. Die beiden Enden überkreuzte sie hinter seinem Nacken und begann zu ziehen.

Nachdem sie wieder aufgestanden war, zog sie den Strick so weit hoch, wie ihr möglich war. Die Holzgriffe – einfache geschälte Aststücke mit einer Querbohrung auf halber Länge – pressten sich so in ihre Finger, dass diese weiss wurden, als sie den still erstickenden Herrenkörper an seiner Schlinge durch das hohe Gras am Wegrand in den Wald hineinzerrte.

Der lange, schlaffe Körper wog bestimmt neunzig Kilogramm, doch ihre Rage, gemischt mit dem adrenalingetränkten Notfallmodus, welcher ihren Körper nun beherrschte, füllte sie mit einer solchen Energie, dass sie ihren Verräter, ohne auch nur einmal abzusetzen, zwischen den dicht aneinandergereihten Tannen hindurchschleifte, bis sie sich weit ab vom Weg in vollkommener Dunkelheit befand.

Sie kniete neben ihm auf dem weichen, kühlen Waldboden und atmete ein paarmal tief durch. Erst jetzt merkte sie, wie wund sich ihr Hals anfühlte, und wollte gerade die Holzgriffe loslassen, um ihn mit beiden Händen zu massieren, als sie meinte, ein Zucken wahrgenommen zu haben. Da spürte sie einen Rausch in sich hochsteigen, der alle Gedanken und Empfindungen in ihr ausser Betrieb setzte. Erneut begann sie zu ziehen. Ihre Muskeln waren so angespannt, dass sie bald zu zittern begannen, doch das zwang sie nicht zum Aufhören.

Sie wusste nicht, wie lange sie noch an den beiden Seilenden gezogen hatte. Es konnte eine, aber auch zehn Minuten gedauert haben, bis sie die Holzgriffe aus ihren starren Fingern fallen liess. Mit zitternden Händen holte sie ihr Telefon aus der Handtasche. Im Schein des Bildschirms sah sie das blau angelaufene Gesicht mit den starrenden Augen und dem verzerrten Mund unter sich. Das dünne Seil hatte eine tiefe blutige Furche in seinen Hals gepflügt. Ein eiskaltes Kitzeln schlich ihre Wirbelsäule hinunter.

Vorsichtig durchsuchte sie mithilfe des Handys ihre Handtasche. Mit dem kleinen Taschenmesserchen an ihrem Schlüsselbund schnitt sie die beiden Griffe ab und warf diese zusammen mit den Schlüsseln in die edle Markentasche. Auf dem Nachhauseweg würde sie sie irgendwo entsorgen. Dann erhob sie sich, putzte die Erde von den Knien und machte sich auf demselben Weg aus dem Dickicht, auf dem sie hineingekommen war. Als sie im Dunkeln des Nachtwaldes zum Auto zurückging, war ihr Inneres leer und kalt – sie fühlte nichts. Ganz und gar nichts.

Mittlerweile war es bereits null Uhr fünfundvierzig. Bevor sie den Motor anliess, sah sie in den Rückspiegel und betrachtete ihre rote, scheussliche Wunde um den Hals. Plötzlich kam ein lebendiges Grinsen in ihre Augen zurück. Sie war nicht diejenige, die tot mit blauer Visage auf dem modrigen Waldboden lag. Sie war kein Opfer – sie war Täter. Bevor sie losfuhr, stellte sie ihren Blusenkragen auf und schaute tief in die Augen ihres Spiegelbildes.

«Ich bin unantastbar und stark. Ich werde jeden Tag erfolgreicher. Niemand kreuzt meine Vorhaben. Mein Wille setzt sich immer durch. Ich bin unantastbar.»

Mittwoch, 3. August, früh am Morgen

Helen stand am Whiteboard des kleinen Besprechungsraumes. Es war sieben Uhr fünfzehn und einer nach dem anderen ihrer Teamleiter kam zur Tür hinein. Die fünf standen in einem unförmigen Halbkreis um sie herum und nahmen Informationen und einige wichtige Anweisungen für den heutigen Arbeitstag entgegen. Ein paar Fragen wurden beantwortet, Probleme besprochen und zum Schluss berieten sie sich bezüglich einer Zwischenlösung zur Überbrückung der plötzlichen Abwesenheit eines Mitarbeiters.

Wie immer während dieser täglichen Morgenbesprechung war die Konzentrationsspanne aller Anwesenden nicht allzu lang. Die meisten hatten zu dieser Zeit erst einen – allerhöchstens zwei – Kaffee intus und so wurde gegen Ende des etwa viertelstündigen Briefings oft abgeschweift, gefrotzelt und herumgeblödelt.

Auch heute war es so. Helen fragte nach, ob alles klar sei. Gjon bejahte, drei andere nickten. Muhamed, der an diesem Morgen seelisch abwesend zu sein schien, stupfte stattdessen seinen Nachbarn mit dem Ellbogen an und grinste blöd. «Süsses Armbändchen, Gjoniboy ...»

Helen sass aufrecht und schwitzend im Dunkeln. Ihr Herz raste und sie bekam kaum Luft. Sie hielt sich ihre flache Hand auf die Brust und versuchte sich auf den Atem zu konzentrieren. Es vergingen einige Sekunden, bis sie realisierte, dass sie noch immer im Balkonsessel lag. Der Traum hatte sich so echt angefühlt, dass Helen einen Moment lang glaubte, am Morgen tatsächlich wieder zu Säger fahren und einen weiteren, ihre Nerven bratenden Arbeitstag angehen zu müssen. Ob der Vorstellung verkrampfte sich ihr Herzmuskel. «Alles ist gut ... alles ist gut ... ich muss nie wieder diese Firma betreten ... nie wieder», versuchte sie sich selbst zu beruhigen.

Als sich der Puls wieder normalisiert hatte und der Stirnschweiss versiegt war, erhob sie sich mit butterweichen Knien aus dem tief liegenden Sessel, wobei ein grausiges Knacken ertönte, als ihre Ferse den mittlerweile steif gewordenen Mäusekörper zerquetschte.

«Igitt, verdammte Scheisse noch mal!» Verschlafen und desorientiert torkelte Helen zur offen stehenden Balkontür und stolperte beinahe über deren Schwelle in die Wohnung hinein. Sie ging in die Küche und machte das Licht an. Die Digitaluhr am Herd zeigte vier Uhr dreissig. Sie rieb sich die Augen. «Was für ein Scheisstraum», stellte sie fest, während sie ein grosses Glas mit kaltem Wasser füllte.

Sie trank die kühlende Flüssigkeit, ohne abzusetzen, und füllte den Bierhumpen erneut bis zum Überlaufen. Nach dem Austrinken stützte sie sich mit beiden Armen am Schüttsteinrand ab und schloss die Augen. Ihr Inneres fühlte sich kalt und unruhig an. Ihr war schlecht.

Muhamed und seine kindischen Piksereien. Und Gjon, der erzählte, seine kleine Tochter habe für ihn und seine Frau Armbänder gebastelt. Sie konnte sich noch an den Morgen in der Woche vor ihrem Zusammenbruch erinnern. Das farbige Armband aus Holzperlen ... Gjon ... Muhamed ... Armband ... Gjon.

Helen drehte sich um und verliess die Küche. Sie hatte noch immer ihre Kleider vom Vortag an und gerade einmal vier

Stunden geschlafen. Auch hätte sie dringend eine Dusche benötigt, doch im Moment schüttete sie eine solche Menge an Adrenalin aus, dass in ihrem Hirn nur noch eine sich wiederholende Schleife ablief. Gjon – Armband – Cäsar – Gjon – Armband – Cäsar ...

Allzu klar konnte sie nicht denken, sie wusste lediglich, dass sie sich ins Auto setzen und sofort losfahren musste. Sie wischte den restlichen Zieger aus ihren Augen und zog ihre Schuhe an. Bevor sie aus der Wohnungstür stürmte, erinnerte sie sich noch daran, ihrer Katze – diese war scheinbar bereits wieder auf der Pirsch – das Frühstück bereitzustellen. Das teure zahnschonende Trockenfutter fiel klimpernd in den Futternapf, dann stürmte sie zur Wohnung hinaus.

Es war vier Uhr fünfundvierzig. Nein, Gabriela konnte sie um diese Uhrzeit unmöglich wecken. Während der Lift in die Tiefgarage hinunterfuhr, schickte ihr Helen stattdessen eine knappe Nachricht: «Gabi, ich fahre noch einmal auf den Eschenberg. Gleiche Stelle wie gestern. Ich erkläre es dir nachher. Ich glaube, Cäsar hat Gjons Armband gefunden.»

Mittwoch, 3. August, 4 Uhr, im Haus der Stahls

Gabriela lag noch immer schlaflos im Bett und lauschte dem Atem ihres Ehemannes. Es war ziemlich spät gewesen, als sie nach Hause gekommen war, doch Enrico war aufgeblieben und hatte mit einer Flasche Wein und zwei Schalen Mousse au Chocolat auf sie gewartet.

Sie hatten ein ausführliches, respektvolles Gespräch geführt, hatten einander ausreden lassen und zugehört, hatten Fragen gestellt und ruhige Antworten gegeben. Ihr war bewusst geworden, wie viele Missverständnisse es in der letzten Zeit zwischen ihnen gegeben hatte. Sie war dermassen in ihre Jagd nach Informationen und die Suche nach Spuren von Gjon und Brian vertieft gewesen, dass sie nicht mehr gesehen hatte, was direkt neben ihr passierte, und diejenigen nicht mehr wahrnahm, die ihr am nächsten waren.

Irgendwann hatten sie beide geweint und einander schluchzend versprochen, es nie wieder so weit kommen zu lassen. Enrico hatte ihr versichert, professionelle Hilfe zu suchen, denn er kam – wie Gabriela bereits befürchtet hatte – je länger je schlechter mit dem Druck an seinem Arbeitsplatz zurecht. Mit zitternden Händen und bebender Stimme hatte er beschrieben, wie er sich immer öfter innerlich derart aggressiv fühlte, dass er glaubte, körperlich zu zerbersten. Genau so, wie Helen ihr eigenes Befinden kurz vor dem Zusammenbruch beschrieben hatte.

Gabriela nahm sich vor, alles für ihren Mann zu tun, was nötig war, um die Situation in den Griff zu kriegen. Nachdem sie mitbekommen hatte, wie schlecht es ihrer Kollegin monatelang ging, durfte sie es bei Enrico auf keinen Fall so weit kommen lassen.

Nach dem Gespräch hatten sie sich eine gefühlte Ewigkeit lang umarmt und irgendwann spürte Gabriela die Lust, mit Enrico zu schlafen – sie konnte sich nicht mehr genau erinnern, wann sie das letzte Mal Sex gehabt hatten, doch es musste irgendwann am Anfang des Sommers gewesen sein. Doch als sie ihre Hände langsam die Innenseite seiner Boxershorts entlang hinuntergleiten liess, löste er sich in einer angespannten Genervtheit von ihr los und stapfte ins Schlafzimmer, wo er sich tief in die Decke einwickelte und bald darauf einschlief.

Gabriela hatte sich neben ihn gelegt, scheiterte jedoch bis jetzt beim Versuch einzuschlafen. All die wild umherschiessenden Gedanken und Fragen liessen ihr Bewusstsein nicht zur Ruhe kommen. Als die durch das offene Schlafzimmerfenster gut hörbare Kirchenglocke zweimal vier Schläge absetzte und sie entschied, einen letzten und erfolgreichen Einschlafversuch zu unternehmen, gab ihr Telefon, welches auf der Kommode neben der Tür lag, ein Vibrieren von sich.

Sie drehte sich auf die Seite und schloss die Augen. Mehrere Male wechselte sie die Liegeposition, bis sie irgendwann ein Drücken in ihrer Blase bemerkte. Sie entschied sich, zur Toilette zu gehen, denn mit einer vollen Blase konnte man das Einschlafen sowieso vergessen. Vorsichtig stand sie auf und huschte im Dunkeln zur Schlafzimmertür. Als sie an der Kommode vorbeiging, griff sie nach ihrem Telefon und steckte es in die Tasche ihrer Pyjamahose.

Während Gabriela auf der Schüssel sass und die weiss-rosa Wandkacheln anstarrte, vibrierte das Handy ein weiteres Mal. Zwei neue Nachrichten waren eingegangen. Die erste informierte sie darüber, dass sie im Laufe des Tages ein bestelltes Paket geliefert bekommen würde. Die zweite war von Helen. Helen? Was wollte die denn um diese Zeit? Es war vier Uhr achtundvierzig – dies konnte keine gute Neuigkeit sein.

Zweimal musste Gabriela die Nachricht durchlesen, bis sie sie verstand. «Wie bitte?! Spinnt die jetzt?!» Sie zog die Hose hoch und riss die Badezimmertür auf.

Mittwoch, 3. August, 5 Uhr 10, auf einer dunklen Landstrasse

Auf der Fahrt schaffte es Helen kaum, sich wachzuhalten. Sie hätte wirklich Koffein gebraucht, doch dafür hatte sie sich keine Zeit nehmen können. Das Adrenalin, welches durch ihr System schoss, half ihr, einigermassen zu funktionieren und sich auf die Strasse zu konzentrieren. Um diese Tageszeit waren zwar ein paar wenige Autos und Lastwagen unterwegs, doch seit sie auf die Strasse in Richtung Tierpark Bruderhaus abgebogen war, hatte sie kein anderes Fahrzeug mehr gesehen.

Bald war sie wieder beim Parkplatz angekommen, den sie erst vor wenigen Stunden verlassen hatte. Sie zog die magnetische Taschenlampe aus dem Türfach, stieg aus und schloss das Auto hinter sich ab. Die Sonne war noch nicht aufgegangen, es war dunkel und still. Ein waldiger Geruch lag in der Sommermorgenluft.

Sie verliess zu Fuss den Parkplatz und machte sich auf zum Busch, an den sie die Holzperlen gehängt hatte. Sie ging an der Abzweigung, welche zum Trampelpfad führte, vorbei. Hinter ihrem Rücken im Osten begann sich langsam ein schwacher Schimmer bemerkbar zu machen, der den Anbruch eines neuen Tages verkündete. Die grosse Taschenlampe, deren Batterien offenbar aus dem letzten Loch pfiffen, beleuchtete schwach den Weg vor ihr.

Helen blieb stehen, als sie auf der linken Seite des Fussweges den Busch entdeckte. Zumindest hatte sie geglaubt, es sei der richtige Busch. Doch nachdem sie das gesamte Gewächs erfolglos abgesucht hatte, überkamen sie Zweifel. Stand er doch noch etwas weiter hinten? Oder war sie bereits daran vorbeigegangen? Alles sah so anders aus in der Dunkelheit. Und schliesslich war dies nicht gerade ein Ort, den sie wie ihre Westentasche kannte. Sie ging weiter, suchte mithilfe des schwachen Scheins den Waldrand ab. «Wo ist denn der verfluchte Busch …?»

Der Wald gab ihr keine Antwort. Nur die Käuze schrien irgendetwas, das sie nicht verstand. Helen ging den Weg entlang, gelangte tiefer in ein Waldstück hinein, von dem sie sicher war, es vorher noch nie betreten zu haben. Als sie einsah, dass Weitergehen keinen Sinn machte, blieb sie stehen, liess ihr schwaches Licht noch etwas weiter den linken Wegrand entlanggleiten, schwenkte dann auf die rechte Seite, obschon sie zweifellos wusste, dass dort das Gesuchte nicht war. Sie liess den Lampenstrahl, der vermutlich diese Nacht nicht überleben würde, den Waldrand aus dichten, dunklen Tannen, die alles Licht verschluckten, abtasten.

Sie drehte sich, um den Rückweg anzutreten. Doch inmitten der Bewegung erstarrte sie. Was war das? Ihre Herzfrequenz stieg sofort spürbar an. Ein aggressiver Fingerdruck auf den Knopf der Taschenlampe liess das Licht ersterben und Helen versuchte im Dunkeln des Gehölzes zu erkennen, was sie eben gerade während eines Sekundenbruchteils hatte aufblitzen sehen. Doch das rote Licht war weg. War es eine Reflexion? Vielleicht ein Band um einen Baumstamm, wie sie zahlreich an Strassenrändern angebracht waren, um das Wild vor Gefahr zu warnen? Als sie noch einmal vorsichtig in den Wald hineinzündete, sah sie es.

Der schwarze Mercedes, dessen Rückstrahler rot aufblitzten, stand dicht am äussersten Rand einer kleinen Ausweichstelle etwas weiter hinten am Waldweg. Nur bei bewusstem Hinsehen waren seine Umrisse zu erkennen.

Helen machte die Taschenlampe wieder aus und blieb reglos stehen. Ihr Herz pumpte Blut durch den Kopf und liess diesen laut pochen. Grausige Bilder von blutigen Leichen mit Kopfschusswunden, wie man sie in Kriminalfilmen in einem solchen Moment erwarten musste, flitzten durch ihre Gedankenwelt. Zögernd schlich sie auf dem knirschenden Schotter zur Ausweichstelle und näherte sich der Fahrerseite –

die dumpfe Angst im Rücken vor dem, was sie gleich durch die Scheibe zu sehen bekam.

Doch der Innenraum des Autos war leer. Leer, sauber und ordentlich. Und obschon ihr das Fahrzeug an dieser Stelle äusserst seltsam erschien, blieb ihr vorerst nichts Nützlicheres übrig, als das Kennzeichen zu fotografieren. Man wusste ja nie.

Auf dem Rückweg beleuchtete sie die Sträucher, bis sie sich absolut sicher war, ein weiteres Mal den Richtigen gefunden zu haben. Helen bückte sich und suchte den grasigen Boden ab. Mit ihrem Fuss durchkämmte sie das struppige Gras.

Endlich kam eine blaue kleine Holzperle unter einem heruntergedrückten Büschel Gras zum Vorschein. Sie griff nach ihr und zog das kindliche Schmuckstück hervor. Während sie das Bändchen in ihrer Hand betrachtete und ob der Sicherheit darüber, dass es tatsächlich Gjon gehörte, ein elektrisierendes Kitzeln in sich aufsteigen spürte, wanderten ihre Augen zurück zum liegenden Gras, von welchem das gesuchte Objekt verdeckt worden war. Sie trat einen Schritt zurück, als sie realisierte, wie die hüfthohen Halme, vor deren Zeckenpopulation sie sich vor ein paar Stunden noch geekelt hatte, nun auf den Boden gedrückt lagen.

Und nicht nur neben dem Busch sah es so aus. Eine unregelmässig breite Spur zog sich über den kurzen Hang neben dem Wegrand. Sie machte noch einen Schritt nach hinten und zündete vor sich auf den Weg. Hier war der ansonsten recht platt gedrückte Schotter aufgelockert und verwirbelt. War das von einem Tier? Ein wendiges Wesen wie Reh oder Fuchs konnte es allerdings kaum gewesen sein. Eher etwas Schwerfälligeres, Grösseres. Helen steckte Gjons Armband in ihre Hosentasche und zog ihr Handy hervor. Es zeigte fünf Uhr vierzig. Der Morgenhimmel war bereits bedeutend blauer und vom Osten her breitete sich langsam ein feuerroter Teppich aus, auf dem bald die Sonne in den Tag eintreten würde.

Helen steckte das Telefon wieder in die Tasche und atmete tief. Eigentlich war sie bereit zu gehen – schliesslich musste sie sich noch auf diesen Besuch bei der Polizei vorbereiten, welchen sie und Gabriela sich für heute vorgenommen hatten. Und eine Stunde Schlaf nachzuholen wäre auch nicht das Dümmste vor einem solch heiklen Vorhaben. Doch je länger sie auf die liegenden Grashalme sah, desto mehr bereitete ihr der herrenlose Mercedes Magenbrennen.

Vorsichtig stieg sie auf dem niedergedrückten Gras zu den Jungtannen hinauf, wo sie stehen blieb und in den schwarzen Wald hineinspähte. Wieder wollte sie ihre Taschenlampe anmachen, doch die Batterie hatte ihren letzten Atemzug offenbar getan. «Verdammte Scheisse», fluchte Helen flüsternd und regte sich über diesen Umstand auf – nur um sich einen Moment später einzugestehen, dass sie im Dunkeln wenigstens keine – oder weniger – Aufmerksamkeit erregte.

War der Halter des Mercedes von hier aus zur Eiche gegangen? War er für den befremdlichen Briefverkehr zuständig? Sie musste vorsichtig sein. Einige Sekunden lang stand sie still und starr neben einer dunklen, struppigen Tanne. Sie konzentrierte sich, versuchte Schritte zu hören, Bewegungen wahrzunehmen. Doch da war nichts. Helen entschied sich, in die Dunkelheit des Waldes hineinzugehen und versteckt darauf zu warten, dass der Typ zurückkam. Vielleicht konnte sie sein Gesicht oder sonst etwas erkennen.

Sie stieg über das dornige Gestrüpp, welches ebenfalls nicht mehr in seiner Ursprungsordnung lag. Die Schwärze der Nacht zog sich von Minute zu Minute mehr zurück, was ihr ermöglichte, bereits verschiedene Umrisse und Schattierungen zu erkennen. Ihre rechte Hand hielt die grosse, lichtlose

Taschenlampe kräftig umklammert – bereit, sie einem Angreifer über den Schädel zu ziehen.

Sie liess sich von den Tannenstämmen und Lücken dazwischen durch das dichte Gehölz leiten. Als sie das blaue Licht des Waldrandes nicht mehr sehen konnte, blieb sie stehen, lauschte ihrer Umgebung, sah sich um nach einem etwas dickeren Stamm, einer dunkleren Ecke. Etwa zwanzig Meter weiter vorne stach ihr eine Erhöhung ins Auge – allem Anschein nach ein ausgerissener, auf der Seite liegender Wurzelstock. Hinter diesem war genügend Platz, um sich unsichtbar zu machen. Zügig, ständig um sich schauend und darauf bedacht, beim Gehen möglichst wenig Knacken und Rascheln zu verursachen, bewegte sie sich auf ihr Ziel zu.

Nur noch wenige Schritte fehlten ihr bis zum in die Höhe ragenden Wurzelstock, als sie stolperte und mit einer Wucht auf den Boden knallte, die ihr linkes Handgelenk knacken liess. Beinahe hätte sie fluchend aufgeschrien, doch sie schaffte es gerade noch, den Schmerz – sowie den Ärger – herunterzuschlucken.

Helen schüttelte die Hand und bewegte die Finger hin und her. So schlimm, wie es sich zuerst angefühlt hatte, war es wohl doch nicht. Als sie sich auf die Seite drehte um aufzustehen, blieb ihr Herz stehen.

Als es wieder weiterzuschlagen begann, hatte es seine Frequenz verdoppelt. Das Blut in ihren Adern gefror, als sie in die verdrehten Augen des totblauen Gesichts neben ihr blickte. «Gott … oh, Gott … Scheisse, Scheisse, verdammt», stotterte Helen dem Mann entgegen, dessen halb geschlossener Mund ihr nichts zu sagen hatte.

Zitternd, kaum in der Lage, sich auf den Beinen zu halten, schaute sie um sich und versuchte eine Hyperventilationsattacke abzuwenden. Als sie mit ihren schwitzenden Händen das Telefon zu bedienen versuchte, rutschte dieses ab und landete direkt vor der Leiche.

Ja, Leiche. Helen war noch zu verstört, um diese Tatsache vollumfänglich zu begreifen. Sie bückte sich, ergriff das Gerät und da verstand sie es – verstand, warum ihr der elegante Mercedes mit den Ersatzanzugbügeln über dem Hintersitz bekannt vorkam. Sie kannte diesen Mann – und obwohl sie ihn für ein Arschloch hielt, seit sie ihn kannte, hätte sie ihn weder mit einer solchen Sache in Verbindung gebracht, noch ihm ein solches Ende gegönnt. Doch der Kreis schien sich hier zu schliessen.

Noch verstand sie nicht, was passiert und was seine Rolle war, doch der Geschäftsführer der Hieronymus Säger Erben AG war hier nicht einfach beim Spazieren umgefallen – das zeigte sein blutig geschürfter Hals nur allzu deutlich. «Was hast du getan, Zippelmeier …?», fragte Helen, ohne eine Antwort aus dem toten Maul zu erwarten.

Während sie mit grösster Mühe zweimal die Eins und einmal die Sieben eintippte, wurde ihr erst richtig klar, dass irgendwo auch noch jener herumlief, der ihrem verhassten Ex-Chef das Leben abgewürgt hatte. Mit dem Telefon am Ohr machte sie sich aus dem Wald und joggte dem Sonnenaufgang entgegen zu ihrem Auto, wo sie mit leerem Kopf und erfrorenen Emotionen auf die Polizei wartete.

Mittwoch, 3. August, 6 Uhr 15, auf der A1 vor Winterthur

«Highway to Hell» half ihr wach zu bleiben und beruhigte sie auch ein wenig. Gabriela hatte für diesen Morgen eigentlich etwas anderes geplant. Nach dem Frühstück mit Mann und Kind wollte sie mit Helen zusammen die Punkte durchsprechen, die es auf dem Polizeiposten zu beachten gab. Die frühmorgendliche Spontanaktion ihrer Kollegin liess sie stattdessen mit leerem Magen und unausgeruht über die Autobahn jagen.

Bevor sie losfahren konnte, musste sie noch sicherstellen, dass Emma betreut wurde und Enrico nicht durchdrehte, wenn er erwachte. Ihre Schwester hatte zwar nichts dagegen, ihre Nichte heute zu sich zu nehmen, war aber nicht sonderlich begeistert gewesen, um diese Zeit aus dem Bett geläutet zu werden, und Gabrielas Erklärung, dass es sich möglicherweise – vielleicht – vermutlich um einen Notfall handelte, konnte ihre perfekte jüngere Schwester nicht vollständig überzeugen. Hoffentlich war das tatsächlich Gjons Armband.

Als sie am Fusse des Eschenbergs von drei Polizeiautos mit Sirenen und Blaulicht überholt wurde, ahnte Gabriela nichts Gutes. Mit einer Hand wählte sie Helens Nummer. Beruhigenderweise meldete sich diese nach dem ersten Klingeln. Das Gespräch dauerte nicht lange – vielleicht eine halbe Minute. Während eine stotternde Helen Berger, deren Stimme von einem sich überschlagenden Flattern durchzogen war, in Stichworten die Ereignisse der letzten Stunde aufzählte, wurde auch Gabrielas Gesichtsfarbe bleicher und bleicher.

Mittwoch, 3. August, früh am Morgen, in der Wohnung der Bunjakus in St. Gallen

Während die Kleine in der Küche ihr Honigbrötchen verzehrte, stand Barbara Bunjaku mit rot geweinten Augen vor dem geöffneten Badezimmerspiegel, auf dessen

Türinnenseite ein auf eine A4-Seite gedruckter Jahreskalender hing. Warum musste gerade ihr Leben so verlaufen? Reichte es nicht, dass ihr Ehemann ohne Spur verschwunden war? Nein, scheinbar gehörte sie nun auch noch zu jenen Menschen, welche sich mit Anfang dreissig in die Menopause verabschiedeten.

Erst hatte sie sich keine grossen Gedanken darüber gemacht – bei diesem Stress, mit dem sie in den letzten Wochen konfrontiert war, musste sie sich über eine kleine Verzögerung gewiss nicht wundern. Doch dreiundzwanzig Tage über dem Datum waren keine Verzögerung mehr. Eine andere Frau hätte wohl an eine Schwangerschaft gedacht, doch eine solche kam bei ihr ja nur mit belastenden Hormonbehandlungen, nervenaufreibenden Klinikbesuchen und tonnenweise Gebeten zustande. Nein, sie war definitiv am Ende ihrer Chance auf ein zweites Kind angelangt.

Wuterfüllt knallte sie das Kastentürchen zu und schaute sich im Spiegel an. Sie fühlte sich kraft- und energielos – körperlich und seelisch. Ihr ganzes System war einfach nur noch müde. Wer wusste, wie lange diese Ungewissheit noch ihren Alltag bestimmen würde? Es brach ihr jedes Mal das Herz, wenn ihre Tochter weinend nach Papa fragte und sie ihr keine Antwort geben konnte.

Sie und Gjon hatten sich wochenlang nur noch gezofft, weil er ihren Wunsch, noch einmal schwanger zu werden, nicht mehr mittragen konnte. Wie ironisch, dass sich dies nun sowieso erledigt zu haben schien. «Es tut mir leid, Gjoni, dass ich kaum noch mit dir geredet und dich nur noch angegiftet habe ... wir brauchen dich doch, Schatz ...»

Als sie auf dem Toilettendeckel sitzend den Kopf in beide Hände vergrub, flossen die Tränen über ihre Wangen und schlugen Tropf um Tropf auf dem weissen Fliesenboden auf.

Sie bereute jeden Streit, jedes unbedachte Wort, jede Minute, in der sie ihr Zusammensein nicht geschätzt hatte.

Barbara stand auf und wusch sich das rote, verheulte Gesicht mit eiskaltem Wasser. Ihre Vernunft wusste, dass ihr Ehemann nicht mehr am Leben sein konnte, doch ihre Seele glaubte ihr nicht – fühlte es nicht. «Mama! Mamaaa!», schrie es aus der Küche. Sie verliess das Badezimmer. Ein weiterer Tag, den sie einfach irgendwie überleben musste. Nicht für sich selbst, aber für ihre Tochter. Nur für ihre Tochter.

Mittwoch, 3. August, 6 Uhr 20, auf dem Eschenberg

Als Helen die von blauem Flackern begleiteten Sirenen näher kommen hörte, fühlte es sich an, als sei ihre Brust mit Stahlschmelze gefüllt.

Nachdem die sechs Beamten ausgestiegen waren, führte Helen sie mit schwabbelig weichen Knien auf dem Schotterweg an den Waldrand, dorthin, wo ihr das herabgedrückte Gras zum ersten Mal aufgefallen war. Auf dem etwa zehnminütigen Fussmarsch stellten die zwei verständnisvollen Polizeibeamten, welche links und rechts von ihr gingen, verschiedene simple Fragen, welche zu beantworten keine grossen Denkanstrengungen erforderte, doch Helen fiel es unglaublich schwer, einen kompletten Satz aneinanderzureihen. Umso erleichterter war sie, als sie hinter sich von Weitem den Ruf einer wohlbekannten Stimme hörte und beim Umdrehen eine energisch daherkommende Gabi erblickte.

Während sich vier der Beamten den Weg durch die Dornen in den Wald hineinbahnten und sich des toten Adalbert Zippelmeiers und dessen Fundort annahmen, wurden

Gabriela und Helen von den beiden verbliebenen Polizisten zum Parkplatz begleitet, wo eine erste Aufnahme ihrer Personalien und von Eckdaten zum grausigen Fund vorgenommen wurde.

Es dauerte nicht lange, bis ein schwarzes Zivilfahrzeug auftauchte und auf den Parkplatz fuhr. Die Fahrertür des glänzenden BMWs flog auf und eine mit verwaschenen Jeans, pinkem Poloshirt und Dienstpistole ausgerüstete Frau stieg aus. Bevor diese sich zu ihnen begab, schaute sie sich kritisch nach allen Seiten um und führte gleichzeitig ein kurzes, zackiges Telefonat.

Die Kriminalpolizistin, die sich als Désirée Parmelin vorstellte und dabei ihren Dienstausweis gut sichtbar präsentierte, strahlte eine eiserne Hartnäckigkeit aus, welche beängstigend und hoffnungsvoll zugleich war. Sie stellte einige Fragen, die teilweise auch schon von den uniformierten Kollegen aufgenommen worden waren, dann wurden Helen und Gabriela darüber informiert, dass sie beide nun nach Winterthur gebracht würden, wo anschliessend eine ausführliche Einvernehmung stattfände.

Helen, die jeweils bereits nervös wurde, wenn vor oder hinter ihr ein Polizeiauto auf der Strasse fuhr, bekam plötzlich das Gefühl, sich übergeben zu müssen. Der Polizist neben ihr – er schien ein feines Menschengespür zu besitzen – holte eine kleine PET-Flasche mit Wasser aus dem Kofferraum seines Dienstwagens und hielt sie Helen lächelnd hin. Sie bedankte sich, entfernte die Kappe und trank einen grossen Schluck des kühlen Lebensspenders ... dann spie sie dem hilfsbereiten Beamten ihre Galle auf seine robusten Uniformschuhe.

Eine gute halbe Stunde später sass Helen in einem kleinen, angenehm hellen Räumchen der Kantonspolizei Zürich in Winterthur. Gabriela war in einen anderen Raum begleitet worden, sodass es nicht mehr möglich war, sich zu besprechen. Frau Parmelin würde gleich kommen, erklärte der sympathische Polizist mit den roten Wangen und der blonden Glatze, als er Helen einen starken Kaffee mit Milch und ohne Zucker sowie ein Käsesandwich aus dem Automaten servierte. Seine mittlerweile abgewaschenen Schuhe gaben noch immer einen eklig säuerlichen Gestank ab und Helen entschuldigte sich ein drittes Mal, nachdem sie sich für die Verpflegung bedankt hatte.

Einen solch sympathischen Menschen hätte man auch auf besserem Weg treffen können, als ihm in seiner Funktion als Polizist auf die Schuhe zu kotzen. Obwohl sie sich spätestens nach dem Debakel mit Joni geschworen hatte, sich nie mehr für einen Typen zu interessieren, erwischte sie sich dabei, wie sie unbewusst seine Finger nach einem Ring abscannte. Sie gab sich im Geiste eine Ohrfeige dafür und biss ins Sandwich.

Das staubtrockene Gebäck mit billigem Schmelzkäse und einer alten Tomatenscheibe war für sie an diesem Morgen eine Delikatesse. Während sie das kostenlose Frühstück genoss, verliess der Polizist den Raum, um einen Anruf zu tätigen.

Kauend an die weisse Tür starrend redete sie sich gut zu. Sie musste ruhig werden, schliesslich war sie nicht als Verdächtige hier, sondern um ihre Informationen der Justiz zu übergeben. Sie hatte nichts zu verbergen – jedenfalls nicht viel. Das Einzige, wovor Helen im Moment Angst hatte, war, ein zweites Mal nicht für voll genommen zu werden.

Sie liess sich in die Lehne des stabilen Sitzungszimmerstuhls fallen, schloss die Augen und drückte die Finger beider Hände gegeneinander. Dann visualisierte sie, wie eine nett lächelnde Frau Parmelin ihr gegenübersass, aufmerksam zuhörte und sie dann mit herzlichem Dank entliess.

Die Tür sprang auf, ebenso Helens Augen. Die Kriminalpolizistin riss den Stuhl gegenüber unter dem Tisch hervor, setzte sich und schaltete das Aufnahmegerät ein. Sie lächelte nicht.

Ihr Ausdruck war zielorientiert und energiegeladen – und eisern. «Gut, Frau Berger, ich stelle nochmals klar, dass Sie vorerst lediglich als Zeugin hier sind. Erzählen Sie mir bitte, was genau sie heute Morgen in diesem Waldgebiet gemacht haben – gute dreissig Kilometer von ihrem Wohnort entfernt. Und lassen Sie kein Detail aus, alles ist wichtig.»

Das Wort «vorerst» liess Helens Magensäure wieder etwas unruhiger werden. «Ähm ...» Sie überlegte sich, wo sie nur anfangen sollte. «Haben Sie mich verstanden, Frau Berger?» Helen nickte, zog das Holzperlenarmband aus ihrer Hosentasche und legte es vor Parmelin auf den Tisch. Diese zog ihre Augenbrauen hoch. «Was ist das?» «Nun ... es gibt einiges, was Frau Stahl und ich Ihnen erzählen müssen. Also ... es war am vierten Juli ...»

Helen erzählte, berichtete, erklärte. Zu ihrer grossen Überraschung wurde aus Parmelins anfänglich misstrauischem Blick bald ein interessiert angespannter. Vielleicht war es sogar das erste Mal in Helens Leben, dass ihr zuhörendes Gegenüber nicht von ihrem weiten Ausholen und den detaillierten Ausführungen, welche die meisten Menschen scheinbar nicht ausstehen konnten, genervt war. Im Gegenteil. Die Polizistin hörte aufmerksam zu, fragte nach, liess sich ab und zu ihr Verständnis bestätigen und schien – überraschenderweise – mit den Vermisstenfällen durchaus vertraut zu sein – auch mit jenen, die nicht ihren Kanton betrafen.

Obwohl Frau Parmelin vor sich auf dem Tisch ein Notizblöckchen liegen hatte, machte sie sich keine Notizen.

Stattdessen hielt sie sich mit beiden Händen an ihrem massiven, mit Messskala besetzten Kugelschreiber fest wie an einer vertikalen Stange und klickte immer wieder – auf eine beinahe meditative Weise – auf den Druckknopf. Doch als Helen von ihrem unsympathischen und frustrierenden Besuch mit Barbara auf dem Kirchberger Polizeiposten berichtete, fiel der Kugelschreiber plötzlich klappernd auf die Tischplatte.

«Wie hiess der Polizist?», fragte Parmelin mit neutraler Stimme, während Helen in ihren Pupillen jedoch ein kurzes Flackern wahrzunehmen glaubte. «Wurster. Jeremias», wiederholte Helen und zum ersten Mal seit Beginn der Vernehmung vor beinahe dreissig Minuten benutzte die Kriminalbeamtin ihr Schreibzeug. «Kirchberg» schrieb sie mittig auf den kleinen Reporterblock, wobei die Kugel ihres Schreibers sich unter dem hohen Druck tief ins Papier grub. Dann sah sie wieder zu Helen, dann auf ihre Armbanduhr und bat: «Erzählen Sie weiter, Frau Berger.» Und das tat Helen.

«... Ja, und als ich aufstehen wollte ... da lag da Adalbert Zippelmeier auf dem Waldboden. Ich hatte ihn im ersten Augenblick nicht einmal erkannt», beendete sie nach einer weiteren halben Stunde ihre Aussage. Die Digitaluhr über der Tür zeigte acht Uhr eins.

Helen wollte nur noch schlafen. Désirée Parmelin, deren Ausdruck sich wieder von interessiert in kritisch verwandelt hatte, klappte ihren Block zu, steckte das Schreibgerät in die Brusttasche ihres Shirts und lehnte sich mit verschränkten Armen nach hinten. Die Frontzähne ihres Oberkiefers auf die Unterlippe gepresst sah sie wenige Sekunden, die sich für Helen viel zu lange anfühlten, in deren Augen.

«Gut, Frau Berger, mein Kollege bringt Sie zu Ihrem Auto und dann fahren Sie nach Hause und schlafen sich einmal richtig aus. Aber halten Sie sich zu unserer Verfügung.» Helen nickte und rutschte mit ihrem Stuhl nach hinten.

«So, und nun nehme ich mich Ihrer Kollegin an ...», sagte die Kriminalpolizistin, nachdem sie sich verabschiedet und Helen ihre Visitenkarte übergeben hatte.

Über eine Stunde hatte Gabriela Stahl im kleinen Vernehmungsraum warten müssen, bis diese Frau Parmelin endlich zur Tür hereinkam. Derselbe Polizist, der vor dem Gebäude bereits ihre Handtasche kontrolliert hatte, war ihr den grössten Teil dieser Zeit schweigend gegenübergesessen, während sie sich geistig auf die bevorstehende Vernehmung vorbereitet hatte und gelegentlich zur modernen Wandkunst oder den Kunststoffpflanzen abgeschweift war.

Das etwa vierzigminütige Gespräch verlief gut – oder zumindest ohne Probleme. Gabriela konnte sämtliche Informationen übermitteln, ohne den Eindruck zu bekommen, nicht ernst genommen zu werden. Die Polizistin liess sich sogar ihre Excelliste zeigen, ohne ihr das Gefühl zu geben, eine totale Spinnerin zu sein. Gleichzeitig hatte Gabriela es geschafft, keine Details zu erwähnen, welche sie auf dünnes Eis führen konnten. Dass Helen sich mit der Karte ihres ehemaligen Mitarbeiters Zugang zum Areal und dem Untergeschoss der Firma Säger verschafft hatte, tat hier nicht wirklich etwas zur Sache. Ebenso wenig die Tatsache, dass sie selbst einige ihrer Informationen auf nicht vollkommen makellose Weise beschafft hatte.

Die Kriminalbeamtin, die um einiges jünger zu sein schien als sie selbst, verhielt sich in jeder Hinsicht korrekt. Distanziert, kritisch – aber korrekt. Und doch löste sie in Gabriela ein Gefühl aus, das einen leichten Geschmack von Neid abgab.

Auch wenn sie generell nicht unzufrieden mit dem Verlauf ihres bisherigen Lebens war, zeigte ihr diese junge Person mit dem stechenden Adlerblick, wo sie selbst heute hätte sein können, wenn sie damals nicht ungeplant schwanger geworden wäre. Warum wurde Johanniskrauttee nur ohne Warnhinweis verkauft? Schnell schob sie diese ganz und gar nicht hilfreichen Gedanken in die hintersten Räume ihres Gedächtnisses zurück. Um nichts in der Welt hätte sie auf Elias verzichten wollen.

«Wie sind Sie als ... Laie ... auf die Idee gekommen, die Vermisstenfälle miteinander in Verbindung zu bringen und dazu noch alte Fälle zu durchforsten?», fragte Parmelin mit misstrauisch gerunzelter Stirn. Gabriela atmete tief und schwer und rieb sich mit der rechten Hand die Fingergelenke der linken. «Hierzulande gibt es nun einmal nicht viele vermisste Personen. Und wenn, dann sind es meist Berggänger oder Menschen mit gesundheitlichen Problemen. Fitte Leute im besten Alter fallen doch auf ...» Zum ersten Mal tauchte auf dem Gesicht der Polizistin so etwas wie ein Lächeln auf.

«Verstehen Sie mich richtig, Frau Stahl, solche Angelegenheiten gehören in die Hände der Polizei ... aber Ihre ... Ihre Arbeit ist ... nicht uninteressant und wir werden diesen Informationen nachgehen. Ich brauche das ganze Material. Diese Liste, Handnotizen, Fotos, alles», erklärte Parmelin, die vielleicht nicht verstand, warum Gabrielas Augen auf einmal aufleuchteten.

Sie kopierte der Polizistin ihre Liste sowie sämtliche Fotos, die sie im Rahmen ihrer Recherchen aufgenommen hatte, auf einen USB-Stick. Parmelin bedankte sich, bat sie, erreichbar zu sein, und übergab ihr ihre Visitenkarte. «Rufen Sie mich bitte sofort an, wenn Ihnen noch etwas einfällt.» Dann wurde auch

Gabriela von einer Beamtin zu ihrem Auto gebracht, welches noch immer – mittlerweile inmitten zahlreicher anderer Fahrzeuge – auf dem Waldparkplatz stand.

Als sie beim Abfahren in den Rückspiegel schaute, sah sie die Absperrbänder der Polizei ganz hinten am Wegrand. Darum herum eine Ansammlung faszinierter Gaffer.

Mittwoch, 3. August, 6 Uhr 45, in einem teuren Haus mit Seeblick

Als sie nach nur vier Stunden Schlaf von der nervigen Melodie ihres Weckers aus ihrem schönen Traum von italienischem Wein und Badestränden gezogen wurde, brauchte sie erst einen Moment, um sich wieder daran zu erinnern, in welcher Situation sie sich seit letzter Nacht befand. Sie drehte sich nach rechts zu Olaf um, der noch tief und fest schlief und ruhig vor sich hin atmete – wie ein glückliches Baby, das noch nichts von der Boshaftigkeit der Welt ahnte. Eine Weile lang sah sie ihm einfach zu, diesem friedlichen, gutmütigen Menschen, der ihr blind vertraute und keines ihrer Worte je hinterfragt hatte. Sie gab ihm einen sanften Kuss auf seinen Kopf. Sie wusste nicht, was als Nächstes kommen würde, es konnte sein, dass ihr gutgläubiger Ehemann in den kommenden Tagen und Wochen Stärke beweisen musste. War er dazu bereit?

Nachdem sie sich angezogen hatte, schlich sie sich aus dem Schlafzimmer. Bevor sie die Zimmertür hinter sich zuzog, sah sie noch einmal auf sein friedlich lächelndes Gesicht.

Für einmal brauchte sie statt des grünen Smoothies ein richtig kalorienreiches Frühstück. Speck und Spiegeleier, dazu einen starken Kaffee – schwarz und herb, wie ihn sonst nur Olaf mochte.

Bevor sie das Haus an diesem Morgen verliess, schlich sie sich ins dunkle Kinderzimmer. Bestimmt fünf Minuten lang ragte sie stehend über das kleine Kinderbett. «Mein kleiner Schatz. Mami sorgt dafür, dass unsere Familie an oberster Stelle der Nahrungskette ist. Damit du über die anderen bestimmst, wenn du mal gross bist, nicht die anderen über dich. Ich liebe dich, mein Baby.» Während sie die Worte flüsterte, bemerkte sie eine kleine, salzige Träne im Auge, die sie sofort wegwischte. Tränen waren etwas für Schwächlinge. Sie war keine Heulerin – sie war die, welche Heulen verursachte.

Bevor sie zur Haustür hinausging, kontrollierte sie noch einmal den Inhalt ihrer Handtasche. Personalausweis und Pass lagen unter Lippenstiften, Schreibutensilien, Tablet und Handy am Boden ihrer teuren Lieblingstasche. Die Papiere waren perfekt und würden ihr keinerlei Probleme verursachen, wenn es tatsächlich dazu kommen sollte, dass sie sie benutzen musste. Allerdings hatte das Zeug auch genug gekostet. Doch nun gab ihr die Investition das Gefühl zusätzlicher Sicherheit.

Auf Vernunftsebene kam sie immer wieder zum Schluss, dass ihr nichts nachgewiesen werden konnte. Ihr Plan war zu jeder Zeit wasserdicht gewesen. Und doch hatte sie so ein Gefühl, lieber auf Nummer sicher zu gehen. Nach dem Geschäft von heute Abend würde sie dieses Business eine Zeit lang ruhen lassen. Einfach zur Sicherheit. Sie durfte jetzt keine unnötigen Risiken eingehen.

Mit der Ledertasche in der einen und dem schwarzen Nobelrucksack in der anderen Hand bahnte sie sich ihren Weg die Treppe hinunter, durch den gepflegten Garten zum glänzend schwarzen BMW.

Nachdem sie den Kofferraumdeckel wieder geschlossen hatte, sah sie an der Fassade ihres Hauses hoch. Dieses schöne, perfekte, teure Familienheim, das sie sich ohne ihre Nebeneinkünfte niemals hätten leisten können. Doch dank ihr und ihrer Bereitschaft, für die eigene Familie über Leichen zu gehen, konnten sie es. Sie schloss ihre Augen und atmete genüsslich und von Stolz erfüllt die frische Sommermorgenluft ein.

Während sie wie jeden Morgen von Konstanz in die Schweiz fuhr, verschwendete sie keine Gedanken mehr an die letzte Nacht und all deren mögliche Konsequenzen. Adalberts verzerrte Visage verblasste mehr und mehr vor ihrem inneren Auge. Im Geiste spielte sie durch, wie sie in etwa neun Stunden wieder müde und zufrieden nach Hause fahren würde. Zu ihrer Tochter und zu Olaf, der das heisse, nahrhafte Abendessen auf den Tisch stellte und ihr ein Glas Wein einschenkte. Sie lächelte in den Rückspiegel und zupfte ihr übergrosses Foulard zurecht. Für diese Wunde hätte sie nun einmal keine gute Erklärung gehabt.

Gerade war sie in ihrem Büro angekommen und hatte begonnen, ihre E-Mails zu lesen, als sie ein Polizeiauto auf den Besucherparkplatz fahren sah. Sie verliess das Büro, ging zur Kaffeemaschine und bereitete sich einen Latte Macchiato zu.

Kein Grund, nervös zu werden. Schliesslich war es völlig normal, dass die Polizei nun hier war, um ihnen die traurige Nachricht seines Ablebens zu überbringen. Die konnten unmöglich eine Verbindung zu ihr gefunden haben. Seine Leiche war bestimmt erst vor wenigen Stunden entdeckt worden – wahrscheinlich von einem dieser früh aufstehenden Hundespaziergänger.

Auch konnte sie sich nicht vorstellen, dass er einen Mechanismus implementiert hatte, welcher im Falle seines Todes oder seiner Festnahme seine Mitspieler auffliegen liess.

Dafür war er nicht der Typ. Sein Andenken und die Ehre seines Namens waren ihm viel zu wichtig. Er hätte alles dafür getan, niemandem seine kranken Geheimnisse zu offenbaren.

Mittwoch, 3. August, 9 Uhr 45, auf dem Polizeiposten Kirchberg

Eigentlich hätte er erst am Nachmittag zum Dienst antreten müssen, doch diese verfluchte Bitch hatte ihn um kurz nach neun Uhr fünfzehn aus dem Bett geläutet und ihm in ihrem arroganten Scheisston befohlen, sich unverzüglich auf dem Posten einzufinden. Dabei wollte er heute nach dem Mittag eine Wohnung besichtigen gehen.

Er musste endlich ausziehen – die letzten zwei Wochen hatten ihm die Notwendigkeit dieses Unterfangens noch einmal deutlich vor Augen geführt. Je länger, desto weniger hielt er es mit seiner Mutter im gleichen Haus aus. Er hasste die Alte mehr und mehr. Hätte diese dumme Kuh ihm eine Kindheit mit Vater ermöglicht, hätte er vielleicht gelernt, sich durchzusetzen, sich zu behaupten – vor allem gegen diese verfluchten Weiber, die ihn dauernd unbeachtet links liegen liessen.

Zwar behauptete seine Mutter, es sei besser für ihn, von seinem Erzeuger nichts zu wissen, doch er wusste genau, dass dies nur wieder eine ihrer lahmen Ausreden war. Bestimmt hatte sein Vater dieses dumme Weibsstück nicht auf die Länge ertragen. Man musste ihn verstehen. Bestimmt wusste der Mann nicht einmal von seinem Sohn.

Nun sass er im kleinen, nach frischer Farbe riechenden Besprechungsraum seines Polizeipostens und wartete auf seine Chefin. Als er angekommen war, hatte sie ihm nicht erklärt, worum es genau ging. Er wusste nur, dass noch eine weitere Person dazukommen sollte. Irgendjemand von extern. Das konnte kaum etwas Gutes bedeuten, darauf hatte auch das hässliche Rot auf der Stirn seiner Vorgesetzten gedeutet. Was gab es nur jetzt schon wieder an ihm auszusetzen?

Nachdenklich kratzte er seinen weichen Bauch. Seit er unfairerweise nicht befördert worden war, nahm er es vielleicht nicht mehr immer ganz so genau, doch er war immer noch der Meinung, ein guter Polizist zu sein – wenn man ihn nur machen liess.

Als die Tür aufging und er sah, wen seine Chefin da im Schlepptau hatte, hätte er am liebsten zu seiner Dienstwaffe gegriffen. Von diesem Stück Dreck würde er sich nicht noch einmal demütigen lassen. «Man sieht sich immer zweimal im Leben», sagte die Stimme in seinem Kopf. Während seine Chefin und die Parmelin Platz nahmen, griff er mit dem Mittelfinger seiner linken Hand durch seine Knopfleiste hindurch und drückte das flauschige Unterhemd in seinen stark schwitzenden Bauchnabel hinein. Was wollte die Kriminalpolizei Zürich mit ihm?

Das beschissene Gespräch hatte nur eine halbe Stunde gedauert. Er hatte diese bescheuerte Toilettenpapiermitteilung, womit ihn vor seinen Ferien diese zwei dummen Hühner belästigt hatten, bereits wieder vergessen. So etwas konnte doch ein vernünftiger Mensch nicht für voll nehmen. Und das tat er auch noch immer nicht. Doch Parmelin, dieses verfluchte Mannsweib, hatte es schon zum zweiten Mal hingekriegt, ihn zu diskreditieren.

Damals hatte sie ihn angeschwärzt, weil er etwas hartnäckig gewesen war und nicht gleich aufgegeben hatte, als sie ihm die kalte Schulter gezeigt hatte. Heute, weil er seinen gesunden Menschenverstand angewendet und diesen Kinderkram nicht protokolliert und weitergeleitet hatte.

Seine Chefin war natürlich sofort darauf eingegangen. Sie hatten sich zusammen gegen ihn verschworen. Aber das würden die beiden Tussis noch bedauern. Er riss einen weiteren Schokoladenriegel auf und biss gierig hinein, während er langsam nach Hause schlenderte.

Obwohl er heute Nachmittag nun trotzdem genügend Zeit für die Wohnungsbesichtigung gehabt hätte, fiel diese jetzt aus einem anderen Grund ins Wasser. Er wusste nicht, wie seine berufliche Zukunft aussah. Bis auf Weiteres war er jedenfalls vom Dienst suspendiert und es wurde eine interne Untersuchung gegen ihn eingeleitet. Dienstwaffe und Ausweis hatte die Bitch sofort eingezogen. Wohl oder übel musste er weiterhin bei Mutter leben, ihren Frass fressen und ihre blöden Fragen beantworten. Er hasste sein verdammtes Leben. Er hasste es so dermassen.

Mittwoch, 3. August, 11 Uhr 50, in der Bar «Zum silbernen Stiefel»

Es war doch immer das Gleiche mit diesen hochstudierten Sesselpupsern und Lackaffen. Sie hatten grosse Ideen, hochgesteckte Ziele, organisierten ein bisschen und befahlen ein wenig. Doch die richtige Drecksarbeit machten dann Leute wie Rosi und er. Edi nahm einen langen Lungenzug.

Er wollte sich ja nicht beschweren, die zwanzig Prozent waren eine schöne Summe für ihn und er war ja kein gieriger Mensch. Doch es zeigte eben einmal mehr, wie die Welt lief. Die Grossen liessen die Kleinen für sich arbeiten und frassen dann das grösste Stück des Kuchens.

Umso bedenklicher schien es ihm, dass es nun scheinbar einen Zwischenfall mit diesem feinen Herrn gegeben hatte und sie deswegen das Geschäft auf unbestimmte Zeit aussetzen mussten. Was genau das Problem war, wusste er nicht. In ihrer kurzen Nachricht hatte sie ihm lediglich mitgeteilt, die für diesen Abend geplante Transaktion und die kurz darauf folgende nächtliche Lieferung müssten noch mit grösster Sorgfalt und Vorsicht durchgeführt werden. Danach würde das Business vorübergehend eingestellt. Etwas von «Low Profile» hatte sie geschrieben.

Wenn es zwischen den zwei gierigen Streithälsen Uneinigkeiten gab, dann sollten sie diese doch regeln, ohne das Geschäft darunter leiden zu lassen. Man konnte sich sowieso fragen, warum die beiden mit ihren gut bezahlten, sicheren Jobs noch solch risikobehafteten Nebentätigkeiten nachgingen. Gierige Geier.

Aber was konnte man schon tun? Er würde das hier durchziehen und hoffen, dass sich die Schwierigkeiten bald erledigten. Er konnte sich auch vorstellen, dieses lukrative Geschäftsmodell alleine mit Rosi weiterzubetreiben. Und vielleicht konnte man es noch ausbauen, schliesslich gab es genügend perverse Schweine mit Geld. Und in der Zwischenzeit hatte er ja noch ein paar andere Projekte, welche seine Aufmerksamkeit verlangten.

Kopfschüttelnd drückte er seine Zigarette in den schmuddeligen Aschenbecher vor ihm auf dem Tresen und liess sich einen weiteren Espresso in ein frisches, noch spülmaschinenwarmes Tässchen laufen. Er fühlte sich ein kleines bisschen angespannt ob dieser neusten Entwicklung und brauchte Ablenkung. Gerade als er sich zu überlegen begann, ob er vor dem Mittagessen noch mit dem Abbruch des Citroëns weitermachen oder lieber seiner Frau zur Hand gehen sollte, ging die Tür auf und liess blendendes Sommerlicht in sein dunkles Lokal hineinstrahlen.

Die abgestandene Rauchluft wurde von frischem Sauerstoff aufgewühlt. Eine junge Frau im besten Alter blieb im Eingang stehen und sah sich kritisch – oder vielmehr abschätzig – im Eingangsbereich um.

Gäste, die so jung und gesund aussahen wie die, hatten sie selten. Seine Stammgäste waren doppelt so alt, hatten Raucherhusten und Diabetes Typ zwei. Hoffentlich war diese Dame nicht von irgendeiner Behörde. Hatte ihnen die Ateliertussi da drüben etwa wieder die Lebensmittelkontrolle auf den Hals gehetzt?

Langsam kam die Frau vom düsteren Eingang her auf den Tresen zu, wobei ihre stechenden Augen die Bar Schnitt für Schnitt abzuscannen schienen. Edi packte den alten Kunststoffaschenbecher und warf ihn unauffällig in den grossen Abfallkübel unter ihm.

Als die Frau vor dem Tresen stehen blieb, stach ihm zuerst ihr sich auf der blanken Chromstahloberfläche spiegelndes pinkes Poloshirt in die Augen. Dann ihr Pistolenholster. So schnell, wie sie ihren Dienstausweis aus der Hosentasche zog und ihm vor die Augen hielt, stieg auch sein Blutdruck ins Unermessliche. Er hustete.

«Guten Tag. Parmelin, Kriminalpolizei. Sie sind Eduard Dick, ist das richtig?» Edi verstaute seine zuckenden Finger in den Taschen seiner ausgewaschenen schwarzen Jeans und lächelte. «Ja, der bin ich. Wie kann ich Ihnen helfen, Frau Pa..., äh ... Parmelin?» Die Polizistin zog ihr Handy aus der Gesässtasche und öffnete darauf ein Foto. Er erkannte den Typ darauf, noch bevor sie ihm das Gerät vor die Augen hielt.

«Kennen Sie diesen Mann, Herr Dick?» Edi kniff die Augen zusammen und schaute sich das Bild aus nächster Nähe an. Während seine Hände die Hosentaschen nass schwitzten, formte er sein Gesicht zu einem Ausdruck der Gleichgültigkeit. «Hm ... ja, ich würde meinen ... der sei auch schon hier gewesen. Kein Stammgast, aber ab und zu kommt der ein Bier trinken, glaube ich. Warum? Hat er was ausgefressen?» Parmelin steckte das Foto wieder ein. «Nun, das könnte ich zu diesem Zeitpunkt so nicht sagen. Was wissen Sie denn sonst noch über diesen Herrn?»

Edi zuckte die Schultern. «Ja ... also, nicht wirklich viel. Ich glaube, der ist irgendetwas Besseres ... Teppichetage vermutlich. Meine Frau ist eher die Gesprächige bei uns. Vielleicht hat sie ja mal mit ihm gesprochen. Aber ... ist der Typ okay?» Die Kriminalpolizistin starrte ihm so tief und intensiv in seine Augen, dass er glaubte, diese könnten aufplatzen. «Herr Dick, der Mann ist tot. Sein Tod war nicht natürlich. Es gibt Zeugen, die Ihre Bar mit der Firma in Verbindung bringen, die Herr Zippelmeier geführt hat. Sie kennen seinen Namen, oder?»

Während sie sprach, wurde Edis Gesicht farblos wie das einer Leiche. In seinem Kopf begann ein Sturm der Gedanken zu wüten. Zippelmeier war tot? Unnatürlich? War das etwa der Zwischenfall? Hatte sie ...? Seine Wangen wurden heiss und die Farbe kam doppelt und dreifach in sein Gesicht zurück. Er merkte es und die Polizistin ebenfalls. Es war Zeit für einen Strategiewechsel, um seinen eigenen Kopf – und den seiner Frau – aus der Schlinge zu ziehen.

«Oh, mein Gott, ich bin ... total schockiert, ich ... also, ich ... Frau Parmelin, ich muss Ihnen da etwas erzählen. Möchten Sie Platz nehmen?» Edi machte Anstalten, hinter dem Tresen hervorzukommen, um sich mit der Polizistin an einen der leeren Tische zu setzen, doch diese stoppte ihn mit einer unmissverständlichen Handbewegung. «Die Wahrheit. Die ganze. Ich habe kein Problem, Ihnen die Hütte hier auseinander...» Edi hob beschwichtigend die Hände.

«Entschuldigung, Frau Parmelin», sagte er unterwürfig und blieb mit hängenden Armen an Ort und Stelle stehen, «die Sache mit diesem Herrn war etwas seltsam.» «Ich höre, Herr Dick. Sie haben zehn Minuten.» Edi rieb sich das stoppelige, ungepflegte Kinn, während sein gestresstes Hirn stichprobenartig zu überprüfen versuchte, ob seine Geschichte auch nur halbwegs realistisch war.

«Also, der Grund, weshalb ich Ihnen vorhin nicht ganz alles erzählt habe ...» «Warum Sie mich angelogen haben ...», korrigierte Parmelin scharf und Edi grinste peinlich berührt. «Ja, also, ich wollte dem Mann keine Probleme bereiten. Zippelmeier hiess er, sagten Sie? Ich kannte ja nur seinen Vornamen, A-adalbert, er hat mir gleich das Du angeboten, als wir das erste Mal miteinander ins Gespräch kamen. Es stimmt zwar, dass ich ihn persönlich kaum kenne ... kannte, doch ich ... ich habe ihm sozusagen einen kleinen Gefallen getan. Ohne gross nachzufragen. Es geht mich ja nichts an, was er in seinem Privatleben tut, verstehen Sie?»

Die Augen der Kriminalpolizistin stachen starr und unbeeindruckt in die seinen. «Welchen Gefallen?» «Na ja, er ... er brauchte Raum für sich selbst. Ein sogenanntes ‹Man Cave›, wie er sagte. Seine Alte unterdrückt ihn wohl. Er hat mich eines Abends nach dem fünften Bier gefragt, ob ich ihm meine Garage vermieten wolle. Ich sagte ihm, dass ich da normalerweise mein Auto reinstelle. Ehrlich gesagt fand ich seine Bitte auch etwas seltsam. So ein feiner Herr kann sich doch ein viel besseres Objekt als dieses Loch mieten. Doch ... als er mir dann sagte, was er zu bezahlen bereit war, konnte ich nicht Nein sagen. Ich meine, für unsereins sind zweitausend Franken eine grosse Summe. Im Monat ... verstehen Sie?»

Sie antwortete nicht, und je länger er ihr gegenüberstand, desto deutlicher merkte er, dass sie bereit war, ihn zu zerlegen, sollte ihm auch nur der kleinste Fehler unterlaufen.

«Jedenfalls habe ich eingewilligt. Unsere Bar hatte schon bessere Zeiten und wir können das Geld wirklich gebrauchen. Ich habe mein Auto rausgestellt und er hatte seine Männerhöhle. Aber fragen Sie mich nicht, was er dadrin genau getan hat. Vielleicht Mofas restauriert, vielleicht Pornos geschaut. Es geht mich nichts an.» Edi versuchte, so locker und freundlich wie möglich zu lächeln und stellte dabei seinen verfaulten Zahn zur Schau.

«Nun, dann schauen wir uns diese Garage wohl besser mal an, Herr Dick. Sie haben bestimmt nichts dagegen, mir das Tor zu öffnen.» Edis Hals wurde warm und er hatte das Gefühl, plötzlich etwas knapp Luft zu bekommen. «Ja, ähm, also braucht es denn dafür nicht irgendwelche ... Befehle, Papiere, so was in der Art?» Parmelin atmete tief ein und lange aus. «Ja, Herr Dick, da haben Sie absolut recht. Sie müssen uns nur mit einem Hausdurchsuchungsbefehl Zutritt gewähren. Ich kann gerne einen solchen beantragen. Bedeutet ein bisschen Bürokratie, ein bisschen Zeit ... doch vermutlich ist es tatsächlich besser, dann können wir gleich das gesamte Haus genauer anschauen. Halten Sie dann bitte auch gleich Ihre Buchhaltung der letzten zehn Jahre für meine Kollegen bereit.»

Edi spürte, wie sein Herz unregelmässig zu rumpeln begann. Diese Polizistin stresste ihn wahnsinnig. Er war total souverän, wenn es darum ging, Leichen verschwinden zu lassen oder jemanden zu entführen. Auch Folter war okay. Aber der Umgang mit Ämtern und Beamten ... da drehte er fast durch. Diese Scheisspolizistin trieb ihn immer weiter in die Ecke und er wusste, dass sie seine Unsicherheit spürte.

«Na ja, ich möchte Ihnen ja nicht noch mehr Aufwand bereiten ... ähm ... Sie haben ja bestimmt Arbeit genug mit all den Kriminellen heutzutage. Ich öffne natürlich die Garage für Sie, wenn es Ihnen hilft», sagte Edi, während sich der Globus hystericus in seinem Hals immer weiter aufblies.

Parmelins Miene blieb unberührt steinern, als Edi hinter seinem Tresen hervorkam und ihr voraus zum Ausgang seiner Gaststätte ging.

Nachdem sie aus der Tür auf das sonnengewärmte Trottoir hinausgetreten waren, blieb Edi stehen, um seinen Schlüsselbund aus der ausgefransten Hosentasche zu klauben. Er hatte gerade mit seinen zittrigen Fingern den richtigen Schlüssel herausgesucht, als er in der rechten hintersten Ecke seines Gesichtsfeldes zwei weitere – diesmal uniformierte – Polizisten wahrnahm. Langsam ging er die wenigen Schritte zum schmalen hölzernen Garagentor. Als er den leicht rostigen Schlüssel mit dem altmodischen Bart ins Loch steckte, sah er im Geiste sein Leben an sich vorbeiziehen.

Mittwoch, 3. August, 10 Uhr, in der Hieronymus Säger Erben AG

Um zehn Uhr wurden sie und die anderen Bereichsleiter von zwei Polizeibeamten darüber informiert, dass ihr Geschäftsführer am frühen Morgen in einem Wald bei Winterthur ermordet aufgefunden worden war. Der ganze Sitzungsraum wurde von einer düsteren Schwere eingehüllt.

Nachdem die surreal klingenden Worte gefallen waren, herrschte absolute Stille. Niemand sah auf ein Handy oder Tablet, niemand schaute seinen Kollegen an. Alle starrten schockiert auf die Beamten – unsicher, ob sie nicht vielleicht bald den Wecker neben sich auf dem Nachttischchen hören würden. Selbst jene, denen er das Arbeitsleben schwer gemacht hatte, wirkten tief betroffen. Ein unterdrücktes Schluchzen war zu hören. Es kam von seiner Sekretärin. Auch die Augen des Produktionsleiters wurden plötzlich etwas rot und nass. Sie selbst zog ein Papiertaschentuch aus ihrer Handtasche und schnäuzte demonstrativ hinein, gefolgt von ein paar theatralisch lauten Atemzügen.

Am Ende der kurzen Informationsveranstaltung wurde dem Produktionsleiter, der auch stellvertretender Geschäftsführer war, ein Durchsuchungsbefehl für das gesamte Areal der Firma sowie sämtliche digitale Systeme des Unternehmens in die Hände gedrückt. Selbstverständlich hatte dieser keine Ahnung, warum das Werk durchsucht werden sollte, doch es schien ihn auch in keiner Weise zu stören. Mit heiserer Stimme bedankte er sich bei den Beamten für ihre Hilfe. Die Todesnachricht hatte ihn offensichtlich schockiert.

Sie selbst konnte nicht aufhören, sich das Hirn über die Frage zu zermartern, warum die Polizei eine Verbindung zu Zippelmeiers Arbeitsort herstellte. Sie hatte das doch erledigt. Sie höchstpersönlich hatte diesen Bunjaku ausschalten müssen, weil sonst niemand die Eier dazu gehabt hatte. Der kleine, unwichtige Durchschnittsteamleiter Gjon Bunjaku hätte alles zerstören können, doch sie kam ihm gerade noch zuvor. Weder von seinem privaten noch von seinem geschäftlichen Handy war die Datei versendet worden, das hatte sie geklärt.

War da etwa doch etwas dran an dieser Sache mit der Berger? Nein, das konnte nicht sein, das machte keinen Sinn. Memmelmann verdrehte wieder irgendetwas. Der Idiot war doch keinen Bruchteil seines Salärs wert. Hätte Bunjaku jemandem brauchbare Informationen übergeben, hätten sie bestimmt schon lange Besuch von den Bullen bekommen. Alles war in Ordnung, sie musste sich keine Sorgen machen.

Doch jedes Mal, wenn sie diese Erkenntnis erlangte, begannen dieselben Fragen in ihrem Kopf wieder von vorne zu rotieren. Sie packte ihre Handtasche und wollte den Besprechungsraum verlassen, um – in der Toilette eingeschlossen – über ihre nächsten Schritte nachzudenken, als einer der Polizisten auf sie zukam und nach ihrem Namen fragte. Seine Vorgesetzte müsse mit ihr sprechen, sobald sie – in circa zwanzig Minuten – hier ankomme. Mehr sagte er nicht.

«Gar kein Problem, sie kann sich beim Empfang melden, sobald sie hier ist.» Dabei lächelte sie den Beamten so freundlich an, dass es beinahe unnatürlich wirkte. Dann verliess sie den Raum.

Machte sie das Ereignis der letzten Nacht irgendwie paranoid oder hatten die Bullen sie auf dem Radar? Die Vorstellung, dass einer der Involvierten geplappert hatte, schien ihr absurd – so dumm war niemand von ihnen – nicht einmal die Wirtin. Vielleicht irgendein ... Detektiv oder so etwas? Hatte eine der Familien einen Privatdetektiv angeheuert, weil die Bullen nicht weiterkamen? Sie konnte sich zwar nicht vorstellen, wie jemand auf ihre Spur hätte kommen können, doch es würde wenigstens erklären, warum sie in der letzten Zeit mehr als einmal das Gefühl hatte, beobachtet zu werden.

Nach ein paar Minuten auf dem geschlossenen Deckel der hintersten Toilettenkabine traf sie eine Entscheidung. Es war Zeit für Plan B – oder besser gesagt irgendeine abgeänderte Version davon. Noch hatte sie die Wahl zwischen Stärke und Hilflosigkeit, zwischen Freiheit und Demütigung. Sie zog ihr Diensthandy aus der Tasche und legte es auf das Fenstersims, nachdem sie es stummgeschaltet hatte. Danach verliess sie das Bürogebäude über die unterirdische, nur Kadermitgliedern vorbehaltene Abkürzung.

Als sie im Parkhaus ankam und die Tür ihres BMWs entriegelte, sah sie ein weiteres Polizeiauto auf den Besucherparkplatz auffahren. Die Türen gingen auf und vier Personen stiegen aus. Eine davon in Zivilkleidung – diese wollte wohl zu ihr. Während die Beamten den Empfang ansteuerten, liess sie den leisen Motor ihrer teuren Karosse laufen und verliess das Parkhaus, ohne in den Rückspiegel zu sehen.

Im nächsten Dorf hielt sie auf dem leeren Parkplatz eines heruntergekommenen Nachtclubs an, griff unter ihren Sitz und zog die lange, flache Hülle hervor. Was eignete sich für die heutige Reise am besten? Ihre Finger strichen über die makellos echt erscheinenden Kennzeichen. Auch diese Qualitätsarbeit war jeden Rappen wert. Am Ende entschied sie sich für das Thurgauer Nummernschild. Unauffällig, durchschnittlich, eines unter vielen und doch nicht ganz einheimisch. Die Nummer eines Tagesausflüglers.

Das legale Kennzeichen, welches – wie alle anderen – magnetisch an ihrem Fahrzeug befestigt war, wich der perfekten Fälschung und verschwand in der Hülle, die wieder unter den Sitz – neben Pannendreieck und Apotheke – verbannt wurde. Das dunkle Trainingsshirt aus Merinowolle ersetzte die elegante Bluse, sie band die Haare zu einem engen Pferdeschwanz und setzte die schwarze Baseballmütze auf. Nachdem sie sich unbequem unter dem Lenkrad ihre Sneakers geschnürt und die elendig schweren Sicherheitsschuhe auf die Rückbank befördert hatte, war sie bereit für den ersten Teil ihrer Reise – fast jedenfalls.

Sie zog ihr Privathandy aus der Handtasche und schrieb eine Nachricht an ihre Stellvertreterin. «Musste notfallmässig nach Travemünde. Mein Vater liegt im Sterben. Bitte beantworte die Fragen der Polizei. Melde mich, sobald ich kann. Danke und liebe Grüsse.» Dann sah sie in den Rückspiegel, zupfte ihr Foulard zurecht und drückte auf den Anlassknopf.

Mit blankem Gehirn und jeglicher Empfindungen unfähig fuhr sie weiter und weiter das Toggenburg hinauf. Nur einmal hielt sie kurz an einem Bahnhofskiosk an, um eine Ansichtskarte mit Briefmarke zu kaufen.

Mittwoch, 3. August, 12 Uhr 30, in Helen Bergers Zuhause

Ihre kleine Wohnung war komplett von der Sonne erwärmt, als Helen die Augen aufschlug. Trotz der Sommerhitze, welche durch die offene Balkontür hereinbrannte, hätte sie problemlos noch stundenlang weiterschlafen können, hätte sie sich nicht verpflichtet gefühlt, ans klingelnde Telefon zu gehen.

Sie war erleichtert, Gabrielas Namen auf dem Display zu lesen und nicht eine Nummer der Polizei. «Gabi?! Hallo ... ist alles in Ordnung?» «Alles okay, Helen, alles okay. Ich habe dir eine Sprachnachricht geschickt ...» Helen rieb sich die Augen und gähnte. «Ja ... ähm ... ich bin erst gerade erwacht, ehrlich gesagt. Ich bin todmüde. Aber wie war denn dein Gespräch mit dieser Parmelin?»

Ein paar Sekunden blieb es still am anderen Ende, dann antwortete Gabrielas mit Stolz erfüllte Stimme: «Sie hat meine Liste ‹Arbeit› genannt. Hat versprochen, das alles zu überprüfen. Die hat sich für unsere Recherche und Resultate interessiert. Weisst du was, Helen?» Diese schüttelte ihren Kopf. «Was denn?» «Noch nie in meiner beruflichen Laufbahn habe ich mich so erfüllt gefühlt. Nicht ein einziges Mal.»

Sie berichteten einander von ihren jeweiligen Gesprächsverläufen mit der Kriminalpolizistin. Was sie erzählt und worüber sie keine Worte verloren hatten. «Ich habe ihr gesagt, dass sie im Schaufenster der Galerie eine Kamera findet. Sie hat sich dazu nicht gross geäussert, doch ich hatte den Eindruck, dass ich dafür möglicherweise Probleme bekommen könnte. Nichtsdestotrotz fühle ich mich irgendwie ... zufrieden und gut ... so gut wie schon lange nicht mehr», berichtete Gabriela in lockerem Ton. Helen stand von der Bettkannte auf, ging zum Balkonfenster und schaute nachdenklich ins Freie hinaus.

«Das heisst also, die Polizei glaubt uns tatsächlich ... und die sind da jetzt wirklich dran?», fragte sie ihre Kollegin, während sie in die Küche watschelte, wo die Digitaluhr über der Backofentür sie darüber informierte, dass der Mittag bereits überschlafen worden war. «Oh, Scheisse, Gabi, ich muss heute unbedingt noch eine Lieferung für Schnegg-Öhri erledigen. Melde dich, wenn es irgendwas gibt.»

Gabriela gab ein schnippisches Geräusch von sich – wie immer, wenn sie den Namen ihres ehemaligen Chefs hörte. Dann verabschiedeten sie sich.

Helen bereitete sich hastig einen starken Kaffee mit viel Vollrahm zu und liess zwei Eier in die Gusseisenpfanne mit erhitzter Butter plumpsen. Obwohl sie heute noch kaum etwas Gescheites gegessen hatte, fühlte sie sich überhaupt nicht hungrig – ganz im Gegenteil, der säuerliche Geschmack in der Speiseröhre hielt sich hartnäckig. Sie wusste nicht, wie sie sich fühlen sollte. Gjon war verschwunden, weg, und ob die Polizei daran noch etwas ändern konnte, schien nur eine rhetorische Frage zu sein. Was für ein Scheissgefühl. Morgen würde sie Barbara anrufen – aber erst morgen; vielleicht passierte bis dahin ja noch ein Wunder – und solche gab es doch immer mal wieder.

Nachdem Helen die fett gebadeten Spiegeleier lustlos verschlungen hatte, ging sie in den Keller hinunter, löste die lange abgekühlten Teile von den Druckplatten und liess die nächsten Programme laufen. Um neunzehn Uhr schloss die Poststelle. Heute durfte sie keinen Ausschuss produzieren, wollte sie ihre Abmachung mit Bernasconi einhalten.

Noch eine Weile blieb sie vor den drei zirpenden Maschinen stehen und sah dabei zu, wie die neuen Teile aufgebaut wurden – Schicht um Schicht –, immer höher und höher.

Mittwoch, 3. August, Mittag, vor der Bar «Zum silbernen Stiefel»

Die Kriminalpolizistin stand in der Mitte der beinahe leeren Garage, die linke Hand in die Hüfte gestemmt, die rechte auf der Pistole liegend. Edi und einer der Uniformierten blieben draussen vor der Schwelle stehen. Auf der Stirn des Wirtes hatten sich grosse Schweissperlen gebildet.

Auf der rechten Seite des etwa fünf Meter breiten und sechs Meter langen Raumes war auf einer Höhe von knapp zwei Metern ein langes, massives Holztablar mithilfe mehrerer Stahlwinkel an der Mauer angebracht. Darauf standen ein paar alt aussehende Kartonschachteln, eine Werkzeugkiste mit klassischer Hammerschlaglackierung und ein paar Koffer mit elektrischen Handmaschinen. Die hintere Wand entlang lagen und standen verschiedene Autoteile, unter anderem ein kompletter Dreizylindermotor.

Das Reparieren und Restaurieren von Autos schien – den feinen Geschäftsherrenhänden an Zippelmeiers Leiche nach zu urteilen – eine für diesen Mann ganz und gar überraschende Freizeitbeschäftigung.

In der linken hinteren Ecke stand eine durch Zeit und ölige Hände dunkelbraun gewordene zwei Rahmen hohe Europalette mit einem von verschiedenen Farben bekleckerten Deckel. Der Polizist, der mit Parmelin die Garage betreten hatte, begann auf deren Anweisung die Gegenstände und Kisten vom massiven Wandtablar herunterzuholen, seine Vorgesetzte blieb vor der Palette stehen. «Herr Dick, was ist dadrin?» Edi machte Anstalten, sich zu ihr in die Garage begeben zu wollen, um sie besser hören zu können, doch der Beamte neben ihm bat ihn, draussen zu bleiben.

«Ja, ähm, ich … also, ich weiss nicht … vielleicht hat er das als … Arbeitstisch benutzt oder so …» Parmelin drehte sich um und schaute ihm ein paar Sekunden misstrauisch in die Augen. «Das hier macht nicht gerade den Eindruck nach gemütlichem Rückzugsort von der bösen Ehefrau. Wie sah der Raum denn vor der Vermietung an Herrn Zippelmeier aus, Herr Dick?»

Edis Adamsapfel begann wild zu zucken und er musste husten. Er brauchte dringend eine Zigarette oder wenigstens etwas Süsses. Er zeigte zur rechten Wand. «Nur das Zeug da oben und mein Auto natürlich. Und Rosis E-Bike. Und da hinten war ein Haufen Altpapier und -karton. Das habe ich natürlich zur Recyclingstation gebracht …»

Parmelin quittierte diese Erklärung mit einem «Hm», das vieles und gar nichts hätte bedeuten können. «Diese Palette gehört bestimmt nicht Ihnen?» Edi schüttelte schulterzuckend seinen Kopf. «Wie bitte?», fragte die Polizistin in seine Richtung nach und hielt ihre Hand ohrmuschelvergrössernd an die Seite ihres Kopfes. «N-Nein, natürlich nicht … das gehört Ada-adalbert.»

«Andi, hast du dort irgendwo Torxbits gesehen?», rief sie dem Kollegen zu, der gerade dabei war, mit seinen weissen Latexhandschuhen ein paar alte Ordner mit teilweise auf allen

Seiten heraushängenden zerzausten Blättern aus einer Kartonschachtel zu ziehen.

Die Schraube quietschte, als sie aus dem Rahmenholz gedreht wurde. Mit insgesamt sechs solcher sechzig Millimeter langen Schrauben war der Deckel auf den oberen Rahmen geschraubt, welcher wiederum mittels mehrerer Lochplattenstreifen mit dem unteren verbunden war.

Der Polizist, den Parmelin Andi genannt hatte, unterbrach seine Arbeit und stellte sich neben die Kriminalpolizistin, welche den Akkuschrauber auf den ölbefleckten Betonboden gelegt und mit ihren Händen je eine Längsseite des Holzdeckels ergriffen hatte. Andi zog seine Dienstwaffe aus dem Holster, Parmelin begann langsam anzuheben.

Während der Spalt zwischen Deckel und Rahmen grösser wurde, spannte sich auch der Körper des Polizisten neben Edi mehr und mehr an und seine rechte Hand schien bereit, die Waffe zu ziehen. Die Schweissperlen auf Edis Stirn wurden zahlreicher, grösser, schwerer – der Herzschlag unregelmässiger.

Parmelin liess den Deckel zwischen Mauer und Palette heruntergleiten, Andi schaute vorsichtig – die bewaffneten Hände voran – in die Kiste hinein, aus der eine streng müffelnde Duftnote in ihre Nasen stieg. Seine Augen weiteten sich. Parmelin drehte sich zum offenen Garagentor um.

«Festnahme!», wies sie den Kollegen an. In dem Moment, als dieser den Wirt in Handschellen legen wollte, knickten dessen Knie ein und liessen ihn auf das sonnenwarme Trottoir sacken.

Während sie auf Sanität und Spurensicherung warteten, kümmerte sich der eine Beamte um den ohnmächtig am Boden liegenden Edi. Sein Kollege half Parmelin, die vorsichtig den

Holzkerker auf die Seite kippte, nachdem ihre Finger am Hals des fleischigen Inhalts einen Puls festgestellt hatten. Sorgfältig zog die Kriminalpolizistin den schlaffen Körper aus dem liegenden Rahmen auf den Betonboden.

Der grosse, dünne Mann, der wie zu einem Embryo zusammengeknüllt am Boden des isolierten Verschlages gelegen hatte, wurde in die Seitenlage gebracht. Désirée Parmelin kniete auf dem staubigen Boden, ihre Jeans längst schwarz vom Motorenöl, und tätschelte fein auf die bleiche Wange des halb lebenden Gefangenen. «Hallo?! Können Sie mich hören?!» Dann hielt sie inne. «Burkhalter! Andi, verdammt, das ist er tatsächlich ... Brian Burkhalter!»

Der Kollege kam auf ihre Seite und sah ungläubig auf das abgemagerte Gesicht des Mannes. «Etwas farblos und knochig – aber ... ja, das ist er ... der depressive Ehemann und Vater, der sich aus Frust über seine berufliche Situation umgebracht haben soll ...»

Die Sirenen wurden lauter. «Wir nehmen den ganzen Papierkram mit», entschied Parmelin und zeigte auf die Schachteln mit den Ordnern und Büchern, welche nun auf dem Betonboden unter dem hölzernen Tablar standen.

Mittwoch, 3. August, an der Herrmann-Götz-Strasse in Winterthur

Es war bereits vierzehn Uhr dreissig, als Parmelin vom Spital zurückkam und auf dem Weg vom Auto zu ihrem Büro ein Pouletschnitzelsandwich herunterwürgte.

Sie hatte noch nicht einmal den dritten Stock erreicht, als ihr Telefon schon wieder klingelte. «Parmelin», antwortete sie mit kauendem Mund. Es war der Kriminaltechniker, welcher nach dem Mittag begonnen hatte, die Kisten aus Edis Garage durchzusehen.

«Hallo, Dési, störe ich beim Essen?» «Du störst nie, was gibt's?» «Na ja, das meiste sind Ordner mit altem Bürokram – interessiert höchstens das Steueramt – und alte Motorradzeitschriften. Aber da gibt es noch ein paar Tagebücher. Ich habe sie erst überflogen, aber ich glaube, du solltest dir das mal ansehen.»

«Bin gleich da.» Sie stopfte das Ende des weichen, frischen Brotes in ihren Mund und ging die soeben erklommene Treppe wieder hinunter.

Auf dem Arbeitstisch des Technikers lagen fünf schwarze Notizbücher im A5-Format, auf deren Rücken weisse Etiketten aufgeklebt waren, auf welchen die jeweiligen Anfangs- und Enddaten der Einträge standen. Das älteste Journal war etwa fünf Jahre alt, das neuste enthielt Einträge bis zum Sommer dieses Jahres.

«Ich habe dir die interessanten Seitenzahlen hier aufgeschrieben», erklärte der untersetzte Mann mit roter Halbglatze, der kurz vor der Pensionierung noch immer mit Leib und Seele dabei war und ein rekordverdächtiges Überstundenkonto vorzuweisen hatte, und hielt ihr ein Post-it entgegen. Parmelin zog weisse Latexhandschuhe an, nahm das neuste Büchlein und begann zu lesen.

Es schien bemerkenswert, dass jemand mit einer solchen Rechtschreibung gerade das Tagebuchschreiben zu seinen täglichen Tätigkeiten zählen wollte. Auch die Schrift der Wirtin, welcher die Journale offenbar gehörten, glich jener eines Mittelstufenschülers aus den Siebzigern, der sich zwar viel Mühe gab, seine Buchstaben in kunstvollen Schwüngen auf Papier zu bringen, es jedoch aufgrund seiner mangelnden Motorik doch nie schaffte, das geübte, einheitliche Schriftbild seiner Lehrerin zu kopieren. Die Kriminalpolizistin musste sich konzentrieren, um inmitten des dyslektischen Gekrakels den Inhalt noch verstehen zu können.

Und der Inhalt war interessant. Denn zwischen den alltäglichen Sorgen und Freuden einer Wirtin mit zu wenig Gästen war da auch immer wieder die Rede von Edis Nebentätigkeiten. Die Geschäfte, bei denen er gegen seinen Willen mitmachen musste, damit den noch ganz kleinen Kindern ihres Sohnes nichts zustiess. Parmelin kratzte sich am Kopf, ihre Augen weiteten sich. Sie zog das Notizblöckchen aus ihrer Hosentasche und begann, Stichworte darauf niederzuschreiben.

Rosi erwähnte in ihren Tagesberichten, die mal mit schwarzem, mal mit blauem Kugelschreiber und ab und zu auch mit Bleistift verfasst waren, öfter eine «blöde Zicke», die Adalberts Chefin war, obschon es eigentlich anders herum gewesen wäre. Die Charakterzüge und Verhaltensmerkmale, mit denen sie diese Person beschrieb, passten allerdings eher zu einer kühlen, introvertierten Planerin als zu jemandem, den der Volksmund gemeinhin als zickig beschimpfte. Und was hiess das, «anders herum»?

Parmelin erinnerte sich an die Personalbetreuerin, von der ihr Helen Berger am Morgen sehr ausführlich erzählt hatte. Adalbert Zippelmeier war zwei Stufen über dieser Frau Käufeler. War sie etwa gefeuert worden, weil ihre Vorgesetzte ihr Doppelspiel bemerkt hatte ... oder hatte man sie loswerden müssen, weil sie zu nahe an Dinge gekommen war, die nicht für sie bestimmt waren?

Leise stöhnend klappte sie den Block zu. «Kannst du mir bitte Fotos von diesen Seiten auf mein E-Mail senden?» Der Techniker nickte. «Schon dabei, Dési, sonst noch was?» «Ruf mich sofort an, wenn du mehr hast. Egal um welche Zeit ... wie weit seid ihr eigentlich mit den Autoteilen? Können die rückverfolgt werden?» Der breite Mann lächelte sie entschuldigend an. «Wir melden uns ... sobald wir mehr wissen, okay?» Sie nickte und verabschiedete sich.

Die Polizistin hatte kaum die Tür hinter sich zugezogen, als bereits wieder ihr Diensthandy läutete. Es war der Arzt aus dem Kantonsspital, der ihr mitteilte, dass Herr Burkhalter ansprechbar war und sie mit ihm sprechen durfte – wenn auch nur ganz kurz, denn der Mann war sehr schwach und noch ziemlich durcheinander. Sie bedankte sich und begab sich auf den Weg – doch erst nachdem sie sich einen dreifachen Automatenespresso in ihren isolierten Autobecher gegossen hatte.

Mittwoch, 3. August, 16 Uhr, auf der Umfahrungsstrasse durch das Toggenburg

Cécile Käufeler schaltete das Radio aus. Sie musste nachdenken und sich auf die Strasse konzentrieren. Heute waren wieder besonders viele Motorräder mit triebgesteuertem Fahrverhalten durch die Voralpen unterwegs.

Ihr Herzschlag war bis in den Hals zu spüren und sie konnte sich nicht erklären, was die Polizei nun von ihr wollte. Robert klang ziemlich nervös, als er sie vor etwa zwanzig Minuten angerufen und mit zittriger Stimme erklärt hatte, dass eine Polizistin an der Wohnungstür stünde und mit ihr sprechen wolle. Nun befand sie sich auf dem Weg nach Kirchberg, wo sie auf dem Polizeiposten erwartet wurde.

Sie hatte sich nichts vorzuwerfen, so viel war klar. Oder war jemandem etwas zugestossen? Jemandem aus ihrer Verwandtschaft? Konnte dies der Grund sein, warum die

Polizei sie sprechen wollte? Auf ihren Unterarmen breitete sich Hühnerhaut aus. Sie versuchte, ruhig zu atmen, an etwas Schönes zu denken. An die Berglandschaft, das frische Fohlen, das sie heute bei ihrer Bekannten gesehen hatte. Es gab keinen Grund zur Angst, denn sie hatte in ihrem Leben schon viel schlimmere Dinge durchgemacht, ganz egal was die Polizei ihr heute zu sagen hatte.

Sie bekam einen Kaffee und einen Becher Wasser, bevor sie sich mit den beiden Beamten in ein kleines Besprechungszimmer setzte. Die Polizistin, die anscheinend den hiesigen Posten leitete, kannte sie vom Sehen. Der Mann, den man sich auch gut am Fliessband einer Grossmetzgerei hätte vorstellen können, war aus St. Gallen angereist – und von der Kriminalpolizei.

«Kriminalpolizei». Als Cécile das Wort hörte, begann es in ihrem Darm noch etwas stärker zu rumoren und sie spürte einen Klumpen im Hals heranwachsen. Sie hatte überhaupt nichts getan. Zwar wollte sie nicht behaupten, dass ihre Trauer – und vor allem ihre Wut – dazu noch nie gross genug gewesen wären, doch unter dem Strich gehörte sie eben zu den Leuten, welche die ganze Scheisse schluckten und dann still ihr Leben weiterlebten und das Böse zu verdrängen versuchten.

«Frau Käufeler», begann der rotköpfige Herr, dessen Stimme von unzähligen Packungen Zigaretten stark verunstaltet war, «danke, dass Sie gleich herkommen konnten. Waren Sie auf einem Ausflug?» Cécile nickte angespannt. «Ja. War ich. Wie kann ich Ihnen ... helfen?»

Der Kriminalbeamte lächelte. «Sie wurden am sechsundzwanzigsten Juli fristlos aus der Firma Säger in Kirchberg entlassen, ist das korrekt?» Cécile spürte das Blut in ihrem Kopf brodeln. «Das ist nicht ganz korrekt, nein. Die Kündigung war ordentlich, die Kündigungsfrist beträgt drei

Monate. Für eine fristlose Entlassung gab es nie eine Grundlage und das weiss Frau Zieger auch. Allerdings wurde ich sofort freigestellt – aufgrund meiner Berechtigungsstufe. Werde ich irgendwie ... beschuldigt?»

«Nein, nein, Frau Käufeler, wir haben lediglich ein paar Fragen zum Bewerbungsprozess bei Ihrem Arbeitgeber. Sie hatten sich doch um die Rekrutierung von neuem Personal gekümmert, wenn wir korrekt informiert sind», erklärte der Mann. «Ehemaliger Arbeitgeber», korrigierte Cécile, «aber ja, das stimmt, das war eine meiner Aufgaben. Eine von vielen.»

Die Polizistin nickte. «Sagt Ihnen der Name Brian Burkhalter etwas?» Cécile dachte nach. In letzter Zeit war ihr Gehirn von Gedanken dermassen überfüllt, dass es ihr manchmal schwerfiel, sich an weiter zurückliegende Details zu erinnern. «Brian ... Brian ... ach ja, der Pilot, der Australier, der eigentlich Pilot ... ich glaube, das war der, aber ich könnte auch falsch liegen. Die Firma hat alle Bewerbungen im Personalmanagementsystem, falls Ihnen das hilft ...»

«Wir werden uns dieses ... System bestimmt auch noch genauer anschauen ... aber versuchen Sie, sich zu erinnern ... verlief bei seiner Bewerbung irgendetwas aussergewöhnlich? Anders als sonst?» Der stark übergewichtige Rotkopf sprach ruhig und freundlich, klar, aber nicht bedrohlich. Scheinbar ging es nicht um sie selbst, was Cécile ein wenig beruhigte, auch wenn es keine eigentliche Überraschung war. Sie schüttelte den Kopf.

«Da war nicht wirklich etwas Besonderes. Ich musste ihm nach der ersten Prüfung seiner Unterlagen eine Absage senden, da er nicht über die passenden Qualifikationen verfügte ... ähm ...» «Ja?», hakte die Polizistin, die irgendwie den Eindruck machte, unter Zeitdruck zu stehen, nach.

«Nun ... ich glaube ... also, wenn ich mich richtig erinnere, war das der ... der mit der Ehefrau ...» Beide ihr gegenübersitzenden Beamten sahen sie mit gespanntem Blick an. Cécile erklärte: «Nun ... der hatte wie gesagt eine automatisch generierte E-Mail mit einer Absage erhalten und Tage später rief seine Frau an, um ihn von seinem bevorstehenden Vorstellungsgespräch zu entschuldigen, weil er nach einem Unfall im Spital lag. So etwas ist mir noch nie untergekommen und er tat mir etwas leid, wenn ich ehrlich bin ... scheinbar war der so verzweifelt auf Jobsuche, dass er seine Frau angeschwindelt hat, er hätte nachträglich doch noch eine Einladung erhalten.» Sie meinte den schwachen Ansatz eines Grinsens unter der ernsten Fassade der Polizistin wahrgenommen zu haben.

Der Kriminalpolizist nickte. «Frau Käufeler, wie hat die Ehefrau denn gesprochen? Was für einen Dialekt hatte sie?» Cécile wurde nachdenklich und in ihrem Herz rumpelte es ein paarmal. Hatte sie etwa ihre Schweigepflicht verletzt? War sie deswegen hier? Hätte sie dieser Frau keine Auskunft geben dürfen? Nein, korrekterweise eher nicht ... vielleicht war es ja nicht einmal seine Frau. Sie wischte sich den warmen Schweiss von der Stirn und aus den Augen. «Ähm, ich weiss nicht ... ich bin nicht gut mit Dialekten und es war ein kurzes Telefonat ... ich ... ähm ...» «War es ein Ostschweizer Dialekt?», fragte der Mann. Cécile schüttelte den Kopf. «Nein ... nein, eher ... eher so etwas in Richtung ... Luzern? Aargau? Ach, ich weiss nicht genau.»

Beide Beamten nickten. Die Leiterin des Polizeipostens schielte auf ihre Notizen. «Hatte ausser Ihnen sonst noch jemand Zugriff auf diese Bewerbung?» Cécile runzelte ihre Stirn. «Ja, natürlich. Alle Personalbetreuer und unsere Vorgesetzte. Und ich gehe mal davon aus ... die Informatik.»

«Konnten Sie alleine entscheiden, ob jemand eine Absage erhält?», fragte der Polizist, auf dessen Stirn sich mittlerweile auch Schweiss gebildet hatte. «Natürlich, das war meine

Aufgabe, dafür bin ich ausgebildet und dafür wurde mir die Kompetenz übertragen ...» Cécile wollte endlich verstehen, wonach hier gesucht wurde. Das Gespräch erinnerte sie zunehmend an das Frühstück mit Helen Berger, welche plötzlich begonnen hatte, in ihrem Vorgehen bei Absagen herumzustochern.

Der Bär von Mensch putzte sich die Nässe mit der Handfläche aus der fleischigen Stirn. «Frau Käufeler, was genau war an dem Tag los, als Sie entlassen wurden?»

Sie wollte ehrlich sein, fragte sich jedoch auch, wie weit ihre persönlichen Gefühle, ihr Schmerz hier eine Rolle spielen mussten. «Ähm ... im Prinzip war da nichts Grosses ... es wurde nur zu etwas Grossem aufgebauscht.» «Das heisst ...?» Die Polizistin trommelte mit den Fingerkuppen auf ihrem Notizblock herum. Cécile atmete tief durch und seufzte.

«Sagen wir mal ... Frau Zieger hat den Hang zu einem ausgeprägten ... ähm ... Kontrollbedürfnis. Sie mag es nicht, wenn das Fussvolk um sie herum Eigeninitiative ergreift. Und am Tag der Kündigung fühlte sie sich wohl ... von mir auf die Füsse getreten. Dabei hätte ich mich ebenso auf die Füsse getreten fühlen können. Jedenfalls ist sie völlig durchgedreht – hat mir nicht einmal die Möglichkeit gegeben, ihr zu erklären, warum ich ihr Büro betreten musste. Völlig unprofessionell und explosiv. Doch ehrlich gesagt ... mich interessiert das nicht mehr. Es gibt noch andere Jobs ...» «Was war genau in Frau Ziegers Büro?», hakte die Polizistin nach, die sich offensichtlich nicht für Käufelers Jobaussichten interessierte.

Céciles Miene wurde misstrauisch. Wozu brauchte die Polizei diese Informationen, wenn es nicht um sie ging? «Es war ein langer Tag. Einer dieser mühsamen, an denen alles schiefläuft und jeder irgendwie mit dem falschen Bein aufgestanden zu sein scheint, falls Sie das kennen ...» Beide

Polizeibeamten nickten. «Es war schon spät – nach achtzehn Uhr – und ich hatte einige wichtige Dokumente fertigzustellen, die noch gleichentags versendet werden mussten. Ausgerechnet da ging am Drucker das Papier aus, und wie Murphys Gesetz es wollte, war der Papierschrank im Kopierraum leer, weil es irgendjemand verschlampt hatte, ihn rechtzeitig wieder aufzufüllen. Ich hatte wirklich keine Zeit, um noch lange nach Druckerpapier zu suchen, und entschied mich stattdessen, ein paar Blätter aus dem Büro meiner Chefin zu holen. Dieses liegt gerade neben meinem Arbeitsplatz. Ich klopfte, doch sie war wohl rausgegangen. Abgeschlossen war die Tür nicht und ich ging rein, öffnete den Wandschrank und nahm einige Blätter heraus. Als ich mich umdrehte, kam sie zur Tür hinein und ... na ja ... den Rest kennen Sie.»

«Sie wurden also auf der Stelle entlassen, weil Sie sich im Büro Ihrer Vorgesetzten an dringend benötigtem Druckerpapier bedienten ...?», fragte der monströse Kriminalbeamte. Cécile nickte. «Ja, sie schien nicht nur sehr wütend, sondern auch beinahe schockiert, als sie mich mit dem Papier in der Hand die Schranktür schliessen sah. Sie schrie mich wutentbrannt an. Ich hätte eine Grenze überschritten. Ich entschuldigte mich und versuchte ihr zu erklären, dass es die wichtigen Dokumente sonst nicht mehr zur Post schafften, doch sie hörte mir nicht einmal zu. Ohne nachzudenken, sprach sie mir die Kündigung aus und informierte mich, dass ich die schriftliche Version am nächsten Tag erhalten würde und per sofort freigestellt sei. Dann zog sie meinen Badge ein, liess mich meine persönlichen Sachen packen und schaute mir vom Fenster aus nach, wie ich das Gebäude verliess. Normalerweise werden gekündigte Personen eigentlich hinausbegleitet, doch sie schien irgendwie unter Zeitdruck zu stehen. Kein Wunder, sie musste ja meine Arbeit auch noch erledigen. Und ich glaube, die hatte einen wichtigen Termin – vielleicht mit ihrem Chef –, sonst bleibt sie abends normalerweise nicht so lange in der Firma.»

«Hm ...» Die Frau gegenüber kniff ihre Augen zu engen, misstrauischen Schlitzen zusammen. Sie verschränkte die Arme und lehnte sich auf dem Stuhl zurück. «Frau Käufeler, was meinten Sie, als Sie sagten, Sie hätten sich ebenso auf die Füsse getreten fühlen können?» Käufeler biss sich auf die Unterlippe. «Ach, das war vielleicht etwas blöd ausgedrückt ... ich meine, als Vorgesetzte hat Frau Zieger natürlich das Recht, sich in die Arbeit ihrer Mitarbeitenden einzumischen. Es war mir einfach ein wenig sauer aufgestossen, als ich auf ihrem Shredder die zweite Seite eines Lebenslaufs sah, den ich bereits geprüft hatte. Ich fühlte mich etwas ... beleidigt ... irgendwie. Doch wie gesagt, sie hatte das Recht dazu.»

Die Polizistin lehnte sich vor und ihr Kollege von der Kriminalpolizei streckte ebenfalls seinen Rücken durch. «Können Sie sich an den Namen dieses Bewerbers erinnern?», fragte er. Cécile dachte nach. «Nein, es tut mir leid, es fällt mir nicht mehr ein. Ich weiss nur noch, dass die Bewerbung einen freundlichen und sauberen Eindruck machte, der Mann aber völlig unpassend qualifiziert war für die Stelle bei uns. Allerdings sehe ich täglich solche unpassenden Dossiers. Mich überrascht nichts mehr.»

«Frau Käufeler ... wir brauchen ein möglichst gutes Bild von Ihrem Arbeitstag am neunzehnten Juli. Alle Ihre Interaktionen, sämtliche Erinnerungen an den Tag, ganz gleich, wie klein und unwichtig sie Ihnen scheinen ...»

Cécile sah den Mann auf der anderen Seite des Tisches ungläubig an. «Das ist jetzt eine Weile her, ich weiss nicht, wie ich mich ...» «Frau Käufeler», fiel er ihr freundlich lächelnd ins Wort, «wir erwarten nicht, dass Sie sich nun auf der Stelle an diesen Tag erinnern können. Gehen Sie nachher nach Hause und versuchen Sie sich an so viel zu erinnern wie irgendwie möglich. Manchmal hilft es auch, die persönlichen Nachrichtenverläufe auf dem Handy nochmals durchzulesen, um Erinnerungen lebendig werden zu lassen. Oder vielleicht schreiben Sie Tagebuch. Uns interessiert vor allem die Personalabteilung, Vorstellungsgespräche, Termine, Diskussionen, Vorkommnisse, solche Dinge. Ich gebe Ihnen meine Karte. Rufen Sie mich an, wenn Ihnen etwas einfällt. Egal, was.» Cécile nahm die Visitenkarte dankend an und steckte sie, ohne draufzuschauen, in ihre Handtasche.

Es war bereits nach achtzehn Uhr, als sie endlich den Posten verliess. Davor wurde sie noch ausführlich über Bunjaku, Berger und Zippelmeier ausgefragt. Sie hatte das Gefühl, überhaupt keine Zusammenhänge verstanden zu haben, und doch begann sich irgendwo in den hintersten Nischen ihres Kopfes ein verzerrtes Bild aus zusammenhangslosen Fetzen zu formen. Morgen würde sie versuchen, sich an den neunzehnten Juli zu erinnern. Jetzt wollte sie nur noch nach Hause, mit Robert einen Film schauen und kuscheln.

Als Cécile Käufeler ihre Wohnung betrat, sass Robert mit einem Bier auf dem Balkon und streckte seine nackten Füsse über das Geländer. «Bist du okay, Schatz?! Ich habe Kartoffelsalat mitgebracht!» Cécile trat auf den Balkon und gab ihrem Verlobten einen Kuss auf den Kopf. «Ich bin in Ordnung ... doch das war gerade ziemlich seltsam. Magst du Würstchen zum Kartoffelsalat? Mann, habe ich einen Bärenhunger ...»

Während Cécile in der Küche einen Topf mit Wasser auf den Herd stellte und eine Sechserpackung Wienerli aus dem Kühlschrank holte, wanderte Robert mit der Bierdose in der einen und dem Handy in der anderen Hand ins Wohnzimmer und schaltete seinen auf dem Salontischchen stehenden

Laptop ein. «Sollen wir den Weisswein öffnen?!», rief sie ins Wohnzimmer hinein. Es kam keine Antwort zurück. «Robert?»

«Hast du das mit deinem Chef gehört?!», rief er, statt ihre Frage zu beantworten. «Was?», murmelte sie abwesend. Es interessierte sie wirklich nicht besonders, welche Auszeichnung für sein soziales Engagement der Geschäftsführer ihres Nicht-mehr-Arbeitgebers diesmal wieder erhalten hatte.

«Der CEO des Schweizer Werks der Hieronymus Säger Erben AG, Adalbert Zippelmeier, wurde heute Morgen tot aufgefunden. Nach bisherigen Erkenntnissen muss von einem Verbrechen ausgegangen werden ...», las Robert laut und deutlich aus dem Artikel auf seinem Bildschirm vor. Sie liess die Kühlschranktür zugleiten und drehte sich um. «Wie bitte!?» Er antwortete nicht.

Cécile ging ins Wohnzimmer und setzte sich wortlos neben Robert, der ihr den Laptop so weit entgegenschob, dass sie den Artikel bequem lesen konnte. «Ach du Scheisse, wollten die mich etwa deswegen sprechen?»

«Was wollten sie denn genau?» Robert legte seinen rechten Arm um sie und schaute sie besorgt an. «Ach, nur irgendwas bezüglich unserem Bewerbungsprozess und einem Typ namens Brian, dem ich vor einer Weile eine Absage erteilt hatte ... und dann wurde ich noch über Bunjaku und dessen Vorgesetzte ausgefragt ... und wie der Zippelmeier so war, wollten sie wissen ... und nun soll ich versuchen, mich an den neunzehnten Juli zu erinnern ... was an dem Tag in der Firma genau lief und so ... als ob ich das noch weiss ...»

«Der neunzehnte Juli?» «Ja ... oh, mein Gott, die schreiben hier, er sei womöglich erdrosselt worden ... die Polizei habe dies jedoch noch nicht bestätigt ... meine Güte, er war wirklich ein Arsch, aber das ist irgendwie doch ziemlich krass ...»

Robert zog den Laptop mit einem unsanften Ruck zu sich zurück und suchte in der gleichen Onlinezeitung nach einem anderen Artikel, den er zuvor auf dem Handy gelesen hatte. «Wie viele Männer namens Brian sind wohl hierzulande am neunzehnten Juli verschwunden?», fragte er und schob ihr das Gerät wieder hin. Während sie den Artikel durchlas, sagte sie kein Wort – traute sich kaum zu atmen. Dann klappte sie den Laptop zu, stand auf und sagte mit totgefrorener Stimme: «Die Würstchen sind heiss. Wir öffnen den Wein, komm.»

Donnerstag, 4. August, Morgen, in Kirchberg

Helen fühlte sich so leicht und ruhig wie schon lange nicht mehr. Als sie das letzte Mal richtig sorgenfrei war, arbeitete sie noch bei Wolf+Reinegger. Sie tat einen tiefen Atemzug und zog die nach frisch gemähtem Gras duftende Morgenluft in ihre Lungen. Sie war dankbar – sie war auf dem richtigen Weg, auf einem gesunden Weg. Sie hatte ein kleines, aber selbst generiertes Einkommen aus einer Tätigkeit, die sie nicht nur mochte, sondern auch vollkommen alleine und unabhängig abwickeln konnte.

Als sie gestern auf dem Weg zur Post war, um eine weitere Lieferung für Bernasconi aufzugeben, hatte sie einen Anruf erhalten. Dr. Alfons Schnegg-Öhri hatte sie einem Freund empfohlen, der nicht mehr auf dem Markt erhältliche Kunststoffteile für eines seiner Restaurationsprojekte brauchte. Sie konnte sich hier wirklich etwas aufbauen. Ein kleines Geschäft, das ihr ermöglichte, unabhängig zu sein. Unabhängig von karrieregeilen Lackaffen, für welche die Arbeitswelt ein Schachspiel darstellte, in dem es nur darum ging, den anderen aufzufressen, statt miteinander und von

Wissen und Sachverstand gelenkt etwas Grösseres als die Befriedigung des eigenen Egos zu erreichen.

Helen stand lächelnd auf, um sich einen frischen Kaffee zu holen. Auf dem Weg zur Küche sah sie auf ihr Handy. Diese Polizistin aus Winterthur hatte sich nicht mehr gemeldet. Unter dem Aspekt, dass da irgendwo in ihrem Unterbewusstsein noch die Angst schwelte, ihre unerlaubte Tour durch den nächtlichen Säger-Keller könnte auffliegen, konnte sie auf Anrufe der Polizei gerne und dankbar verzichten. Andererseits konnte es auch bedeuten, dass ihre Informationen auch dieser Ordnungshüterin nicht das bedeuteten, was sie sollten. Allerdings hätte dies nicht dem Eindruck entsprochen, den Parmelin bei Helen und Gabriela hinterlassen hatte.

Der Wasserkocher schaltete sich aus, sie goss das heisse Wasser über das tiefschwarze Pulver. Heute sollte sie Barbara anrufen. Egal wie die Polizei nun ihre Arbeit machte – für Gjon bestand wohl nicht mehr besonders viel Hoffnung – auch wenn sie es nicht wahrhaben wollten. Dieser Gedanke fühlte sich unendlich bedrückend an.

Helen hatte sich gerade wieder in den Balkonsessel gesetzt und begonnen, am heissen Kaffee zu nippen, als ihr Telefon klingelte. Es war ihre Mutter, die soeben vom Einkaufen zurückgekehrt war und ihrer Tochter anbot, auf Kaffee und Gipfeli zu ihr ans andere Ende des Quartiers zu kommen.

Es war kurz vor neun Uhr, die Maschinen im Keller liefen und Helens Frühstück aus Eiern und Salamischeiben lag beinahe drei Stunden zurück. Sie nahm die spontane Einladung an, trank ihren Kaffee aus und verliess die Wohnung.

Als sie nach einem unbeantworteten Klopfen in die Wohnung ihrer Mutter trat, war diese konzentriert in die

Tageszeitung vertieft. «Hallo, Mama!» «Mhm ... hallo ...», nuschelte Edit Berger, ohne vom grossformatigen Papier aufzusehen. «Ich lasse mir selber einen Espresso raus, in Ordnung?», fragte Helen, als sie verstanden hatte, dass ihre Mutter offenbar etwas äusserst Faszinierendes am Lesen sein musste. «Ja ... ja, mach das ...», antwortete Edit abwesend, bevor sie abrupt das einzelne Blatt aus ihrer Zeitung riss, aufstand und damit in die Küche ging, wo Helen gerade im Begriff war, eine Kapsel aus den vielzähligen Optionen auszuwählen.

«Helen, schau dir mal das an. Hast du gehört, was passiert ist? Mit dem CEO von Säger ... wahrscheinlich ja nicht, du interessierst dich ja nicht mehr für die Nachrichten, aber lies das mal ... grauenhaft ...» Sie drückte ihrer Tochter das Blatt in die Hand, nahm im Gegenzug deren Kapsel und ging damit zur überteuerten, aber stylischen Kaffeemaschine.

Helen hatte sich vorgenommen, ihre Mutter nicht mit der Tatsache zu belasten, dass sie nicht nur Zippelmeiers blau angelaufene Leiche im Wald aufgefunden hatte, sondern auch seit Wochen auf eigene Faust in potenziell gefährlichen Angelegenheiten herumstocherte. «Doch, Mama, ich habe davon gehört. Aber ich mag gerade nicht darüber reden.» Dann folgte sie ihrer Mutter, die Espressi und Gebäck auf einem kleinen Tablett auf den Balkon hinaustrug.

Sie setzten sich auf die bereits warmen Metallstühle. Es war ein weiterer sonnenreicher Sommertag. Ein zartes Lüftchen streifte an ihnen vorbei und brachte ein Bouquet sommerlicher Gerüche mit sich. Helen hätte den ganzen Tag mit geschlossenen Augen auf diesem Balkon verbringen können.

«Im Zusammenhang mit seinem Auffinden wurde ein Mann aus einer Garage befreit, steht da ... sie wissen jedoch noch nicht, ob und wie die beiden Verbrechen zusammenhängen ... mein Gott, wenn ich so etwas lese, bin ich beinahe froh, dass du mit dieser Firma nichts mehr zu schaffen hast ...» Edit schüttelte den Kopf und biss genüsslich in ihr Croissant. Helen hielt in ihrem ersten Schluck inne, stellte die Tasse auf den Balkontisch und griff zum mehrfach zusammengefalteten Zeitungsblatt.

Sie las und las, während der Kaffee sich langsam an die Aussentemperatur anglich und ihre Mutter nachdenklich zusah, wie sich die Mundwinkel ihrer Tochter zu einem Lächeln bogen und die mit Erleichterung gefüllten Augen feucht zu schimmern begannen. «Brian ... Brian lebt noch ... die haben ihn tatsächlich gefunden ...» «Helen? Von was bitte redest du? Kennst du etwa auch den Mann, der in dieser Garage eingesperrt war? Was ist eigentlich los?»

Helen atmete tief durch, schaute über das Geländer auf die grünen Büsche und farbigen Blumen ihres Quartiers. Der Espresso schmeckte nun bitter und sie konnte die für sie so unnatürliche Mauer des Schweigens nicht mehr länger vom Zerbröckeln abhalten. Schliesslich erzählte sie die ganze – oder jedenfalls beinahe die ganze – Geschichte, angefangen mit Gjons Edding und aufgehört beim Gespräch mit der Kriminalpolizistin in Winterthur. Obwohl sie versuchte, die Spitzen der Spannung so gut es ging abzustumpfen, verliess Edit nach dieser unerwarteten Berichterstattung den Balkon, um sich im Schatten ihrer kühlen Wohnung den Blutdruck zu messen.

Donnerstag, 4. August, 9 Uhr 15, in Konstanz

«Lieber Olaf, wir geniessen unseren Kurzurlaub in der Schweiz. Aber wir müssen uns unbedingt sehen, wenn wir wieder zu Hause sind. Wir wollen ja unbedingt noch die

Flasche Beaulieu mit euch öffnen, die nun doch schon eine Weile bei uns im Keller wartet. Grüsse deine Frau! Tante Irmgard und Onkel Johannes.»

Olaf drehte die Postkarte um und betrachtete das schöne, einen Hauch von Freiheit verströmende Alpenpanorama. Während sein Töchterchen auf dem Gartenweg aus Granitplatten herumkrabbelte und mit einem Stein in der Hand versuchte, die arbeitsamen Ameisen, welche pflichtbewusst ihren Aufgaben nachgingen, zu zerquetschen, las er den seltsamen Text wieder und wieder von Neuem.

Die Karte war an ihn adressiert und nicht an die ganze Familie. Die Schrift war keine Handschrift, sondern eine Aneinanderreihung perfekter ISO-Normbuchstaben, wie sie sein Vater – ein Maschinenbauzeichner alter Schule – auf seinen Reissbrettzeichnungen angewendet hatte.

Schweiz, Toggenburger Alpen. Er schüttelte den Kopf. Und er hatte weder eine Tante Irmgard noch einen Onkel Johannes. Er ging ins Haus und liess die Tür offen stehen, um seine spielende Kleine hören zu können.

Nachdem er die seltsame Ansichtskarte zusammen mit der restlichen Post auf den Küchentisch geschmissen hatte, liess er sich von der neuen Hochglanzmaschine einen starken, bitteren Kaffee brühen. Während das Tässchen sich mit dem schaumigen Koffein füllte, überprüfte Olaf zum gefühlt fünfzigsten Mal sein Handy. Seit bald vierundzwanzig Stunden war seine Frau nun nicht mehr zu erreichen, was ihm langsam, aber sicher Sorgen bereitete. Die Tatsache, dass ihn bereits jemand von ihrer Firma angerufen und ihm mitgeteilt hatte, man müsse unbedingt und dringend mit seiner Frau sprechen, war seinem schlechten Gefühl auch nicht förderlich gewesen.

Es sei sehr wichtig, dass sie sich sofort melde, auch wenn es gerade keine einfache Situation für sie sei – mit dem sterbenden Vater und allem, hatte die Mitarbeiterin am Telefon gemeint.

Als er nicht sofort antwortete, fragte sie, ob es denn nicht stimme, dass seine Frau zu ihrem im Sterben liegenden Vater fahren musste. Obwohl dies absolut absurd klang und seine Ehefrau bestimmt nicht zu ihrem Vater fahren würde, ganz gleich, wie schlecht es diesem gehen mochte, hatte er sich nichts anmerken lassen und lediglich gemeint: «Doch, doch, das wird schon so sein ... ich bin nur im Moment auch noch nicht auf dem neusten Stand der Dinge. Sobald sie mich anruft, richte ich ihr Ihre Bitte aus.»

In Wirklichkeit hatte er seinen Schwiegervater noch nie getroffen. Er wusste nur, dass er in Travemünde lebte, eine verdammte Drecksau war und man ihn nicht zu Familienanlässen einlud. Mehr hatte sie ihm nie erzählt und er war sich ziemlich sicher, auch nicht mehr über diesen Mann hören zu wollen.

Olaf hatte keinen blassen Schimmer, was los war, doch sein Instinkt zwang ihn mitzuspielen. Seine Frau musste einen Grund für diesen Irrsinn haben und mit den Jahren hatte er gelernt, ihr zu vertrauen, auch wenn es manchmal sehr schwierig war. Doch sie hatte ihn noch nie enttäuscht. Sie regelte die Dinge – auf ihre Art – und sie sorgte für die Familie – auch auf ihre Art. Er nahm die Kaffeetasse, legte das Telefon auf den Küchentisch und ging nach draussen.

Während er neben seiner Tochter auf einer Stufe der Gartentreppe sass und mit Andacht seinen Kaffee schlürfte, dachte er an die guten und sorgenfreien Zeiten seiner Ehe. An Urlaube am Meer und in den Bergen. Strände und romantische Abendessen in Italien, idyllische Radtouren und entspannende Wellnesshotels in Österreich und jede Menge Städtereisen, auf denen sie sich gegenseitig vorspielten, sich für Kultur zu interessieren, obschon sie beide eigentlich nur durch die Kaufhäuser ziehen wollten.

Lächelnd sah er seiner Tochter zu, die mit sich selber und ein paar Steinen beschäftigt war und sich kaum um die Welt um sie herum scherte. Sie giggelte und babbelte vor sich hin, während sie auf mehr Ameisen wartete.

Irmgard und Johannes ... Irmgard und ... Seine Gedanken waren plötzlich wieder bei ihrem ersten gemeinsamen Sommerurlaub zu Beginn ihrer Beziehung und da begriff er: Sie war Irmgard und er Johannes. Er erinnerte sich, wie sie in jener warmen Nacht in Italien mit dem betrunkenen älteren Herrn aus Schweden ins Gespräch gekommen waren – oder besser gesagt er mit ihnen.

Der einsame Tourist mit dem hohen Ethanolgehalt im Blut war nett und sehr anhänglich, wollte ihre Namen wissen und schrieb ihnen sogar seine Telefonnummer auf einen Serviettenfetzen. Der Ruhe und dem Frieden zuliebe gaben sie sich als Irmgard und Johannes aus München aus und amüsierten sich über das teils Lachkrämpfe provozierende Alkoholenglisch des neuen Freundes. Es war einer ihrer besten Urlaube gewesen, doch er hatte schon so lange nicht mehr an diese Szene gedacht.

Olaf leerte die Tasse und versicherte sich, dass das Gartentor geschlossen und die Baumschere weggeräumt war. «Du kannst noch ein bisschen spielen, bis wir essen, mein Herzchen. Papa geht kochen», informierte er seine Tochter, die so sehr in ihrer eigenen Welt versunken war, dass sie ihn nicht einmal ansah.

Er stellte die Tasse auf die Kommode im Eingangsbereich und ging die Betontreppe hinunter in den kühlen Keller. Zwar waren weder er noch seine Frau richtige Weinkenner, konnten ein Billiggemisch aus dem Tetra-Pak kaum von einem

Edeltropfen aus der Fünfhunderteuroflasche unterscheiden, doch das hölzerne Weingestell in ihrem Keller behauptete das Gegenteil. Seine Frau genoss es, ihre Gäste durch das tolle Haus zu führen, ihnen jede teure Besonderheit zu zeigen und die erfundenen Anekdoten dazu vorzutragen. Den krönenden Abschluss machte dabei jeweils das Weingestell. Während die staunenden Freunde und Verwandten Laute des Staunens von sich gaben, erzählte man stolz, welche Flasche welchen ganz speziellen Jahrgangs man unter welchen interessanten Umständen erworben hatte.

So ganz hatte er ihr Bedürfnis nach diesem Verhalten nie verstanden – bestimmt hatte es auch mit ihrer Kindheit zu tun, doch er fühlte sich gut, wenn sie sich gut fühlte. Und das tat sie, wenn sie einem befreundeten Biertrinkerpärchen etwas Beeindruckendes über teure Traubensäfte erzählen konnte.

Olaf stand vor dem Holzgestell, welches Platz für hundert Flaschen bot, und überlegte kopfkratzend. Der in der Karte erwähnte Wein musste hier irgendwo sein. Langsam ging er die Flaschenreihen entlang und suchte nach dem richtigen Etikett. Es dauerte beinahe zehn Minuten, bis er sie endlich entdeckte. «Beaulieu – 1960», las er, wobei er die leicht staubige Flasche vor sich hochhielt. Sie sah edel – oder zumindest elegant – aus. Die Kapsel sass auffällig locker auf dem Flaschenhals und er fragte sich, ob es für dieses Merkmal nicht auch irgendeine Qualitätsvorgabe geben müsste.

Er wusste, dass seine Frau die Dinge immer irgendwie im Griff hatte und ihren Kopf aus den unmöglichsten Schlingen ziehen konnte, doch manchmal gingen ihm ihre geheimnisvollen Egotrips gehörig auf die Nerven. Noch verstand er die Postkarte nicht, doch er wusste, dass sie von ihr war und ihm etwas Wichtiges mitteilen sollte.

Als er wieder nach oben ging, kam die teure Flasche mit ihm. Es war beinahe zwölf Uhr, Zeit fürs Mittagessen. Heute hatte er Lust, seine Tochter zu verwöhnen, und er entschied, am Nachmittag keine Minute an seinem Auftrag zu arbeiten und dafür eine leckere – zu hundert Prozent selbstgemachte – Erdbeertorte zuzubereiten.

Die Kleine vergnügte sich noch immer auf dem Granitplattenboden im Garten und er steuerte in die Küche. Als er Tomaten, Zwiebeln und Gurken in kleine Würfel schnitt und sich überlegte, ob er italienisches oder französisches Dressing dazugeben sollte, hielt er auf einmal inne, legte das Rüstmesser nieder und ging zum Tisch. Mit der Hand zog er die weinrote Kapsel von der Flasche. Beinahe energisch stach er die Wendelschraube des Korkenziehers in den Zapfen.

Olaf stand vor dem Backofen und starrte durch das braune Glas auf die brutzelnde käsige Oberfläche der Spinatlasagne. Es fühlte sich meditativ an, sein Fokus lag komplett auf den sich auf und ab bewegenden Blasen. Ab und zu nippte er, ohne seinen Blick abzuwenden, am trockenen, reifen Wein – bald musste das Glas ein zweites Mal gefüllt werden.

Das Mittagessen war bereit, seine Kleine vom Ameisentöten hungrig geworden. Vater und Tochter sassen sich wie jeden Tag gegenüber und das Kind berichtete babbelnd von ihren Tätigkeiten und Plänen, während sie schmatzend und schmierend ihr Essen vertilgte. Sie trank einen Apfelsaft, er das dritte Glas des teuren Weins. An seine Frau dachte er dabei nicht.

Während der Nachwuchs nach dem Essen ein Mittagschläfchen machte, räumte Olaf die Küche auf. Als er die zu zwei Dritteln geleerte Weinflasche in den Kühlschrank stellen wollte, bemerkte er etwas Helles unter der dunkelroten Oberfläche schwimmen.

Nervös ging Olaf in der halb aufgeräumten Designerküche auf und ab. Sein Herz hämmerte und seine Hände schwitzten. Was zum Teufel sollte das heissen, «falls mir etwas zustösst»!? Und warum sollte er «unbedingt das Schlafzimmer aufräumen – vor allem meine Seite»?! Und welchen «Yeti» sollte er «im Notfall zum Schweizer machen und mit ihm auf die andere Seite kommen»?! War sie verdammt noch mal unter Drogen, als sie diesen Fetzen im Wein versenkt hatte!? Und wo war sie überhaupt? Er verstand gar nichts und der Frust begann, ihm die Kehle zuzuschnüren.

Der mit Bleistift geschriebene Text schien ihm unklar, ungenau und forderte Fantasie bei der Interpretation. Er trank das grosse Wasserglas in einem Zug leer und stützte sich dann mit beiden Händen auf der Arbeitsfläche neben dem Herd ab. Während er sich auf den Atem konzentrierte, versuchte er die verrückten Gedanken in seinem Hirn in irgendeine Ordnung zu bringen. Es gelang ihm nicht. Er trank noch etwas Wasser und ging dann ins Schlafzimmer.

Nacheinander riss er die drei Schubladen ihres für teures Geld restaurierten Nussholznachttischchens heraus und kippte den Inhalt auf die Bettdecke.

Ungläubig starrte er auf sein Foto im Reisepass aus der untersten Schublade. Unter zwei prall gefüllten gelben B4-Umschlägen hatten die Pässe und Personalausweise gelegen. Abwechselnd schaute er in die gefälschten Dokumente, welche für ihn und auch seine Tochter bereitlagen, ohne dass er je von ihnen Kenntnis gehabt hätte.

Olaf hob den Personalausweis vom Bett auf und schüttelte sprachlos seinen Kopf. Solange er nicht genau wusste, wie seine Frau so viel mehr Geld nach Hause brachte, als sie in ihrem Job jemals verdienen konnte, störte es ihn nicht. Er hatte sich daran gewöhnt, keine Fragen zu stellen und die Vorteile zu geniessen – zum Beispiel, dass sie ihm damit ermöglichte, sich zu Hause um ihre Tochter zu kümmern und nur noch Aufträge anzunehmen, auf die er wirklich Lust hatte.

Doch mit gefälschten Papieren unter falschem Namen zu reisen, überstieg seine Komfortgrenze beträchtlich. Mit einem Gefühl, von dem er nicht wusste, ob es näher an Wut oder Enttäuschung war, schmiss er die Dokumente auf den Zimmerboden und massierte eine Weile seinen Kopf, der immer stärker zu schmerzen begann. Seine Augen schauten in das bräunliche Gelb der dicken Umschläge, die er noch nie zuvor gesehen hatte. Vorsichtig, als bärge das Couvert eine Gefahr, drückte er mit dem Zeigefinger auf dessen Mitte. Was er spürte, erinnerte ihn an die Hunderten von doppelten Fussballklebebildchen, die er als Junge in genau einem solchen Umschlag aufbewahrt hatte – doch seine Frau füllte keine Panini-Alben.

Olaf riss das Couvert auf und die Zweihundertfrankennoten flogen wie Konfetti auf Bettdecke und Teppichboden. «Oh, Gott!» Er riss auch den zweiten Umschlag auf und unzählige Zweihunderteuroscheine quollen aus ihm heraus. Er zog das Papierröllchen aus seiner Hosentasche und las die kryptische Nachricht ein weiteres Mal. Er spürte, wie sein Blutdruck anstieg.

Er schmiss das Zettelchen zum Rest des auf der Bettdecke verteilten Papiers und nahm ein zweites Mal an diesem Tag die Treppe ins Untergeschoss – diesmal steuerte er die Garage an. Den Zweitwagen – einen Skoda Yeti in grau-beige – benutzten sie nur sehr selten. Eigentlich überraschte ihn diese Wahl noch immer. Mit praktischen, günstigen Mainstreamautos in langweiligen Farbtönen konnte seine Ehefrau normalerweise nichts anfangen. Seiner Meinung nach hätte ein Auto gereicht, denn mit Fahrrad, Bus und Bahn kam er selbst im Alltag weit genug.

Der grosszügige Kofferraum war ordentlich und sauber. Auf der linken Seite stand tatsächlich eine vollbepackte Tasche für die Kleine. Sie enthielt alles Nötige und nichts Unnötiges – eine fein säuberlich vorbereitete Fluchttasche für ihre Tochter.

Dann öffnete er die Fahrertür und griff unter den Sitz. Neben einer Autoapotheke zog er auch eine längliche Kunststoffschachtel hervor. Als er deren Deckel hob, musste er sich erst kneifen. Neben einem Set Schweizer Nummernschilder des Kantons Thurgau lag auch ein Schweizer Fahrzeugausweis im Behälter – zugelassen auf den Namen neben seinem Foto auf den gefälschten Papieren. Olaf war mittendrin. Wie weit war er für sie zu gehen bereit? Ihm wurde schlecht.

Donnerstag, 4. August, Morgen, in einem grossen, hellen Saal in Winterthur

Sie hasste die Presse, sie hasste Konferenzen, sie hasste Pressekonferenzen. Parmelin hätte jede Sekunde, in der sie die dummen Fragen dieser reissenden Geier beantwortete, nützlicher und konstruktiver einsetzen können. Im Gegensatz zu ihr schien der in die Jahre gekommene Kollege aus St. Gallen, mit welchem sie seit gestern eng zusammenarbeitete, mehr Sympathie für die Journalisten aufzubringen, und er berichtigte mit viel Geduld deren Falschinterpretationen und – aus Dummheit oder Willkür heraus erzeugten – Verdrehungen seiner Aussagen.

Dafür konnte sie ihn nur bewundern. Sie selbst sagte, was an die Öffentlichkeit durfte und musste, beantwortete Fragen so trocken und knapp, wie es ihrer Natur entsprach, und schmetterte all die von frech bis infantil reichenden

Mutmassungen und Spekulationen in die Gesichter der Zeitungs- und Fernsehfritzen zurück.

Als sie sich endlich aus dem Schussfeld der Kameras zurückziehen konnten, hätte sie einen Cognac gebraucht, gab sich aber stattdessen mit einer kühlen Apfelschorle aus dem Automaten zufrieden. Sie spürte es bis in die feinste Faser ihres Körpers: Heute würde ein langer Tag werden.

Bis jetzt hatten sich einige Aussagen der beiden Laienschnüfflerinnen Stahl und Berger bestätigt, doch die losen Enden waren so zahlreich und die Indizien so widersprüchlich, dass sie sehr koordiniert vorgehen musste, um sich nicht zu verhaspeln.

Der Kollege aus dem Nachbarkanton, der am Morgen beim Treppensteigen einem Herzinfarkt nahe war, hatte ihr vor der Pressekonferenz von seiner gestrigen Unterhaltung mit Frau Käufeler berichtet. Der Kriminalpolizist – seit vierzig Jahren im Dienst und laut eigenen Angaben Besitzer sehr guter Menschenkenntnisse – schätzte die ehemalige Personalabteilungsmitarbeiterin der Firma Säger als harmlos und gutmütig – vielleicht sogar leicht naiv – ein. Eine fleissige, strebsame Arbeitnehmerin, die es allen recht machen wollte und allfällige Fehler immer zuerst bei sich selbst suchte. Allerdings fragte er sich trotzdem, ob die Spannungen zwischen Käufeler und ihrem Arbeitgeber möglicherweise doch noch etwas grösser waren, als sie zuzugeben bereit war.

Parmelin musste so bald wie möglich mit Frau Zieger sprechen und deren plötzliches Verschwinden bereitete ihr ein gewisses Mass an Sorge. War sie in irgendeiner Weise involviert und womöglich selbst in Gefahr? Oder hatte das eine nichts mit dem anderen zu tun? Sie schüttete die zweite Hälfte des süssen Apfelgetränks hinunter, quetschte die Flasche mit einer Hand zusammen und schraubte den Deckel darauf. Dann schoss sie das unförmige Stück PET in den fünf Meter entfernten Recyclingkübel und traf – wie immer – genau die Öffnung.

Wenigstens schien die Zusammenarbeit mit Konstanz gut anzulaufen – zumindest hatte sie von den Leuten, mit denen sie gestern gesprochen hatte, einen unkomplizierten und kompetenten Eindruck erhalten. Nun musste sie einfach hoffen, dass ihr die deutschen Kollegen brauchbare Informationen – und am allerliebsten eine Unterhaltung mit dieser Frau Zieger – liefern konnten.

Die Durchsuchung der Firma in Kirchberg sowie deren Auswertung liefen auf Hochtouren. Bis jetzt hatten weder die Befragung des Firmenkaders noch die Personaldatenbank irgendeinen Hinweis auf eine Person namens Dietrich gegeben. Hatte Helen Berger sich verhört? Oder hatte die Frau, die massgeblich an Brians Burkhalters Rettung beteiligt war, selbst etwas zu verbergen? Nicht das erste Mal dachte Parmelin über die Tatsache nach, dass Berger nicht nur auf unschöne Weise von Säger abserviert wurde, sondern gleichzeitig auch deren letztes Entführungsopfer persönlich kannte. Doch das tat auch Gabriela Stahl und ohne deren Graberei wären die Zusammenhänge zwischen den jungen Männern, die während dieses Sommers verschwunden waren und welche sich – wie sich bei der Durchforstung des Personalmanagementsystems herausgestellt hatte – allesamt um eine Stelle bei Säger beworben hatten, bis jetzt verborgen geblieben.

Das Ganze war seltsam, doch vielleicht auch nicht mehr als das. Sie wusste es einfach nicht. Désirée Parmelin seufzte. «Eins ums andere, schön der Reihe nach ... immer der Reihe nach.» Jetzt gerade stand zuerst eine Aufgabe an, die ihren Magen zum Krampfen brachte. Sie drehte ihr Diensttelefon in ihren Händen umher und für einen kaum wahrnehmbaren

Sekundenbruchteil wünschte sie sich in die gehasste Pressekonferenz zurück. Es war Zeit, Frau Bunjaku anzurufen. So sehr sie ihren Beruf liebte und sich keinen anderen für sich vorstellen konnte – an diese Momente würde sie sich nie gewöhnen.

Donnerstag, 4. August, Vormittag, im Kantonsspital Winterthur

Was wäre er ohne seine Rosi? Sie war einfach die Beste – und sie war genial. Immer hatte sie noch irgendeinen Joker im Ärmel, wenn er seinen Hals bereits unter der Guillotine sah.

Seine Ehefrau hatte ganz kurz zu ihm hineinkommen dürfen, als er gerade aufgewacht und noch immer etwas benommen war. Sie hatte nicht einmal zwei Minuten gebraucht, um ihm den besten – den einzig möglichen – Weg aus dem Labyrinth der Justiz zu erläutern. Alles andere sei aufgegleist.

«Aufgegleist». Er fragte, was das genau hiesse, wollte wissen, wie sie sich das alles vorstellte, doch sie unterbrach seinen Satz mit ihren totstechenden Augen. «Du ziehst das durch! Sonst kannst du bald im Knast duschen. Verstanden?!» Dann blickte sie ihm noch einmal tief in die Augen, gab ihm einen unsanften Stirnkuss und stand auf. Noch bevor sie es zur Tür geschafft hatte, war diese aufgegangen und herein war der behandelnde Arzt gekommen.

Lächelnd schüttelte der rothaarige weisse Halbgott Roswithas Hand und sah dann Edi an. «So, Herr Dick, wie fühlen Sie sich denn heute?», fragte der Mediziner, während er sich interessiert zu seinem Herzinfarktpatienten hinunterbückte. Edi öffnete seinen Mund und liess stumm seine Pupillen nach oben gleiten. «Aou... ah», entfuhr es seinem verdrehten Mund, bevor er seine gerollte Zunge herausstreckte. Roswitha seufzte besorgt. «Herr Doktor ... er ist irgendwie noch nicht ganz der Alte ... wann kommt das denn wieder, Herr Doktor?»

Der verdutzte Arzt versuchte, Edi zum Sprechen zu bringen, doch dieser starrte ihn nur weiter mit einem betrunkenen Blick an und gab undefinierbare Stöhngeräusche ab, während er ein debiles Lächeln zum Besten gab.

Eine Stunde später wurde er von einem gestressten Pfleger den nach Desinfektionsmittel stinkenden Spitalgang hinuntergerollt. Die erste von zahllosen Untersuchungen, die nun nicht mehr nur sein Herz betrafen, stand an.

Wäre er ein anständiger Mensch gewesen, hätte er sich für diese niederträchtige Nachäffung tatsächlich hirngeschädigter Menschen wohl in Grund und Boden geschämt. Doch die Grenzen des Anstandes hatte er schon vor Jahrzehnten hinter sich gelassen.

«Herr Dick, bitte berühren Sie einmal mit Ihrem rechten Zeigefinger Ihre Nasenspitze», lautete die Anweisung der Neurologin. Edi sah die Frau schief lächelnd an und kaute dabei auf seiner Zunge herum, während er seine rechte Hand unbequem verkrampft vor seinen Hals hielt.

Eduard Dick hatte schon viele verschiedene Jobs gehabt in seinem Leben, doch die Schauspielerei hatte bisher nicht dazugehört. Hoffentlich war Rosis Strategie diesen Krampf wert!

Donnerstag, 4. August, in Bazenheid bei Kirchberg

Es war kurz nach zwölf Uhr, als Helen von der im Schatten einer grossen Linde stehenden Holzbank aufstand und die Papierhülle des schmackhaften Döners in den Abfallkübel daneben warf. Danach stieg sie in ihr sonnenerhitztes Auto und trat die Fahrt nach Winterthur an. Gabriela hatte die gleiche kurzfristige Einladung von Désirée Parmelin erhalten.

Eine halbe Stunde später traf Helen ihre Kollegin in der Strasse vor dem Gebäude, in welchem die Kriminalpolizei einquartiert war, und zusammen betraten sie den Eingangsbereich des unpersönlichen Baus. «Ich bin ziemlich nervös, Gabi. Hast du eine Ahnung, was sie will?» «Nein, aber das werden wir wohl gleich erfahren», sagte Gabriela und nickte mit dem Kinn in die Richtung des langen Ganges, aus der in zügigem Tempo Parmelin anmarschiert kam.

Helen kam sich vor wie in einem unwirklichen Film, als sie vor der Scheibe stand, hinter welcher sechs gross gewachsene, magere Männer in einer Reihe standen. «Und die können mich nicht sehen?», versicherte sich Helen ein weiteres Mal misstrauisch und fühlte sich von der ungeplanten Situation ganz leicht überfordert. «Natürlich nicht, das ist ein Einwegspiegel, Frau Berger. Also, schauen Sie sich die Personen an und sagen Sie mir, ob Sie einen von ihnen schon einmal gesehen haben.» Parmelin verschränkte die Arme und wartete.

Kaum richtete Helen ihren Blick auf die Personenreihe im Innern des kahlen Raumes, fokussierten sich ihre Augen wie von alleine auf den zweiten Typ von links – und nicht nur, weil er mit Abstand der bleichste von allen war, sondern weil sie seine knochige Visage noch gut in Erinnerung hatte. Sie zeigte mit dem Finger auf den Mann. «Der da, der Zweite von links. Den habe ich schon mehr als einmal gesehen. Das ist der Typ, der mir im Wald auf dem Weg vom Brutkasten zum Parkplatz entgegengekommen war ... und das ist auch der, welcher mit dem weissen VW-Bus herumfährt, dessen Kennzeichen auf diesen Landwirt in Pfäfers zugelassen ist ... die Nummer habe ich Ihnen ja mit meinen Notizen ...»

«Die haben Sie mir gegeben, ja, danke. Ich kann Ihnen zwar keine genauere Auskunft geben ... aber Sie sind richtig gelegen, was diese Sache mit den Nummernschildern betrifft», sagte die Beamtin knapp, aber freundlich. Dann bat sie Helen, draussen vor der Tür Platz zu nehmen und zu warten, was diese sich nicht zweimal sagen lassen musste. Als sie erleichtert den Raum verliess, wurde Gabriela hineingebeten.

Helen setzte sich auf einen der Kunststoffstühle, die in grossen Abständen entlang des grauen Gangs standen, und entsperrte ihr Handy, welches zuvor während einer langen Minute in ihrer Hosentasche vibriert hatte. Es war Barbara Bunjaku gewesen, die versucht hatte, sie zu erreichen.

«Ach, Scheisse, ich wollte die ja noch anrufen ...», fluchte sie in sich hinein. Helen bekam das starke Gefühl, dass Gjons Frau möglicherweise heute sehr ungute Nachrichten erhalten hatte. Sie öffnete ihren Internetbrowser und suchte nach neuen Nachrichten zu Gjon Bunjaku. Doch fündig wurde sie nicht. Der letzte Artikel, in welchem der Name ihres ehemaligen Mitarbeiters erwähnt wurde, war bereits ein paar Tage alt. Innerlich fühlte sie sich beinahe erleichtert – vielleicht waren in Gjons Fall keine Nachrichten bessere Nachrichten.

Sie schreckte aus ihren Gedanken hoch, als die Tür des düsteren Raumes wieder aufsprang. Gabriela trat in Begleitung Parmelins zur Tür hinaus, und als Helen die Körperhaltung ihrer Kollegin sah, hatte sie den Eindruck, als fühle diese sich hier in ihrem Element und bewege sich fast genauso selbstsicher wie die Kriminalpolizistin, die sie herbestellt hatte. Auch Helen stand auf und ihre Vermutung, dass dieser Termin mit der Gegenüberstellung nicht vorbei war, bestätigte sich. «Frau Berger, hier entlang, bitte.»

Der sympathische Polizist, dessen Schuhe wieder einwandfrei rochen, trat ebenfalls in den Raum, der offensichtlich gerade erst mit starkem Erfrischungsspray aufgewertet worden war. Diesmal wurden Gabriela und sie also nicht getrennt befragt – das konnte wohl zumindest kein schlechtes Zeichen sein. Trotzdem spürte Helen ihr Herz vor Nervosität bis in die Zungenspitze klopfen und brachte kaum ein Wort heraus, als der Beamte, auf dessen Brust ein Schildchen mit dem Namen «A. Roth» prangte, fragte, ob sie etwas trinken wolle.

«Frau Stahl, Frau Berger ...», begann Parmelin und presste dabei pseudospirituell ihre Fingerkuppen gegeneinander, «Ihre Informationen haben uns geholfen, wie Sie bestimmt bereits aus den Medien erfahren haben. Wir konnten dank dem Hinweis auf die Bar Herrn Burkhalter befreien. Doch es gibt noch sehr viele Fragen und kaum Antworten. Ich hoffe, heute ein paar Meter weiterzukommen.» Sie schwenkte ihren Blick ruckartig zu Helen, die sich beinahe am kohlensäurefreien Wasser verschluckte.

«Frau Berger, Gjon Bunjaku war Ihr Mitarbeiter. Wie geht er Ihrer Erfahrung nach mit Unkorrektheiten um?» Helen musste beinahe schmunzeln. «Gjon hat eiserne Prinzipien. Entdeckt er Fehler bei sich selbst, legt er sie unverzüglich offen, entschuldigt sich bei allen betroffenen Stellen und Personen und tut dann alles, um das Problem in Ordnung zu bringen. Bemerkt er eine fachliche oder sicherheitstechnische

Ungereimtheit, lässt er nicht locker, bis sie berichtigt ist. Warum fragen Sie? Wissen Sie, was mit ihm passiert ist?»

Helen spürte ihre Finger pulsieren. Parmelin dachte mit den Pupillen nach oben gerichtet nach. «Leider nicht ... wir müssen jedoch nach jetzigem Stand der Ermittlungen davon ausgehen, dass auch er Opfer eines Verbrechens geworden ist. Wir haben Teile seines Autos gefunden. Dieses wurde demontiert und Stück für Stück entsorgt. Es tut mir leid ...» Helen wusste es ja eigentlich schon. Trotzdem fühlten sich die Worte der Kriminalbeamtin wie ein Schraubstock um ihre Kehle an.

«Und wie schätzen Sie Herrn Kopp ein, Frau Berger?», fuhr Parmelin nahtlos weiter. Helen war sich nicht sicher, ob ihr die halbe Sekunde des Schreckens anzumerken war. «Ähm, Kopp ... Oliver Kopp? Mein Mitarbeiter?» Die Polizistin zog ihre Stirne hoch und nickte. «Wie ich ihn ...?» Die Polizistin streckte ihren Rücken durch. «Nun, ist er zuverlässig? Pflichtbewusst? Ehrlich? Wie haben Sie ihn erlebt?»

Helen blies Luft aus der Ecke ihres Mundes. «Nun ... meines Erachtens ist er ein ziemlich guter Ingenieur ... und ein gutmütiger Mensch. Manchmal vielleicht etwas gemütlich ... vergisst ab und zu mal etwas oder hört den Wecker nicht. Doch für seinen Charakter lege ich meine Hand ins Feuer.»

Parmelin nickte schweigend und kritzelte eine unleserliche Hieroglyphe in ihr Notizblöckchen. «Frau Stahl, Sie kennen sowohl Herrn Brian Burkhalter als auch seine Frau, Stefanie Burkhalter. Wie genau sah der Kontakt zwischen Ihnen und dem Ehepaar in den letzten Jahren aus?» Gabriela erzählte.

Und so kam Frage um Frage. Alles, was sie der Polizei am Vortag an Informationen abgeliefert hatten, wurde noch einmal durchgekaut. Dazu kamen Fragen zu Säger-Angestellten wie Kopp, Käufeler, aber auch dem toten

Geschäftsführer und verschiedenen Bereichs- und Abteilungsleitern. Besonders schien sie sich heute auch für Karolina Zieger, mit welcher Helen ein mühsames Verhältnis gepflegt hatte, zu interessieren.

Als Helen, deren Stirn irgendwann zu schwitzen begonnen hatte, das erste Mal zur Uhr über der Tür hochschaute, war bereits eine Stunde vergangen. Und es gingen noch zwei weitere vorbei, bis die intensive Befragung endlich zu einem Ende kam.

Der Polizist – Roth –, der während der ganzen Zeit kaum ein Wort von sich gegeben und lediglich beobachtet und ab und zu etwas notiert hatte, sah Helen an. «No-noch etwas zu trinken? Sie wu-wurden bestimmt durstig vom vielen Erzählen ...» Während die Frage bei Désirée Parmelin ein erstauntes Stirnrunzeln auszulösen schien, versuchte Gabriela ihr Grinsen zu unterdrücken. «Äh ... ähm ... nein danke, ich bin ... äh ... okay.»

«Gabi, jetzt brauche ich einen starken Kaffee. Und am besten noch etwas Süsses dazu», sagte Helen, als sie um fünfzehn Uhr vierzig endlich wieder im Freien standen. Sie schaute auf die Uhr ihres Telefons, es graute ihr davor, Barbara zurückzurufen. «Komm, wir suchen uns ein Café, Helen», schlug Gabriela vor, derer Meinung nach doch diese zweite Befragung blendend verlaufen war.

Helen konnte diese Polizeibegeisterung ihrer Kollegin schwer nachvollziehen. «Ja ... weisst du, Gabi, ich habe immer noch Angst, die könnten herauskriegen, dass ich bei Säger eingebrochen bin ... was glaubst du, warum sie mich nach Kopp gefragt hat? Ach, ich hätte das nie tun dürfen, verdammt ... es hat ja nicht einmal etwas genützt ... ich könnte mich ohrfeigen!»

Gabriela gab Helen einen Schubs. «Nun mach dich nicht verrückt deswegen! Wir haben unser Bestes getan und daran ändern können wir jetzt sowieso nichts mehr. Schau voraus, denk an die positiven Aspekte des heutigen Tages ... zum Beispiel an Polizist Roth ...» Den letzten Teil des Satzes sagte sie mit einem genüsslichen Grinsen. «Was?!», fragte Helen, die abrupt stehen blieb und ihre Kollegin entrüstet ansah.

Diese lächelte nur. «Nun komm, Helen ... du hättest die Röte in deinem Gesicht sehen sollen – und die in seinem ... richtig süss.» «Ach, so ein Schwachsinn, ich interessiere mich nicht für solchen Kram ... und schon gar nicht für einen Landjäger ... dort hat's ein Café mit freien Tischen, komm.»

Der Cappuccino war teuer und von hoher Qualität, doch er schmeckte nicht. «Denkst du, die Männer, die vor Brian verschwunden sind, leben noch?», fragte Helen, während sie nachdenklich auf den weissen Schaum mit dem Farn aus Schokoladenpulver starrte. Gabriela schüttelte den Kopf. «Was glaubst du, wäre mit Burkhalter passiert, wenn noch ein wenig mehr Zeit vergangen wäre?» Helen löffelte die Schaumkrone vom lauwarmen Getränk. «Ja, habe ich mir auch gedacht ... und Gjon ... wenn wir ehrlich sind, dann ...» «Ich weiss, Helen ...»

Helens Handy vibrierte. Eine Nachricht von Barbara war eingegangen: «Helen, kannst du bitte zurückrufen? Ich muss mit jemandem reden. Diese Kriminalpolizistin hat mich angerufen. Ich bin völlig fertig. Danke. Barbara.» Helen massierte sich die Stirn, in der sich ein unangenehmer Spannungsschmerz auszubreiten begann. «Sorry, Gabi, ich muss mal telefonieren ... ich muss dringend mal telefonieren.»

Donnerstag, 4. August, in einer neu eingerichteten Wohnung in Bazenheid

Es gab Menschen, die es liebten, unnütz herumzusitzen. Bei ihr hingegen löste Nichtstun eine beinahe depressive Stimmung aus. Zwar war sie am Morgen ziemlich früh aufgestanden, hatte für sich und Robert ein aussergewöhnlich üppiges Frühstück zubereitet und war dann zum Pferdestall gefahren, um mit ihrem Schimmel – ihrem Stolz – einen ausführlichen Ausritt zu unternehmen.

Während sie mit dem kraftvollen Tier, für das sie vor gut sieben Monaten ihr gesamtes hart erspartes Geld ausgegeben hatte, über Felder und durch Wälder galoppiert war, hatte sich ihre Seele frei und ihr Kopf leicht angefühlt. Wenn sie im Sattel sass, gab es nur noch die Natur, das Tier und sie. Dann verschmolz sie mit dem Wind in ihrem Gesicht und fühlte sich in einer parallelen Welt. Eine Welt unendlicher Freiheit, wo nur der Moment existierte – keine vergangenen Verletzungen, keine Ängste vor der Zukunft.

Auch der heutige Morgen hatte sich so angefühlt, doch kaum war sie in den Stall zurückgekehrt, waren all die Fragen, die verschwommen Bilder und die sich ganz langsam verknüpfenden losen Enden zurück in ihrem Gehirn und frassen sich weiter durch die grauen Zellen. Für den Rest des Tages war sie nicht mehr in der Lage gewesen, irgendeine Tätigkeit komplett und fehlerfrei durchzuführen. Sie war derart abwesend, dass sie unter anderem die frischen Blätter eines ganzen Salatkopfes aus Versehen in den Kompostkübel geworfen hatte.

Nach einem unkonzentrierten, hastigen Mittagessen war sie den ganzen Nachmittag in der Wohnung herumgetigert. Vom Balkon über das Wohnzimmer zur Küche und wieder zurück. Immer wieder hatte sie auf dem Laptop nach Artikeln über Zippelmeier und Burkhalter gesucht. Über verschiedene Berichte war sie irgendwann zu weiteren Artikeln über ähnliche Themen gelangt.

Cécile schaute nur selten die Tagesschau – überflog höchstens mal die dramageilen Überschriften einer eher einfach gestrickten Schweizer Gratiszeitung. Von den beiden Männern, welche im Laufe dieses Sommers in der Gegend verschwunden waren, hatte sie noch nie etwas gehört und vermutlich hätte sie auch kein besonderes Interesse dafür aufgebracht, hätten die Fotos ihrer Gesichter nicht dieses seltsame Gefühl in ihr ausgelöst.

Sie vermochte nicht genau zu beschreiben, was es war. Sie konnte mit Sicherheit sagen, dass sie keinen der beiden kannte ... und doch schien ihr, sie hätte beide schon einmal irgendwo gesehen. Cécile ging in die Küche, um ihr drittes Bier aus dem Kühlschrank zu holen. Laut Digitaluhr über dem Backofen war es bereits sechzehn Uhr. «Was für ein beschissener Tag ... morgen muss ich raus ... meine Zeit vernünftig nutzen ... wandern gehen oder Bewerbungen schreiben ... irgendwas ...», sagte sie in den beinahe leeren Kühlschrank hinein, bevor sie die kalte Aluminiumdose packte und die Tür unsanft zuknallte.

Mit Computer und Gerstensaft setzte sie sich an den unordentlichen Küchentisch. Statt loszulassen, grub sie immer tiefer. Suchte, googelte, dachte ausserhalb der berühmten Box, an dessen begrenzenden Wänden sie sich ihr bisheriges Leben lang orientiert hatte. In den letzten Tagen hatte sie versucht, die Gefühle der Wut abzustreifen, sich auf ihre spannende Zukunft mit dem tollsten Mann des Sonnensystems einzustimmen – und sie war auch fast so weit gekommen, hätte diese blöde Tracking-App schon beinahe von ihrem Handy gelöscht.

Doch vergessen und verzeihen war nicht so einfach. Manchmal brauchte es mehr Energie und Zeit, als einem lieb war. Und manchmal waren die Tatsachen einfach schneller als die Zeit.

Sie nahm einen langen, kalten Schluck aus der Dose und pustete dann die Luft aus ihren Lungen. Was für einen Blödsinn dachte sie da eigentlich gerade? Cécile schob den Laptop genervt von sich weg und schloss ihre Augen. Sie hatte keine Ahnung, was sie dachte, was ihr Kopf – oder war es ihr Unterbewusstsein, ihr Herz, ihre Seele? – überhaupt sagen wollte. Vielleicht waren drei Halbliterdosen Bier in einem Nachmittag auch einfach nicht ideal.

Sie trank die Dose leer und öffnete die App mit dem blauen auf dem Kopf stehenden Tropfen. Sie würde die Applikation deinstallieren – und zwar hier und jetzt. Sie würde sich nicht auf das Niveau dieser blöden Bitch herunterlassen – nicht sie.

Donnerstag, 4. August, später Nachmittag, in den Toggenburger Bergen

Die Hütte stand ziemlich abgelegen und bot alles, was man brauchte, um ein paar Tage unterzutauchen. Sie war nicht unbedingt der Typ für einsame Alphütten, doch es war wirklich nicht so schlecht – wenn sie dafür etwas Luft hatte, um nachzudenken, die nächsten Schritte zu planen, Alternativen zu prüfen und die Entwicklungen zu beobachten.

Die Frage war wirklich nicht, ob sie heil und gestärkt aus dieser Sache hervorkam, sondern welches der einfachste Weg war. Dass ihr Schauspiel- und Überzeugungstalent, kombiniert mit ihrer Fähigkeit, brenzlige Gegebenheiten kühl zu analysieren, ihr immer wieder ermöglichte, mit einem abgeklärten Blick jeden Hauch eines Verdachts gegen sie souverän aus der Welt zu schaffen und schamlos weiter ihre Natur der Gier auszuleben, hatte sie schon im Teenageralter realisiert.

Genau so würde es auch diesmal klappen, sie musste nur die richtige Taktik auswählen – und hier in dieser abgeschiedenen Hütte war der geeignete Ort, um das für die Situation passende weitere Vorgehen zu definieren. Sprungtücher hatte sie einige – die Kunst lag im intelligenten Kombinieren.

Sie stellte ihren Rucksack ab und schloss die Holztür, deren Scharniere verzweifelt nach etwas Öl schrien, hinter sich ab. Die Fensterläden waren geschlossen und das konnte so bleiben – sie war ja schliesslich gar nicht hier. Im Schein ihrer Handytaschenlampe holte sie ein paar Teelichter aus dem altertümlichen Wandkästchen neben der Kochecke und zündete diese auf dem rustikalen Holztisch verteilt an. Viel Helligkeit war es nicht, doch es reichte – im Düsteren konnte sie besser denken.

Das Mobiltelefon, auf welchem sie – im alten Schaukelstuhl vor dem leeren Kamin sitzend – die Nachrichten las, gehörte demselben ehemaligen Geschäftspartner wie die Alphütte, in der sie Zuflucht gefunden hatte. Im Gegensatz zu Adalbert wusste dieser Mensch mit Leuten umzugehen, die ihm zu fetten Nebenverdiensten verholfen hatten. Auch ihm war klar, dass sie seine Eier fest in ihren Krallen hatte, doch er nutzte die spezielle Verbindung zwischen ihnen zugunsten aller Beteiligten. Er begriff, dass es ein Geben und Nehmen war, dass nur Vorteile für ihn heraussprangen, wenn er ihr bei Gelegenheit einen freundlichen Dienst erwies.

Für diesen Hüttenaufenthalt hatte sie ihm einen äusserst grosszügigen Batzen bezahlt – in bar und ohne Haken. Sie konnte durchaus Wertschätzung zeigen – dem, der es verdiente. Sie war ja schliesslich kein Unmensch.

Während sie beruhigend vor und zurück wippte, las sie sich durch die Neuigkeiten des Tages, und obschon sie wusste, dass sie auch diesmal alles in den Griff kriegen würde, musste sie sich eingestehen, dass die Situation derzeit beschissener aussah, als sie geglaubt hatte. Die schlechteste Nachricht war wohl jene, die verkündete, die Polizei habe einen gefangenen Mann lebend aus der Garage einer Winterthurer Bar gerettet.

Konnte sich Burkhalter an etwas erinnern? Wie genau wirkte sich dieses verdammte Mittel auf die Erinnerungsfähigkeit aus? Sie hätte sich dafür ohrfeigen können, solche Fragen nicht genauer abgeklärt zu haben. Die Überheblichkeit, ihm nicht die minimalsten Überlebenschancen zuzugestehen, war keine Entschuldigung.

Immerhin sprach die Tatsache, dass nicht offiziell nach ihr gefahndet wurde, eindeutig gegen das Erinnerungsvermögen ihres letzten Entführungsopfers. Und die Perücke sowie das dick aufgetragene Makeup dürften ja wohl auch ihren Teil beigetragen haben.

Sie atmete tief durch und las sich weiter durch die Medien. Gesucht wurde anscheinend nach ihr. Sie galt laut Zeitungsartikel als potenziell wichtige Zeugin, die möglicherweise sogar selbst in Gefahr war.

Die Tötung Adalberts war natürlich nicht Teil ihres Plan B gewesen und diesbezüglich musste sie all ihre verschiedenen Alternativszenarien zu einer zusammenpassenden Geschichte schustern, der sie als unschuldiges Opfer entwachsen konnte. Das schwächste Kettenglied war wohl oder über Olaf. Ihr Leben und das ihrer Familie stand und fiel mit seiner Fähigkeit, seine Skrupel abzuschütteln und diszipliniert mit der notwendigen Eigeninitiative seinen Teil zu erledigen. Sie lächelte, als sie an ihn dachte. So sehr seine Gutmütigkeit eine Schwäche war, fühlte sie sich auch davon angezogen.

Sie schloss ihre Augen. Das unangenehme Gefühl, welches gestern in der Toilettenkabine durch ihren ganzen Körper geströmt war, hatte sie ganz deutlich zur Vorsicht gemahnt. Und sie hatte in der Vergangenheit gelernt, auf diese seltenen Bauchsignale zu achten. Sie sass und wippte – vor und zurück, vor und zurück –, das unbehagliche Drücken in ihrem Inneren wollte nicht vergehen.

Ihr Puls stieg an, ihre Kehle wurde eng, ihr Kopf heiss, ihre Beine weich und ihre Gedanken begannen, im Drall einer Negativspirale in tiefere Gemütslagen abzudriften. Es wurde düster, angespannt und schwer. Ihre Zähne knirschten unter dem hohen Druck, mit dem sich Ober- und Unterkiefer aufeinanderpressten.

Hatte sie etwas vergessen? Wies ihre Rechnung Fehler auf? Hatte sie Zippelmeier in ihrer Überheblichkeit falsch eingeschätzt? Mit jedem Wippen wurde ihre Herzfrequenz schneller, der Druck im Schädel höher.

Stets hatte sie darauf Wert gelegt, nur Personen in ihre Geschäftstätigkeiten einzubeziehen, von denen sie mit Sicherheit wusste, dass sie sie in den Fingern hatte. Und sie war sich die ganze Zeit absolut sicher gewesen, dass sich Adalbert im Gegensatz zu ihr keine Rückversicherung angelegt hatte. Denn seine Fassade der Ehre und Integrität, für welche ihn die Gesellschaft kannte und schätzte, waren ihm derart heilig, dass er niemals seine Verbrechen gestanden hätte, um damit jemanden ins Verderben zu reissen.

Zumindest hatte sie dies geglaubt. Geglaubt auf der Basis von Jahren der beruflichen Zusammenarbeit. Hatte sie sich geirrt? Wie konnte sie sich derart geirrt haben? Sie irrte sich nie, zum Teufel noch mal! Schon als Kind hatte sie gelernt, sich nicht zu irren. Nur Weichlinge und Verlierer irrten sich. Nicht sie!

Abrupt stoppte sie das Wippen des Stuhls und stampfte mit ihrem Sockenfuss voller Wucht auf den Holzboden – wieder und wieder, ohne auch nur einen Hauch von Schmerz zu empfinden. Dieser verdammte Schweinehund würde nicht alles ruinieren, was sie sich aufgebaut hatte. Sie hatte bereits einmal ihren Hals aus seiner Schlinge ziehen können – sie schaffte es ein zweites Mal.

«Ich bin unantastbar und stark. Ich werde jeden Tag erfolgreicher. Niemand kreuzt meine Vorhaben. Mein Wille setzt sich immer durch. Ich bin unantastbar.»

Langsam begann sich ihr Herz wieder zu beruhigen und der Pudding in den Beinen wich der Normalkraft.

Sie sah auf ihre den Kerzenschein reflektierende Armbanduhr, die sie vor einigen Jahren einmal für einen Gefallen angenommen hatte. Es war bereits sechzehn Uhr fünfzehn und sie war müde vom langen Fussmarsch und von dem, was man wohl als Panikattacke bezeichnen musste, auch wenn eine solche absolut nicht zu ihrem Wesen passte.

Sie schüttelte verächtlich den Kopf, schaltete das Telefon komplett aus und ging zum Rucksack, der noch immer geschlossen an die Wand neben dem Eingang gelehnt stand.

Zwar war die Speisekammer mit haufenweise Konserven, Teigwaren und Trockenfrüchten gefüllt, doch nun war Denknahrung in Form süsser Energie angesagt. Sie entschied sich für die Kokosfüllung und riss die quadratische Verpackung energisch auf. Nachdem sie das halbe Viereck in einem Stück in ihren Mund gezwängt hatte, ging sie zum Kamin und starrte auf die Asche und das verkohlte Holz. Wie gemütlich es doch gewesen wäre, ihre Familie dabeizuhaben, die Fenster in die wunderschöne Berglandschaft hinaus zu öffnen und ihren Mann irgendein schmackhaftes Outdoorgericht auf dem Feuer kochen zu lassen. «Dann halt ein anderes Mal ...», flüsterte sie sich selbst zu und schloss den Satz mit einem bekräftigenden Zungenschnalzen ab.

Als sie die zweite Hälfte der Hundertgrammtafel in den Mund steckte, schwenkten ihre Gedanken zu ihrem Zuhause, ihrem schönen Haus, und sie versuchte sich vorzustellen, was da wohl gerade los war. Bald war es Zeit fürs Abendessen. Bestimmt stand irgendein nahrhafter und trotzdem gesunder Auflauf im Ofen und eine Schüssel Salat wartete auf dem Tisch und liess die italienische Balsamicosauce in die Poren des frischen Grüns eindringen.

Sie schob das Bild zur Seite. Die süsse Gemütlichkeit musste warten. Jetzt brauchte sie verflucht noch mal eine Strategie – und zwar eine absolut wind- und wetterfeste.

Da musste doch irgendwo diese Flasche stehen, die sie von ihrem hilfsbereiten Bekannten zusammen mit dem Proviant hatte herbringen lassen. Ein guter Cognac war das Geeignete, um sich ein wenig die Nerven zu stärken und die Spannung zu glätten.

Das Türchen der kleinen Speisekammer knarrte beim Öffnen. Im Schein der schwachen Telefonlampe suchte sie die Wandgestelle ab. Wunderbar – man konnte sich wirklich auf ihn verlassen. Nicht nur hatte er eine Menge Nahrungsmittel hier hochgeschleppt, von der sie bestimmt einen ganzen Monat hätte leben können, sondern er hatte auch auf die Qualität geachtet. Da kam eben der gute Hotelier zum Vorschein.

Sie fand die edle Flasche Rémy Martin und kramte dazu noch eine Packung Spaghetti, ein Glas Pesto rosso und das Olivenöl aus einer Kunststoffharasse. Sie würde wohl die ganze Nacht hindurch an ihrem Plan arbeiten – dazu brauchte sie ein gutes Fundament.

öffnen und ihren Mann irgendein schmackhaftes Outdoorgericht auf dem Feuer kochen zu lassen. «Dann halt ein anderes Mal ...», flüsterte sie sich selbst zu und schloss den Satz mit einem bekräftigenden Zungenschnalzen ab.

Als sie die zweite Hälfte der Hundertgrammtafel in den Mund steckte, schwenkten ihre Gedanken zu ihrem Zuhause, ihrem schönen Haus, und sie versuchte sich vorzustellen, was da wohl gerade los war. Bald war es Zeit fürs Abendessen. Bestimmt stand irgendein nahrhafter und trotzdem gesunder Auflauf im Ofen und eine Schüssel Salat wartete auf dem Tisch und liess die italienische Balsamicosauce in die Poren des frischen Grüns eindringen.

Sie schob das Bild zur Seite. Die süsse Gemütlichkeit musste warten. Jetzt brauchte sie verflucht noch mal eine Strategie – und zwar eine absolut wind- und wetterfeste.

Da musste doch irgendwo diese Flasche stehen, die sie von ihrem hilfsbereiten Bekannten zusammen mit dem Proviant hatte herbringen lassen. Ein guter Cognac war das Geeignete, um sich ein wenig die Nerven zu stärken und die Spannung zu glätten.

Das Türchen der kleinen Speisekammer knarrte beim Öffnen. Im Schein der schwachen Telefonlampe suchte sie die Wandgestelle ab. Wunderbar – man konnte sich wirklich auf ihn verlassen. Nicht nur hatte er eine Menge Nahrungsmittel hier hochgeschleppt, von der sie bestimmt einen ganzen Monat hätte leben können, sondern er hatte auch auf die Qualität geachtet. Da kam eben der gute Hotelier zum Vorschein.

Sie fand die edle Flasche Rémy Martin und kramte dazu noch eine Packung Spaghetti, ein Glas Pesto rosso und das Olivenöl aus einer Kunststoffharasse. Sie würde wohl die ganze Nacht hindurch an ihrem Plan arbeiten – dazu brauchte sie ein gutes Fundament.

Gerade hatte sie herausgefunden, wie die Gaskartusche an den Brenner angeschlossen werden musste, als ein dumpfes Grollen zu hören war. Sie drehte das Gas ab und lauschte. Was war das? Da war es schon wieder. Donner? Danach hörte es sich jedenfalls an, obschon der blaue, spärlich bewölkte Himmel noch in sonniger Wärme gestrahlt hatte, als sie hier oben angekommen war.

Misstrauisch trat sie ans Fenster, öffnete es und lauschte mit dem Ohr ganz nah am geschlossenen Holzladen. War da draussen jemand? Langsam schlich sie rückwärts zu ihrem Wanderrucksack und öffnete den Reissverschluss der grossen Seitentasche, in der ihr nicht ganz legal erworbener Taser verstaut war. Nachdem sie das Verteidigungsgerät in ihren Hosenbund gesteckt hatte, versicherte sie sich ein weiteres Mal, dass die Hüttentür auch wirklich verriegelt war. Und das war sie – zweifach sogar.

Die alte Hütte erzitterte, als der Blitz zischend zu Boden krachte. Ja, es war ein Blitz und allzu weit entfernt konnte sein Einschlag nicht gewesen sein.

Das Grollen gehörte also zum im Minutentakt stärker werdenden Gewitter – kein Grund zur Sorge. Sie hielt ihr rechtes Ohr ganz nahe an die Innenseite des Fensterladens. Es rumorte am regenlosen Himmel und durch das verlotterte Holz hindurch drang dieser spezielle, adrenalinfördernde Duft, wie er nur bei Gewittern in den Bergen vor dem Einsetzen des Regens in der Luft lag. Niemand war bei diesen Verhältnissen unterwegs und niemand wusste, wo sie war. Sie konnte sich erlauben, einen Moment lang den Laden zu öffnen, schliesslich ging es auf dieser Hüttenseite steil die Schlucht hinunter – da bestand kein Risiko, gesehen zu werden. Und es würde ihr guttun – ihre Nerven etwas beruhigen.

Vorsichtig zog sie den rostigen Haken aus der am massiven Fensterrahmen angebrachten Ringschraube und öffnete den Laden einen Spaltbreit.

Der Himmel war gelbgrau eingefärbt und roch nach Schwefel. In der Ferne zuckten Blitze über den Berggipfeln, in ihrem Magen kribbelte die Nervosität. Sie drehte den Holzladen ganz an die Aussenwand und sass dann eine Weile einfach nur still am offenen Fenster. Sie genoss die Aussicht, den Sommergewitterduft, das Donnergrollen und das Blitzgezische. Dann schloss sie den Laden wieder und machte sich an die Zubereitung ihres Abendessens. Draussen wurde das Wetter immer rauer, und als das salzige Spaghettiwasser im kleinen Aluminiumtopf zu sieden begann, hörte sie die ersten schweren Regentropfen auf das Blechdach schlagen.

Die Pasta schmeckte grossartig – bestimmt auch dank der besonderen Alpenatmosphäre. Der Regen hatte nur kurz angedauert und auch das Gewitter schien die Toggenburger Berge langsam hinter sich zu lassen.

Die Portion hätte eine ganze Familie sattgekriegt, doch sie verschlang alles bis zum letzten Bissen.

Als sie mit dem Essen fertig war, kochte sie sich auf dem praktischen kleinen Gaskocher in einem Alukännchen etwas Kaffeewasser und bereitete sich damit einen starken Instantcappuccino aus zwei statt einem Beutel zu. Ein gehöriger Gutsch Cognac rundete die nicht besonders exquisite Palette der Brühe zum Guten ab. Vorsichtig setzte sie sich mit der heissen Tasse in den alten Schaukelstuhl. Während sie vorsichtig vor und zurück wippte und in regelmässigen Abständen am Kaffee nippte, dachte sie nach.

In ihrem Kopf begann sich ein Mindmap aufzubauen. Wölkchen, Blasen, Pfeile und Linien in verschiedenen Farben. Abläufe, Begründungen, logische Erklärungen, welche sie als anständigen, sensiblen und von den Schreckensdrohungen ihres Chefs zutiefst traumatisierten und heillos überforderten Menschen bestätigten.

Als der Kaffee ausgetrunken war, füllte sie die Tasse mit Cognac. Sie trank Schlückchen um Schlückchen, und je konkreter das Bild in ihrem Gehirn aussah, desto zufriedener und stolzer wurde ihr Grinsen. Sie war intelligent, sie war überlegen, ihr kam keiner in die Quere. Sie hob die angebrochene Flasche hoch. «Einen genehmige ich mir noch ... ich habe dich mehr als verdient, mein Süsser ...», sprach sie zum teuren Tropfen und füllte die Campingtasse bis zum Rand. Eigentlich trank sie immer mit Mass und konnte mit Alkohol umgehen, hatte ihn im Griff – nicht er sie, wie es in ihrem totbeschissenen Elternhaus der Fall gewesen war.

Sie hatte ihn im Griff. Sie hatte alles im Griff. Dann schloss sie die Augen und begann vor sich hin zu summen. Es war irgendein Kinderlied, von dem sie weder Titel noch Text kannte.

So ganz wohl fühlte sich ihr Magen plötzlich nicht mehr an – und auch ihr Darm schien gerade etwas überlastet zu sein. Die heutige Mahlzeit war eben doch etwas üppiger gewesen als Olafs Zubereitungen oder ihre grünen Vitaminsmoothies.

Als sie vom Sessel aufstand, glaubte sie, ein Rascheln vor der Tür wahrgenommen zu haben. Wie angefroren blieb sie stehen. Doch es blieb still – nur ein Tier.

Irgendwann musste sie sowieso zur Tür hinaus gehen, denn das altmodische, unbequeme Plumpsklo befand sich auf der Rückseite der Hütte. Kaum dachte sie an das unappetitliche Scheissloch, drückte ihr Darm noch etwas stärker und ihr Mageninhalt bewegte sich in eine unangenehme Richtung. War da wieder ein Geräusch? «Ach, scheiss dich nicht an ...», befahl sie sich. Schliesslich war um diese Zeit und bei dem nassen, unsicheren Wetter keine Menschenseele hier unterwegs und gefolgt war ihr bestimmt niemand.

Die Spannung in den Schultern war unangenehm geworden und der Kopf schmerzte. Sie schloss die Augen und massierte ihren Schädel und das knackende Genick, während sie sich auf einen ruhigen und tiefen Atem konzentrierte.

Ein blubberndes Geräusch ertönte in ihrem Magen. Auf Stirn und Wangen breitete sich plötzlich eine Hitze aus, die kühlen Schweiss aus den Hautporen drückte. Irgendwie fühlte sie sich nicht besonders gut und glaubte, sich jeden Moment übergeben zu müssen.

Die rechte Hand berührte den Hosenbund – der Taser steckte da, wo er hingehörte. Dann schob sie den schmiedeeisernen Riegel der soliden Holztür nach hinten und drehte den Schlüssel um. Quietschend öffnete sich die Tür und sie trat auf die kleine Holzterrasse, deren Bretter noch nass und rutschig vom Regen waren.

Die frische Luft tat gut, sie atmete ein paar tiefe Züge der kühlen Bergluft ein. Es war bereits nach zwanzig Uhr, doch die Sonne drückte nach dem Gewitter noch einmal ihre warmen Strahlen durch die sich zersetzenden Wolken, bevor sie sich für heute geschlagen gab. Wie schön einsam und ruhig es hier doch war. Das Einzige, was sich nicht beruhigen wollte, war der verfluchte Magen.

In torkelndem Laufschritt hastete sie zum Aussenklo auf der Rückseite der Hütte. Auf dem kurzen Weg fiel es ihr schwer, den sauren die Speiseröhre hochkriechenden Saft in Schach zu halten. Als sie die verwitterte, aber stabile Toilettentür aufzog und der Geruch alter Fäkalien und Gülle in ihre Atemwege strömte, brach der Damm und sie schaffte es gerade noch knapp, den blassorangen Kunststoffdeckel hochzureissen, bevor das breiige Gemisch aus Tomatensauce,

Teigwaren und Alkohol in einem eklig sauren Schwall aus ihrem Rachen geschossen kam.

All das gute Zeug ging unter ihren krächzenden Lauten das stinkige Loch hinunter. Und während sie sich die Seele aus dem Leib kotzte, sah sie nicht den Schatten, der sich hinter ihr aufbäumte.

Sie stöhnte erleichtert, putzte sich mit dem rechten Handrücken den Mund ab. «Oh, Gott, was für eine Scheisse ... oh, Mann.» Als sie sich wieder vom ausgetretenen Bretterboden erheben wollte, spürte sie das Kletterseil um ihren Hals. Innerhalb einer Millisekunde krachte sie in ein surreales Paralleluniversum, welches doch echter nicht hätte sein können.

Ihre mit Kotze verschmierte Hand wollte zum Taser greifen, doch schnellere, in einem Lederhandschuh verpackte Finger ergriffen das potente Selbstverteidigungsgerät vor ihr und beförderten es in hohem Bogen den steilen Hang hinunter.

Ein aggressiver Ruck am Seil riss sie rückwärts aus dem Häuschen. Zuerst erkannte sie das Gesicht, das über ihr thronte, während sie um Atem rang, nicht. Und als sie es erkannte, konnte sie nicht glauben, in wessen Netz sie gegangen war. «Wa-a-as? Du? Wi-ie?», krächzte sie mit Müh und Not durch ihre enge Kehle. Das Gesicht sah anders aus, strahlte mit einer Energie, die ihr das Blut in den Adern um einige Grade abkühlte. Es war ein tief ruhiges, beinahe unwirklich zufriedenes Lächeln, welches ihre Augen durchbohrte. Sie spürte, wie ihr Herz raste und ihr ganzer Körper bis in die äusserste Faser zitterte.

Das Gesicht öffnete seinen Mund. «Vor mir hattest du hier oben bestimmt keine Angst, was?» Dann verstärkte sich der Zug am orangen Seil. Sie schnappte nach Luft. «Ich ge-ebe dir fünfhu-hundertta-tausend F-franken!», japste sie. Das Gesicht, von dessen Stirn bereits einzelne Schweisstropfen auf sie herunterklatschten, verfinsterte sich, kaum war das Angebot ausgesprochen. Ein schmerzhafter Ruck ging durch ihr Genick und liess sie aufheulen. Es fühlte sich an, als ob etwas gebrochen oder gerissen war. «Sie-benhuntertfü-ünfzigta-ausend!»

Schallendes Lachen brach aus dem hasserfüllten Antlitz über ihr. «Ja! Genau! Geld! Fünfhunderttausend! Siebenhundertfünfzigtausend! Eine Million! Du musst nur genug Kohle locker machen, dann lässt sich jeder kaufen und alles geradebiegen! So funktioniert es doch in deiner Welt! Sag mal, du seelenlose Schlampe, hast du eigentlich mitgezählt, wie viele Leben du zerstört hast? Hast du jeweils so etwas wie Schuld gefühlt? Oder Scham? Oder bist du dazu etwa gar nicht in der Lage?»

Das Seil straffte sich ins Unerträgliche. Verzweifelt versuchte sie, ihre unbeweglichen, kalten Finger darunter zu kriegen, doch sie war chancenlos. Völlig unkoordiniert begannen sämtliche Glieder ihres Körpers, wild um sich zu schlagen. Selbst als die Kraft zu schwinden begann und der Körper ermüdete, dachte sie nicht ans Aufgeben. Durch den Kopf blitzten tausend Gedanken gleichzeitig, doch eine Frage lag ihr ganz zuvorderst auf der Zunge. «Du. Wa-arum du?»

Die Augen über ihr verdunkelten sich, dann wurde sie rücklings am Seil über den nassen Wiesenboden zur Vorderseite der Hütte gezogen.

Ihr Rücken war nun nass bis auf die Nieren, doch sie spürte ihren zitternden Körper kaum noch. Das Gesicht beugte sich wieder zu ihr herunter – so nah, dass ihre Nasen sich beinahe berührten. Eine harte Hand grub sich in ihre Haare hinein und zog ihren Kopf daran nach hinten. Ihr wurde noch schwindliger. «Hast du schon einmal einen gehängten Menschen gesehen? Nein? Schade, bestimmt würde dich der Anblick befriedigen. Bald wird dein ärmliches Exemplar einer

Seele deinen Körper verlassen. Schau ihn dir gut an, bevor du zur Hölle fährst. Schau ihn dir sehr gut an ...»

Das Seil grub sich in ihre Haut, die Bilder begannen zu verschwimmen, die Stille rauschte in ihren Ohren, das Blau des Himmels wurde zum Schwarz des Todes. Das letzte Bild, das ihr dieses Leben vor ihr geistiges Auge hauchte, war jenes eines kleinen, blonden Mädchens. Es sass auf einer sonnenwarmen Granitplatte und zerquetschte mit einem faustgrossen Stein die starken, fleissigen Ameisen, die so zahlreich unterwegs waren. «Wann kommt Mama?», fragte das Kind, als es mit besorgtem Blick zum Himmel sah.

Freitag, 5. August, 7 Uhr 45, in Konstanz

Während die Kleine schmatzend ihre Heidelbeer-Pancakes genoss, sass er ihr mit leerem Magen und ebensolchem Gesichtsausdruck gegenüber. Das kahle Stück Brot auf seinem Teller ekelte ihn an, er konnte sich nicht zum Essen überwinden. Auch die Tasse mit Kaffee, die er nach dieser beschissenen Nacht mehr als nötig gehabt hätte, löste nur schon beim Anschauen fast einen Brechreiz aus.

Kein Auge hatte er zugetan. Zuerst hatte er es versucht, hatte sich im Minutentakt auf die andere Seite gedreht, Schäfchen gezählt und sich vorgestellt, er wüsste von nichts. Doch er wusste eben mehr, als zum Schlafenkönnen erlaubt war, daran konnte die Tatsache, dass er das Röllchen aus dem Wein die Toilette hinuntergespült und die gefälschten Dokumente sowie das schwindelerregend viele Bargeld zurück in ihre Nachttischschublade verfrachtet hatte, nichts ändern. Er und seine Tochter waren mittendrin.

Er hatte sich eingeredet, unschuldig zu sein. Doch im Innern wusste er sehr wohl, dass sein bequemes Wegschauen ihn nicht zum Unschuldslamm qualifizierte, wie auch immer er es drehen und wenden mochte. Die Einzige, die komplett ohne Verantwortung in diesen Schlamassel hineingezogen worden war, war seine Tochter.

Irgendwann war Olaf zitternd und schwitzend aufgestanden und hatte sich draussen vor dem Haus in die warme, sternenreiche Sommernacht gesetzt, um nachzudenken, was nun – aus der Perspektive seiner Tochter – das kleinste Übel war. Keine der Optionen war ihm erstrebenswert vorgekommen – doch wer sagte, dass «kleine Übel» das waren?

Ein weiteres Mal hatte er eine verzweifelte Alibinachricht an seine Frau ins Handy getippt. «Schatz! Melde dich, die Polizei muss dringend mit dir sprechen! Und ich mache mir Sorgen!» Auch dieser Text würde ungelesen bleiben. Er wusste, dass er feststeckte, macht- und wissenslos, mit ein paar geheimnisvollen, ihn zum Mittäter machenden Anweisungen. Und er wusste: Sobald er diese befolgte und dabei aufflog, hatte er sein Kind verraten.

Er wusste nicht mehr genau, wie lange er da draussen auf der Gartenbank gesessen und sein Gehirn mit Horrorszenarien und Lösungstheorien überhitzen lassen hatte, doch es war lange genug, um zum Schluss zu kommen, dass er ihr vertrauen musste, denn was auch immer sie tat, sie hatte ihn noch nie enttäuscht – sie hatte immer einen Plan und immer alles im Griff.

Mit Boxershorts und Gärtnerhandschuhen ausgerüstet hatte er sich an die Arbeit gemacht. Nicht mehr zur Unterstützung als die Lichter des Himmels und den alten Spaten mit dem viel zu kurzen Stiel.

Und nun sass er hier, versuchte für seine Kleine die Atmosphäre gewöhnlich und unauffällig zu halten und sich gleichzeitig krampfhaft zu erinnern, ob er an alles gedacht hatte oder ob ihm möglicherweise irgendeine genickbrechende Kleinigkeit entgangen war.

«Mama! Wann kommt Mama?!» Er hob seinen Kopf und sah seiner Tochter wortlos in die Augen. Er sass in diesem grossen, schicken Haus, besass alles, was Geld kaufen konnte, und doch fühlte er sich in diesem Moment unendlich arm und mittellos. «Bald, Schätzchen. Mama kommt bald.» Vielleicht war es ja die Wahrheit – wer wusste das denn schon?

Sein Magen begann sich zusammenzuziehen. Olaf sprang auf und steuerte zum Badezimmer. Der Gallensaft passte hervorragend zu seinem momentanen Gemütszustand.

Nachdem er in die Küche zurückgekehrt war, bereitete er sich einen Kamillentee zu und ging mit seiner Tochter an der einen und dem Tee in der anderen Hand in den Garten, der eigentlich noch wie am Vortag aussah.

Während sie mit Kreide die Granitplatten bemalte – etwas, das seine Frau jeweils sofort unterband –, trank er den fürchterlichen Tee in kleinen Schlucken und ging im Kopf die Punkte durch, die im Falle des Falles seine Wahrheit darstellen mussten. Ab und zu schielte er an die sonnengewärmte Hausfassade zu seiner Linken, vor welcher die Rosenstöcke friedlich vor sich hin wuchsen. Er genoss den Moment, die wärmende Sonne, die frische Morgenluft und den farbigen, wachsenden Garten. Er war plötzlich so vertieft in diese friedliche Einfachheit, dass er den Polizeiwagen vor seinem Haus erst bemerkte, als dessen Vordertüren zugeknallt wurden.

Während die Kleine noch immer völlig unbeeindruckt auf dem Gartenweg vor sich hin kreidete, las Olaf den

Durchsuchungsbeschluss zum vierten Mal durch. Entgeistert schaute er vom Papier zum Polizeibeamten auf, welcher ihm den Wisch präsentiert hatte.

Als die Polizisten angekommen waren, hatten sie zuerst lediglich weitere Fragen gestellt. Wollten wissen, ob seine Frau in letzter Zeit verändert gewesen war, was er über ihre Arbeit und über ihr Verhältnis zu Adalbert Zippelmeier wusste und wie der Kontakt zu seinem Schwiegervater war. Er beantwortete die Fragen ziemlich wahrheitsgetreu, ohne jedoch mehr zu erzählen, als unbedingt notwendig war. Dann, plötzlich – er hatte schon geglaubt, sie verabschiedeten sich wieder –, informierten sie ihn, dass die Tatsache, dass seine Ehefrau, deren Arbeitsplatz in der Schweiz gerade im Fokus der Kriminalpolizei stand, seit Beginn der dort durchgeführten Hausdurchsuchung verschwunden und unerreichbar war, auf eine mögliche Verbindung zu Entführungsfällen und einem Mord im Umfeld ihres Arbeitgebers hindeutete. Dann hatte er Olaf ein Dokument in die Hände gedrückt und ihn gebeten, ruhig zu bleiben und zu kooperieren. Olaf hatte abwesend genickt und versucht, die Magensäure am Aufsteigen zu hindern. Im gleichen Moment war ein weiterer Streifenwagen mit vier Polizisten auf den Platz gefahren.

Während fünf Fremde nun sein Zuhause auf den Kopf stellten, stand er hier draussen neben seinem auf dem Granitboden hockenden Kind. Sein Körper fühlte sich an, als wäre er nur noch eine mit Beton gefüllte Hülle. Ein junger Grünschnabel mit Borstenschnitt bewachte ihn in seinem eigenen Garten, während die Privatsphäre seiner Familie in Einzelteile zerlegt wurde.

«Ich hab' hier was!», tönte es aus der Küche. Olafs Augenlider begannen zu zucken. In der Küche? Was, verdammt, war in seiner Küche? Olaf versuchte sich abzulenken, konzentrierte sich auf die gelben Kreidestriche, die seine Tochter kreuz und quer auf die gepflegten Steinplatten kratzte, doch es dauerte nicht lange, bis ihn die laute Tenorstimme des Einsatzleiters wieder in die Erwachsenenwelt zurückholte. «Bitte folgen Sie mir in Ihre Küche.»

Olaf stand zwischen Arbeitsinsel und Geschirrspüler und starrte auf die Plastikbeutel. In einer Reihe lagen vier Stück davon auf der Arbeitsfläche über der Spülmaschine. «Wa... was ist das? Wo haben Sie das her?», fragte Olaf den Beamten, dessen Ausdruck eine beängstigende Ernsthaftigkeit angenommen hatte.

«Was das ist, frage ich Sie. Die Tüten steckten hinter dem Geschirrspüler. Gehören die Ihnen?» Olaf schüttelte entschieden seinen verkrampften Kopf. Er wusste wirklich nicht, was das für ein Zeug war, doch er wäre überrascht gewesen, wenn seine Angetraute nichts damit zu schaffen gehabt hätte.

Langsam liess er seinen Blick von einem Beutel zum nächsten schweifen. Einen monetären Wert hatte nichts davon, doch wenn seine Frau sich die Mühe machte, diesen Ramsch zu verstecken, dann musste der Wert in irgendeiner anderen Form vorliegen. Ein kühles Kribbeln machte sich auf seinem Rücken bemerkbar. Wanderschuhe – ziemlich gebraucht und noch mit getrocknetem Lehm an den Sohlen, ein blaues Stofftaschentuch ... – waren das etwa Blutflecken?

Olafs Unterkiefer hing schwer herunter, sein Gehirn war leer und hohl. In einer dritten Tüte lag eine Unterhose – ein dunkelgrüner, schmutziger Herrenslip. Er trat einen Schritt näher heran. Der letzte Beutel, neben dem ein braunes Kartoncouvert lag, enthielt einen blauen, runden Stein an einem Lederbändel. «Ich habe das Zeugs noch nie gesehen. Vielleicht noch vom Vorbesitzer ...? Wir wohnen hier erst seit Anfang des Jahres, wissen Sie?» Der Polizeibeamte nickte. «Ja, wissen wir.» Dann öffnete er mit Handschuhen den braunen Umschlag, welcher mit der seltsamen Sammlung zusammen in der Spalte gesteckt hatte. Seine Unterlippe rollte sich mit jedem Satz weiter nach unten und der Ekel zog eine Spur der Kälte durch seinen Körper.

«Herr Zieger, wir schreiben Ihre Frau zu Fahndung aus. Und Sie müssen uns zur Vernehmung begleiten. Haben Sie jemanden, der auf Ihr Kind aufpassen kann?»

Als sie sich unter Tränen verabschiedeten, sah die Kleine zu ihrem Vater auf. «Papa? Wann kommt Mama?» Papa schloss die feuchten Augen. Er hatte keine Antwort.

Freitag, 5. August, in einem Altbau in Oberwinterthur

Als sie endlich nach Hause kam, war es beinahe Mitternacht. Und sie gehörte zu denjenigen, die auch nach Feierabend die Arbeit nicht loslassen konnten. Normalerweise wurde diese Unfähigkeit zur Abgrenzung nicht als gesundes Verhalten angesehen und sie musste davon ausgehen, dass auch sie langfristig mehr Schaden als Nutzen davontragen würde, doch nicht nur konnte sie nicht anders – sie wollte auch nicht. Désirée Parmelin war nicht bereit, ihre Gedanken ruhen zu lassen, bis dieser Fall gelöst war. Und dann würde der nächste kommen und nach ihm ein weiterer. Dies war ihr Leben, welches sie von klein auf angestrebt hatte. Und sie liebte es – sie brauchte es.

Parmelin öffnete ihre Wohnungstür, warf den Schlüsselbund auf die Kommode und stellte den schwarzen Rucksack neben dem Möbel ab. Nachdem sie ihre Dienstwaffe eingeschlossen hatte, steuerte sie die Küche an. Ihr Magen knurrte.

Eine Viertelstunde später sass sie mit einer grossen Fertigpizza und einem Glas Rotwein auf ihrem Sofa. Während sie von leiser Violine im Hintergrund begleitet ihr Abendessen genoss, versuchte sie das Chaos der Eindrücke, Fakten, Vermutungen und Fragen in eine sinnvolle Ordnung zu sortieren. Die Videokonferenz mit den Konstanzern am Nachmittag war eine nette Sache, hatte jedoch keine ihrer zahlreichen Fragen beantwortet. Es kamen sogar noch ein paar neue dazu.

Was ihre deutschen Kollegen in der Villa mit Blick auf den Bodensee gefunden hatten, hatte etwas Verstörendes. Die Gegenstände in den Tiefkühlbeuteln wurden gerade kriminaltechnisch untersucht. Der Brief, der zusammen mit der seltsamen Sammlung hinter der Geschirrspülmaschine gelegen hatte, trug die Handschrift Karolina Ziegers, Personalchefin der Hieronymus Säger Erben AG in Kirchberg und seit gestern Vormittag nicht mehr zu erreichen. Parmelin öffnete ihr Diensthandy und klickte auf die Fotodatei. «Absolut fucking krank ...», kommentierte sie, bevor sie ins letzte Pizzastück hineinbiss.

Die Personalchefin hatte im auf den sechsundzwanzigsten Dezember des letzten Jahres datierten Schriftstück beschrieben, wie ihr direkter Vorgesetzter, Adalbert Zippelmeier – jetzt mausetot im Kühlraum der Rechtsmedizin –, sie nach dem Firmenweihnachtsessen auf dem Parkplatz des Gasthauses abgefangen und in sein Auto gezerrt hatte. Die Vorder- und Rückseite des unlinierten A4-Blattes erzählten von der Angst, welche die mit Kabelbindern gefesselte Frau auf der Fahrt durch das nächtliche Schneegestöber mit dem stark angetrunkenen Fahrer verspürt hatte. Vom unerträglichen Horror, als er sie mit dem Pistolenlauf an ihrer Schläfe in sein einsames Haus bugsiert hatte. Die Beschreibung, wie die Kaderangestellte zitternd im Dachgeschoss eingesperrt und in panischer Angst darauf wartete, von ihrem langjährigen Chef vergewaltigt zu werden, liess Parmelins Nackenhärchen aufstehen.

Sie nahm einen langen Schluck Wein und war froh, dass Frau Zieger – wie diese selbst schrieb – dann doch nicht vom besoffenen CEO missbraucht wurde, fragte sich allerdings, warum die Frau dann monatelang das tat, was Zippelmeier von ihr verlangte und nach dem bedrohlichen Erlebnis nicht sofort den nächsten Polizeiposten aufgesucht hatte.

Laut der mit feiner dunkelgrüner Tinte verfassten über ein halbes Jahr alten Aussage war sie gezwungen worden, für ihren Chef Bewerbungsunterlagen eines gewissen Typ Mannes herauszufiltern und ihm dann auf Wunsch abendliche Vorstellungsgespräche zu zweit zu organisieren. Würde sie Hilfe suchen, bezahlte sie mit dem Leben ihrer kleinen Tochter. Sie hätte sich nicht zu helfen gewusst und aus purer Angst seinen unprofessionellen, seltsam anmutenden Befehl ausgeführt.

Parmelin schüttelte fluchend den Kopf. Die Berger hatte die Personalchefin als kühl und auf oft empathielose Weise korrekt beschrieben. Käufelers Beschreibung nach grenzte das mit eiserner Hand praktizierte Mikromanagement ihrer ehemaligen Vorgesetzten an Kontrollzwang. «Das passt doch alles nicht zusammen ...» Sie schmiss das Telefon auf den leeren Sofateil neben sich und stand auf.

Die warme Luft auf dem Balkon roch nach Sommerregen, doch die Tropfen waren mittlerweile versiegt und die Blitze nur noch aus der Ferne zu hören. Parmelin steckte sich einen nach künstlicher Chemie duftenden Bubblegum in den Mund und lehnte sich ans Geländer. Hatte Gabriela Stahl, diese Miss Marple, die die Polizeischule verpasst hatte und vermutlich zu viele Krimis las, etwa recht? Hatte die beruflich frustrierte Mutter zweier Kinder Verbindungen gefunden, wo die Polizei keine hatte sehen können – oder nicht einmal welche gesucht hatte? Parmelin starrte seufzend in den dunkeln Nachthimmel hinaus. In diesem Moment klingelte ihr Diensttelefon. Der Kriminaltechniker! Sie spürte das Adrenalin ihren Körper durchströmen.

«Hast du was?!» «Zuerst einmal: Guten Abend, Désirée – oder besser gesagt guten Morgen. Und ja, ich habe etwas. Und zwar geht es um den Strick, mit dem der Tote erdrosselt wurde. Die Details zu Material, Hersteller und so weiter kannst du meinem Bericht entnehmen, deswegen störe ich nicht deine Nachtruhe. Allerdings ...» Parmelin schnaubte. «Bitte mach's nicht so dramatisch.» «Sorry. Nun, da war ziemlich viel abgeschürfte Haut und etwas Blut dran ... jedoch nicht nur vom Opfer. Da war noch DNA einer zweiten Person – einer weiblichen –, und zwar in auffällig grosser Menge. Und ich rede hier nicht von den Enden, sondern von dem Bereich, welcher um den Hals der Leiche lag. Ihr habt also möglicherweise noch ein Opfer irgendwo.»

Parmelin war überrascht, atmete schwer und konzentriert. «Dési? Bist du noch da?» «Ja, ja ... weiblich? Bist du sicher?» «Natürlich bin ich sicher ... biologisch zumindest ... nach dem bevorzugten Pronomen habe ich nicht gefragt.» Parmelin schüttelte lachend den Kopf. «Du brauchst auch Schlaf! Geh nach Hause, wir sehen uns morgen. Danke, dass du mich angerufen hast ... das gibt mir genug zum Nachdenken für den Rest der Nacht!» «Bis morgen, Dési! Schlaf schön.»

Sie legte das Handy auf die gläserne Platte des kleinen Salontischchens und ging in die Küche, um die Weinflasche zu holen. Diese unerwartete Information benötigte eine kleine Verdauungshilfe. Hautabschürfungen einer weiteren Person.

Zurück im Wohnzimmer füllte sie ihr Glas bis zur Hälfte nach und zog ihr Notizblöckchen und den Kugelschreiber heraus, die noch immer in der Brusttasche ihres heute giftgrünen Poloshirts steckten, und liess sich auf das kühle, weiche Leder des Sofas fallen. Dann begann sie, ihre Notizen der vergangenen Tage sorgfältig durchzulesen – in der Hoffnung auf irgendeine erleuchtende Erkenntnis.

Orientierungslos erwachte sie, als das Telefon wieder klingelte und aggressiv auf dem Glastisch herumscheppterte. Im Halbschlaf griff sie zum Handy. «Pa... Parmelin.» «Dési!? Bist du betrunken?», fragte der Kriminaltechniker mit energiesprühender Stimme.

«Fuck, wie spät ... oh, Scheisse, ist es schon Morgen ...?» Am anderen Ende ertönte ein schallendes Lachen. «Beruhige dich! Es ist erst ein Uhr fünfundzwanzig, aber ich habe Neuigkeiten.» «Verdammt, kokst du eigentlich, oder wie machst du das?» «Hm, nun ja ... so ähnlich, aber das ist hier nicht der Punkt. Es geht um das blutige Stofftaschentuch, das die Konstanzer gefunden haben. Ich bin da gerade mit dem Kollegen dort im Austausch – auch eine Nachteule. Das Blut gehört mit hoher Wahrscheinlichkeit zu einem seit 2005 vermissten Mann aus Bern, Angelo Zürcher.» «Mann, da war ich gerade mal zwölf», bemerkte Désirée Parmelin. «Aber das ist noch nicht alles, es wird noch besser», fuhr der Techniker fort, «im Gewebe hing ein Schamhaar ... mit der DNA unserer Leiche.»

Parmelin kaute sprachlos auf ihrem mittlerweile geschmacklosen Kaugummi herum. Dann schien es tatsächlich zu stimmen, was die verschwundene Personalchefin in ihrem verstörenden Brief behauptet hatte? Dass die Gegenstände hinter ihrer Spülmaschine aus Adalbert Zippelmeiers Haus stammten und – sollte ihr etwas zustossen – seine Schuld für diverse Sexualverbrechen belegen sollten. Sie wollte diese Gegenstände für ausführliche Untersuchungen in der Schweiz haben oder sie sich zumindest schnellstmöglich mit eigenen Augen ansehen. Morgen würde sie wohl eine kleine Dienstreise ins nahe Ausland beantragen müssen.

«Moment mal, wie heisst der Vermisste von 2005?!» Aus dem Apparat war ein Blätterrascheln zu vernehmen. «Angelo Matias Zürcher.» Ja, sie hatte diesen Namen schon einmal gelesen – und zwar in der Excelliste einer gewissen Ingenieurin aus dem Thurgau, Gabriela Stahl.

Sie bedankte sich und wünschte dem unermüdlichen Kriminaltechniker zum zweiten Mal eine gute Nacht.

Wie jeden Morgen um sechs klingelte der Wecker ihres Handys, doch Parmelin war schon seit einer halben Stunde wach. Frisch geduscht sass sie mit Dienstwaffe und zitronengelbem Poloshirt am kleinen, runden Bartischchen und las ihre dienstlichen E-Mails, während sie darauf wartete, dass ihre Spiegeleier die gewünschte Konsistenz erreichten.

Viel hatte sie nicht geschlafen in der Nacht, doch es war mehr als auch schon und es musste reichen. Vor ihrem inneren Auge sah sie das schmutzige Stück des grünen Nylonseils, das sich tief in Zippelmeiers Hals eingefressen hatte. Die etwa vierzig Zentimeter lange Schnur hatte ausgefranste, zerfressene Enden, welche auf ein sehr unscharfes Schneidwerkzeug hindeuteten. Alles in allem war es kein besonders fachmännisch hergestelltes Tötungsinstrument. Hätte sie selbst jemanden erdrosseln müssen, hätte sie sich etwas Ergonomischeres zurechtgebastelt. Ausser vielleicht im Falle einer ungeplanten Schnellaktion.

Während sie die von beiden Seiten durchgebratenen Eier aus der Pfanne auf den Frühstücksteller rutschen liess, seufzte sie nachdenklich. Sie musste schnellstens herauskriegen, wer die Frau war, zu der die zweite DNA gehörte.

«Andi!» Parmelin knallte ihre Autotür zu und folgte zügig ihrem uniformierten Kollegen zum Eingang. «Morgen, Roth! Bist du fit?» Blinzelnd schaute er sie aus seinen verschlafenen Augen an. «Morgen. Ehrlich gesagt habe ich kein Auge zugetan ... das passiert mir sonst nie. Hat vielleicht irgendetwas mit dem Mond zu tun oder so ...» Sie klopfte ihm zweimal auf die Schulter. «Das glaube ich weniger, Andi», sagte sie mit einem verschmitzten Lächeln, bevor sie die Eingangstür aufzog. «Wir treffen uns um acht Uhr dreissig beim Auto und fahren nochmals ins Kantonsspital. Hoffentlich kann Burkhalter uns mittlerweile etwas Brauchbareres liefern als vorgestern.» Roth nickte. «Und was ist mit Herrn Dick? Ist der jetzt ... hirngeschädigt von seinem Herzinfarkt?»

Parmelin rollte ihre Augen. «Die Ärzte können sich das nicht erklären. Ich habe gestern Abend nochmals mit dem behandelnden Arzt gesprochen, er schien mir beinahe verzweifelt, auch wenn er das natürlich nicht so gesagt hat. Wenn du mich fragst ... ich habe ein seltsames Gefühl bei diesen Barbesitzern ... die plötzliche Behinderung ist irgendwie sehr praktisch ... mal unter uns gesagt.» Roth stöhnte, als hocke die Durchtriebenheit der ganzen Welt auf seinen Schultern, und massierte sich die Stirn.

Der um drei Uhr fünfzehn fertiggestellte Bericht der Kriminaltechnik war lang. Neben den wichtigsten Informationen, welche Parmelin bereits in der vergangenen Nacht erhalten hatte, enthielt er weitere Erkenntnisse, wie beispielsweise die Tatsache, dass es von Zippelmeier kaum Fingerabdrücke in der Garage unter der Bar gab. Der Grossteil stammte von Edi und Rosi selbst. Zippelmeiers wenige Spuren bewiesen immerhin die mindestens einmalige Anwesenheit des Toten im Raum und den Kontakt mit der Holzkiste, in welcher die Entführten gehalten worden waren. Ausser seinen gab es auch noch Abdrücke zahlreicher Unbekannter in der engen Garage.

Die vielleicht wichtigste Neuigkeit war jene bezüglich der DNA-Spuren im unteren Teil der Palette. Grössere Mengen an Genmaterial zweier weiterer männlicher Personen konnten isoliert werden. Parmelin holte die Visitenkarte aus der Gesässtasche ihrer Jeans und wählte die direkte Nummer des St. Galler Kriminalbeamten. Es war nicht das erste Mal, dass ihr auffiel, wie die Arbeitseffizienz durch die Kantonsgrenzen ein wenig reduziert wurde, ganz gleich, wie gut und nett die Zusammenarbeit jeweils sein mochte.

Als der Kollege nach mehrmaligem Klingeln endlich antwortete, gab ihm Désirée Parmelin die mündliche Kurzfassung des Berichts und bat ihn um DNA-Vergleichsmaterial des Vermissten aus Rapperswil.

Er versprach, dies unverzüglich zu veranlassen, und berichtete ihr dann von seinem Besuch bei Barbara Bunjaku am Tag zuvor. «Die Frau ist völlig zerstört und ich glaube, die braucht noch viel Zeit, bis sie es wirklich begreift. Auf eine gewisse Weise hat sie noch Hoffnung. Wie das halt ist, wenn man den Toten nicht beerdigen kann.» Parmelin wusste selbst, wie klein die Chance war, dass Bunjaku noch am Leben war, und es sprach wirklich ganz und gar nichts für diese Möglichkeit. Doch sie brauchten seine Überreste. Oder wenigstens ein Geständnis. Dieser verfluchte Wirt wusste Bescheid, da war sie sich beinahe sicher.

Nachdem sie vereinbart hatten, später am Tag noch einmal zu sprechen, beendeten sie das Telefonat und Parmelin verliess ihr Büro in Richtung Kaffeeautomat, wo bereits Roth auf seinen Chemie-Latte wartete. «Fang!», rief sie und warf ihm ihren Autoschlüssel zu, «du fährst, Andi, ich muss noch ein paar Telefonate führen.»

Samstag, 6. August, 5 Uhr 45, in Helen Bergers Werkraum

«Es spielt keine Rolle, wie lange Sie schon in unserem Unternehmen arbeiten, Herr Calzaferi. Schliesslich wurden Ihre Leistungen jeden Monat mit einem korrekten Salär abgegolten. Die Hieronymus Säger Erben AG schuldet Ihnen also keinen Rappen. Und wenn das mit Ihren Abwesenheiten so weitergeht, sind wir leider gezwungen, eine für die Firma zumutbare Lösung zu finden.» «Ja, aber ich kann doch nichts dafür, dass die Ärzte nicht herausfinden, was ich habe, Frau Zieger. Ich bin doch nicht freiwillig andauernd krank! Wissen Sie, wie das ist, wenn man einfach zusammenklappt!?» «Nun ist es ja noch nicht so weit, Herr Calzaferi. Frau Zieger hat Ihnen hier lediglich eine mögliche Konsequenz der Zukunft aufgezeigt ... damit Sie sich der Situation bewusst sind. Wir hoffen natürlich auch, dass bald eine klare Diagnose vorliegt und man Ihnen gezielt helfen kann.»

Helen drückte auf die Stopptaste. Sie konnte diesen menschenunfreundlichen, arroganten Dreck nicht mehr hören. Bereits zum dritten Mal spielte sie die Sprachaufnahme ab, welche sie damals von jenem schwierigen Standortgespräch gemacht hatte, zu dem sie mit ihrem gesundheitlich angeschlagenen Mitarbeiter hatte antraben müssen. Nicht umsonst hatte sie damals bereits vor dem Gespräch ein sehr schlechtes Bauchgefühl gehabt – es wurde der Tag in ihrem Leben, an dem sie sich die Tatsache, dass Arbeitnehmer in diesem Unternehmen nur so lange mit Respekt behandelt wurden, wie sie fit und leistungsfähig waren, nicht mehr schönreden konnte. War selbst der fleissigste, engagierteste Angestellte erst einmal am Boden, verkümmerte er zu einer Nummer im System, die es möglichst unauffällig und elegant zu beseitigen galt.

Nicht nur Helen selbst hatte sich damals bei Zieger und Memmelmann unbeliebt gemacht, auch Cécile Käufelers beschwichtigende Art war bei deren Vorgesetzten nicht sonderlich gut angekommen.

Bis gestern Abend hatte Helen nicht mehr an diese unerlaubte – zu ihrer eigenen Sicherheit aufgenommene – Datei gedacht. Erst als sie spät am Abend des arbeitsreichen Tages während eines melancholischen Moments nach einem bestimmten Video gesucht hatte, um ihren Vater sehen und seine Stimme hören zu können, war sie wieder auf die längst vergessene kleine Sammlung illegaler Sprachaufnahmen aus ihrer Zeit bei Säger gestossen. Kaum eine Stimme, die in dieser Firma Gewicht hatte, fehlte. Die Art und Weise, wie die ins Beuteschema passenden Bewerber offenbar angelockt worden waren, zeigte Helen, dass es Sinn machte, die Stimmen dem im Spital liegenden Brian vorzuspielen.

Der korrekte Weg wäre zwar über die Polizei gewesen, über Frau Parmelin. Doch ob der Tatsache, dass die Aufnahmen gesetzlich nicht ganz auf der koscheren Seite waren, hielt sie es für gescheiter, erste Abklärungen selbst in die Hand zu nehmen.

Während sie dem meditativen Zirpen ihrer Druckmaschinen zuhörte, trank Helen den starken Kaffee aus. Dann wählte sie die Telefonnummer, die Anita ihr gegeben hatte. Kurz darauf war die erschöpft klingende Stimme mit dem unverkennbar breiten australischen Akzent zu hören.

Um acht Uhr dreissig betrat Helen – nach dem Vorzeigen ihres Führerausweises – das von einer Polizeibeamtin bewachte Einzelzimmer Brian Burkhalters. Der abgemagerte, noch immer ungesund bleiche Angestellte der Wolf+Reinegger AG freute sich offensichtlich über den Besuch. Er lächelte schwach. «Kein Wunder hast du es nicht ausgehalten bei dieser Scheissfirma!», rief er ihr mit heiserer Stimme entgegen. Helen trat ans Bett und stiess einen zynischen kurzen Lacher aus. «Na ja, immerhin hatte ich Glück und wurde nicht entführt ... kannst du dich denn an irgendetwas erinnern, Brian?»

Er liess Luft durch die halb geschlossenen Lippen entweichen und seufzte anschliessend frustriert. «Ach, das hat mich die Polizei schon gefragt ... und Bilder haben sie mir auch gezeigt. Aber ich konnte nicht sagen, wen von den Leuten darauf ich schon mal gesehen habe. Ich bin nicht einmal in der Lage, die Frau zu beschreiben ... da war diese Frau, die mich hereingelassen hatte ... bei dem Eingang da, weisst du? Ich habe nur Fetzen im Kopf und ehrlich gesagt weiss ich nicht einmal, welche davon real waren und welche nur geträumt. Ich war die ganze Zeit unter Drogen ... die haben mir irgendwas gespritzt ... immer wieder ...» Ein tränendes Bächlein begann seine Wange herunterzulaufen.

«Frau Dietrich?» Er nickte. «Ich glaube ... na ja, es kann sein, dass die so hiess ... dachte ich zumindest. Aber das war wohl kaum ihr richtiger Name ... sagt jedenfalls die Polizistin, die hier war.»

Helen setzte sich auf den weissen Besucherstuhl. «Ja, ich weiss ... hör mal, Brian ... ich möchte dir ein paar Tonaufnahmen vorspielen ... vielleicht erkennst du eine der Stimmen wieder. Meinst du, du hast die Kraft dazu?» Dass sie selbst die Stimme der vermeintlichen Frau Dietrich am Telefon nicht erkannt hatte, als diese dem attraktiven Mann auf Helens aus den Fingern gesogener Bewerbung einen Vorstellungstermin angeboten hatte, erwähnte sie nicht. Jeder konnte schliesslich durch ein Taschentuch nuscheln. Brian sah überrascht aus. «Ähm, ja ... okay.»

Helen öffnete die erste Datei auf ihrem Handy und tippte auf den grossen Knopf mit dem Dreieck darauf. Brian hörte konzentriert zu. Es war ihm anzusehen, dass er noch immer ziemlich verwirrt und schnell überfordert war. Während des Hörens kniff er die Augen zusammen, hielt den Kopf schräg und rieb sich das Kinn.

Die Aufnahme lief. Helens ehemaliger Mitarbeiter beantwortete Cécile Käufelers Fragen zu seinem letzten Arztbesuch. Ab und an warf die anwesende Psychologin – sie war Helen noch immer genauso unsympathisch wie damals – einen ihrer realitätsfernen Kommentare in Doktorendeutsch ein, worauf Helen intervenierte, worauf wiederum Memmelmann die Position seiner direkt untergebenen Abteilungsleiterin zu relativieren versuchte und jeweils gleichzeitig bestätigte, dass er den Inhalt des Gesprächs weitgehend nicht kapiert hatte.

Brian hörte zu – bis er erstarrte, dann stark zu husten begann und schliesslich keuchend um Luft rang. Helen stoppte sofort die Aufnahme und drückte erschrocken auf den unhandlich über dem Bett hängenden Notfallknopf. Und just in diesem Moment – noch bevor das Pflegepersonal im Zimmer ankam – traten Parmelin und Roth durch die breite weisse Tür.

Obwohl der Pfleger sämtliche Besucher deutlich gebeten hatte, das Zimmer unverzüglich zu verlassen, blieb Désirée Parmelin neben Brian stehen, nachdem sie Helen unsanft in Handschellen gelegt und Roth übergeben hatte, welcher sie nun auf dem Korridor bewachen musste. Seine Energie strahlte eine Mischung aus Scham und Verwirrung aus.

«Ich habe Brian ... also, Herrn Burkhalter, nichts getan, falls deine ... äh, Ihre Chefin das so interpretiert haben sollte!», erklärte Helen mit leicht lauterer Stimme als beabsichtigt. «Was ist denn passiert, Frau ... Berger?», fragte der rotbackige Polizist, dessen Hände leicht zitterten, und schaute ihr dabei mit bohrendem Blick in die Augen.

Helen sah nicht weniger bohrend zurück. «Ich habe ihm eine ... eine Aufnahme abgespielt. Da sind ein paar Leute der Firma Säger drauf ... also, deren Stimmen, meine ich. Versuchen kann man es ja, habe ich mir gedacht. Nützt's nichts – schadet's nichts ...»

Roths Gesichtsausdruck wurde ungläubig. «Der Mann hatte gerade ziemlich Atemnot ... sah aus, als hätte es ihm etwas geschadet, oder?» Helen war, als lächle er unter seiner versucht ernsten Miene. Sie mochte Polizisten im Allgemeinen nicht. Warum, war ihr nicht klar – sie hatte weder schlechte Erfahrungen, noch kannte sie jemanden, der solche hatte –, doch irgendetwas passte ihr nicht. Nicht einmal die intelligenten und gutmütigen Polizeischäferhunde vermochten daran etwas zu ändern. Doch dieser Roth löste in ihr nicht dieses Gefühl von Unbehagen und Misstrauen aus. Eher eines der Unruhe – doch es war eine angenehme Unruhe. Irgendwie interessierte sie der Mensch hinter der blauen, unsympathischen Uniform. «Nein, nein, nein, Helen, denk nicht so einen Blödsinn!», rief ihre Vernunft und schüttelte entrüstet den Kopf.

Helen räusperte sich laut. «Herr Roth ... bevor ich einen kompletten Zusammenbruch erlitten habe, hatte ich jahrelang Panikattacken. Meist kamen sie aus dem Nichts, manchmal wurden sie jedoch auch durch eine bestimmte Situation hervorgerufen ...» Roths Augen weiteten sich besorgt. «Oh, das ... das tut mir leid ...» «Muss es nicht. Aber was ich sagen will, ist, dass ich weiss, was Panikattacken sind. Und kaum war die laute und deutliche Stimme Karolina Ziegers zu hören, begann Burkhalter zu husten und zu keuchen, bis er kaum noch Luft bekam.»

Parmelin kam aus dem Zimmer. «Nur eine Panikattacke. Sie hatten Glück, Frau Berger. Was sollte das!?» Roth lächelte Helen an, dann seine Chefin. «Ich glaube, wir können die Handschellen abnehmen, oder?» Der Basiliskenblick, den er auf seinen Vorschlag hin erntete, schmerzte wie ein Peitschenhieb.

Nachdem Helen von ihren Handschellen befreit worden war, hielt ihr Parmelin die offene Hand hin. «Ihr Handy.»

Mit dem ein wenig genervt ausgehändigten Gerät ging die Kriminalbeamtin ins Krankenzimmer zurück. Helen räusperte sich. «Ich brauche etwas zu trinken, wollen Sie auch etwas, Herr ... Polizist?»

Samstag, 6. August, in Bazenheid

Seine grosse Hand berührte sanft ihre Schulter. «Schatzi? Es ist sieben Uhr dreissig, ich gehe jetzt. Verschlaf nicht, du wolltest doch heute den Thurweg wandern ...» Cécile rieb sich die Augen. «Guten Morgen, Robert. Danke fürs Wecken.

Meine Güte, habe ich schlecht geschlafen ... ganz wirre Träume von der Arbeit und so ...»

Lächelnd setzte sich Robert auf den Bettrand. «Vergiss diese Arschlöcher, Schatz. Wir schauen jetzt nach vorne.» Er gab ihr einen angenehm warmen Kuss auf die Stirn. «Wann bist du eigentlich gestern nach Hause gekommen? Und, war's interessant?», fragte sie ihren Verlobten. «Ich glaube, es war schon nach Mitternacht ... du hast tief und fest geschlafen und ich hätte mir nicht erlaubt, dich aufzuwecken ... und nein, die Veranstaltung war absolut todlangweilig.»

Nach einem weiteren Kuss stand er auf, sah auf seine Uhr und verabschiedete sich. «Bis am Abend! Soll ich Pizza heimbringen?» «Du bist der Beste, Schatz! Danke! Mach's gut!», rief sie ihm nach, als er das Zimmer verliess. Dann drehte sie sich um. Sie brauchte noch etwas mehr Schlaf, wandern gehen konnte sie ja auch an einem anderen Tag.

Um neun stand Cécile in der Küche und betrachtete von oben das luftige Schäumchen ihres Kaffees. Normalerweise gab es für sie morgens nichts Angenehmeres, als in Ruhe den ersten Espresso zu trinken, doch heute Morgen war ihr irgendwie nicht danach. Vielmehr hatte sie Lust nach etwas Frischem, Kühlem, Gesundem. Sie holte den teuren Mixer, den sie seit ihrem Einzug in diese Wohnung kaum benutzt hatten, aus dem Schrank und begann, den grossen Behälter mit allen möglichen Früchten zu füllen, die sie finden konnte. Bananen, Tiefkühlwaldbeeren, eine Birne, ein paar Trauben. Sie öffnete den Kühlschrank. Eine Babykarotte, etwas Stangensellerie und eine ziemlich grosse Handvoll Spinatblättchen vervollkommneten die Vitaminbombe. Cécile liess das Gerät auf der höchsten Geschwindigkeitsstufe und vermutlich viel zu lange laufen. Die homogene hellgrüne Masse duftete nach sportlicher Vitalität, nach Langlebigkeit. Zufrieden lächelte sie.

Als sie die dicke Flüssigkeit in ihr Glas abfüllte, streiften ihre Gedanken ihre ehemalige Vorgesetzte. Das Zeug sah aus wie die grünen Abnehmsmoothies der Zieger. Sie hob das Glas und prostete dem leeren Küchenraum zu, bevor sie den gesunden Trunk genüsslich herunterschüttete. Der Smoothie schmeckte angenehm – irgendwie nach süsser Leichtigkeit. Süsse, sorgenfreie Leichtigkeit.

Nach einem ausgiebigen Frühstück setzte sie sich mit dem Laptop auf den warmen Balkon. Heute musste sie sich ein wenig Zeit nehmen, um Gedanken zu ordnen, Entscheidungen zu treffen und zu planen. Cécile öffnete ein frisches Exceldokument. Sie war nun einmal jemand, der sein Leben – sei es beruflich oder privat – mit Listen organisierte. «Zukunft» lautete der nichts- und doch so vielsagende Titel über den horizontal angeordneten Spaltenüberschriften «Massnahme», «Dringlichkeit», «Einbezug», «Termin» und «Bemerkung». Bevor sie begann, die Tabelle zu befüllen, erstellte sie einen zweiten Reiter namens «Budget».

Samstag, 6. August, 14 Uhr 50, in einem Hotel in Konstanz

Seine Tochter weinte und sein Handy vibrierte im Minutentakt. Nach der etwa zweistündigen Befragung am Vortag war ihm mitgeteilt worden, dass gegen ihn zum jetzigen Zeitpunkt kein Verdacht vorliege, er sich jedoch bis auf Weiteres den Behörden zur Verfügung halten musste und Deutschland nicht verlassen durfte. Zudem konnten seine

Tochter und er weiterhin nicht in ihr Zuhause zurückkehren, welches noch immer von Bullen durchwühlt wurde.

So sass er nun mit verweinten Augen und einem immer fetter werdenden Kloss im Hals auf dem Bett des schönen, grossen Hotelzimmers, wusste nicht, was er seinem Kind erzählen sollte, und hatte keine Kraft, die Telefonate der ganzen Verwandten und Bekannten anzunehmen oder deren mit übermässig vielen Frage- und Ausrufezeichen versehenen Textnachrichten zu lesen.

Wie konnte sie ihnen das antun? Sie hätten es doch auch in einer gewöhnlichen Dreizimmerwohnung und ohne diesen unnötigen Luxuskram zusammen schön haben können. Wozu brauchten sie eine fette Hütte und dieses bescheuerte Motorboot auf dem See, welches bis jetzt nur knapp aus dem Hafen gefahren wurde, um bei Freunden zu protzen? Und wozu hatte er eine Sammlung aus Uhren, deren Wert einem amerikanischen Kind die Ausbildung hätte finanzieren können und die er nie trug? Warum hatte er einfach die Augen geschlossen und den oberflächlichen Kick genossen, den diese Dinge auch ihm verschafften, ohne ihr einmal seine tatsächlichen Gefühle dazu mitzuteilen?

Obwohl ihm schlecht vor Hunger war, hatte Olaf seit gestern keinen Bissen mehr heruntergekriegt. Es war schon weit nach Mittag. Er musste etwas essen, ihm war schon ganz schwindelig.

In der Papiertüte lagen zwei riesige Sandwiches, welche die Hotelzimmerluft mit dem unvergleichlichen Duft frischen Brotes erfüllten. Olaf sah zu seiner Tochter, die noch immer – in ihre flauschige Decke eingewickelt – in der Ecke des Raumes sass. «Herzchen, möchtest du Schinken oder lieber Käse?» Sie schaute ihrem Vater in die Augen. «Papa, wo ist Mama? Wann kommt Mama? Ich will Mama!»

Er stand vom Bett auf und setzte sich neben das Kind. «Mama ist im Moment auf einer ... ähm ... Reise. Und da gab es eine ... Verzögerung ... na ja ... und die Polizei hilft uns nun, Mama nach Hau... äh ... zurückzubringen. Mama kommt wieder, in Ordnung?» Mit traurigem Gesicht nickte sie, dann zog sie mit beiden Hängen das grosse Schinkenbrot aus der Tüte und hielt es ihrem Vater hin. «Papa, mach mir kleine Stücke.» Das tat Olaf, bevor er selbst das Käsebrot auspackte und sich zwang, Bissen um Bissen herunterzuwürgen.

In der Hälfte seines Mittagessens griff er zum auf dem Bett liegenden Handy und begann – unter massivem Anstieg seiner Herzrate – die unzähligen eingegangenen Nachrichten zu lesen. Die meisten waren besorgter und fragender Natur und einige boten mittels unverbindlicher Floskeln ihre Hilfe an. Seine Schwester nahm sich die Frechheit, ihm «ich habe ja immer gesagt, sie ist nicht sauber» mit zehn Ausrufezeichen an den Kopf zu werfen. Die Tränen tropften aufs Brot in seiner Hand, dann begann das Telefon erneut zu klingeln. Sein Vater. Olaf musste sich regelrecht zum Antworten zwingen, doch tat es schliesslich.

«Papa?» Es vergingen ein paar Sekunden, bis der sonst sehr redegewandte Mann zu sprechen begann. «Olaf ... Mutter und ich lesen gerade die Zeitung ... auf dem Computer ... also im Internet ... was hat Karolina da getan? Wusstest du davon, Bub?» Was redete sein Alter da? Schliesslich war noch lange nichts bewiesen. «Papa, was soll das jetzt? Man weiss ja überhaupt nicht, ob Karolina etwas Falsches getan hat oder wo sie ist! Möglicherweise ist ihr auch etwas ...», er wechselte ins Flüstern, «... etwas zugestossen. Dass die Bull... die Polizei nach ihr fahndet, muss noch nicht heissen, dass sie etwas Schlimmes getan hat! Aber du konntest ja noch nie ein gutes Haar an ihr lassen!» Wieder blieb es eine Weile still am anderen Ende. «Olaf, Junge, bist du eigentlich nicht informiert? Wo bist du überhaupt? Und wo ist die Kleine?»

Olaf spürte einen Schwall unbeschreiblicher Aggression seinen Körper fluten. Doch er beherrschte sich. «Wir sind in einem Hotel, bis wir ins Haus zurückkehren können. Das klärt sich schon alles. Karolina hat das schon im Griff, wie immer ... im Gegensatz zu dir und Mutter kommt bei ihr das Wohl der Familie zuerst!»

Der Vater schnaubte wie ein wilder Hengst. «Du Idiot! Das Entführungsopfer, das überlebt hat ... er hat heute Morgen deine ach so tolle Frau identifiziert! Das steht hier in der Zeitung! Die Mutter meiner Enkelin hat Menschenhandel betrieben. Eine perverse, kriminelle Menschenhändlerin ist meine Schwiegertochter! Olaf! Menschenhandel! Entführung!»

Das Hotelzimmer begann sich wie ein Karussell um ihn zu drehen, sein Brustkorb drohte zu platzen und in seinem Kopf spürte er das Schlagen einer Gesenkschmiedemaschine. Ohne seinem Vater zu antworten, brach er den Anruf ab und tippte mit seinem vor Schwäche zitternden Finger auf die Handyapplikation der grossen Tageszeitung.

Weit musste er nicht scrollen, bis er den Artikel fand. «Personalchefin eines Vorzeigearbeitgebers von Entführungsopfer identifiziert. Fahndung bisher erfolglos», lautete die fette Überschrift. Olaf las nicht weiter. Der Bildschirm zersprang in tausend Stücke, als er das Telefon mit tagelang aufgestauter Wut an die weisse Wand des teuren Zimmers schmetterte. Nun gab es nur noch die Kleine und ihn. Und seine Tochter brauchte ihn nun mehr als jemals zuvor. Olaf dachte an das schöne Rosenbeet entlang seiner Hausfassade.

Samstag, 6. August, Nachmittag, kurz nach der Landesgrenze

Es gab nur etwas, das ihr noch weniger lag als Pressekonferenzen: Taskforces. Doch im Gegensatz zu Ersteren waren diese meist notwendig und sehr viel nutzbringender. Und diese hier leitete sie. Sie hatte also die Chance, Effizienz ins Geschehen zu bringen und allfälliges Pimmelmessen zwischen gewissen anerkennungsgeilen Hackfressen sowie andere Zeitverschwendungen im Keim zu ersticken. Und sie hatte einiges aufzuholen. Es war gelinde gesagt peinlich, dass zwei Zivilistinnen – selbst gefährdend und dilettantisch vorgehende Laien – ihnen erst Zusammenhänge und Spuren auf dem Silbertablett präsentieren mussten, bis sie in die Gänge kamen. Und so sehr sie diese Berger am Morgen aufgeregt hatte mit dem bescheuerten Alleingang – sie hatte wenigstens ein Resultat erzielt. Eines, das sich mit weiterem – legal an einem Firmenanlass aufgenommenen – Ton- und Bildmaterial bestätigen liess.

Désirée Parmelin schaltete das Autoradio ein. Es war bald fünfzehn Uhr, und hätte es am Zoll dank diesen peinlichen Schweizer Einkaufstouristen nicht so verdammt lange gedauert, wären sie bereits wieder in Winterthur. Während sie ihr Dienstauto durch den Kreuzlinger Nachmittagsverkehr zwängte, evaluierte sie in Gedanken den Besuch in Konstanz.

Dieser konnte durchaus als positiv bezeichnet werden. Den Small Talk und die Nettigkeiten hatte sie überstanden und es zudem geschafft, die bei Zieger hinter der Spülmaschine festgestellten Gegenstände – der eine deutsche Kollege hatte sogar das Wort «Trophäen» in den Mund genommen – mit sich in die Schweiz zurückführen zu können.

Der St. Galler auf dem Beifahrersitz schwieg schon, seit sie in Konstanz ins Auto eingestiegen waren, vor sich hin. Seine ruhige Art und die gezielten Schmeichelaktionen waren heute ungemein nützlich gewesen. Der Typ hatte nicht nur viel Berufserfahrung, sondern auch ausgeprägte People Skills, oder wie auch immer man das heutzutage nannte. Nun sass er in den Bildschirm seines kleinen Laptops vertieft da und las die Transkriptionen der Zeugenaussagen und Einvernahmen durch. Ab und zu schnalzte seine Zunge. Dann klingelte sein Telefon. Das unsichtbare Energiefeld um ihn herum spannte sich an, kaum hatte er den Anruf angenommen. Parmelin drehte ihren Kopf zu ihm hin – es musste etwas Neues geben – und nichts Gutes.

«Nein, ich bin gerade noch im Thurgau und mein Auto steht in Winterthur ... Ja, ja, ich verstehe. Ich bin auf dem Weg ... Das ist aber nicht dein Ernst, verdammt noch mal, oder? ... Gut, schick mir die Koordinaten.» Er sah Parmelin an. «Äh ... ich muss schnellstens nach Nesslau ... und ich glaube, es wäre in Ordnung, wenn du gleich mitkommst ...»

«Nesslau?», fragte sie, als läge der Ort am Ende der zivilisierten Welt. Er nickte. «Weibliche Leiche um die vierzig. Erhängt, seit circa zwanzig Stunden tot.» Der trotz Klimaanlage schwitzende Mann legte eine geheimnisvolle Pause ein. Ihr dämmerte. «Nein! Aber nicht etwa die ... die Personalchefin!?» Er atmete einen langen Zug Luft in seine verrauchte Lunge, hustete und antwortete mit ernster Miene: «Der Kandidat hat hundert Punkte.» Parmelin rollte ihre Augen. «Nun, dann werde ich meine Besuche in der U-Haft bei Roswitha Dick und ihrem ehrenwerten Spross wohl verschieben müssen.»

Als sie Kreuzlingen verlassen hatten, bog sie nach links in Richtung Wil ab. «Dann ab nach ... Nesslau ... und wo genau in diesem Kaff befindet sich die Leiche, Herr Kollege?» Er grinste sie an. «Ähm ... du siehst sportlich aus ... für mich wird das eher etwas herausfordernd ... wir müssen ein paar Höhenmeter wandern. Abgelegene alte Alphütte ...»

Als sie endlich bei der kleinen, abseits von Wanderwegen gelegenen Hütte ankamen, war Parmelin erleichtert, dass ihr keuchend um Atem ringender Kollege den Aufstieg überlebt hatte. Auf dem einzigen, in seiner Fläche sehr begrenzten ebenen Stück Alpenwiese – etwa fünfzig Meter vom Gebäude entfernt – stand ein Helikopter der St. Galler Kantonspolizei. Beamte – teils in Hygieneanzügen – wuselten um die Hütte herum. Parmelin und ihr Kollege blieben einen Moment lang stehen, um zu verschnaufen.

Der Mann, dessen roter Kopf kurz vor der Explosion schien, stemmte die Hände in seine Knie und atmete und atmete pfeifend, bis sein Puls wieder auf einem ungefährlichen Niveau angelangt war. «Verdammt, meine Ausdauer ist beschissener, als ich mir bewusst war», sagte er, wischte sich den tropfenden Schweiss aus dem Gesicht und humpelte auf die Hütte zu. Parmelin stapfte neben ihm her.

Nachdem der Rechtsmediziner der auswärtigen Beamtin einen misstrauischen Blick zugeworfen und sie mit seinen Glotzaugen von oben nach unten abgescannt hatte, berichtete er – in gleichgültigem Tonfall und staubtrockener Sprache – die bis zum jetzigen Zeitpunkt bekannten Fakten. Danach bückte er sich und öffnete den Reissverschluss des Leichentransportsacks so weit, dass das blaue, verzerrte Gesicht einer Frau zum Vorschein kam. Das Gesicht, das seit gestern die Fernsehnachrichten und Zeitungen zweier Länder zierte. Karolina Zieger war tot.

«Ach du liebe Zeit», stellte der sich am Kopf kratzende Kriminalbeamte fest. Parmelin wandte sich ab und betrat vorsichtig die kleine Holzterrasse. Die Tür stand offen. An der inneren Klinke war ein oranges Kletterseil angebracht, welches etwa zwanzig Zentimeter unter dem Knoten mit einem sauberen Schnitt abgetrennt worden war. Das andere Ende des Seils hing noch immer über der Oberseite der Tür und war etwa fünfundzwanzig Zentimeter darunter abgehackt worden. Ein Plastikeimer lag einen halben Meter vom Eingang entfernt auf seinem Umfang. Der Beamte, der allem Anschein nach als Erster am Tatort angekommen war, trat neben sie und zeigte auf das Seil. «Da aussen an der Tür hat sie gehangen. Also, ich habe ja schon einiges gesehen, aber das hier werde ich nicht so schnell vergessen. Ein Älpler hat sie gefunden, als er seinen entlaufenen Hund gesucht hat ... war eher Zufall, dass der hier vorbeikam ... die hätte noch tagelang hängen können.» Angeekelt schüttelte sich der Polizist.

«Hat er sie heruntergeschnitten?», fragte Parmelin. Er nickte. «Mit dem Taschenmesser, ja. Er versuchte, sie wiederzubeleben, bis er merkte, dass sie wohl nicht mehr ganz frisch ist ... hat davor noch nie eine Leiche gesehen. Der Mann stand völlig unter Schock, als ich ankam ...»

Der rotköpfige Kollege stapfte die zwei Stufen hoch, wobei die Bretter der Terrasse ungesund knarrten. «Ich möchte nicht derjenige sein, der einem Ehemann und einem kleinen Mädchen erklären muss, dass die Frau und Mutter nicht nur kriminell war, sondern sich auch noch auf diese grauenvolle Weise aus der Verantwortung gezogen hat ...» «Hm ...», seufzte Parmelin und zeigte in den düsteren Innenraum der Alphütte. «Denkst du, die ist mit vollem Rucksack hierher geflüchtet, hat sich Abendessen gekocht, sich noch ein bisschen auf dem Schaukelstuhl ausgeruht, um sich dann an der Tür aufzuknöpfen?»

Er zuckte mit den Schultern. «Ich glaube eher, sie kam hierher, um sich zu überlegen, wie sie ihren Arsch retten kann, und musste dann einsehen, dass sie mit dem Rücken zur Wand stand und nur noch zwischen einem Leben auf der Flucht, im Knast oder dem hier wählen kann.»

Parmelin steckte einen rosaroten Kaugummi in ihren Mund. «Die Hütte böte ein paar solide Balken, um sich daran zu erhängen ... und sie wählt die Tür?» Der St. Galler nickte. «Ja, das scheint etwas unkonventionell und wir müssen natürlich die Obduktion abwarten. Doch der Rechtsmediziner meinte, es sähe nach Suizid aus.» Es herrschte eine schweigende Stille, während sie beide ihre Blicke im Hütteninnern herumwandern liessen. Dann fügte er hinzu: «Und du musst auch bedenken, dass die Dame Personalleiterin war und in einer Bonzenhütte hauste ... Ob die eine gescheite Schlinge an einem der Balken hätte anbringen können ...? Solche Leute haben doch oft zwei linke Hände.»

Der weisse Sack wurde zum Helikopter getragen, der die Mannschaft nach St. Gallen brachte. Für die beiden Kriminalbeamten hatte die Maschine allerdings keinen Platz. Ihr Rückweg wurde ein zäher und Parmelin war ständig dabei, sich innerlich auf Herzmassage und Mund-zu-Mund-Beatmung vorzubereiten.

Sie waren noch Hunderte Meter von ihrem Zivilfahrzeug mit Zürcher Nummernschild entfernt, als ihnen die journalistische Völkerwanderung den Hügel hoch entgegenkam. Parmelin versuchte, tief durchzuatmen und an süsse Welpen zu denken. Sie hasste Journalisten so dermassen.

Als sie endlich wieder in Winterthur ankam, war es bereits neunzehn Uhr dreissig, doch Parmelin hatte den Eindruck, dass ihr Arbeitstag erst so richtig begann. Sie stand mit den Füssen wippend an einem der Stehtische in der Pausenecke und biss mit den Eckzähnen auf der gerändelten Oberfläche ihres Aluminiumstifts herum, während sie nachdachte.

Vor ihr auf der Tischplatte standen ein grosser Kaffeebecher, eine Flasche Wasser mit Kohlensäure und eine angebrochene Tafel Schokolade. Die leere Seite ihres Notizblocks füllte sich stockend, aber stetig. Die runden Kreise stellten Personen dar – die meisten trugen einen Namen. Manchmal war dieser von einem Klammerpärchen umgeben. Die Kreise waren durch Linien – dicke, dünne, unterbrochene – kreuz und quer miteinander verbunden. Viereckige Rähmchen mit Daten und Uhrzeiten waren über die gesamte Zeichnung verteilt und an einigen Orten setzte sie fett unterstrichene Fragezeichen auf das Papier.

Sie brach sich eine Reihe der edlen Milchschokolade ab und biss süchtig hinein. Ihr Handy begann zu vibrieren. Als sie die Nummer sah, steckte sie ihre Schreibsachen ein, schüttete den Rest des lauwarmen Kaffees hinunter und packte die Wasserflasche. Während sie sich zur Treppe begab, nahm sie den Anruf an. «Hast du was!?» «Ja, komm mal her. Das Zeug, welches du mir aus Konstanz mitgebracht hast ... na ja, schau es dir selbst an, Désirée.»

Samstag, 6. August, 13 Uhr, in Winterthur-Seen

Gabriela zog den Autoschlüssel aus dem Zündschloss ihres Peugeots, welchen sie direkt vor dem Schaufenster des Ateliers abgestellt hatte. Zumindest einen Versuch war es wert, denn eine Anzeige konnte sie im Moment wirklich nicht gebrauchen – schon gar nicht wegen etwas, das im Grunde nichts als gut und nützlich war. Energisch knallte sie die Fahrertür zu und marschierte über das Trottoir zum Eingang.

Gerade wollte sie die Klinke herunterdrücken, als die Tür von innen aufgerissen wurde und sie unsanft über die Schwelle in den nach Lösungsmittel und Räucherstäbchen duftenden Raum stolperte.

Die vor Zorn lodernden Augen der Künstlerin stachen ihr beinahe die Pupillen aus. «Dass Sie sich noch einmal in meine Präsenz wagen! Was glauben Sie eigentlich, wer Sie sind!?» Die Frau war – und das nicht zu Unrecht – derart aufgebracht, dass Gabriela ernsthaft damit rechnete, eine Faust – oder Drachenkrallen – ins Gesicht zu bekommen.

«Ich möchte mich bei Ihnen entschuldigen und ...» Die Malerin bäumte sich auf. «Entschuldigen?! Sie missbrauchen mein Atelier, mein Schaufenster, meine Kunst – mich als Person, um ohne mein Wissen eine Kamera zu platzieren, und jetzt wollen Sie sich entschuldigen?! Jetzt, da Sie realisiert haben, dass eine Anzeige auf Sie wartet ... jetzt kommen Sie hier angekrochen!? Wie armselig! Wissen Sie eigentlich, wie übergriffig das war!? Wie benutzt ich mich fühle!?»

Gabriela blieb ruhig und nickte mit traurigem Hundeblick. «Sie haben recht. Was ich getan habe, ist nicht schönzureden. Ich habe mich verhalten, als ob ... der Zweck die Mittel heiligt, und das war falsch, das sehe ich jetzt ...» «Schön, dass Sie das einsehen. Und am Montag gehe ich auf den Posten und mache die Anzeige, genau so wie ich es heute in meiner Meditation entschieden habe. So, und nun bitte ich Sie freundlichst, meine Räumlichkeiten zu verlassen, und wünsche einen guten Tag. Adieu.»

Gabriela atmete seufzend aus. «Schade, dann wird aus dem wunderbaren Werk wohl auch nichts ... ich könnte mich ohrfeigen ...» Die Frau in der bunt bekleckerten Latzhose und der offenen Arbeitsbluse hielt mitten in der Bewegung des Türzuknallens inne. Fragend interessiert starrte sie Gabriela an. «Werk ...?», fragte sie und öffnete vorsichtig wieder die

Tür. Gabriela, die sich bereits umgedreht und eine Stufe nach unten genommen hatte, blieb stehen und wandte sich wieder der Künstlerin zu. «Ach ... Sie haben meine Begeisterung für Ihre Kunst doch wohl bemerkt ... dieses Gemälde mit dem senfgelben Hintergrund ...», während sie es sagte, wiegte sie schwelgend lächelnd ihren Kopf hin und her, «... das hat mich einfach so tief berührt ... und, na ja ... wir leisten uns nicht viel Luxus, aber das Bild fühlt sich einfach so richtig an für uns ... meinen Mann und mich. Wir befinden uns gerade an einer ganz besonderen Station unserer gemeinsamen Lebensreise ...» «Ja, ja, schon gut, kommen Sie rein ... ich möchte niemandem meine inspirierenden Kreationen vorenthalten ... Kunst ist schliesslich ein Menschenrecht!» Gabriela trat über die Schwelle und folgte augenrollend den wehenden Silberlocken.

Als sie eine halbe Stunde später das surrealpornografische Geschmiere mit seinem viel zu sperrigen Rahmen in ihren Kofferraum quetschte, war sie vierhundertfünfzig Franken ärmer, besass ein Kunstwerk, welches sie kaum je weiterverkaufen konnte, und trotzdem strahlte sie über das ganze Gesicht. Jeder war auf irgendeine Art käuflich, man musste nur den passenden Zugang finden.

Montag, 8. August, 9 Uhr, in einer gynäkologischen Praxis in St. Gallen

Barbaras Körper fühlte sich wattig an, die Plakate, auf denen Reproduktionsorgane sowie Embryonen in verschiedenen Entwicklungsstadien abgebildet waren, begannen zu verschwimmen und sie glaubte, kleine, helle

Blitze vor ihren Augen herumzucken zu sehen. «Frau Bunjaku? Ist alles in Ordnung?», fragte die Ärztin mit besorgtem Gesichtsausdruck. Barbara schüttelte entschieden den Kopf und gab einen Laut von sich, welcher nicht mit Bestimmtheit einem Lachen oder Weinen zugeordnet werden konnte. «N... nein, hö... hören Sie, dass ist nicht ... nicht möglich! Ich kann gar nicht ... das hat doch nie funktioniert ... unmöglich ... ich brauche ... brauche eine Zweitmeinung!»

«Frau Bunjaku, Sie sind schwanger – in der sechsten Woche. Da irre ich mich nicht.» Barbara glaubte, jeden Moment das Bewusstsein zu verlieren. Jahrelang hatte sie erfolglos versucht, auf natürliche Weise schwanger zu werden. Selbst mit teurer medizinischer Unterstützung hatte sie die Existenz ihrer Tochter mit einem langen Leidensweg bezahlen müssen. Und nun sollte sie einfach so schwanger geworden sein?

«Nein, nein, nein ... das geht bei uns doch nicht, das wissen Sie doch! Und ... mein Mann ist nicht ...» «Ist er nicht der Vater? Ist das der Grund für Ihre Reaktion, Frau Bunjaku?» Barbaras Körper richtete sich kerzengerade auf vor Erzürnung. «Was?! Geht's noch?! Mein Mann ist nicht mehr da, Sie dumme Pflaume! Verstehen Sie? Tot! Er kommt nicht wieder! Er ist einfach weg, umgebracht und irgendwo entsorgt ... und davor haben wir uns dauernd gestritten wegen meinem beschissenen Kinderwunsch!»

Der Mund ihrer langjährigen Ärztin stand weit offen. Eine Weile sassen sie einfach nur schweigend da. «Ich weiss nicht, was ich Ihnen sagen soll, Frau Bunjaku. Nur, dass diese Schwangerschaft ein Wunder ist. Ich weiss nicht, ob Sie an Wunder glauben – ich tue es normalerweise nicht, doch selbst als Medizinerin habe ich hierfür kein besseres Wort. Wirklich nicht.»

Barbara wusste, dass mindestens ein Teil von ihr sich hätte freuen sollen, doch sie fühlte nichts, war sich nicht einmal sicher, ob das alles gerade tatsächlich passierte. Hätte sie keine kleine Tochter zu Hause gehabt, wäre sie jetzt zur nächsten Autobahnbrücke gefahren, um sich in die dunkle Tiefe zu stürzen. Doch diese Option hatte sie jetzt nicht. Sie musste durchhalten – für ihre Tochter. Woher sie die Kraft dafür nehmen sollte, sah sie nicht. Sie sah es einfach nicht.

Montag, 8. August, 9 Uhr, im Untersuchungsgefängnis

Rosi Dick-Hösli schluchzte, zog ein Papiertaschentuch nach dem anderen aus der Packung und schmiss sie zerknüllt auf die Tischplatte aus Kunstharz, nachdem sie sich damit kräftig die Nase geschnäuzt und die Tränen aufgesaugt hatte.

«Ich hoffe für Sie, dass mein Edi wieder ganz gesund wird, Fräulein Polizistin, sonst tragen Sie diese Last Ihr Leben lang mit sich herum. Wären Sie nicht einfach so in unsere Bar gekommen mit Ihrem Dienstausweis und Ihrer Pistole und Ihren Fragen, dann hätte mein Edi bestimmt keinen Infarkt gekriegt! Sie sind schuld!» Dann zog sie das nächste Tempo aus der Plastikverpackung.

Parmelin hatte schon früh in ihrem Berufsleben gelernt, solche emotional geladenen Beschuldigungen an ihrer Aussenhaut abprallen zu lassen – manchmal war dies einfacher, manchmal schwieriger. Bei Roswitha fehlte ihr jegliche Sympathie. Sie zog ein Bild aus der Mappe und legte es vor der Wirtin auf den Tisch. «Haben Sie die Frau schon einmal gesehen?» Rosi betrachtete das Foto, sie schien sich – im Gegensatz zu ihrem Gatten – nicht von Polizisten aus der Ruhe bringen zu lassen. «Hm ... ja, ich glaube, das war die feine Dame, die meinen Büffelburger so gelobt hat. Und ein nettes Trinkgeld hat sie gegeben. Wir schätzen freundliche

Kundschaft, auch wenn das heutzutage immer seltener wird. Ich weiss aber nicht, wie sie heisst ... das müssten Sie schon selbst herausfinden, Fräulein Parmelin.»

Obwohl das vor Jahrzehnten aus der deutschen Sprache verbannte «Fräulein» beinahe ihre Backenknochen zum Brechen brachte, liess sich Parmelin nichts anmerken und fuhr fort. «Frau Dick ...», sie legte die transparente Tüte, in der sich das Zellophansäckchen der Rahmtäfelchen befand, auf den Tisch, «das haben wir bei Ihrer netten Kundin gefunden ... und dies hier auch ...» Parmelin knallte auch den Beutel mit der Karte aus dem Brutkasten vor Rosi hin.

Nachdem ein ganz kurzes, kaum bemerkbares Zucken durch das faltige Gesicht der Frau mit dem seligen Engelslächeln geschossen war, starrte sie Parmelin fragend an. Diese zeigte auf die von Hand geschriebenen Koordinaten. Rosi zuckte schweigend die Schultern. «Frau Dick, das Zellophantütchen ist von Ihnen, dies bestätigen die Fingerabdrücke. Diese Zahlen hier sind Koordinaten ... und an diesen Koordinaten wurde das hier gefunden.» Sie zeigte auf die in Normschrift geschriebene Karte und sah tief in Rosis Augen. «Zudem konnten wir die DNA zweier vermisster Männer in Ihrer Garage feststellen. Meine Leute zerlegen gerade Ihr Haus bis auf die kleinste Schraube. Ihre Kaffeedose voll mit Schwarzgeld ist Ihr kleinstes Problem, gute Frau.»

Der Ausdruck der Angesprochenen verdüsterte sich, wieder rieb sie sich die Augen. «Edi kann nichts dafür ... er ist einfach an den Falschen geraten und nun stecken wir dermassen im Schlamassel ... wir sind anständige Leute ...» Roswitha bat um Nachschub an Taschentüchern und begann dann stotternd, schniefend und schluchzend ihre Geschichte zu erzählen. Dafür, dass sie anfangs am liebsten alles mit Schulterzucken und Stirnhochziehen quittiert hatte, erzählte sie nun äusserst detailliert und genau, und je länger ihr

Monolog andauerte, desto klarer schien die sich teilweise wortgenau deckende Ähnlichkeit mit den Berichten in ihren Tagebüchern. Und deren Wortlaut kannte Désirée Parmelin mittlerweile beinahe auswendig, hatte sie doch den grösseren Teil der vergangenen Nächte mit deren Studium verbracht.

Roswitha erzählte und erzählte. Davon, wie irgendwann einmal im vergangenen Winter ein elegant gekleideter Deutscher – so ein feiner Herr – in ihrer Bar aufgetaucht war. Wie der Typ, der so überhaupt nicht in ihr Kundenprofil passte, sich mehrmals wöchentlich blicken liess und sich jeweils gerne und angeregt mit Edi unterhielt. Wie sie erst geglaubt hatten, er wäre einer dieser armen, einsamen Schweine mittleren Alters, die einfach nur ein bisschen Gesellschaft und Menschenkontakt suchten. Wie der Mann, der sich von Anfang an nur als Adalbert vorgestellt hatte, Edi einen seltsamen Job anbot, den dieser aber natürlich entschieden ablehnte. Wie der Mann kurz darauf mit Fotos ihrer Enkelkinder auftauchte und Edi zwang, ihm einen geschäftlichen Gefallen zu tun – einen, auf den ein zweiter folgte, und bald noch einer und immer weiter so. Wie er verlangte, Kisten in ihrer Garage zwischenlagern zu dürfen, ohne über deren Inhalt Auskunft zu geben. Wie ihr Edi diese grossen Paletten dann bei Nacht und Nebel an irgendwelche Adressen transportieren musste.

«Wir wurden immer tiefer hineingezogen ... aber wir hatten nicht wirklich eine Wahl, wissen Sie, schliesslich sind unsere Enkel das Wichtigste. Da sterben wir lieber selbst, als dass wir unseren kleinen Lieblingen etwas zustossen lassen.» Die Frau schloss die Augen und verschränkte seufzend ihre Hände.

Parmelin trank einen Schluck Wasser und lehnte sich im Kunststoffstuhl zurück. Auf den ersten Blick erschien die

Barbesitzerin irgendwie simpel – beinahe dümmlich – mit einem sehr knappen Horizont und ohne jeglichen Tiefgang. Doch gerade bei jenen war oft ein zweites Hinschauen gefragt.

«Frau Dick, wie viel hat dieser Adalbert Ihnen bezahlt?»

Rosis Ausdruck verwandelte sich in ein schiefes, irgendwie naives Lächeln. «Also, das ging alles über meinen Edi, ich bin ja nur eine einfache Frau ... ich kümmere mich nicht um die Finanzen ... aber mein Mann hat gesagt, dass ihm der Adalbert jeweils einen Tausender für den Transport gegeben hat ... wir haben es momentan etwas eng mit der Bar ... zu wenig Kunden ... da konnten wir die Kohle gebrauchen und es war ja wohl das mindeste. Wir hätten es auch in der Steuererklärung angegeben ...»

Parmelin nickte. «Aha. Bestimmt. Ihr Mann hatte mir gesagt, er hätte Adalbert Zippelmeier die Garage vermietet. Für zweitausend Franken im Monat. Wer von Ihnen lügt denn jetzt?» Ganz kurz flatterte Roswithas linkes Lid, dann kniff sie ihre Augen zu zwei Schlitzen purer Verachtung zusammen und schüttelte den Kopf. «Oh, wie seltsam ... wieso soll mein Edi denn so etwas erzählt haben, Fräulein Polizistin?» «Sagen Sie es mir, Frau Dick ...»

Diese schnalzte mit der Zunge. «Beim besten Willen ...», sagte die Wirtin, deren Gesicht auf einmal seltsam leuchtete, «... ich glaube nicht, dass mein Ehemann das behauptet hat ... alles hat sich genau so zugetragen, wie ich es Ihnen gerade erklärt habe. Oder können Sie es irgendwie beweisen?»

Diese Alte hatte recht. Beweisen konnte sie es nicht, da sie alleine mit dem Wirt in der Bar gewesen war. Und ihr Bauchgefühl sagte ihr, dass sowohl Eduard als auch Roswitha logen wie gedruckt. Doch im Moment gab es nur die eine, sich immer fehlerlos wiederholende Version der Geschichte, und diese lag Ihnen fein säuberlich niedergeschrieben vor – unauffällig eingebettet in die stinknormalen

Alltagsangelegenheiten eines einfachen Ehepaares. Und diese sich nicht widersprechende Version gab zwar eine Zusammenarbeit mit Zippelmeier zu, vermochte jedoch die Eheleute Dick-Hösli als unwissende, alternativlose Opfer darzustellen.

Die Rolle Ziegers blieb nach wie vor unklar. Mit keinem Wort war sie in Roswithas Büchern erwähnt und auch ihr Foto traf nur auf grosse Augen und zuckende Schultern. Alles deutete darauf hin, dass Zippelmeier der Hauptaggressor war, der andere unter Zwang für sich die Drecksarbeit machen liess.

«So, danke, Frau Dick, ich glaube, wir sind hier fertig für heute. Auf Wiedersehen.» Parmelin stand auf. Rosi sah mit Hundeblick zu ihr hoch. «Wir haben das wirklich nur getan, um unsere Enkelkinder zu schützen ... dafür schäme ich mich nicht ... und ich glaube, Sie würden es auch so machen ... wenn Sie mal etwas älter sind, werden Sie es verstehen, Fräulein.»

Den zweiten Teil des Vormittags verbrachte Désirée Parmelin gegenüber dem jungen Herrn Dick. Während Edi nach seinem leichten Herzinfarkt scheinbar – und völlig unerklärlich – geistig und körperlich eingeschränkt war und Roswitha juristischen Beistand kategorisch ablehnte und auf eigene Faust einen klaren Bericht bezüglich der Ereignisse zu Protokoll gab, hatte der bleiche Sohn der beiden eine etwas andere Strategie gewählt. Er sass neben seinem Anwalt – einem Typ um die dreissig mit nach hinten gelierten blonden Haaren, spitzen Lederschühchen und elegantem Kinderarbeitsdreiteiler – und schwig. Seine starren Augen lagen unbeteiligt und desinteressiert in ihren Höhlen. Er liess sich nicht provozieren, nicht aus der Ruhe bringen, nicht unter

Druck setzen. Es war, als hätte er sich einfach an einem Knopf am Rücken ausschalten lassen.

«Mein Mandant hat zu dieser falschen Anschuldigung keinen Kommentar abzugeben», hiess es immer und immer wieder. Das Resultat der Gegenüberstellung, in deren Rahmen Helen Berger den Sohn als den Mann wiedererkannt hatte, welcher ihr auf einem Spaziergang durch den Wald entgegengekommen war, wurde als willkürliche Hexenjagd bezeichnet. Echte Beweise – solche, die mehr Gewicht hatten als die Aussage einer wildfremden Spaziergängerin und die Tatsache, dass auf seinen Namen ein VW-Bus zugelassen war – wurden gefordert. Auf die Frage, warum er mit einem St. Galler Kennzeichen herumfahre, verzogen sowohl der Mandant als auch sein Anwalt angewidert ihre Mäuler. «Bei allem Respekt, Frau Parmelin, das wird ja langsam peinlich», meinte der arrogante Juristenschnösel, bevor er einmal mehr ihre Behauptung dementierte.

Parmelin kochte innerlich. Tatsächlich waren Bergers Aussagen und der weisse VW-Bus das Einzige, was sie gegen ihn hatten. Nicht einmal in Rosis Tagebüchern war seine Involvierung erwähnt. Auch war der magere Mann weder auf der am Haselstamm befestigten noch auf der im Schaufenster des Malateliers deponierten Kamera zu sehen. Sein Mitwirken nachzuweisen wurde schwierig.

Parmelin versuchte, kühl zu wirken, sich ihren Ärger nicht anmerken zu lassen. Was für eine dreckige Scheissfamilie. Sie schwor sich, jeden Stein umzudrehen und das parasitäre Pack für jede noch so banale Kleinigkeit zur Verantwortung zu ziehen. Die durften einfach nicht so verdammt billig durch die Maschen schlüpfen.

Montag, 8. August, Abend, in Kirchberg

Helen sass mit dem Handy auf dem abendwarmen Balkon, steckte sich die letzte Cherrytomate in den Mund und tippte dann auf den grossen blauen Balken in der Mitte ihres Bildschirms. Einer der Plätze auf dem Flug von Zürich nach Kittilä war nun ihrer. Endlich! Dieses Mal würde sie einen ganzen Monat bleiben und das verdammte Telefon während der gesamten Zeit ausgeschaltet lassen. Am Freitag in einer Woche war es so weit. Bis dahin blieb noch genügend Zeit, um zu packen und die beiden Druckaufträge abzuschliessen.

Einen ganzen Tausender brachten ihr die Autoteile für Schnegg-Öhris Kumpel ein. Zufrieden lächelnd tippte sie auf dem Handytaschenrechner herum. Heute war auch noch ein älterer Herr aus dem Quartier mit einer Skizze vorbeigekommen, aus der ein Auftrag über mehrere Hundert Franken resultierte. Schon sehr bald würde sie eine weitere Maschine bestellen müssen – sollte sie gleich in ein richtig professionelles Modell investieren? Zufrieden und motiviert drehte Helen die verschiedenen Gerätetypen und deren technische und finanzielle Potenziale in ihren Gedanken umher. Ihre tiefschwarze Katze sass auf dem Sessel neben ihr und beobachtete interessiert und alarmiert zugleich das Treiben der zwei fremden Kater auf der Wiese unter dem Balkon. Es war ein rundum friedlicher Abend.

Als Helen zum Kühlschrank ging, um sich ein Glas Apfelmost einzuschenken, läutete es an der Tür. Die Digitaluhr des Herds zeigte neunzehn Uhr dreissig und eigentlich erwartete sie niemanden mehr.

«Ach, Helen, hallo. Ich hoffe, du magst einen Dürüm mit mir essen … bin da gerade vorbeigefahren … war eine Spontanidee …», erklärte Estrella Villiger, während sie Helen ein warmes, mit Alufolie ummanteltes Bündel in die Hand drückte. Helen schmunzelte. «Ich habe zwar schon gegessen ... doch ich glaube, der geht noch. Komm rein ... du siehst irgendwie ziemlich geschafft aus, Esti.»

Die Nachbarin trat ein, schloss die Tür hinter sich und seufzte. «Ach, ich bin genervt – eigentlich müsste ich erleichtert sein, aber ich fühle es irgendwie nicht ...» Helen holte ein zweites Glas Most und sie setzten sich auf den Balkon hinaus. «Was ist denn los?», fragte Helen, nachdem sie zwei grosse Bissen verschlungen hatte.

«Na ja, der Einbruch in meiner Wohnung ... die Polizei hat tatsächlich herausgekriegt, wer das war. So eine bescheuerte Ex-Frau einer meiner Kunden. Sie hat anscheinend geglaubt, mein Treuhandbüro befände sich in meiner Wohnung. Die hat alles gestanden, nachdem sie wegen einer Attacke auf die neue Freundin ihres Ex festgenommen wurde.»

Helen konnte es kaum glauben. Sie sah zur Überwachungskamera hoch, die sie unmittelbar nach dem Einbruch auf ihrem Balkon installiert hatte.

«Ist das dein Ernst, Esti? Aber ... die Stifte? Was ist mit den Edding-Stiften?» Sie merkte sofort, dass der Tonfall ihrer Frage etwas zu viel Wichtigkeit implizierte. Entsprechend irritiert war Estrellas Miene. «Äh ... ah! Die Stifte meinst du ... ja, das war mein Sohn, dieser Tropf. Nicht einmal fragen kann er ... einfach Mutters Schubladen öffnen und mal ausleihen, was man gerade so braucht ... sei bloss froh, hast du keine Kinder, die sind nur am Anfang süss.»

Helen trank einen zünftigen Schluck Most, schlug das rechte über das linke Bein und lehnte sich zufrieden zurück. «Ich würde nicht einmal behaupten, dass ich kleine Kinder so wahnsinnig süss finde ...», gab Helen zu bedenken und wurde dann wieder ernst, «... aber sag mal, warum hättest du es vorgezogen, nicht zu wissen, wer bei dir eingebrochen war?»

Estrella zuckte mit den Schultern und überlegte kurz. «Solange ich es nicht wusste, konnte ich mir einfach vorstellen, ich sei das Zufallsopfer irgendeiner osteuropäischen Einbrecherbande, die hier ihr Ding dreht und dann verschwindet. Doch nun wurde es irgendwie persönlich ... gegen mich, gegen meine Firma ... meine Kunden ... verstehst du?» Helen verstand und fühlte sich gleichzeitig unbeschreiblich erleichtert. Sie war sich so sicher gewesen, dass der Einbruch ihr gegolten hatte.

Mittwoch, 17. August, 9 Uhr 30, in Winterthur

Désirée Parmelin sass im grossräumigen Büro ihres Vorgesetzten und starrte auf die Tischplatte aus Buchenholz. Sie konnte nicht glauben, was sie da aus seinem Mund hören musste. Am liebsten wäre sie lauthals explodiert, doch sie hatte irgendwann während ihrer Sekundarschulzeit realisiert, dass dies meist ein Schuss ins eigene Bein war. «Wir schliessen den Fall so nicht ab. Kommt überhaupt nicht in Frage ... absolut nicht! Das könnt ihr vergessen», stellte sie dennoch deutlich klar.

Der nach Mentholkaugummi und starkem Parfüm riechende, kurz vor der Pensionierung stehende Herr legte seine Brille vor sich auf den Tisch und rieb sich die Augen. «Parmelin, Sie sind eine hervorragende Polizistin. Das sage ich an dieser Stelle nochmals ausdrücklich und aufrichtig. Und auf keinen Fall werfe ich Ihnen vor, zu weit oder zu kompliziert zu denken ...» «Aber?», unterbrach ihn Parmelin genervt. Er lehnte sich in seinen hochergonomischen Ledersessel zurück und verwarf die Hände. «Aber in diesem

Fall hier denke ich, dass Sie sich möglicherweise ein bisschen verrennen ... etwas zu weit vom Naheliegendsten abdriften.»

Sie umklammerte den Kugelschreiber so fest, dass ihre Fingerknöchel leichenblass wurden. «Es gibt noch offene Fragen ... was mit Bunjaku genau passiert ist, wissen wir nicht einmal annähernd. Und die Überreste der zwei anderen Männer, Konrad Jossi und Markus Zielony ...? Wir brauchen Antworten. Die Taskforce muss weiterlaufen.»

Der Mann, dessen Blutdruck seiner Gesichtstönung nach zu urteilen seit Gesprächsbeginn signifikant angestiegen war, schüttelte entschieden seinen Kopf. «Frau Parmelin! Sie konnten in den letzten Tagen mehrere Vermisstenfälle aufklären, wobei der älteste siebenundzwanzigjährig war. Das ist grossartig! Nehmen Sie den Erfolg an und geniessen Sie ihn! Die Angehörigen dieser Männer haben nun wenigstens die Gewissheit, dass ihre Liebsten von Zippelmeier ermordet wurden und nicht noch in irgendeinem versteckten Keller gequält werden. Das ist natürlich unendlich traurig, doch es ermöglicht einen gewissen Abschluss. Und wir wissen auch, dass Adalbert Zippelmeier versucht hat, seine Personalchefin, die er zuvor monatelang zur Beihilfe genötigt hatte, zu erdrosseln ... das zeigen die DNA-Spuren auf dem Seilstück. Sie konnte sich befreien, hat ihn daraufhin mit seiner eigenen Waffe getötet und sich schliesslich nach einer kurzen Flucht selbst gerichtet, da sie offenbar keinen Ausweg mehr gesehen hat. Alles hat sich nachvollziehbar zusammengefügt, Parmelin. Und gewisse Dinge werden vielleicht noch etwas Zeit brauchen ... doch früher oder später wird sich auch klären, was mit Herrn Bunjaku passiert ist ... aber Sie haben jetzt den ganzen verdammten Wald da oben feinsäuberlich durchkämmt und keine Spur von ihm gefunden!»

Parmelin schüttelte frustriert den Kopf «Ich glaube, dass diese Roswitha Dick viel mehr weiss, und ich zweifle an ihrer

Geschichte, die sie wie auswendig gelernt vorträgt, und ich habe grösste Mühe, mir diese Frau als Tagebuchschreiberin vorzustellen! Und Eduard Dick! Niemand – kein Arzt am Kantonsspital und keiner der anderen von mir kontaktierten Spezialisten – hat eine Erklärung für seine plötzliche Behinderung! Und Karolina Zieger ... dass die sich einfach erhängt, nachdem sie sich die Mühe gemacht hat, zu dieser Alphütte zu gelangen, passt absolut nicht zur Charakterbeschreibung dieser Frau. Nicht nur Helen Berger und Cécile Käufeler haben sie als eiskalte Rechnerin und Zahlenreiterin beschrieben, sondern sogar ihr eigener Ehemann – nur hatte er sich etwas lieblicher ausgedrückt. Ich bin mir einfach nicht sicher, ob die Rechtsmedizin da nicht vielleicht ...» Die Handfläche knallte mit einer Wucht auf die hölzerne Oberfläche, die man dem flauschigen Herrn mit der feinen Golduhr und dem aufwendig gepflegten Ziegenbärtchen gar nicht zugetraut hätte.

«Jetzt aber mal halblang, Parmelin! Beginnen wir jetzt auch noch, die Arbeit der Rechtsmedizin anderer Kantone anzuzweifeln, weil das abenteuerlüsterne eigene Ego die Fakten nicht akzeptieren will?! Wollen Sie eigentlich lieber zum Film gehen, als solide Polizeiarbeit zu leisten? Wir haben unseren Mord geklärt und einen Entführten wohlbehalten nach Hause gebracht. Der Einzige, der Ihnen vielleicht sagen könnte, wohin er die anderen Männer gebracht hat, ist wohl dieser Wirt ... und da ist jetzt einfach Abwarten angesagt, auch wenn das nicht zu Ihren Stärken gehört. Noch eine Hausdurchsuchung wird uns nichts bringen, ausser noch mehr Kosten. Und den Eschenberg haben Sie jetzt bereits zweimal erfolglos durchkämmt wegen diesen ... Holzperlen! Wissen Sie eigentlich, was das kostet!? Also, der Fall wird bei uns abgeschlossen, morgen findet eine Pressekonferenz statt, an der ich persönlich sprechen werde. Und sobald sich etwas

Neues ergibt, dann dürfen Sie selbstverständlich wieder ran. Aber jetzt lassen Sie die anderen Kantone ihre Arbeit machen, wir haben auch nicht Ressourcen ohne Ende!»

Falls er Parmelins Aufbegehren erwartet hatte, wurde er enttäuscht. Obwohl es sich in ihrem Inneren anfühlte wie in einem Dampfkochtopf, blieben ihre Körperhaltung und ihr Gesichtsausdruck ruhig. Sie lächelte engelssanft und sah dem wütenden Herrn in die Augen. «In Ordnung, da habe ich wohl meinen Job wieder einmal etwas ernst genommen. Ihre Anordnung wird sofort ausgeführt.» Ohne ihm Zeit für eine Reaktion zu lassen, schob sie ihren Sessel zurück, stand auf und verliess das edle Büro.

Die darauffolgende Stunde verbrachte sie – hinter abgeschlossener Tür – mit dem Abscannen sämtlicher in den letzten Tagen angefertigter Untersuchungsberichte und Unterlagen auf ihr Privathandy. Sie glaubte – wusste, dass da noch mehr war. Doch davon, wie sehr die Suche nach der kompletten Wahrheit ihr Leben noch prägen würde, hatte Désirée Parmelin zu diesem Zeitpunkt keine Vorstellung.

Donnerstag, 18. August, 5 Uhr 15, in Kirchberg

Das Gewitter, welches irgendwann während der Nacht begonnen hatte, war noch immer in vollem Gange. Die Blitze zischten und zuckten, der Donner grollte durch die Morgendämmerung.

Statt ihr teures Trockenfutter aus dem Napf zu knabbern, sass Zwirbeli vor Helen auf dem Esstisch und beäugte listig die frisch gebratenen Spiegeleier und krustigen Kalbsspecktranchen. Ab und zu hob die verwöhnte Katze ihr linkes Pfötchen und versuchte, sich ein Stück aus dem menschlichen Frühstücksteller zu ergattern. Sanft, aber bestimmt lenkte Helen das weiche Vorderbeinchen vom Teller weg. «Nein, Liebling, das ist meins», stellte sie klar, während sie das Tier am Hals kraulte.

Es war noch früh, doch Helen war bereits im Untergeschoss ihres Wohnhauses gewesen, hatte die während der Nacht fertig gewordenen Teile von den Druckplatten gelöst und neue Programme gestartet. Es ging voran. Rolle um Rolle an Filament wurde erwärmt, extrudiert und dann gemäss G-Code in brauchbare dreidimensionale Prototypen, Montagehilfen und Ersatzteile gedruckt.

Sie schob sich das letzte Stück Eidotter in den Mund, bevor sie aufstand, um das Geschirr zur Spüle zu bringen. Danach kochte sie Kaffeewasser, gab eine starke Menge lösliches Kaffeepulver in eine hohe Tasse und bereitete sich ein wunderbar duftendes Getränk mit übermässig viel Rahm zu, mit dem sie sich auf den trocken gebliebenen Sessel im wettergeschützt eingelassenen Balkon setzte.

Langsam zog sich das Gewitter zurück und die Morgensonne begann sich durchzusetzen. Das Koffein sickerte in Helens Körper und belebte ihn. Sie fühlte sich frisch und kräftig – die Vorstellung, dass sie vor wenigen Monaten noch einen Rollator gebraucht hatte, um von ihrem Bett zum Badezimmer zu gelangen, schien weit weg und fast unwirklich.

Sie war bereit für die extra langen Arbeitstage, die ihr zweifellos in der kurzen Zeit vor den Ferien bevorstanden. Mental war sie schon so etwas von reif für den Abflug. Auch die Ausrüstung war bereit und die Betreuung ihrer Katze organisiert. Der Endspurt hatte begonnen.

Gerade hatte sie die leere Tasse auf der Arbeitsfläche ihrer Küche abgestellt, als das Handy auf dem Esstisch zu vibrieren begann. Es war Gabriela, die generell nicht unbedingt als Frühaufsteherin bekannt war. Helen zog das Anrufsymbol mit dem kleinen Finger auf die Seite und meldete sich mit einem fragenden Unterton in ihrer Stimme. «Gabriela? Alles in Ordnung bei dir?» «Hallo, Helen. Ja, doch, warum?» «Na ja, es ist gerade einmal sechs Uhr. Das ist nicht so deine typische Zeit, oder?»

Gabriela lachte. «Nun, ich habe so gut wie nicht geschlafen in der vergangenen Nacht. Furchtbar wirre Träume hatte ich ... absolut absurdes Zeug ... und als ich um vier zum wiederholten Mal schweissgebadet aufgewacht bin, ging ich nach draussen und sah dem Gewitter zu ... und las Zeitung.»

Helen verstand nicht. «Äh, in Ordnung ... und?» «Um neun Uhr findet eine Pressekonferenz statt ... anscheinend gibt es eine bedeutende Wendung in unserem Fall ...» «Unser Fall ist es nicht mehr», stellte Helen mit einem Hauch Melancholie fest, «und ich versuche gerade, nicht zu oft an die Sache zu denken ... es deprimiert mich zu sehr. Ich meine, wie verdammt beschissen funktioniert diese Welt, Gabi, wie beschissen?! Um Gjon zu finden, haben wir überhaupt erst herumzuschnüffeln begonnen ... und nun ... gerade mal ein paar wenige Überreste seines Corollas wurden gefunden!» Ein verständnisvoll frustrierter Laut Gabrielas ging durch die Telefonverbindung. «Und das Allerbeste: Seine Frau ist schwanger. Schwanger, verdammt noch mal!»

Nach einem weiten Marsch durch den feuchtwarmen Sommerwald oberhalb des Dorfes kehrte Helen verschwitzt und doch durch die nach dem Regen stark duftende Waldluft erfrischt und belebt in ihre Wohnung zurück. Es war kurz vor zehn Uhr dreissig und bis zum Mittagessen blieb noch genügend Zeit, um sich mit Bürokram zu beschäftigen. Stückpreise berechnen, die Rechnungen für die laufenden Aufträge vorbereiten, Filamentnachschub und Ersatzdüsen bestellen, Quittungen scannen und ablegen. All die Dinge, welche von den meisten Selbstständigerwerbenden und Freiberuflern als notwendiges Übel empfunden wurden. Helen klappte ihren Laptop auf und setzte sich damit an den kleinen Holztisch vor dem Eingang zur Küche und begann zu arbeiten.

Irgendwann zwischen Materialbestellung und der Rechnung für Wolf+Reinegger brauchte ihr Gehirn eine kurze Pause und so öffnete sie den Internetbrowser. Helen klickte auf das Symbol der grossen Gratiszeitung und scrollte sich desinteressiert durch die Schlagzeilen des Tages.

Und da war es. Sie hatte nach dem Telefonat am frühen Morgen mit Gabriela nicht sonderlich Lust gehabt, sich mit Nachrichten zu Zippelmeier, Zieger und Säger zu befassen. Zu fest beschäftigte sie die Mitteilung, welche sie gestern Abend von Barbara Bunjaku erhalten hatte. Doch nun, da sie die in fetten Lettern auf dem digitalen Blatt prangende Überschrift sah, konnte sie sich nicht davon abhalten, diese anzuklicken. «Jahrzehntealte Vermisstenfälle endlich aufgeklärt – ermordeter Vorzeige-CEO hatte grausiges Geheimnis!»

Der für das simple Proletarierblatt ungewöhnlich lange Artikel berichtete, worüber an der Pressekonferenz der Kriminalpolizei des Kantons Zürich informiert wurde, und der Autor liess es nicht aus, seine Arbeit zusätzlich mit Mutmassungen und als Fragen gekleideten Behauptungen auszuschmücken. Konzentriert begann Helen, den ersten Abschnitt zu lesen. Mit jedem Satz verzerrte sich ihr Gesichtsausdruck etwas mehr in Richtung des Grauens.

Bei der Durchsuchung von Karolina Ziegers Haus in Konstanz hatte die dortige Polizei Gegenstände sichergestellt, welche sowohl mit Adalbert Zippelmeier als auch mit vier ungelösten Vermisstenfällen aus den letzten drei Jahrzehnten in Verbindung standen. Auf der Bildreihe am Seitenanfang waren die seltsamen neben einem Massstab liegend fotografierten Sachen abgebildet. Helen rieb sich die Stirn. «Oh, mein Gott, aber nicht im Ernst, oder ...?» Weiter war beschrieben, zu wem die als eine Art Trophäe interpretierten Gegenstände gehört hatten.

Fridolin Chabaz war dreissig Jahre alt, als er 1995 scheinbar vom Erdboden verschluckt wurde. Er war Landwirt und lebte alleine auf einem älteren Bauernhof im Jura. Die lehmigen Wanderschuhe waren seine. Ein Foto in der typischen Analogqualität des letzten Jahrhunderts zeigte einen freundlich lächelnden jungen Mann, der den Glauben ausstrahlte, er hätte noch ein ganzes Leben vor sich.

Das mit einer massiven Menge Blut beschmierte blaue Stofftaschentuch auf dem nächsten Bild hatte dem damals zweiunddreissigjährigen Angelo Matias Zürcher gehört. Auch das Blut war seins. Zwischen seinem Verschwinden und dem des Landwirts lagen auf den Monat genau zehn Jahre. Zum letzten Mal von jemandem gesehen worden war er auf einer Konferenz für Oberflächentechnik in Lausanne – einem Anlass, den auch Zippelmeier besucht hatte. Ein Schamhaar des Geschäftsführers hing noch immer im Gewebe des Baumwolltuches. Helen spürte eine Kolonie eiskalter Tausendfüssler ihre Wirbelsäule hinabkrabbeln.

Und in diesem Stil ging es weiter. Neun Jahre danach verschwand der vierzigjährige, sportlich aussehende Maschinenbauingenieur Nils Neuenschwander-Grüninger. Seine Unterhose enthielt neben der eigenen auch die DNA Zippelmeiers. Kurz bevor ihn seine Frau als vermisst gemeldet hatte, hatte er seine Bewerbungsunterlagen an die Hieronymus Säger Erben AG gesandt und daraufhin ein nettes erstes Vorstellungsgespräch absolviert, bei dem auch der Geschäftsführer zugegen war.

Helen drehte ihren Kopf abrupt vom Bildschirm weg. Obwohl der Schwindel mittlerweile nur noch sehr selten auftrat, sah jetzt der Parkettboden ihrer Wohnung aus, als würde er sich langsam auf und ab bewegen. Sie hielt sich mit einer Hand am Tisch fest. Je mehr all diese ekelerregenden Informationen von ihrem System absorbiert wurden, desto emotional überforderter fühlte sie sich. Adalbert Zippelmeier hatte sie immer als unsympathischen Arsch empfunden. In ihren Augen war er ein bis ganz oben zugeknöpfter, knochensteifer Erbsenzähler mit einem langen Besenstiel im Hintern. Doch das hier stellte alles bisher über diesen Mann Gedachte oder Vermutete in einen langen, dunklen Schatten.

Die Abstände waren immer kürzer geworden. Bis der nächste hübsche Mann vermisst wurde, ein siebenunddreissigjähriger Automatiker aus dem Thurgau, dessen aus einem besonders schönen Malachit gefertigter Anhänger von seinem Lebenspartner identifiziert werden konnte, waren nur noch fünf Jahre vergangen. Auch er hatte vor seinem Verschwinden seinen Lebenslauf an die wohlbekannte, altehrwürdige Firma Säger geschickt.

Helen erhob sich mit wackeligen Knien vom Stuhl. Ihr Magen fühlte sich schwer an und sie war sich nicht sicher, ob sie dessen Inhalt noch lange zurückhalten konnte. Unsicher ging sie in die Küche und griff zur teureren der beiden Whiskyflaschen. Sie liess die seidige, nach Honig duftende und wie Bernstein glänzende Flüssigkeit in eines der billigen Wassergläser strömen. An den Herd gelehnt liess sie das feine Destillat aus dem Norden Schottlands ihre Speiseröhre hinunterrinnen, wo es umgehend Erleichterung in die Brühe aus brodelndem Magensaft und Essensresten brachte.

Wieder zurück am Tisch, den Laptop in ihre leicht zittrigen Finger geklemmt, las sie ungläubig weiter. Der nächste Abschnitt erzählte, wie sich das Verhalten des wohlhabenden CEOs zu Beginn dieses Jahres plötzlich geändert hatte. Die einsamen Gelegenheitstaten eines seine kranken Neigungen verbergenden Mannes, der in seinem Alltagsleben eine wichtige Position in einem bekannten Unternehmen innehatte und mit Ruhm und Anerkennung gesegnet war, wurden zu organisierten Geschäften. So war seine Personalleiterin unter Androhung scheusslicher Konsequenzen zur Mitarbeit genötigt worden – ebenso ein Wirtepaar, welches sich bereits in der Vergangenheit immer mal wieder bei kleineren Finanz- und Drogendelikten die Finger schmutzig gemacht hatte.

Der Zeitungsautor fasste jene Frage in Worte, welche sich auch Helen in diesem Moment stellte. Warum zum Teufel sollte einer in Zippelmeiers beruflicher Position seinen Kragen und sein Ansehen riskieren, um zu grösseren Mengen an Bargeld in schwarz zu kommen? Er hatte ein Salär, das sich normale Menschen kaum zu erträumen wagten, wohnte in einem teuren Haus und ein Paar seiner Schuhe hätte ein Kind in einem Drittweltland durch die Schule gebracht. Wie machte das Sinn? Hatte er Spielschulden? Wurde er erpresst?

Helen stützte ihre Stirn auf der Handfläche ab. Auf einmal begann sie ein schmerzhaftes Stechen hinter den Augen zu spüren. Die Kriminalpolizei hatte gemäss diesem Zeitungsartikel darüber informiert, dass in Adalbert Zippelmeiers Wohnhaus ein älterer Laptop gefunden worden war, auf dessen Festplatte nicht nur höchst verstörendes Bildmaterial – unter anderem gewalttätige homopornografische und kannibalistische Darstellungen –

sichergestellt werden konnte, sondern auch Spuren zu mehreren einschlägigen Darknet-Seiten.

Unter dem Pseudonym «incorporatio aeterna» hatte er sich unter anonymen Kreaturen umhergetrieben, an deren Vorlieben man nicht einmal denken wollte.

Weiter wurde erklärt, dass die Polizei Überreste des Toyota Corolla des seit Anfang Juli vermissten Gjon Bunjaku aus St. Gallen in jener privaten Garage in Winterthur gefunden hatte, in der Brian Burkhalter gefangen gehalten worden war und welche zudem mittels DNA-Abgleichen auch mit den beiden anderen seit diesem Sommer vermissten Personen in Verbindung gebracht werden konnte. Es wurde zum jetzigen Zeitpunkt nicht davon ausgegangen, dass die Vermissten noch lebten.

Gjon und die beiden Männer, deren Genmaterial im Holzverschlag gefunden worden war, wurden im nächsten Abschnitt behandelt, wobei sich der mittelmässige Schreiberling anmasste, die Frage in die Leserschaft hinaus zu streuen, ob der langjährige Säger-Mitarbeiter Bunjaku nicht möglicherweise selbst Dreck am Stecken hatte. «Blöder Wichser», dachte Helen laut.

Gegen das Ende des Textes wurde der zuständige Ermittler aus St. Gallen zitiert, der erklärte, dass die in Konstanz wohnhaft gewesene deutsche Staatsangehörige Karolina Zieger, welche vor sechs Tagen erhängt in einer Alphütte gefunden worden war, Suizid begangen hatte und keine Fremdeinwirkung festgestellt werden konnte.

Bevor der Zeitungsbericht mit einigen mehr oder weniger wertbringenden Stimmen sich für wichtig haltender Menschen aus dem Umfeld der Firma Säger abgeschlossen wurde, kam der Mord an Zippelmeier, welcher in den letzten Tagen die Zeitungen der Deutschschweiz dominiert hatte, einmal mehr zur Sprache. Helen erinnerte sich, wie sie neben dem mit aufgerissenen Augen auf dem düsteren Waldboden liegenden Zippelmeier auf ihr Maul gefallen war. Würde sie seine im Schrei erstarrte Visage jemals vergessen können?

Womit sie nicht gerechnet hatte, war die Annahme der Polizei, dass er getötet wurde, nachdem er versucht hatte, seine Personalleiterin mit demselben Strick zu erdrosseln, welchem er schlussendlich selbst zum Opfer gefallen war.

Der Schmerz in Helens Vorderkopf sprengte beinahe ihren Schädel und der Schwindel wurde unangenehmer. Nichts überraschte sie mehr – nicht einmal die hohe Dosis eines Nervengifts, das offenbar Adalbert Zippelmeiers Körper gelähmt hatte, bevor ihm durch den Strick die Luft ausging.

Sie knallte den Laptop zu und schüttelte den Kopf. Ihre Gedanken schwenkten zu Gjon Bunjaku – dem besten Mitarbeiter, den man sich vorstellen konnte – und dessen Frau. Schwanger, alleine und unendlich hoffnungslos. «Warum immer die Guten …?»

Sie versuchte sich im Geiste vorzustellen, wie die Personalchefin Zieger in einer abgelegenen Hütte an einem selbst geknüpften Seil hing, doch es wollte ihr nicht so richtig gelingen. Diese Frau hatte in den drei Jahren, während der Helen das zweifelhafte Vergnügen mit ihr gehabt hatte, eine Seele aus Stahl und Emotionen aus Eis bewiesen. Und diese Person hatte sich aus Verzweiflung erhängt? Die hatte sich von Zippelmeier nötigen, erpressen und benutzen lassen? Helen hob die Visitenkarte vom Tisch auf, die sie von Parmelin erhalten hatte.

In beiden Händen haltend betrachtete sie das professionelle Ernsthaftigkeit aussendende Stück dicken Papiers. Die Direktwahlnummer der Kriminalbeamtin stand in fett gedruckten Ziffern unter dem Namen der Polizistin. Sie sollte sie anrufen. Sie hatte eine Frage. Sie hatte mehr Fragen als nur eine. Doch – wie von alleine und ohne Absicht – begannen ihre

Hände von dieser Idee abzuweichen. In der Mitte rissen sie das edle Kärtchen durch, legten die Hälften aufeinander und zerrissen diese noch einmal. Resigniert stand Helen vom Stuhl auf und ging ins Badezimmer, wo sie die Fetzen die Toilette hinunterspülte. «Alles die gleichen Idioten ... sind doch alles die Gleichen. Wurster, Parmelin ... bestimmt auch Roth ...»

Vor gut zwei Wochen, Nachmittag, in einem alten Haus in Kirchberg

«Jeremias, was machst du denn schon wieder hier? Ich dachte, du hast Dienst ...? Ach, zieh doch bitte die Schuhe aus, Junge, ich habe hier gerade staubgesaugt!» Ohne seiner Mutter eine Antwort zu geben oder sie auch nur zu beachten, ging Wurster an ihr vorbei, riss die Tür auf, hinter der eine Treppe in den Keller führte, und verschwand im Dunkeln. Sein Hirn fühlte sich noch immer an wie ein Eisklotz. Der Strom des klaren Denkens war in dem Moment erstarrt, als er seinen Ausweis und die Dienstpistole – die Symbole seiner Autorität und Überlegenheit – in die Hände dieser verfluchten Dreckschlampe gelegt hatte.

Er hatte es so dermassen satt, sich von diesen Hyänen dominieren zu lassen. Er hatte es so dermassen satt, das kleine, birnenförmige, mehlblasse, dumme Kind zu sein. Er hasste seine Vorgesetzte und seine Alte noch viel mehr. Jetzt war es an der Zeit, sein Recht auf Respekt einzutreiben.

Im dumpfen Licht stieg er die knarrende Holztreppe hinunter und ging zum alten, verstaubten Stahlschrank, den er schon seit Jahren nicht mehr geöffnet hatte. Er brauchte keine verdammte Dienstwaffe. Die kleine Walther PP, die er vom obersten Tablar zog, gehörte ihm – ihm alleine. Mit seinen zittrigen, unbeweglichen, haarlosen Fettfingern steckte er eine Patrone nach der anderen ins Magazin – mehrere Male fiel ihm dabei eine auf den dreckigen Kellerboden.

Er führte das volle Magazin in die Pistole ein und riss aggressiv den Schlitten zum Laden nach hinten. Dann polterte der suspendierte Polizist Jeremias Wurster auf den alten, ausgetretenen Stufen nach oben und ging langsam auf seine gerade einmal siebzehn Jahre ältere Mutter zu.

Wieder rüffelte sie ihn an. «Jetzt sag mal, was soll das denn? Man könnte wirklich fast meinen, du machst das mit Abs…» Ihr Satz wurde langsamer und erstarb schliesslich, als sie begriff, was ihr Sohn da in seiner Rechten hielt. «Du sagst mir jetzt, wer mein Vater ist!», schrie er, nachdem er einen knappen Meter vor ihr stehen geblieben war.

Sie schüttelte mit zusammengepressten Lippen den Kopf. «Glaub mir, es ist besser so, Jeremias … du hast ja mich …» «Du verdammte dumme alte Schlampe! Du sagst es mir jetzt oder ich knall dich ab wie einen seuchenden Köter! Und dann knall ich mir selbst eine Kugel in den Kopf! Ich knall mir selbst eine in den Kopf, wenn du nicht deine Scheissfresse aufmachst!» Grosse Mundwassertropfen spritzten der Mutter entgegen, als er sie mit hochrotem Kopf und wütig verdrehten Augen anschrie.

Die Lippen der Frau, die seit über einundvierzig Jahren alles dafür tat, um ihren Jeremias vor diesem Wissen und sich selbst vor der Erinnerung zu schützen, bebten vor Angst, vor Schmerz und vor Hass, als sie ihrem ihr die Pistole an die Kehle haltenden Kind die Antwort gab, die es niemals hätte hören sollen. «Du bist ein Vergewaltigungskind! Jahrmarkt 1980! Ich war auf dem Heimweg und dann nach der Bushaltestelle beim Wäldchen … ich weiss nicht, wer es war! Ich war sechzehn und deine feinen Kollegen haben mich nur gefragt, wie ich angezogen war! Und ob ich Alkohol getrunken hatte! Und warum ich alleine im Dunkeln nach Hause gegangen war! Ich, ich, ich! Sie haben die Drecksau nie gefunden und ich bin nicht einmal sicher, ob sie ihn wirklich gesucht haben, deine Bullenfreunde! Mein Leben war zu Ende! Zerstört! Kaputt! Ich bin aus der Lehre gefault und wollte nur noch sterben. Habe versucht, es zu verdrängen, zu vergessen ... doch wie?! Als ich dann immer dicker wurde, haben mich meine Eltern zum Arzt geschickt ... doch da war es zu spät zum Abtreiben! Zu spät! Hätte ich gekonnt ... hätte ich der Tatsache nur ein paar Monate früher in die Augen sehen können ... dann wärst du nicht hier! Du kranker, lebensenergiefressender Balg wärst nie geboren worden!»

Der trommelfellzerreissende Knall folgte nahtlos. Dann war es still. Jeremias Wurster stand bewegungslos da. Bestimmt zehn Minuten lang stand er über dem schlaffen Körper seiner Mutter und beobachtete, wie das dunkle, frische Blut aus dem Loch in ihrer Stirn auf den frisch gesaugten Fliesenboden sickerte. Sah dabei zu, wie sich der Lebenssaft seinen Weg durch die Fugen bahnte.

Immer weiter breitete sich das Rot aus, bis es irgendwann auf beiden Seiten des engen Ganges die Wände erreichte. Er hob seine Hand, betrachtete die Waffe, die er vor Jahren unterschlagen und nie registriert hatte. Er starrte den Lauf entlang. Was für eine hässliche Knarre das doch war.

Der ungepflegte Zustand seiner ungesetzlichen Pistole war das Einzige, woran er in diesem Moment denken konnte. Jeremias Wurster fühlte nichts – spürte nicht einmal seinen Körper. Alles um ihn herum und in ihm drin war tot – so tot wie seine Mutter zu seinen Füssen. Er bestaunte die Züge des Pistolenlaufs. Sie führten durch einen engen, schmutzigen Höhlengang in eine neue Welt mit neuen Chancen. Und dann, als der Finger ganz wie von alleine – langsam und doch ohne

Zögern – den Druckpunkt überschritt, wurde seine Welt für immer dunkel. Doch am Ende des Tunnels blieb es schwarz.

Donnerstag, 8. September, in Bazenheid

Sie klickte auf das Dropdownmenü ihrer Pendenzenliste und stellte den Status auf «erledigt». Diese Aufgabe war besonders schwer gewesen – es tat richtig weh. Doch es war ein notwendiger Schritt auf dem Weg in ihre Zukunft. Ein neues Leben, von dem sie weder wusste, ob es das richtige war, noch wie sie sich überhaupt dazu entschieden hatte. Doch waren es nicht oftmals die aus Not getroffenen spontanen, unüberlegten und völlig verrückt anmutenden Entscheidungen, die sich im Nachhinein als Erfolg herausstellten? So sehr es schmerzte, sie musste da jetzt einfach durch. Die Tatsache, dass sie einen sehr guten Käufer für ihren geliebten Thorbjörn gefunden hatte, spendete ihr zumindest etwas Trost. Mit ihrer neuen Situation war sie einfach nicht in der Lage, den wunderschönen, sanftmütigen Schimmel zu behalten. Und ihr Pferd zu verkaufen, war weiss Gott nicht das Schlimmste, womit sie in ihrem Leben konfrontiert worden war.

Cécile war gut im Zeitplan. Ihr nächster Task lautete «Reitausrüstung verkaufen». Bestimmt konnte sie da noch um die viertausend Franken herausholen. Seufzend klappte sie ihren Laptop zu und ging zur Küche, um sich ein Bier zu holen. Die Uhr zeigte erst neun. Doch dort, auf der anderen Seite der Welt, war es jetzt siebzehn Uhr. Zeit für ein Feierabendbierchen.

Freitag, 16. September, 6 Uhr, Mäntyrova-Schutzhütte, Lappland, Finnland

Als Helen um sechs erwachte, fühlte sie einen inneren Frieden, eine Kraft und Dankbarkeit, welche sie zuvor nicht gekannt hatte. Vor ein paar Monaten hatte sie sich noch gefragt, ob sie jemals wieder genügend Kraft in ihrem Körper haben würde, um alleine einen Spaziergang durchs Dorf zu unternehmen. Konnte sich kaum ohne Hilfe in ihrer eigenen Wohnung bewegen vor lauter Schwindel. Und jetzt wachte sie in dieser Hütte auf, atmete den rauchigen Duft ein, den Tausende und Zehntausende von Ofenfeuern in jeder Pore – jedem Spalt – des alten, langsam gewachsenen Holzes hinterlassen hatten, und sah nichts als den dunklen Föhrenwald vor dem kleinen Glasfenster. Sie hatte sich selbst bewiesen, dass sie wieder zu den Kräftigen, Starken und Ausdauernden gehören konnte, und ihre Dankbarkeit dafür ging so tief, wie sie zu beschreiben nicht vermochte.

Vor drei Tagen hatte Helen Pirkkos Wohnort Vuontisjärvi nach drei grossartigen Ferienwochen, welche von gutem Essen, einsamen Spaziergängen durch die Wälder, Pilzsammeln und frischen Fischen über offenem Feuer geprägt waren, verlassen und war mit einer Nachbarin ihrer guten Freundin nach Hetta mitgefahren, wo sie nach der kurzen Bootsfahrt über den unter dem Dorf gelegenen See ihre achtzig Kilometer lange Wanderung durch die Tundra angetreten hatte.

Mit vollgepacktem Rucksack – sehr viel Nahrung und nur die allernötigste Ausrüstung – war sie durch den Pfad im dichten Wald marschiert, hatte sich mit jedem Schritt ein Stück freier, gesünder, leichter gefühlt. Mit einer schon so lange nicht mehr da gewesenen Lebensfreude war Helen die Hügel hinauf durch die mit jedem Höhenmeter lichter und gedrungener werdenden Birkenwäldchen gewandert. Über moosigen Boden, an Mooren vorbei und über Schotterhänge hatte sie sich langsam nach Süden bewegt. An eiskalten Gebirgsseen vorbei, um sie herum nichts als Weite aus Wäldern, Wasser und Himmel.

Helen war mutterseelenalleine unterwegs – nur sie und die unendliche, zu dieser Jahreszeit in feurigen Farben erstrahlende Natur. Erst als sie gestern Mittag vom höchsten Hügel nördlich über Pallas herunter zum kleinen, am Rande des Nationalparks gelegenen Hotel unterwegs gewesen war, hatte sie zwei Wanderer im Pensionsalter angetroffen und sich ein paar Minuten mit ihnen über die Wegverhältnisse und die Situation an den verschiedenen Wasserstellen ausgetauscht.

Als sie spät am gestrigen Nachmittag bei der Mäntyrova-Hütte angekommen war, fand sie sich wieder in tiefruhiger Einsamkeit – einem wunderbar freien Alleinsein. Nur die dunklen, vom starken Regen des Nachmittags tropfend nassen Nadelbäume und die grossen Felsbrocken, welche die Umgebung der einfachen Schutzhütte irgendwie mystisch erscheinen liessen, leisteten ihr Gesellschaft.

Als sie den verrussten Ofen in der Mitte des kahlen Innenraumes mit getrockneten Birkenscheitern angefeuert und danach dem Lodern der Flammen gelauscht hatte, war sie zum wiederholten Mal von jenem Gefühl überkommen worden, welches sie inmitten dieser Wälder und Hügel immer wieder heimsuchte. Das Gefühl, das in ihr den starken Wunsch auslöste, für immer und ewig hierzubleiben – einfach unterzutauchen und von der Bildfläche der offiziellen Welt zu verschwinden. Doch jedes Mal, wenn sie näher über diese Option nachdachte, wurde ihr bewusst, dass sie niemals freiwillig ihre Katze verlassen würde – und wohl auch nicht ihre Mutter.

Das Abendessen, bestehend aus Fertigkäseteigwaren, Trockenfrüchten und ziemlich viel Schokolade, hatte nach dem nasskalten Wandertag besonders geschmeckt und der Schlaf danach war pure Regeneration.

Heute lagen also die letzten zwölf Kilometer vor ihr – und ebenso die sumpfigsten der gesamten Strecke. Helen wühlte sich aus ihrem Schlafsack, stand von der harten Bretterpritsche auf und ging zur Tür. Sie liess frische, kühle Morgenluft ihre Atemwege durchströmen. In den Zweigen der verkrümmten Föhre vor dem Eingang raschelte es und ein scheuloser Unglückshäher beäugte sie interessiert aus der kurzen Entfernung seines tief angesetzten Astes.

Ein hellblauer Tag begann sich anzukündigen und laut Wetterbericht sollte es ein mehrheitlich trockener werden. Helen schloss die Tür wieder von innen und feuerte den Ofen an. Das Wasser im Aluminiumtöpfchen, welches sie am Abend noch aus dem kleinen Strom in der Nähe des Übernachtungsplatzes geholt hatte, begann langsam zu köcheln. Währenddessen rollte Helen ihren Schlafsack zusammen und begann mit dem Packen des Rucksacks, der mittlerweile einen grossen Teil seines Ausgangsgewichts verloren hatte.

Nachdem sie sich angezogen hatte, war das Wasser bereit fürs Frühstück. Die Instanthafergrütze war süss und cremig, der schwarze Kaffee stark. Mit dem Rest des heissen Wassers bereitete sich Helen einen Pfefferminztee für ihre Aluminiumfeldflasche zu.

Sie sass am kleinen, mit Brandflecken übersäten Holztisch in der düsteren Waldhütte, schlürfte ihr Frühstück und liess sich dabei alle Zeit der Welt. Eilig hatte sie es nicht, von hier wegzukommen, denn die nächste Station war eine Bushaltestelle in Jerisjärvi, von wo aus sie zum Flughafen in

Kittilä gelangen würde. Und dieser war ihr Tor zurück in den Alltag. Und diesen Alltag in der Schweiz vermisste Helen noch lange nicht.

Es war bereits nach acht, als Helen die Hüttentür von aussen schloss und den rostigen Haken in die am Rahmen angebrachte Ringschraube einhängte.

Als der Rucksack korrekt auf dem Rücken sass und die schweren Bergschuhe geschnürt waren, marschierte sie los. Zuerst ging es durch ein Gebiet mit viel Schotter und auch grösseren Felsbrocken, doch je weiter sie sich von der Schutzhütte entfernte, desto geschmeidiger wurde der Boden und dichter der Wald. Immer wieder musste sie sumpfige Abschnitte überwinden oder auf von vielen harten Wintern in Mittleidenschaft gezogenen Holzbrettern grössere und kleinere Bäche und ruhig lauernde Moore überqueren. Die Stille war so tief und unendlich, dass sie ab und zu ihre Gehörfunktion testen musste, indem sie zu sich selbst sprach oder ein Lied in die Weite hinaussang.

Mit jedem Kilometer wurde der Vormittag ein paar Grad wärmer und die Mücken, welche zu Millionen und Milliarden in diesem feuchten Gebiet auf die nächste Nahrungsquelle warteten, schwärmten aggressiv und gefrässig um sie herum. Doch so eklig und mühsam die blutsaugenden Viecher auch waren, Helen nahm sie mit Freude in Kauf, um sich auf diesem einsamen und ruhigen Flecken Erde aufzuhalten.

Nach ungefähr zwei Dritteln der Tagesstrecke hielt sie an, um zu essen und sich auszuruhen, nachdem sie beinahe vier Stunden ohne eine einzige Pause gewandert war. Während sie auf einem kniehohen Stein sass und ihren letzten Beutel Outdoornahrung zu sich nahm, beobachtete sie vier Rentiere, die etwa zwanzig Meter von ihr entfernt gemütlich hintereinander zwischen Birkenstämmen hindurchstapften, ohne sich von der menschlichen Anwesenheit auch nur im Geringsten stören zu lassen. Diese Umgebung – so kalt, nass und hart sie oft sein mochte – gab Helen einen tiefen Frieden und eine kaum verletzbare Ruhe.

Seit sie vor dreieinhalb Wochen in Finnland angekommen war, hatte sie kaum an die Ereignisse der vergangenen Wochen und Monate gedacht. Erst jetzt, wo sie sich immer weiter in Richtung Flughafen, Richtung Zuhause bewegte, begannen die düsteren und fragenden Gedanken wieder schwach anzuklopfen. Helen verdrängte sie so gut sie konnte.

Gabi und sie hatten verdammt noch mal alles getan, um zu helfen – um Gjon zu finden oder mindestens eine Spur von ihm. Nun musste sie diese Schublade schliessen, das Blatt auf eine leere Seite wenden, das Leben weiterleben und lernen, mit den traurigen Tatsachen klarzukommen. Irgendwann würden irgendwo Gjons Überreste gefunden werden und dann würde es eine Gedenkfeier geben, die in irgendeiner Form einen Abschluss brachte, und vielleicht – vielleicht würde sich irgendwann klären, was genau passiert war.

Helen löffelte den Beutel leer und trank die Tasse mit dem frisch gekochten Tee leer, bevor sie zusammenpackte und die letzten Kilometer unter ihre Füsse nahm.

Freitag, 16. September, 20 Uhr, in Zürich-Kloten

Sie hatte eine lange Reise hinter sich, als sie aus dem Flugzeug stieg. Und der strenge Teil davon war nicht die mückenreiche Wanderung, sondern die darauffolgende Busfahrt zurück in die Zivilisation und der vierstündige Flug zurück in die Schweiz.

Helen fielen beinahe die Augen zu, als sie von der Ausstiegsrampe über den Duty-free-Bereich zur Ankunftshalle trottete, wo sich für ihren Geschmack viel zu viele Menschenseelen herumtummelten. Irgendwie fühlte es sich an, als sei sie nach einem Jahr auf einer abgelegenen Insel in dieses überfüllte, aus allen Nähten platzende Industrieland zurückgekehrt.

Gerade fragte sie sich, wann sie das letzte Mal einen solchen Akklimatisationsschock empfunden hatte, als sie ein Gefühl im Nacken bemerkte, als würde sie jemand anstarren. Nichts als raus hier! Sie ging weiter, orientierte sich an den schwarzweissen Schildern, wo es auf dem Flughafen, der ihr mit jedem Mal von Neuem wie ein fremder und befremdlicher Ort vorkam, zu den Zügen ging. Das seltsame Gefühl im Nacken blieb.

Gerade wollte sie ihren Fuss auf die Rolltreppe setzen, als sie ihren Namen hinter sich hörte. «He! Frau Berger! Sie sind doch ... Frau Berger?!» Überrascht drehte sich Helen um, ihr Puls stieg an. Die blonde Frau mit den grauen Strähnen, dem zotteligen Hund und dem dicken Mann an der Seite kam ihr bekannt vor, doch ihr Gehirn brauchte einige Sekunden, um sich zu erinnern, woher sie die etwa Sechzigjährige kannte. Säger!

«Frau Jo...sipovic, richtig?», fragte sie unsicher. Die Frau lächelte nickend. Sie arbeitete als Schichtführerin im Warenausgang der renommierten Firma, bei welcher wohl gerade ziemlich Feuer im Dach war. Helen kannte sie nur vom gelegentlichen Sehen und wusste nicht viel über sie.

«Ich habe gehört, dass Sie ... gefeuert wurden, Frau Berger. Das ist sehr schade, Sie waren beliebt bei den Leuten», berichtete die Schichtführerin. Helen grinste. «Na ja, nicht bei allen ... offensichtlich.» «Hm, ja, scheint so. Man kann wohl nicht mit den Kleinen und den Hohen gleichzeitig gut auskommen», stellte die Frau, die mit Vornamen Sladjana hiess, fest und fragte dann vorsichtig und mit besorgter Miene: «Äh, aber ... haben Sie das mit ... mit Gjon Bunjaku mitbekommen? Er ist ... war ... ist doch Ihr ehemaliger Mitarbeiter, nicht?» Wortlos nickte Helen.

«Man weiss gar nicht, was man zu so etwas sagen soll», fuhr Josipovic fort, «ich meine, das ist doch alles Wahnsinn. Ich arbeite für diese Firma, seit ich damals in die Schweiz gekommen bin – fast dreissig Jahre –, und habe Zippelmeier von Anfang an gekannt. Er war immer so korrekt ... überkorrekt sogar. Und dann das? Ich denke jeden Tag daran und bin noch immer schockiert. Ich meine ... Herr Zippelmeier? Der hatte doch eine Frau und Kinder, ganz ... normal ... ich kann kaum glauben, dass der so etwas ...»

Helens Gesicht verwandelte sich in eine zynische Grimasse. «Ja, so kann man sich in Menschen täuschen, Frau Josipovic. Mittlerweile überrascht mich nicht mehr viel.» «Ach, wissen Sie, bei gewissen Leuten darf einen wirklich nichts überraschen ...», stellte die gesprächige Frau fest, und als Helen sie mit fragendem Blick ansah, führte sie aus: «Also zum Beispiel die Frau Zieger hatte schon Blut an den Händen, bevor sie in diese ... Sache hineingeriet. Na ja, nicht dass sie direkt jemanden ... nein, natürlich nicht ... aber indirekt, wissen Sie? Indirekt – mindestens ist das meine Meinung – war sie eine verdammte Mörderin ...» Enttäuscht von der ganzen Welt und ihren Bewohnern schüttelte die Frau, die auf dem Flughafen auf ihren Sohn mit den beiden Enkelkindern wartete, ihren sonnengebräunten Kopf.

Helen verstand nicht, worauf sie hinauswollte. «Indirekte Mörderin? Was meinen Sie?» Frau Josipovic machte eine ausladende Handbewegung, ihr Blick schien irgendwie resigniert. «Ach, ihr Neuen wisst davon natürlich nichts, aber wir alten Hasen können uns schon noch erinnern, wie fies die

Zieger damals war, als es dem Ueli nach dem Tod seiner Frau nicht gut ging. Sie war noch total grün hinter den Ohren, aber behandelt hatte sie ihn mit einer Arroganz, dass es traurig war. Wirklich himmeltraurig. Das ist jetzt zehn Jahre her, doch ich frage mich noch heute ab und zu, ob er sich auch erhängt hätte, wäre er von der Firma unterstützt statt unter Druck gesetzt worden.»

Helen hatte noch nie von dieser Geschichte gehört, jedenfalls nicht in so klaren Worten, doch nachdem, was sie selbst nach ihrem hässlichen Zusammenbruch erlebt hatte, fiel es ihr nicht besonders schwer, sich vorzustellen, dass sich jemand das Leben nahm, wenn irgendwann der eine Tropfen zu viel ins Fass gefallen war. Auch sie hatte von der Personalchefin ein paar nicht gerade von Empathie dominierte Anrufe erhalten, als sie krank war. Danach hatten sich jeweils der Schwindel und die Erschöpfung für mehrere Tage massiv verschlechtert und sie hatte sich so beschissen gefühlt, dass es sie nicht mehr gross gestört hätte, wenn das Leben endlich vorbei gewesen wäre. «Ja, das wundert mich nicht sonderlich – leider», antwortete sie.

«Ich hoffe», fuhr Sladjana Josipovic zögerlich fort, «die Polizei findet Gjon ... aber ich halte nicht mehr so viel von denen ... die wollten ja nicht einmal eine Aussage von mir.» Helens Stirn runzelte sich. «Von Ihnen?» «Nun ja ... als Bunjaku plötzlich nicht mehr zur Arbeit kam und es hiess, er wäre in den Kosovo abgehauen, weil er mit der Frau Krach hätte, da habe ich dem Herrn Memmelmann erzählt, was ich gesehen habe.»

«Ähm ... was meinen Sie?» Helen verstand nicht, wovon die Frau mit dem harten Akzent und dem dafür überraschend guten Satzbau sprach, und spürte eine seltsame Angespanntheit in sich aufkommen. Josipovics Gesicht verfärbte sich rötlich und sie verlagerte ihr Gewicht vom einen auf das andere Bein. «Nun, also ... an dem Tag, als Sie gefeuert wurden ... hat sich Bunjaku sehr ... seltsam verhalten. Ich sass in meinem Auto im Parkhaus, um zu telefonieren ... und da habe ich gesehen, wie er – also Gjon – sein Handy hinter einem Stahlträger versteckte. Er hat fürchterlich gestresst ausgesehen. Roter Kopf, zittrige Hände ... im ersten Moment habe ich angenommen, er täte irgendetwas ... Illegales, Kriminelles. Ich meine, es sah wirklich sehr seltsam aus, Frau Berger.» Helens Pupillen verfolgten angespannt Josipovics Mundbewegungen. «Und das haben Sie Memmelmann erzählt? Wann? An welchem Tag?»

Die Warenausgangsmitarbeiterin kratzte sich mit dem Ringfinger am Kopf und überlegte. «Ich glaube, am Mittwoch oder Donnerstag danach. Herr Memmelmann war nett, hat sich bedankt und versprochen, sich darum zu kümmern. Aber mit mir direkt haben die Polizisten nie gesprochen ... finde ich persönlich etwas unseriös, aber – oh! Da ist mein Sohn! Endlich!» Aufgeregt vor Begeisterung zeigte sie in Richtung eines Mannes in Helens Alter mit zwei kleinen Kindern.

«War schön, Sie zu sehen, Frau Josipovic. Alles Gute für die Zukunft!» Helen gab der Säger-Angestellten die Hand, bevor sie ihrer Wege gingen. Sie wollte gerade die Rolltreppe hinuntereilen, als sie sich noch einmal abrupt umdrehte und der bereits ihrer Familie entgegenhastenden Frau hinterherrief: «Frau Josipovic! Warten Sie! Wie hiess Ueli eigentlich mit Nachnamen?»

Samstag, 17. September, Nacht

Zippelmeiers von Würmern leer gefressene Augenhöhlen starrten sie an. Sie wollte wegrennen, flüchten, doch die knochigen Hände eines Mannes, den sie noch nie zuvor gesehen hatte, hielten ihre Schultern fest. Helen schrie, schlug mit ihren Fäusten in seinen fahlen, herunterhängenden Kieferknochen, doch das tote Gesicht lachte sie aus. Je stärker er lachte, desto mehr des undefinierbaren gelblichen Saftes trat aus seinen Augenhöhlen und rann über seine Wangenknochen hinab.

«Wer bist du?!», schrie Helen das bräunliche Skelett, in dessen Rippen noch halb vermoderte Fleischfetzen hingen, an. Erst da bemerkte sie die Schlinge aus dem alten Flachsstrick um seinen Hals. Auf ihre Frage hin wurde das Gelächter lauter und schriller, bis es allmählich in ein schauriges Weinen umschlug. «Hör auf!», schrie Helen, doch er schluchzte und schluchzte. Immer mehr des gelben, klebrigen Saftes floss aus den Löchern, wo im Leben einmal seine Augen gesessen hatten. Der Körper des madendurchlöcherten Zippelmeiers begann darin unterzugehen. Obwohl der Mann mit der Schlinge kein Blut, keine Muskeln, kein Leben mehr besass, fühlten sich seine Knochenhände um Helens Schultern an wie die Backen eines Schraubstocks.

Der Pegel des schleimgelben Mediums stieg und stieg – die Welt, über der ein dunkelgrauer Himmel hing, erstarrte im Modergestank. Helen schrie nutzlose Schauerschreie. Als ihr die Flüssigkeit bereits bis zur Brust stand, legten sich plötzlich zwei fleischige Hände um ihren Hals. Ihre Schreie verstummten, sie erstarrte. Die Stimme Karolina Ziegers erklang hinter ihr. «Frau Berger, wann kommen Sie wieder zur Arbeit?! Sie müssen arbeiten! Arbeiten! Arbeiten! Ach, so ein

Quatsch, Burn-out! Modekrankheit ... gibt es doch gar nicht! Ah-ha-haa!»

Das Gelächter liess alles um sie herum in einer dumpfen Vibration erschaudern. Helen selbst, den weinenden Knochenmann, den ekelhaften Saft und sogar den bereits darin untergegangenen Zippelmeier. Die Fleischhände der Zieger begannen zuzudrücken – Helen schnappte nach Luft, doch alle Versuche waren zwecklos. Sie spürte, wie die Kraft aus ihren Gliedern wich und das Gehirn langsamer wurde. Der Schädel des Knochengerüsts, welches noch immer bitter weinte, näherte sich Helens sterbenden Augen so, dass kaum noch eine Hand zwischen ihren Gesichtern durchpasste. Er öffnete seinen Mund mit den braunen Zähnen. Seine hohle, heisere Stimme klang wie von weit her, als er sagte: «Ueli ... ich bin Ulrich ... Ueli ...» Helen wollte schreien, zappeln, doch ihr ganzer Körper war gelähmt. Ziegers Lachen wurde immer lauter, die Welt immer dunkler.

Ihr Herz hämmerte, als würde es nächstens den Brustkorb zerschmettern, als sie im noch dunklen Raum kerzengerade im Bett sass. Ihre Hände zitterten unkontrolliert, das T-Shirt war komplett von kaltem Schweiss durchtränkt und Helen hatte keine Ahnung, was gerade passiert war und wo sie sich befand. In einer lappländischen Waldhütte? In einem Flugzeugwrack? Oder in der kommenden Welt der bereits Verstorbenen? Wie ein alter Hund keuchend atmete sie und bekam derart wenig Luft, dass sie sich fragte, ob sie vielleicht gerade eine Herzattacke erlitt. «Scheisse ... Scheisse ... oh, mein Gott, verdammte Scheisse ...»

Allmählich realisierte Helen, dass sie in ihrem eigenen Bett in ihrer Wohnung sass – zu Hause in Kirchberg. Sie tastete nach dem Handy auf dem Nachttischchen. Es war drei Uhr vierzig am Samstagmorgen. Sie war nicht mehr in Finnland.

Ja, richtig, gestern war sie zurückgeflogen und es war bereits ziemlich spät, als sie endlich zu Hause angekommen war. Sie erinnerte sich wieder an Josipovic, mit der sie im Ankunftsbereich des Flughafens gesprochen hatte.

Helens Herz hatte mittlerweile wieder eine einigermassen normale Frequenz angenommen und auch das Atmen fiel ihr wieder etwas leichter, doch ihr Körper fühlte sich noch immer schwach und an manchen Stellen irgendwie wattig an. Was für ein abartiger Scheisstraum. Sie wischte sich zum wiederholten Mal den kalten Schweiss von Stirn und Nacken. Noch immer war ihr, als spürte sie die knochigen Hände an ihren Schultern. Beim Gedanken an das Geträumte lief ihr ein elektrisierender Kälteschauer über den Rücken. Sie zündete das Nachttischlämpchen an und stieg aus dem nass geschwitzten Bett. Schwankend schlurfte sie zur Balkontür und riss diese mit einem aggressiven Ruck auf.

Die warme, frische Sommerluft strömte in die kleine Wohnung hinein. Die auf dem Balkonsessel schlafende Katze wachte auf und sah Helen kritisch zu, als diese sich in ihrem schweissnassen Pyjama ans Balkongeländer stellte und still die Sterne betrachtend versuchte, tief zu atmen und ihre Gedanken zu ordnen. Helen dachte der Reihe nach an die vielen zweifelhaften und bedenklichen Erfahrungen, welche sie während der drei Jahre bei Säger mit dessen Personalabteilung gemacht hatte. Dazwischen hallten ihr immer wieder die Worte Sladjana Josipovics durch den Kopf.

Zieger hatte sich schon vor zehn Jahren die Finger blutig gemacht. Ueli. Ulrich. Ulrich Käufeler. Céciles Vater? Er hatte auch bei Säger gearbeitet? Seine Frau – Céciles Mutter – starb früh. Helen versuchte sich zu erinnern, was sie überhaupt über Cécile wusste. Allzu viel Privates gehörte nicht dazu. Die Jugend der Personalfachfrau war schwer gewesen, das hatte sie gehört. Mehrere Schicksalsschläge hatten sie kurz hintereinander getroffen. Helen nickte seufzend in die dunkle Luft hinaus. Ueli Käufeler musste Céciles Vater sein. Wie furchtbar. Ob diese wusste, wie ihre Chefin damals mit ihm umgegangen war? Umso eigenartiger, dass sie beinahe die Einzige war, die einigermassen mit der Zieger zurechtkam.

Helen sah in den Sternenhimmel hinauf. Ob es da draussen Leben gab? War es statistisch gesehen überhaupt möglich, dass es keines gab? Würde sie es jemals wissen?

Bei jenen Fragen, welche sich über Generationen und Zeiten hindurchzogen, wurde ihr bewusst, wie klein die Fragen doch waren, die sie heute hier unten beschäftigten. Helen ging zurück in die nur von der kleinen Lampe neben dem Bett schwach beleuchtete Wohnung, wechselte das T-Shirt und legte sich in ihrem trockenen, nach blumigem Waschmittel duftenden Oberteil auf die feuchtwarme Matratze zurück, um es noch einmal mit Schlafen zu versuchen.

Der Wecker war nach einer Stunde ungehört verstummt, als Zwirbeli hungrig und ungeduldig ihre Krällchen in Helens Wangenfleisch drückte und mit einer regelmässigen Bewegung zu kneten begann.

Es brauchte ein paar Minuten, bis ein Auge und dann das andere sich blinzelnd öffnete. «Hallo, mein Schätzchen ... na, hast du Hunger? Ja, ich komme ja ... ich komme ja gleich», sagte Helen mit verschlafener Stimme, während sie das flaumige Fell am Hals des charakterstarken Tieres streichelte. Schliesslich stand sie auf und ging in die Küche, wo sie die ihr miauend um die Beine streichende Katze mit dem allmorgendlichen Trockenfutter versorgte.

Die grünen Digitalziffern am Herd zeigten eine Kombination, welche normalerweise nicht Helens typische Aufstehenszeit darstellte. Es war bereits kurz vor zehn. Der grosse Wanderrucksack stand noch unausgepackt am Fusse des Bettes und verströmte den beruhigenden und mit positiven Erinnerungen vollgepackten Duft von Holzfeuerrauch. Sie ging ins Badezimmer, um sich die erste ausführliche Dusche seit Tagen zu genehmigen.

Als Helen frisch geduscht und etwas wacher als noch vor einer Viertelstunde in der ordentlich aufgeräumten Küche den Wasserkocher füllte, die Bratpfanne auf dem Herd erhitzte und die letzten drei Eier aus dem Kühlschrank nahm, kam ihr in den Sinn, dass sie seit vier Wochen die Internetverbindung ihres Handys nicht mehr aktiviert hatte. Doch bevor sie sich die verpassten Nachrichten zu Gemüte führen wollte, brauchte sie ein richtiges Frühstück.

Während die im Rapsöl schwimmenden Eier in der gusseisernen Pfanne vor sich hin brutzelten und die Toastscheiben sich im Backofen auftauten, sass Helen mit ihrem ersten Kaffee draussen auf dem Balkon. Mit jedem Schluck des starken, rahmigen Koffeingetränks wurden ihre Gedanken etwas klarer und die Gehirnströme ein wenig schneller. Die zu Ende gegangenen vierwöchigen Frühherbstferien hatten sowohl der Seele als auch dem Körper unbeschreiblich gutgetan. Sie lehnte sich zurück und lächelte zufrieden. Nun wollte sie nur noch nach vorne schauen. Der nächste Teil ihres Lebens würde ein guter werden. Ein positiver, aufregender, guter. Sie nickte der strahlenden Sonne am blauen Himmel zu.

Nach dem magenfüllenden, eiweiss- und fettlastigen Frühstück schaltete Helen die Mobildaten ihres Telefons ein und liess die E-Mails und Nachrichten der letzten Wochen in ihr Gerät strömen.

Viel Wichtiges war es zu ihrer positiven Überraschung nicht. Ein paar Leute aus ihrem sehr begrenzten Bekanntenkreis hatten bezüglich ihres Befindens nachgefragt und sich dann eine oder zwei Wochen später noch einmal mit der Frage gemeldet, ob alles in Ordnung war. Von Bernasconi hatte sie einen Terminvorschlag für ihr nächstes Treffen vor Ort sowie einige Modelldateien erhalten. Sonst nichts. Und nichts zu erhalten schien Helen besonders in Bezug auf E-Mails meist von Vorteil. Sie hasste die Dinger und würde es auch immer tun. Ihrer Erfahrung nach gehörten sie zu den effektivsten Brandbeschleunigern für die psychische Gesundheit arbeitender Menschen.

Und doch fühlte es sich auf seltsame Weise unerwartet an, keinen Mucks über Gjon, Brian oder erdrosselte und erhängte Kaderleute der Firma Säger zu hören. Nicht einmal Barbara hatte sich gemeldet. Helen fröstelte innerlich beim Gedanken an Gjons Frau und deren Situation.

Gabriela hatte ihr eine Textnachricht mit der Bitte gesendet, sie solle sich nach ihrer Rückkehr melden. Helen sperrte das Telefon und legte es auf das hölzerne Balkontischchen. Ausser essen, trinken und das sommerwarme Septemberwetter geniessen würde sie heute nicht mehr viel tun. Wirklich nicht.

Nach einem leichten Mittagessen auf Edit Bergers Balkon, während dessen sie dieser die Kurzversion ihrer drei Wochen bei Pirkko sowie der Wanderung durch den Pallas-Yllästunturi-Nationalpark erzählte, entschied sich Helen für einen Spaziergang durch den verfärbten Wald und die sommerwarme, von blauem Himmel überdachte Landschaft. Diese war zwar in keiner Weise mit der rauen Urgewalt Lapplands zu vergleichen, doch sie war ihr Zuhause, und wenn man die Betriebsblindheit überkam und bewusst hinsah, offenbarte sie immer wieder ihren ganz eigenen Charme.

Sie liess Socken und Schuhe vor der Eingangstür des ruhigen Mehrfamilienhauses ihrer Mutter stehen und ging barfuss durch das Quartier, auf dessen Teerweglein ein landwirtschaftlicher Schotterweg folgte, welcher zum etwas höher gelegenen Wald führte. Die Steinchen drückten und bissen sich in ihre Fusssohlen, doch was sich während der ersten Kilometer wie ein qualvoller Spiessrutenlauf anfühlte, wurde allmählich immer mehr zum gesunden Massageerlebnis.

Helen entschied sich für eine Route mit möglichst wenig Zeckenaktivität. Der Weg führte sie an Kuhweiden, Bauernhöfen und einer Grillstelle vorbei. Nicht wenige andere Spaziergänger und Zweiradfahrer aller Altersgruppen teilten sich an diesem Bilderbuchtag die frische Luft mit ihr.

Etwa einen Kilometer, nachdem sie auf der westlichen Seite des Hügels aus dem Wald gekommen war, ging es an einem kleinen Pferdehof vorbei. Innerhalb des grosszügigen Weidezauns mit Doppelzaunband gingen jeweils vier Pferde ihrem friedlichen Dasein nach. Ein schwarzes, dessen Schwarz so tief und dunkel war, dass es beinahe ins Nachtblaue ging, zwei fuchsbraune und noch ein kleiner, alt und zerzaust aussehender Haflinger. Doch heute stand da ein fünftes Tier. Ein massiver, muskulöser Schimmel, welcher stolz – wissend, dass er der Schönste und Stärkste im Bunde war – seinen Kopf in die warme Sonne streckte und sich von ihren Strahlen verwöhnen liess.

Helen war nicht gerade eine Pferdenärrin und hatte noch nie das Bedürfnis verspürt, sich ohne geschlossene Boxentür dazwischen einem solchen Tier zu nähern. Zu unberechenbar und schreckhaft schienen ihr diese feinfühligen, mächtigen Wesen. Doch sie war eine aufmerksame Beobachterin und als solche schien ihr, genau diesen Schimmelwallach schon einmal irgendwo gesehen zu haben. Nur wo, wollte ihr gerade nicht in den Sinn kommen, und vermutlich war dies wieder eines der vielen Beispiele, wo sich ihre Gedanken in total nutzlose Fragestellungen verkrallten.

Sie sah in die Berge, die heute besonders gut sichtbar waren, und ging weiter, einen Fuss um den anderen, den rauen Kiesweg entlang. Als sie nach ein paar weiteren Minuten auf die Wiese ausweichen musste, weil ihr eine Gruppe behelmter Kinder auf ihren Ponys entgegengeritten kam, erinnerte sie sich plötzlich, wo sie den Schimmel schon einmal gesehen hatte. Auf einem Feldweg in der Nähe eines Reitstalls auf der anderen Seite des Dorfes. Und auf dem Sattel hatte Cécile gesessen. Cécile Käufeler, Personalfachfrau bei Säger und Tochter von Ulrich Käufeler. Ulrich, welcher letzte Nacht im grausigen Albtraum vor ihr stand und ihre Schultern mit seinen Knochenfingern umkrallt hatte.

Samstag, 17. September, in Eschlikon

Gabriela Stahl hielt das Blatt vor sich hoch und las es zum etwa vierten Mal durch. Es war die Anmeldebestätigung für den Privatdetektivlehrgang, für welchen sie sich vor ein paar Wochen eingeschrieben hatte. Ihr Magen fühlte sich leicht und geschmeidig an. Schlussendlich war sie auf den richtigen Weg eingebogen. Und was dem Ganzen noch zusätzlich einen süssen Geschmack verlieh, war die Tatsache, dass Enrico und sie wieder auf demselben Gleis fuhren und ihr Ehemann ihre neue Berufsrichtung mit einem gewissen Enthusiasmus befeuerte, den sie von ihm nicht erwartet hätte.

Gabriela legte den Brief in ihre Bürokramschublade und ging in die Küche, um den Fortschritt des Nudelauflaufes zu prüfen. Nun musste sie sich besonders vorsichtig und verantwortungsvoll verhalten, um ihre neue Karriere nicht durch den übermässigen Durst, Verborgenes aufzudecken, welcher sie ja ironischerweise überhaupt erst in diese Richtung getrieben hatte, zu gefährden. Nach einem Blick in den Ofen ging sie zum Abwaschbecken und liess kaltes Wasser in ein hohes Trinkglas fliessen. Dann presste sie zum zusätzlichen Erfrischungseffekt eine Zitronenhälfte mit hinein und warf einen Eiswürfel hinterher.

Während sie am Glas nippend in den Garten hinaustrat, schwenkten ihre Gedanken wieder zu den Fragen, welche sie seit der Pressekonferenz erfolglos aus ihrem Kopf zu verdrängen versuchte. Der Trieb liess nicht locker. «Vorsicht ... mach einfach keinen Scheiss, Gabi ... halt dich verdammt noch mal zurück ...», mahnte sie sich, als sie im Glas der Sitzplatztür ihr Spiegelbild betrachtete. Dann legte sie ihre Beine auf den Gartenstuhl am Ende des Tisches, griff zum Handy und wählte Helens Nummer.

Ihre Kollegin hatte sich noch nicht gemeldet, obschon sie eigentlich bereits zu Hause hätte sein müssen. Als sie nach bestimmt zwanzig Klingelsignalen die rote Taste antippen wollte, war endlich Helens Stimme zu hören.

Ohne grosse Umschweife kam Gabriela gleich zur Sache. «Hey, hör mal, Helen ... ich habe Neuigkeiten. In einem Monat beginne ich den Lehrgang zur Privatdetektivin. Und die Malerin macht definitiv keine Anzeige wegen der Kamera ... aber ...» «Das ist grossartig! Beides! Du hast dich endlich für deine echte Berufung entschieden, Gabi! Ich gratuliere dir!» Eine seltsame Stille schluckte die nächsten zwei, drei Sekunden. «Äh, ja ... hör mal, Helen ... ich komme heute Abend bei dir vorbei, wenn's dir nichts ausmacht ... ich bringe Pizza. Für dich Tonno?»

Eigentlich hatte Helen heute nur noch einen entspannten Abend mit sich alleine geplant – vielleicht noch mit einem Glas

Wein und einer Packung Aufbackjalapeños. «Nun, also, äh ... ist irgendetwas los, Gabi?» Diese schnalzte mit der Zunge. «Nein, es ist alles ... eigentlich ist alles in Ordnung. Doch irgendwie brauche ich nochmals eine Art abschliessendes Gespräch, bevor ich die letzten Monate abhaken kann. Da schwirren noch zu viele unbefriedigende Dinge in meinen Gedanken umher, verstehst du?» Helen verstand. Nur dank der Ablenkung, von der sie in Vuontisjärvi und auf der Wanderung durch den Nationalpark genügend gefunden hatte, war es ihr während des vergangenen Monats recht gut gelungen, ebendiese Gedanken zu verdrängen. «Ja, für mich Tonno. Sagen wir, um neunzehn Uhr?»

Als es um achtzehn Uhr fünfzig an ihrer Tür läutete, war Helen gerade mit dem Entpacken ihres roten Vierzigliterrucksacks fertig geworden und die Wohnung war mit einem intensiven Duft nach Lagerfeuer, Harz und etwas Schweiss durchzogen. Kaum hatte sie die Wohnungstür geöffnet, bekam sie von einer vor Energie sprudelnden und gleichzeitig doch irgendwie abgearbeitet wirkenden Gabriela eine heisse, öltriefende Pizzaschachtel in die Hand gedrückt.

Sie assen schmatzend – der luftige Teig, die dunkle Kruste und die würzigen Beläge waren ausgezeichnet – und tranken roten Wein dazu. «Ich bin wirklich froh, dass die uns keine Probleme machen ... wegen der Kameras und so», sagte Gabriela nach einem zünftigen Schluck des schweren Weins. Helen nickte. «Ich erst ... die Kameras waren allerdings nichts im Vergleich zu meinem unerlaubten Besuch mit Kopps Badgekarte ... mir wird schlecht, wenn ich nur daran denke ... für so was wandert man womöglich in den Knast ...»

Gabriela reagierte kaum und starrte in die dunkelrote Flüssigkeit in ihrem Glas. «Und trotzdem ... so richtig abschliessen kann ich noch nicht. Ich weiss, wir müssen die Finger davon lassen ... das hat die Parmelin ja deutlich genug gesagt ... aber mich stört die Art und Weise, wie der Fall gehandhabt wird – oder wurde, muss man schon eher sagen.»

Helen schloss die Augen und liess ihren Kopf nach hinten hängen. «Du meinst, wie mit der von Mutmassungen geprägten Pressekonferenz der Fall scheinbar mehr oder weniger auf die zweitrangigen Nebenplätze geschoben wurde und – so kommt es mir jedenfalls vor – die Polizei nun einfach darauf wartet, bis von irgendeinem Hundehalter, dessen Barry oder Rex auf dem Waldspaziergang das falsche Stöckchen zurückbrachte, sterbliche Überreste gemeldet werden? Das meinst du?»

Helens gereizter als erwartet ausfallender Ton entlockte Gabriela ein Grinsen. «Nun ... ja, in etwa so kannst du das wohl sagen. Und weisst du, irgendwie bin ich ... enttäuscht. Diese Parmelin hatte bei mir einen bissigen Eindruck hinterlassen. Nicht wie jemand, der für die Statistik und den Vorgesetzten arbeitet, sondern wie eine, die buddelt, bis sie die hinterletzten Antworten findet ... aber vielleicht habe ich mich diesmal getäuscht ...» «Oder», warf Helen ein, «sie war zu bissig für gewisse Leute, und falls ihr Chef so ein Typ ist wie Memmelmann, dann ... na ja.»

Gabriela schob sich den grösseren Teil eines neuen Pizzaachtels in den Mund und kaute eine Weile, bevor sie mit den Schultern zuckte. «Wie auch immer, mein Gefühl sagt mir, dass noch nicht alles passt – dass da noch mehr ist. Aber ich könnte mir meine berufliche Zukunft versauen, wenn ich jetzt einen falschen Schritt mache und den Bullen auf die Zehen trete.» Helen lächelte verschmitzt. «Ist das nicht genau das, was du in deinem neuen Beruf machen wirst? Den Bullen auf die Zehen treten?» Gabriela seufzte, trank das Glas leer und schenkte sich nach. Helen dachte kauend an den Traum von letzter Nacht und an Sladjana Josipovic.

«Du, Gabi, gestern am Flughafen habe ich eine von Säger getroffen ...» Sie erzählte ihrer Kollegin von der Schichtführerin. Wer sie war, was sie tat, und vor allem, was sie ihr gestern über Gjon berichtet hatte. Ulrich erwähnte sie mit keinem Wort – wieso, war ihr selbst nicht klar, irgendetwas in ihrer Magengegend hielt sie davon ab.

Gabrielas grosse Augen sendeten Überraschung mit einer Prise Konsternation aus. Sie gönnte sich einen weiteren Schluck Wein, bevor sie sich ungläubig rückversicherte: «Und die wurde echt von niemandem ausführlich befragt?» Helen schüttelte – den Mund zu einer sauren Grimasse verzogen – den Kopf. «Wundert mich nicht mehr, Gabi. Der Memmelmann ist bestimmt sofort zum Zippelmeier oder zur Personalabteilung gerannt, weil er selbst null Komma null Initiative besitzt und sich ja nicht mehr Arbeit aufladen möchte als unbedingt nötig. Und die werden ihm dann schon gesagt haben, dass er sich darum nicht weiter zu kümmern hat ... und so, wie ich ihn kenne, hatte er sich das nicht zweimal sagen lassen ...»

Ein resigniertes Stöhnen entwich ihrem Mund, bevor Gabriela das letzte Stück der öligen Pizza darin versenkte. «Was für ein Arsch ... dass es immer gerade solche Knilche in derartige Positionen schaffen ... mein Gott ...» Helen sagte nichts. Sie hatte vor ein paar Monaten entschieden, sich von genau solchen Fragen keine Energie mehr rauben zu lassen. Und auch wenn einiges noch immer unbeantwortet war – und teilweise womöglich nie ganz aufgeklärt werden würde –, so musste sie sich eingestehen, dass Weitergraben nicht wirklich etwas an den Tatsachen ändern konnte. Die Vermissten waren nicht mehr am Leben – konnten es unter Einbezug aller

Vernunft schlichtweg nicht sein. Zippelmeier und seine Personalchefin waren ebenfalls tot.

Blieb nur noch zu hoffen, dass dieser eklige Typ von Wirt sich erholte und man früher oder später klärende Informationen aus ihm herauskriegte. Helens Gesichtsausdruck verfinsterte sich beim Gedanken an Edi und sein zahnlückiges Grinsgesicht. Von ihr aus hätte man sein Wissen aus ihm herausfoltern können. «Du, Gabi, denkst du, diese Roswitha ist wirklich so ein unterwürfiges, nichts wissendes Hausmütterchen, das nicht selber denkt, sondern einfach tut, was vom Ehemann aufgetragen?»

Gabriela stiess einen lauten unechten Lacher aus. «Ach, so ein Scheiss, Helen! Genau deswegen würde ich ja am liebsten weiterschnüffeln! Ich meine, die Parmelin muss doch Menschenkenntnis besitzen, nicht? Ein bisschen wenigstens, oder? Helen, ich sage dir, Roswitha Dick-Hösli ist gewieft, schlau, eine gute Schauspielerin, die sich allen als dümmliche Barwirtin und naive Ehefrau mit knapp bis zu den Nasenflügeln reichendem Horizont verkauft. Doch du hättest dabei sein sollen ... wie sie es versteht, zwischen den Zeilen zu sprechen und dabei nichts und doch so viel zu sagen ...»

Helens Gedanken glitten zum weissen Schimmel, den sie am Nachmittag auf einer neuen Weide gesehen hatte. «Diese Rufnummer ist ungültig», hatte die klassische Stimme der fremden Frau verkündet, als sie nach dem Spaziergang – aus einem undefinierbaren Gefühl heraus – Céciles Nummer gewählt hatte.

«Gabi ... mir scheint, wir sollten die Sache ruhen lassen und uns zurückziehen, um unsere eigene Zukunft in Angriff zu nehmen. Denk an deine bevorstehende Ausbildung. Es lohnt sich nicht, Gabi ...» Ihr Gegenüber nickte und schnaubte dabei resigniert. «Ja, das stimmt. Ich werde mich anstrengen, doch ich kann niemandem versprechen, dass ich den Fall nicht irgendwann wieder aufnehmen werde.»

Helen sah in den dunkelblauen, langsam düster werdenden Abendhimmel hinauf. Wo wohl Gjons Leiche lag? In welchem Zustand war sie? Was hatten sie mit ihm gemacht? Und wer und wann? Der Himmel wurde dunkler und dunkler. Helen wandte ihren Blick zurück zum Holztischchen, steckte den Korken zurück in die Flaschenhalsöffnung und schloss den leeren Pizzakarton. «Ich brauche jetzt einen Whisky.» «Mach zwei daraus», antwortete Gabriela und liess ihren Nacken mit geschlossenen Augen nach hinten auf die Sessellehne fallen.

Sonntag, 18. September, 20 Uhr 30, in einer unordentlichen Wohnung in St. Gallen

Barbara schloss wütend die Internetseite mit den Informationen zum Thema Abtreibung und wischte sich mit dem Handrücken die salzigen Tränen aus den Augen. Auf gar keinen Fall! Ihr verfluchter Kinderwunsch auf Biegen und Brechen hatte so viel Druck, Frust und Schmerz in ihre Beziehung – in ihre Familie – gebracht. Jetzt war ihr Mann, mit dem sie das letzte Mal im Streit auseinandergegangen war, tot, doch sie war schwanger. Ein «Wunder» hatte es die Ärztin genannt. Ja, das war es wohl – doch um einen verdammt hohen Preis, den sie zu bezahlen nie bereit gewesen wäre.

Sie hatte noch ein Kind gewollt und dafür ihre Beziehung, die Nerven ihres Partners und ihre eigenen ruiniert – und nun hatte sie zumindest noch einmal die Chance auf die Erfüllung ihres Wunsches erhalten. Falls dieser Embryo zu einem lebenden Kind heranwuchs und sich nicht wie die vielen anderen vor ihm auf halbem Weg auf qualvolle Weise verabschiedete, dann hatte sie ihr zweites Kind, das Geschwisterchen für ihre gesunde, lebende – und nun halb verwaiste – Tochter. Und solange sie selbst nicht in der Klapsmühle landete oder sich vor den Zug schmiss, würde sie sich sogar um diese beiden Kinder kümmern können, wie sie es sich immer gewünscht hatte. Und sie würde deren unzählige Fragen über ihren Vater beantworten müssen.

Barbara, die seit zehn Jahren nicht mehr rauchte, griff zur halb leeren Zigarettenschachtel und steckte sich einen weiteren Glimmstängel in den Mund, welchen sie mit zitternden Händen anzündete und, ohne auf den Balkon auszuweichen, innerhalb weniger Minuten in ihre Lungen sog – im hilflosen Versuch, Körper und Seele wenigstens ein kleines bisschen zu beruhigen und sich für kurze Zeit auf etwas anderes als ihren unendlichen Schmerz und die noch grössere Angst zu konzentrieren.

Donnerstag, 6. Oktober, im Kantonsspital Winterthur

Der Arzt, der während der neun Wochen, in denen er nun in diesem beschissenen Spital lag, fast jeden Tag irgendwann an seinem Bett aufgetaucht war und immer die gleichen Fragen gestellt hatte, stand vor ihm und beäugte jede seiner Bewegungen mit Interesse und vermutlich noch mehr Misstrauen. Der Anwaltstrottel, der ihm und Rosi erklärt hatte, wie es bezüglich der Vorwürfe gegen ihn und der Anklage nun weiterging, stand auch noch immer wie bestellt und nicht abgeholt im Raum.

Einmal mehr war Rosi die einzige Gescheite in seiner Nähe. Mit ihrer Hilfe hob sich Edi mühsam ächzend vom Bett, tat einen kleinen Schritt mit dem rechten Fuss und liess sich dann stöhnend in den von seiner Ehefrau mitgebrachten Gebrauchtrollstuhl plumpsen. Der dickliche Krankenpfleger, der ihn täglich gewaschen, ihm den Schwanz trocken gerubbelt und beim Scheissen geholfen hatte, stand – erleichtert durch die Befreiung, welche dieser Tag für ihn brachte – tatenlos auf der anderen Seite des Krankenbetts und starrte auf das Geschehen.

Der Arzt lächelte gezwungen und demonstrierte seine gepflegten weissen Zähne. «So, Herr Dick, dann sind wir bereit für den Heimweg, was?» «Halt deine dumme Fresse, du blödes Arschloch», entgegnete Edi dem Weisskittel nur in seinen Gedanken, bevor er seinen Mund zum dümmlichsten ihm möglichen Grinsen verzog, einen Laut von sich gab, der am ehesten dem Brunstruf irgendeines Waldtieres ähnelte, und etwas gesammelten Speichel aus der rechten Maulecke rinnen liess.

Der Arzt wandte sich mit pseudoeinfühlsamem Hundeblick an Roswitha und wies sie darauf hin, dass der Hausarzt Edis Krankenakte bereits übermittelt bekommen hatte und die weitere Betreuung koordinierte. Das abschliessende «Alles Gute» wurde von der Wirtin mit einem feurigwütenden Drachenschnauben quittiert. «Ihr Gelaber können Sie sich sparen, Herr Doktor. Nichts ist gut und ihr hochstudierten Snobs habt meinem Mann einen feuchten Dreck geholfen. Aber mit unsereins kann man's ja machen. Dafür bezahlen wir jeden Monat solche Unsummen an die Krankenkasse! Für nichts und wieder nichts! Und Schuld an allem ist diese verdammte Landjägerin, die uns Vorwürfe macht, statt uns zu … zu schützen. Wegen deren aggressiver Art sitzt mein Eduard nun mit einer Fussfessel im Rollstuhl und ist nur noch ein Schatten seiner selbst! Ein armes Krüppelchen!»

Der Arzt sah unangenehm berührt auf Edis Fussgelenk, wo gut sichtbar das schwarze Kästchen prangte, welches ihm früher an diesem Morgen von einem Polizeibeamten angelegt worden war, während Rosi – verbal auf diesen einprügelnd – danebengestanden hatte.

«Frau Dick, Ihr Mann hat einen leichten Herzinfarkt erlitten. Wie es zu ... zu seinem ... seinem Zustand kommen konnte, das ist bisher nicht erklärbar. Sämtliche Untersuchungen konnten uns keinen Grund für solche ... äh ... Einschränkungen liefern.»

Roswitha bäumte sich wie ein Bär vor dem Arzt auf. «Zustand? Zustand?! Er ist behindert! Schwer behindert! Die Polizei hat ihn zum behinderten Krüppel gemacht! Meinen Ehemann und Ernährer der Familie!» Beschwichtigend hob der Mediziner seine Hände. «Frau Dick, mit solchen Anschuldigungen sollte man vielleicht etwas vorsichtig ...» «So einer wie Sie verbietet mir nicht den Mund! Wir sind hier nicht in Russland, ich sage noch, was mir passt! Und jetzt gehen wir! Komm, Edi, mein Schatz, jetzt gehen wir endlich nach Hause.»

Dann warf die Wirtin Edis betreuendem Arzt einen letzten mit Gift und Verdammnis gefüllten Blick zu, bevor sie die Griffe des Rollstuhls packte und ihren Ehemann aggressiv und unsanft in den Gang hinausbugsierte.

Ende Oktober, in Tasmanien, Australien

Ein letzter kräftiger Schlag mit dem Hammer, und die Agraffe sass fest über dem Draht im hohen Holzpfahl. Noch ein paar Kilometer des Zauns lagen vor ihr. Sie musste Pfosten und Drähte Meter für Meter auf deren Unversehrtheit prüfen und allfällige Schäden reparieren. Sie warf den Hammer auf die Ladefläche des Pick-ups und griff zur Wasserflasche. Während sie sich rehydrierte, schloss sie ihre Augen und genoss den sanften Wind, der über ihr Gesicht säuselte und die sonnengerötete Haut abkühlte. Dann schraubte sie die Kappe zurück auf die Flasche, wischte sich den Schweiss von Stirn und Nacken und richtete ihren Akubra.

Die Arbeit gab ihr nicht nur ihren bescheidenen Lebensunterhalt und ein Dach über dem Kopf, sondern auch – und vielleicht war dies noch viel wichtiger – Ablenkung, neue Perspektiven, Möglichkeiten und Horizonte. Hier hatte sie keine Vergangenheit – nur das Jetzt. Und möglicherweise gab es für sie eine Zukunft in diesem wundervollen Teil dieses besonderen Landes – Kontinents – so weit von alldem entfernt, was sie jemals gekannt hatte.

Ihre Welt hatte sich immer innerhalb eines recht kleinen Radius abgespielt. Die Berge der Alpen, der Bodensee und alle Schaltjahre ein verlängertes Wochenende in Prag oder Mailand hatten ihr völlig ausgereicht. Und nun flickte sie Zäune als Farmhelferin in Tasmanien. Das hier hatte ihr mehr Mut abverlangt, als sie zu besitzen gewusst hatte. Nur schon dafür verdiente sie ein Leben in Frieden.

Sie spürte Melancholie in sich hochsteigen, als sie den Blick nachdenklich über die neue, noch immer fremde und doch gleichzeitig ein eigenartiges Gefühl von Sicherheit ausstrahlende Landschaft aus Wald und Weideland gleiten liess.

Als sie vom Muhen einer sie fragend anstarrenden Jersey-Kuh aufgeschreckt wurde, riss sie die Autotür auf, stieg ins staubige Farmfahrzeug und liess den Motor an. Die Pause war vorbei, die Zaunkontrolle ging weiter. Vorsichtig lenkte sie das ungepflegte Vehikel über den unebenen, von aufragenden Grasbüscheln und Steinen holprigen Wiesenboden. «Wie das Leben», sagte sie leise zu sich selbst.

Doch so sehr das Leben manchmal rumpelnd auf rauem, rutschigem oder gar gefährlich steilem Terrain unterwegs war, so musste irgendwann auch wieder ein Abschnitt mit gepflegten, breitspurigen Asphaltstrassen ohne Steigungen und Kurven kommen. Und für einen solchen war es nun in ihrem Leben an der Zeit. Geholpert und geschüttelt hatte es auf ihren Wegen weiss Gott bereits genügend. Nun war Schluss mit den steinigen Pfaden. Nun würde sie mit Vollgas und ohne Hindernisse oder Gegenverkehr dem Sonnenaufgang des Lebens entgegenfahren.

Ende Oktober, in Bazenheid

Robert stand – wie jeden Tag nach Feierabend – in der Küche, zog das bereits vom wiederholten Anfassen an den Rändern gelblich verfärbte A4-Blatt aus der Allerleischublade neben dem Kühlschrank und las beide Seiten andächtig durch. Dabei gab er weder irgendein Geräusch von sich noch bewegte er auch nur eine einzige Faser seines Körpers.

Kaum hatte er fertig gelesen, liess er den Brief zurück in die Schublade fallen und schmiss diese zu, als müsste er eine giftige Spinne am Herauskrabbeln hindern. Wie jeden Tag nach dieser Lektüre riss er die Kühlschranktür auf und öffnete sich eine der in grossen Mengen darin gelagerten Bierdosen.

Noch vor ein paar Wochen war es warm genug gewesen, um sich damit auf den Balkon hinaus zu setzen, doch mittlerweile war die graue Kälte des Herbstes eingezogen. Das grüne Leben begann aus der Natur zu weichen und das Jahr bewegte sich sterbend seinem Ende zu.

Eine Träne kullerte über seine Wange, während er kraftlos zum Sofa schlurfte, in das er sich müde hineinfallen liess, und die halbe Dose in einem einzigen Zug herunterschüttete. Freudlos starrte er in den schwarzen Bildschirm des neuen Fernsehers und fragte sich zum hundertsten – vielleicht tausendsten – Mal, wen er wirklich liebte.

War es die Vorstellung des geordneten Lebens mit der liebenswürdigen, positiv eingestellten, energiegeladenen, sportlichen Cécile an seiner Seite? Das Konzept einer gemeinsamen Zukunft, in welcher sie sich all ihre Wünsche erfüllten, zusammen durch dick und dünn gingen und miteinander alt wurden? Oder war es tatsächlich Cécile selbst, die er liebte und mit der er zusammen sein wollte – ganz egal, wer sie war, was sie tat und wohin sie ging?

Robert war einer, der nie lange brauchte, um sich zu entscheiden. Einer, der keine Nächte zum Nochmals-drüber-Schlafen benötigte und keine Pro-und-kontra-Listen aufstellen musste, um zu wissen, was er wollte. Robert entschied in Sekundenschnelle und aus dem Bauch heraus – sicher und standfest.

Warum konnte er es jetzt nicht? Warum konnte er die wahrscheinlich wichtigste Entscheidung seines Lebens nicht treffen? Warum ging er seit sechs Wochen Abend für Abend dasselbe Ritual durch – mit den gleichen Fragen, den gleichen Ängsten, der gleichen Hilflosigkeit und dem gleichen Bier?

Er leerte die Halbliterdose, zerknüllte sie mit einer Hand und beförderte sie mit einem energielosen Wurf auf das Salontischchen, welches immer so nett und ordentlich dahergekommen war, als seine Verlobte noch hier hauste, und jetzt aussah wie die Ablagefläche eines alkoholabhängigen Messies.

Robert spürte einen immer schwerer werdenden und rasant an Volumen gewinnenden Betonklotz in seinem Magen, welcher ihm das Atmen erschwerte. Der Beton begann, seinen Hals emporzukriechen, und versetzte schliesslich seinen Unterkiefer in eine Anspannung, die ihn verängstigte. Es fühlte sich an, als würde sein ganzer Körper – jede noch so kleine Zelle – nächstens in einer gewaltigen Explosion zerbersten. Sein Wutschrei, auf den der nicht mehr enden wollende Weinkrampf folgte, erfüllte die ganze Wohnung – das ganze Gebäude – das ganze Quartier – mit einem stechenden Schmerz.

Ende Oktober, in Winterthur

Ohne den nach süsser Chemie duftenden Bubblegum aus ihrem Mund zu nehmen, trank Parmelin direkt aus der vor ihr zwischen ein paar verschieden hohen Kerzen, Kopfwehtablettenschachteln und losen Notizblättern stehenden Weinflasche. Ihr war voll und ganz bewusst, wie stark und in welche Richtung sie sich in den letzten Monaten verändert hatte. Und obwohl ihr klar war, welche Gefahren auf diesem Weg lauerten und welche Konsequenzen dieser Lebenswandel mit sich bringen konnte, entschied sie sich jeden Abend von Neuem dazu, ihn weiterzugehen.

Doch seit jener Pressekonferenz, in der sie nicht mal eine kleine Nebenrolle spielen durfte, wuchs in ihrem Inneren ein Gefühl der Resignation. Täglich kam sie von ihrer Arbeit, die bis vor Kurzem das heilige Zentrum ihres Lebens dargestellt hatte und nun lediglich noch einen gefährlich unkonzentrierten, übermüdeten und nicht selten offensichtlich halbherzigen Bruchteil der ihm eigentlich zustehenden Energie von ihr erhielt, nach Hause und fühlte sich noch etwas mehr entfernt vom Polizeiapparat.

Mit jedem Sonnenuntergang zog sie sich weiter in ihre eigene Welt, ihr eigenes Projekt, ihre eigene Suche zurück. Jede Nacht steigerte sie sich noch stärker in die Fragen hinein, welche sie offiziell schon vor Monaten ad acta hatte legen müssen. Jede Nacht wurde es ein Weingläschen mehr und eine Minute Schlaf weniger.

Ende Oktober, spät an einem angenehm warmen Abend, in Tasmanien, Australien

Mit jedem weiteren Tag an diesem Ort wurde ihr noch mehr bewusst, dass es hatte sein müssen. Jeder Tag am Ende der Welt brachte sie dem Frieden und der Liebe für sich selbst ein Stück näher, auch wenn der Weg dahin zwischendurch derart lang und unsicher schien, dass ihn zu gehen ihr manchmal Angst und Panik bereitete. Mit jeder Nacht, die sie – von der harten Arbeit erfüllt – auf ihrem schmalen, harten Holzbett im rustikalen Bungalow verbrachte, wurden die schweisstreibenden Albträume weniger und die guten, so lange vergessenen Erinnerungen an ihre Kindheit – an ihre Eltern – mehr. Cécile legte noch ein Scheit ins Feuer und goss noch etwas vom heissen Wasser aus dem verrussten über den Flammen hängenden Stahlkessel in ihre Teetasse.

Ihr ganzes Leben lang war sie der Einsamkeit aus dem Weg gegangen, der Gesellschaft nachgerannt, ohne zu verstehen, wie heilend bewusstes Alleinsein war.

Und nun sass sie hier in der fremden Dunkelheit – nur mit sich selbst –, sah in die Flammen und hätte sich für nichts auf der Welt in diesem Augenblick etwas anderes gewünscht.

Plötzlich musste sie an Robert denken. Ihr Mund formte sich unwillkürlich zu einem liebevollen Lächeln, doch ihr Herz nahm die Melancholie wahr, welche der Gedanke an ihn noch immer – und nicht minder – auszulösen vermochte. Trotz – oder gerade wegen – ihrer harten Entscheidung erkannte Cécile nun noch deutlicher, dass das, was sie für Robert empfand, echt war.

Würde sie diesen Menschen, mit dem sie zusammen zu altern geplant hatte, jemals wiedersehen? War seine Liebe für sie stark genug, um sein angenehmes, vermeintlich sicheres Leben gegen sie einzutauschen? Sie zählte die Tage, seit sie ihn das letzte Mal gesehen, ihm vor der Arbeit einen Kuss gegeben und einen erfolgreichen Tag gewünscht hatte. Heute war der neununddreissigste Tag.

Sie trank ihren Tee, bevor sie ein weiteres Holzscheit in die Flammen beförderte und sich konzentriert vorstellte, wie all ihr Schmerz und all das Leid für immer und ewig in der Feuerbrunst aufgelöst wurden. Die sterbende Mutter, der hängende Vater. Die Firma Säger. Die leere Kälte in Ziegers Augen.